国家社科基金项目『叶燮诗学思想研究』（14BZW015）

叶燮诗学思想研究

Yexie Shixue Sixiang Yanjiu

杨晖　罗兴萍　著

凤凰出版社

图书在版编目（ＣＩＰ）数据

叶燮诗学思想研究 / 杨晖，罗兴萍著. -- 南京：
凤凰出版社，2022.12
ISBN 978-7-5506-3824-2

Ⅰ. ①叶… Ⅱ. ①杨… ②罗… Ⅲ. ①叶燮（1627-
1703）－诗学观－研究 Ⅳ. ①I207.22

中国版本图书馆CIP数据核字(2022)第224232号

书　　　名	叶燮诗学思想研究
著　　　者	杨　晖　罗兴萍
责 任 编 辑	尤丹丹
装 帧 设 计	徐　慧
责 任 监 制	程明娇
出 版 发 行	凤凰出版社（原江苏古籍出版社）
	发行部电话 025-83223462
出版社地址	江苏省南京市中央路165号, 邮编:210009
照　　　排	南京凯建文化发展有限公司
印　　　刷	江苏凤凰数码印务有限公司
	江苏省南京市栖霞区尧新大道399号, 邮编:210038
开　　　本	718毫米×1005毫米　1/16
印　　　张	20
字　　　数	327千字
版　　　次	2022年12月第1版
印　　　次	2022年12月第1次印刷
标 准 书 号	ISBN 978-7-5506-3824-2
定　　　价	128.00元

（本书凡印装错误可向承印厂调换, 电话:025-57718474）

序

　　杨晖兄是我多年的朋友，现在是江南大学文学院的教授和副院长。我们结缘于 30 多年前我读硕士研究生的时候，他和高玉兄等作为助教进修班同学进来，我们一起听课，一起学习，一起讨论问题。后来他攻读博士学位，曾经和我探讨过他的博士论文选题，确定研究叶燮的《原诗》，从此开始了长达 17 年之久的叶燮诗学研究，其间还于 2014 年获得了国家社科基金的资助，本书就是在基金项目结项成果的基础上修改润色而成的。

　　叶燮是清初重要的诗论家，现代以来学者们经历了一个逐渐对他给予关注的过程。1918 年，林琴南先生主办的《文学讲义》以《诗法精义》为题，节选了《原诗》的片段。朱东润先生在《中国文学批评史大纲》1933 年左右的讲义里，就曾经评述了叶燮的《原诗》。郭绍虞先生在 1947 年出版的《中国文学批评史》下册，也做过较为系统的论述。1979 年，人民文学出版社曾经把《原诗》与《一瓢诗话》和《说诗晬语》合出一个集子，使《原诗》的文本得到了广泛的流传。蒋凡于 1985 年在上海古籍出版社出版的小册子——《叶燮和〈原诗〉》，对学界了解叶燮及其《原诗》也起到了推广作用。2014 年，上海古籍出版社又出版了蒋寅教授的《原诗笺注》，使叶燮的诗论思想获得古代文论界的进一步重视。

　　对于叶燮的诗学思想，20 世纪的多位学者，都曾经极为推崇。朱自清先生在 1947 年出版的《诗言志辨》里就曾经说："叶氏论诗体正变，第一次给'新变'以系统的理论的基础，值得大书特书。"金克木在《读书》1984 年第 9 期中曾经给予叶燮和《原诗》很高的评价："并不流行的叶燮的《原诗》却是独具特色，几乎可以说是前无古人。它不但全面、系统、深刻，而且将文学观和宇宙观合一。""叶燮不仅将宇宙观与艺术观合一，而且看出'正、变'与'陈、新'等的'对待'即辩证关系，并组成了完整的思想体系。"叶朗先生在 1985 年出版的《中国美学史大纲》中也认为："叶燮是一位在中国美学史上作出卓越贡献的人物。叶燮的《原诗》是中国美学史上最重要的美学著作之一。""王夫之美学体系和叶燮美学体系这两颗巨大的恒星构成了光辉灿烂的双子星座。它们将永远为中华民族的后代所敬仰。"叶燮的诗学思想确实值得我们给予进一步的重视。但是从目前情况看,学术界对于叶燮诗学的整体思想研究得还不够,迄今尚未有人对叶燮的《已畦文集》系统地加以整理。

杨晖兄于 2008 年在广西师范大学出版社出版了他的博士论文《古代诗路之变——〈原诗〉和正变研究》。而本书是对他前期"正变"研究的补充和深化,并且将"活法"和"陈熟生新"在前人的基础上有所推进。他的贡献主要在以下几个方面:

一是立足于翔实的文献基础,重视叶燮思想的原创性。作者对资料占有较为丰富,本着知人论世的态度,对叶燮本人的创作实践和包含史料的传、序、跋都给予了充分的重视。同时,对台湾等地硕博士论文等相关的研究成果,也给予了充分的重视。

二是在历史语境中讨论叶燮的诗学。作者重视对叶燮诗学思想中特定历史语境的呈现,进而分析明末诗学精神中批判性这一时代特征。梳理相关概念的谱系,并将具体的诗歌创作放到诗歌演变的长河,分析其得与失,经验与教训,使得对叶燮诗学思想的分析充满历史感。

三是重视前人尚未重视的叶燮诗学思想。在前人更多地阐发叶燮的"理事情"、"才胆识力"和正变思想的基础上,作者重点阐述了叶燮的"活法"观念,并进一步分析了"陈熟"与"生新"的关系。书中选取叶燮诗学思想中对立统一的三对概念,即"正"与"变"、"死法"与"活法"、"陈熟"与"生新",集中呈现了叶燮诗学思想中独特的思维方式。

四是重视对叶燮思想的现代阐释。作者从当代视角出发,适度借鉴现代方法,与叶燮的文本进行对话,在尊重文本细读的基础上,对叶燮的思想作同情的理解,进一步阐释叶燮诗学思想的价值,从而深化和拓展了前人的相关研究。这对于当下的诗歌鉴赏实践和文论建设具有相当的价值。

叶燮的诗学思想值得进一步深入研究,杨晖兄的这本书作出了重要贡献。我以前给学生讲授《沧浪诗话》研究课程的时候,一直在强调,对于中国古代诗论研究,要重视追源溯流、中西参证、理论自洽和理论与实践的结合这四个方面。杨晖兄在这四个方面都做出了一定的努力,我期待杨晖兄今后在叶燮诗学思想研究方面有更多的成果呈现给学术界。

朱志荣

2021 年 4 月 26 日于沪上心远楼

目　　录

绪　　论

一、叶燮生平与主要著作

叶燮，字星期，号已畦，浙江嘉兴人，生于明天启七年(1627)，卒于清康熙四十二年(1703)，享年七十七岁。因晚年定居苏州吴江横山，人称横山先生。他幼年聪慧，有四岁时，其父"授以楚辞，随即成诵"①的记载。顺治二年(1645)，十九岁于嘉善应童子试，名列第一。康熙五年(1666)，四十岁中浙江乡试举人；康熙九年(1670)，四十四岁中进士，出张玉书门下。康熙十四年(1675)，四十九岁谒选，授扬州府宝应县知县，六月到任。康熙十五年(1676)，五十岁因体恤百姓，以"视民如伤，天鉴在兹"为戒，不因官务之急而敲骨吸髓于百姓，满足官吏之欲，"以伉直不附上官意，用细故落职"(《清史列传·叶燮传》)。十一月被罢黜，归吴江故里。康熙十七年(1678)，五十二岁游历泰山，寓泰山下约半年。是年冬，于苏州西南横山西麓得一废圃，筑草堂，名曰"二弃"，选择了亦耕亦读，授徒说诗，诗友往来、互相唱和，身处净土的自由生活。② 康熙二十三年(1684)，吴江知县郭琇(1638—1715，字瑞甫，号华野)委托叶燮修县志，历经三个月，书成，请

---

① 《清史列传》卷七十《叶燮传》："燮幼颖悟，年四岁，绍袁授以楚辞，即能成诵。"另《沈归愚诗文全集》卷十六《叶先生传》："先生四岁，虞部公授以楚辞，即成诵。"

② 《已畦文集》卷六《已畦记》："余山居以来，既无所短长于世，凡世间万事万物皆付之可以已矣。……余既无所不已矣，而独不已于畦。若曰此予终其身所已处也，其于畦勤勤而不已者，正以见其无不已也云尔。"又《已畦文集》卷六《二弃草堂记》："然予因弃而窃有得焉，弃荣名，亦弃忧患；弃宠利，亦弃污辱；弃安富尊显，亦弃履危乘殆。不劳心，不瘁形，不追前，不筹后，可以忘人我，泯得失。弃之中若别有乾坤日月岁时焉，则非客之所知也。"另有曹雪芹祖父曹寅，号棟亭，康熙二十九年(1690)出任江宁织造。是年秋天慕名前往苏州横山脚下造访年逾六旬的叶燮。叶燮留饮，作和诗《曹荔轩内部过访有赠即和韵答》三首。但曹寅所作的原诗今已不存。两年后的康熙三十一年，曹寅再次造访，作和诗《过叶星期二弃草堂留饮即和见赠原韵》三首，其一云："石桥乘兴去，山远跨塘秋。二弃君何取，孤踪我自浮。不同吴市隐，初罢杞人忧。曲径深延伫，芙蓉面面留。"(《棟亭诗钞》卷二)表达了对叶燮率性自适生活的理解。(见陆承曜主编：《传统文化研究》第22辑，群言出版社2015年版，第424页)

张玉书撰序,自己也作序;十月,刻《已畦诗集》,曹溶作序。康熙二十五年(1686),六十岁去京口拜访张玉书,出《西南草行》求序。张问其为诗之旨,叶燮回复:"放废十载,屏除俗虑,尽发箧衍所藏唐宋元明人诗,探索其源流,考镜其正变。盖诗为心声,不胶一辙,揆其旨趣,约以三语蔽之,曰情曰事曰理。自《雅》《颂》诗人以来,莫之或易也。三者具备而纵其气之所如,上摩青旻,下穷物象,或笑或啼,或歌或罢,如泉流风激,如霆迅电掣,触类赋形,骋态极变,以才御气而法行乎其间,诗之能事毕矣。世之缚律为法者,才茌而气苶,徒为古人傭隶而已,乌足以语此。"(张玉书《已畦诗集·序》)同年,叶燮邀请林云铭至草堂,出《原诗》请序,留有《原诗叙》(林云铭《挹奎楼选稿》卷四);十月,沈珩为《原诗》撰序(末署日期为康熙丙寅冬十月);是年,汪森读《原诗》,有诗《读叶已畦〈原诗〉一编用昌黎〈醉赠张秘书〉韵有赠》,评其"卓识恣评骘,一编惊众闻"(汪森《小方壶存稿》卷三)。由此三条可以认定叶燮的《原诗》大约成书于康熙二十五年,即1686年前夕。康熙二十八年(1689)六月,叶燮于扬州访孔尚任,有孔尚任的《叶星期过访示已畦诸集》诗(孔尚任《湖海集》卷六)[1]为证。康熙二十九年(1691)十二月,与叶燮同在苏州开门授徒的名人汪琬去世。叶燮虽然与之有争,但为之伤悼,取出曾经写作的《汪文摘谬》而焚之。[2]康熙三十七年(1696)四月,沈德潜入叶燮师门,列于门墙。康熙四十一年(1702),七十六岁高龄的叶燮还外游浙江绍兴稽山,回来后病疾缠身,第二年去世。[3]那年正是康熙四十二年,即1703年。

叶燮为官经历短暂。他曾对友人说:"弟于乙卯谒选得宝应,六月受事,明年十一月被黜,在事仅一岁有半,而罪过丛生,怨尤交作。自上官以及亲交咸思酿祸而趣其败,皆以为县令者,官私之外府者也,有令若此,不如无有。"(《已畦文集》卷十三《与吴汉槎书》)在传统的"学而优则仕"的文化背景中,四十四岁的叶燮中进士,四十九岁任扬州府宝应县知县,到康熙十五年(1676)十一月,即五十岁

---

① 袁世硕:《孔尚任年谱》,齐鲁书社1987年版,第85页。
② 沈德潜《归愚文钞》卷十《叶先生传》:"时汪编修钝翁琬,居尧峰教授学者,门徒数百人,比于郑众、挚恂。汪说经硁硁,素不下人,与先生持论凿枘,互相诋諆。两家门下士亦各持师说不相下。后钝翁没,先生谓:'吾向不满汪氏文,亦为其名太高,意气太盛,故麻列其失。俾平心静气以归于中正之道,非为汪没竟谬嫠圣人也。且汪没,谁讥弹吾文者?吾失一诤友矣。'因取向时所摘汪文短处,悉焚之。"
③ 沈德潜《归愚文钞》卷十《叶先生传》:"岁壬午,七十有六,慕会稽五泄之胜,欲往游焉。先是游泰山、嵩山、黄山、匡庐、罗浮、天台、雁荡诸山,而五泄近在六百里内,游屐未到。裹三月粮,穷山之胜乃归。归已得疾矣。越一年,卒。"

被罢官,任职仅一年有半,既不及其进士的祖父叶重第①,也不及父亲叶绍袁②。他对自己为官仅一年半有比较清醒的认识。一是他能看到自己个性中的"拙""直""距""戆",自嘲如"土偶""木鸡""聋瞽""浑沌"等"无能",不宜为官。他说:"夫予之事科举,窃升斗,固尝求入于世矣,然求之有道,必守之有方,守之之力,须合身心内外,而早夜谋之,谋之益工,则弃端自绝。而予则何如者?世以巧,而予以拙;世以机,而予以直;世以迎,而予以距;世以谐,而予以戆,至好其言,善其色,口嗫嚅,足趑趄,佐之以玉帛鼓钟,申之以拳曲磬折,而予则如土偶,如木鸡,如聋瞽,如浑沌。凡为弃之具之几伏于中,形于外,无一动一静须臾之离,于是世乃显弃之矣。"(《已畦文集》卷六《二弃草堂记》)二是自己也不愿做唯唯诺诺之庸人。他在《已畦琐语》中谈到"庸人"及"射利之夫"时说:"人有一番大作用,及稍有节概者,必有一种磊磊落落,不可一世之意,决不肯随声附和,唯唯诺诺。若人云亦云者,庸人而已;亦有不置可否,漫无评论,似甚深沉,实亦不足与有为者也。至于射利之夫,鄙吝龌龊,则老死牖下而已矣。"其禀性刚直,不与世人苟同,为人正直的形象跃然纸上。他在《与吴汉槎书》中说:"弟固力不能,且不欲,宁事败而终不悔。故弟之被黜,非独众人以为宜,至亲切友亦以为宜,非独不肖者以为宜,即世所称贤者亦以为宜。"(《已畦文集》卷十三《与吴汉槎书》)既然自己难以在官场中承奉于上,做到伸曲自如,也不愿意随人附和,唯唯诺诺,不长于为官之道,其结果虽不是主动辞官,被罢黜也是一个让叶燮可以接受的结果。有意思的是,叶燮的为官之短,却成为他为诗学之长。他不愿做"庸人"或"射利之夫",不随人附和、唯唯诺诺、人云亦云的为人处世的态度,在其《原诗》中也同样表现得特别突出。

其学生沈德潜在《归愚文钞》卷十《叶先生传》中比较全面地分析了叶燮被罢黜的原因。他说:"乙卯,谒选得扬州之宝应。宝应当南北往来之冲,又时值天灾流行,军行纷沓,左右枝梧,难于补苴。而先生性伉直,不能诡屈事大官。大官又吹毛求瘢,务去其守已守官者,不二岁落职。先生欣然曰:'吾与廉吏同列白简,荣于迁除矣。'时嘉定令陆先生陇其同被参劾,故云。"又"方先生宰宝应也,适三逆倡

---

① 叶重第(1558—1599),字道及,号振斋,叶绍袁之父。万历十八年(1590),叶重第赴任蓟州玉田(今属河北省)知县。玉田县民众为纪念他的治政功绩,在当地建庙塑像,称叶公祠,供人祭祀。

② 叶绍袁(1589—1648),字仲韶,晚号天寥道人,吴江分湖(今苏州市吴江区汾湖高新区北厍镇)人,明末文学家。天启五年(1625)进士,官工部主事,不耐吏职,以母老告归。明亡后,隐遁为僧。著作今存《叶天寥四种》、诗集《秦斋怨》,编有《午梦堂全集》。

乱,军兴旁午,驿马驿夫增加过倍,而部议于原额应站银两,裁四留六,计岁所入,不足当所出之半。邑境运河东西百二十里,黄淮交涨,堤岸冲决,千金埽料,时付浊流。先生毁家纾难,一身捍御,卒之军需无缺,民不为鱼,堪厥职矣!他如免税之无名者,出诬服杀人者,直仇陷附逆而欲没其田庐者,皆重民命,守国法,不顾嫌怨而毅然行之。以是知功名不终,繇直道而行,不见容于大官,而非有体无用之咎也"。沈德潜一方面分析了宝应地处于南北要冲,事务繁多,再遇自然灾害,上级的吹毛求瘢,让叶燮难以应对,即他所说的"力不能";二是说先生性伉直,不能谄屈事大官,即他所说的"不欲"。虽然他能"皆重民命,守国法",不顾嫌怨而毅然行之,但也终不容于大官。这种"力不能,且不欲",被罢黜也当情理之中。

叶燮家族是由北方南迁至江南的。[1] 其家族渊源深厚,科第相继。据乾隆《吴江县志》和《吴中叶燮族谱》记载,明清两朝,除叶绅(字廷缙,吴江人,进士,明朝官员,生卒年不详)之外,科举中进士及第者还有:叶可成,嘉靖癸丑(1553)进士;叶重第(叶燮祖父),万历丙戌(1586)进士;叶绍袁(叶燮父亲)、叶绍颙,天启乙丑(1625)进士;叶燮,清康熙庚戌(1670)进士;叶吴楫,康熙乙丑(1685)进士;叶舒崇,康熙丙辰(1676)进士;叶逢金,乾隆乙酉(1765)进士。叶燮家族是当时吴中出名的科第之家,如果再加上举人、贡生等,可谓声势浩大。其祖父叶重第曾任河北玉田县知县,励精图志,秉公执法,被当地百姓立"叶公祠"以之纪念。[2] 其父亲叶绍袁历任南京武学教授、北京工部虞衡主事等,为官清廉,济世为民,因不愿谄媚宦官权贵,厌倦政务,以母冯氏年高,陈情养亲,告退还乡,隐居不仕,至明亡后,削发为僧。其祖父与父亲均为官为民,影响着叶燮。最后叶燮也与父亲一样,不融于朝政,远离官场,回归故里,了却一生。

其家族文学氛围深厚。父亲叶绍袁除辑《午梦堂全集》外,有《湖隐外史》

---

① 叶燮在《从侄(叶元礼)以甲五十初度序》中说:"吾宗得姓之始春秋,时楚封沈诸梁于叶,称叶公始以封邑为氏。历周、秦、汉,概无闻人。自后若断若续,盖不可得而考。到北宋末,今吾始祖石林公自北南迁于吴,兴而叶姓始著。南宋迄元,名贤踵起,若讳时,若讳颙,若讳适,若讳李。诸公或位登宰执,或者职居卿贰,皆以文章德业名世。……自是以来,吾宗支流派衍,散居大江以南,各为宗支,其世系谱志缕晰可考。合之则昭穆之,次可序而不紊矣。其分处所在若苏之吴江、昆山、洞庭、东西两山,松江之上海,在浙江者杭州、嘉兴、衢州之龙,犹金华之兰溪、宁波之鄞。衣冠迭兴,互相辉映……"(《已畦文集》卷十)

② 乾隆《吴江县志》记载:"第万历十四年进士,授玉田知县。县有大狱,重第心知其冤,业经历献,求生路不得。适巡按御史至,为言冤状,终得释。出殊死者十七人,玉田人特祠祀之,号叶公祠。"(《吴江县志》卷三十一《节义》,见《中华大典·文学典·明清文学分典》,凤凰出版社 2005 年版,第 1275 页)

《甲行日注》。另据《吴江县志》卷三十一《节义》记载有《天寥集》《桐尘集》《读史碎金》《纬学辨义》《金刚经参同契注》等。母亲沈宜修(1590—1935)，字宛君，山东副使沈珫之女，生于文学世家，工吟咏，有《鹂吹集》二卷。① 大姐叶纨纨(1610—1632)，字昭齐，三岁由母亲教授，能诵《长恨歌》，工书法，擅诗文，有作品集《愁言》。二姐叶小纨(1613—1657)，字蕙绸，戏剧家沈璟孙媳，有剧本《鸳鸯梦》及诗集《存余草》。大哥叶世佺(1614—1658)，字云期，复社成员，发起成立文社"蔚社"。三姐叶小鸾(1616—1632)，字琼章，一字瑶期，自幼聪慧貌美，十三岁能填词赋诗，有作品集《返生香》。二哥叶世偁(1618—1635)，字声期，才情磊落，风采韶秀，有诗文《百旻草》。三哥叶世㴑(1619—1640)，字威期，有《灵护集》等。四哥叶世㑲(1620—1656)，字开期，有诗若干，遗失不传。五哥叶世儋(1624—1643)，字退期，诗文遗失不传。五姐叶小繁(1626—?)，字千璎。叶世倌(1627—1703)，字星期，后改名燮，有《原诗》等。下面还有两个弟弟叶世倕(1629—1656)和叶世儴(1631—1635)，还有四个妹妹，但具体记载不详。以上诸作品都收入《午梦堂集》当中。

叶燮生活于文学氛围极浓的家庭，这对于他后来的诗歌创作与《原诗》的撰写都产生了很大的影响。叶绍袁堂弟叶绍颙为《午梦堂集》作序时，称其堂兄叶绍袁"投林以还，与嫂氏举案之余，辄以吟咏倡随，暨诸侄女俱以篇章赓和，以是闺阁之内，琉璃砚匣，终日随身；翡翠笔床，无时离手。日复一日，年复一年，积案盈笥，尽是风云月露矣"②。可见，叶燮一家常诗文唱和，文学的氛围十分深厚。③ 所以，沈德潜《午梦堂集八种·序》有"吴江之擅诗文者固多，而莫盛于叶

---

① 沈宜修是明代存词最多的女作家之一。有《鹂吹集》二卷，收录五言古诗 41 首、七言古诗 19 首、五言律诗 49 首、五言排律 1 首、七言律诗 91 首、五言绝句 93 首、六言绝句 5 首、七言绝句 325 首，总计 624 首。另有词 190 首、褐 1 首、拟连珠 11 首、骚 1 篇、赋 3 篇、序 1 篇、传 2 篇。沈宜修在集中表达了她幽怀雅趣、相思念远、怨贫嗟病、悼亡伤逝等方面的情思，她的诗文成就，在中国女性文学史上尤为出色。

② 叶绍袁原编，冀勤辑校：《午梦堂集》，中华书局 1998 年版，第 1092 页。

③ 叶绍袁在其《叶天寥自撰年谱》中的一段也反映了其家中诗文唱和的情况："儿辈读书，迁入孟征故屋，室名'谢斋'，希谢庭玉树之意也。七月，几有方朔之饥，与季若借米三十石。八月，仿李沧溟《秋日村居》诗八首，即其原韵，宛君和之。三女昭齐、惠绸、琼章，暨长儿世佺，俱属和焉。宛君篇中，如：'物侯惊薪栗，流光忆颣桃。''艳集秋裳色，香分楚佩来。'昭齐：'莼菜新堪寄，家风五柳偏。''风月逢秋美，村声入夜悠。''但凭书帙隐，自识绮罗闲。'蕙绸：'水无金错碗，月即夜兴杯。''敲砧新月夜，吹笛断云天。'琼章：'日静披云卷，衣香覆羽杯。''重闱深锁月，敞阁昼飞云。''清妆秋水映，芳袖露华寒。''竹梢梳白日，水面洗青山。''临镜花常晓，薰香韵自闲。'世佺：'野花常入砚，闷雨又摧杯。''灯花地管湿，木（注转下页）

氏。其最著者,如虞部、廷尉、横山、莱亭诸先生。而横山则出自虞部,为余所师事。师门群从类长吟咏,虽闺阁中亦工风雅,郡志所载《午梦堂集》,妇姑姊娣,更唱迭和,久脍炙人口。师尝出示,心窃契之,以为《关雎》《樛木》而外,克继元音者欤!及师卒,其犹子分干系莱亭先生之长子,拈韵赋诗,岁数数晤,兼叙其稿,而横山家学之不坠,恃此一线耳"①的记载。这也回应了叶绍颙的说法。

关于叶燮文稿的记载情况如下:

《清史稿》卷四百八十四列传第二百七十一中著录有《原诗》内外篇及《已畦诗文集》;《清史列传文苑传》卷七十有"所著有《已畦集》十卷、《诗集》十卷,《原诗》四卷、残余一卷";《清朝先正事略》卷三十八《叶横山先生事略》中记载:"《已畦文集》二十卷、《诗集》十卷、《原诗》内外篇四卷及《汪文摘谬》";沈德潜《归愚文钞》卷十六《叶先生传》中则称"《已畦文集》二十卷、《诗集》十卷、《原诗》四卷、《残余》一卷,修吴江、宝应、陈留、仪封等县县志";陈缵于乾隆间所修之《吴江县志》卷四十六,亦罗列有多种著述,包括"《已畦文集》十四卷、《原诗》四卷、《已畦西南行草》二卷、《已畦诗近刻》四卷、《已畦诗旧存》二卷、《语畦倡和》一卷、《禾中倡和》一卷、《吴江县志定本》四十七卷";日本京都大学人文科学研究所汉籍目录集部第二别集类著录有"《吴江县志》四十六卷图一卷、《已畦琐语》一卷、《江南星期辨》一卷、《已畦诗集》十卷、《已畦集》二十二卷、《已畦诗集残余》一卷附《午梦堂诗钞》四卷、《原诗》"。②

据廖宏昌先生考证,叶燮现存诗有《已畦诗集》(附残余),文有《已畦文集》《江南星期辨》,诗文理论有《原诗》《汪文摘谬》,还有《已畦琐语》,其它多未见,皆已散佚或不可考。本著作中的《原诗》引文均出自霍松林先生校注的《原诗》,人民文学出版社 1979 年版。《已畦文集》引文出自上海书店 1994 年出版的《丛书集成续编》第 124 册。

二、叶燮诗学研究的回顾

叶燮的诗学思想主要见于《原诗》以及他的部分诗序、《汪文摘谬》、《已畦琐

(续上页注)叶舞书寒。'皆丽语、雅语、奇语也。一家之内,有妇及子女如此,福固亦难享矣。"(见叶绍袁原编,冀勤辑校:《午梦堂集》,中华书局 2015 年版,第 1025 页)

① (清)沈德潜:《午梦堂集八种·序》,见《午梦堂集》,中华书局 1998 年版,第 1094 页。

② 摘自廖宏昌:《叶燮之文学研究》(中国文化大学中国文学研究所博士学位论文)中的《叶燮之著述考证》。

语》当中。《原诗》共计三万二千余言,规模宏大,采取了具有逻辑性与思辨性的"作论之体"(《四库全书总目》,《诗文评类存目》197 卷),追求理论品味,独树一帜。其结构"内篇,标宗旨也。外篇,肆博辨也"(沈珩《原诗叙》)。内、外两篇又各分上、下两编,形成了既相对独立,又具内在逻辑的四个部分:内篇(上)为诗歌发展理论,内篇(下)为诗歌创作理论,外篇(上)为诗歌批评理论,外篇(下)为诗歌批评实践。《原诗》针对明代诗学中的复古与反古思潮,以诗歌的流变为线索,为扫除陈见俗谛,成就一家之言,提出了源流正变、死法与活法、陈熟与新生,以及才胆识力、理事情、形象思维等诸多理论问题,并一一分析作答,体现出较高的理论品味,其思想的深刻性与论述的逻辑性在中国古代文论著作中是不多见的。

自《原诗》康熙二十五年(1686)成书以来,①对其研究大致可以分为四个阶段:一是清代人的点评;二是二十世纪三四十年代;三是二十世纪七十年代后期和整个八十年代;四是九十年代到本世纪初。在理论层面上对《原诗》进行研究的,据现在可见到的资料,大约是从朱东润先生《中国文学批评史大纲》开始的。如果这样的看法成立的话,《原诗》的研究历史也不过仅仅七十余年。

第一阶段为《原诗》成书后的一段时期。就所见材料看,《原诗》在其完成之初并没有产生太大的影响。就现在能看到的资料,仅有沈枺德、沈衍、林云铭、汪森、储雄义、沈德潜等人提及,②这可能与他针砭时弊,得罪时贤,且地位不够

---

① 学术界对《原诗》成书时间的看法基本一致。叶朗认为:"林云铭在《原诗叙》中说他在丙寅(1686)九月被请到家里看《原诗》,另一沈衍的《原诗叙》也写于丙寅十月。那么,我们可以推断叶燮的《原诗》是在 1686 年,也就是他五十九岁时定稿的。"(见叶朗:《中国美学史大纲》,上海人民出版社 1985 年版,第 492 页)陈良运认为:"《原诗》成于康熙二十五年(1686)。"(见陈良运:《中国诗学批评史》,江西人民出版社 1995 年版,第 520 页)蒋寅《叶燮的文学史观》一文赞同陈良运的说法。(见蒋寅:《叶燮的文学史观》,《文学遗产》2001 年第 6期)另王运熙、顾易生根据林云铭、沈衍的《原诗序》推断,"《原诗》大约成书于康熙二十五年(1686)"。(见王运熙、顾易生:《中国文学批评史》下册,上海古籍出版社 1985 年版,第 199页)蒋寅有《叶燮简谱》,在康熙二十五年,即 1686 年有三条:一是叶燮邀请林云铭至草堂,出《原诗》请序,就有了《叶星期原诗序》(林云铭《挹奎楼选稿》卷四);二是同年十月,沈珩为《原诗》撰序,末署日期为康熙丙寅冬十月;三是同年汪森读《原诗》,有诗《读叶已畦〈原诗〉一编用昌黎〈醉赠张秘书〉韵有赠》评其原诗"卓识恣评骘,一编惊众闻"(汪森《小方壶存稿》卷三)。由此三条也可以补充《原诗》大约完成于康熙二十五年,即 1686 年前夕这一判断。(见蒋寅:《原诗笺注》,上海古籍出版社 2014 年版,第 561—562 页)

② 《清史列传》卷七十一《叶燮传》、沈枺德的《原诗跋》、沈珩的《原诗叙》、林云铭的《原诗叙》分别见于霍松林注释的《原诗》附录;汪森《小方壶存稿》卷三有《读叶已畦〈原诗〉一编用昌黎〈醉赠张秘书〉韵有赠》,康熙四十六年刊本;储雄义《浮青水榭诗》卷一也有《阅叶丈星期原诗内外篇有感》,康熙甲申序刊本。

显赫,被罢黜后隐居苏州横山,处于社会边缘有关,再加上纪昀说他"多英雄欺人之语"(《四库全书总目提要》卷一百九十七,集部五十),其诗学思想不为时人重视也当在情理之中。

第二阶段为二十世纪三四十年代。这是在现代意义上《原诗》研究的起步阶段,当以朱东润先生的《中国文学批评史大纲》和郭绍虞先生的《中国文学批评史》为代表。[①] 前者第一次以现代的论述方式和学术视野,开启了《原诗》研究的新纪元;后者进一步为《原诗》正名,认为它"可以当得起称能建立一种体系的书",肯定叶燮"用文学史家的眼光与方法以批评文学"[②]。与此同时,日本汉学家青木正儿在昭和二十四年,即 1949 年出版《清代文学评论史》[③]一书,其中第五章《诗坛上自成一家思想之抬头》中,首先介绍的便是叶燮。《内篇》也被他解读为"叙述尊重自成一家",[④]并给予了积极的评价。

第三阶段是二十世纪七十年代末和整个八十年代,五六十年代研究很少。[⑤]叶燮真正被学术界关注并得到重视是从上世纪七十年代后期开始的。1979年由人民文学出版社出版霍松林的《原诗》校注本,这一标志性成果为《原诗》研究提供了基础文本。八十年代,几部较有影响的文学批评史,如敏泽的《中国文学理论批评史》,王运熙的《中国文学批评史》,黄葆真、蔡钟翔的《中国文

---

① 朱东润的《中国文学批评史大纲》写于二十世纪三十年代。据他 1943 年 2 月写于重庆柏溪的《中国文学批评史大纲·自序》说:"一九三一年,我在国立武汉大学授中国文学批评史,次年夏间,写成中国文学批评史讲义初稿。一九三二年秋间,重加订补,一九三三年完成第二稿。一九三六年再行删正,经过一年的时间,完成第三稿。一九三七年的秋天开始排印。"(见朱东润:《中国文学批评史大纲》,上海古籍出版社 1983 年版)虽然三十年代没有印出,但从完成的时间看基本上是上世纪三十年代的研究成果。郭绍虞的《中国文学批评史》上卷于 1934 年由商务印书馆出版,下卷于 1947 年由商务印书馆出版。上海古籍出版社于 1979 年又出版修订版。

② 郭绍虞:《中国文学批评史》,上海古籍出版社 1979 年版,第 494 页。

③ [日]青木正儿著:《清代文学评论史》,杨铁婴译,中国社会科学出版社 1988 年版。作者在 1949 年的序言中说:"本文系将以前印行的《中国文学思想史》第七章——仅三十页左右的清代文学思想部分扩大而成,我着手于这方面的研究,开始于大正十一年(1922)前后。"从研究的起步看,大约可以视为第二阶段的成果。

④ [日]青木正儿著:《清代文学评论史》,杨铁婴译,中国社会科学出版社 1988 年版,第 91 页。

⑤ 据查,大约有叶朗的《论王国维境界说与严羽兴趣说、叶燮境界说的同异》(载《文汇报》1963 年 3 月 2 日)、霍松林的《叶燮的反复古主义的诗学理论》(载《光明日报》1963 年 5 月 15 日)等。另据人民文学出版社 1979 年出版的由霍松林先生校注的叶燮《原诗》,《前言》中说,校注工作是在 1964 年以前完成的。所以此《校注》也可以视为这一时段的研究成果。

学理论史》等，均沿着郭绍虞先生的道路，对《原诗》中的各种命题作出进一步的介绍。从美学的角度，叶朗在《中国美学史大纲》中也给予《原诗》高度的评价。与此同时，还有 50 余篇相关论文发表。① 特别值得一提的是，作为"中国古典文学基本知识丛书"之一的《叶燮和〈原诗〉》，于 1985 年由上海古籍出版社出版，作者蒋凡先生。该书共八万余字，对叶燮的生平、思想和学术渊源及其创作实践作了认真的梳理，尤其是对《原诗》，从思想内容、理论特色和美学意义等方面一一作了剖析。据我所见是大陆第一部研究叶燮《原诗》的专门著作。这一阶段的研究与第二阶段相比较，无论在研究领域还是在研究方法上，都有很大的推进。

　　第四阶段是上世纪九十年代至本世纪初。吕智敏的《诗源·诗美·诗法探幽——〈原诗〉评释》(书目文献出版社 1990 年版)比较全面地介绍了这本理论著作。从九十年代开始，对于《原诗》作整体性的研究有所减少，但一些具体问题则得到进一步深入。作为文学批评史的一部分，叶燮的诗学思想都是各种新版文学批评史的重要内容。与早期不同的是，那些过去被有意无意遮蔽的问题得到重新发现，特别对叶燮文学批评史观的认识有所深化。② 本世纪初，学者们再次关注叶燮，对他的文学发展观作出了有效的思考与探索，在已有研究成果的基础上推进了一大步，并出现了研究的高潮。特别是对叶燮的文学史观的考察，以蒋寅的《叶燮的文学史观》(《文学遗产》2001 年第 6 期)一文开其端，消解了前人在正变观念上附加的价值判断，以进化论观念建立文学史周期论和阶段论，并对其文学史发展动力作了有效的分析。后有杨晖的《古代诗路之辩——〈原诗〉和正变研究》(广西师范大学出版社 2008 年版)一书，以西方的学术视野重新阐释叶燮的正变思想，挖掘叶燮对传统正变思想的消解，以"接着讲"的姿态分析它深层的意义；台湾地区李兴宁的《叶燮诗论"正变"观念之研究》(花木兰文化出版社 2013

---

　　① 这一段时间发表的相关论文有 50 余篇，研究领域不断拓展，如敏泽的《叶燮及其〈原诗〉》(《文学评论》1978 年第 4 期)，蒋凡的《叶燮〈原诗〉的理论特色与贡献》(《文学遗产》1984 年第 2 期)，任中杰的《叶燮论形象思维》(《北方论丛》1979 年第 4 期)，蒋述卓的《〈原诗〉诗人主体性》(《古代文学研究论丛》1986 年第 10 期)，等等。

　　② 张少康、刘三富的《中国文学理论批评发展史》(北京大学出版社 1995 年版)、邬国平、王镇远的《清代文学批评史》(上海古籍出版社 1995 年版)、萧华荣的《中国诗学思想史》(华东师范大学出版社 1996 年版)以及张健的《清代诗学研究》(北京大学出版社 1999 年版)、蔡镇楚的《中国古代文学批评史》(岳麓书社 1999 年版)、赖力行的《中国文学批评史》(河北教育出版社 2003 年版)、蒋寅的《清代诗学史》(第一卷)(中国社会科学出版社 2012 年版)，等等，都对叶燮的诗学思想作了比较全面的介绍，同时也对其中的一些问题作了进一步的深入探索。

年版),确立了叶燮诗学思想以正变为中心的原理论、创作论、批评论。同时,还有台湾地区葛惠玮的《〈原诗〉与〈一瓢诗话〉之比较研究》(花木兰文化出版社 2008年版),以比较的视角将叶燮之《原诗》与其学生薛雪《一瓢诗话》两相比较,认为叶燮诗学特色是以正变的诗史观为核心,建立以文辞新变为主的创作观和以开创历史为目的的批评观。以上成果对叶燮正变思想作了更深入的思考与研究,达到较高的学术水平。其间,更值得一提的是蒋寅的《原诗笺注》(上海古籍出版社 2014 年版),再次回到《原诗》文本,对原诗的内容分别作注、笺、评。在"注"的部分对难字注音,解说术语、名物、典制,将用典与词语沿用前人之处也一一点出;"笺"的部分包括对重要概念的阐释、诗学背景的呈现、前后人相关论述之注录与比较;"评"的部分以概括、提示各节内容,揭示其意旨为主,同时亦就其理论、批评之得失略作评说,学术价值很高,也是近十年来叶燮诗学究最重要的成果。

就总体看,大约从上世纪七十年代开始至今,据我所见已有研究叶燮诗学思想的著作 5 部,发表的与叶燮诗学思想有关的学术论文近 200 篇,学位论文大陆有 20 余篇,台湾地区近 10 篇。已有的研究成果对叶燮诗学思想中的某些内容作了较为深入的思考,显示了其诗学思想越来越为学术界重视的趋势。但就研究成果看,仍然有许多可进一步深入的领域,如对其思想中的诗法思想、陈熟与生新、诗学批评以及诗歌创作的研究还很不够,专门性的著作成果还显得单薄。这些不足之处正为本书的研究提供了一定的空间。

三、研究立场与基本内容

1. 研究立场

冯友兰先生在其 1931 年出版的《中国哲学史》中认为,"历史者,或即是其主人翁之活动之全体;或即是历史家对于此事活动之纪述"[①]。在后来的《中国哲学史新编》绪论第一节中,他再次强调"本来历史是客观存在,写的历史是主观的认识。一切学问都是人类主观对客观的认识。主观的认识总不能和其所认识的对象完全符合"[②]。这种对"事情之自身"与"事情之纪述"的区别,给"重写历史"或"阐释历史"提供理由。当年陈寅恪先生在对冯友兰先生《中国哲学

---

① 冯友兰:《中国哲学史》(上卷)绪论第八节,上海神州国光社 1931 年版,见《三松堂全集》第二卷。

② 冯友兰:《中国哲学史新编》全书绪论第一节,人民出版社 1982 年版,见《三松堂全集》第八卷。

史》的《审查报告之一》中,就如何对待古代哲学提出两点:一是应该有"了解之同情,方可下笔";二是提出"今日之谈中国古代哲学者,大抵即谈其今日自身之哲学者也"①。这第二点正是冯友兰"事情之纪述"之说法。美国文艺理论家海登·怀特(Hayden White)说:"'历史'不仅是指我们能够研究的对象以及我们对它的研究,而且是,甚至首先是指借助一类特别的写作出来的话语而达到的与'过去'的某种关系。"②历史既然是对过去事件的描述,自然是描述者对事件的重构,渗透着描述者对事件的理解。他还进一步论证说:"关于过去的历史叙述,其本身的基础是假定对过去事件的文字表现或文本化符合那些事件本身的真实。不论历史事件还可能是别的什么,它们都是实际上发生过的事件,或者被认为实际上已经发生的事件,但都不再是可以直接观察到的事件。作为这样的事件,为了构成反映的客体,它们必须被描述出来,并且以某种自然或专门的语言描述出来。后来对这些事件提供的分析或解释,不论是自然逻辑推理的还是叙事主义的,永远都是对先前描述出来的事件的分析或解释。描述是语言的凝练、置换、象征和对这些作两度修改并宣告文本产生的一些过程的产物。单凭这一点,人们就有理由说历史是一个文本。"③因此,从逻辑上说,人们无法论证从某个理论出发比从其他的理论出发写出的历史更符合真实。与此相应的,美国理论家路易·芒特罗斯也认为,"我们的分析和我们的理解,必然是以我们自己特定的历史、社会和学术现状为出发点;我们所重构的历史(Histor-ices),都是我们这些作为历史的人的批评家所作的文本建构"④。由此可见,在具有一定"前见"的人眼里,追求作者的原始本义,或还原到作者原有的面貌都是不可能的。所以,当下的我们不可能"客观"地复制叶燮的思想,为他代言。我们能做的也只能从现代的视域中去看待过去,将过去的视域与今天的视域融于一体,正如英国历史学家卡尔(Edward Hallett Carr)所说的,对历史的认识是现在与过去的对话一样。我们研究叶燮的诗学思想就是一种当代历史语境中的阐释者与历史文本的对话。如果我们坚持这样的认识,那么,对历史文本的阐释就获得了真正的自由。

---

①　冯友兰:《中国哲学史》,华东师范大学出版社 2000 年版,第 432—433 页。
②　[美]海登·怀特:《"描绘逝去时代的性质"文学理论与历史写作》,见拉尔夫·科恩主编,陈锡麟译:《文学理论的未来》,中国社会科学出版社 1993 年版,第 43 页。
③　[美]海登·怀特:《新历史主义:一则评论》,见王逢振等编:《最新西方文论选》,漓江出版社 1991 年版,第 499—500 页。
④　盛宁:《二十世纪美国文论》,北京大学出版社 1994 年版,第 268 页。

学术的探索与追求需要自由,但任何自由都是有条件的,想做什么就去做什么本身就是对自由的最大扼杀。因此,我们对叶燮诗学思想的思考是基于他为我们提供的各种文本,要避免"过度阐释"。意大利学者安贝托·艾柯(Umberto Eco)曾提出"作品意图"(intentio operis)的概念,认为"作品意图"在文本意义生成过程中起到非常重要的作用;作为意义之源,它并不受制于产生之前的"作者意图"(intentio auctions),也不对"读者意图"(intentio lectoris)的自由发挥造成阻碍。他认为文本的目的在于产生它的"标准读者"——即那种按文本的要求,以文本应该被阅读的方式去阅读文本的读者,所以,"在'读者意图'与'阐释者意图'——用理查德·罗蒂的话来说,诠释的作用仅仅是'将文本锤打成符合自己的形状'——之间,还存在着第三种可能性:文本的意图"①。"作品意图"概念的提出在某种程度上提醒人们要尽量避免过度阐释的危险,为此,我们应该对"自由"保持应有的警惕。

我们的研究并不刻意在《原诗》中去寻找叶燮诗学思想的"原意",试图恢复其原貌,而是在现代学术思想背景下,以"了解之同情"的心态,站在今日之立场,以文本为出发点,并将之与清初政治文化语境相融合,以现代阐释学、历史哲学等为基础,与之对话,通过还原、阐释、比较等方法,在尊重文本的基础上对叶燮诗学思想进行分析、阐释、发挥与引申,挖掘其中潜藏的各种可能性,展示其原创性精神,使之成为当今文学理论建设的有效资源。冯友兰先生说得好,"发挥引申即是进步","由潜能到现实是进步"②。

2. 基本内容

伽达默尔对历史的考察,坚持文本对特定现时的从属和作品的意义是依赖于观者参与的原则。如果把两个原则统一起来,意义便永远无休止地漂浮着。当文本从一种文化场域转移到另一种文化场域时,在两种文化场域的对话中,人们又可以发现原作者和当时读者未曾发现的意义。伽达默尔的观点为阐释传统诗学的潜在思想提供了自信。

---

① [意]安贝托·艾柯的《诠释与历史》,见[英]斯特凡·柯里尼编的1990年美国丹纳讲座《诠释与过度诠释》,王宇根译,生活·读书·新知三联书店2005年版,第26页。

② 冯友兰先生曾说:"吾人亦不能轻视发挥引申。发挥引申即是进步。小儿长成大人;大人也不过发挥引申小儿所已潜具之官能而已。鸡卵变成鸡,鸡也不过发挥引申鸡卵中所已有之官能而已。然岂可因此即谓小儿即是大人,鸡卵即是鸡? 用亚理斯多德的名辞说,潜能(Potentiality)与现实(Actuality)大有区别。由潜能到现实是进步。"(冯友兰:《中国哲学史》上卷绪论第十一节,见《三松堂全集》第二卷,河南人民出版社1986年版)

　　我们首先还原叶燮所生活的明末清初这一特殊的历史语境,分析叶燮诗学思想的合理性。在此基础上,以其正变思想为起点,及由此建立起来的消解传统二元对立思维为基点,分析其对传统正变思想的现代阐释、对诗法问题的原创性分析、对传统的陈熟与生新问题的独特思考,并进一步分析他的诗歌批评理论与实践,架构起全书的结构框架。

　　第一章,还原叶燮生活时代的历史语境,呈现叶燮诗学思想的合理性。任何思想都扎根于特定的历史语境当中,叶燮也不例外。明末清初的历史语境为他的诗学思想奠定了基础。首先,在政治观念的层面上,选择挑战传统君权观念这一极具影响力的事件,反映了明末清初士人群体对忠君观念的批判,并提出晚明对君权的猛烈批判多来自体制外的士人群体所为,显示了特定时代对传统观念的反思与人的自我觉醒;再以人们人生观念的改变,如各种越礼的生活方式与对人欲与生活态度的重新认识,反映士人群体与世俗群体的各种背离传统规范的生活与行为,呈现了思想观念、人生态度、日常行为等方面反传统的时代特征。其次,以"遗民""贰臣"为焦点,展示清初士人群体的尴尬处境,分析"遗民"群体因不与新朝合作而屡遭打击与排斥的无奈与绝望,以及"贰臣"群体由于背离传统伦理而肩负着更为沉重的精神负担并难以自拔,集中表现了以传承传统文化为己任,以"兼善天下"为抱负的士人群体普遍的精神处境。虽然叶燮既不是"遗民",也算不上"贰臣",但当时士人群体的精神状态对其影响深远;况且他父亲叶绍袁也因与时政不合,辞职回乡,甚至削发为僧,选择当时"遗民"的生活方式,应该说对叶燮是有很大影响的。最后,在诗学层面,从晚明的公安派、竟陵派与五四文学相通性的角度分析,确立晚明诗学的批判性基调;通过分析徐渭、李贽以及公安派、竟陵派等所表现出来的反对"崇正",解构权威,瓦解经典,形成了以"批判"与"解放"为主调的文学思潮,反映了晚明的诗学特征,呈现了叶燮诗学批判性的逻辑线索,也为叶燮对传统诗学问题的现代阐释与原创性精神寻得了合理性。

　　第二章,阐释叶燮正变思想的现代意识,消解传统二元对立思维方式。"正变"在传统文化中占有重要的地位,在诗学中也是如此。作为传统的正变思想源于兵书的"奇正",《庄子》和《管子》中已有"正""变"对举,《谷梁传》也有"变之正",汉儒《诗大序》和《诗谱序》实现了诗学转向,后经历代诗论家们不断充实与拓展,直到清初叶燮而终结。这里的"终结"不是正变的消亡,而是指产生出一种与传统二元思维方式不同的正变观念。在传统诗学中,无论是"崇正",还是

"主变",两种相反的价值取向泾渭分明,成为复古与反古的理论基础。叶燮却赋予正变以全新的内涵。他以"主变"为策略,消解"崇正"这一根深蒂固的传统观念。在"正变系乎时"中,他从"主变存正""非中心化",以及正变之"名实关系"等三个方面,以创造性的方式填平"正"与"变"之间的鸿沟,消解两者间的对立。在"正变系乎诗"中,他又通过"相对"与"绝对"、"边缘"与"中心",在历时性与共时性中消解正变对立。就历时性层面,他认为某一诗体,如果没有一定参照物,在延绵起伏的诗体代变链上,它既可以是正体,也可以是变体,没有绝对的正与变,以消解正变的边界,颠覆所谓"正"的永恒性。在共时性的思考中,他重视变体,认为不是"中心"决定"边缘",而是"边缘"决定"中心",不是"正体"决定"变体",而是"变体"决定"正体"。诗体的价值和意义在于"变体"。他把儒家诗学传统的崇正思想,即"正"决定事物的本性,中心、本质决定边缘、非本质的思想颠倒过来,建立起具有现代意识的诗歌发展史观。本章特别对他"诗体代变"的认识作了高度的评价。

第三章,分析叶燮诗法思想中的原创性,确立诗歌创作中的自由精神。诗法是诗歌创作中的重要问题,对诗法的不同态度将会在很大程度上影响到诗歌创作。叶燮重视诗法问题,认为世上有自然之法、作诗技法与作诗之法三种。第一种是他所说的世运与文运,即万事万物的运行规律;第二种是诗歌创作的技术问题,也就是他提出的与"活法"相对应的"死法";第三种是对诗法的态度问题,这一点极具原创性。诗法内涵的三种指向构成叶燮诗法思想的全部内容。叶燮不反对作诗技法。在他的《原诗》或各诗序中很难找到有否定技法的地方,不仅如此,他多用"定法"评诗,其诗歌创作也多遵循技法。但与一般作诗者不同的是,他会根据需要不断地突破既有的作诗法规,不为"定法"所拘。而对于第三层面的作诗之法,即"法什么"的态度更表现了他的原创精神。叶燮相对忽视具有一般意义的"抽象之法",即所谓的"定法",将重点放在表现特定对象、特定语境、特定思想与情感的"具体之法"上,认为针对不同事物当有不同之法,就是同一事物也可因处境不同而呈现差异,法随时而变,也随世而变。这就是叶燮与汪琬在对待诗法问题上的最大区别。他强调诗法的特殊性与不确定性。在"法在先"或"法在后"的分析中,他选择了"法在后",表现了他对法的不确定性的认同。在"定位"与"虚名"中,他认为死法是定位,不可以为无,初学者能言之;而活法则是虚名,不可以为有,作者之匠心变化,不可言,也无法言。对不确定性的认同和对无法言说之虚名的重视,给作者以更大的创作空间,为作者自由创作提供了合法性。叶燮主张不脱离"定法",但决不为定法所约束,主张"法在后"与"虚名"这一原创性阐释,正表达了他希望给诗歌创作以最大自由这一愿望。

第四章,剖析叶燮诗学中的陈熟生新观,建立陈熟生新须相济的思想。"陈熟生新"是中国传统诗学中的重大问题。可以说从诗学诞生之初,人们都在试图寻找合理的答案。与中国传统诗学留下的诸多理解不同,叶燮对"陈熟"与"生新"的认识不是孤立地、静止地去看待它们,而是整体的、流动的,并努力将之还原到历史的原初状态去认识诗学批评中"陈熟生新"的"本末""源流""盛衰"等诸多问题。他不仅能看到局部之变化,更能从整体上去认识诗歌创作演变的各个过程,似乎比其前人看得更广阔,更深入,进一步丰富了传统诗学这一思想的内涵。他一方面从"对待"的不确定性、消解"陈熟生新"的优劣、"陈熟""生新"须"相济"等三个方面阐述共时性中的"陈熟生新"问题。从"对待"之不确定入手,从以往"陈"与"生"、"熟"与"新"之优劣之争中解脱出来,将其还原到诗歌真实的、现实的创作演变链条中,肯定了"陈""生""熟""新"的历史合理性,消解了优劣之争,确定了它们之间的"此中有彼,彼中有此"的"相济"状态。另一方面,他还从"相续相禅"与"踵事增华"两个方面归纳出历时性的价值,详尽地分析了"相续相禅"侧重"陈熟","踵事增华"侧重"生新"的意义,肯定了只有在"陈熟"与"生新"的"相济"中才能赋予诗歌创作之生命和意义。叶燮的"陈熟生新"思想超出了简单的进化论层面,突破了狭窄的二元对立的思维方式之争,呈现了一个完整的、延绵不断的生命体的成长过程,对诗歌创作演变过程的描述和对继承与发展的逻辑探索,使诗歌艺术的演变在时间轴上得以展开。其原创性的剖析为我们认识这一问题提供了更广阔的空间。

第五章,阐述叶燮诗歌批评的核心标准,实现其以变为核心的诗学批评。针对传统诗歌感悟式批评缺少思辨性与系统性的现实,叶燮能另辟蹊径,在继承了传统哲学变易精神的基础上形成其独特的诗歌批评理论,并诉诸具体的批评实践。在形式上与"以诗言诗"传统不同的是,叶燮突破北宋以来盛行的一枝一节论诗的诗话体裁,用长篇论文的形式,综贯成一家之言。在方法上又能始终"以文学史家的眼光与方法",将批评对象置于延绵不断的诗歌演变链上去审视,大凡创作者提供了前人所不具有的新元素,多能得到他的肯定,并对各种模拟之作,都在不同的层面上作了无情的批评与讽刺。他确立了主变创新的批评观念,建立起"多元化"与"开生面"为特征的诗歌批评标准,赞扬大变,支持小变,并能正确地对待"大变"与"小变"关系:就时间论,"大变"频率较低,持续时间长;"小变"变化频率高,持续时间较短。就程度言,"大变"是突变,转变一时潮流;"小变"是渐变,是"改良"。就结果言,"大变"独开生面,能转风会,解救正之衰;"小变"虽"不能独开生面",却能积蓄能量,迎接"大变"的到来。"大变"是"小变"的必然;"小变"是"大变"的准备。同时还表达了对"可传之诗"的追求。另外,叶燮不仅重视作诗者之"识",更强调评诗者之"识"的重要性,认为有"识"则是非明,能判断,建立了以"识"为重的"才胆识力"观。最后他将自己的批评理论运用到批评实践当中,进一步分析历代"说诗者"如刘勰、严羽,以及"作诗者"如杜甫、韩愈、苏轼等,有效地践行了他的批评理论,为诗歌批评提供实例,也表现了叶燮诗学思想的实践性特征。

总之,叶燮的诗学思想体现了清初士人突破传统的诗学主张。他对正变思想的现代阐释,消解了二元对立的思维方式,形成其诗学思想的最大特征;他的诗法思想在尊重技法的基础上,肯定创作中对既有之法的超越,表达对诗歌创作自由精神的追求;他的陈熟生新观念将双方从对立中解放出来,提出"此中有彼,彼中有此"的相济观,既重视传统,又追求对已有传统的超越;他的文学批评思想确立了以"变"为标准,以"以文学史家的眼光与方法"为特色批评观念,并体现其批评理论的实践性特征。

第一章　明末清初的历史语境

　　叶燮生于明熹宗天启七年(1627)，卒于清康熙四十一年(1703)。顺治进北京建立清朝的 1644 年，他正好十七岁。叶燮生活在中国专制社会后期政治、经济、文化大裂变的时代。这一时代不仅是政权更替，改姓易号，而且还颠覆了传统的华夷关系。但是，这一时期发生过的事实已经无法还原，今天所存的各种历史文献都是不同历史时期书写者阐释的结果。对此，英国历史学家爱德华·霍利特·卡尔(Edward Hallet Carr)曾用"历史事实"和"关于过去的历史"，冯友兰先生用"主观的历史"与"客观的历史"来加以区别；①况且，作为思想载体的语言是否能使这两种"历史"相吻合也颇值得怀疑。因此，明末清初那段所谓客观的历史真相已无法重现。新历史主义提出的"文本的历史化"与"历史的文本化"表明，今天所构建的"历史"都是当代与过去历史事件对话的产物，正如英国历史学家卡尔所说的，"历史是历史学家跟他的事实之间互相作用的连续不断

---

　　① 英国历史学家爱德华·霍利特·卡尔(Edward Hallet Carr，1892—1982)在《历史是什么？》一书中反对德国史学家兰克(Leopold von Ranke，1795—1886)要求历史学家始终保持一种超然物外的公正的"客观态度"，"按历史的本来面目写历史"时，提出了"历史事实"和"关于过去的事实"的区别。事实(Fact)一词来自拉丁文"Factum"。它具有多义性，既可以表示已经发生过的事，也可以表示经过验证和确认的文献资料。卡尔认为，"关于过去的事实"是历史上发生过，而"关于过去的历史"是经过历史学家"解释"过的，两者不同。（见卡尔：《历史是什么？》，吴柱存译，商务印书馆 1981 年版，第 5 页）冯友兰先生在他的《中国哲学史》中也提到过"历史的二义"，"一是反映事情之自身；如说：中国有四千年之历史，说者此时心中，非指任何历史书，如《通鉴》等。不过谓中国在过去时代，已积四千年之事情而已；此所谓历史，当然是指事情之本身。历史之又有一义，乃是指事情之记述，如说《通鉴》《史记》是历史，即依此义。总之，所谓历史者，或即其主人翁之活动之全体；或即是历史家对于此活动的记述。若欲以二名表此义，则事情之自身可名的历史，或客观之历史；事情之记述可名为'写的历史'，或主观的历史"。（原载《中国哲学史》上卷绪论第八节，上海神州国光社 1931 年版。引自冯友兰：《三松堂全集》第二卷，河南人民出版社 2000 年版，第 254 页）"关于过去的历史或"客观历史"是本体论意义上的历史事实，而"历史事实"或"主客历史"则是认识论意义上的历史事实。这两个概念的所指是有区别的。

的过程,是现在跟过去之间的永无止境的问答交谈"①。这就是说,历史学家既不是"关于过去的历史"的卑贱奴隶,也不是它暴虐专制的暴君;既不能离开历史学家的解释,也不能否认历史所固有的客观性。接下来的问题是,面对如此多的"历史事实"或"主观的历史",我们应当作何选择? 选择的标准又是什么? 选择出来的事件能否在某种程度上有效地还原出叶燮所生活时代的历史语境? 展示"关于过去的历史"或"客观的历史"。与其说如德国史学家利奥波德·冯·兰克强调"客观态度"②而不知所措,毋宁如卡尔那样重视历史研究中的"解释"和"选择",认识到主观的"涉入",认同冯友兰先生的"主观历史"。然而,即便是这样,要展示当时的历史语境,描述时代的主要特征也不是一件容易的事。为此,我们尽量避免宏观叙事,从个别事件入手,通过对它们的回忆与思考,以小见大,勾勒出时代思想的基本轮廓,以此作为思考叶燮诗学思想的背景。

就叶燮所生活的时代,各种各样的事件离我们已经越来越远,也显得越来越模糊,但大致还是可以从明末清初的政治文化背景、清初士人群体的失落以及晚明清初诗学之争等方面予以呈现,即以对"君权"挑战见出政治观的变化,以"贰臣""遗民"为焦点呈现士人群体身份认同的困境与内心的焦虑,以公安派的"主变"追求显示其批判性的诗学背景。通过以上三个方面的展示,我们基本上可以把握叶燮所处时代的整体风貌:那就是在中国专制社会后期,社会内部已滋生出反传统的元素,再遇改姓易号,使得晚明表现出反传统特征,在士人群体中表现出对独立人格与自由精神的追求;但改姓易号,清军入主中原,汉族士人遭到清政权的压制,明代中后期滋生出来的思想解放遭受到清朝廷的打压。那么,面对如此的现实语境,如何做到既不被统治者认为抵抗新政,重罪加身,又在某种程度上表现出批判精神与独立人格,就成为当时许多士人群体共同面临和需要解决的问题。

---

① [英]爱德华·霍利特·卡尔:《历史是什么?》,吴柱存译,商务印书馆 1981 年版,第 28 页。

② [德]利奥波德·冯·兰克(Leopold von Ranke,1795—1886),十九世纪德国最重要的历史学家,客观主义史学创始人,被誉为"近代史学之父"。他主张研究历史必须基于客观地搜集研读档案资料之后,如实地呈现历史的原貌。这种史学主张被史学界称为"兰克史学"。

梁启超称清代学术为"中国的文艺复兴时代"。① 在梁启超看来,清初学术在中国学术史上占据着重要的地位,是中国文艺复兴的开始。对此,学者谢国桢(1901—1982)承接了梁先生的说法,认为"明末清初的学者,有先秦诸子百家争鸣的风格,有东汉党锢坚贞的气节,摆在历史的进程上有他们并驾齐驱的局势,起着承前启后、推陈出新的作用。从明清以来封建社会黑暗的统治中,在人民群众的思想与舆论上又发出光彩,可以说是在吾国历史上的文艺复兴时期,开了灿烂的花朵"②。叶燮的诗学思想正产生于这样一个开满灿烂花朵的"文艺复兴时代"。要准确地把握叶燮的诗学思想,就要认真地分析这枝"灿烂的花朵"所生长的土壤、空气和阳光,了解它的全貌,正如十九世纪法国文学批评家丹纳(1828—1893)所说的,"要了解一件艺术品,一个艺术家,一群艺术家,必须正确地设想他们所属的时代的精神和风俗概况"③。因此,我们要分析叶燮的诗学思想,就从呈现他所生活"时代的精神和风俗"开始。

第一节　晚明对传统的重新审视

对于历史文化背景的思考,一要考察"当时的社会状况",二要考察"后之社会状况",正如梁启超先生所说的:"凡一思想之传播,影响必及于社会,不察其后此之社会状况,则无以定思想之评价。故欲治政治史思想,必须对于政治史、经济史、宗教史、风俗史等有相当之准备,然后其研究不至歧误。"④陈寅恪也说:"凡著中国古代哲学史者,其对于古人之学说,应具了解之同情,方可下笔。"⑤钱基博也提出阅读文学著作时,"不可不考证文学家之履历"⑥。研究叶燮也不例

---

　　① 梁启超说:"此二百余年间总可命为中国之'文艺复兴时代';特其兴也,渐而非顿耳。然固俨然若一有机体之发达,至今日而葱葱郁郁,有方春之气焉。吾于我思想界之前途,抱无穷希望也。"(原载《论中国学术思想变迁之大势》,刊于《新民丛报》第八章清代学术,章末结论云。见梁启超:《清代学术概论》,江苏文艺出版社 2007 年版,第 3 页)

　　② 谢国桢:《明末清初的学风》,上海书店出版社 2006 年版,第 1—2 页。

　　③ 〔法〕丹纳:《艺术哲学》,傅雷译,生活·读书·新知三联书店 2016 年版,第 15 页。

　　④ 梁启超:《先秦政治思想史》,东方出版社 1996 年版,第 10 页。

　　⑤ 陈寅恪《冯友兰国哲学史下册审查报告》,见冯友兰:《中国哲学史》(下),商务印书馆2011 年版,第 603 页。

　　⑥ 钱基博《〈现代中国文学史〉编首》,见钱基博:《现代中国文学史》,上海书店出版社2004 年版,第 5 页。

外。他的诗学思想正是应时代要求而生发的,因此,我们研究他的诗学思想,就必须要考察当时的社会状况,否则将"无以见思想之来源"。只有这样,才能更好地呈现叶燮诗学思想的精神内核。

明末处于中国专制社会的后期,它一方面继承了中国文化传统,另一方面又开始反思传统,表现出反传统的思想潮流。传统是一种人们习以为常的行为方式,具有规范作用和道德感召力。它凝聚在过去的各种制度、观念和行为之中,使各历史阶段保持着某种连续性。美国学者爱德华·希尔斯(Edward Shils,1910—1995)认为,传统的继承是"因为他们认识到,没有这些东西他们就不能生存下去。他们没有想象出可以替代它们的东西。如果剥夺掉他们所具有的传统,他们便既没有物质资源,也没有知识才能、道德力量和眼光来提供在世界中建设家园所需要的东西"①。可见,传统是一种精神的延续,或者说它本身就是生活的一部分。没有传统,不仅导致物质资源匮乏,而且还会导致精神的窒息,正如人没有空气和水一样,不能成活。事实上,传统一方面给人类提供了精神家园,维护已有秩序,使代与代之间,一个历史阶段与另一个历史阶段保持连续,但这一连续却又在不同程度上约束了人们的思想和行为。

当然,传统也并不是亘古不变的东西,维护与突破,依存与冲突一直都在进行着,促使着传统内涵不停地漂浮。其原因可能来自两个方面,正如希尔斯所说的,"传统并不是自己改变的。它内含着接受变化的潜力;并促发人们去改变它。某些传统变迁是内在的,就是说,这些变迁起源于传统内部,并且是由接受它的人所加以改变的";同时,"当传统的拥护者被带到或来到其他传统的面前时,传统便发生了变化"。② 这里的"其他传统"主要是指那些方便、有效、令人信服的优越性的传统,都会促使既有传统发生变迁。

希尔斯在这里描述了传统的变化来自传统内部与传统外部两个方面的影响。的确如此,中国社会推进到晚明,经过千年积淀下来的诸多传统便遭到由内而外的挑战与冲击。就内部而言,突破传统的冲动力量越来越强;就外部而言,世界一体化又有了渗透与颠覆传统的可能。最典型的事例就是内部滋长出对君权与正统思想的挑战,外部遭遇西方令人信服知识的冲击,以及社会经济的快速发展促使人们对原有人生态度的思考,由此导致了人们在政治观、人生

---

① [美]爱德华·希尔斯:《论传统》,傅铿、吕乐译,上海人民出版社1991年版,第285页。

② 《论传统》,第285—286、321页。

观等方面有了某种超越现实的冲动。这一历史语境自然也影响到清初的诗学思想，成为叶燮诗学思想中反传统基调的社会土壤。

一、君权伦理的颠覆

创建传统需要人们的智慧，而破除传统不仅需要智慧，更需要勇气，正如傅铿先生在《论传统·译序》中所指出的那样："不仅创建一种传统需要非凡的克里斯玛①式的想象力（当然也需要魄力、记忆力和推理能力），而且破除一种传统同样离不开克里斯玛特质，甚至需要有双倍的克里斯玛特质。"②传统如人生存的空气和水，无法脱离。任何对已有传统的破坏，必将有一个更加适合现时环境的新传统取而代之。没有新传统对已有传统压倒优势的力量，已有传统是不会自愿退出的，凭空不能破除传统，因此，欲破除已有传统需要有双倍的克里斯玛特质。那么，明末清初的士人群体是否拥有这种克里斯玛特质？他们是否拥有破除传统的历史担当？如果有这种担当，那么他们又是以何种方式来破除旧传统？这些都是我们应该思考的问题。

在中国传统文化中，君在整个专制社会结构中占有中心地位，拥有至高无上的权威。它是社会权力的象征，正如有学者所说的："在我国古代，君、臣、民构成了基本的社会框架，三者之间的关系基本上涵盖了各方面的社会关系。"③在这一社会关系当中，君为统治者，占有社会资源的分配权；民为从事具体劳作者；而臣则处于君与民之间，上传下达，起到既尊君命，又听民意，调和着君与民之间矛盾的作用。只有君、臣、民三者恪守其职，才能共同维系着专制社会的秩

---

① 克里斯玛：原文 Charisma 一词最早出现在《新约·哥林多后书》中，原指因蒙受神恩而被赋予的天赋。十九世纪德国法学家 Sohm 用它来指基督教教会的超世俗性质。马克斯·韦伯（Max Weber，1864—1920）延伸与扩大 Charisma 的涵义，既用它来指具有神圣感召力的领袖人物的非凡人格特质或精神特质，如先知、巫师、立法者、军事首领和神话英雄等超凡本领或神授能力。也用它来指一切与日常生活或世俗生活中事物相对立的被认为是超自然的神圣特质，如皇家血统或贵族世系。（中略）希尔斯更进一步引申，认为不仅仅是那些具有（或被认为具有）超凡特质的权威及其血统能够产生神圣的感召力，而且社会中的一系列行动模式、角色、制度、象征符号、思想观念和客观物质，由于人们想念它们与"终极的""决定秩序的"超凡力量相关联，同样具有令人敬畏、使人依从的神圣克里斯玛特质。这样，在社会中行之有效的道德伦理、法律、规范、制度和象征符号等都或多或少被注入了与超凡力量有关的克里斯玛特质。（见希尔斯：《论传统·译序》傅铿、吕乐译，上海人民出版社 1991 年版，第 4—5 页）

② 傅铿《传统、克里斯玛和理性化》，见［美］爱德华·希尔斯：《论传统》，傅铿、吕乐译，上海人民出版社 1991 年版，第 6 页。

③ 李亚彬：《对我国古代德治的分析》，载《哲学研究》2002 年第 4 期。

序,因此,对君权的质疑与批判,可以说是对中国传统政治观念的最大挑战。这里,我们以君权思想为个案,分析这个被历代统治者建构起来的传统文化核心内容的等级与秩序,在晚明如何遭到来自传统内部不同程度的挑战,成为当时挑战与突破传统的切入口。事实上,明末清初士人群体对君权的挑战,在一定程度上动摇了中国传统文化的政治基础,呈现对传统的集体反思。

1. 君权的合法性表达

在中国传统的专制社会中,"君"占最高位,"民"居最低层。君权的神圣性在传统文化中根深蒂固,这体现在对君权合法性叙述俯拾皆是,弥散于传统文化与政治生活的各个方面。它不仅表现在现存的各种历代文献记载,如诏书、文告、官方文献等,多对君权作了合法性的叙述,而且在民间的社会生活中也有许多类似的表达,如通俗小说、笔记野史、民间歌谣等,在不同程度上表现了社会这一共同的价值取向。而这些叙述还以各种形式化的方式,充斥在人们生活的各个领域。特别在政治生活当中,这样的叙述已内化为人们行为与思考的模式,诸如"奉天承运""皇天无亲,唯德是辅"等看似套话,实则是对君权合法性的强化。欧阳修(1007—1072)《新唐书》曾记有陆贽(754—805)回复皇上的话:"古之人君,德合于天曰'皇',合于地曰'帝',合于人曰'王',父天母地以养人治物得其宜者曰'天子',皆大名也。"①唐人皇甫湜(777—835)在《东晋元魏正闰论》中也说:"王者受命于天,作主于人,必大一统,明所授,所以正天下之位,一天下之心。"②认为君权一方面来自其建立的功绩,另一方面来自天的"授予"。以上各种表述都是在强调君权的正统性。

另《史记·秦始皇本纪》有"皇帝并一海内,以为郡县,天下和平,昭明宗庙,体道行德""治道运行,诸产得宜,皆有法式,大义休明,垂于后世""功盖五帝,泽及牛马",表明"皇帝修烈,平一宇内,德惠修长"③云云,都是在强调天命、君德与功业等。唐太宗《帝范·序》中提到"树之君臣,所以抚育黎元,钧陶庶类,自非克明克哲,允武允文,皇天眷命,历数在躬,安可滥握灵图,叨临神器"④。强调君

---

①　(宋)欧阳修、宋祁:《新唐书·陆贽传》,中华书局 1975 年版,第 4919 页。

②　(唐)皇甫湜:《东晋元魏正闰论》,转引自任继愈主编,姚铉编:《唐文粹》,吉林人民出版社 1998 年版,第 410 页。

③　(汉)司马迁撰:《史记·秦始皇本纪》,中华书局 1982 年版,第 246—247、242、245、261 页。

④　(唐)李世民《唐太宗集·帝范序》,见欧阳询:《艺文类聚》(上),中华书局 1965 年版,第 297 页。

主之德与才,但其合法性则来自"皇天眷命"。对于皇权合法性论述还有许多,不再列举。

另外,一些文学作品中也表现了皇权的合法性,说明人们对皇权合法性的信仰。如罗贯中《三国演义》之所以站在刘备的立场来"重述"三国的故事,正是因为"汉朝皇叔""帝室之胄""仁义充塞四海"之类观念的影响。《东坡志林·途巷小儿听说三国话》记有:"涂巷中小儿薄劣,其家所厌苦,辄与钱,令聚坐听说古话。至说三国事,闻刘玄德败,颦蹙有出涕者,闻曹操败,即喜唱快。以是知君子小人之泽,百世不斩。"①就小儿听说书的情感而言,可以见出民间对刘玄德的信仰。以上各种叙述,都从不同侧面折射出当时人们根深蒂固的皇权思想。

"尊君"思想尊重并崇尚皇权,坚持社会等级分层,维护皇权的伦理道德,"君臣父子"关系是其核心。韩愈说:"君者,出令者也;臣者,行君之令而致之民者也;民者,出粟米麻丝,作器皿,通货财,以事其上者也。"(《原道》)为君者如果不出其令,便失去为君之实,其结果将是名不正,自然言也就不顺;而臣如果不行君令而致之民,民不具体劳作,如不出粟米麻丝,作器皿,通货财,其结果是当"诛"。韩愈《原道》要求君、臣、民各行其职。这是传统君权思想的表现。

朱元璋来自社会底层,能真实地体会到"百姓足而后国富,百姓逸而后国安"(《明实录·太祖实录》卷二百五十)。可一旦拥有了皇权,他就直接反对孟子"民贵君轻"的思想,下令重新编纂《孟子节文》一书,将原文中有"民本"倾向的思想,如《孟子·尽心下》中的"民为贵,社稷次之,君为轻"等内容予以删除,"私天下"的本质暴露无遗。②另万历十四年(1586)北京会考,试题出于张载的"帝天之命,主于民心"一语。有一份获得二甲头名的试卷力主"君心与民心合,民心与天心合",这自然得到统治者的赞许。③

① (宋)苏轼:《东坡志林》卷一《怀古·涂巷中小儿听说三国语》,王松龄点校,中华书局1997年版,第7页。

② 孟子有较强的民本思想。他提出"民为贵,社稷次之,君为轻"(《孟子·尽心下》),朱熹解释为"国以民为本,社稷亦为民而立,而君之尊又系于二者之存亡"(《四书章句集注》);又"得乎丘民而为天子,得乎天子为诸侯,得乎诸侯为大夫。诸侯危社稷,则变置。牺牲既成,粢盛既洁,祭祀以时,然而旱干水溢,则变置社稷"(《孟子·尽心下》);又"桀纣之失天下也,失其民也,失其民者,失其心也。得天下有道:得其民,斯得天下矣;得其民有道:得其心,斯得民矣;得其心有道:所欲舆之聚之,所恶勿施尔也"(《孟子·离娄上》),等等。这些具有民本倾向的思想在重新编纂的《孟子节文》中都被删除。

③ 对于以张载的"帝天之命,主于民心"一语为题,有一获得二甲头名的试卷认为:"天,至尊也;命自不可测,而否泰隆替之机,则天乃不能自握其命,而寄之于民。……(注转下页)

作为"君""民"中介之"臣"拥有一定的话语权,在他们的社会经验中尊重民的利益,如"民惟邦本,本固邦宁"(《尚书·五子之歌》)成为后世民本思想的渊源。[①] 这一思想"在商周先秦时代已萌芽、出现;民本主义形成为思想体系,则在汉晋唐时代;到明清日趋完善"[②]。而梁启超比较早地称之为"民本思想",并以此作为中国政治思想的特色。他说:"我国有力之政治思想,乃欲在君主统治下,行民本之精神。"[③]有"尊君"这一条主线,自然有另一条"民本"的线与之相应。

其实,"尊君"与"民本"如挑担子的两头,一旦偏颇将会导致失衡,打破社会秩序。柳诒徵认为,吾国"虽未有民主立宪之制度,而实有民治之精神";金耀基也认为中国传统社会浓厚的民本思想,将使君主专制的政治弊害得以减轻和缓解。[④]

(续上页注)天之爱民甚矣。民心所欲就,天亦就之,民心所欲去,天亦去之。……天为民主君,君为天重民,然后君心与民心合,民心与天心合。"(见《万历丙戌会试录》,收入《明代登科汇编》第 20 册)此文力主君民之心"合",自然符合统治者思想而得到认同。

① 民本思想在中国传统文化中有着非常重要的地位。孔子从"仁爱"的道德原则出发,主张以民为本,反对"暴政",提倡仁政,提出要惠民、富民、教民。孔子的这些思想奠定了儒家政治哲学"仁政德治"的重德传统。生活在社会大变革时期的孔子,对"民"的重要性有着非常深刻的认识,如他对鲁哀公说:"丘闻之;君者舟也,庶人者水也。水则载舟,水则覆舟。"(见《荀子·哀公》)《荀子》一书中数次引用了孔子的这一观点,如《荀子·王制》中亦有记载:"传曰'君者,舟也;庶人者,水也。水则载舟,水则覆舟'。此之谓也。故君人者欲安,则莫若平政爱民矣;欲荣,则莫若隆礼敬士矣;欲立功名,则莫若尚贤使能矣。"这是对君民关系的精辟论述。而代表下层平民利益的墨子更是痛恨饥者不得食,寒者不得衣,劳者不得息的不公平,认为"古者明王圣人,所以王天下,正诸侯者,彼其爱民谨忠,利民谨厚,忠信相连"(《墨子·节用中》)。管子主张"政之所兴,在顺民心。政之所废,在逆民心"(《管子·牧民》)。汉代贾谊也认识到"夫士民者,国家之所树而诸侯之本也,不可轻也"(《新书·大政上》)。强调君主应该顺应民心,否则民必胜之,"大道之行也,天下为公,选贤与能,讲信修睦"(《礼记·礼运》)。董仲舒也表述了类似的思想,他说:"天之生民非为王也,而天立王以为民也"(《春秋繁露·尧舜不擅移汤武不专杀》),主张"以宽民力"。北宋李觏说:"立君者,天也;养民者,君也。非天命之私一人,为亿万人也。"(《李觏集·安民策第一》)可见,民本思想也有较强的力量,但由于中国封建社会结构的状况,尊君思想一直压制着民本思想。

② 陈胜粦《民本主义论纲》,见《林则徐与鸦片战争论稿》(增订本),中山大学出版社 1990 年版,第 588 页。

③ 梁启超:《先秦政治思想史》,东方出版社 1996 年版,第 5 页。

④ 柳诒徵说:"吾国先哲立国要义,以民为主,其立等威,辨上下,亦以为民,而非为帝王一人或少数武人、贵族纵欲肆虐而设。故虽未有民主立宪之制度,而实有民治之精神。"(见柳诒徵:《中国文化史(上)》,东方出版中心 2007 年版,第 239 页)金耀基说:"盖中国之政治,自秦汉以降,虽是一个君主专制的局面,但总因有浓厚的民本思想之影响,遂使君主专制的政治弊害得以减轻和纾缓。"(见金耀基:《中国民本思想史》,台湾商务印书馆 1993 年版,第 7 页)

他们都注意到"尊君"与"爱民"相平衡才能保证社会的有序。在中国历史上,有"尊君"但不为君的"立国君以为国,非立国以为君也"(《慎子·威德》),有公天下的"尧舜之位天下也,非私天下之利也"(《商君书·修权》),及"天下者,天下之天下,非一人之私有"(《孟子集注·万章上》),等等。以上各种君民关系的表述多持君之立场,反对"暴君",却不反"君"。他们认同"君"的合法性,但又都希望"君心"要合于"民心"。

君权是中国传统社会政治的一大特征,质疑君权就是质疑传统的政治观念,是一种挑战行为。所以,对君权的挑战也集中体现了对传统政治思想的挑战。

2. 君权的合法性质疑

在中国的民主政制中,"虽为神权而非永为巫觋政治,虽为君主而非即是独裁政治。这就是因为在政理上有一个民本思想巨流,冲洗了实际政治可能发生的弊害,便和他民族的神权或君主政制有其分野"①。与君权合法性叙述伴随始终的是"民贵思想"。它成为君权思想发展的陪伴者。

在先秦时已有民贵思想。最早见于《尚书·五子之歌》中的"民惟邦本,本固邦宁"和《尚书·泰誓上》中的"民之所欲,天必从之",这便是民本思想的标志性命题。只是到了明末,这条主线被再次突显出来。有学者认为,对君权的批判有西方思想的元素。当然,我们无意否认这样的看法,但事实上,批判君权的思想资源正来自传统文化中的"民贵"思想。中国的民本思想来自传统社会,"中国社会转型是原生型的,即内力型生发的,而非外力型",其"新因素是从传统中生发出来,最终经过多种因素发展起来,近代不是与传统的断然决裂"②,强调的是传统的延续性。美国学者柯文和日本学者沟口雄三也都认为,中国的近代性主要是由中国社会内部自我生发出来的。③ 其实,对君权的批判也正是来自

---

① 陈顾远《中国政制史上的民本思想》,转引自范忠信等编:《中国文化与中国法系——陈顾远法律史论集》,中国政法大学出版社 2006 年版,第 407 页。就中国政制和他民族的神权或君主政制有其分野,胡秋原说:"中国专制主义,无宗教为后盾,且因儒学加以驯化,在保持统一之下,成为有限的专制主义,中国皇帝不比欧亚皇帝好,但中国从无罗马'皇帝意志为法律渊源说',英国'王权神圣说',而中国皇帝也还无人如法国路易十四敢说'朕即国家',因此,中国虽然是专制国家,较欧亚其他专制国家温和得多。"(见胡秋原:《古代中国文化与中国知识分子》,中华书局 2010 年版,第 226 页)

② 万明主编:《晚明社会变迁问题与研究》,商务印书馆 2005 年版,第 27、29 页。

③ 见[美]柯文:《在中国发现历史——中国中心观在美国的兴起》,林同奇译,中华书局 1989 年版;[日]沟口雄三:《中国前近代思想的演变》,索介然、龚颖译,中华书局 1997 年版。

传统内部的需要,至少可以判断为传统内部需求是主导因素。明清是一个继承传统,但又蕴含变革传统的时代,特别是自嘉靖、万历以后,进入中国历史上最具有近代气息、值得重视的一个时代。明末清初的确是一个对传统反省的时代。

"君权"与"民本"总是相生相伴的两种思潮。在传统政制观念中,君权"天赐",即所谓的"溥天之下,莫非王土;率土之滨,莫非王臣"(《诗经·小雅·北山》)。明代朱元璋又将"君权""相权"合一,权力进一步高度集中。君尊臣卑如"君臣相与,高下之处也,如天之与地也"(《管子·明法解》)。同时,权力高度集中之弊端日益暴露,遭到有识之士的批评。明中后期是中国政制的转折期,一批具有民本意识的思想家们勇敢地站了出来,对君权进行了猛烈的批判,其代表人物当推唐甄、王夫之、顾炎武、黄宗羲等。

唐甄说:"夏、殷、西周、西汉,治多于乱。……其余一代之中,治世十一二,乱世十八九。……君之无道也多矣,民之不乐其生也久矣。"(《潜书·鲜君》)在"治"与"乱"的时间比例上,不同于西汉以前的治多乱少,而认为是君之无道,民之不乐,一代不如一代。明朝末年,国力衰弱,道德沦丧,政治腐败,有识之士希望重建君民关系。如有王夫之的"天下非一姓之私"(《叙论》一,《读通鉴论》卷末),宣称"一姓之兴亡,私也;而生民之生死,公也"(《梁敬帝》,《读通鉴论》卷十七)。以"天下"高于"王朝"立论,抨击了"私天下"的思想。顾炎武也说:"以天下之权,寄之天下之人,而权乃归之天子。自公卿大夫,至于百里之宰,一命之官,莫不分天子之权,以各治其事"(《守令》,《日知录》卷九);又指出"易姓改号,谓之亡国;仁义充塞,而至于率兽食人,人将相食,谓之亡天下"(《正始》,《日知录》卷十三)。黄宗羲上承孟子"民贵君轻",提出了"天下为主,君为客"。他在《明夷待访录》中向君权提出了全面挑战。

黄宗羲在《明夷待访录·原君》中对"古之君"的评价极高,肯定他们"不以一己之利为利,而使天下受其利;不以一己之害为害,而使天下释其害",赞扬以天下之民为其主,所以天下之民都爱戴他们的君主,犹如爱戴自己的亲生父母一样;抨击"后之君",批评他们走向与"古之君"相反之路,以"天下利害之权皆出于我,我以天下之利尽归于己","屠毒天下之肝脑","敲剥天下之骨髓","离散天下之子女"等。在《明夷待访录·原臣》中,他勇敢地斩断传统君臣纲常,要求出仕者应"为天下,非为君也;为万民,非为一姓也",进一步提出"天下之治乱,不在一姓之兴亡,而在万民之忧乐"。在《明夷待访录·原法》中,他又说"三代以上有法,三代以下无法",批评皇帝"立法"是"不胜其利欲之私以创之","废法"是"不胜其利欲之私以坏之",等等。

孟子反对暴君,不反君;黄宗羲反对暴君,也反君,表现出黄宗羲对民本思想的推进。他从传统的君臣父子关系切入,大胆地质疑君权的合法性,得到了具有民主意识者如吕留良、傅山等人的回应。作为与君权相伴的民本思想,"不仅作为一种传统的政治思想资料,渗透到近代中国民主思潮发生发展的过程中,而且经过长期的积淀,已内化到中华民族的文化心理结构之中,从更深的层面上制约着近代思想家政治家们的思维模式和行为模式"①。

3. 体制外批判的力量

到了明代,特别是在明代中后期,在由内而外的各种因素影响下,旧秩序渐渐式微,新秩序正在酝酿。社会上出现许多反思已有的传统,呈现出极具变化性的特征,被学者称为"是中国社会、文化史最具'活力'和'多样性'的时代"②。晚明对君权的质疑是特定时代的产物,动摇了"君"的神圣性。虽然如冯天瑜先生所认为的,中国的民本思想是一种明智的、眼光远大的君本位理论③,民本思想较弱,或仅停留在思想的层面,但它作为中国政制的重要思想内容,与"君本位"共同构成中国传统政治思想的整体。④

有学者认为,"清代以黄宗羲、顾炎武、王夫之为代表的一批著名的思想家,紧紧抓住政治结构、政治关系、政治体制等要害问题,剖析和批判皇帝制度"⑤。这里的"剖析和批判"正是质疑的表现,如方以智(1611—1671)所说的"不疑人之所疑,而疑人之所不疑","新可疑,旧亦可疑;平可疑,险更可疑。"(《东西均·疑可疑》)这里的"善疑"是由内部滋生的"接受变化的潜力"⑥。这种潜力也正是表

---

①　陈胜粦:《林则徐与鸦片战争论稿》(增订本),中山大学出版社 1990 年版,第 596—597 页。

②　陈宝良:《新名词与新生活——晚明社会生活的"活力"与"多样性"》,载《中国文化研究》,2004 年春之卷。

③　冯天瑜说:"兴起于晚周而贯穿于整个中国古代的民本思想并不是一种论证主权在民和民众自我治理的学说,它与民主主义之间颇有区格,从内容到形式都难以自然发展为民主主义。……民本学说在本质上不是民本位理论,而是君本位理论——一种明智的、眼光远大的君本位理论。"(冯天瑜:《中华元典精神》,上海人民出版社 2014 年版,第 478、479 页)

④　张师伟说:"如果没有民本思想,那么专制思想就失去了基本的价值合法前提与正义的政治追求内容;而如果没有专制思想,那么民本思想所设定的政治价值和政治追求就失去了赖以实现的基本条件。"(张师伟《重构专制——明清之际政治思想的社会含义》,见吴光主编:《黄宗羲与明清思想》,上海古籍出版社 2006 年版,第 85 页)

⑤　张分田:《民本思想与中国古代统治思想》(上),南开大学出版社 2009 年版,第 354 页。

⑥　[美]爱德华·希尔斯:《论传统》,傅铿、吕乐译,上海人民出版社 1991 年版,第 285 页。

现在他们对传统的批判和独立精神的自觉。学者蒋国保认为,"明末清初的批判思潮表现形式固然各一,或挂复古牌子,或举现实旗帜,或打学术幌子,但都体现了反省精神的觉醒,标志着一代学人思想、感情与行动上的独立思考"①。冯天瑜也说:"明清之际谴责专制君主的社会批判思想,是从先秦民本思想和中世纪各种抗议君主专制的异端哲学,走向近代民主、民权思想的桥梁,它为中国近代先进的人们接受西方民主政治观念提供了民族文化的深厚土壤。"②可见,从他们的立场出发,在不同的程度上反映了士人群体的觉醒,反传统成为思想界的时代特征。

那么,为什么明末清初的反君权思想会如此强烈呢? 这与人们常说的社会经济的发展、思想的内在理路,以及士人群体独立自觉相关外,还与他们在社会结构中所处地位密切相关。体制内与体制外的两种立场对社会的批判有明显的差别,而晚明对君权的猛烈批判,多是体制外的士人群体所为。

明末清初的大批评家多是体制外的人物。他们多以讲学为生,对体制的依赖降到最低点,忠君观念相对淡薄,因此,一是他们独立性相对增强,经济的独立在一定程度上支持其精神的自由独立;二是体制外人物审视体制,自有"旁观者清"的优势。美籍汉学家费正清(1907—1991)曾将中国发展缓慢的原因归之于"祖宗之法不可变"③是有一定道理的,表现了中国传统思想的继承性较强,批判性不足的事实。但仅从体制内的"社会领袖"维护"祖宗之法不可变"这一崇古、信古、复古的角度还只是说明问题的一个方面。

在中国相当长的历史时期,传统的士人群体依赖体制,"学而优则仕"是传统文人共同追逐的梦想。"社会领袖"多是体制内人物。特别在封建专制社会中,这种政治体制本身就决定了难有"民间领袖"。传统士人群体对体制的依赖在相当大的程度上削弱了他们对体制的批判力,即使他们拥有与西方知识分子同样的批判精神,但要实现这种批判,需要比西方同行更大的勇气,冒更大的风险。黄宗羲、顾炎武、王夫之等能够有这种反传统的精神,毫不畏惧地向君权挑

---

① 蒋国保《明末清初时代精神散论》,见宗志罡主编:《明代思想与中国文化》,安徽人民出版社 1994 年版,第 306 页。

② 冯天瑜:《中华元典精神》,上海人民出版社 1994 年版,第 407 页。

③ 费正清说:"中国人向来认为'祖宗之法不可变',这是造成中国发展缓慢的原因之一。社会领袖均致力于维护传统,任何新生事物都必须纳入传统的模式之中。西方人自十九世纪起信奉的是进步的思想,而明清时的中国人却唯恐越过古人的雷池一步。"(见费正清:《中国:传统与变迁》,张沛译,世界知识出版社 2002 年版,第 203—204 页)

战,站在体制外便是一个重要的原因。暂时脱离对皇权的依附使他们的精神得到相对的自由与独立,因此,对体制的批判无论在深度上还是广度上都超过体制内的批评者。如果从更深层次上来讲,体制内人物倾向于"祖宗之法",对于传统是"维护"胜过"批判",表面看是受体制保护的士人群体在维护现有体制的合理性,但进一步追问,便可以发现这一"维护祖宗"的行为和思想与他们的自身利益密切相关。其实,能成为体制中的人物,他的思想观念、价值取向与体制是趋同的,否则就不会被体制接纳;而体制外的人物自然游荡于体制的边缘。可见,晚明的反思与批判,与士人群体在社会结构中所处位置而产生的独立精神有密切的关联。

晚明是中国思想发展史上的重要环节,其特征表现在对恪守传统行为的反叛,形成了以挑战为主要特色的时代精神。虽然传统能保持代与代之间的联系,实现社会的延续,但坚守传统并不是唯一的选择。它是否被改造或颠覆并不在其本身,而在于与社会发展的关系,正如晚明社会的变化一方面来自内部滋生出反传统的元素,另一方面又与勇于接受以利玛窦为代表的西方传教士带来的西方文化密切相关。在这样的历史语境中,一些进步的士人群体重新审视既定传统中所谓不言自明的东西本身是否合法,自然给他们抹上一层独立的、反对传统的思想底色,形成了颠覆传统的时代特征。不仅于此,这种内在的因素还表现在人们人生观念改变的影响上。

二、人生观念的转变

明代后期,不仅人们的政治观念发生了变化,对许多过去不证自明的看法产生动摇,而且这种动摇也以不同的形式渗透到人们的日常生活当中,具体表现在明代中后期随处可见的各种越礼的生活方式与态度。人们生活观念的改变也成为晚明社会转型的另一重要的表征。而这一表征又集中表现在人们服饰的改变和对人欲与生活态度的重新认识等方面。

1. 服饰中的越礼行为

服饰早已不只是人们遮体御寒的东西,而与衣着者的社会地位与身份直接相关联,"望其服而知贵贱,睹其用而明等威"①。服饰已成为不同人群社会地位与身份的表征,正如法国社会史家丹尼尔·洛什在其《服饰文化》中所提到的,

---

① (明)张翰:《松窗梦语》卷四《百工纪》,中华书局 1985 年版,第 76 页。

"衣饰,作为一种忠诚、团结、等级和排他性的标志,是阅读社会的密码"①。明代后期人们服饰的改变,向传统等级的挑战更进一步表现了服饰社会性的一面,成为"阅读社会的密码"。洛什在《服饰文化》中说到法国大革命前的服饰,体现着"强加于权力阶层的节俭法和约束全社会的礼仪规范。到十七世纪,我们已看到城市经济和时尚的发展对这些原则产生的冲击,以及其后出现的并在十八世纪有增无减的次序混乱"②。其实,就同一个时期,在离法国很遥远的中国,也存在着服饰革命的现象。

服饰不仅承担遮蔽御寒的功能,而且还承担着划分社会等级、约束人们行为的功能,为不同民族、不同阶层之间设定了界限。对此,英国学者乔安妮·恩特维斯特尔(Joanne Entaishle)曾说:"日常生活中的衣装总要比动物的外壳意味着更多的东西,它是自我经验和自我显现的一个密切的方面,它与自我的身份的联系是如此的紧密,以至于这三者——衣装、身体和自我——不分开来设想的,而是作为一个整体同时被想象到的。"③

明代万历以前官员的衣着习俗相对固定,是人的地位与身份的直接表现形式,可"明尊卑,别贵贱"。衣着规范的重要性表现在历代的正史当中,都能找到《舆服志》的内容,记载着当时人们的衣着习俗、相应的规范,以及社会各个层级消费的规则。明太祖在谈及元朝灭亡的原因时曾说:"古昔帝王之治天下,必定礼制,以辨贵贱,明等威,是以汉高初兴,即有衣锦绮縠、操兵乘马之禁,历代皆然。近世风俗相承,流于僭侈,闾里之民,服食居处与公卿无异,而奴仆贱隶侈于乡曲。贵贱无等,僭礼败度,此元之失败也。"(《明太祖实录》卷十四)他制定了严格的礼法等级,并能通过衣着的"贵贱之别,望而知之"。明太祖朱元璋御权,便"诏复衣冠如唐制",洪武三年(1370)"定皇帝冕常服,皇后冠服、常服,皇妃、皇嫔冠服,皇太子妃冠服、常服,亲王妃冠服……"(《明史·舆服志》)规定庶人衣冠,不能僭越用料、花式,严明首饰的使用规则。④ 而且长短尺寸、质地都有所讲究,"洪武二十三年三月,上见朝臣衣服多取便易,日至短窄,有乖古制,命礼部尚书

---

① [法]丹尼尔·洛什《服饰文化》,转引自原祖杰:《服饰文化与明代社会》,见《文化学刊》2008 年第 1 期。

② 转引自原祖杰:《服饰文化与明代社会》,《文化学刊》2008 年第 1 期。

③ [英]乔安妮·恩特维斯特尔:《时髦的身体》,郜元宝等译,广西师范大学出版社2005 年版,第 6 页。

④ 《明史·舆服志》:"令男女衣服,不得僭用金绣、锦绮、纻丝、绫罗,止许绸、绢、素纱,其靴不得裁制花样、金线装饰。首饰、钗、镯不许用金玉、珠翠,止用银。六年令(注转下页)

李源名等参酌时宜,俾有古义,议凡官员衣服宽窄随身,文官自领至裔去地一寸,袖长过手,复回至肘,袖桩广一尺,袖口九寸。公侯、驸马与文职同,耆民、生员亦同;惟袖过手复回不及肘三寸;庶民衣长去地五寸。武职官去地五寸,袖长过手七寸,袖桩广一尺,袖口仅出拳;军人去地七寸,袖手长五寸,袖桩七寸,袖口仅出拳。颁示中外"①。所以,"明初颇近古。人尚朴素,城市衣履稀有纯绮。乡落父老,或檐帢,靸履不袜。器惟瓦瓷,屋宇质陋"②。

另有《嘉靖江阴县志》记载:"国初时,民尚质俭朴。三间五架,制身狭小。服布素,老者穿紫花布长衫,戴平头巾。少者出游于市,见一华衣,市人怪而哗之。"③这里的"哗之"正表现了明初社会普通人群"尚质俭朴"的特征。其实,对服饰等级的认同,也是对社会等级差异的认同,对次序的认同,也对统治者的认同。④

但到明成化后情况便有所改变。据嘉靖《泾县志》记载:"成化、弘治间,生养日久,轻役省费,民称滋殖。此后渐侈,田或亩十金,民居或僭仿品官第宅。男子衣文绣,女子服五彩,衣珠翠,饰金银,务华靡,喜夸诈,好刚使气,有健讼告讦者。商贾亦远出他境。嫁婆奢靡,生女多不育。丧葬用佛事,至惑于风水,暴露经年,或糜费以葬;而于亲垄,岁时祭祀,间多阙然,习随时异,而莫之知也。"⑤奢侈之风从贵族阶层移向社会平民,原来服饰的等级受到挑战。据顾起元《客座赘语》记载:"南都服饰,在庆、历前犹为朴谨,官戴忠静冠,士戴方巾而已。近年以来,殊形诡制,日异月新。于是士大夫所戴其名甚夥,有汉巾、晋巾、唐巾、诸葛巾、纯阳巾、东坡巾、阳明巾、九华巾、玉台巾、逍遥巾、纱帽巾、华阳巾、四开

(续上页注)庶人巾环不得用金玉、玛瑙、珊瑚、琥珀。未入流品者同。庶人帽,不得用顶,帽珠止许水晶、香木。十四年令农衣绸、纱、绢、布,商贾止衣绢、布。农家有一人为商贾者,亦不得衣绸、纱。二十二年令农夫戴斗笠、蒲笠,出入市井不禁,不亲农业者不许。二十三年令耆民衣制,袖长过手,复回不及肘三寸,庶人衣长,去地五寸,袖长过手六寸,袖桩广一尺,袖口五寸。"(中华书局 2000 年版,第 1101 页)

① (明)朗瑛:《七修类稿》卷九,上海书店出版社 2001 年版,第 97 页。
② 见胡朴安:《中华风俗志(上)》,岳麓书社 2013 年版,第 184 页。
③ (明)赵锦修,张衮纂:《嘉靖江阴县志》,刘徐昌点校,上海古籍出版社 2011 年版,第 83 页。
④ 有关明代士人服饰之规定,见(明)李东阳等撰,申时行等重修的《大明会典》(台北东南书报社 1964 年版)卷六十一《冠服二·文武官冠服》;(清)张廷玉等撰的《明史·舆服志》。
⑤ (清)李德淦主修,洪吉亮总纂:《泾县志(上)》,汪渭、童果夫点校,黄山书社 2008 年版,第 66 页。

巾、勇巾。"①"巾"的多种形式变化正反映了当时对服饰规范的"僭越"。又《新修余姚县志》记载:"邑井别户无贵贱,率方巾长服,近且趋奇炫诡,巾必骇众而饰以玉服必耀俗而缘以彩,昔所谓唐巾鹤氅之类,又其庸庸者矣。至于妇女服饰,岁变月新,务穷珍异,诚不知其所终也。"②可见,明初统治者特别注重服饰的规范与等级,以此维护社会有序运转。但是到了明代后期,这种服饰的等级开始发生改变。

从嘉靖至明亡,朝廷似乎很少重申服饰禁令,放松了管控,于是,各种僭越和奢华之风很快就盛行起来。明人沈德符(1578—1642)在其《万历野获编》卷五《勋戚》"服色之僭"条中记有"天下服饰,僭拟无等者"主要集中在三类人,即勋戚、内官和妇人,认为他们的"僭越"行为,以及追求奢华,是"天地间大灾孽"。沈德符将这样的行为视作是对传统礼仪等级的颠覆。③ 而万历以后,这种服饰"僭越"现象越演越烈。

南直隶《通州志》生动而详细地记述了当地万历前后服饰的变化:

> 弘、德之间,犹有淳本务实之风,士大夫家居多素练衣,缁布冠,即诸生以文学名者,亦白袍青履,游行市中。庶民之家则用羊肠葛及太仓本业布,此二物者,价廉而物素,故人人用之,其风俗俭薄如此。今(按:万历四年)者里中子弟谓罗绮不足珍,及求远方吴绸、宋锦、云缣、驼褐价高而美丽者以为衣,下逮裤袜,亦皆纯采。其所制,衣长、裙阔、领宽、腰细,辄俟忽变异,号为时样,此所谓服妖也。故有不衣文采而赴乡人之会,则乡人窃笑

---

① (明)顾起元:《客座赘语》卷一《巾履》,中华书局1987年版,第23页。

② 万历《新修余姚县志》,《中国方志丛书》第501号,台北成文出版社1984年版,第160页。

③ (明)沈德符《万历野获编·勋戚》:"天下服饰,僭拟无等者有三种。其一则勋戚,如公侯伯支子勋卫,为散骑舍人,其官止八品耳,乃家居或废罢者,皆衣麟服,系金带,顶褐盖,自称勋府,其他戚臣,如驸马之庶子,例为齐民。曾见一人以白身纳外卫指挥空衔,其衣亦如勋卫,而里以四爪象龙,尤可骇怪。其一为内官,在京内臣稍家温者,辄服似蟒似斗牛之衣,名为草兽,金碧晃目,扬鞭长安道上,无人敢问。至于王府承奉,曾奉旨赐飞鱼者不必言,他即未赐者,亦被蟒腰玉,与抚按藩臬往还宴会,恬不为怪也。其一为妇人,在外士人妻女,相沿袭用袍带,固天下通弊。若京师则异极矣,至贱如长班,至秽如教坊,其妇外出,莫不首戴珠箍,身被文绣,一切白泽麒麟、飞鱼、坐蟒,靡不有之。且乘坐肩舆,揭帘露面,与阁部公卿交错于康逵,前驱既不呵止,大老亦不诘责。真天地间大灾孽。"(上海古籍出版社2012年版,第145—146页)

之,不置之上座。向所谓羊肠葛本色布者,久不鬻于市,以其无人服之也。

至于驵侩庸流,幺麽贱品,亦带方头巾,莫知禁厉,其徘优隶卒、穷居负贩之徒,蹑云头履行道上者踵相接,而人不以为异。"(万历《通州志》卷2《风俗》)

"国初"是"见一华衣,市人怪而哗之",到万历则"有不衣文采而赴乡人之会,则乡人窃笑之,不置之上座"。这一变化看似民间审美趣味的变化,而其背后在一定程度上表现了对服饰规范与社会秩序的僭越。

据《客座赘语》记载,万历以后,冠与巾"殊形诡制,日异月新",妇女服饰中"首髻之大小高低,衣袂之宽狭修短,花钿之样式,渲染之颜色,鬓发之饰,履綦之工,无不变易"①。这种种变化已是"越礼逾制"的表现。这在明人张瀚《松窗梦语》卷七《风俗纪》中得到印证。他说:"毋论富豪贵介,纨绮相望,即贫乏者,强饰华丽,扬扬矜翊,为富贵容",又"代变风移,人皆志于尊崇富侈,不复知有明禁,群相蹈之"②。由官位高低所定的金银首饰,以及衣大袖衫的面料"皆有限制",但在明后期的各种笔记中,多有关于服饰变化的记载,在此不多述。

不仅于此,文学作品中也多有描写超越礼制、追求华丽服饰的行为。《金瓶梅词话》第七十一回有何太监与西门庆就衣着的对话,反映了越礼之举。③《醒世姻缘传》也有关于奇装异服以及衣着上不顾礼节的描写,反映了当时社会的现状。④ 这等越礼之事在小说中还有多处描写,此不再列举。

---

① (明)顾起元:《客座赘语》卷九《服饰》,中华书局1987年版,第293页。

② (明)张瀚:《松窗梦语》卷七《风俗纪》,中华书局1985年版,第139、140页。

③ 《金瓶梅词话》第七十一回记有:"何太监道:'不消取去。'令左右:'接了衣服,拿我穿的飞鱼绿绒氅衣来,与大人披上。'西门庆笑道:'老先生职事之服,学生何以穿得?'何太监道:'大人只顾穿,怕怎的? 昨日万岁赐了我蟒衣,我也不穿他了,就送了大人遮衣服儿罢。'不一时,左右取上来。西门庆令玳安接去员领,披上氅衣,作揖谢了。"(《李渔全集》第14卷《新刻绣像批评金瓶梅》下册,浙江古籍出版社1991年版,第84页)

④ 《醒世姻缘传》第二十六回:"那些后生们戴出那跷蹊古怪的巾帽,不知是甚么式样,甚么名色。十八九岁一个孩子,戴了一个顶翠蓝绉纱嵌金线的云长巾,穿了一领鹅黄纱道袍,大红段猪嘴鞋,有时穿一领高丽纸面红杭绸里子的道袍,那道袍的身倒只打到膝盖上,那两只大袖倒拖在脚面。"(《醒世姻缘传》,岳麓书社2014年版,第231页)衣着之怪异可知。在另处有:"十三日起个早,梳光了头,搽白了粉,戴了满头珠翠,也不管甚么母亲的热孝,穿了那套顾乡绣裙衫,不由分说,叫小玉兰跟了,佯长出门而去。"(《醒世姻缘传》,岳麓书社2014年版,第617页)嫡母去世,本应"斩衰三年"(注:斩衰服是所有丧服当中最为粗重的一服。《仪礼·丧服》篇首说:斩衰裳、苴绖、杖、绞带、冠绳缨、菅屦者),但素姐竟然十三日就不顾热孝在身,穿了顾绣的裙衫,出门烧香。

当时还流行所谓"服装错位"(transvestism)的现象,一方面"超越错位",超越礼制;另一方面是男子服装华丽超越女性,在服装上出现了错位,即"贵贱的错位"与"性别的错位"。有以下两则,可见一斑:

> 二十年来,东南郡邑凡生员读书人家有力者,尽为妇人红紫之服外披内衣,姑不论也。余对湖州太守陈公(幼学)曰:"近日老朽改得古诗一首。"太守曰:"愿闻。"余曰:"昨日到城廓,归来泪满襟。遍身女衣者,尽是读书人。"(明人李乐:《续见闻杂记》卷十第二十九则)

> 厌常喜新去朴从艳,天下第一件不好事。……余乡二三百里内,自丁酉至丁未(1597—1607,万历二十五至三十五年)若辈皆好穿丝绸、绉纱、湖罗,且色染大类妇人。余每见惊心骇目,必叹曰此乱象也。(《续见闻杂记》卷十第一百一十四则)

除此之外,还有男子的"不衣不冠",这比穿衣服的不守规矩更过分;与男子的这种无礼行为相应的,是女子的不遵闺范。①

统治者通过对服饰的规范实现社会的统治,在日常生活琐事中隐藏着深层的文化管制,正如有学者所说的,"建立服饰制度的根本目的是为了维护森严的封建等级制度"②。服饰的确包含了许多超越衣服本身的社会符码。那么,对服饰的"逾越"在某种程度上也可以看作是对封建等级制度的逾越,是对现行体制的挑战。这种挑战首先来自社会底层的商贾,他们作为新兴的社会力量,不愿意再忍受陈旧的服饰制度的束缚。因此,打破服饰明禁,并不仅仅是审美趣味的改变,而是人们对既有的规范、现存制度的抵制。就这一社会现象,我们可以看到在明代后期,特别是万历以后,人们的这种"僭越"行为,实际上已经在挑战

---

① (明)李乐《见闻杂记》记载:"不衣不冠"者如"万历己卯(1579,万历七年)秋试,闽诸生在会省者,率不衣不冠行于市。予讶其事,归以语倅辈。倅辈曰:'不足为异也。吾浙二十年来已然矣。'余未之信,历询士友,一辞,深为士风世道发慨。同人道于牛马,自云晋朝人物如此。窃恐晋朝亦未必然。督学先生既身其官,焉得辞其责也。"(《见闻杂记》卷三第一百五十五则,上海古籍出版社1986年版,第281—282页)"女子不遵闺范"者如"余少闻苏松间妇女夜走城市步月,携李则目及睹之。不意湖城敦朴地,二十年以来亦蹈其陋风,恬不知耻。至于设席,则湖尤在苏、嘉之上。盖作俑于大宦家,可慨也。"(《续见闻杂记》卷十第十三则,上海古籍出版社1986年版,第799—800页)
② 陈大康:《明代商贾与世风》,上海文艺出版社1996年版,第172页。

当时的社会秩序,已触及了专制社会的根本。明代后期服饰上的越礼,正是对传统社会制度之批判的重要表现。

2. 对人欲的重新认识

晚明的"越礼逾制"不仅表现在对服饰的各种"越界"方面,而且还表现在对"人欲"的重新理解上。这里的"人欲"主要指"好货好色",是对"财物"与"肉欲"的无边消费。

明代后期兴起"崇欲"之风。李贽说:"如好货,如好色,如勤学,如进取,如多积金宝,如多买田宅为子孙谋,谋求风水为儿孙满福荫。凡世间一切治生产业等事,皆其所共好而共习,共知而共言者,是真迩言也。"(《焚书卷一·答邓明府》)此话道出了当时许多人的心愿。李贽是晚明求变思想的代表人物。他反对董仲舒的"正其谊不谋其利,明其道不计其功"(《汉书·董仲舒传》)的说法,认为"圣人不能无势利之心"①,追求财富与势利是"秉赋自然"。与李贽同时代的三一教主林兆恩(1517—1598)也认为,"天机"就在"嗜欲"中,稍后的顾天埈不讳言"功名富贵人"(《顾太史文集》卷七《答王孟凤》)。可见,晚明开启了"重货利"之欲的时代。

明代经济发展,产生了以市井生活为中心的市民阶层。这在当时的小说中表现得尤为突出。明朝末期市民文学兴起,当以通俗小说的兴盛为其代表。这一时期小说的基本精神是以"情"抗"理",肯定人"好货好色",宣扬男女之"至情"。正如冯梦龙在《情史·序》中所言,"情始乎男女","于是流注于君臣、父子、兄弟、朋友之间"。既然男女之情为人间之"至情",那么,对于这种"情"与"欲"的追求自然便有了存在的合法性。像冯梦龙编选的"三言二拍"、《情史》、《桂枝儿》得到世人的追捧,正表现了文学的消费者对"情"之普遍诉求。为满足广大消费者的需求,作品中涉及爱情、偷情、殉情等关乎"情"的故事便蜂拥而至,如《金瓶梅》《醒世姻缘传》等世情小说,以及《绣榻野史》《浪史奇观》《痴婆子传》《如意君传》《灯草和尚》《僧尼孽海》等艳情小说,也出现了大批艳情小说的写手,如餐花主人、芙蓉主人、兰陵笑笑生、又玄子女、情痴主人、艳艳生、西泠狂生、天放道人、青阳野人等。虽然他们的真名实人难以考证,但多为江南一带的下层文人是没有太多疑问的。这类小说充斥着各种感官刺激,再配之以春宫

---

① (明)李贽《道古录》卷上:"圣人亦人耳,既不能高飞远举,弃人间世,则自不能不衣不食,绝粒衣草而自逃荒野也,故虽圣人不能无势利人心。"(见《李贽文集》卷七,社会科学文献出版社2000年版,第358页)

画、房中术、恋童风等，更是激发了人的欲望。明末名士冯梦龙在《山歌·序》中
说明其写作意图是"借男女之真情，发名教之伪药"。小说"三言二拍"充斥着对
爱情大胆的描写，对男女真情的赞许，甚至有不少篇章对女子的"偷情""外遇"
等采取同情的态度。当时的艳情小说、春宫画、青楼妓院大量涌现，刺激着人们
的消费欲望。对此，荷兰汉学家高罗佩(1910—1967)的《秘戏图考》就以研究者
的角度分析了明朝的色情文学，可作为互证。①

如《金瓶梅词话》第八十五回，叙写吴月娘识破潘金莲和陈经济的奸情，薛
嫂想趁机卖掉庞春梅时，作品有这样一节描写：

> 春梅见妇人闷闷不乐，说道："娘，你老人家也少要忧心。……人生在
> 世，且风流了一日是一日。"于是筛上酒来，递一钟与妇人说："娘且吃一杯
> 儿暖酒，解闷解闷。"因见阶下两只犬儿交恋在一处，说道："畜生尚有如此
> 之乐，何况人而反不如此乎？"

甚至提出"世财、红粉、歌楼酒，谁为三般事不迷？"（《金瓶梅词话》第九十四回）
来肯定人的欲望。署名为"欣欣子"的《〈金瓶梅词话〉序》说：

> 富与贵，人之所慕也，鲜有不至于淫者。哀与怨，人之所恶也，鲜有不
> 至于伤者……房中之事，人皆好之，人皆恶之。人非尧、舜圣贤，鲜不为所
> 耽。富贵善良，是以摇动人心，荡其素志。观其高堂大厦，云窗雾阁，何深
> 沉也；金屏绣褥，何美丽也；鬓云斜軃，香酥满胸，何蝉娟也；雄凤雌凰迭舞，
> 何殷勤也；锦衣玉食，何侈费也；佳人才子，嘲风咏月，何绸缪也；鸡舌含香，
> 唾圆流玉，何溢度也；一双玉腕绾复绾，两只金莲颠倒颠，何猛浪也。②

人有"情"与"理"，但在理学的规范下，"理"胜于"情"。虽然"情"在世间从
没有断过，常以隐性的方式潜伏在"理"之下，"理"对"情"的压制成为主流。但
到了晚明，"理"渐弱，"情"渐显，"情"胜于"理"。在以想象为特色的文学作品中

---

① ［荷兰］高罗佩(1910—1967)《秘戏图考：附论汉代至清代的中国性生活（公元前206
年至公元1644年）》卷一上篇第四章《明朝（公元1368—1644）：房中术与色情文学的兴盛》，
中篇的春宫画史等内容。(见《秘戏图考》，广东人民出版社2005年版，第90—128页)
② 黄霖编：《金瓶梅资料汇编》，中华书局1987年版，第2页。

明显表现出"情"对"理"的压制,大胆地书写人的欲望。

再如《醒世恒言》第三十九卷"汪大尹火焚宝莲寺"中,通过对杭州金山寺僧人的一段心理描写,表达了对"人欲"的尊重。文中写到,至慧遇一美貌妇人,"不觉神魂荡漾,遍体酥麻","若得与他同睡一夜,就死甘心!"便想"我想当初佛爷也是扯淡! 你要成佛成祖,止戒自己罢了,却又立下这规矩,连后世的人也得戒起来。我们是个凡夫,那里熬打得过! 又可恨昔日置律的官员,你们做官的出乘骏马,入罗红颜,何等受用! 如何和尚犯奸,便要责杖? 难道和尚不是人身? 就是修行一事,也出于各人本心,岂是捉缚加拷得的!"又归怨父母,"当时既是难养,索性死了,倒也干净! 何苦送来做了一家货,今日教我寸步难行。恨得这口怨气,不如还了俗去,娶个老婆,生男育女,也得夫妻团聚"等,表达出肯定"人欲"和质疑"礼教"的思想。

《卖酒郎独占花魁女》中写妓女花魁女时,有九妈的一段话:"老身已下计策,只看你缘法如何。做得成,不要喜;侥做成,不要怪。美儿(即花魁女)昨日在李学士家陪酒,还未曾回。今日是黄衙内约下游湖。明日是张山人一班清客,邀他做诗社。后日是韩尚书的公子,数日前送下东道在这里","老身得罪,今日又不得工夫了。恰才韩公子拉去东庄赏早梅,他是个长嫖,老身不好违拗。闻得说来日还要到灵隐寺,访个棋师赌棋哩! 齐衙内又来约过两三次了,这是我家房主,又是辞不得的。他来时,或三日五日的住了去,连老身也定不得个日子"①。看得出当时出名的妓女还是很忙碌的。

文学是现实生活的反映。那么,现实又是如何呢? 娼妓业的发展情况可以从另一角度看到人们对"人欲"的态度。从现有各种史料看,明代是早有禁妓法令的,这对于规范社会行为,使社会有序运行是起到过积极作用的。人们在"理"的约束下,压制了人欲,但这种情况,到明代的中后期却受到很大的冲击,娼妓业非常发达而成为"时尚"。明人谢肇淛说:"今时(指万历年间)娼妓布满天下,其大都会之地,动以千百计,其它偏州僻邑,往往有之。终日倚门卖笑,卖淫为活,生计至此,亦可怜矣! 而京师教坊官收其税钱,谓之脂粉钱。"(《五杂俎》卷八)这是全国各地娼妓大体情况。当时江南的繁华之地更是如此。据张岱《陶庵梦忆》中记载南京《秦淮河房》有"秦淮河河房,便寓、便交际、便淫冶,房值甚贵,而寓之者无虚日。画船箫鼓,去去来来,周折其间。河房之外,家有露台,朱

---

① (明)冯梦龙:《醒世恒言·卖酒郎独占花魁》,见《醒世恒言》,黄山书社1995年版,第28页。

栏绮疏,竹帘纱幔,夏月浴罢,露台杂坐。两岸水楼中,茉莉风起,动儿女香甚,女客团扇轻纨,缓鬓倾髻,软媚着人";苏州《虎丘中秋夜》有"虎丘八月半,土著流寓、士夫眷属、女乐声伎、曲中名妓戏婆、民间少妇好女、崽子孪童及游冶恶少、清客帮闲、傒僮走空之辈,无不鳞集";扬州《二十四桥风月》有"巷口狭而肠曲,寸寸节节,有精房密户,名妓、歪妓杂处之。名妓匿不见人,非向导莫得入。歪妓多可五六百人,每日傍晚,膏沐熏烧,出巷口,倚徙盘礴于茶馆、酒肆之前,谓之'站关'"①,等等。马可·波罗的游记也有这方面的记载,可以互证。②

在晚明社会,人们对"人欲"有了一种新的理解。沈德符在《万历野获编》中记有:"国朝世风之敝,浸淫于正统而靡溃于成化……至宪宗朝,万安居外,万妃居内,士习遂大坏。万以媚药进于御,御史倪进贤又以药进万。至都御史李实,给事中张善俱献房中秘方,得从废籍复官。以谏诤风纪之臣,争谈秽媒,一时风尚可知矣。"③但明代中晚期的各个阶层在这方面的生活都有所涉及,表现了这种对"人欲"时尚的重新理解。这在现实生活与文学作品中得到互证。这种以人的欲望为"真"的思想,与服饰越"礼制"、文学重"欲"、生活重"色"遥相呼应,所谓"天上有圆月,人间有至情,圆月或时缺,至情永不变"(明代金木散人《鼓掌绝尘》),已有了普遍的社会基础。

明代中后期王学左派兴起,产生了超越传统离经叛道的倾向。他们肯定人欲的合理性,主张人际间地位平等,提出"百姓日用即道"(王艮《王心斋全集·明儒王心斋先生遗集》卷一"语录"),"穿衣吃饭,即是人伦物理"(李贽《焚书·答邓石阳》),以及"天生一人,自有一人之用,不待取给于孔子而后足也"(李贽《焚书·答耿中

---

① (明)张岱:《陶庵梦忆》,长江文艺出版社 2015 年版,第 89、126、99 页。

② 《马可·波罗游记》记载了当时大都和杭州妓女的数量之多:(第十一章)北京"新都城与旧都近郊公开卖淫的妓女达二万五千余人。每一百个或一千个妓女,各有一个特别指派的宫官监督,而这些官员又受总管管辖"。(第七十六章)"(杭州)在其他街上有妓女,人数之多,简直使我不便冒昧报告出来。她们麇集在方形市场附近——这是妓女们平时居住的地方——而且,在城市的每个角落,都有她们的寄迹和行踪。她们浓妆艳服,香气袭人,住在陈设华丽的住所,还有许多女仆,跟随左右。这种女人,拉客的手段十分高明,献媚卖俏,施展出千媚百态,去迎合各种嫖客的心理,游客们只要一亲芳泽,就会陷入她们的迷魂阵中,弄得如痴如醉,销魂荡魄,听凭摆布,流连忘返。他们沉湎于眠花宿柳的温柔乡中,真有乐不思蜀之叹。但一回到他们自己家里,他们总是说自己曾经游过杭州,或者说游过天堂,并且希望有朝一日,能重登这种人间仙境。"(见[意]马可·波罗口述:《马可·波罗游记》,鲁思梯谦笔录,陈开俊等译,福建科学技术出版社 1981 年版,第 97、177—178 页)

③ (明)沈德符撰:《万历野获编》(中),杨万里校点,上海古籍出版社 2012 年版,第453 页。

丞》),等等,都肯定了人们物质需求的合理性。这种思想促使人们在思想观念和思维方式上开始用批判态度去面对传统的生活方式,直接影响到明代中后期复苏人性,张扬个性的思潮产生。

恩特维特尔在其《时髦的身体》一书中说:"时尚的出现和发展的关键在于社会的变革;那些包含了某种社会变动的社会比阶级结构相对稳定的社会更有利于时尚的出现。布代尔和其他一些研究时尚的历史学家和论者认为,比起明显可以看到社会变动的社会来,保持相对稳定的社会很少展示出衣着的变化。"①晚明服饰中各种越礼的现象,正是社会变动的表征。而"清初(顺康)八十年间一个突出的和前所未有的思想现象,便是怀疑和批判古人、古书,乃至疑封建社会意识形态中所不应该疑的核心部分"②。其实,无论在思想学术,还是日常生活领域,对传统的怀疑和批判已经相当普遍,日常生活中的规矩、法则不再是不可逾越的东西。那些与传统礼教格格不入的对"欲"的认同,对"真"的追逐已充斥了社会的各个领域,曾经不能疑的人与事被疑,曾经的神圣性也遭到不同程度的消解。

总之,对君权的质疑与挑战动摇了那些曾经不言自明的观念;对以前各种明禁服饰的僭越,对人欲的普遍认同反映了对社会等级礼制的扬弃。但传统毕竟是传统,有其代代相传的顽强生命力,是主流意识形态维护社会秩序的重要手段,所以,一些行为"虽然它们并没有修正或取代先前存在的传统,它们通过加入新的因素而确实改变了传统;它们也通过改变人们对伟大作品之传统的理解而改变了它"③。加入"新元素",重新阐释"伟大作品之传统"也是改变传统的重要途径,同样表现在质疑与批判。思想上的批判性作为一种社会思潮,自然也会影响到叶燮的诗学思想。

第二节　汉族士人群体的精神处境

明末清初是中国历史上比较特殊的时代。它不仅"改号",而且"易族"。广大的士人群体面对国破家亡,在被强制实行"薙发令"外,不得不做出自己的人

　　① [英]乔安妮·恩特维斯特尔:《时髦的身体》,郜元宝等译,广西师范大学出版社2005年版,第100—101页。
　　② 王茂、蒋国保:《清代哲学》,安徽人民出版社1992年版,第70页。
　　③ [美]爱德华·希尔斯:《论传统》,傅铿、吕乐译,上海人民出版社1991年版,第290页。

生抉择。他们或仕新朝而为新贵,或为复明而坚持抗争,或为趋禅而入僧门,或为逃避而隐居山林等,做出各自不同的选择。在当时士人群体的各种选择当中,对社会影响最大的,莫过于"遗民"与"贰臣"两个群体。对于前者,因与新朝持不合作的态度,坚守道德操守,而由此屡遭打击与排斥,"兼善天下"的人生抱负无法实现,深感无奈与绝望;对于后者,由于与传统儒家"忠君不二"的伦理相背,使他们肩负着更为沉重的精神负担而难以自拔,被后来乾隆时期编撰的《贰臣传》钉上了耻辱柱。"遗民"与"贰臣"在清初是两个非常特别的士人群体,集中表现了以传承传统文化为己任,以"兼善天下"为抱负的士人群体普遍的精神处境。

一、清初的"遗民"与"贰臣"

明清之际的朝代更替不仅是"易姓"之"常",还是"易族"之"非常"。这种"非常",极大地影响了汉人的精神世界。就华夷关系而言,清军入主中原虽然是 365 年前蒙古人吞并南宋的重演,但对汉人士人群体心理的震撼却不尽相同。

1."遗民"群体印象

历史上易姓易族,大约在宋元之交与明清之交的遗民群体最为显著。而两者相比,后者的影响更大。

首先表现在数量多。据佚名朝鲜人所辑《皇明遗民传》[①]收录明遗民有 716人。史学专家孟森在其序言中曾提到过当时还有许多"避地入朝鲜者"。无锡病骥老人为孙静庵所辑《明遗民录》所作序中提到遗民有 800 余人,加上去南洋之遗民,仅涉海去苏门答腊者,计 2000 余人。[②] 他还提到,"今《明遗民录》所载,

---

① 《皇明遗民传》成书于公元 1800 年前后,但直至成海应去世前仍在修订中。书中大量采用第一手材料,涵盖了清朝生活在朝鲜和日本的明遗民。在所有的明遗民录中,此书收录的遗民人数最多,范围最广,因而也是最为重要的一种明遗民传。二十世纪二十年代,北京大学中文系教授魏建功在汉城书市上购得此书手抄本。回国后,1936 年北京大学将其影印,著名明清史专家孟森为影印本作序,向中国学术界推介,此后广布中国学林。(见孙卫国:《朝鲜〈皇明遗民传〉的作者其成书》,《汉学研究》2002 年第 1 期)

② 病骥老人在给孙静庵《明遗民录》作序时说:"尝闻之,弘光、永历间,明之宗室遗臣,渡鹿耳依延平者,凡八百余人;南洋群岛中,明之遗民,涉海栖苏门答腊者,凡二千余人。"(见孙静庵:《明遗民录》,赵一生标点,浙江古籍出版社 1985 年版,第 372 页)孟森在《皇明遗民传》的序言中还提到了当时"避地入朝鲜者",可见,遗民光是漂泊海外者就有数千人之多,其整体队伍之庞大可想而知。

虽八百余人,而其所遗漏者,尚汗漫而不可纪极也"①。近人谢正光在《明遗民传记索引》中列明遗民传 208 种,遗民 2311 人。从以上的记录可以看到有名者,再加上无名无姓不可考证者,遗民的人数之多是可想而知的。在明朝灭亡后,与全国其他地区相比较,江苏和浙江的遗民数为 468 人,远超过其他地区,占记载总人数的将近四分之一。②

其次表现在分布广。遗民不仅人数多,而且分布广。据《明遗民录汇辑》中所收录的七册遗民录,书中共列遗民计 1798 人,遗民的分布大致如下:江南(454)、浙江(357)、广东(292)、安徽(129)、云南(87)、福建(86)、江西(75)、直隶(60)、湖南(48)、山东(42)、湖北(42)、四川(37)、陕西(25)、山西(24)、河南(21)、广西(7)、河北(6)、贵州(5)、甘肃(1)。其中,在江南的 454 人中,尤以苏州府(208)、扬州府(69)、常州府(65)、应天府(42)、松江府(32)、镇江府(24)、淮安府(14)为多。③ 这些数据虽然与编撰者的立场观念、选择标准、所占资料等多种因素有关,但仍然可以从中看出遗民分布的大致情况是南方比北方多,特别是东南沿海遗民数相对较多,成为明末清初一群特殊的士人群体。

"遗民"一词用意甚广。历史上最早的遗民形象大约见于司马迁笔下采薇于首阳山的伯夷、叔齐,以"不降其志,不辱其身"为核心。后来运用的范围大约拓展到以下四个方面:(1) 亡国之民,如《左传·哀公四年》有"司马致邑,立宗焉,以诱其遗民,而尽俘以归";(2) 后裔,如《左传·襄公二十九年》有"为之歌《唐》,曰:'思深哉! 其有陶唐氏之遗民乎?'";(3) 隐士,如清人王士禛《香祖笔记》卷八有"张遗,字瑶星,金陵遗民也。居栖霞一小庵,数十年不入城市,著书十余种";(4) 改朝换代后不仕新朝,如《艺文类聚》卷七引汉杜笃《首阳山赋》的"其二老(指伯夷、叔齐)乃答余曰:'吾殷之遗民也'",等等。而对遗民精神内涵作较为明确界定的当属明末清初的归庄(1613—1673)。他自己就是遗民,对其理

① (清)孙静庵:《明遗民录·附录〈民史氏与诸同志书〉》,赵一生标点,浙江古籍出版社 1985 年版,第 375 页。

② 统计数字来自《明遗民录汇辑》所收江南明遗民表。另有清人朱溶所著《忠义录》共 8 卷,其中第一至六卷是忠义录,第七卷是表忠录,第八卷是隐逸录。全书收录正传人物 455 个(附录人物千余人),江南士人 192 个,约占总人数的 42%,可见江南遗民数量的庞大。(见朱溶:《忠义录》,《明清遗书五种》,清抄本)

③ 王良镭:《江南地区明遗民群体生存的相关问题研究》,华东师范大学 2008 年学位论文,第 19,26 页。

解应该更贴近遗民的内心。

归庄在为朱子素所编《历代遗民录》作序时说：

> 孔子表逸民，首伯夷、叔齐，《遗民录》亦始于两人，而其用意则异。凡怀道抱德不用于世者，皆谓之逸民；而遗民则惟在废兴之际，以为此前朝之所遗也。……遗民之类有三：如生于汉朝，遭新莽之乱，遂终身不仕，若逢萌、向长者，遗民也；仕于汉朝，而洁身于居摄之后，如梅福、郭钦、蒋诩者，遗臣也，而既不复仕，则亦遗民也；孔奋、郅恽、郭宪、桓荣诸人，皆显于东京矣，而亦录之者，以其不仕莽朝，则亦汉之遗民也。……故遗民之称，视其一时之去就，而不系乎终身之显晦。[1]

在归庄看来，"逸民"是指居清平之世，"怀道抱德"而终身不仕，节操高尚而隐于野，一如《论语》中长沮、桀溺之人，或《楚辞》中鼓枻而歌之渔父者；"遗民"是"兴废之际"忠于先朝且耻仕新朝，为前代王朝所"遗"，誓不改节，拒绝与新朝合作者。前者为"不仕"，后者为有条件的"不仕"，心底是"要仕"。这样的理解应该得到多数学者的认同。两相比较，逸民的政治态度隐晦，而遗民的政治态度鲜明。

关于明清之际遗民的内涵界定非常复杂，很难用一句话来概括。就是那些被后来称为遗民者，其选择遗民的生活方式也各有其故，无法一概而论。[2] 但在清初能称为遗民者，大概总少不了以下三个关键元素：一是在时间上正处于明清两朝交替之时，即所谓的"兴废之际"，不只于此，还要加上"以夷变华"的因素；二是在行为上选择不仕新朝，无论是否曾在旧朝出仕过；三是有强烈的遗民意识，即忠于故国，眷怀旧君，反对新朝，誓死不改臣节。凡同时具有这三个方面元素的，我们都可以视之为明代遗民。孙静庵在《民史氏与诸同志书》中曾说："宋明以来，宗国沦亡，子遗余民，寄其枕戈泣血之志，隐忍苟活，终身穷饿以死，殉为国殇者，以明为尤烈。"[3]这一判断是符合事实的。

赵园在《明清之际士大夫研究》一书中给予"遗民"的理解可以拓展我们的

---

① （清）归庄：《归庄集》（上），上海古籍出版社 1984 年版，第 170 页。

② 参见赵园：《明清之际士大夫研究》，北京大学出版社 1999 年版，第 217—227 页。

③ （清）孙静庵《民史氏与诸同志书》，见《明遗民录·附录》，浙江古籍出版社 1985 年版，第 375 页。

思路。她说:"'遗民'不但是一种政治态度,而且是价值立场、生活方式、情感状态,甚至是时空知觉,是其人参与设置的一整套的涉及各个方面的关系形式:与故国,与新朝,与官府,以至与城市,等等。'遗民'是一种生活方式,又是语义系统——一系列精心制作的符号、语汇、表意方式。遗民在这些意义上,是含义复杂的概念,其意义决非仅由字面所能探知。"①当然,这不是只针对明代遗民,而是就遗民的普遍性而言的,将之上升到了文化的层面。

2."贰臣"群体印象

在中国漫长的历史长河当中,或易族(以夷变华),或易姓(朝代更替),或易号(皇帝继位),仕过两朝、二主之臣不计其数,但给予这一群体特殊称号的则是清朝的乾隆皇帝。究其原因大约有两个方面:一是这支队伍过于庞大,且多数人担任过清初重臣,为清初迅速稳定社会,恢复生活秩序做出过积极贡献,是社会影响很大的一个群体;更主要的是到了乾隆时期,社会相对稳定,统治阶层为强化其统治的合法性,对那些不忠于本朝之失节者严厉批判,告诉人们须忠于本朝。

面临大明王朝的分崩离析,明清易代之际的士人群体大致做出了以下几种选择:或降清出仕而为新贵,或为故国之忠杀身殉国,或放弃仕新朝而为遗民等。虽然"遗民"在清初思想界产生过较大的影响,但就社会的政治、经济、文化的发展而言,还是"贰臣"群体影响更大。

据《明遗民录》记载,"崇祯甲申,乾坤崩裂,天子殉国,一时朝绅鱼贯稽首,出就寇廷"②,如山东新任巡抚兼任户部右侍郎荣衔的王鳌永,鼓励本地文人归顺新朝,并推荐39位山东名流;时任北直隶吏部侍郎的沈惟炳也推荐包括直隶、山东、河南等地前明官员36人名单,其中多数人为清任用。③ 在顺治时期的朝政中,汉臣高官还是比较多的,如以阁臣论,顺治帝在位拜相的汉大学士共18人,其中以明臣仕清者多达15人,清朝开科以后所取的进士仅3人。④ 以六部

---

① 赵园:《明清之际士大夫研究》,北京大学出版社1999年版,第289页。

② (清)孙静庵:《明遗民录》卷二十四("涂伯案""涂仲吉"条),浙江古籍出版社1985年版,第189页。

③ [美]魏斐德:《洪业:清朝开国史》附录B《1644年的贰臣》,江苏人民出版社2003年版,第399—400页。

④ (清)王士禛《池北偶谈》(卷四)"阁臣"条有:顺治时代入阁的汉大学士有十八人,分别为冯铨、高尔俨、成克巩、李霨、陈名夏、金之俊、王永吉、吕宫、谢升、刘正宗、傅以渐、张端、李建泰、卫周祚、宋权、党崇雅、陈之遴、胡世安。其中只有李霨、吕宫和傅以渐三人是清朝开科以后所取的进士,不属于明臣仕清。

尚书论,在顺治五年(1648)始设的六部尚书,担任者陈名夏、谢启光、李若琳、刘余佑、党崇雅、金之俊,以及都察院左都御史徐起元等共七人,①除徐起元在明朝没有做官以外的六人,均是顺治元年(1644)五月清军进入京城时投诚的。可见,在清初统治者的上层中,汉臣的人数占有绝对的优势,而中下层官员中汉人的数量也是可以想象得出的。如果再加上各地投诚的明代官员,其数量与政治影响力,在清初政治舞台上是非同一般的。

"贰臣"一词,大约最早见于乾隆《贰臣传》的上谕中。他说:"开创大一统之规模,自不得不加之录用,以靖人心而明顺逆。今事后平情而论,若而人者,皆以胜国臣僚,乃遭际时艰,不能为其主临危授命,辄复畏死幸生,腼颜降附,岂得复谓之完人?"②这段谕旨表现了清朝初期与中期统治者对同一群体的不同评价。对清初统治者而言,他们需要一批成熟的人才,为恢复社会秩序、发展经济出力,以"有才之人"为优;而到中期,统治地位巩固了,社会相对稳定,统治者需要一批忠诚之人为其效力,以"有节之人"为优,表现了不同时代对人才的不同评价。乾隆对"贰臣"的评价显出两点:一是从政仕主而论,仕过前后两朝之人;

---

① "丁丑(七月十四日),始设六部汉尚书、都察院汉左都御史各一员。以陈名夏为吏部尚书,谢启光为户部尚书,李若琳为礼部尚书,刘余佑为兵部尚书,党崇雅为刑部尚书,金之俊为工部尚书,徐起元为都察院左都御史。"(见戴逸、李文海主编:《清通鉴(2)太宗天聪五年起 世祖顺治五年止》,山西人民出版社 2000 年版,第 865 页)

② 《清高宗实录》卷一〇二二,乾隆四十一年十二月初三日:"因思我朝开创之初,明末诸臣望风归附,如洪承畴以经略丧师,俘擒投顺;祖大寿以镇将惧祸,带城来投。及定鼎时,若冯铨、王铎、宋权、谢升、金之俊、党崇雅等,在明俱曾跻显秩,入本朝仍忝为阁臣。至若天戈所指,解甲乞降,如左梦庚、田雄等,不可胜数。盖开创大一统之规模,自不得不加之录用,以靖人心而明顺逆。今事后平情而论,若而人者,皆以胜国臣僚,乃遭际时艰,不能为其主临危授命,辄复畏死幸生,腼颜降附,岂得复谓之完人?即或稍有片长尺录,其瑕疵自不能掩。若既降复叛之李建泰、金声桓,及降附后潜肆诋毁之钱谦益辈,尤反侧金邪,更不足比于人类矣。此辈于《明史》既不容阑入,若于我朝国史,因其略有事迹,列名叙传,竟与开国时范文程、承平时李光地等之纯一无疵者毫无辨别,亦非所以昭襃贬之公。若以其身事两朝,概为削而不书,则其过迹转得借以掩盖,又岂所以示传信乎?朕思此等大节有亏之人,不能念其建有勋绩,谅于生前;亦不能因其尚有后人,原于既死。今为准情酌理,自应于国史内另立《贰臣传》一门,将诸臣仕明及仕本朝各事迹,据实直书,使不能纤微隐饰,即所谓虽孝子慈孙百世不能改者。"(见《命国史馆编列明季贰臣传谕》,《御制文集》二集卷七;又中国第一历史档案馆编:《清代档案史料 纂修四库全书档案》上册,上海古籍出版社 1997 年版,第 558—559 页)

二是在政治伦理上为"大节有亏",不为"完人"。① 乾隆要求列《贰臣传》之举,表面上看是对已故之汉臣的评价,但其真实的动机是要重新建立忠诚于本朝的政治伦理。

君臣关系是中国传统社会建构起来的一种伦理道德。君臣父子的伦理锁定了社会的层级关系,"臣"对"君"尽"忠","子"对"父"尽"孝"。早在《尚书》已有"一心"之说,但无"二意"之言。《诗经》《左传》《楚辞》等虽有"贰"字,但主要指在有所选择的情况下,为了自己的利益背弃旧主,讨好新主的行为,并没有"不事二主"的意思。② 在"春秋之中,弑君三十六,亡国五十二,诸侯奔走不得保其社稷者不可胜数"(《汉书·太史公自序》)的时代背景下,事二主并不是那么严重的事。当时所用之"忠"多指对"国",对"公"之忠,也并没有后来所赋予的"不贰"之意。如"临患不忘国,忠也"(《左传·昭公元年》),"以利害公,非忠也"(《左传·文公元年》),"公家之利,知无不为,忠也"(《左传·僖公九年》),"忠,德之正也"(《左传·文公元年》),等等,主要指为"国事",为"公事"克尽臣道,忠心尽职。荀子讲"以德复君而化之,大忠也;以德调君而补之,次忠也;以是谏非而怒之,下忠也"(《荀子·臣道》),是在就"臣"对"君"的行为而言,也没有不事二主之意。

当然也不可否认,在战国后期已有不事二君思想的萌芽。如《史记·田单列传》中有"忠臣不事二君,贞女不更二夫"之说,到了西汉大一统后,对臣不事二主的节操开始被渐渐认同。如《春秋繁露·天道无二》中有"止于一中者,谓之忠","一中"者就是不"贰",将"忠"与"贰"联系起来了,有了以身事二主之"贰臣"的基本意思。

对《尚书·商书·盘庚》中"式敷民德,永肩一心"的注释能看出后人对"一主"所赋予新的内涵。"永肩一心"之原意是与民同心同德。唐孔颖达疏:"用此布示于民,必以德义,长任一心以事君,不得怀二意"③,强调对君不能二意。这都表现了后人在对原文的阐释中加入了新的内涵。

北宋司马光在《资治通鉴》卷二百九十一显德元年(954)载"臣光曰"评冯

---

① 在中国传统的政治伦理道德中,"一"与"贰"有不同的道德内涵,有崇"一"贬"贰"的倾向。《辞海》关于"贰"与臣相连系的有三项。其一:背叛,有二心。有《左传·襄公二十四年》"诸侯贰"条。其二:两属。有《左传·隐公元年》"贰于己"条。其三:不按规制,变易无常。有《礼记·缁衣》:"长民者衣服不贰,从容有常。"

② 《诗经·大雅·大明》有"上帝临汝,无贰尔心",《左传·昭公二十六年》有"君令而不违,臣共而不贰",《楚辞·九章·惜诵》有"事君而不贰兮,迷不知宠之门"等。

③ 旧题(汉)孔安国注:《尚书正义(一)》,山东画报出版社 2004 年版,第 302 页。

道,其中有云:"天地设位,圣人则之,以制礼立法,内有夫妇,外有君臣。妇之从夫,终身不改;臣之事君,有死无贰。此人道之大伦也。苟或废之,乱莫大焉!"①将妇之从夫决不改嫁,臣之事君决不再事他主的行为视为"大伦",成为夫妇、君臣的道德规范,认为"为女不正,虽复华色之美,织纫之巧,不足贤矣;为臣不忠,虽复材智之多,治行之优,不足贵矣。何则? 大节已亏故也。"(《资治通鉴·后周纪二》)明确提出"大节"之重要性。

北宋欧阳修撰写《新五代史》时,深感忠心不二之君臣伦理普遍沦丧,特设《死节传》,专门记录仅事一朝的死节之臣;又设立《杂传》,专门记录历事多朝,大节有亏的臣子。② 他还对于"忠事"而"不忠君"者给予批评。他说:"自魏、晋而下佐命功臣,皆可贬绝,以其贰心旧朝,叶成大谋,虽曰忠于所事,而非人臣之正也。"(《读裴寂传》)"不事二主"的大节,成为君臣伦理的核心,形成了臣对君"忠贞不二"的伦理要求。在理学家眼里,"臣"对"君"之忠更视为"天理"。朱熹的"事亲须是孝,不然,则非事亲之道;事君须是忠,不然,则非事君之道"(《朱子语类》卷十三),道出了子对父、君对臣的要求,认为贰臣行为侵犯神圣的、至高无上的"天理"。③ 对君"不二之心"正是这样被建构起来的,同时也成为士人群体的自我要求。其实,如果我们抛开他们对当时社会稳定与发展所做的贡献,仅讲其"大节"与否,是有失公允的。

二、士人群体的精神处境

这里的士人群体主要指散落民间的"遗民"与出仕新朝的"贰臣",他们是清初士人群体的主流。前者保住了节操,但失去了地位与权势,生活艰难;后者保住了地位与权势,但失去了节操,精神困苦。虽然他们的选择不同,但在精神上都是处于非常尴尬的境地。就"遗民"而言,他们不合作新朝,终受打压,被挤压

---

① (宋)司马光编著:《资治通鉴·后周纪二》,古籍出版社 1956 年版,第 9511 页。

② (宋)欧阳修《新五代史·梁臣传序》记载:"余得死节之士三人焉。其仕不及于二代者,各以其国系之,作梁、唐、晋、汉、周传。其余仕非一代,不可以国系之者,作《杂传》。夫入于杂,诚君子之所羞,而一代之臣未必皆可贵也,览者详其善恶焉。"(见欧阳修撰:《新五代史》,徐无党注,马小红等标点,吉林人民出版社 1995 年版,第 111 页)

③ (宋)程颐:"父子君臣,天下之定理,无所逃于天地之间。"(《河南程氏遗书》卷五)朱熹:"夫天下之事,莫不有理。为君臣者有君臣之理,为父子者有父子之理。……亘古亘今,不可移易。"(《甲寅行宫便殿奏札二》,《朱文公文集》卷十四)"君臣父子,定位不易,事之常也;君令臣行,父传子继,道之经也。"(《甲寅行宫便殿奏札一》,《朱文公文集》卷十四)而这一"君臣之理"的组成部分,表现了仕君不贰的忠君伦理。

到社会政治的边缘;就"贰臣"而言,从顺治朝至雍正朝,虽然没有受到统治者的清算,但因有事二主之事,他们便一方面要承受来自自己传统观念的忏悔,另一方面又要承受来自"遗民"的批评和民间的唾弃。

1. "遗民"群体的身份焦虑

"遗民"失去了政治地位,丧失了参与社会的话语权,身份认同的焦虑成为其一生的隐痛,但却换来了道德的制高点。他们或讲学,或著书,或隐于山林,或成为民间领袖。虽然有被边缘、被"失语"之苦痛,但气节上的优越感成为他们继续生活的理由,对"贰臣"的批判也成为其生存合法性的来源。如有学者所说的,与南宋遗民不同,"清初绝大多数明遗民都在诗文作品中频繁地使用'遗民'一词,或自称,或称遗民友人与前代遗民先辈,不惮大力张扬自己的遗民身份和遗民视角"①。"遗民"们有意识地突显自己的身份,一方面透视出崇尚遗民的时代风尚,另一方面也表现他们在强调自己的道德优势。他们除了著书收徒,传承传统文化,至临终都不忘记自己的遗民身份,占据着精神上的制高点。如王夫之(1619—1692)在明亡后自称"亡国孤臣""先朝未死人"。谭贞良(1599—1648)嘱其子在其死后题墓为"明五经进士谭某之墓"②。陈佐才(1627—1697)暮年凿石为棺,自挽"明末孤臣"③。屈大均(1630—1696)临终遗言也强调"明之遗民"④。另外,为突出其遗民身份,他们还表现在不用清年号记事,避明之讳,如张履祥(1611—1674)著《杨圆先生全集》,明亡前著用"万历""崇祯"纪年,入清所著皆用干支。王夫之二十五岁时由明入清,在清朝四十八年,但自称"南岳遗民",《自题墓石》题"有明遗臣",款落"戊申纪之后三百二十四年",避清之年号记事,不忘记自己的遗民身份。⑤ 陈确(1604—1677)《告先府君文》有云:"革命以来,即思告退,以不忍写弘光年。"也许,在那些遗民看来,承认了年号,就认同为其子民,所以他们以年号来表明遗民身份。可见,遗民鲜明

① 潘承玉:《清初诗坛:卓尔堪与〈遗民诗〉研究》,中华书局 2004 年版,第 309 页。

② 谢正光、范金民:《明遗民录汇集》,见佚名:《皇明遗民传》(卷一)"谭贞良"。

③ 谢正光、范金民:《明遗民录汇集》,见秦光玉:《明季滇南遗民录》(卷上)"陈佐才"自挽"明末孤臣,死不改节,埋在石中。日炼精魂,雨泣风号,常为吊客"。

④ (明)屈大均《翁山屈子生圹自志》留下遗命:"吾死之日,以幅巾、深衣、大带、方舄殓之,棺周以松香融液而椁之,三月即葬。而书其碣曰:'明之遗民。'"(见欧初、王贵忱主编:《屈大均全集》第三册《翁山文外》卷八,人民文学出版社 1996 年版,第 154—155 页)

⑤ 戊申为朱元璋开国洪武元年(1368),至王夫之逝世的 1692 年,正好是朱元璋开国洪武元年后的 324 年。不用清纪元,而代以干支,间接地表达王夫之不承认清朝,不愿做清之顺民之心。

的身份意识正表现了他们的道德优越感。遗民王酘定(1598—1662)曾感叹曰:"帝王相传之天下,至宋而亡,存宋者,遗民也。"(《四照堂文集》卷一《宋遗民广录·序》)有遗民方能有"存宋"。黄宗羲云:"天地之所以不毁,名教之所以仅存者,多在亡国人物。"(《黄梨洲文集·序类》《万履安先生诗序》)此"亡国人物"显然指遗民,又说:"遗民者,天地之元气也。"(《南雷文定后集》卷二《谢时符先生墓志铭》)"天地元气"也是明遗民的身份喻指,肯定了自身肩上的责任。

"遗民"的失语有对传统文化断裂之忧,而"贰臣"则为自己的人生选择忏悔。

2. "贰臣"群体的忏悔之痛

"贰臣"们虽然身任清初要职,但其精神上的忏悔伴其终身,后来还遭到统治者的清算。乾隆1735年即位时,清朝已立国九十一年,被视为贰臣之人也都早已作古。但统治者为提倡忠君伦理,不顾他们对清朝的贡献,将之钉到耻辱柱上,给其后人带来了巨大的精神压力。乾隆四十一年(1777)十二月初三,诏命国史馆编列明季《贰臣传》;四十三年(1778)二月,又谕国史馆分为甲、乙二编,以区别"贰臣"事迹人品之异,列洪承畴、李永芳等全力效忠于清者入甲编;列钱谦益入"阴行诋毁本朝",列龚鼎孳等先降"流贼"再降清的双料失节者入乙编;又五十年官修的《续通志》中增加从唐至明初的降臣列传,为《贰臣传》六卷,以"为万世臣子植纲常""标人伦之规矩,严大义之防维"(《钦定续通志》卷六百六十),强调臣子忠君不贰的君臣纲常伦理。这与当初顺治帝于元年初十甲子(1644年11月8日)在其即位诏书中所说的"征聘山林隐逸的怀才报德之士及武略出众、胆略过人者;前朝降谪官员,'不系贪酷犯赃''有裨治理者',昭雪叙用……前朝勋臣及第倡先投顺立功者,与本朝诸臣一起叙录,有官职者仍授原职"[①]大相径庭。直到雍正在位期间,仍然对这一群体评价不低,盛赞投顺清朝的明臣"皆应天顺时,通达大义,辅佐本朝成一统太平之业,而其人亦标名竹帛,勒勋鼎彝"(《大义觉迷录》)。前后相比,完全不同。其实这也是很好理解的。前期顺治讲功利,恢复社会秩序;中期乾隆讲守节,巩固社会秩序。

那些降清汉臣虽然不知后来乾隆有列《贰臣传》之事,但在当时受到遗民的批判以及民间的讥讽和谴责是相当普遍的。因其背离了传统君臣伦理,他们处处都能感知到周围有形或无形的压力,这种压力伴其终身。关于这方面的记载

---

① 史松、林铁钧:《清史编年》(第一卷顺治朝),中国人民大学出版社1990年版,第47页。

很多。如钱谦益降附后就任,经苏州一游而遭到嘲讽,使其终生难忘。[①] 北上未予重用,失望之余旋即告病辞归,常熟乡人送其"南北三朝元老,清明两代词臣"一联,也让其感慨"人情恶薄,无甚于吾乡"。他晚年作诗《次韵茂之戊子秋重晤有感之作》:"残生犹在讶经过,执手只应唤奈何! 近日理头梳齿少,频年洗面泪痕多。神争六博其如我,天醉投壶且任他。叹息题诗垂句后,重将老眼问关河。"(《有学集》卷一)表达了其降清大错,有污气节,以泪洗面,引咎自责,以向遗民故老表白自己悔赎之心。又顺治五年(1648)已被指控"反清"关押南京时作《再次茂之他字韵》诗:"覆杯池畔忍重过,欲哭其如泪尽何。故鬼视今真恨晚,余生较死不争多。陶轮世界宁关我。针孔光阴莫羡他。迟暮将离无别语,好将发白喻观河。"(《有学集》卷一)欲哭无泪,生不如死,表达自恨自憎,倾吐了镂心刻骨的自咎自责。

　　吴梅村的失节也受世人谴责。清末徐珂《清稗类钞·讥讽》中记载:"太仓吴梅村祭酒伟业以明臣降本朝,当被召时,三吴士大夫皆集虎丘会饯之。酒半,忽有少年投一函,启之,乃绝句一首,诗云:'千人石上坐千人,一半清朝一半明。寄语娄东吴学士,两朝天子一朝臣。'举座默然。"虽然吴伟业招安并非出自所愿,但被招安的事实却也难以辩脱。[②] 吴梅村有《贺新郎·病中有感》一词:"万事催华发。论龚生、天年竟夭,高名难没。吾病难将医药治,耿耿胸中热血。待洒向、西风残月。剖却心肝今置地,问华佗解我肠千结。追往恨,倍凄咽。
故人慷慨多奇节。为当年,沉吟不断,草间偷活。艾灸眉头瓜喷鼻,今日须难诀绝。早患苦,重来千叠。脱屣妻孥非易事,竟一钱不值何须说! 人世事,几完缺?"[③]这真是句句忏悔,字字含泪。另他病逝前所写的《临终诗》四首也首首扎

---

① 《钱牧斋(谦益)先生遗事及年谱》(虞山丁氏钞藏)记有:"牧斋游虎丘,衣一小领大袖之服。一士前揖问:'此何式?'牧斋对曰:'小领者尊时王之制,大袖者乃不忘先朝。'士谬为谢曰:'公真可谓两朝领袖矣。'"

② 吴伟业出仕新朝也几多无奈。作于清乾隆年间的《贰臣传》中的《吴伟业》详细记载了他出仕朝廷的经过:"本朝顺治九年,两江总督马国柱遵旨举地方品行著闻及才学优长者,疏荐伟业来京。十年,吏部侍郎孙承泽荐伟业学问渊深,器宇凝弘,东南人才,无出其右,堪备顾问之选。十一年,大学士冯铨复荐其才品足资启沃。俱下部知之。寻诏授秘书侍讲。十二年恭纂太祖太宗圣训,以伟业充纂修官。十三年迁国子监祭酒,寻丁母忧归。康熙十年卒。"《清史稿·文苑传》又延续《贰臣传》的记载:"顺治九年,两江总督马国柱荐,诏来京。侍郎孙承泽,大学士冯铨相继论荐。"朝廷之诏,怎敢不从!

③ (清)吴伟业:《吴梅村全集》,李学颖集评标点,上海古籍出版社1990年版,第585页。

心。其一:"忍死偷生廿载余,而今罪孽怎消除。受恩欠债应填补,总比鸿毛也不如。"其二:"岂有才名比照邻,发狂恶疾总伤情。丈夫遭际须身受,留取轩渠付后生。"其三:"胸中恶气久漫漫,触事难凭任结蟠。块垒怎消医怎识,惟将痛苦付汍澜。"其四:"奸党刊章谤告天,事成糜烂岂徒然。圣朝反坐无冤狱,纵死深恩荷保全。"①他在给儿子《与子暻疏》中对自己的一生作了总结:"吾一生遭际,万事忧危,无一刻不历艰难,无一境不尝辛苦,今心力俱枯,一至于此,职是故也。岁月日更,儿子又小,恐无人识吾前事者,故书其大略,明吾为天下大苦人。"②嘱咐儿子,"吾死后,殓以僧装,葬吾于邓尉、灵岩相近,墓前立一圆石,曰:'诗人吴梅村之墓。'"③乾隆时的大诗人赵翼《瓯北诗话》卷九《吴梅村诗一》中论清初"江左三大家"的钱谦益、吴梅村曾有这样的表述:"顾谦益已仕我朝,又自托于前朝遗老,借陵谷沧桑之感,以掩其一身两姓之惭,其人已无足观,诗亦奉禁,固不必论也。梅村当国亡之时,已退闲林下,其仕于我朝也,因荐而起,既不同于降表金名;而自恨濡忍不死,跼天蹐地之意,没身不忘,则心与迹尚皆可谅。"又云:"梅村出处之际,固不无可议,然其顾惜身名,自惭自悔,究是本心不昧。以视夫身仕兴朝,弹冠相庆者,固不同,比之自讳失节,反托于遗民故老者,更不可同年语矣。"④赵翼之论大约也代表了清中期的看法,就钱谦益与吴伟业两相比较,对吴伟业多了一份宽容。

又如时人讥金之俊(岂凡)失节曰:"仕明仕闯仕清,三朝之俊杰;纵子纵孙纵仆,一代岂凡人。……一二三四五六七亡八,孝弟忠信礼仪廉无耻。"⑤且言"从明从贼又从清,三朝元老大忠臣"⑥,对其挖苦、讽刺,甚是严酷无情。甲申三月十九日国变,后来多有"贰臣"欲自杀殉国的记载,亦可见儒家传统政治伦理对其影响之深,给他们在精神上造成了巨大压力。如顾媚《吴梅村先生行状》云:"甲申之变,先生里居,攀髯无从,号恸欲自缢,为家人所觉,朱太淑人抱持泣

---

① 《吴梅村全集》,第531—532页。

② 《吴梅村全集》,第1133页。

③ 《吴梅村全集》,第1476页。

④ (清)赵翼《瓯北诗话》,见郭绍虞编,富寿荪校:《清诗话续编》,上海古籍出版社1983年版,第1282、1287页。

⑤ 邓之诚:《清诗纪事初编》,上海古籍出版社1984年版,第377页。金之俊(1593—1670),字岂凡,号息齐,吴江人,万历四十七年(1619)进士,官至兵部左侍郎。入清,官至大学士,康熙元年告归。事俱《贰臣传》。

⑥ 小横香室主人编:《清朝野史大观》卷三《金之俊限制满州法》,中央编译出版社2009年版,第171页。

曰:'儿死,其如老人何!'"①以上诸方面的记载,从不同侧面反映了他们——贰臣内心之苦:一个降臣的符号烙在脸上,永远无法抹去,伴其终身。

乾隆之所以重提"贰臣"失节,谭嗣同在其《仁学》(卷下)有一段清楚的表述。他说:"若夫山林幽贞之士,固犹在室之处女也,而必胁之出仕,不出仕则诛,是挟兵刃搂处女而乱之也。既乱之,又诉其不贞,暴其失节,至为贰臣传以辱之;是岂惟辱其人哉,实阴以吓天下后世,使不敢背去。夫以不贞而失节于人也,淫凶无赖子之于娼妓,则有然矣。始则强奸之,继又防其奸于人也,而幽锢之,终知奸之不胜防,则标著其不当从己之罪,以威其余。"②这一表述一方面就清统治者对汉族士人群体的不公平表示愤怒,另一方面也一针见血地指出了乾隆列《贰臣传》之缘由正在于"实阴以吓天下后世,使不敢背去"。当然,虽然列《贰臣传》时贰臣们早已作古,但仍然可以见出他们所困惑与担忧的事还是终将发生了。

清初史学家张岱(1597—1680)对于甲申之际群臣之死多有批评。他说:

> 为爵禄者,死护爵禄;为利名者,死护利名;为门户者,死护门户。后之殉难诸君子,虽不为爵禄、利名、门户而死,然其所不得不死者,亦仍为爵禄、利名、门户也。推此一念,虽名为君父死,而此中真有不可以对君父者矣。救火者死于火,抢火者亦死于火,二者同死于火。不可谓抢火之死与救火之死同其一死也。吾观死事诸君子之才略,皆有大智慧、大经济、大学问。使其当闯贼未入都之前,同心戮力,如拯溺救焚,则吾高皇帝二百八十二年金瓯无缺之。天下岂遂败坏至此,而无奈居官者一当职守,便如燕人之视越,遍地烽烟,皆曰不干己事。及至火燎其室,玉石俱焚,扑灯之蛾与处堂之燕皆成灰烬。则烈皇帝殉难诸臣,以区区一死,遂可以塞责乎哉?……以将相大臣,事权在握,安危恃之,乃临事一无所恃,而徒以鼠为殉者。君子弗取也。③

对在时代更替或华夷之变中,士人群体的自杀现象,陈寅恪在《王静安先生

① (清)吴伟业:《吴梅村全集》附录《吴梅村先生行状》,上海古籍出版社 1990 年版,第 1404 页。
② 谭嗣同:《谭嗣同集》,岳麓书社 2012 年版,第 361—362 页。
③ (清)张岱:《石匮书后集》卷二十《甲申死难列传总论》。

遗书序》中指出："古今中外志士仁人,往往憔悴忧伤,继之以死。其所伤之事,所死之故,不止局于一时一地域而已,盖别有超越时间地域之理性存焉。"①在《王观堂挽词序》中又说:"凡一种文化值衰落之时,为此文化所化之人,必感苦痛,其表现此文化之程量愈宏,则其所受之苦痛亦愈甚;迨既达极深之度,殆非出于自杀无以求一己之心安而义尽也。"②他认为这些士人是为文化、为理性而死。

"遗民"与"贰臣"是清初士人群体在特定时期的人生选择,虽然这种求生的合法性尚需论证,但都在不同程度上显示出特定时期士人群体对生存选择与身份认同的集体焦虑。这种焦虑也将在很大程度上直接影响到清初对诗歌这一艺术形式的反思。

第三节 晚明的诗学背景

与赞扬相比,批判总是能激活人的思想,因为赞扬意味着对现状的维护,批判是对既有的否定。对于诗学来讲也是如此。任何思想的发展决不能停留在对既有的肯定之上,它需要批判与否定的力量,正如黑格尔所说的,"凡是始终都只是肯定的东西,就会始终都没有生命。生命是向否定以及否定的痛苦前进的,只有通过消除对立和矛盾,生命才变成对它本身是肯定的"③。因此,我们要敢于面对矛盾,也敢于面对否定与痛苦,充分认识到这种否定与痛苦的意义。这便是任何思想变化的内在逻辑。凡是现实的东西都是要消亡的,一定会被新的东西所代替,而在新的肯定中同时又孕育着对其否定的因素。明朝中后期的诗学思想正是遵循着这样的逻辑。叶燮的《原诗》大约完成于清初康熙二十五年(1686)。他以原创性的精神建构起全新的诗学观念,实现对传统诗学的批判与颠覆,以一种新的思想代替旧的思想,推动了诗学思想的发展。然而,任何被替代、被否定都不是自然而为的,而是内因与外因的多种力量的矢量和。那么,叶燮对已有诗学观念的批判动力来自何处? 这是一个不可忽视的理论问题。

---

① 王国维:《宋元戏曲史》,凤凰出版社 2010 年版,第 180—181 页。
② 陈寅恪《王观堂挽词序》,见陈寅恪:《陈寅恪诗集》,清华大学出版社 1993 年版,第10 页。
③ [德]黑格尔:《美学》(第一卷),朱光潜译,商务印书馆 2017 年版,第 124 页。

一、诗学的批判性基调

不可否认，叶燮的诗学思想来源于明代后期的诗学精神，这表现在他的诗学思想不仅成长于明中后期重视批判的诗学背景中，而且还是明代后期诗学精神的逻辑延伸。只有把握这一背景，以及诗学变化的逻辑线索，才能清楚地突出叶燮诗学思想的独特价值。

从万历至崇祯这七十一年间，[①]诗学思想复杂多变，门派林立，有前后七子、公安派、竟陵派、云间派、娄东派等，但如果一定要理出一条主线，就是在反思中的批判。这与当时的反传统精神是一脉相承的。

明代诗学思想丰富，表现在从不同的角度切入，都可能提炼出不同的诗学特征与内在的逻辑线索，但这已超出本书思考的范围。当今学术界比较趋同的是仍以历时性角度，把明代诗学归纳为"复古"与"反古"两种价值取向。但从共时性角度观察"崇正"或"主变"，也许又可以阐释出另一种诗学特征。"正"是权威，是经典，是正体；"变"是非权威，非经典，是变体。"崇正"倾向于看齐经典，维护权威，弘扬儒家诗学正统；"主变"则力主瓦解经典，消解权威，求得批判的正当性。虽然两者寻求的路径不同，但都体现出不满现实的共同倾向。

明代诗歌创作多有起有落，[②]总体不及唐宋的看法得以公认，但明代诗学成就胜于唐宋的看法却得到当下学术界的普遍认同。这一认识大至首见于明代

---

① 对于明代文学的分期有不同的划分。成复旺、蔡钟翔、黄保真等著的《中国文学理论史》将明代的文学理论分为四个时期，即明初的文学理论、明中叶的文学复古思潮、明后期的文学解放思潮和明末期的文学理论。其中，明中后期的文学理论可以集中到两个关键词，即"复古"与"解放"。章培恒主编的《中国文学史》把明代文学分为三个时期，即洪武至成化（1366—1487）为前期，弘治至隆庆（1488—1572）为中期，万历至明末（1573—1644）为晚期。这里采用章培恒先生主编本的分期。

② 宋琬《周釜山诗序》："明诗一盛于弘治，而李空同、何大复为之冠；再盛于嘉靖，而李于鳞、王元美为之冠。余尝以为'前七子'，唐之陈、杜、沈、宋也；'后七子'，唐之高、岑、王、孟也。万历以降，学者纷然波靡，于是钟、谭二子起而承其弊。迹其本初，亦云救世。而海内之言诗者，遂至以王、李为讳。譬如治河者，不咎尾闾之泛滥，乃欲铲昆仑而埋星宿，不亦过乎？"（《宋琬全集》，辛鸿义、赵家斌点校，齐鲁书社2003年版，第13页）持更激烈的批判态度的，则以王岱《张螺浮晨光诗序》为例："宋诗亡于理，元诗亡于词，明之何、李亡于笨，七子亡于冗，公安亡于谑，天池亡于率，竟陵亡于薄。石仓，竟陵之优孟；云间，七子之优孟。后生辈出，标榜云间，贡高自大，土饭尘羹，馁鱼败肉，合器煎烹，使人败肠而吐胃，并云间故步亦亡矣。"（转引自蒋寅《原诗笺注》，上海古籍出版社2014年版，第239页）

末年江南(现无锡江阴)诗论家许学夷(1563—1633)。他从历时性的角度,审视文学创作和文学批评的变化,认为诗歌创作"代日益降",诗学理论却"代日益精",提出创作"衰退"与批评"进化"的看法。他说:

> 古今诗赋文章,代日益降,而识见议论,则代日益精。诗赋文章,代日益降,人自易晓,识见议论,代日益精,则人未易知也。试观六朝人论诗,多浮泛迂远,精切肯綮者十得其一,而晚唐、宋、元,则又穿凿浅稚矣。沧浪号为卓识,而其说浑沦,至元美始为详悉。逮乎元瑞,则发窾中窍,十得其七。继元端而起者,合古今而一贯之,当必有在也。盖风气日衰,故代日益降,研究日深,故代日益精,亦理势之自然耳。[①]

这里,许学夷对明代诗歌的创作评价并不高,但对诗学却给予充分的肯定。他的"诗赋文章,代日益降"得到朱东润先生的回应。朱东润认为文学与文学批评不同,各有历史。他说:"大胆的批评精神,直到明代始见卓越,在号称复古之四子(何景明、李梦阳、徐祯卿、边贡)中为尤甚。常人持论,对于明代每加菲薄,倘就文学批评之观点论之,不能不为之惊异也。"[②]这一提法一针见血地指出了明代诗学的"批评精神",肯定了"复古之四子"对"台阁体"的批判。[③]而事实上,后来的公安派、竟陵派对前后"七子"的批判远胜过"前七子"对"台阁体"的批判。

传统的文学批评史在描述明代中后期诗学流变时,大体上划分为两种基本

---

① (明)许学夷:《诗源辩体》(卷三十五),人民文学出版社 1987 出版,第 348 页。

② 朱东润《何景明批评论述评》,见朱东润:《朱东润文存(上)》,上海古籍出版社 2014 年版,第 100 页。

③ 我们看到的是对"前七子"复古的批评甚多,但朱东润和钱基博两位先生则给了足够的同情与理解。就动机而言,朱东润先生把"复古"与"守旧"分开,认为在中国,那些不安于传统之束缚的豪杰之士"往往成为复古之文人",他们"欲求革新,神感不外于故籍,同调必求于先贤","故以批评的目光论之,复古恒与革新相为表里,而与守旧格不相入"。其意思是通过复古来达到革新的目的。这里讲的批判是指对明"台阁体"而言的。因此,在朱先生看来,复古是手段,革新是目的。(详见朱东润《何景明批评论述评》,《朱东润文存》上册,上海古籍出版社 2014 年版,第 101 页)钱基博对复古也曾有好评,他在《明代诗学》(1933)中认为:"明之有何李之复古,以矫唐宋八家之平熟,犹唐有韩、柳之复古,以救汉魏六朝之缛靡,有往必复,亦气运之自然也。"(钱基博:《中国文学史》下册,上海古籍出版社 2015 年版,第 781 页)钱基博的"有往必复"是一种循环论思想。相比之下,朱东润的观点更具说服力。

倾向,即被称为"文必秦汉,诗必盛唐"①的李、何、王、李等为代表的"复古",与以王、唐、徐、汤、袁、钟等为代表的"反古"相对应,肯定了"复古之四子"对"台阁体"的批判。

钱谦益《列朝诗集》曾为"公安"张目,然因钱氏诗文被禁,再加上《四库全书总目》对他的批驳,也就不再为时人所重视。事实上,整个清朝,公安派一直不被重视。这除了"俚俗诙谐"(朱东润语)外,更在于它们尊重自由,追求解放,与清初文化政策相悖,所以,袁中道被禁,不仅有审美趣味的原因,而且还有政治的因素。② 这就使得以袁中郎为首的公安派诗学思想在整个清代备受冷落。两百多年后的五四时期,新文化运动旗手周作人(1885—1967)在中国传统诗学中寻找精神资源时,重提公安派的历史意义,肯定其批判性特色,强调晚明的批判性是五四新文化运动的逻辑使然。可见,公安派诗学中的批判性既是遭清王朝封杀之故,也是五四得以新生之因。

对晚明公安派诗学的重新发掘,与五四以后人们对明代诗学思想的反思紧密联系。五四以来,传统文学危机四伏,受到了由内而外的双重挤压:一批西学思想持有者鼓吹西学对中国的深刻影响,割断文化脉络,认为五四是西方理性在中国的胜利,宣扬民族虚无主义;另一批传统思想坚守者宣称五四文学是传统精神的延续,不具有异质的文化特征。为了消除西学派的影响,他们认真梳理传统文脉,在中国历史上非正统文学流派中去寻求精神资源。其代表人物便

---

①　"七子"中没有人直接提出过"文必秦汉,诗必盛唐",只是公安派代表人物袁宏道《小修诗叙》曾有"诗文至近代而卑极矣。文则必欲准于秦汉,诗则必欲准于盛唐"的说法,这是袁宏道对"七子"复古的否定。《明史·李梦阳传》说:"梦阳才思雄鸷,卓然以复古自命。弘治时,宰相李东阳主文柄,天下翕然宗之。梦阳独讥其萎弱,倡言文必秦汉,诗必盛唐,非是者弗道。"实际上是转述了袁宏道对"七子"的评价,所以带有批评的可能性更大一些。而《明史》为清康熙年间组织明朝人编纂而成,此也可以看作清初学者对"七子"复古思想的态度。

②　刘大杰《袁中郎的诗文观》一文认为:"清朝人对于中郎作品的批评,大半是说他俚俗诙谐,说他学问的根底不深。这实在是错误。俚俗诙谐,正是中郎文学的特色,他的诗文,平浅易解,并不能说他的学力浅。如果多用些典故,多用些艰难的字句,便能表示一个学力的深厚,那末,表现性灵的文学作品,变成了咬文嚼字的毫无意义的东西了。但是,清朝的道学先生,偏欢喜那种咬文嚼字的东西,所以,中郎们的作品,全遭了列为禁书的厄运。"(载《人世间》第13期,1934年。见中国人民大学古代文论资料编选组:《中国古代文论研究论文集》,上海古籍出版社1989年版,第465—466页)刘先生把袁中郎的诗文被禁的缘由归结于不合清道学家的审美情趣,这无疑道出了袁中郎遭禁的原因之一。但相比之下,他追求个性解放的思想与清统治者的文化政策相悖应该是更深层的原因。

是新文学运动的先锋周作人。通过仔细甄别,他发现晚明文学与五四文学有着内在的逻辑关联,认为五四文学延续公安派、竟陵派的批判精神,重新描绘中国诗学谱系。可见,五四虽然是一次文化上的反封建运动,但其精神实质仍然是与中国传统文学中反传统精神密切相关的。为了说明五四是中国传统的继承,以周作人为代表的新文化运动者们树起了公安的旗帜,弘扬他们的批判精神。

1926 年 5 月,周作人在给俞平伯(1900—1990)的信中说:"现今的散文小品文并非五四以后的新出产品,实在是'古已有之',不过现今重新发达起来罢了。"[①]这里的"古已有之"是指"明清这些名士派的文章"所具有的"对于礼法的反动"。同年 11 月,他在《〈陶庵梦忆〉序》一文中又说:"现代的散文在新文学中受外国的影响最少,这与其说是文学革命的还不如说是文艺复兴的产物",且"明人所表示的对于礼法的反动则又很有现代的气息了"。[②] 认为"现代"也很有明朝人那种"对于礼法反动"的气息。两年后的 1928 年 5 月,他在给俞平伯《杂拌儿》的题跋中又再一次重述:"明代的文艺美学比较地稍有活气,文学上颇有革新的气象,公安派的人能够无视古文的正统,以抒情的态度做一切的文章。……在这个情形之下,现代的文学——现在只就散文说——于明代的有些相象,正是不足怪的。……现代散文好像是一条湮没在沙土下的河水,多少年后又在下流被掘了出来:这是一条古河,却又是新的。"[③]周作人在 1932 年出版的《中国新文学的源流》中把公安派、竟陵派与五四打通。他说:

> 对于这复古的风气(指明前、后"七子"),揭了反叛的旗帜的,是公安派
> 和竟陵派。……他们的主张很简单,可以说和胡适之先生的主张差不多。
> 所不同的,那时是十六世纪,利玛窦还没有来中国,所以缺乏西洋思想。假
> 如从现代胡适之先生的主张里面减去他所受到的西洋的影响,科学、哲学、

---

① 张明高、范桥主编:《周作人散文选》(第四集),中国广播电视出版社 1992 年版,第 3 页。

② 周作人:《〈陶庵梦忆〉序》,原载《语丝》第 110 期,1926 年 12 月,后收入《泽泻集》,岳麓书社 1987 年版;又张明高、范桥主编:《周作人散文选》(第二集),中国广播电视出版社 1992 年版,第 267 页。

③ 张明高、范桥主编:《周作人散文选》(第二集),中国广播电视出版社 1992 年版,第 281 页。

文学以及思想各方面的,那便是公安派的思想和主张了。①

这一段表达了两层意思:一是公安派、竟陵派是对复古文学思想的反叛;二是这种反叛与五四对传统的批判性质相同,是一种产生于传统内部的反传统精神。接着他还分析了公安派、竟陵派,对中国文学变化的看法比五四时期谈文学的人看得更清楚,认为他们没有得到进一步的发展,是因其"运气"不好,遇上清统治者的禁令以及清朝的乾嘉学派偏爱。

在他看来,胡适的"八不主义"正是公安派"独抒性灵,不拘格套"和"信腕信口,皆成律度"的"复活",只是时间不同,前者再带有一些新近输入的科学思想而已。② 虽然胡适渗入了许多新的元素,但两者的"根本方向是相同的"。可见,在周作人侧重公安派、竟陵派与五四新文学运动有相通之处,换句话讲,正因为两者间具有的相通性,公安派、竟陵派思想的批判性才能在五四以后的中国文学批评史上得到"重现"。对此,嵇文甫在《〈左派王学〉序》中说:"经周启明、俞平伯等提倡晚明文学,特别表彰公安、竟陵诸子,于是我才恍然见到明中叶以后的文学界自有一种新潮流,其自由解放反抗传统思想的精神,直使现代新文学运动家倾慕赞叹,拉为同调。这要算明代文学史的一个新方向。"③再次肯定了晚明的批判特征。因此,刘大杰认为公安派表现出精神上浪漫的一面,而在态度上又表现出革命的一面,"一反传统的拜古的思想,而建立起重个性、重自由、重内容、重感情的新理论。……这与五四时代的文学运动精神完全相同"④。

晚明的公安派、竟陵派与"五四"文学有相通性的一面,都表现出对现实不

①　周作人:《中国新文学的源流》(周作人自编文集),河北教育出版社 2002 年版,第 22 页。需要说明的是:周作人说公安派、竟陵派时,利玛窦还没有来中国有误。据记载,利玛窦是 1583 年来到中国肇庆定居、传教,不但公安派、竟陵派的代表人物袁宏道(1568—1610)、钟惺(1574—1624)彼时年岁尚小,就是李贽(1527—1602)也正活跃于文坛和思想界。但周作人的说法并不影响他对公安派、竟陵派揭起反叛旗帜的评价。

②　周作人认为:"胡适之所谓'八不主义',也即是公安的所谓'独抒性灵,不拘格套',和'信腕信口,皆成律度'的主张的复活。所以,今次的文学运动,和明末的一次,其根本方向是相同的。其差异点无非因为中间隔了几百年的时光,以前公安派的思想是儒家思想、道家思想加外来的佛教思想三者的混合物,而现在的思想则又于此三者之外,更加多一种新近输入的科学思想罢了。"(见周作人:《中国新文学的源流》(周作人自编文集),河北教育出版社 2002 年版,第 48 页)

③　嵇文甫:《〈左派王学〉序》,开明书店 1934 年版,第 2 页。

④　刘大杰:《中国文学发展史》,商务印书馆 2017 年版,第 913 页。

满的批判性特征。主张西学者忽视或有意遮蔽这种相通性,并不能否认其存在的事实;而主张传统学者重申这种相通性,在于挖掘五四文学的中国传统元素以抵抗西学,反对民族虚无主义。事实上,五四新文化运动既有来自内部的变革诉求,又有来自外部的文化冲击,是由内与外双方,乃至于多方作用的结果。而以周作人为代表的传统文化学者为寻找五四新文化运动的合法性,也间接地验证了晚明诗学的"批判"主调。

二、批判性的内在逻辑

在诗学上,晚明是一个重视批判的时代,也是一个重个性、重自由、重思想解放的时代。这一时期涌现出了一大批在诗学上产生过极大影响的人物,如徐渭、李贽、汤显祖、袁宏道以及后来的竟陵派的钟惺、谭元春等。他们虽然思想各异,但也表现了一个共同的倾向,那就是反对崇正,解构权威,瓦解经典,形成了以"批判"与"解放"为主调的文学思潮。这个文学思潮当以公安派为中心,前有徐渭、李贽、汤显祖,后可以延伸到竟陵派,乃至清初的叶燮。因此,抓住这一点,也就把握住了晚明的诗学特征。这对于辨析叶燮的诗学思想有着非常重要的意义。

任何思想都是延续的,这种延续表现为两种走向:一是后者延伸前者,将前者推向极致;二是后者终止前者,走向它的反动。这种"反动"也是继承的一种特殊表现形式。而相比之下,"反动"更具有颠覆性。公安派诗学正是这两个方面的"延续"。

1. "崇正"的反动

以公安派为代表的晚明诗学坚持批判态度,是明中期复古思想的"延续"。就总体而言,明代中叶具有崇尚经典、推崇权威的诗学特征,但晚明却走向了它的反面。具体地讲,就是晚明的公安派选择了第二种路径,走向了明中叶前后"七子"复古"崇正"的反面——"主变"。

明代中叶的崇尚经典与权威,集中表现在前、后"七子"的两次复古运动。

第一次是在弘治正德年间(1488—1521)的文学流派,即"前七子"的诗学主张。"前七子"包括李梦阳、何景明、徐祯卿、边贡、康海、王九思和王廷相。他们反对粉饰太平的"台阁体"和当时流行的"理气诗",以严整的文体规范,通过对各体诗的高格正体的追摹,复归诗歌传统,革除宋诗"流而为理学,流而为歌诀,流而为偈颂"(袁宏道《雪涛阁集序》)的弊端,创造出与汉魏、盛唐比肩的优秀诗歌,接近"矫讹翻浅,还谐宗经"(《文心雕龙·通变》)的思路。李梦阳说:"诗至唐,古调

亡矣，然自有唐调可歌咏，高者犹足被管弦。宋人主理而不主调，于是唐调亦
亡。……宋人主理，作理语，于是薄风云月露，一切铲去不为，又作诗话教人，人
不复知诗矣。"(《缶音序》)他们继承了严羽"入门须正""以汉、魏、晋、盛唐为师"[1]
的主张。他的"宋无诗""唐无赋""汉无骚"之说，[2]也"可知其论诗论文，全以第
一义为标准"(郭绍虞语)。他说："文必有法式，然后中谐音度。如方圆之于规矩，
古人用之非自律之，实天生之也。今人法式古人，非法式古人也，实物之自则
也。"(《答周子书》)所以有"曹、刘、阮、陆、李、杜，能用之而不能异，能异之而不能
不同"(《再与何氏书》)。他坚持"物之自则"，阐明"崇正"的合法性。

　　不同于李梦阳的"刻意古范"与"独守尺寸"，何景明主张"领会神情""不放
形迹"，做到"达岸舍筏""以有求似"，要求既似古人，又有自家面目，但就以典范
来约束、规范诗歌创作，"或主宗古，或尚汉魏，与空同主张并无冲突之处"[3]。虽
然李梦阳有"情动乎遇"(《梅月先生诗序》)和"真诗在民间"(《诗集自序》引王叔武
语)，何景明有"上考古圣立言，中征秦汉绪论，下采魏晋声诗"[4]，但把师法之对
象追溯到魏晋，都表现了崇尚经典的倾向。

　　第二次是在嘉靖、隆庆年间(1520—1570)的文学流派，即"后七子"的主张，
包括李攀龙、王世贞、谢榛、宗臣、梁有誉、徐中行、吴国伦等七人，在"物不古不
灵，我不古不名，文不古不行，诗不古不成"(李开先《昆仑张诗人传》)的背景下，再
次走向复古。王世贞的"盛唐之于诗也，其气完，其声铿以平，其色丽以雅，其力
沉而雄，其意融而无迹，故曰：盛唐其则也"(《徐汝思诗集序》)，从五个方面肯定
"盛唐其则"的经典地位，与李梦阳的"今人法式古人"并无相异。他在《答王贡
士文禄书》中再次描述了明代诗文"失正"过程这一"崇正"倾向。[5] 李攀龙主张

---

　　① (宋)严羽《沧浪诗话·诗辨》："夫学诗者以识为主，入门须正，立志须高。以汉、魏、
晋、盛唐为师，不作开元、天宝以下人物。"即以汉、魏、晋、盛唐的诗歌为"正"。

　　② (明)李梦阳《潜虬山人记》："山人商宋、梁时，犹学宋人诗，会李子客梁，谓之曰：'宋
无诗。'山人于是遂弃宋而学唐。已问唐所无，曰：'唐无赋哉？'问汉，曰：'无骚哉？'山人于是
则又究心赋骚于唐、汉之上。"(见蔡景康编选：《明代文论选》，人民文学出版社1993年版，第
111页)

　　③ 郭绍虞：《中国文学批评史》(下)，商务印书馆2010年版，第199页。

　　④ (明)何景明《于李空同论诗书》，见《何大复集》，中州古籍出版社1989年版，第576页。

　　⑤ 王世贞《答王贡士文禄书》："国初诸公承元习，一变也，其才雄，其学博，其失冗而易。
东里再变之，稍有则矣，旨则浅，质则薄。献吉三变之，复古矣，其流弊蹈而使人厌。勉之诸
公四变而六朝，其情辞丽矣，其失靡而浮。"(见王世贞：《弇州山人四部稿》卷一百二十七《明
代论著丛刊》本)

"勿读唐以后书"(《乐府自序》),还编《古今诗删》三十四卷,始于古逸,次于汉魏、南北朝、唐,继之以明,不录宋、元。① 崇正过头,必然走向它的反面,正如叶燮所说的"正之积弊为衰"(《原诗·内篇》)——这就是公安派产生的必要条件。可见,"崇正"就成为"主变"思想的逻辑前提。

存在的都是现实的,具有存在的合理性。对于前后"七子"的崇尚经典的文学运动,无论是形式主义还是非形式主义,它的存在本身就已体现其价值。我们不能简单地将之比作公安派诗学,得出其守旧的结论,也不能简单比之于"台阁体"和"理气诗",得出革新的结论,而要回到原有的背景。在这条因果链中,明中期的复古运动虽然被扬弃,但其重要性正是明代思想由"倡理""贬情"转向"以情反理"的重要过渡。如果没有前后"七子"的反"台阁体"与"理气诗"中的复古"崇正",似乎很难产生如公安三袁的反古思想。

老子的"反者道之动"可以作为我们思考问题的思路。明中期的复古主流中自然会滋生出一种自我否定的元素,如周作人《中国文学的变迁》中所提出的:"中国文学始终是两种互相反对的力量起伏着,过去如此,将来也总是如此。"②公安派的出现,也正是两种相反力量作用的结果。而清初叶燮对传统诗学思想的批判,也正显示了公安精神在清初得到了"复活"。

2．"主变"的延续

公安派诗学在反对前后"七子"的同时,又是对以徐渭、汤显祖、李贽等为代表的批判观念的延伸。

复古"崇正"与反古"主变",作为两种相反的价值取向古已有之。就前者讲,不仅孔子,就连老子也是如此。孔子对周礼的知之深和爱之切,极力主张"克己复礼";老子的"小国寡民"理想,对"甘其食、美其服、安其居、乐其俗"(《老子》第八十章)这一"结绳时代"的向往,比"从周"的孔子还要早。就后者讲,商鞅提出"当时而立法,因事而制礼"(《商君书·更法》),主张"不必法古","反古者不可非",以及王充用"汉高于周"来反驳秦汉新儒家"今不如昔"等,都表现出了"主变"思想。就诗学观念而言,前者有刘勰"本乎道,师乎圣,体乎经"(《文心雕

---

① 李攀龙编选《古今诗删》,又称《诗删》,选录历代诗歌。"全书三十四卷。其中古逸诗一卷,汉、魏、宋乐府四卷,汉、晋、宋、梁诗四卷,唐诗十三卷,明诗十二卷。每代各自分体。选诗由上古至有代,中间由唐诗直接明诗,宋元诗一首不录。卷首有王世贞序。"(见汪涌豪、骆玉明编:《中国诗学》第三卷,东方出版中心 2008 年版,第 26 页)

② 周作人:《中国新文学的源流》(周作人自编文集),河南教育出版社 2002 年版,第18 页。

龙·序志》)的宗经复古,后者有葛洪的"时移世改,理自然也"(《抱朴子·钧世》)。就晚明的公安三袁而言,他们的批判思想直接来源于徐渭、李贽、汤显祖等,特别是李贽。钱谦益《初学集》卷三十一的《陶仲璞邃园集序》有"万历之季,海内皆诋訾王李,以乐天、子瞻为宗。其说倡于公安袁氏,而袁氏中郎、小修,皆李卓吾之徒,其旨实自李卓吾发之"[①]。可以看出李贽对他们的影响。

李贽(1527—1602)无论其个人行为还是其思想意识,都充满了"异端"的味道。明人沈瓒(1596年前后在世)评李贽"平生博学,深于内典,好为惊世骇俗之论,务反宋儒道学之说"(《近事丛残》)。被封建正统视为异端,他"对道学先生们所美化的封建社会的家规、师训、官场禁例,进行了痛切的揭露和批判,斥之为'管束'人性的绳索"[②]。其友马经纶(1562—1605)说他"卓吾生今之世,宜乎为今之人,乃其心事不与今人同,行径不与今人同,议论不与今人同,著作不与今人同。夫彼既自于今之人矣,今之人其谁不以彼为异为颇?"(《启当事书》)体现了他与时代格格不入的批判性特色。

李贽是一位解构权威与典范的思想家。他说:"人皆以孔子为大圣,吾亦以为大圣;皆以老、佛为异端,吾亦以为异端。人人非真知大圣与异端也。"究其故乃"儒先臆度而言之,父师沿袭而通之,小子蒙聋而听之。万口一辞,不可破也;千年一律,不自知也"(《续焚书·题孔子像于芝佛院》),即是"臆度""沿袭""蒙聋",代代相传,万口一辞的结果。为此,他提出"人之是非,初无定质;人之是非人也,亦无定论"(《藏书·世纪列传总目前论》)。消解尊于所谓一统的"是非"[③],与程朱理学的"存天理而灭人欲"针锋相对。他鼓吹"天生一人,自有一人之用"(《焚书·答耿中丞》),不为圣人所生,不为圣人所死,进一步肯定"人必有私,而后其心

---

①　钱谦益:《牧斋初学集》,上海古籍出版社1985年版,第919页。另《焚书》卷六有《九日至极乐寺闻袁中郎且到因喜而赋》:"世道由来未可孤,百年端的是吾徒。时逢重九花应醉,人至论心病亦苏。老桧深枝喧暮鹊,西风落日下庭梧。黄金台上思千里,为报中郎速进途。"(《焚书·续焚书校释》,第427页)万历二十五年(1597),李贽则到北京西山极乐寺时,听说袁中郎(宏道)也到北京,很高兴,即作此诗,以表达友人来访的欢喜之情。

②　萧萐父、李锦全主编:《中国哲学史纲要》,外文出版社2000年版,第437页。

③　(明)李贽《藏书·世纪列传总目前论》:"人之是非,初无定质;人之是非人也,亦无定论。无定论则此是彼非,并育而不相害;无定论,则是此非彼,亦并行而不相悖矣。然则今日之是非,谓予李卓吾一人之是非,可也;谓为千万世大贤大人之公是非,亦可也;谓予颠倒千万世之是非,而复非是予之所非是焉,亦可也。则予之是非,信乎其可矣。"(见北京大学哲学系中国哲学史教研室选注:《中国哲学史教学资料选辑》下,中华书局1982年版,第242页)

乃见;若无私,则无心矣"(《藏书·德业儒臣后论》),提出私欲乃人的自然之理。①
在宗法社会中,人的价值高低决定于他在社会网络中的地位,但私欲成了人们
追逐的目标,这无疑是对宗法社会的极大讽刺。在李贽看来,童心是其根本,
"绝假纯真,最初一念之本心也。若夫失却童心,便失却真心;失却真心,便失却
真人"(《焚书·童心说》)。"童心"的"绝假纯真,最初一念"当为没有被"浸染"过
的赤子之心。李贽追求真心,追求真人,挑战了传统的道德规范。

在诗学中,李贽主张自然而然。他在《读律肤说》中反对拘于律的"诗奴",
也反对不受律的"诗魔",认为"性格清彻者,音调自然宣畅;性格舒徐者,音调自
然疏缓;旷达者自然浩荡;雄迈者自然壮烈;沉郁者自然悲酸;古怪者自然奇
绝",主张"声色之来,发于情性,由乎自然"②。既不做"诗奴",也不做"诗魔",而
以"自然"为美,正是"不以孔子的是非为是非",解构权威,瓦解经典在文学追求
上的表现。他"不求庇于人"与后来解构"崇正"的说法相通。③ 他说:"诗何必古
选,文何必先秦。降而为六朝,变而为近体;又变而为传奇,变而为院本,为杂
剧,为《西厢曲》,为《水浒传》,为今之举子业,皆古今至文,不可得而时势先后论

---

① (明)李贽《答邓明府》:"如好货,如好色,如勤学,如进取,如多积金宝,如多买田宅为
子孙谋,博求风水为儿孙福荫,凡世间一切治生产业等事,皆其所共好而共习、共知而共言
者,是真迩言也。"(《焚书·读焚书校释》,第77—78页)李贽将"好货""好色"看成"迩言"实
乃与传统道德相悖的。

② (明)李贽《读律肤说》:"淡则无味,直则无情。宛转有态,有容冶而不雅;沉着可思,
则神伤而易弱。欲浅不得,欲深不得。拘于律则为律所制,是诗奴也,其失也卑,而五音不克
谐;不受律则不成律,是诗魔也,其失也亢,而五音相夺伦。不克谐则无色,相夺伦则无声。
盖声色之来,发于情性,由乎自然,是可以牵合矫强而致乎? 故自然发乎情性,则自然止乎礼
义,非情性之外复有礼义可止也。惟矫强乃失之,故以自然之为美耳,又非情性之外复有
所谓自然而然也。故性格清彻者音调自然宣畅,性格舒徐者音调自然疏缓,旷达者自然浩
荡,雄迈者自然壮烈,沉郁者自然悲酸,古怪者自然奇绝。有是格,便有是调,皆情性自然之
谓也。莫不有情,莫不有性,而可以一律求之哉! 然则所谓自然者,非有意为自然而遂以为
自然也。若有意为自然,则与矫强何异。故自然之道,未易言也。"(《焚书·续焚书校释》,第
224—225页)

③ (明)李贽《别刘肖川书》:"大人者,庇人者也;小人者,庇于人者也。凡大人见识力量
与众不同者,皆从庇人而生,日充日长,日长日昌。若徒荫于人,则终其身无有见识力量之日
矣。今之人皆受庇于人者也,初不知有庇人事也。居家则庇荫于父母,居官则庇荫于官长,
立朝则庇荫于宰臣,为边帅则求庇荫于中官,为圣贤则求庇荫于孔、孟,为文章则求庇荫于
班、马,种种自视,莫不皆自以为男儿,而其实则皆孩子而不知也。豪杰凡民之分,只从庇人
与庇荫于人处识取。"(《焚书·续焚书校释》,第106页)李贽鼓励做"大人",然后从"庇人"与
"庇于人"的角度阐述大人与小人之别,以及做"大人"的途径。

也。"(《焚书·童心说》)他又在《时文后序》说:"以今视古,古固非今;由后观今,今复为古。……夫千古同伦,则千古同文,所不同者一时之制耳。故五言兴,则四言为古;唐律兴,则五言又为古。今之近体既以唐为古,则知万世而下当复以我为唐无疑也。"①没有绝对的古,也没有绝对的今。可见,李卓吾以此来反古,反对经典,反对"崇正",把思想界的反叛精神有效地转向诗学领域,并产生了巨大的影响,成为把批判精神从思想界引入诗学领域的关键人物。

徐渭(1521—1593)以季本、王畿为师,提出"凡利人者皆圣人也",又"马医、酱师、治尺箠、洒寸铁而初中者,皆圣人也"(《论中·三》),消解了传统文化中的圣人形象,提出"因其人而人之也,不可以天之也"(《论中·二》),反对以天理桎梏人心。在诗学方面,"徐渭是明中叶文学复古思潮的第一个真正的反对者,他的文学理论也首先以明确的反复古主义立场吸引着人们的注意"②。他批评当时为诗者"不出于己之所自得,而徒窃人之所尝言,曰某篇是某体,某篇则否;某句似某人,某句则否。此虽极工,逼肖而已,不免于鸟之为人言矣",力主"情坦以直,故语无晦。其情散以博,故语无拘",主张"出于己之所自得,而不窃于人之所尝言者也"(《叶子肃诗序》)。在《胡大参集序》中,他又批评"今世为文章,动言宗汉西京,负董、贾、刘、扬者满天下。至于词、非屈、宋、唐、景则掩卷而不顾"。言辞灼灼,反复古态度鲜明。

以公安派为中心的晚明诗学思想,其批判性的特征是明显的。它是对以前后"七子"为代表的复古崇正思想的反动,是以李贽为代表所提倡的思想解放的自然延伸。更为深层的是明中期的王阳明的心学在诗学中的运用。那么,晚明后,诗学又应该是何种走向呢?满清入主中原,除了一批遗民,如顾炎武、王夫之、黄宗羲等坚持晚明的批判性外,批判之声始弱。满清统治者为实现其政治目标,承袭明制,实行"以汉治汉",在政治、文化等方面又回归传统,复古之风再次盛行。但这已不同于诗学上的历次复古。经学之风再起,所谓大思想家们的批判锋芒锐减。这一现状与清统治者的文化政策,特别是清初汉族士人群体的精神处境有关。这样的特殊背景,或者说,正是这一处境,使传统的诗学在叶燮那里遭到颠覆。

---

① 《焚书·续焚书校释》,第 200 页。
② 成复旺:《中国文学理论史》(三),北京出版社 1987 年版,第 158 页。

第二章　叶燮"正变"思想的原创性

就诗学而言,"正变"源于汉儒的"风雅正变",经历代诗论家的丰富和发展,已成为一个内涵极为丰富的诗学概念,在传统诗学中占有非常重要的地位。今天,我们再次审视叶燮的"正变"思想,并对之进行重新阐释,展示它的理论精华,呈现其原创性精神,为当今文艺学建设提供精神资源无疑具有积极的意义。

对传统诗学的阐释将会碰到许多问题。首先遇到的是,在不同时代或不同民族的地域中,同一个概念负载着不同的,或不完全相同的内涵。其原因,正如伽达默尔所说的,"不是因为流传下来的东西难以理解,可能造成误解,而是因为现存的传统由于发现它被掩盖了的原始东西而破坏和变形了。它的隐蔽的或变了形的意义应当再被探索和重新说明。诠释学试图通过返回到原始的根源来对那些由于歪曲、变形或误用而被破坏了的东西获得一种新的理解。这种新的努力应当力使经典重新有价值"①。那么,《原诗》的"正变"思想是否有被掩盖,或遭破坏,或变形呢? 叶燮是否在对"正变"的阐释中体现出原创性的精神? 我们又能在对他"正变"思想的阐释中获得哪些更丰富的内涵呢? 为此,我们将从"正变"观念的产生与演变开始。

第一节　"正变"观念的产生与演变

在中国传统文化中,"正变"思想源远流长。它萌芽于春秋时期兵书中的"奇正",后转向哲学,至汉代开始进入诗学;尔后又经历代诗论家的丰富与发展,到清代终结。而集其大成者是清初诗论家叶燮。了解传统"正变"思想的产生及其演变的轨迹,将有助于我们进一步认识叶燮正变思想的核心内涵。为此,我们将从"正变"思想的萌芽开始。

---

① ［德］伽达默尔:《真理与方法》(下卷),洪汉鼎译,上海译文出版社 2004 年版,第 728 页。

一、"正变"的萌芽

朱自清认为,"正""变"对举最早见于《庄子》和《管子》,①到汉代《诗大序》转向诗学领域,但其滥觞仍可以追溯到春秋时期兵书中的"奇正"。

大约成书于春秋末年的《孙子兵法》多以二元对立的思维,如敌与我、动与静、胜与败、分与合、奇与正等方式解读战争。《势篇》认为,战争"以正合,以奇胜","战势不过奇正,奇正之变,不可胜穷也"②。表达了以正兵交战,以奇兵制胜,要善用"奇兵"的思想。"正"者乃兵法中常用之法,如《军争篇》中的常用"八法"③。"变"相对于"正",指不合用兵"八法"之常,如"秘密伪装""出奇制胜"等。此处的"奇"之本就是"变",即所说的"五声之变,不可胜听也","五色之变,不可胜观也","五味之变,不可胜尝也",正面交战为"正",包抄为"奇",明攻为"正",偷袭为"奇","奇"与"正"相生,便可无穷无尽。由此,"奇正"与"正变"便有了相通性。《孙膑兵法·奇正》回应了《势篇》,认为"形以应形,正也;无形而制形,奇也。奇正无穷,分也。……同不足以相胜也,故以异为奇。是以,静为动奇,佚为劳奇,饱为饥奇,治为乱奇,众为寡奇。发而为正,其未发者奇也,奇发而不报,则胜矣。有余奇者,过胜者也"。这里的"异"就是不同,就是变体,又进一步论述了"奇"在战争中的作用。可见,"奇"与"正"表面对立,实则相通,有"正"无"奇",难以制胜,而有"奇"无"正"同样不可取,只有"奇""正"相依,才是《孙子兵法·势篇》所谓的"三军之众,可以必受敌而无败者,奇正是也"。有意思的是,这一思想得到后来军事家们进一步的丰富,如《尉缭子》有"正兵贵先,奇兵贵

① 朱自清在其《正变》中提到,"《庄子·逍遥游》'若夫乘天地之正而御六气之辩以游无穷者,彼且恶乎待哉?'郭庆藩《庄子集释》里道:'辩与正对文,辩读为变。《广雅》:"辩,变也。"辩、变古今通用。'这是不错的。正辩就是正变。《管子·戒》篇也有'御正六气之变'一语。正变对文,这两处似乎是最早见"。(见朱自清:《朱自清古典文学论文集》上册,上海古籍出版社 2009 年版,第 322 页)

② 《孙子兵法·势篇》:"三军之众,可使必受敌而无败者,奇正是也……凡战者,以正合,以奇胜。故善出奇者,无穷如天地,不竭如江河。终而复始,日月是也;死而复生,四时是也。声不过五,五声之变,不可胜听也。色不过五,五色之变,不可胜观也。味不过五,五味之变,不可胜尝也。战势不过奇正,奇正之变,不可胜穷也。奇正相生,如循环之无端,孰能穷之?"参见(春秋)孙武撰,(三国)曹操等注:《十一家注孙子校理》,杨丙安校理,中华书局1999 年版,第 86—90 页。

③ 《孙子兵法·军争篇》:"高陵勿向,背丘勿逆,佯北勿从,锐卒勿攻,饵兵勿食,归师勿遏,围师必阙,穷寇勿迫。此用兵之法也。"(《十一家注孙子校理》,第 151—160 页)

后"，《李卫公问对》有"善用兵者，无不正，无不奇，使敌莫测。故正亦胜，奇也胜"。更有妙者，如唐太宗说："以奇为正，使敌视以为正，则吾以奇击之；以正为奇，使敌视以为奇，则吾以正击之。"①"以正为奇"与"以奇为正"进一步丰富"奇正"思想，似乎看到后来叶燮消解"正"与"变"边界的影子。

"正"与"变"不是绝对的。《谷梁传》已有"变之正"的说法：其一是"桓不臣，王世子不子，则其所善焉何也？是则'变之正'也"（《谷梁传·僖公五年》）。虽然桓公与王世子行为"非礼"，但仍得到肯定，将原本"非礼"的行为视作"变"，这便有了"变之正"；其二是"天子微，诸侯不享觐，天子之在者惟祭与号。故诸侯之大夫相帅以城之。此'变之正'也"（《谷梁传·昭公三十二年》）。诸侯强大而不侍天子，这本是"非礼"行为，但没有受到批评，而被视作"变"，即以"变"为"正"，显示了谷梁赤对于"正""变"的认识。② 朱自清认为，这个"变之正"就是"正变"。可见，从春秋末年到汉代已有了"正变"的运用。③

兵书中的"奇正"肯定了"奇"在军事行动中的重要作用；《谷梁传》也没有否定"变"的意义，可以说在思维方式上成为传统诗学"正变"观念的最早表达。

二、"正变"的诗学转向

朱自清说"风雅正变"本自《诗大序》，而"正变"的提出则始于郑玄的《诗谱序》。他说："郑氏将'风雅正经'和'变风变雅'对立起来，划期论世，分国作谱，显明祸福，'作后王之鉴'，所谓风雅正变说，是他的创建。"④认为郑玄企图用"正变"来建立其诗学系统，但又指出其正变系统本身存在不足。郑玄将"正变"引入诗学，并用来阐释《诗经》，使传统"正变"在诗学上有了自己的一席之地，开启其漫长的演变之路，意义重大，后经诗论家的丰富，历经坎坷，至清初终结。此"终结"并非指"正变"的消亡，而是指在清初产生一种与传统"正变"观念完全不同的思维方式，赋予其全新的内涵。而终结者正是清初诗论家叶燮。

---

① 《十一家注孙子校理》，第87页。

② 《僖公五年》有"是则变之正也"，范宁《集解》："虽非礼之正，而合当时之宜"；《昭公三十二年》有"变之正"，范宁《集解》："诸侯危弱，政由大夫。大夫能同恤灾危，故曰变之正。"（见朱自清：《诗言志辨》，岳麓书社2011年版，第131页）

③ 《谷梁传》与《左氏传》《公羊传》并称《春秋》三传，《谷梁传》记载的时间起于鲁隐公元年，终于鲁哀公十四年，大约成书于西汉，但也有学者认为成书于战国。是为注。

④ 朱自清：《朱自清古典文学论文集》，上海古籍出版社2009年版，第320页。

在传统诗学当中,概念的初始内涵意义深远,它在很大程度上影响了概念内涵的走向,因此,对汉儒"风雅正变"的分析变得更为必要。那么,汉儒的"风雅正变"指的是什么呢？ 我们回到《诗大序》本身:

> 上以风化下,下以风刺上,主文而谲谏,言之者无罪,闻之者足以戒,故曰风。至于王道衰,礼义废,政教失,国异政,家殊俗,而变风变雅作矣。国史明乎得失之迹,伤人伦之废,哀刑政之苛,吟咏情性,以风其上,达于事变而怀其旧俗者也。故变风发乎情,止乎礼义。发乎情,民之性也；止乎礼义,先王之泽也。①

《诗谱序》:

> 及成王、周公致太平,制礼作乐,而有颂声兴焉,盛之至也。本之由此风雅而来,故皆录之,谓之诗之正经。后王稍更陵迟,懿王始受谱亨齐哀公,夷身失礼之后,邶不尊贤。自是而下,历也,幽也,政教尤衰,周室大坏。《十月之交》《民劳》《板》《荡》勃而俱作,众国纷然,刺怨相寻。五霸之末,上无天子,下无方伯,善者谁赏,恶者谁罚,纪纲绝矣！ 故孔子录懿王、夷王时诗,讫于陈灵公淫乱之事,谓之变风变雅。②

汉儒"风雅正变"表现了三方面内容。一是以"时与诗"定"正变"。"诗"反映"时",即诗之"正变"是"时"之"盛衰"的反映,"声音之道,与政通矣"(《礼记·乐记》),盛世为正,衰世为变,所以,"主文而谲谏,言之者无罪,闻之者足以戒",有"周公致太平,制礼作乐"的有序现实,由此产生了"风雅正经"；至于"王道衰,礼义废,政教失,国异政,家殊俗",有"政教尤衰,周室大坏",上面没有天子,下面没有诸侯领袖,善良的人没有谁来奖赏,而罪恶的人也没有谁来惩罚,各种法制纲常被破坏得无序,现实便有了"变风变雅"。

二是以诗教定"正变"。"上以风化下,下以风刺上",前者为"化下","主文而谲谏",说话者无罪可言,而听者则可以以之为戒；后者为"刺上","明得失之迹",把得与失都突显出来,劝戒统治者。以"化下"为正,以"刺上"为变,所以就

---

① 郭绍虞主编:《中国历代文论选》第一册,上海古籍出版社 2001 年版,第 63 页。
② 《中国历代文论选》第一册,第 70 页。

有了太平盛世,制礼作乐,有"正经"的"颂声兴焉";有夷身失礼,邪不尊贤,以及陈灵公淫乱之事,有非"正经"的"变风变雅"。这种"美"者为正,"刺"者为变,将"正变"与"政教"合一,开启了诗学政治化的先河,表现儒家正统的文艺观念,对诗学的发展产生了重大的影响。①

三是以"志""情"定正变。"言志"为正,"咏情"为变。大约周代时已有了"诗言志"之说。《诗大序》有"诗者,志之所之也,在心为志,发言为诗","诗言志"为"正",成为儒家正统;而"变风变雅"中多了咏情,但又要有所约束,"止乎礼义",所以,"咏情"为"变"。有意思的是,这个咏情之变成为后来陆机《文赋》之"正",他提出"诗缘情而绮靡",由此形成了中国诗歌"言志""缘情"的两个传统。

由这三个维度可以见出:一是"正变"与世之"盛衰"一一对应;二是"正变"的政教对应;三是"正变"的言志与咏情对应,体现了这一概念内涵的多样性与复杂性。汉儒这种承认"变"但又不"排变"的处理方式,为后世正变思想发展提供了广阔的空间。也由此开始,"正变"完成了它的诗学转向,成为历代诗论者不得不面对的问题。

三、"正变"观念的演变

汉儒关于"正变"的三种理解并没有得到后来诗学者的青睐,其教化作用和言志言情之别在延续过程中渐渐被遮蔽、淡化,甚至消亡。"正"与"变"作为一对诗学概念,随着诗歌创作的变化、诗学思想的独立等多种因素,在不同的历史时期要面临与解决不同的问题,被注入了新的内涵,由此便形成了正变思想的流变。这一流变主要表现在"诗与时"的"他律",以及"诗体代变"的"自律"两个方面,渐渐形成两条演变的基本路径:

1. 正变的"他律"之路

正变的"他律"路径主要是指"诗与时"的关系,即诗歌与现实的关系。这一认识起于汉代《礼记·乐记》的"凡音之起,由人心生也。人心之动,物使之然也"。提出艺术是"由人心生",是"物使之然"这一艺术起源于现实的思想。《诗大序》与《诗谱序》又进一步展开,明确论述了诗与时的关系,开启了以"正变"论

---

① 文学服务于政治的思想早于汉儒,《诗经》中的《颂》就是颂扬周公的丰功伟绩,《风》是"考见得失",等等,都在不同程度上服务于政治,但在诗学理论中明确诗歌为政治服务,并得到有效的阐释,大约是从汉代儒家阐释《诗经》开始的。

诗的先河。尔后陆机《文赋》的"遵四时以叹逝,瞻万物而思纷",刘勰《文心雕龙·时序》的"时运交移,质文代变",都讲到诗与时的关系,认为诗人之"志""情"都来自"四时"或"万物",来自"时运交移",肯定了诗对"时"的依赖。如果按"正变"关系看,可将"诗"与"时"的"盛""衰"对应关系划分为两类:一类是"以正为正,以变为变",前者为"颂",为"正",后者为"刺",为"变"。即以颂扬为"正",怨刺为"变",盛世出颂扬之音,歌其功,颂其德;衰世出怨愤之音,怨其衰,愤其乱,谓之"怨"和"刺"。这是正变在儒家正统思想中的演进。另一类是"以正为变,以变为正",即以怨刺衰世为"正",颂扬盛世为"变"。这一类虽然是对汉儒的反动,但也是汉儒的另一种延续,表现出对现实批判性的认同。我们理解的"延续"不仅包含着对原有思想的继承,而且还应该包含着对原有思想的否定。因为,批判与否定是思想发展的必由之路。

一是"以正为正,以变为变"。这是汉儒正变传统的表现,即是"正"与"盛","变"与"衰"的一一对应。唐人孔颖达(574—648)在注释《诗大序》的"变风变雅"时说:"太平则无所更美,道绝则无所复讥,人情之常理也。故初变恶俗,则民歌之,风雅正经是也。……变风变雅之作,皆王道始衰,政教初失,尚可匡而革之,追而复之,故执彼旧章,绳此新失,凯望自悔其心,更遵正道,所以变诗作也。"(《毛诗正义》)说它因变诗而改变正法,所以将之作为"变"。孔颖达接受郑玄诗之"正变"与"美刺"的说法,肯定王道与政教的关系,认为"变"之目的是"自悔其心,更遵正道",即"夫《诗》者,论功颂德之歌,止僻防邪之训"(《毛诗正义》)的匡谬正俗功能。

明人王祎(1321—1373)在《张仲简诗序》中论唐诗"三变"的说法也继承了这一正统。他说:"唐之诗始终盖凡三变焉。其始也,承陈隋之余风,尚浮靡而寡理致。开元以后,久于治平,其言始一于雅正,唐之诗于斯为盛。及其末也,世治既衰,日趋于卑弱,以至西昆之体作,而变极矣。"①指出唐诗之三阶段,其盛衰与正变对应,"久于治平"而有雅正,"世治既衰"而有变极。屠隆(1544—1605)《唐诗类苑序》有:"王者之政驱之,风移之,莫有出其笼罩者。初唐之政善,其风庞,诗葩而含;盛唐之政洽,其风畅,诗蔚而藻;中唐之政衰,其风降,诗惋而弱;晚唐之政乱,其风敝,诗飒而悲。人代递迁,其间率有名家者。后来用以聆音,亦以观世故。"②虽然没有提及"正"与"变",但"诗"与"时"的对应关系却

①　陈伯海主编:《唐诗论评类编(增订本)》(上),上海古籍出版社 2015 年版,第 91 页。
②　陈伯海主编:《唐诗论评类编(增订本)》(上),上海古籍出版社 2015 年版,第 93 页。

表达得非常清楚。

李梦阳(1473—1530)为明代复古派"前七子"领袖。他在《张生诗序》中提出"声时则易,情时则迁。常则正,迁则变,正则典,变则激,典则和,激则愤。故正之世,二《南》锵于房中,《雅》《颂》铿于庙庭。而其变也,风刺忧惧之音作,而'来仪率舞'之奏亡矣。于是《考槃》载吟,《伐檀》有咏"(《空同先生集》卷五十)。认为当处于"正之世"便有二《南》、《雅》、《颂》起,如《诗经·卫风·考槃》以其复沓方式,吟咏山水,言辞畅快,行动自由,体现了常、典、和的和谐之声;而"变之世"便有讽刺忧惧之声,如《诗经·魏风伐檀》以其复沓的方式,反映民众不满,嘲笑统治者,体现了不和谐音。① "正"与"变"泾渭分明。

清初有以诗表达时政的风尚。以"正"表达时之盛,以"变"表达时之衰,将诗之"正变"与时之"盛衰"捆绑在一起。明清之交的陈子龙(1608—1647)认为:"诗由人心生也,发于哀乐而止于礼旨。故王者以观风俗,知得失,自考正也。"(《皇明诗选序》)这与《诗大序》的"变风发乎情,止乎礼义"相似;其"世之盛也,君子忠爱以事上,敦厚以取友……文章足以动耳,章节足以竦神,王者乘之以致其治;其衰也,非辟之心生,而亢厉微末之声著,粗者可逆,细者可没,而兵戎之象见也"(《皇明诗选序》)。这也与"观风俗"相似。盛世文章忠君爱友,能动耳、竦神;衰世文章亢厉微末,现兵戎之象。虽然他认为诗之"衰"不一定完全由"时"而定,但认为"和平者志也;其不能无正变者"(《佩月堂诗稿序》,《陈忠裕公全集》卷二十六)。这里的崇正表现了他视当时的政治为盛世。汪琬(1624—1691)也说:"正、变之云,以其时,非以其人也。"(《唐诗正序》)认为通过观时之正与变,就能够看出时政的废与兴,治与乱,隆与污。这仍然是走将"正""变"与政治盛衰捆绑的传统路子。陈维崧(1625—1682)在《王阮亭诗集序》中批评明末诗为"幼渺者调既杂于商角,而亢戾者声直中夫鞭铎,淫哇噍杀,弹之而不成声",是亡国衰世之音,推尊王士禛的"既振兴诗教于上,而变风变雅之音渐以不作",表达了求

---

① 《诗经·卫风·考槃》:"考槃在涧,硕人之宽。独寐寤言,永矢弗谖。考槃在阿,硕人之薖。独寐寤歌,永矢弗过。考槃在陆,硕人之轴。独寐寤宿,永矢弗告。"《诗经·魏风·伐檀》:"坎坎伐檀兮,置之河之干兮,河水清且涟猗。不稼不穑,胡取禾三百廛兮? 不狩不猎,胡瞻尔庭有县貆兮? 彼君子兮,不素餐兮! 坎坎伐辐兮,寘之河之侧兮,河水清且直猗。不稼不穑,胡取禾三百亿兮? 不狩不猎,胡瞻尔庭有县特兮? 彼君子兮,不素食兮! 坎坎伐轮兮,置之河之漘兮,河水清且沦猗。不稼不穑,胡取禾三百囷兮? 不狩不猎,胡瞻尔庭有县鹑兮? 彼君子兮,不素飧兮!"

"正"的愿望。①

就以上的梳理可见，汉儒的"正变"对"盛衰"的依赖于后世的诗学影响深远，而且这种影响不停地延续着。

二是"以正为变，以变为正"。这一倾向与汉儒阐释"风雅正变"相反，把诗歌反映衰世、怨刺视为诗之本，颠覆了汉儒的正变传统，具有批判的特征。代表人物有唐代白居易、宋代梅尧臣、清代黄宗羲等。

白居易对正变有不同于汉儒的看法。他的《采诗官》有"郊庙登歌赞君美，乐府艳词悦君意。若求兴谕规刺言，万句千章无一字。不是章句无规刺，渐及朝廷绝讽议"②，批评了"登歌赞君美""艳词悦君意"的颂扬与对"朝廷绝讽议"的忧虑，认为诗更应"怨刺"，"先向歌诗求讽刺"，将汉儒的"兴谕规刺"之"变"反转，建构起以"兴谕规刺"为诗之本的观念。《与元九书》的"文章合为时而著，诗歌合为事而作"，《新乐府序》的"为君为臣为民为物为事而作"，以及《读张籍古

---

① 陈维崧《王阮亭诗集序》："五六十年来以，先民之比兴尽矣。幼渺者调既杂于商角，而亢戾者声直中夫鞞铎，淫哇噍杀，弹之而不成声。……新城王阮亭先生，性情柔淡，被服典茂。其为诗歌也，温而能丽，闲雅而多则。览其义者，冲融懿美，如在成周极盛之时焉。……今值国家改玉之日，郊祀燕飨，次第举行，饮食男女，各言其欲。识者以为风俗醇厚，且夕可致。而一二士女尚忧家室之未靖，闵衣食之不给焉。阮亭先生既振兴诗教于上，而变《风》变《雅》之音渐以不作。读是集也，为我告采风者曰：劳苦诸父老，天下且太平，诗其先告我矣。"（《王阮亭诗集序》，《迦陵文集》卷一）"温丽""闲雅""冲融懿美"则大不同于"淫哇噍杀"的诗风，是太平之世的表现，也预示着"变《风》变《雅》"之音渐以不作。陈维崧通过评诗来评社会。

② 白居易《采诗官》："采诗官，采诗听歌导人言。言者无罪闻者诫，下流上通上下泰。周灭秦兴至隋氏，十代采诗官不置。郊庙登歌赞君美，乐府艳词悦君意。若求兴谕规刺言，万句千章无一字。不是章句无规刺，渐及朝廷绝讽议。净臣杜口为冗员，谏鼓高悬作虚器。一人负扆常端默，百辟入门两自媚。夕郎所贺皆德音，春官每奏唯祥瑞。君之堂兮千里远，君之门兮九重閟。君耳唯闻堂上言，君眼不见门前事。贪吏害民无所忌，奸臣蔽君无所畏。君不见厉王、胡亥之末年，群臣有利君无利。君兮君兮愿听此，欲开壅蔽达人情，先向歌诗求讽刺。"其为《新乐府》的最后一篇。（宋人郭茂倩编撰：《乐府诗集》下，上海古籍出版社2016年版，第1180—1181页）另《汉书·艺文志》："哀乐之心感，而歌咏之声发。诵其言谓之诗，咏其声谓之歌。故古有采诗之官，王者所以观风俗，知得失，自考正也。"《汉书·食货志》："孟春之月，行人振木铎，徇于路，以采诗，献之太师，比其音律，以闻于天子。"采诗谓采取怨刺之诗也。陈寅恪《元白诗笺证稿》肯定此诗说："乐天《新乐府》五十篇，每篇皆以卒章显其志，此篇乃全部五十篇之殿，亦所以标明其作此五十篇之旨趣理想也"，"自述其作乐府之本志，则曰'惟歌生民病，愿得天子知'。此即其'采诗''讽刺'之旨意也。新乐府以此篇为结后之作，正如常山之蛇尾，与首篇有互相救护之用。其组织严密，非后世模仿者，所能企及也。"（见陈寅恪：《元白诗笺证稿》，商务印书馆2017年版，第305、307页）

乐府》的"未尝著空文"等,都主张创作干预生活,以"补察时政,泄导人情",创作"意激而言质"的讽喻诗,"救济人病"和"裨补时阙"。前者要求诗歌反映下层人民疾苦,劝戒统治者,达到"采诗"的目的;后者要求诗歌揭示政治的弊端,引起统治者的注意,使之改过。虽然诗与政教捆绑,但与汉儒相反,"一篇《长恨》有风情,十首《秦吟》近正声"①。视《秦吟》为"正声",与汉儒的风雅正变背相而行。② 皇甫湜《答李生第二书》中说:"夫谓之奇,则非正矣,然亦无伤于正也。谓之奇,则非常矣。非常者,谓不如常者;谓不如常,乃出常也。无伤于正而出于常,虽尚之亦可也。"③在他看来,"奇"虽然不是"正",但无伤于"正"。"奇"既然"无伤于正而出于常",以"奇"为贵又未尝不可。

宋人梅尧臣沿袭白居易说:"因事有所激,因物兴以通。自下而磨上,是之谓国风。"④国风是汉儒所谓的"正经"。"自下而磨上",即类似于"下以风刺上"的劝诫,讽刺成为正经的国风,将汉儒之"变风变雅"视为"风雅正经"。可见,与白居易相通,他将汉儒所谓的"变"看作诗之"正",有了"崇变"的倾向。

清初,与陈子龙、汪琬的"主正"相反,黄宗羲主张"变风变雅"。他在《陈苇庵年伯诗序》中说:"季札听诗,论其得失,未尝及变;孔子教小子可群可怨,也未尝及变。然则正变云者,亦言其时耳,初不关于作诗者之有优劣也。"⑤认为季札听诗,孔子诗教,都不曾反对怨刺的"变","正变"与诗之优劣无关,而诗歌创作实践反映了衰世之音反而更能影响人,伸正诎变的合法性受到质疑。而那些"美而非谄,刺而非讦,怨而非愤,哀而非私"之作,在汉儒看来是诗之变,何不是诗之"正"呢?张扬了"变"诗的合法性。马瑞辰以政教论"正变"说,"政教诚失,虽作于盛时,非正也。政教诚得,虽作于衰时,非变也"⑥。有了"以正为变"或"以变为正"的思想。

"以正为正"与"以变为正"都是以"诗"与"时"的关系来判断"正"与"变"的,

---

① 严杰编:《白居易集》,凤凰出版社 2014 年版,第 110 页。
② 白居易《秦中吟序》有:"贞元、元和之际,予在长安,闻见之间,有足悲者。因直歌其事,命为《秦中吟》。"包括《议婚》《重赋》《伤宅》《伤友》《不致仕》《立碑》《轻肥》《五弦》《歌舞》《买花》等十首诗,从不同侧面反映了当时的政治弊端与民生疾苦。
③ 郭绍虞主编:《中国历代文论选》第二册,上海古籍出版社 2001 年版,第 175 页。
④ 梅尧臣《答韩三子华韩五持国韩六玉汝见赠述诗》,见朱东润:《梅尧臣集编年校注》卷十六,上海古籍出版社 1988 年版,第 336 页。
⑤ 郭绍虞主编:《中国历代文论选》第三册,上海古籍出版社 2001 年版,第 265 页。
⑥ 《风雅正变说》,见马瑞辰:《毛诗传笺通释》(上),中华书局 1989 年版,第 9—10 页。

对汉儒之"正变",前者是继承,后者是颠覆。这一事实正好也说明了"正"与"变"不是绝对的,它们在一定条件下是可以相互转换的。"正"可以是"变","变"也可以是"正"。

　　2. 正变的"自律"之路

　　正变之"他律"是在诗与时的关系层面讲的,而正变之"自律"是在诗体内因升降代变而言的。诗之演变正是沿着"他律"与"自律"的矢量方向前行的。两条路径虽然不相同,但在思维方式都有"正"与"变"上是一致的。

　　"文"即纹,象形,在甲骨文中已见。《说文解字》有"文,错画也,象交文"。这一用法与文学没有太多的关系,如《乐记》"五色成文"、《系辞》"物相杂,故曰文";《墨子·非命》的"文学之为道也"等,其间的"文学"两字并没有后来"文学"的意味。对《诗经》的关注也多附属于政治或伦理的立场。大约到了魏晋这一"文学的自觉时代"①,文学才开始摆脱儒家诗教与经义之学的约束,诗的"自律"得以被重视,对诗体代变的关注才算真正开始。

　　鲁迅曾说:"汉文慢慢壮大起来,是时代使然,非专靠曹氏父子之功的,但华丽好看,却是曹丕提倡的功劳。"②曹丕从时代与个人影响说明魏晋文学的兴起,提出了"文章乃经国之大业,不朽之盛事"。他在《典论·论文》所讲的"文本同而末异",以及对奏议、书论、铭诔、诗赋等四类八种的划分,表现了他对文体的关注。

　　尔后,晋代挚虞对各种文体作了较为详细的论述。从今《全晋文》卷七十七所辑的《文章流别论》中仅存的十二条看,分别有文章、赋、诗、铭、哀辞、颂、箴铭、图谶等。他以为,班固的《安丰戴侯颂》,史岑的《出师颂》《和熹邓后颂》"与《鲁颂》体意相类,而文辞之异,古今之变也";"赋者,敷陈之称,古诗之流"。体现了古诗为源,赋者为流的思想。

---

　　① 魏晋是"文学的自觉时代"大约是由日本学者铃木虎雄提出(铃木虎雄在 1925 年出版的《中国诗论史》第二篇一章中提出),后有鲁迅再次提出说:"他(注:指曹丕)说诗赋不必寓教训,反以当时那些寓训勉于诗赋的见解,用近代的文学眼光看来,曹丕的一个时代可说是'文学的自觉时代'。"(鲁迅《魏晋风度及文章与药及酒之关系》,见《鲁迅全集》第三卷,人民文学出版社 1981 年版,第 504 页)宗白华也说,魏晋南北朝是"中国政治上最混乱、社会上最苦痛……然而却是精神上极自由、极解放,最富于智慧、最浓于热情的一个时代"。(见宗白华:《美学与意境》,人民出版社 1987 年版,第 183 页)

　　② 鲁迅:《魏晋风度及文章与药及酒之关系》,见《鲁迅全集》(第三卷),人民文学出版社 1981 年版,第 493 页。

特别要注意的是其中也提到了"正变"问题,挚虞将曹丕认为的"欲丽"为特色的诗分为六体。他说:"古之诗,有三言、四言、五言、六言、七言、九言。古诗率以四言为体。……雅音之韵,四言为正,其余虽备曲折之体,而非音之正也。"①将"正音"与"非音之正"对举,便有了后来刘勰的"若夫四言正体,则雅润为本;五言流调,则清丽居宗"(《文心雕龙·明诗》),成为挚虞"四言为体""四言为正"的另一种说法。

到魏晋时期,五言取代了四言,成为诗歌创作的主流,正如钟嵘《诗品序》所说的,"四言文约意广,取效《风》《骚》,便可多得。每苦文繁而意少,故世罕习焉。五言居文词之要,是众作之有滋味者也,故云会于流俗"②。学习四言的"罕习",五言会于"流俗"。挚虞("四言为正")与刘勰("四言正体")之"五言变体"却成了钟嵘的正体而"居文词之要"。如果站在四言为"正格"的角度看,钟嵘在诗体上开启了以"变体"为"正体"的先河。梁代萧子显也在《南齐书·文学传》中认为,"五言之制,独秀众品",但"事久则渎","弥患凡旧",提出了"若无新变,不能代雄"。萧子显的说法明确提出了"变体"的合法性,以"变"为常,为正,以不变为"反常"。这一思想是富有原创性的。

宋代作为诗体正变发展的过渡,在包恢那里得到集中表现。他说:"诗者以古体为正,近体为变。古风尚风韵,近体尚格律,正变不同调也,然或者于格律中而风韵存焉,则虽曰近体而不失古体。"(《书抚州吕通判诗稿后》)也就是说,风神气韵是古体诗的群体风格,而讲究格律是今体诗的群体风格。那么,讲究格律的今体诗中存有风神气韵,或今体格律诗不失古体之风神气韵,自然就可以理解为"变中有正","近体而不失古体"也就可以理解为"变中有正"了。他崇尚古体,抑近体,有"崇正抑变"的思想。

高棅是明代以诗体论正变的代表。他在《唐诗品汇·总叙》中说:"殆将数百,校其体裁,分体从类,随类定其品目,因日别其上下、始终、正变,各立序论。"③并在其《唐诗品汇·凡例》又将初唐、盛唐、中唐、晚唐四期分出九目,"正变"列为"九目"之一,对后世影响较大。④ 他从历时性的"始终正变"("本乎始以

---

① 挚虞《文章流别论》,见郭绍虞主编:《中国历代文论选》(第一册),上海古籍出版社2001年版,第191页。

② 周振甫:《诗品注译》,中华书局1998年版,第19页。

③ 高棅编选:《唐诗品汇》,上海古籍出版社2012年版,第10页。

④ 《唐诗品汇·凡例》又云:"大略以初唐为正始,盛唐为正宗、大家、名家、羽翼,中唐为接武,晚唐为正变、余响,方外异人等诗为旁流。间有一二成家特立,与时异者,则(注转下页)

达其终,审其变而归于正")和共时性的"正变"角度考虑来"各立序论",确定诗的品目及上下等第。他的以诗及人、因诗为主、由人及诗,与风雅正变中专"以其时"已不同了。其"审其变而归于正"虽然也重在"正",但此"变"与"风雅正变"之"正"不同,而是"变之正"了。其"晚唐为正变"指正中有变,变中有正。说在正变格中,韩愈是"正中之变",孟郊是"变中之正",①但他总的倾向仍是"审其变而归于正",表达对正体的崇尚。

明代吴讷《文章辨体序》云:"文辞宜以体制为先。因录古今之文入正体者,始于古歌谣辞,终于祭文,厘为五十卷;其有变体若四六、律诗、词曲者,别为《外集》五卷附于后。"②他重视正体,但也录变体,表现了"崇正"但乃不失其"变"的思想。

许学夷《诗源辩体》提出"诗有源流,体有正变"(《诗源辩体·自序》),所以"学者审其源流,识其正变,始可与言诗矣"(《诗源辩体》卷一),从诗的"他律"与"自律"论正变。"他律"的诗有源流与汉儒"正变"基本一致,其贡献在对自律体有正变的表达。③ 总体讲,许学夷对变体是认同的,他的"论道当严,取人当恕"

(续上页注)不以世次拘之。"(见高棅编选:《唐诗品汇》,上海古籍出版社 2012 年版,第 14 页)建立了以唐诗分期流变的框架,确立了以盛唐为中心的审美标准。清王渔洋对之评价甚高,他在《香祖笔记》中说:"宋、元论唐诗,不甚分初盛中晚,故《三体》《鼓吹》等集中,率详中晚而略初盛。览之愦愦。杨仲弘《唐音》始稍区别,有正音,有余响。然犹未畅其说,间有舛谬。迨高廷礼《品汇》出,而后谓正始、正音、大家、名家、羽翼、接武、正变、余响,皆并然矣。"(见王士禛:《香祖笔记》,湛之点校,上海古籍出版社 1982 年版,第 121 页)

　① 《唐诗品汇》卷二十:"唐诗之变,渐矣。隋氏以还,一变而为初唐,贞观、垂拱之诗是也;再变而为盛唐,开元、天宝之诗是也;三变而为中唐,大历、贞元之诗是也;四变而为晚唐,元和以后之诗是也。夫元和之际,柳公尚矣。若韩退之、孟东野,生平友善,动辄唱酬,然而二子殊途,文体差别。今观昌黎之博大,而文鼓吹六经,搜罗百氏,其诗骈驾气势,崔绝崛强,若掀雷决电,千夫万骑,横鹜别驱,汪洋大肆而莫能止者。又《秋怀》数首及《暮行河堤上》等篇,风骨颇逮建安,但新声不类,此正中之变也。东野之少怀耿介,醒醒困穷,晚擢巍科,竟沦一尉。其诗穷而有理,苦调凄凉,一发于胸中,而无齐色。如《古乐府》等篇,讽咏久之,足有余悲,此变中之正也。余合二公之诗为一卷,所以幸其遗风之变犹有存者,故曰正变。"(见高棅编选:《唐诗品汇》,上海古籍出版社 2012 年版,第 51 页)

　② (明)吴讷:《文章辨体序说》,人民文学出版社 1998 年版,第 7 页。

　③ 《诗源辩体》卷一:"诗自《三百篇》以迄于唐,其流源可寻而正变可考也。学者审其源流,识其正变,始可与言诗矣。……析而论之,古诗以汉魏为正,太康、元嘉、永明为变,至梁陈而古诗尽亡;律诗以初、盛唐为正,大历、元和、开成为变,至唐末而律诗几废。"提出正变思想。又"《周南》《召南》,文王之化行,而诗人美之,故为正风。自《邶》而下,国之治乱不同,而诗人刺之,故为变风。"表达了与汉儒正变基本一致的思想。(见许学夷:《诗源辩体》,杜维沫校点,人民文学出版社 1987 年版,第 1、2 页)

（《诗源辩体》第三十四卷三十则）的批评态度也是其正变思想的反映。论道之正变要严格要求，但学习古人则以"当恕"为佳，表现出宽容，即对那些不合雅正规范的诗，如"齐梁晚唐，亦有可取"，认为如果除了魏、盛唐之外不足取，那就不再是他所说的"取人当恕"了。这一想法是对严羽、明代七子"崇正"的纠正。后来顾炎武在《日知录·诗体代降》中提出诗体代变的必然，且对原著作了有效的解释。①

"风雅正变"源于对"诗"与"时"关系的阐释，而以"诗体代变"论正变是诗体内部自律性递进，将正变与时、与政治的关系引向诗学形式，是传统"风雅正变"的变异与创造。这种以发展的眼光肯定了"变体"在诗体演进中的作用，具有重要的诗学意义。除此以外，还有从其他方面论正变的，如在论述词的风格中也有正变之说，还有以奇正论正变的，在创作中谈论正变的。这里，我们只突出"诗与时""诗体代变"两条主线的几个主要环节，把握其变化的基本脉络，使我们阐释叶燮《原诗》正变思想具有一定的历史感。

我们说传统正变思想到叶燮处终结，并不是说传统诗学从此告别"正变"，而是说叶燮以一种全新的方式颠覆性地阐释这个传统概念，消解它们的对立，赋予其全新的内涵。那么，叶燮在其著作《原诗》中表现出什么样的立场？是否为正变增添了新的思想？这就要悬置各种争议，回到叶燮的《原诗》当中。

第二节 "正变"的边界与维度

对于概念的阐释，首先要划定它的范围以及思考的层面，这就是它的边界和维度的问题。任何一种思想都是在一定的时空中才能获得意义，放之四海而皆准的普适性本身就应遭到质疑，因此，我们在梳理正变的历程后，转向叶燮正变思想的边界和维度。

一、叶燮"正变"观念的边界

由于"变"字的多义，再加上叶燮在论述过程中并没有划出明确的范围，因

---

① 《日知录》卷二十一《诗体代降》："《三百篇》之不能不降为《楚辞》，《楚辞》之不能不降而为汉魏，汉魏不能不降而为六朝，六朝不能不降而为唐也，势也。"又说："一代之文，沿袭已久，不容人人皆道此语。今且千数百年矣，而犹取古人之陈言，一一摹仿之，以是为诗，可乎？"（见顾炎武：《日知录》，上海古籍出版社 2012 年版，第 813 页）

此,明确它的边界便成为阐释其"正变"思想的首要任务。那么,"正变"的边界在哪儿呢? 在《原诗》中,"正变"共出现六次,那么,其中的"变"是动词的"变化",还是名词的"变体"呢?

叶燮在谈到写作《原诗》目的时说:

> 自若辈之论出,天下从而和之,推为诗家正宗,家弦而户习。习之既久,乃有起而掊之,矫而反之者,诚是也,然又往往溺于偏畸之私说。其说胜,则出乎陈腐而入乎颇僻;不胜,则两敝,而诗道遂沦而不可救。由称诗之人,才短力弱,识又暧焉而不知所衷,既不能知诗之源流本末正变盛衰,互为循环;并不能辨古今作者之心思才力深浅高下长短,孰为沿为革,孰为创为因,孰为流弊而衰,孰为救衰而盛,一一剖析而缕分之,兼综而条贯之。
>
> (《原诗·内篇上》)

联系前后的内容可以看出,这里的"若辈"当指明代的前后"七子";"起而掊之,矫而反之者"则指公安派、竟陵派。可见,叶燮是在针对前后"七子"与公安派、竟陵派的诗论时提出他的正变思想的,认为他们"才胆识力"不够,不能正确认识对立双方,即源流、本末、正变、盛衰等问题。

在论杜诗时,他又说:

> 杜甫之诗,包源流,综正变。自甫以前,如汉、魏之浑朴古雅,六朝之藻丽秾纤、淡远韶秀,甫诗无一不备,然出于甫,皆甫之诗,无一字句为前人之诗也。(《原诗·内篇上》)

"包"指包容,"综"指综合汇聚,即把汉、魏诗之浑朴古雅,六朝诗之藻丽秾纤、淡远韶秀等各种风格融于一体。在谈到诗人之才、胆、识、力时,他再次提到"究之何尝见古人之真面目,而辨其诗之源流本末正变盛衰之相因哉!"(《原诗·内篇下》)以上的"正变"之用,能否把"变"视作动词呢? 如果把"正"作为"常","正变"就可以视作为"常变",即"常则"与"变易",如刘勰的"文之体有常,变文之数无方"(《文心雕龙·通变》)。"常变"是中国哲学的重要范畴,如此阐释虽然可以在传统哲学中找到依据,但这又与叶燮的本意相差甚远。

就以上所说,叶燮把正变与诗之源流、本末、盛衰等视为一类:一是源与流、本与末、正与变、盛与衰都是名词的一一对应，正变也不应例外；二是就双方，如"源"与"流"、"本"与"末"、"正"与"变"、"盛"与"衰"等可以"相因"，可以"循环"，有因果关系，如果把"正变"视为"常变"的话，成为一物的两个侧面，即物之"常"与"变"的统一，这就与"相因""循环"不符。况且，杜甫的"综正变"，是综合了汉、魏、六朝诗的各种风格，以"常变"来阐释更是难以说得通。可见，这里的"正变"之"变"只能是名词。这种阐释在其他地方也可以得到证实，如"正变系乎时""正变系乎诗"，又如"故窃不揣，谨以数千年诗之正变盛衰之所以然，略为发明"，"先生之论诗，深源于正变盛衰之所以然"（《原诗·内篇下》），等等。因此，就叶燮在《原诗》中关于"正变"之运用，均为名词，这是可以成立的。

"正变"是名词，即正体与变体，这就是叶燮"正变"的边界。当然，名词之"变"与动词之"变"并不是绝对分离的。我们一方面不能够混淆两种词性的区别，另一方面也要认识到"变体"并不是与"变化"无缘，"变体"本身就已包含了"变易"这一理论前提，因为，没有"变易"，也不可能有变体的存在。总之，叶燮的"正变"当指名词意义上的"正体"与"变体"，是诗体的正变。①

二、叶燮"正变"的两个维度

前面提到，在中国诗歌批评史上，"正变"在不同的语境中被广泛运用。叶燮是在诗体的边界内讲正变的。那么，他又是从什么层面上来讨论这个问题的呢？有哪些因素影响了诗体之"正"与"变"呢？为此，叶燮提出了两个方面，即"正变系乎时"与"正变系乎诗"。这一思想集中体现在以下这段经典论述之中：

> 且夫风雅之有正有变，其正变系乎时，谓政治、风俗之由得而失、由隆而污。此以时言诗；时有变而诗因之。时变而失正，诗变而仍不失其正，故有盛无衰，诗之源也。吾言后代之诗，有正有变，其正变系乎诗，谓体格、声调、命意、措辞、新故升降之不同。此以诗言时；诗递变而时随之。故有汉、

---

① 陈伯海在《释"诗体正变"——中国诗学之诗史观》一文中，从历时性的角度，把中国诗史分为三个阶段，即肇于"风雅正变"，拓宽于"质文代变"，归结于"诗体正变"。把"诗体正变"视为"诗史"中的最后环节，这样的理解自然有其合理之处。（见《社会科学》2006 年第 1 期）但晋代挚虞在《文章流别论》中已以"诗体"言正变，因此，这里提到诗体的正变，与陈先生的"诗体正变"有一定的区别。特注。

魏、六朝、唐、宋、元、明之互为盛衰,惟变以救正之衰,故递衰递盛,诗之流
也。(《原诗·内篇上》)

在他看来,"正变系乎时"是讨论诗与时的关系,即"以时言诗";"正变系乎
诗"是讲诗歌内部各因素的递变升降,即"以诗言时"。这一论述表明,诗的变化
与发展并不是单由时代,或者单由诗体内部各因素的影响,而是两个不同因素
作用的合力引导出诗歌变化的逻辑,是一种"矢量和"。这一思想体现了叶燮的
理论意识,也显示了他正变思想集大成的特征。就《原诗》而论,叶燮的正变思
想包含这两个方面的内容,但相比而言,他更重视"正变系乎诗",显示了他的诗
学立场。因为,诗与时、诗与政治的关系,自汉儒的"风雅正变"以来的大多数时
间里几乎成为主流意识,在传统诗学中占据着主导地位。而诗自身的特征却往
往被忽视,或被有意遮蔽,再加上清初兴起一股以时代说诗歌创作,以诗之"正"
来表现政治之盛的风气。在这样的背景下,叶燮一方面强调诗的自律,提出"正
变系乎诗",另一方面又重新阐释汉儒的"风雅正变",赋予它以新的内涵,使之
获得了新的意义。他的针对性是显而易见的。这在他的《原诗》和《汪文摘谬》
中都能见出这一点。

在诗与时代、与政治紧密联系的时风中,叶燮倡导"正变系乎诗",显示他的
诗学立场。这在《汪文摘谬》中表现得最为突出。汪琬(1624—1691)与叶燮晚
年都在苏州开门授徒,影响大,门徒多。他们的诗学观念向来不和,门徒也各持
师说,争论不休。① 叶燮不满汪琬的名高气盛,罗列其诗文之谬处加以批驳,成
《汪文摘谬》一卷,其中有多处是针对汪琬正变思想的。为进一步明晰叶燮的思
想,现把汪琬的《唐诗正序》与叶燮的《汪文摘谬》相关内容摘录如下:

汪琬《唐诗正序》:

> 志微噍杀之音作而民忧思,啴谐慢易之音作而民康乐,顺成和动之音

---

① 《叶星期汪钝翁》:"汪钝翁教授尧峰,门徒数百辈,比于郑众挚恂。时嘉善叶燮星期
方罢官,筑室吴县之横山下,远近从学者亦笈踵来,廊舍为满。钝翁说经铿铿,素不下人,与
星期持论凿枘,互相诋諆。两家门下士遂各持师说不相让。后钝翁没,星期谓:'吾向不满汪
氏文,亦为其名太高,意气太盛,故麻列其失,非为汪氏学竟谬庋圣人也。今汪没,谁讥弹吾
文者?吾少一净友矣。'固取向所摘汪文短处悉焚之。吴下人士咸服其古道。星期前宰宝
应,值三逆倡乱,驿道云扰,黄淮交涨,堤岸屡决,毁家纾难,民赖又安,盖非仅以学文见者。"
(见小横香室主人撰:《清朝野史大观》,中央编译出版社 2009 年版,第 896—897 页)

作而民慈爱,流僻邪散,狄成涤滥之音作而民淫乱。夫诗,固乐之权舆也。观乎诗之正变,而其时之废兴治乱污隆得丧之数,可得而鉴也……吾尝由是说以读唐诗。有唐三百年间能者间作,贞观、永徽诸诗,正之始也,然而琱刻组缋,犹不免陈隋之遗。开元、天宝诸诗,正之盛也,然而李杜两家联袿接踵,或近于跌宕流逸,或趋于沉着感愤,正矣,有变焉。降而大历以讫元贞,典型具在,犹不失承平故风,庶几乎变而不失正者与?自是之后,其词愈繁,其声愈细,而唐遂陵夷以底于亡,说者比诸《曹》《郐》"无讥"焉。凡此,皆时为之也。

当其盛也,人主励精于上,宰臣百执趋事尽言于下,政清刑简,人气和平,故其发之于诗,率皆冲融而尔雅,读者以为正,作者不自知其正也。及其既衰,在朝则朋党之相讦,在野则戎马之交讧,政繁刑苛,人气愁苦,故其所发,又皆哀思促节为多,最下则浮且靡矣,虽有贤人君子,亦尝博大其学,掀决其气,以求篇什之昌,而卒不能进及于前,读者以为变,作者亦不自知其变也。是故正变之所形,国家之治乱系焉,人才之消长,风俗之污隆系焉。①

叶燮《汪文摘谬》:

昔夫之删诗,未闻有正变之分。自汉儒家纷纭之说起,而诗始分正变,宋儒往往有非其说者。今篇首曰,盖自毛郑之学始,似有不足为凭之意,固无害也,又言正变之云,以其时非以其人,是似也,然斯言也,就时以言诗,而言周之时之诗则可,自周以后则以其时之一言有断断不然者……正变之说加之于《三百篇》,已非吾夫子本旨,而欲踵其说于《三百篇》之后,妄为配合支离,论时论诗,习为陈腐之谈,何异声者审音,瞽者辨色,徒自为呓唔也。……就正变以为言,今合风雅而观变之多于正之数,然者夫子何尝存正而黜变也。后之人翻欲尽变而黜之,其不然也明矣。原其故,胸中既无明见,依违于汉儒之肤说,既有迁移其辞,以正变归之时运。迨执时运之说,则又穷于论诗。于是又迁就以附会之。掣肘支离,终无一定之衡。此诗与文两家俱汩没于无本之论也。《三百篇》之变以时变而作诗者,而

---

① 清康熙十四年金闾天禄阁刻本《唐诗正》卷首。见陈伯海,李定广编著:《唐诗总集纂要》下,上海古籍出版社 2016 年版,第 549—550 页。

作诗者因时而变也。观此段是诗先变而后时乃因之以变者也。……《三百篇》由时变而形为诗，今则由诗变而形为时，辞意俱颠倒矣。……见吾夫子删诗，正变皆存，则三君子亦不必徒揭正之名矣。（《丛书集成续编》，上海书店出版社，第124册）

在《唐诗正序》中，我们可以清楚地看到汪琬对汉儒正变之学的直接继承。他说："观乎诗之正变，而其时之废兴治乱污隆得丧之数，可得而鉴也"，"正变之所形，国家之治乱系焉，人才之消长，风俗之污隆系焉。"即是说，正变是"以其时"而定的。在诗中可以见出时代与政治的"废兴治乱"，也可以见出人才、风俗的"消长""污隆"。分而论之：

第一，他说"志微噍杀之音作而民忧思，啴谐慢易之音作而民康乐，顺成和动之音作而民慈爱，流僻邪散、狄成涤滥之音作而民淫乱"。这是来自《礼记·乐记》的"声音之道，与政通矣"的思想，是"治世之音安以乐，其政和。乱世之音怨以怒，其政乖。亡国之音哀以思，其民困"这一思想的另一种表述。

第二，他说"读者以为变，作者亦不自知其变"，这与毛、郑之说也无二意。《诗经》的创作者不知正与变，即使孔子删诗也没有提及正变，直到汉儒注释《诗》才有正变之分，诗之正变与作者无关，这也是对郑玄《诗谱序》的直接继承。

他在《风雅正变》中再次提到："凡言正变者，必当考求其诗。考求其诗，然后能得其实。褒美之诗为正，刺讥之诗为变也；和平德义之诗为正，则哀伤淫佚之诗为变也。"[①]汪琬在《风雅正变》中所表现的正变思想与《唐诗正序》一样，并没有发展毛、郑等儒家正变之学，也没有提出新的东西。

《诗经》中的《雅》《颂》更多地承担着政治功能，它极力证明西周王朝的合理性。诗的工具性特征在当时的历史语境中，即使从诗学的角度看也能够得到合理的解释。但在清初，诗歌早已以独立的形式存在于艺术之中，再强调它的工具性显然并不明智。汪琬，顺治十二年（1655）进士，曾任刑部郎中、户部主事等职，康熙十八年（1679）举博学鸿儒科，授编修，有较高的社会地位，是清初有名望的学者，也是新朝诗人群体的代表人物。我们不能说他对诗没有清醒的认识。但在正变思想中，他有意无意地忽视来自诗体内部的变化因素，只强调诗对时、对世的依赖，与政治联姻，这就使他的诗学思想无法超越主流意识，

---

① （清）汪琬：《尧峰文钞》卷四《诗问十二则·风雅正变》，《四部丛刊》本。

也无法突破前人的思想。

叶燮在《汪文摘谬》中用较多的篇幅对汪琬的《唐诗正序》做出归谬与点评，并不是因为汪琬坚持时代对诗歌创作的作用，而是因为他只坚持"以时言诗"这一面，忽视了诗体内部各因素的升降关系。叶燮以为，诗的正、变不仅仅与时代、政治有关，同时，更重要的是与诗体内部各因素的升降有关，坚持"正变系乎时"与"正变系乎诗"并举。在他看来，"风雅正变"是与时代紧密联系的，这就是所谓政治、风俗的"得失""隆污"，用汉儒的话来讲，符合王道、礼教、政教的即谓之盛世，反之则谓之衰世。因此，对于"时"来讲，就有了"盛世"和"衰世"，对"盛世"和"衰世"的反映便有了诗的"风雅正经"和"变风变雅"。但汉儒并没歧视"变风变雅"。在他们看来，"变风变雅"虽然是对"衰世"的反映，但并没有离开诗之政教。这样，以是否符合王道、礼义、政教分出"时"之"盛衰"，对"盛""衰"的反映就有了诗之"正""变"。它们没有高下优劣，都起到"美"或"刺"的作用，符合儒家的诗教精神。这就是叶燮所说的"时变而失正，诗变而仍不失其正"（《原诗·内篇上》）。

以上看法是叶燮对汉儒正变思想的继承，但他并没有止步，而是给它注入了新的内容。

他在《汪文摘谬》中说："就时以言诗，而言周之时之诗则可，自周以后则以其时之一言有断断不然者。""以其时之一言"指的是以时代论诗，"断断不然"是由于他没有认识到"正变系乎诗"对诗的影响。因为，仅以"以时论诗"是无法阐释诗歌变化中所呈现出来的复杂现象。对于这一问题，叶燮的《汪文摘谬》比《原诗》论述得更为详尽，也更有针对性。他以大量的事实说明了时与诗的不同步，认为汪琬等主张时与诗同步的思想，"原其故，胸中既无明见，依违于汉儒之肤说，既有迁移其辞，以正变归之时运。追执时运之说，则又穷于论诗。于是又迁就以附会之。击肘支离，终无一定之衡"。所以"正变之说加之于《三百篇》，已非吾夫子本旨，而欲踵其说于《三百篇》之后，妄为配合支离，论时论诗，习为陈腐之谈，何异聋者审音、瞽者辨色，徒自为呓唔也"（《汪文摘谬》）。

但是，叶燮为什么不反对"以时言诗"来阐释《诗经》呢？《诗经》是经典，本身并无"正"与"变"之分，"风雅正变"的阐释已有不妥，更为不当的是把经典的个别性上升为普遍性准则。事实上，叶燮对诗歌创作有较全面的认识。他生于书香门第，父亲叶绍袁的文学成就颇丰，除《午梦堂全集》外，还有《湖隐外史》《甲行日注》，《吴江县志》卷三十一《节义》中还记有《读史碎记》《纬学辨义》《金刚经注》等;母亲沈宜修有作品集《鹂吹集》;大姐叶纨纨有作品集《愁言》;二姐叶小纨有剧本《鸳鸯梦》、诗集《存余草》;三姐叶小鸾有作品集《返生香》;二哥叶世偁有诗文集《百旻草》;三哥叶世俗有《护灵集》。他们一家人大多都有作品集,可见他生活中的文学氛围。

叶燮自己也有丰富的诗歌创作经验,《已畦诗集》十卷辑诗近千首,从不同侧面折射社会的现实,也从不同层面表现了他的心境。在《重修宝应县志》卷九《灾祥》中记有时任知县诗,包括叶燮的河漕堤诗:"愁霖逾一月,黄淮交溢流。直襄天妃闸,澎湃千奔牛。黄浦萎其冲,八闸伏所浏。刘潭与双堰,注泄系咽喉。骇波轰震霆,两岸掀阳侯。呀然坤维坼,康庄翻潜虬。重漕衔尾来,泥淤类荡舟……"①这是他任宝应县令期间,历经洪水泛滥后所作,展现了洪水肆虐的景象。他的《纪事杂诗》三首,都是写"宝邑实事",其《御马来》《军邮速》和《荷锸夫》表现其忧国忧民的思想。《御马来》中的"人死身已矣,马误全家倾","疲氓难旦暮,恫瘝切私情。终宵马嘶震,炊绝无人声",表现了"御马"带来的苦难;《军邮速》中的"县官闻马来,酒浆筐筐迎。吏役闻马来,面色苍黄青。百姓闻马来,负担望尘停。但求无事宁,安异弇与缨! 换马百尔慎,一蹶祸立婴",把"军邮"对当时老百姓的影响呈现得非常生动;《荷锸夫》借"白发翁"之口,诉述了受灾百姓的酸辛悲苦——"我侪湖旁民,漂徙无窟所。保长任恣睢,皮骨任酸楚。骨楚犹可言,肠饥转鸣鼓",等等,这些诗歌正表现了他诗歌创作与时代的联系。因此,叶燮并不反对"正变系乎时",但认为如果排斥"正变系乎诗"来谈论诗与时代、与政治的关系,必将"配合支离","陈腐之谈",是"聋者审音、瞽者辨色"。

由此可见,叶燮坚持诗的发展是"正变系乎时"与"正变系乎诗"并举,这就是叶燮正变思想的两个维度。

第三节 "正变系乎时"

"正变系乎时"是讨论诗歌与时代的关系,"正变系乎诗"是讨论诗歌内部各因素的递变升降关系。这是叶燮"正变"思想的两个维度。在这一节里,我们首先考察他的"正变系乎时"这一维度。

---

① 张寅彭主编:《民国诗话丛编》(四),上海书店出版社 2002 年版,第 172 页。

如前所述,汉儒的"风雅正变"开启了传统诗学中以时政论诗歌之风,提出时变而有诗变,以及诗的"美刺"。那么,叶燮又是如何阐释"风雅正变"呢? 在其阐释中又表现了哪些新的思想呢? 本节试图对之进行还原,分析他对汉儒"风雅正变"的原创性理解,他的诗学立场以及对清初诗坛的态度。

一、"正变系乎时"的现代阐释

"正变"最早见于汉儒《诗大序》中的"风""雅""变风变雅"。① 郑玄《诗谱序》明确提出"风雅正变"与"变风变雅",建立了汉儒的"风雅正变"说,成为诗学正变思想的源头,包括以"时世""政教""情志"等三个方面定正变。诗论家们又以各自立场、观念、目的,形成了"以正为正,以变为变"与"以正为变,以变为正"的两条基本路径,丰富正变思想的内涵。然而,虽其立场、观念、目的不同,但其思维方式都没有跳出汉儒"风雅正变"的模式。我们之所以说清初是传统正变思想的终结,是因为以叶燮为代表的诗论家们独辟蹊径,回到问题的原点,悬置各种争论,重新审视汉儒学说,颠覆传统的"风雅正变",为诗学提供新思想、新内容。为此,我们将从主变存正、非中心化、名实关系等三个方面展开分析。

1. 消解"伸正"传统,建构"主变"观念

叶燮诗学思想的革命性是以其"以变为主"的思想为基础的。他消解"伸正离变"的传统,建构"主变存正"的新观念。汉儒虽然并不排斥变风变雅,认同其"怨刺"作用,但其"伸正离变"是明确表达了"主变存正"的观念,但是叶燮说:

> 今就《三百篇》言之,《风》有正风,有变风,《雅》有正雅,有变雅。《风》《雅》已不能不由正而变,吾夫子也不能存正而删变也;则此后为风雅之流者,其不能伸正而诎变也明矣。(《原诗·内篇上》)

叶燮借汉儒的正变思想来表达自己的观点。他认为《诗经》中的《风》与《雅》不得不由"正"而"变",先有"上以风化下,下以风刺上,主文而谲谏,言之者无罪,闻之者足以戒"的有序社会,而有"谏风";后有"王道衰,礼义废,政教失,

---

① 《诗大序》有"上以风化下,下以风刺上,主文而谲谏,言之者无罪,闻之者足以戒,故曰风;至于王道衰,礼义废,政教失,同异政,家殊俗,而变风变雅作矣","以一国之事,系一人之本,谓之风;言天下之事,行四方之风,谓之雅"等。

同异政，家殊俗"的无序社会而有"变风变雅"，这是诗歌发展的必然，正如他在《原诗》中所说的，"古云：'天道十年而一变。'此理也，亦势也，无事无物不然"。这里的"无事无物"自然包括"时道"与"诗道"。时变与诗变不仅理当如此，也势必如此。他在《唐百家诗序》中再次提到："自有天地，即有古今。古今者，运会之迁流也。有世运，有文运，世运有治乱，文运有盛衰，二者各自为迁流。"(《已畦文集》卷八)在他看来，孔子都没有删"变"正说明了"变风变雅"存在的合法性，因为王道衰、礼义废、政教失是客观存在，反映这些社会的"变风变雅"也是客观存在的。而诗歌是社会现实的反映，从这个层面上讲，"时变而失正，诗变而仍不失其正"(《原诗·内篇上》)。"时变"是指现世由盛而衰，或由衰而盛；时变而"诗变"，"变风变雅"虽然反映衰世，但它的劝戒与美刺与"风雅"一样。他认为诗之变化，"踵事增华，以渐而进，以至于极"(《原诗·内篇上》)，描述了诗歌演进的方式，踵其事，增其华。其时变与诗变的"理"与"势"肯定了诗变的合法性，自然肯定变体的合法性。

针对汪琬《唐诗正序》中的"正变之云，以其时，非以其人也"的说法，叶燮在《汪文摘谬》中再次重申这一观点。他说："正变之说，加之于《三百篇》，已非吾夫子本旨，而欲踵其说于《三百篇》之后，妄为配合支离，论时论诗，习为陈腐之谈，何异聋者审音，瞽者辨色，徒自为呓唔也。"并以大量的篇幅分析认为，以时而论，曹氏窃国，六朝淫靡，武氏篡唐，天宝极变，在此时变之时，却涌现出一大批著名诗人，批评了以时定正变的不合理，解构"时"与"诗"对应的做法，重申"时变失正，诗变不失其正"的观点。

叶燮《汪文摘谬》中对汪琬《唐诗正序》之摘评，以时论"正变"。他说：

> 　　就以时言诗，而言周之时之诗则可。自周以后，则"以其时"之一言，有断断不然者。何也？《三百篇》之后，群然推为五言之祖，而奉以为正者，必曰汉之建安。彼其时何时也？权奸窃国，贼弑帝后。苏氏有云："鬼亦欲唾其面。"而诗家称曹氏父子为诗典型。同时王粲等七子，又皆伪朝之私人，称功颂德，不遗余力。其时正耶？变耶？其诗正耶？变耶？自是以降，六朝淫靡不足论。有唐三百年诗，有初、盛、中、晚之分，论者皆以初、盛为诗之正，中、晚为诗之变，所谓"以时"云云也。然就初而论，在贞观则时之正，而诗不能反陈、隋之变。永徽以后，武氏篡唐，为开辟以来未有之奇变。其时作者如沈、宋、陈、杜，诸人之诗为正耶？为变耶？盛唐则开元之时正矣，

而天宝之时为极变。其时李、杜、王、孟、高、岑诸人,生于开、宝之间,其诗将前半为正,后半为变耶? 至于宋仁宗庆历之时,其君明臣良,可追美三代,而其时之作诗者不乏,后世庸妄男子,耳食之徒,至屏斥其诗,并不入正变之论,则何以说哉? (《丛书集成续编》,上海书店出版社,第 124 册)

他批评称诗者,认为产生的原因是"胸中既无明见,依违于汉儒之肤说,既又迁易其辞,以正变归之时运。迨执时运之说,则又穷于论诗,于是又迁就以附会之,掣肘支离,终无一定之衡。此诗与文两家,俱汩没于无本之论也已"①。

为进一步阐明这一观点,叶燮又阐释夫子的"思无邪",留存变风变雅之故。他说:"夫子言正变无明文,而言无邪有定断,选诗者存正而黜邪,何其意大而旨远。奈何舍夫子之言,而更宗无凭正变之论乎。就正变以为言,今合《风》《雅》而观,变之数多于正之数,然则夫子何尝存正而黜变也。后之人翻欲尽变而黜之,其不然也明矣。"(《汪文摘谬》)叶燮认为,孔子排"邪"留"变",《诗经》中"变风变雅"篇目数远超"风雅正经",正好说明夫子并不黜"变","伸正黜邪"不能引申出"伸正黜变",并进一步分析后人的"黜变",乃胸无明见,迁易汉儒之肤说的表现,对"尽变而黜之"提出批评,表达了他"主变存正"的思想。

就时之盛衰与诗之正变,黄宗羲认同"时"与"诗"有很大的关系,但反对盛衰与正变的一一对应。他在《陈苇庵年伯诗序》中说:"以时而论,天下之治日少而乱日多。"如以"治日"诗为正,以"乱日"诗为变,"伸正黜变"即排斥"乱日"诗是不合理的。他又说:"汉之后,魏、晋为盛;唐自天宝而后,李、杜始出;宋之亡也,其诗又盛。无他,时为之也。即时不甚乱,而发其言哀断。"诗歌创作不仅与时有关,还与情有关,"向令风雅而不变,则诗之为道,狭隘而不及情,何以感天地而动鬼神乎?"(均见《陈苇庵年伯诗序》)认为衰世诗比盛世诗更为深刻的思想突破了封建正统诗教的局限,表达了与叶燮类似的诗学观念。

传统儒家从其维护现存制度出发,以"正"为盛世,以"变"为衰世。这一思想自然会影响到主流意识形态对诗的态度,决定了"写什么"和"怎样写"。这是从政治立场出发而为,即使反映衰世,也是美刺;但从诗学立场出发,"风雅正经"变而为"变风变雅",是理,是势,夫子也没有"黜变"。况且诗歌创作实践证明,衰世之诗更能表达诗之本。黄宗羲与叶燮遥相呼应。当然,在诗学中,主变

---

① (清)叶燮:《汪文摘谬》,见《丛书集成续编》,上海书店出版社,第 124 册。

观念早已有之,如梁代萧子显的"若无新变,不能代雄"(《南齐书·文学传论》),刘勰的"文之体有常,变文之数无方"(《文心雕龙·通变》),等等;但是,从汉儒的"风雅正变"中解读出主变思想,叶燮是第一人。

2. 消解"雅正"中心,建立"非正"思想

汉儒的"风雅正变"包含着"风雅正经"与"变风变雅"两类。他们以"风雅正经"为中心,推崇有序社会,名正而言顺。此"正"是先天具有的,类似于"道可道,非可道"的那个"道";也类似于理学之"理",或西方柏拉图的"理念"。而"非正"则是对这种思维方式的批判。正如保罗·韦波纳(Paul Wapner)所说的,"就是对这样一种观念的批判,即社会现实的任一要素或部分可以被规定为本质的、基本的、决定性的因素"①。这里的"这种观念"就是在对立双方中确定一个所谓本质的、基本的、决定性的一方,即中心观念;而汉儒的"风雅正变"不仅有这种决定性的一方,即所谓的中心,而且还将这一中心定性为"盛世",即雅正中心主义。叶燮反对并将其消解,从汉儒的"雅正中心"中阐释出"变"来。换言之,即在崇正的"风雅正经"中解读出主变的"变风变雅"这一非中心主义的元素。

就《诗经》而言,主正者强调诗教,即使是变风变雅,也是为了"怨刺",诗变但仍不失去其为"正"服务的功能;主变者强调没有不变的中心,肯定"变"的社会意义(如"变能启盛"),直接向"中心"一词发难,体现其革命性的一面。叶燮属于后者,他以消解"正"的合法性为策略,建立其非中心主义的正变思想。

他在《汪秋原浪斋二集诗序》中说:

> 诗道之不能不变于古今而日趋于异也。日趋于异而变之中有不变者存,请得一言以蔽之曰:雅。雅也者,作诗之原而可以尽乎诗之流者也。自《三百篇》以温厚和平之旨肇其端,其流递变而递降,温厚流而为激亢,和平流而为刻削,过刚则有桀骜诘聱之音,过柔则有靡曼浮艳之响,乃至为寒,为瘦,为袭,为貌,其流之变,厥有百千,然皆各得诗人之一体。一体者不失其命意措辞之雅而已。所以平奇、浓淡、巧拙、清浊,无不可为诗,而无不可以为雅。诗无一格,而雅也为无一格。(《已畦文集》卷九)

---

① 转引自王治河:《扑溯迷离的游戏——后现代哲学思潮研究》,社会科学文献出版社1993年版,第60页。

　　叶燮认同在《诗经》中有"风雅正经"的存在,"正"与"变"对待的双方,没有"正"也无所为"变"。反之也然,即"变之中有不变者存","变"与"不变"之"正"同属一体,但他反对《诗大序》中"雅者,正也"的说法,更否认这一"正"的永恒性,认为"温厚和平"起于《三百篇》,但"递变而递降"而为流,"温厚"流而为"激亢","和平"流而为"刻削";可能有"桀骜诘聱"之音,也可能有"靡曼浮艳"之响;虽"寒""瘦""袭""貌"各为一体,但都有"雅"的元素;而"平奇""浓淡""巧拙""清浊"也都可以为诗,同时也都有"雅"的元素,得出"诗无一格,而雅也为无一格"的结论。也就是说,诗没有固定不变之格,雅也没有固定不变之雅,没有一个永恒不变的、抽象的"正",无论是"诗",还是"雅",都无固定不变之格。

　　他又以"温柔敦厚"为例说明这一问题。他在《原诗·内篇上》中说:"汉魏之辞,有汉魏之'温柔敦厚',唐宋元之辞,有唐宋元之'温柔敦厚'。"即以各种不同的变化方式表达所谓"温柔敦厚"这一诗之正,突出变化的多样性,即"汉魏之辞""唐宋元之辞",此"诗之正"就只有其名,无其实。"名"不变,但"实"可变。他又以饮食、音乐为例,反对"正"的永恒性。他说:"上古之世,饭土簋,啜土铏,当饮食未具时,进以一脔,必为惊喜;逮后世臛腾臐胘之法兴,罗珍搜错,无所不至,而犹以土簋土铏之庖进,可乎? 上古之音乐,击土鼓而歌《康衢》;其后乃有丝、竹、匏、革之制,流至于今,极于九宫南谱,声律之妙,日异月新,若必返古而听《击壤之歌》,斯为乐乎?"(《原诗·内篇上》)就饮食而言,"土簋""土铏"与"脔"和"珍错"哪个为正? 就音乐而言,"击土鼓而歌"与"丝、竹、匏、革之制"又是哪一种为正呢?

　　正与变、中心与非中心是"对待"关系,各以对方为自己存在的前提。对崇正者而言,他肯定"本质的、基本的、决定性"的一面,自然追求本源,并向之靠拢,势必导致中心主义的倾向;而主变者则否认有"本质的、基本的、决定性"的一面,自然追求多元,认同变的合法性,走向非中心主义倾向。

　　明人胡应麟(1551—1602)曾这样描述诗体代变的链条。他说:"四言变而《离骚》,《离骚》变而五言,五言变而七言,七言变而律诗,律诗变而绝句,诗之体以代变也。"(《诗薮·内编》卷一)认同变体的合法性,提出诗之体,无论是四言、《离骚》、五言,还是七言、律诗、绝句等,都只是诗歌变化链条上的一个环节,没有优劣之分,没有正变之异,各种体都有其存在的合理性,同时都有其被替代的合法性,认同诗变的多中心主义。而叶燮则与之不同,他解构"正",通过否定"中心"的存在来反对传统的崇正思想,其非中心主义的倾向是以对所谓的"中心"完全可以赋与不同的内涵。如有"温柔敦厚"所谓的"正"，可能有"汉魏"的"温柔敦厚"，也可能有"唐宋元"的"温柔敦厚"，要说明没有一个固定不变的东西，即使是"温柔敦厚"也是可变的。这不同于那种提出多中心的方式来消解中心主义，而是没有中心，从根本上解构"中心"这个词，试图彻底断绝对中心主义的追求，这无疑比多中心的看法更为彻底。叶燮正是通过消解"正""中心"等概念来反对"伸正"的，其原创性是那些质疑汉儒"风雅正变"者们所无法比拟的。

3. 建构"有名无实"，消解"正变"的边界

在"正"与"变"的关系当中，叶燮最精彩的莫过于他对正变边界的解构。他从"主变存正"，到建立"非中心主义"，最后消解正变的边界。就汉儒而言，正就是正，变就是变，泾渭分明；后世也有以正为变，或以变为正者，他们都赞同正与变的对立。叶燮不同，他在汉儒的"风雅正经"中读出了"有名无实"，从更深的层面上消解了传统正变的精神源头，这在方法论上便有了全新的意义。他针对汪琬《唐诗正序》中"史家志五行，恒取其变之甚者，以为诗妖、诗孽，言之不从之征，故圣人必用温柔敦厚为教"的伸正黜变论调时指出：

> 若以诗之正为温柔敦厚，而变者不然，则圣人删诗，尽去其变者而可矣。圣人以变者，仍无害其温柔敦厚而并存之。即诗分正变之名，未尝分正变之实。温柔敦厚者，正变之实也。以正变之名归之时，以温柔敦厚之实归之诗。（《汪文摘谬》）

叶燮看到汉儒"风雅正变"中"名"与"实"非一致性。诗在"名"上有正与变之分，以正变之名归之为时，但在"实"上却无这样的区分，都以"温柔敦厚"之实归之为诗。"名"与"实"是中国古代哲学的一对重要范畴。"名"为名称，"实"为实在、事物或事物的实际情况。"名"与"实"的关系反映了概念与其所反映事物之间的关系。无论是"正"，或者"变"，虽然它们之名不同，但都反映了"温柔敦厚"之实。孔子留存"变风变雅"，是因为它们与"风雅正经"一样，都反映了"温柔敦厚"，并没有伤害诗。可见，正与变只是名分不同，他们反映的对象是相同的，达到了诗教的目的。叶燮的这种说法极具原创性。

叶燮模糊"正"与"变"的边界，消解与孔子的"名"与"实"的对应，肯定了两者间的缝隙。孔子主张"名正言顺"，他的"君君臣臣父父子子"，要求君、臣、父、

子各行其是,君行君之事,父行父之事,做到"名"与"正"的统一,也就是"名"与"实"的统一。但叶燮认为,"名"不正,"言"可顺,承认"名"与"实"之间的间隙,颠覆了汉儒的思维方式。同时,诗之"名"有正变之分,而"实"无正变之分。从诗之"实"来看,无论是"正",还是"变",都反映"温柔敦厚"之实,模糊或消解正变的边界,正就是变,变也是正。凡有诗之"实"者,即有"温柔敦厚"之实者,都拥有同样的意义。因此,认识事物,"实"是关键,不能只见其"名",而不见其"实"。东汉徐幹(170—217)《中论·考伪》中曾说:"名者,所以名实也。实立而名从之,非名立而实从之也。故长形立而名之曰长,短形立而名之曰短,非长短之名先立,而是长短之形从之也。仲尼之所以贵者,名实之名也。贵名,乃所以贵实也。夫名之系于实也,犹物之系于时也。"①表达了名随实出,只要与实相符,名就自然而生,提出"实"是"名"之本的看法。以诗体为例,《诗经》以四言为主,为"正体",建安五言源于四言,当为四言之变体;在五言前加两个字为七言,七言源于五言,当为五言之变体。假设说四言是诗之源,相对五言讲,为诗之正体,是"实",那么,五言这个四言之变体,却成为七言之正体,是七言之实。可见,如把早于《诗经》的两言诗计算在内的话,二言、四言、五言、七言、绝句便构成一条延绵不断的诗体演变链。其链上的任何一体,由于参考对象的不同,可能既是正体,也是变体,如五言体既是四言之变体,又是七言之正体。正体与变体之差别并不在于诗体本身,而应视其参考的对象而定。如果一旦抹掉参考的对象,消除视点,请问五言是正体,还是变体? 可见,四言、五言、七言、律诗等体,要确定它们是正体还是变体,不在于其自身,而在于言说者的参考点。这一思维方式的确是对传统本体论思维的一种挑战。所以,叶燮并不重视正与变,也不纠缠于是正,还是变,而是着重思考诗歌演变的过程,这就是他的"正变盛衰"之论。叶燮说:"历考汉魏以来之诗,循其源流升降,不得谓正为源而长盛,变为流而始衰。惟正有渐衰,故变能启正。"(《原诗·内篇上》)他揭示了正与变的相对性,阐释出汉儒及后来的阐释者们都没有想到的地方。

总之,在诗学层面上,叶燮消解了"伸正诎变"传统、"雅正"中心,建构起自己的"主变存正"、"非正"思想,并以"有名无实",模糊正变的边界,解构了传统正变思想的中心主义,赋予其全新的内涵,体现出批判精神,具有原创性。而这一原创性不仅具有其诗学意义,从某种角度看还隐藏了不为人们所关注的政治

---

① (汉)徐幹:《徐幹集校注》,林家骊校注,河北教育出版社 2013 年版,第 128 页。

倾向,非常含蓄地表现出对清初政治的批判态度。

二、消解"风雅正变"的意义

我们仅能从留存下的有限文字材料中解读汉儒的"风雅正变"思想,而这一阐释是否符合汉儒的本意是很难作出肯定回答的,正如黑格尔所说的,"命运把那些古代的艺术品给予我们,但却没有把它们的周围世界,没有把那些艺术品在其中开花结果的当时伦理生活的春天和夏天一并给予我们,而给予我们的只是对这种现实性的朦胧的回忆"①。我们只能从非常有限的文字记载中去还原当时的历史原貌。海德格尔提出的"解释就将本质地建立在前有、前见和前设的基础上"②的看法,以及伽达默尔的"理解的历史性"③都告诉我们,"一切修复之无效",探求原来文本的企图,以及对原条件的重建,乃是一项无效的工作,都是"无意义"的。况且,每位阐释者必将从其自身的文化场域出发去观照过去,其结果是过去的文化场域与当下的文化场域间对话。这为我们重新阐释传统诗学提供了理论依据。阐释者无法丢弃自己身处的政治文化语境。因为阐释者所处的历史语境不同,使其阐释不可能回到原貌,其意义也不是,也不可能是以恢复其原貌为目标,而是从原始文本中阐释出新的思想,以"照着讲"与"接着讲"相结合的方式,诠释古人精神。而从阐释的角度看,叶燮对于汉儒"风雅正变"的阐释,正是文本语境与阐释者语境的差异所致,是前后两个视域融合的结果。

叶燮原创性地阐释了汉儒"风雅正变"隐含的批判精神,表现在他坚守诗学

---

① ［德］黑格尔:《精神现象学》(下卷),贺麟、王久兴译,商务印书馆 1979 年版,第 231 页。

② ［德］海德格尔:《生存与时间》,陈嘉映、王庆节合译,熊伟校,生活·读书·新知三联书店 1987 年版,第 192 页。

③ 伽达默尔:"诠释学一旦从科学的客观性概念的本体论障碍中解脱出来,它怎么能正确地对待理解的历史性"(见伽达默尔:《真理与方法诠释学》,洪汉鼎译,商务印书馆 2010 年版,第 270 页)对于"理解的历史性"的理解有以下几层意思:第一、是指所有的理解都是人在某一特定历史时间中的理解。理解者与被理解者之间存在着不可避免的差异,这种差异是由他们之间的历史距离造成的,即不可避免的时间间距造成的。所谓时间间距就是读者与文本之间不可超越的文化上的和时间上的距离。第二、是指人不可能作超越历史理解,历史的局限决定人的理解的局限性。因此,所有的理解,乃至整个人的存在,都是不完满的。第三、指历史不仅是过去某一特定时间的历史,历史同时处在与现在和未来的两个方面的关系中,理解的历史性表现过去,现在和未来三个时间同时在理解中展开。理解的历史性的这一点解释,是哲学阐释学的独特贡献,它丰富了历史性的内容。(见汪永康、孙佩贞主编:《现代西方哲学评介》,云南教育出版社 1989 年版,第 138—139 页)

立场,突出诗歌作为艺术形式所具有的独特性,反对以诗教来约束诗的创作,同时也呈现了他对清初时政的看法。

当诗歌还没有被认作独立的艺术形式时,它很难发出自己独立的声音;而汉儒以"盛衰"与"美刺"论诗,并将之定义为诗之本自然有其合理性。虽然他们以政治之盛衰定正与变,显示出非艺术性的判断,但诗歌创作实践也证明了,诗的确与政治有着千丝万缕的关联。特别是《三百篇》中的《雅》《颂》,前者"言王政之所由废兴"(《诗大序》),是"周室成功致太平德洽之诗"(《诗谱序》);后者是"美盛德之形容"(《诗大序》),是"列世载其功业,为天下所归"(《诗谱序》)。这里的"雅""颂"都是政治之盛,也就是"正"。即使是来自民间的国风,也因其"考见得失","观风俗之盛衰"而承担起政治教化的功能。在对"风雅正变"的阐释中,汉儒巧妙地完成了诗为政治服务的建构:在盛世,弘扬现世,遮蔽时政中消极因素,维护既有体制;在衰世,以其话语权力,描述虚拟盛世,与主流意识形态合流——诗为政治而存在!

魏晋是文学的自觉时代。诗也作为文学的一个分支开启了其自身独立发展之路。如果再把诗与政治结合,势必走上汉儒的老路。而叶燮坚持诗学立场,将当初的"盛世"转向"诗正","衰世"转向"诗变",由原来的诗与时的关系,转向诗之自身内部的关系。但叶燮的主变并不是只选择"怨刺",而是认为诗之正变更为自然,是诗之演变之理。与时代的盛衰时运一样,诗也有其自身的诗运。他的"非正"也不是只注重诗的"怨刺",而是认为此乃正体与变体转化之必然。他说:"就时以言诗,而言周之时之诗则可,自周以后则以其时之一言有断断不然者","正变之说加之于《三百篇》,已非吾夫子本旨,而欲踵其说于《三百篇》之后,妄为配合支离。"(《汪文摘谬》)显然,叶燮看到汉儒"风雅正变"的局限性,体会到了话语权持有者们精心制作《雅》《颂》隐藏着制度合法性的政治目的。

叶燮对汉儒"风雅正变"的消解,还与他对清初时风的看法有关,或隐或现地表达了他的政治倾向。

文化是政治的延伸,文化领域也成为政治斗争的重镇。清初"新潮"文人(如施闰章、汪琬等)借助汉儒"风雅正变"的精神,坚持"伸正",主张诗的颂扬功能,寻找清初政治的合法性,这是清初意识形态建构在诗学上的表现。在清初,那些被新政认可的"新潮文人"纷纷主张"伸正黜变",以隐藏他们对时政的认同。阐释正变再一次成为诗坛时尚的话题。而叶燮不是新潮文人,能与时政保持一定的距离,对"时风"有比较清醒的认识,这不仅与他的家庭背景相关,同时也与他自身的经历相关。

叶燮父亲叶绍袁是明天启五年(1625)进士,为官清廉,济世为民,后因朝廷腐败不愿谄事上官,弃官返乡为僧。(见《叶天寥自撰年谱》《提谱续纂》《天寥年谱别记》)大哥叶世佺因科试贿赂成风,未能考中功名;二哥叶世偁在科举中屡屡受挫,身心俱损,卒年仅十八岁;三哥叶世㣙求名心切,但也多少因应试未取,重病不起,卒年二十二岁;五哥叶世儋虽然才华横溢,但也与兄长一样,科考异常艰辛,积劳成疾,卒年也仅二十岁。可见,叶燮家族中的男性多为科举所累,英年早逝。叶燮家族中的女性也是个个才华横溢,但也多早亡。大姐叶纨纨卒年二十三岁,三姐叶小鸾卒年十七岁。其父亲为官清廉而不得志,家庭兄弟姐妹们的英年早逝,都使他能对现实保持比较清醒的认识。叶燮至康熙九年(年四十三岁)考取进士后闲居五年,直到康熙十四年(年四十八岁)才选入为江苏宝应县知县。那年叶燮已经四十八岁,早已过了人生的黄金时期。再加上他因吏力有限与个性桀骜不驯,不融于官场,为官不足两年便遭弹劾。尔后,定居苏州横山,开门授徒,游历天下。叶燮的思想,如蒋凡先生认为的,是以儒为主,综贯佛老,又兼及诸子百家,其思想的复杂性在多方面得到表现。如在对待历史人物方面,他坚持儒家的正统观念,他的《正统论》《留侯论》《范增论》《唐高祖论》以及《李密论》《王安石论》等,都毫无疑问地表现了儒家正统的"忠""仁""义"等评价标准,力主行为之"正"。对历史人物的评价是最能见出评价者的思想立场,对某人的肯定性评价是因为他的思想行为与评价者的标准基本一致;反之,否定性评价则往往表现出差异来。《留侯论》正表现了他的儒家倾向:子房助刘邦得天下,汉高祖称其为"运筹帷幄,决胜千里",后世人称他"谋臣策士之杰","帝者师"。但叶燮则认为,子房乃"儒之醇者",因其一是"尊义帝而讨弑义帝之罪人";二是高祖一布衣,却"举事能合春秋正名,取义之旨",是子房"身之行与事教之矣"的结果。又如子房忠韩,韩灭之仇在楚,故辅汉灭楚,"楚灭而韩终不复,子房心则伤矣,故功成而遁于神仙之说,意在敝屣富贵以示不忘韩之志矣,子房明于君臣之义,而得去就之正者"。又因汉祖想立太子,众臣屡谏而不能定夺,子房"阴进四皓,以辅太子"。叶燮认为,"子房之行与事一出于正",因此,子房"归高祖讨弑义帝,以正其始,于定太子以正其终,非圣人之徒,而儒之醇者"(见《留侯论》)。

显然,叶燮认为,子房为人称道,并不是作为谋士的子房,而是一位"忠"

"义"之醇儒者。叶燮评子房以"忠义"为准绳，显示出叶燮的儒家思想倾向。在《论范增》《唐高祖论》《李泌论》等中也表现出来（见《己畦文集》卷一、二）。他在《论王安石》中对王安石的批评之狠，说他远远超过所谓的大奸，也是前无古人的。从这一点来看，叶燮是儒家正统思想的维护者。但作为一名传统的文人，他与历史上的许多文人一样，儒道互补影响着他的思想观念和行为准则。"达则兼济天下，穷则独善其身"在他身上表现得比较突出。他为官不到两年就"以伉直不附上官意，用细故落职"，或说"以不善事上官投劾去"。《清史列传》卷七十的《叶燮传》说他"不以去官为忧，以与陇其同劾为幸"的说法不失为一家之言，独善其身占了上风也是事实。他漫游天下，徜徉于山川之中，寓居于横山下，也显示了他崇尚自然天理的情趣。在《西华阡表》中，描写其父亲是"一榻书卷，萧然生平，口不言钱，手未常一持锱，如畏执热。性嗜俭约，常食蔬，间日一肉，里衣必以布，无寸丝"（《己畦文集》卷十四），也表现了他与父亲的共鸣。这样的生活方式，也成了他晚年的生活写照。他的《假山说》《好石说》同样也表现了他对自然天理的追求。

但是，就诗学思想，特别在他的正变思想中，我们却能看到他与传统儒家格格不入的一面。他坚持不懈地"主变"，与儒家的"崇正"疏离。他消解正变的边界，也是为了消解儒家"崇正"之根本，为诗歌创作自由造势。对清初时风的态度，叶燮显得更加曲折隐晦。虽然在《己畦诗集》中透露出一些对时风的看法，但以表现思想见长的《己畦文集》中却见不到对时政的态度。他算不上遗民（清建国时，叶燮年仅十七岁）。与当时的顾炎武、王夫之、黄宗羲等极力抵抗清政不同，他选择传统的方式，通过考取功名融入新朝，但是，桀骜不驯使他难以融于官场，为官的实践又使他多少体会到官场的腐败（见《与吴汉槎书》）。政治上的失意又加深了他对清初时风的反感，再加上满清入主中原，强推"剃发令"，动摇汉族士人的集体无意识，其潜意识中潜伏的那种抵触情绪就显示出来了。

清初华夷冲突导致的残酷政治与文化禁锢与其他历朝历代一样。清初的士人群体要么走进新朝，为新政服务；要么选择遗民，主动走向边缘，独善其身，保持对政治的警惕。叶燮选择仕政之路，但现实让其失望之致。他诗学中的"主变"也许可以理解为其在不得罪朝廷，借诗学主张表达对时政的态度。因此，叶燮对"正"的极力解构，可能在其诗学后面，也许还包含了一定程度的政治动机。

第四节 "正变系乎诗"

叶燮是从"正变系乎时"的"律他"与"正变系乎诗"的"自律"两个方面来思考诗之正变问题的。他在《唐百家诗序》中说:"自有天地,即有古今。古今者,运会之迁流也,有世运,有文运。世运有治乱,文运有盛衰,二者各自为迁流";而文运又"与世运异轨而自为途,统而言之曰文,分而言之曰古文辞、曰诗赋,二者又异轨而自为途"。① 叶燮的"正变系乎时"主要思考"诗"与"时"的关系,从对汉儒"风雅正变"的原创性阐释出"正变"的价值。然而,文运之变不仅仅与时代有关,更与文体内部的"代变"有关;而文运中的文辞与诗赋不同,异轨而自为途,即不同体裁之间又有各自的演变逻辑,由此转到思考文运的自律,这就是"正变系乎诗",也就是"诗体代变"问题。为了更好地分析他的"正变系乎诗",我们就得从"体"字开始。

一、"体"的边界

在叶燮的"正变系乎诗"中,"正"指正体,"变"指变体,是诗的内部各种因素的升降与诗体正变的关系。那么,其中之"体"应作何理解?

在中国文化中很早就有了"体"的意识。《尚书》就有典、谟、誓词、诰言、诏令、训辞等分类,曹丕《典论·论文》有奏议、书论、铭诔、诗赋等"八体说",刘勰有章表奏议、赋颂歌诗、符檄书移、史论序注、箴铭碑诔、连珠七辞等"二十四体说"②。曹丕、刘勰这里不仅指出众体,还指出各体的特征。宋人陈骙(1128—

---

① 叶燮《唐百家诗序》:"自有天地,即有古今。古今者,运会之迁流也,有世运,有文运。世运有治乱,文运有盛衰,二者各自为迁流。然世之治乱杂出,递见久速,无一定之统,孟子谓天下之生,一治一乱,其远近不必同,前后不必异也。若夫文之为运,与世运异轨而自为途,统而言之曰文,分而言之曰古文辞、曰诗赋,二者又异轨而自为途。自羲皇造一画之文,而文于是乎始;三代以前,无论由先秦诸子百家,历汉魏六朝唐宋元明诸作者,文之为运可得而论也。自赓歌喜起而为诗,而诗于是乎始;三代以前,无论由风雅骚赋,历汉魏六朝唐宋元明诸作者,诗之为运可得而论也。二者相为表里,各不相谋。"(见《已畦文集》卷八)

② 《文心雕龙·定势》:"章表奏议,则准的乎典雅;赋颂歌诗,则羽仪乎清丽;符檄书移,则楷式于明断;史论序注,则师范于核要;箴铭碑诔,则体制于弘深;连珠七辞,则从事于巧艳:此循体而成势,随变而立功者也。"见(南朝梁)刘勰:《文心雕龙》下,范文澜注,人民文学出版社1958年版,第530页。这里列举了二十四种体裁。

1203)《文则》"辛"项说:"春秋之时,王道虽微,文风未殄,森罗辞翰,备括规摹。考诸左氏,摘其英华,别为八体,各系本文:一曰命,婉而当;二曰誓,谨而严;三曰盟,约而信;四曰祷,切而悫;五曰谏,和而直;六曰让,辩而正;七曰书,达而法;八曰对,美而敏。"①提出春秋之时已具八体,并指出各体的特征,涉及语体与风格问题。刘师培(1884—1919)在《中国中古文学史讲义》中也提到,"文章各体,至东汉而大备。汉魏之际,文家承其体式,故别辨文体,其说不淆"②。这大至与事实相符。

在传统诗学中,还有"体制为先"的思想。如刘勰认为,文章写作应该"务先大体"(《文心雕龙·总术》),"履端于始,则设情以位体"(《文心雕龙·镕裁》)。日本遍照金刚《文镜秘府论·论体》也说:"词人之作也,先看文之大体,随而用心,遵其所宜,防其所失,故能辞成炼核,动合规矩。"③他们都有把文体作为创作的首要问题。宋人倪思(1147—1220)也有"文章以体制为先,精工次之。失去体制,虽浮声切响,抽黄对白,极其精工,不可谓之文矣"④的说法,还有王安石的"先体制而工拙"(《沧浪诗话·诗法》中说王荆分评文章),张戒的"论诗当以文体为先,警策为后"(《岁寒堂诗话》),等等。从这些表述中,我们可以见出中国诗学对"体"的重视程度。其实,中国传统诗学中一直都重视"体","体式为先"的思想很普遍。⑤

---

① (宋)陈骙:《文则》,王利器校点,人民文学出版社1960年版,第37页。

② 刘师培:《中国中古文学史讲义》,上海古籍出版社2006年版,第17页。

③ 《文心雕龙·体性》:"总其归涂,则数穷八体:一曰典雅,二曰远奥,三曰精约,四曰显附,五曰繁缛,六曰壮丽,七曰新奇,八曰轻靡。"另日本学者遍照金刚《文镜秘府论·论体》提出各种文体:"凡制作之士,祖述多门,人心为同,文体各异。较而言之:有博雅焉,有清典焉,有绮艳焉,有宏壮焉,有要约焉,有切至焉。"见[日]遍照金刚:《文镜秘府说》,人民文学出版社1975年版,第150页。

④ (明)吴讷:《文体明辨序说·诸儒总论作文法》,人民文学出版社1962年版,第14页。

⑤ 在中国传统诗学中一直都重视"体","体式为先"的思想很普遍。如刘勰谈到欣赏文章作品有"六观",第一观便是"观体位"(《文心雕龙·知音》);就学习而言,是"童子雕琢,必先雅制"(《文心雕龙·体性》),等等。宋人刘克庄《江西诗派小序》曰:"豫章稍后出,荟萃百家句律之长,究极历代体制之变,搜猎奇书,穿穴异闻,作为古律,自成一家。虽只字半句不轻出,遂为本朝诸家宗祖。"(见丁福保编:《历代诗话续编》上,中华书局1983年版,第478页)朱熹在《答巩仲至第四书》说:"须先识得体制,雅俗乡背,仍更洗涤得尽肠胃间风生荤血脂膏,然后此语方有所措。"(陈伯海主编:《唐诗学文献集粹》,上海古籍出版社2016年版,第409页)严羽说:"作诗正须辨尽诸家体制,然后不为旁门所惑。"(严羽:《沧浪诗话校释》,郭绍虞校释,人民文学出版社1961年版,第136页)徐师曾说:"盖自秦汉以下,文愈盛;文愈盛,故类愈增;类愈增,故体愈众;体愈众,故辩当愈严。"(徐师曾:《文体明辨序说·文(注转下页)

关于"体",王运熙先生曾专门写有《中国古代文论中的"体"》一文,阐明了他对"体"的看法,强调"体"就是风格,包括文体风格、作家风格和时代风格。①这一认识基本上符合诗学的实际状况。童庆炳先生也认为:"中国古代的'体'、'文体'既指文类,也指语体、风格等。"②在王运熙的体貌与风格之间插入"语体",将"体"分成三个层面,即体裁、语体和风格。郭英德在《中国古代文体形态学论略》中的说法与童庆炳相似。③ 其实,就"体"而言,这三种用法都被古人提到过:曹丕的"奏议宜雅,书论宜理,铭诔尚实,诗赋欲丽"(《典论·论文》),不仅指奏议、书论、铭诔、诗赋等体裁,而且还指出相应的雅、理、实、丽等四种不同的语体特征;钟嵘论陶渊明,"其源出于应璩,又协左思风力。文体省净,殆无长语"(《诗品·宋征士陶潜》),这里的"体"既不是指体裁,也不是指语体,而是指陶渊明的诗歌风格;明人徐师曾的"文章之有体裁,犹宫室之有制度,器皿之有法式"(《文体明辨序》),此"体"为体裁、样式。因此,可以肯定的是,"体"并不仅仅是西方"style"所提到的语言方面的特征,它还包括体裁、文章风格等方面的内容,正如美国汉学家宇文所安所说的,体"既指风格(style),也指文类(genres),及各种各样的形式(forms)"④。当然,不只是中国诗学,在其他语种的诗学中也同样存在这样的问题。概念内涵越丰富,阐释的空间就越大。

总之,"体"的多层意义是得到普遍认同的。就体裁而言,有正体与变体。以古体诗为例,《诗经》以四言为正,其他诸体,如五言、六言、七言等为变体;就语体而言,若诗赋以"丽"为正体的话("诗赋欲丽"),其余的为变体;就其风格而言,以"风雅"为正体("以一国之事,系一人之本,谓之风。言天下之事,形四方

(续上页注)体明辨序》,人民文学出版社 1982 年版,第 78 页)吴讷说:"文辞以体制为先。"(见《文章辨体序说·文章辨体凡例》,人民文学出版社 1962 年版,第 9 页)许学夷说:"诗文具以体制为主。"(《诗源辩体》卷十一第九则,人民文学出版社 1998 年版,第 137 页)

① 王运熙认为:"体指作品的体貌、风格,其所指对象则又有区别,大致上可以分为三种。一是指文体风格,即不同体裁、样式的作品有不同的体貌风格。二是指作家风格,即不同的作家所呈现的独特体貌。三是指时代风格,即某一历史时期文学作品的主要风格特色。"(见王运熙:《中国古代文论管窥》,齐鲁书社 1987 年版,第 24 页)

② 童庆炳:《文体与文体的创造》,云南人民出版社 1994 年版,第 1 页。

③ 郭英德认为,文体的基本结构由体制、语体、体式、体性四个层次构成。体制指文体的外在形状、面貌、构架;语体指文体的语言系统、语言修辞和语言风格;体式指文体的表现方式;体性指文体表现对象和审美精神。(见郭英德:《中国古代文体形态学论略》,载《求索》2001 年第 5 期,第 137—142 页)

④ [美]宇文所安:《中国文论:英译与评论》,王柏华、陶庆梅译,上海科学出版社 2003 年版,第 4 页。

之风,谓之雅"),余者就成了变风变雅。叶燮的"体"涉及体裁问题,如"建安、黄初之诗,乃有献酬、纪行、颂德诸体,遂开后世种种应酬等类,则因而实为创,此变之始也"(《原诗·内篇上》),这是从诗学层面上讲体裁之变。同时,叶燮又在语体与风格上言"体"。他对晋代诗歌评价颇高,就因为"其间屡变",有"陆机之缠绵铺丽,左思之卓荦磅礴"(《原诗·内篇上》),这些都在语体和风格层面上言"体"的。他极力赞扬杜甫、韩愈、柳宗元等也是因为他们在艺术风格上的"大变"与"小变"。如果就诗歌而言,叶燮《原诗》更多的是从动态变化中来理解正体与变体。这一点是比较清楚的。

二、"正变系乎诗"的现代阐释

叶燮在《原诗·内篇上》中说:"正变系乎诗,谓体格、声调、命意、措辞、新故升降之不同。此以诗言时,诗递变而时随之。故有汉魏、六朝、唐、宋、元、明之互为盛衰,惟变以救正之衰,故递衰递盛,诗之流也。"与他的"正变系乎时"相比,"正变系乎诗"是从诗体内部各因素递变的角度来讲诗之正变。那么,他的"创新"又表现在哪些方面呢?

日本学者青木正儿在《清代文学评论史》中对叶燮的史学地位评价颇高。他认为钱谦益鼓吹宋元诗,打乱独尊盛唐传统,一时诗坛陷于混乱,有取中晚唐者,有取宋元者,也有取折衷唐宋者,由此产生了一种自成一家的思想。说他们都希望发挥个性,从"公安三袁"反对"七子"复古那里得到启发,人们怀着自由心情,吟咏性情,各成风格,而叶燮正是首先的倡导者。[①] 这里的"首先"一词是肯定叶燮开风气之先。这一评价与理解可能来自王士祯的"先生(指叶燮)诗古文熔铸古昔,而自成一家之言……卓尔孤立,不随时势为转移"[②]的说法。"时势"当指前后"七子"与公安派、竟陵派;"不随时势为转移"即是既反对前后"七子"的复古,又反对公安派、竟陵派的反古,表现出可贵的独立精神。青木正儿将这种不与"时势"妥协的"卓尔",保持独立自由的"孤立",得出是诗人自由、欢

---

① [日]青木正儿:"至康熙中叶,王、李(按指明代拟古派)的余波也已完全绝迹,尊崇盛唐者也已不再有去做那种大谈王、李而遭到宋元派攻击的蠢事的人,人们都怀着一种非常自由的心情,主张不将目标特别拘泥于或唐或宋或元,一切按照个人所好,形成各自风格,以吟咏个人性情为宜的人逐渐出现。首先发出这一呼声的,是苏州的叶燮(横山)。"(见[日]青木正儿:《清代文学评论史》第五章《诗坛上自成一家思想之抬头》,杨铁婴译,中国社会科学出版社1988年版,第89页)

② (清)沈德潜《叶先生传》中转引王士祯语,见《沈归愚诗文全集》卷十六《叶先生传》。

快抒发的结论却是值得商榷的。他认为在诗坛上，拟古（王、李）遭到公安（三袁）的重创，"尊唐""崇宋"初已告息，门户之见也基本消除，已具备自由抒发心情的外部环境。但现实并不完全如此。

顺治、康熙两朝，统治者为争夺文化上的"领导权"，一方面独尊"主盛"诗风，颂扬时世；一方面大兴"文字狱"，压制异己思想。生于这样历史语境中的叶燮，极力反对复古者主张的以"先秦""盛唐"为宗，但在批判性上已难以超越"公安三袁"。那么，他如何表达对自由的追求呢？叶燮用特有的智慧，以"主变"为策略，一是通过诗歌正体与变体"交潜"的无限性，二是通过共时性中突出变体的意义，消解了正体与变体的边界，抵抗正体对变体的压迫，解除对诗人的各种拘束，以达到创作自由的目的。也就是说，在"诗体代变"的原创性阐释当中，叶燮表达了对艺术创作的自由之声。

1. 从"绝对"到"相对"：历时性中消解正变对立

在传统的思维当中，正就是正，变就是变，这是一种把对象置于"静止"状态去认识和把握的，如汉儒郑玄在《诗谱序》中所讲的"风雅正经"。这种思维方式中的"正"就是寻找中心，探求本质，"变"则是呈现非中心，忽视本质。运用到如何对待诗歌体式，就表现为推崇正体的"崇正"，或推崇变体的"主变"。叶燮却不同，他能够跳出传统二元对立的思维方式，从历时性的角度，将各种诗体还原到历代诗体演变链条上，在"动态"中去认识对象，化解"崇正""主变"的绝对性：正不是永远的"正"，变也绝对不是永远的"变"，消解了"正"与"变"的对立。

中国传统诗歌的演变，如从四言体诗，到五言体诗、七言体诗、律诗，其中还掺杂着三言体诗、六言体诗，无论是复古崇正者，还是反古主变者都是认同的。他们的分歧主要在阐释中对这一演变的态度与评价。

叶燮认为，自从"虞廷""喜""起"之歌后，"一增华于《三百篇》；再增华于汉；又增华于魏。自后尽态极妍，争新竞异，千状万态，差别井然"（《原诗·内篇上》）。又说："自《三百篇》而下，三千余年之作者，其间节节相生，如环之不断；如四时之序，衰旺相循而生物、而成物，息息不停，无可或间也。"（《原诗·内篇下》）在其"增华"与"衰旺相循"的字里行间充满了对诗体代变的赞扬，是明显的"主变"观点。但同时存在与之相对立的退化观点。就"诗"体而论，如有胡应麟的"诗至于唐而格备，至于绝而体穷。故宋人不得不变而之词，元人不得不变而之曲。词胜而诗亡矣，曲胜而词亦亡矣"（《诗薮·内编》卷一）。一个"亡"，诗亡词兴，词亡曲兴，是因为唐代诗之"格备""体穷"，已达到顶峰，而后就趋低谷，是一个消亡的过程,表现了对诗体代变的无奈。而就"文"体而论,有王世贞的"西京之文实。东京之文弱,犹未离实也。六朝之文浮,离实矣。唐之文庸,犹未离浮也;宋之文陋,离浮矣,愈下矣。元无文"①。认为就"西京""东京""六朝"之文相比较,是从"实"到"离实"再到"离浮";唐文虽"庸"但"不离浮",到宋文已陋而"离浮",元甚至无文可言。这是一个"文"之衰败的过程。他们对体式变化过程的态度与叶燮完全不同,是一种崇正思想,表现了对体式演变之悲哀情绪。

可见,"崇正"与"主变"是对"诗体代变"这一文化现象的不同态度:前者认为早期的诗歌创作,如《诗三百》当为"正",变体是背"正"而退,越来越衰弱,甚至灭亡;后者认为随时而变方为诗之正,诗之本,后者胜前者。这就是变,消解典范,力主创新。叶燮的主变思想表现在以下两个方面:

第一,正体与变体是相对的,表现在不同的参照系中,某一体既是正体,也是变体,正体与变体的确立,不在"体"自身,而是由"体"之参照物而定的,以此消解诗体的绝对性。

在叶燮看来,任何诗体都是诗歌演变链上的一环,"正变盛衰互为循环"(《原诗·内篇上》),在"增华"与"盛衰相循"的过程中,后者替代前者,是"理",也是"势"。汉儒解读《诗三百》"风雅正经"的"先正后变"有其合理性,但它只适合短时段。如果一旦将诗置于流变当中,赋予其普适性时,我们就有了商榷的空间。就发生而言,正与变两体何者为先,何者为后之判断,犹如鸡与蛋何者为先一样,难以公断。例如五言体诗就是"五言",本身并无"正"与"变"之说。说他为"变"是在以四言体诗为参照中产生的。只有确定四言为参照物,为"正",方有五言为"变"的结论,即站在四言体诗的立场来看五言体诗所得出的结论。同理,当确定五言体诗为参照物,为"正",方有七言为"变"的结论。这是将诗体置于"四言→五言",或"五言→七言"的小时段中得出的结论。而诗之演变并非如此。如果我们把各诗体置于原生态当中,便成了"……四言→五言→七言……",请问其中谁是"正",谁是"变"呢?五言自然既是四言之"变",又是七言之"正"。事实上,在诗歌演变链上,五言身兼两职,既有正,也有变。所以,在叶燮看来,虽有正变之说,却只能在短时段的前提下成立,但如果还原到诗歌动态演变链当中,这种正变的划分只是理论的假设。叶燮认为,某种诗体之正体与变体是就某一参照物而言,脱离了参照物的正体与变体的认定就没有任何意义了。

―――――――――

① 王世贞《艺苑卮言》(卷三),见丁福保:《历代诗话续编》(中),中华书局 1983 年版,第985 页。

其他复古者的主变思想多以时变为依据的,如袁宏道认为古今不同,"袭古人语言之迹,而冒以为古,是处严寒而袭夏之葛者也"(《雪涛阁集序》)。又如顾炎武认为诗文有其不得不变的原因,"一代之文,沿袭已久,不容人人皆道此语。今且千数百年矣,而犹取古人之陈言,一一而摹仿之,以是为诗可乎"(《日知录》卷二十一《诗体代降》)等,但他们的阐释与叶燮的思维方式不同。

关于《诗经》正变问题,钱穆先生曾说:"窃为《诗》之正变,若就诗体而言,则美者其正,而刺者其变;然就诗之年代先后言,则凡诗之在前者皆正,而继起在后者皆变。诗之先起,本为颂美先德,故美者《诗》之正也。及其后,时移世易,诗之所为作者变,而刺多于颂,故曰《诗》之变。而虽其时颂美之诗,亦列变中也。故所谓《诗》之正变者,乃指诗之产生及其编制之年代先后言。凡西周成康以前之诗皆正,其时则有美无刺;厉宣以下继起之诗皆谓之变,其时则刺多于美云尔。"①钱先生对以诗产生年代先后讲正变来阐释汉儒是有其合理性的。《诗三百》收录了西周初期至春秋中叶间的诗歌,以"颂美先德"为"正",但如果上溯更早的巫术以及祭祀活动,那么,"颂美先德"还能为"正"吗?叶燮的"非在前者之必居于盛,后者之必居于衰"(《原诗·内篇上》)以及"正变、盛衰互为循环"(《原诗·内篇上》)等看法,②就是将诗体还原到延续的诗体链上。就一时而论,方有正体与变体之别,但千古而论,正体与变体"互为循环",以至无穷。叶燮的宏观视野在诗体链上填平了"正体"与"变体"之间的鸿沟。

第二,诗体因时势而至,自然有了与表现内容相适应的不同形式,这将消解以"正体"为优,"变体"为劣的诗评标准。

叶燮反对二元对立的思维方式,不仅表现在对"正体"与"变体"的消解上,同样也表现在对"优"与"劣"的相对性认识上。所谓的优与劣,也多是在针对不同的参照物而言的。尽善者不一定尽美,尽美者也不一定尽善。叶燮说:"读《三百篇》而知其尽美矣,尽善矣,然非今之人所能为;即今之人能为之,而亦无为之之理,终亦不必为之矣。"(《原诗·内篇下》)认为汉魏诗的美善,虽然今人也

①　钱穆《读诗经》,见钱穆:《中国学术思想史论丛》(一),生活·读书·新知三联书店2009年版,第129页。

②　在叶燮的诗学思想中,"正"与"盛","变"与"衰"往往联系在一起的,与其他诗论者没有什么区别。不同的是,他给予了"变"与"衰"以积极的肯定,把"衰"看作为"盛"的开始,表现出他诗学思想的独特性来。他说:"盛而必至于衰,又必自衰而复盛。非在前者必居于盛,后者之必居于衰也。"他从"一时之论"的角度转换到"千古而论",就见出了其他诗学家们所没有见到的东西。

能做到,但也已无此必要;六朝诗之美善,我们可以偶尔为之,也可以忽略之;后来的唐诗、宋诗也是如此①。在叶燮看来,各时代诗体有各时代的特色,也有各时代"善"与"美"的内涵。尽管后来之人能够表达前人,如汉魏诗、六朝诗,乃至唐宋诗之"善"与"美",但已没有必要,古人之美不等于今人之美,古人之善也不等同于今人之善,所以不能以古人之"善"与"美"来约束今人。

对于盛、晚唐之争,严羽以为"学者须从最上乘,具正法眼,悟第一义。……大历以还之诗,则小乘禅也,已落第二义矣"②。这一尊盛唐贬晚唐是优与劣二元对立的思维表达,但叶燮反对"第一义"与"第二义"的优劣之分,认为各有所长,如"天有四时,四时有春秋。春气滋生,秋气肃杀。滋生则敷荣,肃杀则衰飒,气之候不同,非气有优劣也"(《原诗·外篇下》)。在他看来,盛唐、晚唐诗与春秋一样,各有气象,如春花秋花一样,也各有其美。盛唐诗似春季开放的花朵,如青春女子之秾华的桃花李花,像美丽鲜艳的牡丹芍药,"其品华美贵重,略无寒瘦俭薄之态";晚唐诗似秋天盛开的花朵,如江上的芙蓉,篱边生长的丛菊,幽艳晚香。③ 这种盛唐与晚唐各有其美的思想得到了钱锺书先生的回应。他的唐、宋诗"体格性分之殊",即"人禀性,各有偏至","唐诗多以丰神情韵擅长,宋诗多以筋骨思理见胜",如"一生之中,少年才气发扬,遂为唐体,晚节思虑深沉,乃染宋调"④等倾向与叶燮是基本一致的。

叶燮还进一步以相对性去消解其绝对性。他说:"大约对待之两端,各有美有恶,非美恶有所偏于一者也。其间惟生死、贵贱、贫富、香臭,人皆美生而恶死,美香而恶臭,美富贵而恶贫贱。然逢比之尽忠,死何尝不美! 江总之白首,

---

① 《原诗·内篇下》:"读《三百篇》而知其尽美矣,尽善矣,然非今之人所能为;即今之人能为之,而亦无为之之理,终亦不必为之矣。继之而读汉魏之诗,美矣,善矣,今之人庶能为之,而无不可为之,然不必为之;或偶一为之,而不必似之。又继之而读六朝之诗,亦可谓美矣,亦可谓善矣,我可以择而间为之;亦可以起而置之。又继之而读唐人之诗,尽美尽善矣,我可尽其心以为之,又将变化神明而达之。又继之而读宋之诗、元之诗,美之变而仍美,善之变而仍善矣;吾纵其所如,而无不可为之,可以进退出入而为之。此古今之诗相承之极致,而学诗者循序反复之极致也。"见(清)叶燮、(清)薛雪、(清)沈德潜:《原诗·一瓢诗话·说诗晬语》,人民文学出版社 1979 年版,第 35 页。

② (唐)严羽:《沧浪诗话校释》,郭绍虞校释,人民文学出版社 1961 年版,第 11 页。

③ 《原诗·外篇下》:"天有四时,四时有春秋。春气滋生,秋气肃杀。滋生则敷荣,肃杀则衰飒,气之候不同,非气有优劣也。……盛唐之诗,春花也;桃李之秾华,牡丹芍药之妍艳,其品华美贵重,略无寒瘦俭薄之态,固足美矣。晚唐之诗,秋花也:江上之芙蓉,篱边之丛菊,极幽艳晚香之韵,可不为美乎?"(《原诗·一瓢诗话·说诗晬语》,第 66—67 页)

④ 钱锺书:《谈艺录》,中华书局 1984 年版,第 3、4 页。

生何尝不恶？幽兰得粪而肥，臭已成美；海木生香则萎，香反为恶。"(《原诗·外篇上》)叶燮反对静态地看待对象，而是将之置于诗歌演变的动态之下，在历时中审查其是否有变化，"言前人所未言，发前人所未发"(《原诗·内篇下》)，是否"成一家之言"(《原诗·内篇下》)等。

总之，在历时性的诗体演变链中，正体与变体是相对于参照物而言的，参照物没有确定，自然就没有所谓的正体、变体；而参照物又是相对的，不停地流动，由此正体与变体也将因之而动。所谓孤立、静止的正体或变体是不存在的。因此，我们要在诗体演变链上去认识各种诗体，消解体式正变的绝对性，可以在理论上为创作自由扫清障碍。

2. 从"中心"到"边缘"：共时性中消解正变对立

历时性中的正体与变体由于时间的流动而消解，而在共时性中，各种诗体又可以并存于同一空间，因此，在诗歌创作实践中，正体与变体既是历时性问题，又是共时性问题。叶燮没有停留在历时性层面，而是进一步跨到共时性层面，视点从"中心"转向"边缘"，再次消解正与变的对立。

历时与共时是两种不同的研究视角。前者从时间的维度，以为各种诗体都是源流正变中的一点；后者从空间的维度，以为各种诗体可以同存于一个空间。这样，任何一种诗体就必将同时存在于某一时间和某一空间当中，处于时空的交汇点上，由此，就可以把诗体同时置于时间与空间中来审视。

各种诗体都是历时发展的结果。就体式，如二言、四言、五言、七言或律诗等，如无二言，便无四言可言，如无五言，当无七言可言，以此类推。这样的前后关系，正如叶燮所说的"成熟"与"生新"一样，旧文体的淡出并不是完全消亡，新文体的渐入也不是无源之水。五言体诗淡出的同时，已经把某些因素注入七言体诗中，七言诗是对五言诗的丰富与发展。五言、七言等各种诗体可共存于同一时期，如唐代诗歌，既有五言、七言，也有律诗、绝句等。可见，某一层面的共时性积淀了历时性的因子，如林达·沃所说的，"变化既是共时事实，又是历时事实。任何共时状态都是过去变化的遗迹，而将来的变化也组织在其结构之中"①。这种历时性的变化遗迹并不瓦解共时的结构，而是它不可缺少的有机组成部分。从这个角度看，共时性与历时性存于同一个空间；同时也能在共时性中探究到历时性的过程，求得共时与历时的统一。历时与共时的交叉点就具体

---

① 转引自赵毅衡：《文学符号学》，中国文联出版公司 1990 年版，第 58 页。

落脚在某一诗体上。这样的关系自然为叶燮从共时角度论述历时的问题提供了基础,也使他从共时切入取得了合法性。

历时性要求把具体诗体置于延绵不断的诗体代变的链条上去分析诗体的价值,而共时性则要求把不同历史时期的诗体置于同一空间来考查,如五言、七言、律诗等。叶燮在其共时性分析当中,着重点不同于"正变系乎时"的关注集中于表现内容,而转到了体裁、语体和风格等方面。其评价标准是否提供了新东西,着力点在"内部因素",这就有了"大变"与"小变"之分。一般而言,既有的在先,如建安时的五言体诗,在诗坛占有主导地位,处于正,坚守中心地位;而那些要求改变者在后,如七言体诗,在建安时则处于边缘,是变体。到了唐代,七言体诗则处于主导地位,成为唐诗的主流,为正体,而五言让位于七言体诗,处于从属地位。曾经的变体,如七言这一"边缘"胜过曾经在"中心"的五言,表现在叶燮诗评的标准上便是:变化者为优,摹仿者为劣。用当今的话来讲,就是"边缘"胜过了"中心"。

"边缘"胜过"中心"表现在时风方面,就是原来不具有主流地位的所谓的"边缘"时风可以走向"中心";而相反,原处于"中心"的却走向了"边缘"。

各时期的诗歌风格与特色也是如此。叶燮说:"诗始于《三百篇》,而规模体具于汉。自是而魏,而六朝、三唐,历宋、元、明,以至昭代。上下三千余年间,诗之质文、体裁、格律、声调、辞句,递升降不同。"(《原诗·内篇上》)他认为自《三百篇》以来,第一次变化为苏武李陵,第二次变化为建安黄初,第三次变化为晋。晋代诗人层出不穷,先后有陆机、左思、鲍照、谢灵运、陶渊明、颜延之、谢朓、江淹、庾信等,肯定以上诸位诗人,不肯以前人为依傍,各不相师,自成一家;到了唐代,列出的诗人有杜甫、韩愈、柳宗元、刘禹锡、李贺、李商隐、杜牧、陆龟蒙等。叶燮一路评点,充满了赞扬与喜悦,与胡应麟的"代降说"相比,无丝毫感伤之气,就是因为以上诸诗家不拘泥于守正不变的原则,以其求变的"生面目",一一皆特立兴起,自成一家。叶燮推崇晋时的陆机、左思、鲍照、谢灵运、陶潜、颜延之、谢朓、江淹、庾信等,也因为他们不沿袭前人,以其不同的"面目",或缠绵铺丽,或卓荦磅礴,或逸俊,或警秀,或澹远,或藻缋,或高华,或韶妩,或清新,"各不相师,咸矫然自成一家";说"左思去魏未远",然"绝无丝毫曹、刘余习",鲍照"俊逸",然"非建安本色",因其不沿袭建安而得后人"击节"。推杜甫诗有汉魏之"浑朴古雅",六朝之"藻丽秋纤,澹远韶秀",但自有独创,无一句为前人诗。推崇韩愈"力大思雄","骨相棱嶒,俯视一切",但诗"无一字犹人";推苏轼"风流儒雅,无入不得,好善而乐与,嬉笑怒骂",但有其"面目"。其实这也不难理解。在诗的演变过程当中,共时性中的"边缘"与"中心"是相互交替的,只是"中心"只有一个,而"边缘"却是无限。至于由哪一个"边缘"能够成为"中心",影响因素很多,最终谁能成为"中心"不得而知。但其中有一个"边缘"移动而最后成为"中心"则是肯定的。按叶燮所说的,那就是"理"与"势"之必然。

相反,叶燮的观点不同于孔子"诗教"的批评观,也不同于扬雄的独尊儒术、以六经为宗;诗学上也不同于刘勰的"本乎道,师乎圣,宗乎经"(《文心雕龙·序志》),而是看体式、语体、风格等是否有别于前人的"生面",展示其独特与新颖,所以他批评"因循世运,随乎波流,不能振拔"(《原诗·内篇上》)的行为,指出了"建安之诗,正矣,盛矣,相沿久而流于衰"(《原诗·内篇上》)。建安之诗曾主宰诗坛,处于中心地位,但相沿久了,必然流于衰变,从中心走向边缘,在诗体代变中完成了"边缘"与"中心"的更替。由此他也批评时人"老生之常谈",沿袭古人,[①]认为作诗"须有我之神明",批评摹仿者"窃之而似,则优孟衣冠;窃之而不似,则画虎不成矣"(《原诗·内篇下》)。所以,处于中心的"正"都将,也必将移向边缘,处于边缘的"变"却随时都有可能移向中心,表现了"边缘"胜过"中心"的诗学理念,消解了"中心"与"边缘"的对立。

以共时性维度看,某一时代是否有一个"中心"?崇正者认为"是",主变者认为"否"。

就某一特定时代,各种诗体(正体、变体)都集于同一个空间,共同支撑着诗歌的繁荣。中心主义者认为,由正体与变体共同构成的诗坛,必有一体为中心,是正体,围绕中心的便是无数的边缘,没有中心,就没有边缘。明人吴讷在《文章辨体序说》中说:"《国风》《雅》《颂》之诗,率以四言成章;若五七言之句,则间出而仅有也。"显然,《诗经》以四言体诗为主,是中心体式,是正体;而五七言(包括二、三、六言等)是"间出",是"仅有",是处于边缘,当为变体。五言生于四言,西汉兴起,被称为"俗调"。它大盛于曹魏时期,成为中心体式,为正体。而四言体诗仍然存在,但其地位已退让为次,由《诗经》的中心,到曹魏时期退让到边

---

① 《原诗·内篇下》:"老生之常谈,袭古来所云忠厚和平、浑朴典雅、陈陈皮肤之语,以为正始在是,元音复振,动以道性情、托比兴这言。其诗也,非庸则腐,非腐则俚。其人且复鼻孔撩天,摇唇振履,面目与心胸,殆无处可以位置。此真虎豹之鞟耳。"(《原诗·一瓢诗话·说诗晬语》,第 34 页)

缘,正如吴讷所说的,"五言古诗,载于昭明《文选》者,惟汉魏为盛"①。这些说法显然是以五言体诗为主,为盛的,显示出了以五言为正体的选诗标准。

非中心主义者认为,虽然正体与变体共存于同一空间,各有其面目,各有其存在合理性,也不否认各体诗有盛衰之别,但所谓的"中心"是暂时的,处于盛世的诗体都来自曾经的"边缘"。当它发展到极致,确立其中心地位后,其任何运动都在向边缘移动,有盛有衰,完成其生产、发展、衰退的过程。任何诗体都处于走向中心或走向边缘的过程当中,无一例外。论诗者多从《诗经》四言体诗说起,但如果再上溯到歌谣之二言体诗,②在吴地古老的《弹歌》"断竹,续竹,飞土,逐宍"(《吴越春秋·勾践阴谋外传》)等古代歌谣面前,③那便是二言为正,四言为变。同样如果以四言、五言体诗为例,四言为正,五言为变,但这"正"预示着四言的任何移动都将走向边缘,而处于边缘的五言则有可能移向中心。魏晋的创作就已经完成了这一转换。因此,《诗经》中的五言不能被忽视,从某种角度看,它正是诗体发展的方向,具有非常重要的地位。清人邵长蘅(1637—1704)在《三家文钞序》中说:"一代有一代之友,不相借亦不相掩,不相借故各自成其家;不相掩故能各标胜于一代。"④他虽然是诗文代降者的代表,但其提出的"不相借"与"不相掩"也有诗体中心与边缘更替的思想。王国维的一代有一代文学的

---

① (明)吴讷:《文章辨体序说·五言》,人民文学出版社1962年版,第30、31页。

② 杨公骥《中国文学》:"在原始社会,生产过程的技术性质比较单纯,生产技术比较幼稚,从而劳动动作也比较简单,其节奏大多是一反一复。由于对一反一复动作的适应,所以在原始诗歌中最初出现的大多是二拍子节奏。这种二拍子诗,是诗的原始型,曾出现于各民族的原始文学当中。我国的《诗经》中的诗大多袭用着二拍子节奏。"(见杨公骥:《中国文学》第一分册,吉林人民出版社1980年版,第8—9页)张应斌也说:"二言诗是中国文学最初的诗体,没有二言诗,就没有四言诗,更不可能有辉煌的《诗经》时代,也不可能有中国的语言和文学。"(见张应斌:《中国文学的起源》,广东人民出版社2003年版,第111页)

③ 《周易》中《屯·六二》:"屯如,邅如;乘马,班如;匪寇,婚媾。"又《周易》中《中孚·六三》:"得敌,或鼓、或罢、或泣、或歌。"又《周易》中《归妹·上六》:"女承筐,无实;士刲羊,无血。"等多以二言为主。

④ (清)邵长蘅《三家文钞序》:"论者谓文章与世递降,信夫六经不可以文论,周秦而下,文莫盛于西京,汉氏之东稍衰矣。沿至六朝,文几亡;唐振之,而唐之文不如汉。唐末更五代之乱,文又亡;宋振之,而宋之文不逮唐。历元讫明,而元明之文不逮宋。譬之大江然,岷峨导源,西东京则瞿唐,丰滪也;唐则蟠冢、大别也;宋则浔阳、马当也;元至今则金陵扬子而下,流分派别,而漾洄于吴会者也。是故通二千年之源流论,则后往往不及前,盖气运为之,莫知其所以然。划代而论,则一代有一代之友,不相借亦不相掩,不相借故能各自成其家;不相掩故能各标胜于一代。"(见吴宏一、叶庆炳编:《清代文学批评资料汇编》(上),台湾国立编辑馆主编,成文出版社印行1978年初版,第326页)

思想也持这样的观点。可见,如果以边缘为立足点,"边缘"胜过"中心"也就化解"中心"与"边缘"的对立,跨越了"中心"与"边缘"的鸿沟,消解了"正"与"变"的永恒与绝对。如果承认有"中心"和"边缘"的区别,实际上就认可了"中心"对"边缘"的支配作用,这是二元论哲学的必然结果。因此,主变者往往反对"中心""边缘"划分,坚持以运动的原生态立场对待共存于同一空间的各种诗体。

3. 从"相对"到"边缘":历时性与共时性的自由

叶燮对汉儒"风雅正变"的阐释,看到他消解诗与时、诗与政治的对应关系,坚守诗学立场;对"诗体代变"作历时与共时分析,看到他解构"正体"与"变体"的绝对性,打破了"中心"对"边缘"的统治,表现了对艺术创作自由的尊重。

人心之想象万千,无可穷尽,但其精神的载体,如诗歌却常常被拘泥、约束而得不到舒散,锁闭而不能发泄,局限而不能舒展,束缚而不能显露,即"患于局而不能撼,卮而不能发"(《原诗·内篇下》),已有的法则对诗人创作的"局""卮",无疑压缩了诗人精神自由的空间。对此,叶燮以运动变化的立场去认识对象,将所谓的"正体"与"变体"置于延绵不断的发展链条上去认知,通过对后者胜过前者,"变体"超越"正体"的阐释,指出"正体"与"变体"区分的相对性,提出"正体"与"变体"代变的必然性。这一方法化解了"正体"与"变体"的对立,把"变体"从长期被传统约束与压制的语境中解放出来,给予超越与颠覆"正体"的合法性。由此,被古人文学经验的约束与压制的诗人得到释放,精神得到敞开,自由得以追求。叶燮鼓励创新,所以对于"楚风惩其弊,起而矫之。抹倒体裁、声调、气象、格力诸说,独辟蹊径"给予积极评价,虽然"入于琐屑、滑稽、隐怪、荆棘之境"(《原诗·内篇下》)也受到叶燮批评,但其反摹拟是得到叶燮认同的。

传统"正变"是以二元对立的思维方式为基础的学说,看似如真理/谬误、善/恶、本质/现象、原本/摹本的平等并列关系,实际上掩盖了前者对后者的支配。而正体/变体的顺序表达,也体现正体对变体的支配。对此,德里达认为这是形而上学的"基本要求,是其永恒的、最深刻、最内在的程序"[①],揭示了传统形而上学隐藏最深入的本质主义立场,即"中心的""本源的""有序的",并给予"正

---

① 德里达曾说:"从柏拉图到卢梭,从笛卡尔到胡塞尔,整个西方哲学都设定先有善尔后有恶,先有肯定尔后有否定,先有本质尔后有非本质,先有单一尔后有繁复,先有必然尔后有偶然,先有原本尔后有摹仿。这并非是形而上学的态度的一面,而是其基本要求,是其最其永恒的、最深刻、最内在的程序。"(转引自王岳川:《后现代主义文化研究》,北京大学出版社1992年版,第81页)

宗"地位;而与之相对应的"边缘的""衍生的""无序的"给予"从属"地位。形而上学中隐藏追求本质、中心的思维方式转向诗学,使得"崇正"者处于正统地位,排斥、支配、歧视非本质、非中心,就有了"崇正斥变"的传统。

然而,这里所谓的本质、中心都只是一厢情愿的产物。叶燮通过在共时性分析中,把传统的重"中心",轻"边缘"这一"同心圆"的结构模式,转变为"多心圆"或"无心圆"的结构模式,将各种诗体散落在同一平面——传统的中心看不见了!或许,原来那个中心的诗体,可能被无数的边缘掩盖。如果一定要采用"中心"与"边缘"的话语方式的话,降低了中心的地位,抬升了边缘的地位,其结果是在无数的"边缘"中见出后来的"中心"。"中心"不能自成为"中心",而是在"边缘"里的中心。换言之,没有"边缘"就没有"中心",不是传统的"中心"决定"边缘",而是"边缘"支撑着"中心",由此化解了"中心"的绝对性与神圣性。以这样的观念回到诗学层面,就使人们更加重视诗中的变体,并给予合法性地位。叶燮的"变而为至盛""惟变以救正之衰""变能启正"等都可以视为这一观点的表述,把传统的正变思想颠倒过来,成为"正体"在"变体"之中,诗体意义的重心由"正体"移向了"变体"。这也可以看作是叶燮诗学思想中的批判精神,也是他为传统诗学思想提供的新思想。

三、重塑"正体代变"的意义

在今天看来,诗作为一门艺术,有其教育功能和认识功能,但最显著的还是它的审美功能。这里的"显著"正是讲诗歌的独特性,即诗歌存在的独特价值主要在于它的审美娱乐。但诗歌产生之初,审美并不占有重要的地位。换句话说,在当时,审美并不是诗歌的目的。如果把早期各种祭祀、礼仪活动的唱词视为诗歌雏形的话,那么,审美性还不是它的主要功能。到了周公,为了巩固与维护社会秩序,制作"礼""乐",创立政治、文化、教育等制度,规范社会秩序与人的行为。《礼记》中记有:"武王崩,成王幼弱,周公践天子之位,以治天下。六年,朝诸侯于明堂,制礼作乐,颁度量而天下大服。"(《礼记·明堂位》)①"制礼"主要是从官制、礼仪制度和人的道德行为等三个方面来规范社会秩序。② 与诗歌早期

---

① 约公元前十一世纪左右,周武王率天下诸侯伐灭商纣,建立一个新的政权,定都于镐,史称西周。伐纣胜利的第二年,武王去世,成王继位,但因成王幼小,由武王的弟弟周公执政。

② 《左传·周鲁公世家》:"成王在丰,天下已定。周之官政未次序,于是周公作《周官》,官别其宜。作《立政》,以便百姓。"([汉]司马迁著,[南朝宋]裴骃集解,[唐]司马贞(注转下页)

萌芽有密切关系的是各种礼仪活动,虽然我们不能排除某些礼仪活动中的唱词具有一定的娱乐性,如庆典、迎送、嫁娶等,但在大多数比较严肃的场所,如朝会、丧葬、祭祀等活动中,严肃性代替娱乐性,诗成为颂扬现行政治合法性的工具。对于《颂》,郑玄曾说:"《周颂》者,周室成功致太平德洽之诗。其作在周公摄政、成王即位之初。颂之言容。天子之德,光被四表,格于上下,无不覆焘,无不持载,此之谓容。于是和乐兴焉,颂声乃作。"(《毛诗正义》卷十九《诗谱·周颂谱》)表面上看是颂扬祖先的功绩,实际上遮蔽了作颂者颂扬祖先道德高尚、功业卓著背后的深层意义,那就是通过一次次不断重复,使人们渐渐相信祖先的道德与功绩都是事实,达到维护统治者合法性的目的。《周颂》不同于主要来自民间的《国风》,它是由统治者精心设计的。它的政治意义并不仅仅只在赞扬祖先,更主要是讲现在如何之合理。这样的深层次目的不能被忽略。有学者认为,"颂"与"大雅"之作,实际上是"告诉世人,只是因为周人列祖列宗的道德纯美,才获得上帝的青睐,从而代殷而立。这种通过对先人的神圣化而为现实的价值建构寻求合法性依据的做法是一个聪明的创举"①。可以说,《诗经》中的《颂》与《雅》,虽然都是我们今天所说的诗歌艺术,但更为主要的是作为证明某种合法性的手段。可见,诗就其萌芽之初,虽然不可否认已有某种娱乐性,但为政治服务是其主要功能。诗歌这种政治功能自然得到后来许多政治家与诗人的认同,并得以延续。另外,孔子说"不学诗,无以言"(《论语·季氏》),这并不是说,不学诗就不能说话,而是指难以说出更得体的话。这就是"以诗喻志"。在当时,赋诗在正式的外交场合中已作为一种工具,表达某种赞美、祝福、建议以及表达志向的方式。②郑玄以时、世言诗,正是这种思想的延续。从此以后,诗为政治服

(续上页注)索隐,[唐]张守节正义:《史记》,中华书局 1959 年版,第 1522 页。)官制是用以规范贵族阶层,是一种政治制度;礼仪制度是指各种政治、外交、军事、宗教、民俗等的活动仪式,用于朝会、丧葬、庆典、祭祀、迎送、嫁娶等场合之中;道德规范指人们日常的行为规范,如《周礼·地官·师氏》的"以三德教国子:一曰至德,以为道本;二曰敏德,以为行本;三曰孝德,以知逆恶。教三行:一曰孝行,以亲父母;二曰友行,以尊贤良;三曰顺行,以事师长。"(《周礼注释》,杨天宇译注,上海古籍出版社 2016 年版,第 262—263 页)总之,定百官、礼仪和道德规范的目的都是维护西周社会秩序。可见,它们都是现存制度的维护者。

① 李春青:《诗与意识形态》,北京大学出版社 2005 年版,第 86 页。

② 诗的用处很多,在《汉书·艺文志》和《左传》中都有记载。如班固《汉书·艺文志》:"古者诸侯卿大夫交接邻国,以微言相感,当揖让之时,必称《诗》以谕其志,盖以别贤不肖而观盛衰焉。"这是指作为国家代表的驻外使节的礼仪节文来看这个国家的盛衰情况。《左传》记载文公三年,鲁文公到晋国与之结盟,晋侯设礼款待,席间晋侯就赋《青青者莪》,(注转下页)

务的观念在统治者眼里成为一种常识。但是,虽然正变与政治的关系时断时续,如清初这样集中提出来,以诗之"正"来表达政治之"盛",仍然是不多见的。那么,叶燮重视并把它放在特定的历史语境中,就自然见出它的意义。

从顺治到康熙,特别是1681年平定"三藩之乱"①和1683年降服离异朝廷的郑氏集团之后,满清主政的社会由乱而治,实现了全国的真正统一。在这期间,为了加快社会的稳定,统治者一方面排除异己,严酷镇压反清力量,另一方面又开科取士,在汉人中招收大量有用之才。这一硬一软使得原来对异族统治有强烈抵制情绪的汉族士人群体开始分化:大多数人在清朝高压和恢复大明的渺茫无期中,渐渐地认同清朝统治,融入新朝之中;另一部分原来坚持遗民倾向的人,也开始走向边缘,淡出社会;还有一部分人面对现实,积极参与,成为新朝主流社会的一部分。就诗歌创作而言,在清朝统治者的支持下,以顺治期间新科进士为主的新诗群开始成熟并走向诗坛,成为诗歌创作的主导力量。他们关注国家的昌盛,更多地看到社会稳定的一面。为此,一方面,他们在传统诗学中寻找资源,翻出"风雅正经",通过回忆,主张"正音",反映盛世。如吴伟业为清初魏石生编选当时诗选《观始诗集序》中引魏石生的话说:"依古以来,世道之污隆,政事之得失,皆于诗之正变辨之。"指出"正变"乃世道"污隆",政治"得失"之辨。新朝诗人施闰章(1618—1683)也认为,诗文之道与治乱相始终。他说:"《风》《骚》而降,流为淫丽,诗教浸衰。杜子美转徙乱离之间,凡天下人物事变无一不见于诗。"(《江雁草序》,《施愚山文集》卷四)主张"正音"。钱谦益也在他人诗集作序中曰:"兵兴以来,海内之诗弥盛,要皆角声多,宫声寡;阴律多,阳律寡;噍杀恚怒之音多,顺成啴缓之音寡。繁声入破,君子有余忧焉。愚山之诗异是,铿然而金和,温然而玉诎,拊搏升歌,朱弦清泛,求其为衰世之音,不可得也。"(《施愚山诗集序》《牧斋有学集》卷十七)施闰章是顺治开科进士,康熙十八年(1679)举博学鸿儒,官至侍读②,是新朝诗人的代表;钱谦益跨越两朝,无法摆脱被清招

(续上页注)义取其中的"既见君子,乐且有仪",表达了欢迎鲁文公到来的意思。鲁文公使后赋《嘉乐》,取其中的"嘉乐君子,显显令德。宜民宜人,受禄于天"句,以表达祝福之义。见(汉)班固:《汉书·艺文志》,中华书局1962年版,第1755—1756页。

① 三藩之乱,是清朝初期三个藩王发起的反清事件。三藩是指平西王吴三桂、平南王尚可喜、靖南王耿精忠。

② 宋有翰林侍读之官,明清沿置翰院侍读,亦作为侍读学士之省称。宋代高承《事物纪原·法从清望·侍读》记载有"唐明皇开元三年七月,敕每读史籍中有阙,宜选者儒博硕一人,每日侍读。故马怀素、褚元量更日入直,此侍读之始也"。

安的事实,由此,他们思想的主导倾向与清政趋向一致。钱谦益说得很清楚,当时在"角声多""阴律多""噍杀恚怒之音多"时,愚山则与时人不同,"铿然而金和,温然而玉诎,拊搏升歌,朱弦清氾",诗中充满了盛世之音。因为,在他看来,表现盛世,崇正音,才是政治繁荣,国家稳定的表征。清初的一些诗论家多数重视时与诗的关系,且"崇正"者居多。①

　　另一方面,清朝统治者是由东北女真族发展壮大后入主中原的。在看重"华夷关系"的文化背景中,他们急需寻求统治的合法性,因此,"伸正黜变"是他们政治的需要,歌颂繁荣在相当程度上就成了他们对汉人统治的合法性依据。康熙在《御选唐诗序》中云:"孔子曰:温柔敦厚,诗教也。是编所取,虽风格不一,而皆以温柔敦厚为宗。其忧思感愤、倩丽纤巧之作,虽工不录。使览者得宣志达情,以范于和平。盖亦用古人以正声感人之义。"(清康熙五十二年刊本《御选唐诗》卷首)可见,康熙主"温柔敦厚",排"忧思感愤、倩丽纤巧之作"。"崇正排变"的思想十分明确。在康熙庆祝五十诞辰时,满朝文武竞献鞍马宝器,但他"却之再三",并告诫众臣:"朕素嗜文学,尔诸臣有以诗文献者,朕当留览焉。"(《大清历朝实录》卷二百十一《圣祖仁皇帝实录》)这不是他故作高雅,助兴起乐,而是一位政治家对文学的特别敏感。他强调"文章以发挥义理、关系世道为贵"(《清实录》康熙十二年癸丑八月辛酉上谕),要求"凡厥指归,务期于正",再次表达了他的"崇正"主张。由于以上原因,新朝诗人极力鼓吹时政的昌盛,统治者又极力提倡,使"崇

────────────

　　① 重视诗与时的关系,在清初是很普遍的。除了以上的代表人物外,还有许多人认同这一诗学思想,如毛奇龄《苍崖诗序》:"时有正变,而方无正变,然而四始、六义之说无与焉。……今其变又伊始矣。朝廷崇儒有文,征天下稽古好学之士,与之扬挢,然且试其文而示以式,以为时之所准者端在乎是,宜乎时与文之一归于正。而乃群然倡和,彼此牴牾,且有遁而之于变者。……苍崖姜生善为诗,然未尝为诗,其为诗也必以正。惟不为诗,故常无所厌;而必为以正,则不必绝俗以明矫异而独走。风雅之资,本乎性成,既不怯乎正,而亦未尝不足以尽变。"(引自王运熙等主编:《清代文论选》,人民文学出版社 1999 年版,第 213 页)陈维崧序王士禛诗集:"盖激烈之义多,而变风、变雅出焉,《诗》之所以亡也。吾以为不然,子所谓诗亡,非作诗者亡,而作诗之教先亡也。温柔敦厚,则诗之教也。……新城王阮亭(士禛)先生,性情柔淡,被服典茂,其为诗歌也,温而能丽,娴雅而多则,览其义者,冲融懿美,如在成周极盛之时焉。"(《王阮亭诗集序》《迦陵文集》卷一)也称赞王士禛诗的正音之作,并引《礼记·乐记》:"哀心感者,其声噍以杀;其乐心感者,其声啴以缓;其喜心感者,其声发以散;其怒心感者,其声粗而厉;其敬心感者,其声直而廉。"申涵光也主张风雅:"凡诗之道,以和为正。……乃太史公谓:'《诗三百》,大抵圣贤发愤之所为作。'夫发愤,则和之反也。其间劳臣怨女,悯时悲事之词,诚为不少。而圣人兼著之,所以感发善心,而得其性情之正。故曰'温柔敦厚,诗教也',所以正夫不和者也。"(《连克昌诗序》《聪山集》卷一)

正"的文学观念在清初诗坛成为主流。诗歌也只能再一次重演历史,被用来作为颂扬盛世的工具,崇正之音成为时尚。但与此同时,诗作为一门艺术,就不得不再一次丧失了它的独立性!

可见,清初力主"正音"是有其政治背景的。反映盛世,强调正音,一方面遮蔽了"角声多""阴律多",另一方面却高唱"宫声""阳律""顺成啴缓之音",极力鼓吹清统治者的合法性。这一抑一扬正是满清意识形态建设的重要内容。如果把叶燮正变思想置于这样的背景下,即在统治者倡导崇正,诗学批评普遍重视诗教作用的诗风中,他却拎出"正变系乎诗",强调诗与时代政治和诗自身内部各因素并举,一方面重提诗歌对政治的相对独立性,另一方面也多少可以见出对清初时风的态度。

在中国传统文化中,对士人群体影响最大的莫过于儒、道两家。这两种思想,在某种程度上为士人群体心理深处抹上一层复古的底色。儒家的社会理想与伦理道德观念在《周礼》中得到充分体现。"吾从周"与"克己复礼",正是以周礼为社会理想的蓝本,为社会生存与发展设立规范化、体制化的框架。这种崇尚"周礼"的儒家情结在传统士人群体心中已成为挥之不去的集体无意识。道家则极尽全力,消解各种规范、制度,冲破约束,主张无为,把原初那种小国寡民的社会看成是人类的黄金时代,寻找精神上的自由自在。这种追求又成为受到精神压抑与民族歧视的士人群体割舍不掉的精神港湾。儒家的"宗经""征圣"与道家宣扬的"小国寡民"的理想都成为复古思想的精神渊源。

建构理想能坚定人们改变现实的信心,但"变易"的观念也可以成为改变现实的动力。"变易"是中国传统思想的精神脉络。社会在变,时代在变,人的心智在变,艺术也在变,这是无法否认的。但在政治体制与伦理道德观念上,在人们既有的各种经验面前,"变易"又往往被有意无意地遮蔽,或者被一个建构的想象性的社会理想笼罩。人们在"崇正""宗经"中寻找到自己的精神家园,同时也给自己套上了枷锁。中国传统诗学中的复古阴影,使得人们难以摆脱已有的"家园"去创新。叶燮继承了明中后期的反传统思想,延续了诗学中的批判精神,从"变风变雅"中重新挖掘变体的诗学意义,以倡导"主变"为策略,在"诗体代变"的链条中消解"正"对创作的负面影响,希望在创造中获得真正的自由与快乐。"诗体正变"思想的这一表达,正是他"正变系乎诗"的核心内容,具有其原创性的精神。

第三章 叶燮"诗法"思想的现代阐释

就叶燮的《原诗》，沈珩在《原诗叙》中评为"内篇，标宗旨也。外篇，肆博辨也"，沈楸《原诗跋》说它"尽扫古今盛衰正变之肤说"，孙启祥《叶先生传》称其"扫除陈见俗谛"，《清史列传》则针对当时吴中诗风，认为《原诗》"力破其非"，等等。以上诸多评价不仅包括叶燮的文学史观，而且还包括了叶燮的创作思想，肯定了叶燮《原诗》的诗学价值。

就诗的变化逻辑，叶燮认为"诗有源必有流，有本必达末……诗之为道，未有一日不相续相禅而或息者也"（《原诗·内篇上》），并从"正变系乎时"与"正变系乎诗"两个维度阐明了诗歌变化的原因。犹如韦勒克、沃伦在《文学理论》一书中，从关注诗歌内在结构因素的"内部研究"与关注诗歌外在社会因素的"外部研究"两个方面来思考诗歌的变化逻辑。而对于"内部研究"，叶燮又从创作的角度作了进一步的思考，阐述了诗歌创作新变的缘由，与他诗学发展观中的正变思想的思维逻辑相一致，由此也更加体现了叶燮诗学思想的理论诉求。在叶燮《原诗》三万二千余言中，出现频率最高，排在前两位的关键字莫过于"诗"与"法"。据全文检索，"诗"出现过 387 次，可以说本书是一部明显的论诗著作；"法"出现过 121 次，也显示了"诗法"在叶燮论诗中的重要地位，本书同时也是一部论"诗法"之作。从数字上，我们无论如何都不能忽视"诗法"在叶燮《原诗》中的重要地位。纵观叶燮的《原诗》及他的诸多诗序，我们可以发现，叶燮对诗法的原创性理解，不在于他对"法"的内涵阐释，纠缠于具体的作诗技巧，有哪些诗法，如何学习，而在于他对法的态度，是借传统诗法之"名"，表明了他对诗歌创作问题认识之"实"。他的"诗法"思想自然包括了在创作当中灵活地运用各种作诗的技巧，但更主要的是要求灵活地面对前人留下来的各种诗学遗产，突破既有规则，实现创新，给诗人以真正意义上的创作自由。从这个层面上来讲，叶燮的诗法思想是他诗学思想的核心内容之一，也是他诗学思想的原创性表现，是与他的"正变"思想一脉相承的。为了进一步理清叶燮的诗法思想，我们将从诗法的边界开始。

第一节 "诗法"的边界

"诗法"是现代常用的说法,准确地表述当为"作诗之法",即诗歌创作中所遵循的一些基本法则。那么,何为"作诗之法"? 作诗是否应当遵循某种法则? 如果要遵循,那么又应当遵循什么样的法则? 诗法的边界在哪里? 如何遵循? 其合法性又如何? 等等问题,都将成为诗法研究的重要内容。

一、"诗法"的历史演进

在古代文论话语系统中的每一个词语都有一个提出、传播、演进的过程,而追问首次提出者是一个很有意义的话题。

就传统诗学理论发展过程看,"作诗之法"古已有之。早在《庄子·寓言》中已有"鸣而当律,言而当法",要求歌唱合于音乐,说话合于法度。这里的"法"已有言说规则的意思。宋人陈傅良在其《文章策》中将"三代无文人,六经无文法"解释为"非无文人也,不以文论人也;非无文法也,不以文为法也",以为上古既有文人,也有文法,只是人们"不以文为法"而已;明人宋濂在《曾助教文集序》中也认为,"无文人者,动作威仪,人皆成文;无文法者,物理即文,而非法之可拘也。"明人唐顺之则进而言古人之法曰:"汉以前之文,未尝无法而未尝有法,法寓于无法之中,故其为法也密而不可窥。唐与近代之文,不能无法,而能毫厘不失乎法,以有法为法,故其为法也严而不可犯。密则疑于无所谓法,严则疑于有法而可窥。然而文之必有法,出乎自然而不可易者,则不容异也。且夫不能有法,而何以议于无法? 有人焉,见夫汉以前之文疑于无法,而以为果无法也,于是率然而出之,决裂以为体,饾饤以为词,尽去自古以来开阖首尾经纬错综之法,而别为一种臃肿窘涩浮荡之文。其气离而不属,其声离而不节,其意卑,其语涩,以为秦与汉之文如是也。"①他认为没有法,可以自由书写,但却成为一种"臃肿窘涩浮荡之文"。近人刘师培在《论文杂记》中进一步认为:"上古之时,未有诗歌,先有谣谚。然谣谚之音,多循天籁之自然。其所以能谐音律者,一由句各叶韵,二由语句之间多用叠韵双声之字。凡有两字同母,是为双声;两字同

---

① (明)唐顺之:《董中峰侍郎文集序》,《唐顺之集》(中),马美信、黄毅点校,浙江古籍出版社 2014 年版,第 466 页。

韵,谓之叠韵。上古歌谣,已有此体。"①

　　至于歌谣与《诗经》时代是否已有具体的作诗之法,无从考证。但留传至今的原始歌谣多用两言②,《诗经》多用四言,以及平仄声的巧妙运用却是事实。这是否也意味着它们已遵循了某种作诗之法呢? 楚辞骚体又以七字句为主,两句中夹"兮"字,楚声楚调之特色③是否也暗合了创作中已遵循了某种作诗之法呢? 虽然当时关于作诗之法的理论表述还不曾见到,但诗歌的创作实践先于诗学的理论总结应该是在情理之中的,所以,刘师培的"上古歌谣,已有此体"的判断应该具有更多的合理性。

　　古人的诗歌创作,就后人所言的"作诗之法"可能是有意识的,也可能是无意识的,但就所见的原始歌谣、《诗经》、《楚辞》等作品中的确已呈现了某一创作的共同倾向。就今天所见的文献资料,能从理论层面论及"作诗之法"的大致是从汉代《诗大序》开始的。它不仅提出了"诗言志",阐述了"诗"与"时"的关系,如"变风变雅",还就创作方面提出了风、雅、颂、赋、比、兴等"六义"。"风雅颂"为诗歌表现的内容,而"赋比兴",无论是东汉郑玄的注,还是宋代朱熹的注,都将之作为诗歌创作的表现手法。④ 可见,《诗大序》已经涉及"作诗之法"的内容。

————————

　　①　刘师培:《刘师培全集》(第2册),中共中央党校出版社1997年版,第25页。
　　②　原始歌谣多用两言,如《吴越春秋·弹歌》有"断竹、续竹、飞土、逐宍",《周易·屯·六二》有"屯如,邅如;乘马,班如;匪寇,婚媾",《周易·中孚·六三》有"得敌,或鼓、或罢、或泣、或歌",《周易·归妹·上六》有"女承筐,无实;士刲羊,无血"。当然,原始歌谣中也有四字句的,如《礼记·郊特牲·蜡辞》有"土反其宅,水归其壑,昆虫毋作,草木归其泽",但可以初步判断原始歌谣多以两言体为主。
　　③　屈原作品与《诗经》的结构方式不同,它采用楚地方言,七字一句,中夹"兮"字。随后的宋玉、景差、刘向等,都仿效其结构成文。东汉王逸《楚辞章句·九辩序》指出:"至于汉兴,刘向、王褒之徒,咸悲其文,依而作词,故号为'楚词',亦采其九以立义焉。"(中文系中国古典文学教研室:《中国文学史参考资料(先秦部分)》,吉林师范大学1963年版,第139页)
　　④　风、雅、颂、赋、比、兴是诗歌的分类与表现手法。《诗大序》提出了"六义说",这是根据《周礼》"大师……教六诗:曰风,曰赋,曰比,曰兴,曰雅,曰颂"的旧说而来。唐人孔颖达《毛诗正义》卷一:"风、雅、颂者,《诗》篇之异体;赋、比、兴者,《诗》文之异辞耳……赋、比、兴是《诗》之所用,风、雅、颂是《诗》之成形。用彼三事,成此三事,是故同称为义。"宋代朱熹说风、雅、颂是"三经",是"做诗的骨子";赋、比、兴"却是里面横串底",是"三纬"。他们都阐明了风、雅、颂是诗的种类,赋、比、兴是作诗之法。"风"是不同地区的地方音乐,"雅"是周王朝宫廷宴享或朝会时的乐歌,"颂"是宗庙祭祀歌颂祖先功业的颂歌。"赋"为诗经铺陈直叙的表现手法。郑玄注《周礼·大师》说:"赋之言铺,直铺陈今之政教善恶。"朱熹《诗经集传》说:"赋,敷陈其事而直言之者也。""比"为比喻手法。郑玄《周礼·太师》注:"比者,方干于物也。"朱熹《诗经集传》:"比者,以彼物比此物也。""兴"是起的意思,指具有发端作(注转下页)

后来,班固《两都赋序》中的"考文章,内设金马石渠之署,外兴乐府协律之事,以兴废继绝,润色鸿业。……臣作《两都赋》,以极众人之所眩曜,折以今之法度";王逸《楚辞章句·离骚序》中的"离骚之文,依诗取兴,引类譬喻"之法,如以"善鸟香草,以配忠贞,恶禽臭物,以比谗佞",也表现了某种比拟之法;曹丕《典论·论文》的"奏议宜雅,书论宜理,铭诔尚实,诗赋欲丽",这既可以说是文体特征,也可以理解为作文之法;①陆机《文赋》的"精骛八极,心游万仞""观古今于须臾,抚四海于一瞬",可谓想象之法;发挥独创精神,"谢朝华于已披,启夕秀于未振",但也要求掌握规律,注意"四个问题",防止"五种弊病"。② 晋人挚虞《文章流别论》中还有"雅音之韵,四言为正;其余虽备曲折之体,而非音之正也"③的说法。就以上对文体特征的研究,正是诗学理论进步的标志。而刘勰的《文心雕龙》集诗论之大成,用了较多篇幅研究作诗之法。他的"望今制奇,参古定法"(《文心雕龙·通变》),要求参考古代的杰作来确定写作法则;"术有恒数""理有恒存"(《文心雕龙·通变》)等思想,可以说是中国诗学在创作中提出"诗法"的开始。这里的"法"之边界有所拓展,既有作诗之方法、技巧,更有一些创作典范、原则等。

　　唐人虽然少有以诗法言诗,但讲到具体的作诗之法还是比较多的。④ 宋人

(续上页注)用的手法。朱熹《诗经集传》释为"先言他物以引起所咏之辞也"。可见,赋、比、兴是可以被视为作诗之法的。

　① 陈衍《石遗室论文》对曹丕的说法提出异议。他说:"其谓奏议宜雅,诗赋欲丽,则与汉、京、贾、董、苏、李、扬、马之论,相去已远,盖奏议不第宜雅,诗赋不徒欲丽也。"(见陈衍撰,陈步编:《陈石遗集》下册,福建人民出版社 2001 年版,第 1589 页)但曹丕提出此作文之法则是无可非议的。

　② "四个问题"是《文赋》总结的创作要领:一是定去留,"考殿最于锱铢,定去留于毫芒";二是立警策,"立片言以居要,乃一篇之警策";三是戒雷同,"虽杼轴于予怀,怵他人之我先";四是要济庸音,"彼榛楛之勿剪,亦蒙蒙于集翠"。就是指注意镕裁,辞意双美;通过警句,突出主题;避免雷同,力求独创;保留精美,避免平庸。"五种弊病"指"唱而靡应""应而不和""和而不悲""悲而不雅""雅而不艳",就是说不丰富、不和谐、不感人、不典雅、不华美等。

　③ (晋)挚虞《文章流别论》:"古之诗有三言、四言、五言、六言、七言、九言。古诗率以四言为体,而时有一句二句杂在四言之间,后世演之,遂以为篇。"(见朱东润主编:《中国历代文论选》第一册,上海古籍出版社 2001 年版,第 191 页)

　④ 初唐已开始谈到具体的作诗之法,以教授作诗用,如皎然《诗式·序》中说,作《诗式》乃为"使无天机者坐致天机",此"天机"为天然灵机,原为道家用语。另有李峤《李峤百咏》为各物类训蒙诗之典范,将唐初以来人们最关心的咏叹物、用典、词汇、对偶等常用技巧融为一体,以基本定型的五律表现出来,给初学者提供范式(见葛晓音《创作范式的提倡和初盛唐诗的普及——从〈李峤百咏〉谈起》,《文学遗产》1995 年第 6 期)。还有所谓的"秀句",(注转下页)

多提诗法,如江西诗派的"点铁成金""脱胎换骨"之法,而严羽《沧浪诗话》主张诗有五:体制、格力、气象、兴趣和音节,开辟了"诗法"的专章研究,其内容被晚清许印芳《诗法萃编》全文收录,并加按语曰:"全书皆讲诗法,此又择其切要者,示人法门耳。"①关于"诗法"的独立著作大约是元人杨载的《诗法家数》,它将各种作诗之技法汇为一炉,明确提出"大抵诗之作法有八:曰起句要高远;曰结句要不着迹;曰承句要稳健;曰下字要有金石声;曰上下相生;曰首尾相应;曰转折要不着力;曰占地步。盖首两句先须阔占地步,然后六句若有本之泉,源源而来矣。地步一狭,譬犹无根之潦,可立而竭也"②。现已出版的张健的《元代诗法校考》编集考证了元代的二十五部诗法,对所编文章中引前人著作都注明出处,对其作者及版本源加以考订,为系统了解元代诗法提供了文献支持。③

明清诗坛多言诗法。李梦阳《答周子书》提出:"文必有法式,然后中谐音度,如方圆之于规矩,古人用之,非自作之,实天生之也。今人法式古人,非法式古人也,实物之自则也。"此说法为效法古人寻找合法性;与叶燮同时在横山开门授徒的汪琬以告学诗者,"凡物细大,莫不有法,而况诗乎?善学诗者,必先以法为主"(《吴公绅芙蓉江唱和诗序》)。他们重视古人之法,并沿法而行,正如叶燮

(续上页注)如元兢《古今诗人秀句》(元兢,字思敬。《旧唐书·文苑上》:"元思敬者,总章中为协律郎,预修《芳林要览》,又撰《诗人秀句》两卷,传于世。"见[后晋]刘昫等撰:《旧唐书》第四册,陈焕良、文华点校,岳麓书社 1997 年版,第 3156 页),以及孟宪宗的《文场秀句》、黄滔的《泉山秀句集》等都是通过"秀句"向初学者传授作诗之法。当代学者也有谈及唐代诗法的确立,如钱志熙说:"法则思想在前人那里并不是没有,但到了杜甫才真正将其明确化,尤其是他明确了这样一种观点,即是将法度的学习和运用确定为诗人从事创作的最基本的条件。"(钱志熙《杜甫诗法论探微》,见《文学遗产》2001 年第 4 期)蒋寅说:"中国诗学对法加以关注并奠定以诗法为主体的理论结构,应该说是在唐代。"(蒋寅:《至法无法:中国诗学的技巧观》,见《文艺研究》2000 年第 6 期)

① (宋)严羽:《沧浪诗话校注》,郭绍虞校释,人民文学出版社 1961 年版,第 108 页。
② (清)何文焕辑:《历代诗话》,中华书局 1981 年版,第 726 页。
③ (元)杨载《诗家法数》有:"诗之忌有四:曰俗意,曰俗字,曰俗语,曰俗韵。诗之戒有十:曰不可硬碍人口,曰陈烂不新,曰差错不贯串,曰直置不宛转,曰妄诞事不实,曰绮靡不典重,曰蹈袭不识使,曰秽浊不清新,曰砌合不纯粹,曰徘徊而劣弱。"(见[清]何文焕辑:《历代诗话》,中华书局 1981 年版,第 726 页)另据张健《元代诗法校考》按,"诗之忌"源于宋人严羽《沧浪诗话·诗法》的"学诗先除五俗,一曰俗意,二曰俗字,三曰俗语,四曰俗韵"。"诗之戒"源于宋代魏庆之《诗人玉屑》卷五的"一戒乎生硬,二戒乎烂熟,三戒乎差错,四戒乎直置,五戒乎妄诞,六戒乎绮靡,七戒乎蹈袭,八戒乎秽浊,九戒乎砌合,十戒乎徘谐"(《诗人玉屑》上,中华书局 2007 年版,第 150 页)。可见,诗法大约在宋代已开始盛行,而到元代集中成书。(见张健:《元代诗法校考》,北京大学出版社 2001 年版,第 12 页)

所批评的那样,以"古人某某之作如是,今之闻人某某传其法如是,而我亦如是也"(《原诗·内篇下》)为荣的思想在当时颇为盛行。明人李梦阳在创作层面言诗法,效法古人,而清人汪琬在技术层面言诗法,他们多指诗之格律、声调、字句、风格、法度等。但清初也有较为辩证地认识诗法者,如魏禧,他在《答曾君有书》中说:"天下之法,贵于一定,然天下实无一定之法。古之立法者,因天下之不定而生一定;后之之用法,因古人之一定而生其不定。"并以兵法喻文法,较好地阐述了诗法之"一定"与"不定"的关系。明清两朝言诗法者甚多,在此不详述说。而叶燮也言诗法,他对诗法的重视是毫无疑问的。

二、叶燮重视"诗法"

叶燮《原诗》高度重视诗法,这是他诗歌创作论的主要内容。就《原诗》结构而言,如果说内篇(上)的关键词是"正变",表现叶燮的文学史观的话,那么,内篇(下)的关键词当属"诗法",表现了他的创作论思想。这大概可以从以下三个方面得以印证。

1. 内篇(下)的开篇表明论题的主旨

叶燮在《原诗·内篇下》开篇说:"大凡人无才,则心思不出;无胆,则笔墨畏缩;无识,则不能取舍;无力,则不能自成一家。而且谓古人可罔,世人可欺,称格称律,推求字句,动以法度紧严,扳驳铢两。"开篇从诗歌创作中的才、胆、识、力问题引入,旨在阐明"法度"与"才胆识力"的关系,认为"称格称律,推求字句",只是表面上见古人,而未见到古人真面目。这是承接内篇(上),启开了内篇(下)要表达的内容。我们可以清楚地看到,叶燮对"称格称律,推求字句,动以法度紧严,扳驳铢两"之法提出批评,认为他们不知"诗之源流本末正变盛衰",而"高自论说,互相祖述"乃"诗运之厄",提出无才、无胆、无识、无力将很难超越前人之法度,也无法见出"古人真面目",而只能拥有才、胆、识、力者,方能挣脱"法度紧严",以期"古人之复兴"。叶燮强调诗人的才胆识力,一方面是提到创作主体在创作中表现的四个方面,另一方面,更重要的是,以这四个方面去突破已有法度,反对尺寸古人,以创作出"工而可传之诗"。首先点明了内篇(下)的主旨正是对诗法问题的思考。

2. 论述结构体现诗法论的中心地位

《原诗》是一篇理论性和系统性都比较强的诗论著作,正如郭绍虞先生所说的,"《原诗》之长,即在精心结构,可以称得起著作的书。《四库存目提要》乃以为是作论之体,非评诗之体,可谓大误"①。《四库存目提要》因其非"评诗之体"而否定之,只表达了主政者的评价标准,而"作诗之体"正是其独特性之表现,成为"中国美学史上最重要的美学著作之一"②。台湾学者吴宏一也赞扬《原诗》,说"它的好处,不仅是说理周详,内容充实,最值得重视的是他于自己的理论,有'一一剖析而缕分之,兼综而条贯之'的精神,这与信手杂书的方式是截然不同的"③。指出其不同于传统"信手杂书"的诗话形式,已具有现代诗论的气息。而叶燮对于诗法的思考,正体现了其"一一剖析而缕分之,兼综而条贯之"的精神。

首段的主旨陈述,以及整个部分的结构,都明确地体现了其创作论中以诗法为中心的诗学主张。为了克服理论推演的不足,叶燮在结构上没有继续沿用内篇(上)的演绎推理,而是采取问答体,以预设的方式提出对其理论可能存在的诸多诘难、疑惑、误解等,并加以一一辨析,以层层递进的逻辑,表达了他的诗法主张,架构起了内篇(下)的全部内容。这种理论演绎形式,与传统诗话独白

① 郭绍虞:《中国文学批评史》,商务印书馆 2010 年版,第 585 页。《四库存目提要》:"是编乃其论诗之语,分内篇、外篇,又各分上下。其大旨排斥有明七子之模拟,及纠弹近人之剽窃,其言皆深中症结,而词胜于意,虽极纵横博辨之致,是作论之体,非评诗之体也。"(见吴伯雄编:《四库全书总目选》,凤凰出版社 2015 年版,第 532 页)此不能说是叶燮的错,而是评论的标准问题。这一否定正说明叶燮诗论的独特与创新的地方。台湾学者吴宏一说:"清代诗话的缺点,大致可一言以蔽之,曰:不够严谨——其实这也是历代诗话词话的通病。就形式言,绝大多数的诗话,都采用随笔、札记的方式,因此是'人尽可能'的;就内容言,兼说部、资闲谈'拘官阀,限南北','徇人情'的结果,也难免会言唯所欲而失之芜杂。因此,诗话的作者,不必是饱学之士,也不必有超逸的才华,只要交游广阔,搜罗繁富,就可以'随笔疏记',编撰成书了。"(见吴宏一:《清代诗学初探》(修订本),台湾学生书局 1986 年版,第 90 页)

② 叶朗说:"叶燮是一位在中国美学史上作出卓越贡献的人物。叶燮的《原诗》是中国美学史上最重要的美学著作之一。"(见叶朗:《中国美学史大纲》,上海人民出版社 1985 年版,第 488 页)这方面的评价还很多,如敏泽:"叶燮是我国十七世纪的一位重要的唯物主义思想家,我国美学和文学理论批评史上的一位杰出而重要的理论家,也是我国文学理论批评史在刘勰之后的最重要的一位大家。"(敏泽:《中国文学理论批评史》,吉林教育出版社 1993 年版,第 1113 页)蒋述卓:"叶燮的《原诗》是自宋代以来'诗话'形式中理论性和系统性都比较强的一部诗歌理论专著,也是继刘勰《文心雕龙》之后中国文学理论史上又一部理论深刻、体系完整、有独特见解的优秀著作,在中国美学史、文学理论史上具有重要地位。"(蒋述卓《〈原诗〉的诗人主体论》,见古代文学理论研究编委会编:《古代文学理论研究丛刊》第 11 辑,上海古籍出版社 1986 年版,第 286 页)

③ 吴宏一:《清代诗学初探》(修订本),台湾学生书局 1986 年版,第 159 页。

式或杂书式的叙述方法大不相同,表现了他特有的问题意识与思考问题的辩证性,①体现了他诗论系统缜密,条理井然的特色。

首先,他提出"诗可学而能乎?"的问题,对于"多读古人之诗而求工于诗而传焉"的说法提出批评。

叶燮认为多读古人诗不一定能够创作出优秀的作品。他说:"诗之可学而能者,尽天下之人皆能读古人诗而能诗,今天下之称诗者是也;而求诗之工而可传者,则不在是。何则?大凡天资人力,次序先后,虽有生学困知之不同,而欲求诗之工而可传,则非就诗以求诗者也。"(《原诗·内篇下》)这倒是让人想到陆游"汝果欲学诗,工夫在诗外"的说法。诗法只是对初学者的,正如南宋姜夔在《白石道人诗说》中所说的,其"《诗说》之作,非为能诗者作也,为不能诗者作而使之能诗,能诗而后能尽吾之说,是亦为能诗者作也"②。可见,姜夔是为初学者指示入诗门径,不是为能诗者创立作诗规范。

叶燮为批驳复古者所称的"读古人诗而能诗"的观点,在姜夔的"能诗者"中进一步区分出"诗者"与"工而可传之诗"者的差别。所谓的"诗者",仅指能够进行诗歌创作,即从"不能诗者作而使之能诗",写出来的作品能够称为诗歌者;而"工而可传之诗"者,不仅能够创作诗歌,而且还能够传之后世,也即指优秀的诗歌。显然,"诗者"与"工而可传之诗"在叶燮那里是有明显分野的。而叶燮之《原诗》是针对"近代诗人"之时弊,即"诸称诗者专以依傍临摹为事,不能得古人之兴会神理,句剽字窃,依样葫芦。如小儿学语,徒有喔咿,声音虽似,都无成说,令人哕而却走耳。"(《原诗·内篇上》)因此,他探讨的诗歌创作并不仅仅停留在姜夔所说的"不能诗者作而使之能诗",而是定格于"工而可传之诗"的层面,即创作优秀诗歌的层面。为此,他提出"欲其诗之工而可传,则非就诗以求诗者也"(《原诗·内篇下》)。也就是说,要"求诗之工而可传者",仅仅多读古人之诗是远远不够的,还要有"胸襟",会"取材",善"用材",能"设色"等优秀诗人必备的

---

① 韦伯在他对柏拉图对话方式的研究中,认为这种对话方式有它的几种意义:一、可以看出他思想的心理发展;二、对话式不容易建立完整的思想体系,但其优点也在此;三、回答是针对着问题而生,因此,在答案中不但可以看出作者的个人思想,更可以见出思想的历史渊源;四、由于答依于问,有问即有答。所以用这种方式可以把问题的任何一面作彻底的澄清。因此,在形式上,便带有一种辩证的意义。转引自台湾丁履讯:《叶燮的人格与风格》,成文出版社 1978 年版,第 63—64 页。

② 姜夔《白石道人诗说》,见(清)何文焕:《历代诗话》下册,中华书局 1981 年版,第683 页。

能力。如果有了这些能力，就会"我未尝摹古人，而古人且为我役"。杜甫是叶燮最为推崇的诗人，称"杜甫诗之神者也，夫惟神，乃能变化"。他的变化之能事独冠历代诗人，就因为他有才，有胆，有识，有力，能够突破已有的作诗"法度"，"包源流，宗正变"。对杜诗之"神"与"变化"的评价，正是叶燮要求诗人创作不要拘于"法"，表明他对"已有之法"的抗拒。

其次，"作诗者果有法乎哉？且无法乎哉？"是他要回答的第二个问题，表达了对已有诗法的消解。

有学者认为，叶燮是活法论的代表人物，主张"无法之法"，这是有一定道理的。其实，叶燮从来就没有否定过"法"的存在。他首先提出"法之本"的问题，认为"天地之大，古今之变，万汇之赜，日星河岳，赋物象形，兵刑礼乐，饮食男女"，只要"揆之于理而不谬"，"征之于事而不悖"，"挈之于情而可通"，便有自然之法立，表明了天地间有自然之法的存在，即是那些不谬之"理"、不悖之"事"、可通之"情"，也表明了他对自然之法存在的认同。如果用演绎法的方式推论，作诗乃包含于天地之中，自然也有作诗之法。而更重要的是，叶燮认为作诗不仅具有天地之大法，即遵守理、事、情的普遍性一面，还有其特殊性的一面，即当有诗法，但对于强调独特性的艺术创作来讲，却不能受制于不变之法则。为此，他又将诗法分为"死法"与"活法"，反对"死法"，倡导"神明之法""通感之法"，认为法当"既活而不可执"，"法在神明之中，巧力之外"，反对"徒倚法之一语，以牢笼一切"。叶燮充分认识到艺术创作为实现其独特性的诉求，必然要突破既有的规范与法则，所以他极力推崇"变化生心""神明之法"，正是要以变化莫测的方式使之"明"。显然，这是针对当时学习古人问题而发的，具有强烈的针对性。

再次，区分"作诗之法"与"帝王之法"的差异，说明作诗之"法在后"的合法性。

针对"法在先"还是"法在后"的问题，叶燮区分了"作诗之法"与"帝王之法"的差异，目的在于说明作诗当为"法在后"的合法性。帝王之法，是先人制订，"后人守之"，"修德贵日新，而法者旧章，断不可使有毫发之新。法一新，此王安石之所以亡宋也"（《原诗·内篇下》）①。这是就儒家维护社会秩序之法而论的，认

---

① 叶燮对王安石的改革是持否定态度的，见他的《已畦文集》卷二《王安石论》。他说："迨王安石秉政，创立新法，涂毒斯民，无一事不与其所议相背……惟王安石之新法行，则普天下之耕而食，织而衣者，无有一夫之不被其毒者，况他人之奸，罢去则祸已，安石之奸，罢去而新法尚在，流毒未已。"（《丛书集成续编》卷一百二十四）叶燮是一位主变的思想家，但他对于王安石的变法革新却给予否定，正说明了他思想中的矛盾性。

为维护社会秩序而言,当以"法在先"为准,后人守之。但作诗之法并不完全如此。他说:"凡有诗,谓之新诗。若有法,如教条政令而遵之……不但诗亡,而法亦其亡矣",认为"文章家止有以才御法而驱使之,决无就法而为法之所役","主乎内以言才;言法,则主乎外以言才。主乎内,心思无处不可通……主乎外,则囿于物质而反有所不得于我心,心思不灵,而才销铄矣"(《原诗·内篇下》),等等。这里的"新诗"表明诗歌创作的独特性,"以才御法"表明非为法而法。这里的"内"与"外"的关系,强调主乎内,也说明诗人之"才胆识力"对突破既有之法的重要性。

叶燮以法为统领,分别论述了才、胆、识、力等四者对于突破传统之法的重要意义。他说:"余之后法,非废法也,正所以存法也","若舍其在我者,而徒日劳于章句诵读,不过剿袭、依傍、摹拟、窥伺之术,以自跻于作者之林,则吾不得而知之矣!"(《原诗·内篇下》)要求法中有"我",如果仅效法已有的所谓"剿袭""依傍""摹拟""窥伺"之术,法中无我,便不可能创作出"可传之诗"。这是针对前面所说的法不在先,不能作为先决条件,是指作诗之法,而不是儒家的先王之大法。对此,宇文所安的一段分析值得一提。他认为叶燮揭示了他反对那种常识意义上的"法"之主要原因"岂先有法"。当"法"在南宋开始成为被关注的中心,人们对它感兴趣,主要在于它可以成为作诗的手段。直到叶燮,这种与作诗有关的手法仍然是人们所论之"法"的主要内容。换句话说,人们所以研究杜甫诗歌之法,就是希望能像杜甫那样写诗。"叶燮的解释对它作了大幅度的修改。按照他的解释,这种作诗法意义上的'法'已不再合理。在他看来,只有作诗过程完成之后,才谈得上'法'的存在和对'法'的思考。如果事先就完整地摆在那里,'法'就成了作诗过程之外的东西,就破坏了该过程。"①宇文所安的理解是有一定道理的。

最后,以突破传统之法,再次回到《原诗·内篇上》,回应了前面提出的诗歌发展史观。

在叶燮看来,不能只重视"熟调陈言,相因而至",否则"我之心思终不能出",主张"相似而伪,无宁相异而真"的观点,很好地处理了"相似"与"相异"之关系。在处理前后诗的关系中,他认为"前者启之,后者承之而益之;前者创之,而后者因之而扩大之。使前者未有是言,则后者亦能如前者之初有是言;前者已有是言,则后者乃能因前者之言而另为他言"(《原诗·内篇下》),目的就是不要囿于传统的"熟调陈言",不在于对前者简单的继承,而是要突破前者,是"益之",是"扩大之",是

① [美]宇文所安:《中国文论:英译与评论》,上海社会科学出版社 2003 年版,第 562 页。

突破前者的"另为他言"。总之,叶燮强调突破传统之法,以求"新声"。

由上可见,叶燮以设问的方式完成自问自答的写作策略,可谓用心良苦。对于法的问题,在认同天地有自然之法的前提下,提出诗歌创作之法的独特性。他以提问的方式,层层递进,一方面回答当时诗坛对诗法问题的诸多误会、疑问与诘难;另一方面也表现了叶燮正是以"法"为关键词,统领其对诗歌创作中诸多问题的理解,不偏离主题,使得阐释更有系统,也更体现了"系统缜密,条理井然"的特色。

从以上分析,我们可以看出"诗法"是叶燮具有统领性的第二大理论问题。当今学者普遍认为,叶燮《原诗》的内篇是其诗学思想的主要内容,其诗学理论的观点都在这里得到展现,外篇主要是通过内篇所建构起来的诗学主张,对当时诗坛上流行的各种"时尚"说法给予评说,并对诗歌史上的代表诗作给予分析和评价。而就其内篇而言,第一部分(上)是以诗歌发展为线索,全面阐述了他的文学史观念,本文以"正变论"为核心给予阐释;内篇(下)则转向了诗歌的创作,从不同的层面阐述了他的创作论,本文将以"活法"为核心给予阐述。"正变"与"诗法"正是叶燮诗学思想最主要的两个问题,充分地表现了他诗学思想的核心精神。

三、叶燮"诗法"的边界

作诗之法是诗歌创作论中最重要的理论问题,也是叶燮《原诗》着重回答的问题。"法"在《原诗》的三万二千言中共出现 121 次。虽然每一处之用法,其内涵与外延不尽相同,但这一数字也足以说明《原诗》对诗法的关注。叶燮不仅在《原诗》中大论诗法,而且在其他多处提到"法",如在《汪文摘谬》中对汪琬《吴公绅芙蓉江唱和诗序》一文的摘谬,针对其作诗原则作了充分的点评,表达了自己的诗法主张。叶燮对诗法的关注程度显示了诗法在他心中的地位。那么,叶燮的诗法到底指的是什么呢? 其边界又在哪里呢? 这是我们研究叶燮诗法首先要解决的问题。

纵观叶燮论诗中所用之"法",似乎没有什么新的内容。无论是其《原诗》《汪文摘谬》还是其他的各种诗序等,都是在传统意义上来运用"法"的概念,没有超出传统诗法的边界。但他的诗法思想并不仅限于传统技巧层面上的作诗之法,而是突破技术层面,涉及诗歌创作的基本问题,类似于《诗大序》中的"诗言志",《典论·论文》中的"诗赋欲丽",或《文赋》中的"诗缘情而绮靡"等形而上的内容,涉及诗与现实关系、陈熟与生新关系等。他的立足点已超越作诗技巧,表达了他对诗歌创作的基本看法。

"法"既可作名词,也可作动词。前者为法则、法规;后者为效法、师法。叶燮虽然在诗论中使"法"的两种词性都得到运用,但其"法"的重点不在前者,即作诗中需要运用哪些作诗的规则、方法,而是在后者,即如何对待诗歌创作,在创作中应当如何去做的问题。这就从形而下的诗歌创作技法,突进到了形而上的对诗歌创作的根本看法。纵观叶燮《原诗》的诗法问题,我们大致可归纳出三个层面:一是认同有"自然之法",这是他对现实的看法;二是认同有"作诗技法",这是他对作诗技巧的认识;三是突出创作的"作诗之法",这是他对诗歌创作的基本态度。

1. 自然之法

叶燮在其诗论中多次提到自然之法,既表现了他对现实世界的看法,又表现了他对诗之本的看法。叶燮认为,天地间是有自然之法的。

他说:

> 自开辟以来,天地之大,古今之变,万汇之赜,日星河岳,赋物象形,兵刑礼乐,饮食男女,于以发为文章,形为诗赋,其道万千。余得以三语蔽之:曰理、曰事、曰情,不出乎此而已。……三者得而不可易,则自然之法立。故法者,当乎理,确乎事,酌乎情,为三者之平准,而无所自为法也。……得是三者,而气鼓行于其间,缊缊磅礴,随其自然,所至即为法,此天地万象之至文也。(《原诗·内篇下》)

以上是《原诗》中提及的自然之法。自然界有天地自然的运行规律、法则,这是人难以超越的,因此要"当乎理,确乎事,酌乎情"[①],对于古今运数,"十年一

---

① 明"后七子"之一的谢榛《四溟诗话》卷四有:"凡作诗,须知道紧要下手处,便了当得快也。其法有三,曰事,曰情,曰景。"(见丁福保辑:《历代诗话续编》下册,中华书局 1983 年版,第 1208 页)其学生薛雪在《一瓢诗话》中也加以祖述:"吾师横山先生诲余曰:作诗有三字,曰情,曰理,曰事。余服膺至今,时理会者。"(《原诗·一瓢诗话·说诗晬语》,第 102 页)张玉书《已畦集·序》亦云:"盖诗为心声,不胶一辙。揆其旨趣,约以三语蔽之:曰情、曰事、曰理。自雅颂诗人以来,莫之或易也。三者具备,而纵其气之所如,上摩青旻,下穷物象,或笑或啼,或歌或罢,如泉流风激,如霆迅电掣,触类赋形,骋态极变。"(《丛书集成续编》卷一百二十四)可见理、事、情是备受关注的。

变,无事无物不然"。他在其诗序中也多处表达了同样的观点,如《唐百家诗序》有"自有天地,即有古今。古今者,运会之迁流也。有世运,有文运,世运有治乱,文运有盛衰,二者各自为迁流";《黄叶村庄诗序》中有"天下何地无村,何村无木叶,木叶至秋,则摇落变衰";《题雪窗纪梦后》中有"世间万法不出事理二者,惟事与理各各对待而成",等等。此处之"迁流""摇落变衰""万法"等,都是指现实世界中存在的不变之法,不能违背。

叶燮认为,天地有自然之法,人只能遵守之,而不能违背之。这一自然之法又有两种表现方式:一是不变之法;一是可变之法。

所谓的不变之法,是指万物自身的,不以人的意志为转移的各种法则,"其道万千",如"古今之变,万汇之赜,日星河岳,赋物象形"等,如"世运""文运"等,且都是通过理、事、情等方式表现出各自的运行法则;又如"天有四时,四时有春秋。春气滋生,秋气肃杀"(《原诗·外篇下》),以及太阳东出扶桑,西落昆仑等,这些都是现实世界自身的不变之法,是与"变"相对应的"常"。

所谓的可变之法,是指天地万物都处于"变化莫测,不可端倪"的状态当中,这是传统变易观的表现。叶燮说:"天地之大文,风云雨雷是也。风云雨雷变化不测,不可端倪,天地之至神也,即至文也。"他以泰山之云为喻,详细地描述了变化莫测之自然大法,说其"云之态以万计,无一同也。以至云之色相,云之性情,无一同也。云或有时归,或有时竟一去不归;或有时全归,或有时半归:无一同也"(《原诗·内篇下》),此天地自然之文,也正是天地自然之法的至变。此变是不能违背的。

无论是"不变之法",还是"可变之法",都是天地自有的运行之规律。他认为天地即理事情,"不出乎此而已。诗文一道,岂有定法哉!"因此,在论及诗与现实的关系时,叶燮无法回避这个问题。他认识到自然现实中的自然法则,并认同这种法的客观存在。对于自然之法的认同,也就自然会在处理诗与现实的关系时,要求做到对自然之法的尊重,"发为文章"之事,自然也在其中。他提出"先揆乎其理;揆之于理而不谬,则理得。次征诸事;征之于事而不悖,则事得。终絜诸情;絜之于情而可通,则情得",要求"当乎理,确乎事,酌乎情,为三者之平准"(《原诗·内篇下》)。可见,自然有自然之法,诗作为"自然"的一部分,当然有作诗之法。这是叶燮对现实世界,以及对诗歌创作的基本看法,也奠定了他诗学思想的唯物主义基石。

2. 作诗技法

这里的作诗技法,主要指作诗过程中所遵循的原则,属技术层面的问题。

叶燮认为,诗有其存在的价值。在他看来"可言之理"与"可征之事"人人都能言之述之,然而"必有不可言之理,不可述之事,遇之于默会意象之表,而理与事无不灿然于前者也"《原诗·内篇下》。表现那些"不可言之理,不可述之事",正是诗歌存在的价值。诗是一种以语言为媒介的艺术形式,只有正确地认识,并很好地运用作诗之技法,方能写出"不可名言之理,不可施见之事,不可径达之情"《原诗·内篇下》。认同诗的特殊性,自然也要认同其独特的表现形式,并对之有其独特的理解。虽然叶燮在其诗歌创作中也常有突破规则之处,但总体上仍然是遵循作诗技法的。

对于作诗的技法,似乎看不到叶燮的反对情绪。事实上,他在《原诗》中多处提到作诗技法的问题。如"称格称律,推求字句","度曲者之声调,先研精于平仄阴阳","按其律吕,则于平仄阴阳、唇鼻齿腭开闭撮抵诸法",以及"盛唐之诗,浓淡远近层次,方一一分明,能事大备。宋诗则能事益精,诸法变化,非浓淡、远近、层次所得而该,刻画掉换,无所不极"《原诗·内篇下》,等等。他在对诗歌的具体分析中也常用一些诗法的概念,并运用到他诗评的实践当中。如"五古汉魏无转韵者,至晋以后渐多。唐时五古长篇,大都转韵矣;惟杜甫五古,终集无转韵者。毕竟以不转韵者为得。韩愈亦然。如杜《北征》等篇,若一转韵,首尾便觉索然无味。且转韵便似另为一首,而气不属矣。五言乐府,或数句一转韵,或四句一转韵,此又不可泥。乐府被管弦,自有音节,于转韵见宛转相生层次之妙。若写怀、投赠之作,自宜一韵,方见首尾联属。宋人五古,不转韵者多,为得之"《原诗·外篇下》。他在评杜甫诗《丹青引赠曹将军霸》中,也详细地分析了全诗的用韵之法,认为其"章法经营,极奇而整","章法如此,极森严,极整暇"。他说此诗"得之于心,应之于手"《原诗·外篇下》,是与所运用之韵适合,做到了内与外的统一,丝毫见不出他否定作诗技法的意思。

但通观《原诗》以及他的诸多诗序等可以看出,"形而下"的作诗技法并不是叶燮诗法思想的重点。在他看来,能掌握这些作诗之法,是作诗者应当首先具备的基本条件,虽然称为"三家村之言",但没有这些条件,就不可以成为"诗者"。作诗之技巧是作诗最基本的条件。但仅有此条件,只能创作诗歌,不一定能创作出优秀的诗歌,如叶燮所说的,可能成为"诗者",但不可能成为"工而可传之诗者"。因为,要能成为"可传之诗者",不仅要具备诸多作诗技法(在叶燮看来是"文"),更要具备更多的东西(在他看来是"质")。叶燮在论诗之体格、声调、苍

老、波澜时充分说明了这一点,认为这些都是"诗之皮"而非"诗之实"。他说:

> 诗家之规则不一端;而曰体格、曰声调,恒为先务,论诗者所谓总持门也。诗家之能事不一端;而曰苍老、曰波澜,目为到家,评诗者所谓造诣境也。以愚论之:体格、声调与苍老、波澜,何尝非诗家要言妙义! 然而此数者,其实皆诗之文也,非诗之质也;所以相诗之皮也,非所以相诗之骨也。(《原诗·外篇上》)

在叶燮看来,评诗者都以体格、声调为先,苍老、波澜为后,但这些都是诗之文,诗之皮毛,而非诗之实,也非诗之骨。他认为体格者"譬之于造器,体是其制,格是其形也",然必"有木兰文杏"之木,方得有所依托;声调者"声者宫商叶韵,调者高下得宜",然必"人之发于喉、吐于口之音以为之质",方得其美;苍老者"凡物必由稚而壮,渐至于苍且老","苟无松柏之劲质,而百卉凡材,彼苍老何所凭以见";波澜者"风与水相遭成文",然"必水之质,空虚明净,坎止流行,而后波澜生焉",方能观其美,即先"有江湖池沼之水以为之地,而后波澜为美也"(《原诗·外篇上》)。此数者是诗之皮,还须有诗之骨。在叶燮看来,此数者都是诗之文,须有诗之质后才能成立。叶燮很好地处理了"文"与"质"的关系。他又说:

> 之数者皆必有质焉以为之先者也。彼诗家之体格、声调、苍老、波澜,为规则、为能事,固然矣;然必其人具有诗之性情、诗之才调、诗之胸怀、诗之见解以为其质。……故体格、声调、苍老、波澜,不可谓为文也,有待于质焉,则不得不谓之文也;不可谓为皮之相也,有待于骨焉,则不得不谓之皮相也。(《原诗·外篇上》)

这里的"文待于质""皮待于骨"很好地说明了作诗之本,那就是诗歌创作不仅仅在于这些作诗技法,而是更需要诗之性情才调、胸怀等"质"与"骨"。虽然他在《原诗》的许多地方,尤以评论诗文时也谈到诗之技法,如以"转韵""层次""间节""起伏照应""章法""脉络""活套"诸法论五古等诗体;其《汪文摘谬》亦以"宾主""纲领""结构""文气"及用字等诸法,评论汪琬之文,但这不是他论诗法的重点。叶燮不反对作诗技法,但反对仅以诗之技法论诗。他认为动则以法绳之,就无创新。这就必须要进入第三个层面的问题,即作诗之法。

事实上,任何一位"诗者"或"称诗者"都是无法否认作诗之技法的,就这一点,叶燮与其他的诗论家一样,因此,我们不能因为叶燮主张"活法"而否认他对作诗技法本身的认同。

3. 作诗之法

在叶燮看来,作诗之法不仅包含作诗技法,更主要的是还包含了作诗之"质",即他所说的"诗之性情、诗之才调、诗之胸怀、诗之见解"。叶燮的诗法论表达了给诗人以创作自由的思想。

在叶燮的诗论中,多次提到诗之法。他认为,有"自然之法"和"作诗技法",这是客观存在的。但他的诗法不是对"作诗技法"的研究,以及如何遵守诗之法则,而是反对以"作诗之法"去约束诗人的创作,认为作诗绝不能以法度严紧自我束缚,而是要突破已有的诗之法,追求活法,走向无法,给诗人创造一个自由的心态。叶燮是要破除对已有诗法与创作模式的顶礼膜拜,摆脱对已有诗之法的依赖与复制,反对以各种具体的作诗技法来尺寸诗人,也反对用古人的作诗模式来评判诗人。

他认为诗是有变化的,有"正",也有"变";有"盛",也有"衰";有"大变",也有"小变",这正表现在他对诗法认识的独特性。他所主张和积极推崇之诗,并不是一般意义上的诗作,而是他所赞扬的"工而可传之诗",是诗之妙者。他说:

> 诗之可学而能者,尽天下之人皆能读古人之诗而能诗,今天下之称诗者是也;而求诗之工而可传者,则不在是。何则? 大凡天资人力,次序先后,虽有生学困知之不同,而欲其诗之工而可传,则非就诗以求诗者也。
> (《原诗·内篇下》)

叶燮所论之诗,并不是指"今天下之称诗者",而是指"诗之工而可传者"。这不是叶燮论诗与其他人论诗的对象之差别,而是常人关注一般作诗者,而叶燮关注的是"可传之诗者",比常人所言者要求更高。因此,他是在讲到如何创作出"优秀"诗歌的层面上来表述他的诗法主张。就问题针对的层面不同,叶燮的诗法论便与其他"称诗者"产生了差异。

他所推崇的诗人为杜甫、韩愈、苏轼,赞杜甫诗"包源流,宗正变",称韩愈诗"其力大,其思雄,崛起特为鼻祖",夸苏轼诗"境界皆开辟古今之未有",正因为他们皆为前人之"大变",都有突破传统诗法之举。这与他在诗学史中表现的正变思想,以及诗评中对"大变者"的高度评价一脉相承。他列举杜甫的"碧瓦初寒外"句,于理、于事、于情都不可通,然设身处于当时之境会,恍若天造地设;又如"晨钟云外湿""高城秋自落"等也都是如此。初看犹违自然之法,有超越作诗之技法,但这正是无法之法,善变化,善独创,方为"可传之诗",乃真诗之妙处。可见,创作"可传之诗",其意义并不是对已有诗之法的继承,或者对诗人情感的抒发,而更在于对诗之法的创新与超越。叶燮所推崇的"大变",正是超越传统诗法的表现。他在《原诗·外篇上》中专门提到了杜甫、韩愈与苏轼的"面目"①,肯定了他们的独创性。

他推崇杜甫,说他"包源流,综正变"。他在评杜甫诗《丹青引赠曹将军霸》时也充分体现了他的这一思想。

　　杜甫七言长篇,变化神妙,极惨淡经营之奇。就赠曹将军丹青引一篇论之:起手"将军魏武之子孙"四句,如天半奇峰,拔地陡起。他人于此下便欲接"丹青"等语,用转韵矣。忽接"学书"二句,又接"老至""浮云"二句,却不转韵,诵之殊觉缓而无谓。然一起奇峰高插,使又连一峰,将来如何撒手?故即跌下陂陀,沙砾石确,使人褰裳委步,无可盘桓。故作画蛇添足,拖沓迤逦,是遥望中峰地步。接"开元引见"二句,方转入曹将军正面。他人于此下,又便写御马"玉花骢"矣。接"凌烟""下笔"二句:盖将军丹青是主,先以学书作宾;转韵画马是主,又先以画功臣作宾。章法经营,极奇而整。此下似宜急转韵入画马。又不转韵,接"良相""猛士"四句,宾中之宾,益觉无谓。不知其层次养局,故纡折其途,以渐升极高极峻处,令人目前忽划然天开也。至此方入画马正面,一韵八句,连峰互映,万笏凌霄,是中峰绝顶处。转韵接"玉花""御榻"四句,峰势稍平,蛇蟺游衍出之。忽接"弟子韩干"四句。他人于此必转韵,更将韩干作排场。仍不转韵,以韩干作找足

---

① 《原诗·外篇上》:"如杜甫之诗,随举其一篇,篇举其一句,无处不可见其忧国爱君,悯时伤乱,遭颠沛而不苟,处穷约而不滥,崎岖兵戈盗贼之地,而以山川景物友朋杯酒抒愤陶情:此杜甫之面目也。我一读之,甫之面目跃然于前。读其诗一日,一日与之对;读其诗终身,日日与之对也。故可慕可乐而可敬也。举韩愈之一篇一句,无处不可见其骨相棱嶒,俯视一切;进则不能容于朝,退又不肯独善于野,疾恶甚严,爱才若渴:此韩愈之面目也。举苏轼之一篇一句,无处不可见其凌空如天马,游戏如飞仙,风流儒雅,无入不得,好善而乐与,嬉笑怒骂,四时之气皆备:此苏轼之面目也。"(《原诗·一瓢诗话·说诗晬语》,第50页)

语。盖此处不当更以宾作排场,重复掩主,便失体段。然后永叹将军善画,
包罗收拾,以感慨系之篇终焉。(《原诗·外篇下》)

此处叶燮不厌其烦地分析诗法问题,认为是作者"变化神妙,极惨淡经营之
奇","章法如此,极森严,极整暇",为何? 正如他自己所说的,"余论作诗者,不
必言法;而言此篇之法如是,何也? 不知杜此等篇,得之于心,应之于手,有化工
而无人力,如夫子从心不逾之矩,可得以教人否乎!"(《原诗·内篇下》)叶燮之所
以这样不厌其烦地论其诗法,正是要说明作者"得之于心,应之于手,有化工而
无人力",表现了对"活法"的推崇。

就创作态度上,如何对待前人是诗学研究的一个重要问题。前人刘勰《文
心雕龙·通变》有"望今制奇,参定古法",皎然《诗式·复古通变》有"作者须知
复变之道,反古曰复,不滞曰变",欧阳修《六一诗话》也有"意新语工,得前人所
未道者,斯为善也"。与他们相比较,叶燮的落脚点显然不在"参定古法",不在
"反古曰复",也不在"前人所道",而是在"望今制奇",在"不滞曰变",在"得前人
所未道"。因此,叶燮所讲的诗法,即诗歌创作应当遵循的法则,其目的就是要
讲诗无法,这正体现了他的"至法无法"的思想。

由以上分析可以看出,叶燮之诗法的边界应该有三个层次:

第一层是"自然之法"。虽然理、事、情之表现方式是多样的,以表现不可言
之理,不可言之事,不可言之情,但"当乎理,确乎事,酌乎情"是创作中应当遵循
的法则,表现了他诗学思想中的唯物主义因素。这是"有法"的。

第二层是"作诗技法"。这是技术层面的内容,如五言诗、七言诗、律诗等,
以及体格、声调、苍老、波澜等,都有其作诗之具体的法则。这也是"有法"的。

第三层是"作诗之法"。这超越了作诗技法的层面。就总体而言,作诗应遵
循的基本法则是"至法无法",即要尊重作者的创作自由。这是"无法"的,即"无
法之法"。

在叶燮这里,如何处好"有法"与"无法"的关系甚为重要。对此,郭绍虞先
生认为,"这即是从诗之本,所谓理事情三者而言的。'三者得而不可易,则自然
之法立',所谓平平仄仄,所谓起承转合,以及一切字法句法章法云云,都是所谓
死法。执此以论法,而胶着不变,则诗也不成为我的诗,不成为时代的诗。只有
着眼于活法,所谓自然之法,而后作者可以匠心变化,于是也便无所谓法。所以
他说:'三者得则胸中通达无阻,出而敷为辞,则夫子所云辞达。达者通也,通乎

理,通乎事,通乎情之谓,而必泥乎法,则反有所不通矣。辞且不通,法更于何有乎?'"①郭先生已对叶燮的诗法作了很好的阐释。

弄清叶燮的诗法边界很重要,这是将他的诗法思想与其他诗法比较时必须首先要划定的。朱东润先生曾讲到唐宋诗之争所存在的问题,是有启发意义的。他说:

> 明人论诗文,有秦汉与唐宋之争,至清初论诗,则又有唐与宋之争。少陵之诗,与其他诸唐人之诗不同派,宋人言之矣,而后世则混而一之。东坡之诗,与鲁直之诗不同,江西派与非江西派之诗不同,即江西派中之诗亦不尽同也,宋人自言之矣,后世又混而一之。以各各不同之唐诗,与各各不同之宋诗,较其长短曲直,而有所左右袒于其间,往往有非论理所能许者,于是言者则又自诡于无派,而意存偏袒,往往流露,不能自圆其说。②

这里造成不能自圆其说的是,看到唐诗(或宋诗)的相同性一面,忽略了其差异性一面,而是笼而统之,"意存偏袒"。分析叶燮诗之法的边界,就是为了防止将叶燮诗之法与其他诗法论者的诗法边界混淆,造成误判。我们可以看出,叶燮认同有自然之法,它是客观现实世界的变化,并遵循着自然变化之理。而作诗文也当有作诗之技法,这就是他所谓的作诗的方式方法。在叶燮看来,这两者固然重要,也是诗歌创作的基础,但诗歌创作更重要的是在创作中所坚持的灵活之变,这就是"活法"。宇文所安对叶燮的这一思想作了高度的评价。他说:"叶燮同时代那些'高言法'者从一个狭窄的意义上谈论'诗法'。而叶燮则不同,他不但提供了一个更高的哲学模式来包容那个'法'的观念,他的模式还把诗歌的运作与诗歌之外的自然世界的运用整合在一起。"③显然,叶燮诗法的边界比传统称诗者要更宽广。而这也正是他与其他诗法论者的不同之处,见出他诗学思想的独创性。

---

① 郭绍虞:《中国文学批评史》(下),商务印书馆 2010 年版,第 594 页。
② 朱东润:《中国文学批评史大纲》,上海古籍出版社 1983 年版,第 263 页。
③ 〔美〕宇文所安:《中国文论:英译与评论》,上海社会科学出版社 2003 年版,第 552 页。

第二节　叶燮的"定法"思想

对于诗法,在中国传统诗学中有一个基本的变化过程,正如清人朱庭珍《筱园诗话》卷一所说的,"始则以法为法,继则以无法为法"。这里的"以法为法"当为定法,"以无法为法"当为活法。徐增也曾说:"诗盖有法,离他不得,却又即他不得;离则伤体,即则伤气。故作诗者先从法入,后从法出,能以无法为有法,斯之谓脱也。"(《而庵诗话》五一)一个"脱"字,以无法为有法,其妙无穷。鲁迅在《魏晋风度及文章与药及酒的关系》中说曹操,"力倡通脱,通脱即随便之意。此种提倡影响到文坛,便产生多量想说甚么便说甚么的文章"①。"通脱"即随便,就是要出于法,又不拘礼节,任性自然。可见,在中国传统诗法思想中,多遵循从"有法"到"无法"的过程,即由定法到活法,再到无法。这是诗论家对"法"的一般认识过程。

一、"死法"与"活法"的对举

唐代是中国诗歌创作的顶峰,不仅诗歌创作成就丰硕,而且对于诗歌创作的方法也多有总结。但就对诗法的研究与争论而言,宋代取得了更高的成就,出现了诸如王安石、黄庭坚、苏轼、杨万里等人。后来的元、明,直到清初与叶燮同时代的诸多大家也纷纷谈论作诗之法,如清初的魏禧、钱谦益、汪琬等,因此,对于诗法而言,叶燮的诗法思想也是在继承前人基础上进行的。那么,他对诗法的理解又有何不同呢?

纵观叶燮的诗法思想,其"法"的概念并没有什么特别之处,也多是沿用明代复古派所用之"法",但对之却充实了新的内涵,正如宇文所安所说的,"虽然大力反驳明代复古派,可叶燮并没有逃脱他们的谱系,他关注的许多问题跟复古派没有什么两样,他们所使用的许多核心语汇他(注:指叶燮)都试图重新加以界定。这一点再清楚不过地体现在他关于'法'的说法上。'法'既是明代复古派的核心术语,也是叶燮时代的通俗诗学的核心术语"。但已经与同时代"高言法"者从个人狭隘的意义上谈论"诗法"不同,"他不但提供了一个更高的哲学模式来包容那个'法'的观念,而且他的模式还把诗歌的运作与诗歌之外的自然世

---

① 鲁迅:《鲁迅全集》(第三卷),人民文学出版社 1987 年版,第 503 页。

界的运作整合在一起。"①宇文所安所言指出了叶燮对法的思考比同时代人的视野更为开阔的事实。

在论诗法时,叶燮将"死法"与"活法"并举处,集中于下面几段文字。

他说:

> 法有死法,有活法。若以死法论,今誉一人之美,当问之曰:"若固眉在眼上乎? 鼻口居中乎? 若固手操作而足循履乎?"夫妍媸万态,而此数者必不渝,此死法也。彼美之绝世独立,不在是也。又朝庙享燕以及士庶宴会,揖让升降,叙坐献酬,无不然者,此亦死法也。而格鬼神、通爱敬,不在是也。(《原诗·内篇下》)
>
> 然则,彼美之绝世独立,果有法乎? 不过即耳目口鼻之常,而神明之。而神明之法,果可言乎! 彼享宴之格鬼神、合爱敬,果有法乎? 不过艰险揖让献酬而感通之。而感通之法,又可言乎!(《原诗·内篇下》)
>
> 死法,则执涂之人能言之。若曰活法,法既活而不可执矣,又焉得泥于法! 而所谓诗之法,得毋平平仄仄之拈乎? 村塾中曾读千家诗者,亦不屑言之。若更有进,必将曰:律诗必首句如何起,三四如何承,五六如何接,末句如何结;古诗要照应,要起伏。析之为句法,总之为章法。此三家村词伯相传久矣,不可谓称诗者独得之秘也。(《原诗·内篇下》)
>
> 若舍此两端,而谓作诗另有法,法在神明之中,巧力之外,是谓变化生心。变化生心之法,又何若乎? 则死法为"定位",活法为"虚名"。"虚名"不可以为有,"定位"不可以为无。不可为无者,初学能言之;不可为有者,作者之匠心变化,不可言也。(《原诗·内篇下》)

叶燮在这里提出"美之美者不在死法,而在活法",即诗之妙者不在其"平平仄仄"与"起承转合"之类的作诗技法,而在于"生心变化"的活法观点。叶燮的几段论述表达了三层意思:

第一,法分"死法"与"活法",两者都是作诗之法,不可或缺其中之一。美者是在"眉在眼上""鼻口居中""手操作而足循履"等"必不渝"的基础之上,没有此三者,再如何神明之变,也不能成其为"美者";同理,朝庙享燕以及士庶宴会时,

---

① 〔美〕宇文所安:《中国文论:英译与评论》,上海社会科学出版社 2003 年版,第 549、552 页。

不可缺少"揖让升降,叙坐献酬"等程序,但"格鬼神","合爱敬"却不在于这些程序,而是在此之上的"通感"。没有前者那些具体的形式,美者不能成为美者,也无法格鬼神与合爱敬。可见,在叶燮看来,既需要具体的"定位",如"眉在眼上""鼻口居中"与"揖让升降,叙坐献酬",可以初学,执涂人能言之,但美之美者,不在这些"定位"当中,而在"虚名",那些"不可为有"当中,即"神明之法"与"通感之法"。这一论述表达了"死法"与"活法"是相互依赖的,两者不可缺其中之一的事实。

第二,"死法"在作诗的技法之中,"活法"在作诗的"神明"之中,"巧力"之外。其所谓的"死法",如"平平仄仄","律诗必首句如何起,三四如何承,五六如何接,末句如何结;古诗要照应,要起伏。"说前者"不屑言之",说后者"不可谓称诗者独得之秘也"。而"活法"则是"神明之中,巧力之外,是谓变化生心"。人之美者独在"神明之法",格鬼神,合敬爱独在"通感之法"。造美人,则是在"耳目口鼻之常,而神明之",先有常,再"神明"之;格鬼神,合敬爱也是先有"揖让、叙坐、献酬"之常,再"通感之"。即在耳目口鼻之常中,使其成为"人",但神而明之,才能使其成为"美人";同理,揖让、叙坐、献酬才能使其成为朝庙享燕与士庶宴会,但与鬼神相格,与敬爱相合,则不在这些程序当中。作诗应当另有他法,即在"神明"与"通感"当中,这就是叶燮所谓的活法。

第三,人之美者、与鬼神相通、诗之妙者等,不在能言的"死法",而在不能言与不可言的"活法"。没有死法,就无从谈活法,正如不是"人",就无从谈"美人"。"活法"是以"死法"为基础的,正如"美人"是以"人"为基础一样,由此显示出了"死法"与"活法"的关系。所谓的"神明之中,巧力之外"正是以"眉在眼上""鼻口居中"为基础的。相反,只是"眉在眼上""鼻口居中"也仅是一个抽象的人,要使其成为鲜活的人,那就需要"神而明之"。可见,"活法"乃是"死法"基础上的活法,两者不可缺一。有"死法",初学者才能学之,但诗之妙者不在于死法,而在活法,所以,叶燮对"死法"与"活法"有其辩证的认识,这就是他所说的"不可为无者,初学能言之,不可为有者,作者之匠心变化,不可言也"(《原诗·内篇下》)。叶燮的认识既有继承性的一面,又有创新性的一面。

在叶燮看来,法有"死法"与"活法",前者为"定位",后者为"虚名"。"虚名""定名"本于韩愈"仁与义为定名,道与德为虚位"①,认为"仁与义"为"道与德"之

---

① 韩愈《原道》:"博爱之谓仁,行而宜之之谓义,由是而之焉之谓道,足乎己而无待于外之谓德。仁与义为定名,道与德为虚位。""定名"是说"仁"与"义"有其固定具体的内涵,具有确定性;"虚位"是说"道"与"德"是各学派共同使用的抽象概念,内涵具有不确定性。

实际的具体内涵,是一种"名"与"实"关系,"仁义"为实,"道德"为名。与韩愈不同的是,叶燮则将这两个词叠加在同一个对象上,说"法"是"虚名"和"定位"的统一体,表现了他的原创性。①正如他提出的"离一切以为法,则法不能凭虚而立。有所缘以为法,则法仍托他物以见矣"(《原诗·内篇下》),说明"法"不可独立存在,没有"所缘",法只是躯壳,是虚名。但又可从此虚名中见出其隐含之内容,如"五服五章、刑赏生杀之等威、差别"等定位的内容。叶燮之妙者在于提出法之"虚名"的新看法。他认为,"法"最大功效是使"理当""事确""情酌",各得其所,为理、事、情的充分发挥提供了无限的想象空间,这就是"虚名"的意义;但"虚名"也必须有所依托,如治国,必有国家的法令,如文学,必有遵循的法则,不可能"独抒性灵,不拘格套",应找到"法"的位置,使"性灵""格套"各得其所。这是叶燮探讨"法"之所以然的用意所在。②

叶燮运用当时流行的"死法"与"活法","定位"与"虚名"的说法来表达自己的诗学主张,但他的原创点并不在于他对"死法"的否定,对"活法"的肯定,而在于他对诗法本身的解构。这是叶燮诗法主张最精彩的地方,也是他创作论部分的原创点。

值得注意的是,综观《原诗》与他的诸多诗序,叶燮似乎从来就没有否定过如"平平仄仄"之类的所谓"死法",因为,作诗之法是有其存在的充分理由。宋人沈括(1031—1095)认为虽说书不必有法,但还不能离开一些最基本的东西。他在讲到"书法如入神之途"时说:

世之论书者,多自谓书不必有法,各自成一家。此语得其一偏,譬如西施、毛嫱,容貌虽不同而皆为丽人,然手须是手,足须是足,此不可移者。作字亦然,虽形气不同,掠须是掠,磔须是磔,千变万化,此不可移也。若掠不成掠,磔不成磔,纵其精神、筋骨犹西施、毛嫱,而手足乖戾,终不为完人;杨朱、墨翟贤辩过人,而卒不入圣域。尽得师法,律度备全,犹是奴书,然须自

① 叶燮把传统的"正"与"变"两个不同的方面,同时放到一个物上,它既是正,也是变,思维方式与这里是一致的。这就是他的创新点,或者说是原创点。
② "定位"与"虚名"关系如叶燮谈到的体用关系时所说的,"汉魏之辞,有汉魏之'温柔敦厚';唐、宋、元之辞,有唐、宋、元之'温柔敦厚'"(《原诗·内篇上》)。诗人之旨"温柔敦厚"不变,但各自有不同的表现方式。这是叶燮的思维方式。叶燮在内容上是传统的,但在艺术形式上是革新的,主变的。他的内容与形式的关系,也正好说明他否定王安石变法的理由。

此入,过此一路乃涉妙境,无迹可窥,然后入神。①

丽人如此,书法如此,诗歌又未尝不是如此呢? 叶燮的"眉在眼上""鼻口居中"与沈括所说"丽人"的"手须是手,足须是足""掠须是掠,磔须是磔"相似,但若只偏此一方,"尽得师法,律度备全",只能成为"奴书",也自然成为"诗奴",而只有"过此一路,乃涉妙境,无迹可窥",才能"入神",成为书法入神之妙,也是诗歌创作入神之妙者。李贽主"童心",也重格律,但他在《读律肤说》中说:"拘于律则为律所制,是诗奴也,其失也卑,而五音不克谐;不受律则不成律,是诗魔也,其失也亢,而五音相夺伦。不克谐则无色,不夺伦则无声。"②也表达了相似的思想,认为"拘于律"为"诗奴","不成律"为"诗魔",即不要拘于律,但又要遵守律的法规,不受形式依赖,但又要注重形式的作用。沈括与李贽的说法都可以在叶燮的"死法"与"活法"中找到影子。

但如果说否认创作中的法度,过分追求变之变者,又会如沈括所说的走向"另一偏"。对此,唐人裴度(765—839)在《答李翱书》中表述过这样的思想。他说:"昔人有见小人之违道者,耻与之同形貌,共衣服,遂思倒置眉目,反易冠带以异也,不知其倒之反之之非也。虽非于小人,亦异于君子矣。故文之异,在气格高下,思致之浅深,不在其磔裂章句,隳废声韵也。人之异,在风神之清浊,心志之通塞;不在于倒置眉目,反易冠带也。"③可见,人之不同,不在于"倒置眉目,反易冠带"的形貌,而在于"风神之清浊,心志之通塞";诗之不同,也不在于"磔裂章句,隳废声韵"的作诗技法,而"在气格高下,思致之浅深"之高妙处,提出了创新不在于具体的诗之技法,而在于其他方面,如叶燮所说的"活法"。叶燮正是对以上两种思想的融合。

在传统诗论中,"死法"与"活法"常常是相对而出,如同形影,只是在论述中不一定都出现"死法"与"活法"的字样。因此,"死法"与"活法"对举也不是叶燮首创,而是他在继承前人基础之上,表述得更清楚。但叶燮的贡献不只在此,而在于他给予了新的理解。他诗论中对"死法"的引进,正是为了进一步阐明他的诗法思想。他在诗论中很少谈到具体的作诗之法,而只是将之作为一个话题,旨在表达其诗学思想,正如郭绍虞所说的,清代文学批评"无论是极端的尚质,

---

① (宋)沈括:《梦溪笔谈》,上海古籍出版社 2015 年版,第 206 页。
② (明)李贽:《焚书·续焚书校释》,陈仁仁校释,岳麓书社 2011 年版,第 225 页。
③ 郭绍虞编:《中国历代文论选》(第二册),上海古籍出版社 1979 年版,第 159 页。

或极端的尚文，极端的主应用，或极端的主纯美，种种相反的或调和的主张，在昔人曾经说过者，清人无不演绎而重行申述之。"①这里的"重行申述"并不是简单的重复，而是"演绎"。那么，叶燮又是如何"重行申述"而作出新的"演绎"呢？这是我们需要进一步追问的问题。

二、"死法"的提出及其内涵

在中国传统诗学中有两种相对应的思维方式：一是追求"变"中的"常"，一是追求"常"中的"变"，其重心在前一个字。相比而言，前者趋于革新，后者趋于保守。而"死法"的提出，便是相对趋于保守的一面，但又不能绝对化。

在传统诗学中，主张"死法"的并不多见，但主张"守法"的则很多。这时的"守法"指的是一种立场，具体表现在对已有传统的态度。那么，叶燮又是如何对待"诗之法"的呢？叶燮"死法"与"活法"对举，主张活法，但他也并不否定死法，这表现在他对待具体的作诗技法上。事实上，叶燮并不反对诗法本身，反对的是"尺寸"诗法的态度，从而约束了诗人的自由创作。叶燮的诗学理论有强烈的现实针对性，而"死法"的提出正表达了他对当时动则以法之规矩言诗的反感，②发出了对"以诗法约束诗人"创作的反感之声，旗帜鲜明地批评了当时以法度来约束诗歌创作的现状。

事实上，作诗技法在中国诗歌发展中起到过积极的作用。唐代诗歌创作达到全盛，作诗者与称诗者纷纷总结创作经验，提出诗歌创作应当遵循的诗法原则。唐朝前已有如南朝齐永明年间的音韵学家、诗人周颙（公元473年前后）提出平、上、去、入四声，沈约规定五言诗创作要避免声律上的"八病"，③唐代论及作

---

①　郭绍虞：《中国文学批评史》（下卷）第一编第四章，商务印书馆2010年版，第11页。

②　叶燮认为"一切以法绳之，夭矫飞走，纷纭于形体之万殊，不敢过于法，不敢不及于法，将不胜其劳，乾坤亦几乎息矣。"（《原诗·内篇下》）他还指出五十年前，推崇嘉、隆七子，"五古必汉魏，七古及诸体必盛唐。于是以体裁、声调、气象、格力诸法，著为定则。作诗者动以数者律之，勿许稍越乎此。又凡使事、用句、用字，亦皆有一成之规，不可以或出入。"（《原诗·外篇上》）由此导致了不良的创作倾向，"诸称诗者专以依傍临摹为事，不能得古人之兴会神理，句剽字窃，依样葫芦。如小儿学语，徒有喔咿，声音虽似，都无成说，令人哕而却走耳。"（《原诗·内篇上》）等。

③　《南史·陆厥传》云："时盛为文章，吴兴沈约，陈郡谢朓，琅琊王融以气类相推毂。汝南周颙善识声韵，约等文皆用宫商，将平上去入为四声，以此制韵，有平头、上尾、蜂腰、鹤膝。五字之中，音韵悉异，两句之内，角徵不同，不可增减。世呼为'永明体'。"（见唐人李延寿：《南史》，周国林校点，岳麓书社1998年版，第686页）

诗之法的就更多了。就现在所见记载,提出一些关于创作的相关问题,如以对偶为例,有上官仪《笔札华梁》列有"十九对",①王昌龄《诗格》列有"五对";②皎然《诗议》列出不常用的"八对";③就体势而言,有王昌龄《诗格》的"十七势",④晚唐齐己《风骚旨格》的"十势"⑤,五代神或《诗格》的"十势"⑥,而这个"势"正是讲的是句法,如张伯伟说的,"这些名目众多的'势',讲的实际上是诗歌创作中的句法问题。这里讲的句法,指的是由上下两句在内容上或表现手法上的互补、相反或对立所形成的'张力'。"⑦但以上谈论的多为作诗技法。元人杨载《诗法家数》更是全面地提出了"诗之为体有六""诗之忌有四""诗之戒有十""诗之难有十""诗之作法有八",展示了"作诗准绳""作诗要法",是集诗法之大成者。⑧

---

① 上官仪《笔札华梁》列有十九种对:的名对、隔句对、双拟对、联锦对、异类对、双声对、叠韵对、回文对、同类对、反对,数之对、方之对、色之对、气之对、物之对、形之对、行之对、世之对、位之对等。(见杨大方:《对联论:文化语言学视野下的研究》附录,中央民族大学出版社 2011 年版,第 241 页)

② 王昌龄《诗格》列出势对、疏对、意对、句对、偏对等五对。

③ 皎然《诗议》列出不常用的八对,即邻近对、交络对、当句对、含境对、背体对、偏对、双虚实对、假对等([日]遍照金刚:《文镜秘府论》,人民文学出版社 1975 年版,第 97 页)。这八对中除少数见于前人外,多为皎然新的提法。

④ 王昌龄《诗格》有十七势,主要谈论诗歌,尤其是五言诗的章法、句法、结构等问题,也涉及诗的表现方法。这十七势的名目是:"第一,直把入作势;第二,都商量入作势;第三,直树一句,第二句入作势;第四,直树两句,第三句入作势;第五,直树三句,第四句入作势;第六,比兴入作势;第七,谜比势;第八,下句拂上句势;第九,感兴势;第十,含思落句势;第十一,相分明势;第十二,一句中分势;第十三,一句直比势;第十四,生杀回薄势;第十五,理入景势;第十六,景入理势;第十七,心期落句势。"(陈伯海主编:《唐诗学文献集粹》上册,上海古籍出版社 2016 年版,第 40 页)

⑤ 唐人齐己《风骚旨格》提到十势,即"狮子返踯势""猛虎踞林势""丹凤衔珠势""毒龙顾尾势""孤雁失群势""洪河侧掌势""龙凤交吟势""猛虎投涧势""龙潜巨浸势""鲸吞巨海势",讲诗的句法。(见丁福保辑:《历代诗话续编》上,中华书局 1983 年版,第 106 页)

⑥ 五代僧神或《诗格》云"先须明其体势,然后用思取句"后,提出诗有十势,即"芙蓉映水势""龙潜巨浸势""龙行虎步势""狮子返掷势""寒松病枝势""风动势""惊鸿背飞势""离合势""孤鸿出塞势""虎纵出群势"等。(见张伯伟:《全唐五代诗格汇考》,凤凰出版社 2002 年版,第 493 页)

⑦ 张伯伟:《禅与诗学》,浙江人民出版社 1992 年版,第 22 页。

⑧ 元人杨载《诗法家数》提出:"诗之为体有六:曰雄浑,曰悲壮,曰平淡,曰苍古,曰沉着痛快,曰优游不迫。诗之忌有四:曰俗意,曰俗字,曰俗语,曰俗韵。诗之戒有十:曰不可硬碍人口,曰陈烂不新,曰差错不贯串,曰直置不宛转,曰妄诞事不实,曰绮靡不典重,曰蹈袭不识使,曰秽浊不清新,曰砌合不纯粹,曰徘徊而劣弱。诗之为难有十:曰造理,曰精神,曰高古,曰风流,曰典丽,曰质干,曰体裁,曰劲健,曰耿介,曰凄切。大抵诗之作法有八:(注转下页)

其中所论都是诗歌创作的经验总结,有其现实意义,特别是对初学诗者而言,更显得其重要。

南宋诗人周伯弼编有《三体唐诗》①,其中论绝句之法有实接、虚接、用事、前对、后对、拗体、侧体等;七律之法有四实、四虚、前虚后实、前实后虚、结句、咏叹调叹等,但这只在技术层面上讲法的。有识之士自有其看法,如明末诗论家许学夷认为,"至论律诗,于登临、赠别、咏物、赞美,而云起句合如何,二联三联合如何,结语合如何,则又近于举业程课矣。"(《诗源辩体》卷三十五第二十七则)将这些具体的作诗之法斥之为"最为浅稚";在回答"子极诋晚唐宋人诗法,然则诗无法乎?"的疑问时,许学夷曰:"有。《三百篇》、汉、魏、初、盛唐之诗,皆法也;自此而变者,远乎法者也。晚唐、宋、元诸人所为诗法者,弊法也;由乎此法者,困于法者也。"(《诗源辩体》卷三十五第三十三则)在这里,许学夷认为,晚唐之后的法为"弊法",属技术层面的法则,为法所困;而《三百篇》、汉、魏、初、盛唐之诗,是超越技术层面之法。用明人许伯旅(生卒年不详,《黄岩县志》:字迁慎,洪武初由选贡官弄科给事中,生卒年早于许学夷)的话,前者为"法之似",后者为"法之意",他说:"上士用法,得法之意。下士用法,得法之似"②肯定了"法之意"。我们追求的是"法之意",不是"法之似"。

何谓"死法"?叶燮并没有明确说明。但我们看其他称诗者的用法,也许可以见出叶燮"死法"的端倪。

"死法"最早出于何时何处至今难有定论,但学术界多认为它较早见于宋代词人叶梦得(1077—1148)的《石林诗话》。他在谈到"江山有巴蜀,栋宇自齐梁"(杜甫《上兜率寺》)中的"有"与"自","粉墙犹竹色,虚阁自松声"(杜甫《滕王亭子》)中

(续上页注)曰起句要高远,曰结句要不著迹,曰承句要稳健,曰下字要有金石声,曰上下相生,曰首尾相应,曰转折要不着力,曰占地步。盖首两句先须阔占地步,然后六句若有本之泉,源源而来矣。"提出"作诗准绳""作诗要法"等。(见陈伯海主编:《唐诗学文献集粹》上册,上海古籍出版社 2016 年版,第 541 页)

① 南宋诗人周伯弼编有《三体唐诗》,所选唐诗其曰"三体"者指七言绝句、七言律诗、五言律诗。

② 《浙江通志》:"伯旅以诗名,时称许小杜。林公辅尝见其《感兴》诸篇,问其得何法而然,伯旅曰:'法可言也,法之意不可言也。上士用法,得法之意。下士用法,得法之似。吾诗几用法矣。'识者以为不妄。"《三台诗话》:"吾乡许给事伯旅廷慎才气卓荦,其论诗云:'上士用法,得法之意。下士用法,得法之似。吾诗几用法矣。意之所至,词必与俱。固未尝囿于法也。'"(见清人陶元藻辑:《全浙诗话外一种》第 3 册(许伯旅条),蒋寅点校,浙江古籍出版社 2017 年版,第 632、633 页)

的"犹"与"自"的妙用时,认为"此皆工妙至到,人力不可及,而此老独雍容闲肆,出于自然,略不见其用力处。今人多取其已用字模仿用之,偃蹇狭陋,尽成死法"。在叶梦得看来,只要是"意与境会"之需,出于自然者,"凡字皆可用",而不必"取其已用字模仿"而造成的"偃蹇狭陋"(艰涩浅薄),把已有的当成不变之法则。其"已用字"是指已有的用字之法,其本无关乎优劣,是因"模仿用之",将之视为不可变的法则,才造成了"偃蹇狭陋",是后世者将已有的"用字之法"视为不可变,刻意模仿而使之成为死法。① 苏轼(1037—1101)曾在《字说》中论及活法时提到"死法"一词,他说:"法而不智,则天下之死法也。道不患不知,患不凝;法不患不立,患不活。以信合道,则道凝。以智先法,则法活。道凝而法活,虽度世可也。"②以处理"法"与"智"关系上来分析"死法"与"活法"的区别,认为"法而不智"为"死法","以智先法"为"活法",要求创作中要"以智驱法",而不是"以法绳智",表达了他对"死法"的理解。

许学夷(1563—1633)于《诗源辩体》卷三十五中在回答"子极诋晚唐、宋、元人诗法,然则诗无法乎?"时说:"《三百篇》、汉、魏、初、盛唐之诗,皆法也;自此而变者,远乎法者也。晚唐、宋、元诸人所谓诗法者,弊法也;由乎此法者,困于法者也。且汉、魏、六朝,体制相悬;初、盛、中、晚,气格亦异;晚唐、宋、元诸人,略不及之,顾独于章句之间搜剔穿凿,愈深愈远,诗道至此,不啻扫地矣。"(《诗源辩体》卷三十五第三十三则)他批评"晚唐、宋元诸人"之"弊法",正在于诸诗人"困于法者也"。他再进一步指出晚唐宋元诸人,与汉魏六朝,体制相差甚远,也与初盛中晚气格相异,但还搜剔穿凿,愈深愈远,无视变化,追求已有之法,乃"弊法",即给予否定性的评价,类似于"死法"。明清之交的王夫之(1619—1692)《姜斋诗话》卷二第十三则有"诗之有皎然,虞伯生,经义之有茅鹿门、汤宾尹、袁了凡,皆画地成牢以陷人者,有死法也。死法之立,总缘识量狭小。如演杂剧,在方丈台上,故有花样步位,稍移一步则错乱。若驰骋康庄,取途千里,而用此

---

① 《石林诗话》:"诗人以一字为工,世固知之,惟老杜变化开阖,出奇无穷,殆不可以形迹捕诘。如'江山有巴蜀,栋宇自齐梁'。远近数千里,上下数百年,只在'有'与'自'两字间,而吞纳山川之气,俯仰古今之怀,皆见于言外。《滕王亭子》'粉墙犹竹色,虚阁自松声',若不用'犹'与'自'两字,则余八言凡亭子皆可用,不必滕王也。此皆工妙至到,人力不可及,而此老独雍容闲肆,出于自然,略不见其用力处。今人多取其已用字模仿用之,偃蹇狭陋,尽成死法。不知意与境会,言中其节,凡字皆可以用也。"(叶梦得:《石林诗话校注》,逯铭昕校注,人民文学出版社2011年版,第103—104页)
② (宋)苏轼:《东坡志林》,京华出版社2000年版,第50页。

步法,虽至愚者不为也"①。指出以已有之法"画地成牢",约束创作,就是死法;死法是有限的,如演戏的"方丈台"无法"驰骋康庄,取途千里",它将约束创作的空间,对死法提出批评。同时他还开出医治"死法"的处方,即"欲除俗陋,必多读古人文字,以沐浴而膏润之。然读古人文字,以心入古人文中,则得其精髓;若以古文填入心中,而亟求吐出,则所谓道听而途说者耳。"(《姜斋诗话》附录第二十五则)

而稍后于叶燮的诸诗论家也提到过"死法"。如刘大櫆(1698—1779)在《论文偶记》中有"古人文字最不可攀者,只是文法高妙……古人文章可告人者唯法耳,然不得其神,徒守其法,则死法而已。"他指出"死法"的要则就是"不得其神,徒守其法",即只是守住已有的法则规矩而不得变化。叶燮的弟子沈德潜在《说诗晬语》卷上说:"诗贵性情,亦须论法,乱杂而无章,非诗也。然所谓法者,行所不得不行,止所不得不止,而起伏照应,承接转换,自神明变化于其中。若泥定此处应如何、彼处应如何,不以意运法,转以意从法,则死法矣。"②将性情与诗法并举,做到守法与性情统一,批评"若泥定此处应如何,彼处应如何,不以意运法,转以意从法"的"死法"。从"意"与"法"的关系看,"意在法先"为活法,而"法在意先"为死法。晚清人朱庭珍《筱园诗话》有"诗也者,无定法而有定法者也……若泥一定之法,不以人驭法,转以人从法,则死法矣。"③他指出"不以人驭法,转以人从法"乃为死法之实。这应该是说得最清楚的。可见,"死法"并不是指诗之诸法,而是在如何对待已有之法的态度问题。"死法"与"活法"是从"人"与"法"的关系层面上来讲问题。

就以上对"死法"的几种理解,可以确定其基本内涵,那就是"困于法者""徒守其法""画地成牢""泥定此处""以意从法""以人从法"等,就是一定的,不可变化的,死守陈规的,等等。总之,诗法本身是诗歌创作实践的总结,并无"死"与"活"之分;所谓的"死"是指那些运用诗法者对已有诗法的态度,即那些困于法者、徒守法者。他们守法,但多不会视自己为"死法"的捍卫者。我们要将"死法"与具体的诗法,即创作诗歌的技法区分开来。

---

① (清)王夫之:《姜斋诗话》,戴鸿森笺注,上海古籍出版社 2012 年版,第 68—69 页。
② 《原诗·一瓢诗话·说诗晬语》,第 188 页。
③ 朱庭珍《筱园诗话》卷一,见郭绍虞编,富寿荪校:《清诗话续编》(四),上海古籍出版社 1983 年版,第 2327 页。

三、叶燮对"死法"的态度

清人阮葵生(1727—1789)在《茶余客话·诗之死法》中曾批评过"死法"。他说:"讲死法者,某处宜开,某处宜合,如长篇则中间必另起一峰,结尾用飞帛法,一笔扬开;又或叙事一段则入议论,论必归于忠孝节义。凡此皆死者也。死法之立,皆因旨趣卑下,识量浅狭,如制陶器,依模范而后能成,如演杂剧啼笑行坐,皆成铁版。以此论诗,哀莫大于心死矣。"①他阐述了什么是死法,并分析其产生的原因乃是"旨趣卑下,识量浅狭"。这一见解虽有一定的合理性,但如果一味地否定这些作诗法则,也是一个值得商榷的事。

叶燮在《原诗》中很少用"定法""定则"概念,检索全文,各仅用一次。在具体的行文中,他更多用"死法"代替"定法""定则"。他的"死法"有两层内涵:一是指那些具体的作诗技法,即作诗之定法、定则的层面;二是指作诗者死守已有诗法的立场与态度的层面。叶燮批评的不是前者,即诗之定法、定则,而后者,即死守定法、定则的立场与态度。这两者是有区别的。那么,叶燮的"死法"又有何新奇的地方,为传统诗法理论增添了哪些新的内容呢?

他在《原诗·内篇下》中回答"凡事凡物皆有法,何独于诗而不然?"时,集中用了六次"死法",也是全文集中运用"死法"之处,表达了对"死法"的看法。他说:"所谓诗之法,得毋平平仄仄之拈乎? 村塾中曾读千家诗者,亦不屑言之。若更有进,必将曰:律诗必首句如何起,三四如何承,五六如何接,末句如何结;古诗要照应,要起伏。析之为句法,总之为章法。"(《原诗·内篇下》)可见,他提到的是平仄格律,或讲求启、承、接、结,前后呼应和起伏顿错,每一句有句法,全篇有全篇之法,这里叶燮认为也不过是"三家村"之语,并非什么"独得之秘"。叶燮并没有对这些技术层面的作诗技法作具体的阐释,只提出哪些是诗之法则,人人皆知。此处的"诗之法"是指那些"定法",即主要指作诗之规则,是技术层面的内容。他在这一层面上用"法"的地方还有,如"称格称律,推求字句,动以法度紧严,板驳铢两"(《原诗·内篇下》)。这里的"法度"当指作诗的规则。前人有许多在技术层面说诗之法,正如有学者提出的,"中国诗学对法加以关注并奠定以诗法为主体的理论结构,应该说是在唐代"②,由此也就兴起了以法之规则与技巧为中心的诗学,成为诗学启蒙书的主要内容。而叶燮思想更为丰富。他

---

① (清)阮葵生:《阮葵生集》(中),王强泽点校,陕西人民出版社 2009 年版,第 866 页。
② 蒋寅:《至法无法——中国讲求字的技术巧观》,《文艺研究》2000 年第 6 期。

对于"死法(定法)"的认识大致可以归纳为以下几个方面：

1. 认同作诗技法

通观叶燮的《原诗》或他的各种诗序，似乎没有见到他对具体的作诗技法的否定，相反，在具体地评论各时代诗人及其创作时，还常从这一角度去评论，这也可说明叶燮并不否认作诗技法本身的意义以及对创作的重要性，而只是对那些"识辩不精，挥霍无具，徒倚法之一语，以牢笼一切"，以及"一切以法绳之"的那种不敢过于法，不敢不及于法的行为之批评。其批评对象不在诗之法本身，而在于尺寸诗法的那些论作诗者与称诗者。因此，我们不能因批评尺寸诗法的人，而去否定作诗技法本身。这是两个不同层面的问题，在叶燮那儿是分得很清楚的。不仅如此，叶燮在他的诗歌创作实践当中，并没有刻意避免诗法的运用，相反还大量地运用诗法的规则去作诗与评诗。但与一般作诗者不同的是，他在遵守诗法中常有突破已有法规之举，不以法来"牢笼一切"。

事实上，法度非常重要，无论是人在现实中的各种行为，还是诗歌创作都是如此的。正如庄子《寓言》所说的，"鸣而合律，言而当法"，要求歌唱要合于音律，说话要合于法度。如果唱歌不合音律，说话不合法度，不遵守普遍的基本规则，别人便无从知道你在唱什么，在说什么。《孟子·离娄上》也有"离娄之明，公输之巧，不以规矩，不能成方圆；师旷之聪，不以六律，不能正五音"。这是强调法度在人类生活中的重要性。诗也如此。传统诗学历来重视诗之法式，重视法度与尊重法度者比比皆是，如储欣《与朱楚英书》有"诗文字画，皆有典则"（《柴墟文集》卷十五）；揭傒斯《诗法正宗》有"文有文法，诗有诗法，字有字法，凡世间一能一艺，无不有法，得之则成，失之则否"（《诗学指南》卷一）；徐师曾《文体明辨·序》有"夫文章之有体裁，犹宫室之有制度，器皿之有法式也"；杨载《诗法家数·律诗要法》有"五言、七言、句语虽殊，法律则一"；王骥德《曲律·杂论第三十九下》称吴江派领军沈璟"其于曲学，法律甚精，泛澜极博"，等等。这些重视诗之法的论述在中国传统诗学中是随处可见的。

叶燮并没具体研究作诗技法，只是借用诗之法来表达他对诗歌创作的看法。他从不忽略作诗技法，并在具体的诗人评价中多次运用诗之技法的内容。叶燮虽然总体上强调变化创新，主张"大变"，批评那些刻守作诗技法的诗歌创作，但也没有否定变中之不变者存焉，体现其辩证的特色。如他讲"温柔敦厚"，有唐之"温柔敦厚"，宋之"温柔敦厚"一样，虽然各有特色，但都体现了"温柔敦厚"之旨。

　　叶燮认为世界有自然之法,诗也然。只要"揆之于理而不谬""征之于事而不悖""絜之于情而可通",则可得"理事情",要求诗歌创作"当乎理,确乎事,酌乎情"。他是认同作诗技法的,而且还要遵从这样的诗之法。同时,他又以比喻的方式,进一步说明诗应该是有法可依的。如建房屋,有堂、中门、中堂、后堂、闺阃、曲房、宾席、东厨之室,千篇一律,令人生厌,要求善于变化,但"终不可易曲房于堂之前、易中堂于楼之后,入门即见厨,而联宾坐于闺阃也"(《原诗·内篇下》)。要使各种房间处于天然位置,否则将失去其正常的功能。^① 又犹如美女,"眉在眼上""鼻口居中""夫妍媸万态,而此数者必不渝";再如朝庙享燕以及士庶宴会,"揖让升降,叙坐献酬,无不然者"等。叶燮以为此皆为"死法",即定法,也得遵守,是"必不渝",是"无不然"。他说:

　　　　诗家之规则不一端,而曰体格、曰声调,恒为先务,论诗者所谓总持门也。诗家之能事不一端,而曰苍老、曰波澜,目为到家,评诗者所谓造诣境也。以愚论之:体格、声调与苍老、波澜,何尝非诗家要言妙义！然而此数者,其实皆诗之文也,非诗之质也;所以相诗之皮也,非所以相诗之骨也。(《原诗·外篇上》)

　　叶燮认为诗之"体格、声调与苍老、波澜"也是诗之要义,但为诗之文,而非诗之质。他在"文"与"质"的关系中看到了诗之法的重要性。如果说"诗之质"比"诗之文"更重要的话,那么,没有诗之文,又哪来的诗之质呢? "文"与"质"是相互依存的双方。由此叶燮也确认了诗之文,即作诗技法的重要性,认为作诗是"离它不得"的。接着他又具体分析了"体格""声调""苍老"等诸多诗之法对"质"的依赖,如"必先具有木兰、文杏之材也;而器之体格,方有所托以见也"。得出了结论,以为"体格、声调、苍老、波澜,不可谓为文也,有待于质焉,则不得不谓之文也;不可谓为皮之相也,有待于骨焉,则不得不谓之皮相也"(《原诗·外篇上》)。叶燮虽然在"文"与"质"中更倾向于"质",然将诗之"体格、声调、苍老、

---

　　①　李梦阳也曾有类似的说法,他在《驳何氏论文书》中有:"古之工,如倕,如班,堂非不殊,户非同也,至其为方也,圆也,弗能舍规矩。何也? 规矩者,法也。仆之尺尺而寸寸之者,固法也。"《答周子书》又说:"文必有法式,然后中谐音度,如方圆之于规矩。"其中的"堂非不殊,户非不同",表现了李梦阳的复古思想,坚守法,尺寸古人,而叶燮虽然认同守天然法则,但其更重视的是在天然法则基础之上的变化与神明。

波澜"在"文"与"质"的关系中看,本身就已经肯定其作诗技法的重要性。试问,"质"中之文方为"文";反过来,"文"中之质才为"质",是质待文,文待质。在这样的关系中,作诗技法的重要性就被固定下来了。叶燮正是以这样的辩证方式处理"诗之文"与"诗之质"的关系,把作诗者解放出来,以获得诗歌创作上的自由。

2. 以诗法评诗的表现

《原诗》并不是论作诗技法的著作,因其反对模仿、守旧、复古为宗旨,便有意回避对具体作诗技法的论述,所以分析作诗技法的地方并不多,体现了"作论之体"的特色。但他在讲"文"与"质"的关系,分析诗体,如五言古诗,评论诗人,如杜甫诗等,则较多地从作诗技法的角度进行评点。特别是他对诗法中"转韵"与"苍老"的分析,表现得尤其突出。

叶燮不因重"变化"与"神明"而漠视作诗技法,尤其在其评论诗文当中,所以,《原诗》即尝以"转韵""层次""起伏照应""章法""脉络""活套"等诸法论五古①。在其《原诗·内篇下》的后半部分,更是多从作诗技法的角度去评论五古七言等,表现出他并没有忽略作诗技法的作用。另在《汪文摘谬》中亦自"宾主""纲领""局构""文气"及用字等诸法,评汪琬之文。叶燮论文虽说"不必言法",但在《原诗》中评杜甫诗赠曹将军《丹青引》所用之法作了详细的评价,以作诗之

---

① 《原诗·内篇下》:"转韵"有"五古汉魏无转韵者;至晋以后渐多。唐时五古长篇,大都转韵矣;惟杜甫五古,终集无转韵者。毕竟以不转韵者为得。韩愈亦然。如杜《北征》等篇,若一转韵,首尾便觉索然无味。""层次"有"汉魏之诗,如画家之落墨于太虚中,初见形象。一幅绢素,度其长短、阔狭,先定规模;而远近浓淡,层次脱卸,俱未分明。六朝之诗,始知烘染设色,微分浓淡;而远近层次,尚在形似意想间,犹未显然分明也。盛唐之诗,浓淡远近层次,方一一分明,能事大备。宋诗则能事益精,诸法变化,非浓淡、远近、层次所得而该,刻画掉换,无所不极"。"乐府被管弦,自有音节,于转韵见宛转相生层次之妙。""起伏照应"有"盖七古,直叙则无生动波澜,如平芜一望;纵横则错乱无条贯,如一屋散钱。有意作起伏照应,仍失之板;无意信手出之,又苦无章法矣"。"章法"有评议杜甫诗赠曹将军《丹青引》是"章法经营,极奇而整。……永叹将军善画,包罗收拾,以感慨系之篇终焉。章法如此,极森严,极整暇"。"脉络"有"苏辙云:'大雅绵之八九章,事文不相属,而脉络自一,最得为文高致。'辙此言讥白居易长篇,拙于叙事,寸步不遗,不得诗人法。然此不独切于白也;大凡七古必须事文不相属,而脉络自一"。"活套"有"七言一句,其辞意算来只得六字。六字不可以句也,不拘于上下中间嵌入一字,而句成矣。句成而诗成,居然脍炙人口矣!又凡诗中活套,如'剩有''无那''试看''莫教''空使''还令'等救急字眼,不可屈指数,无处不可扯来,安头找脚。无怪乎七言律诗,漫天徧地也!""岑七古间有杰句,苦无全篇;且起结意调,往往相同,不见手笔。高岑五七律相似,遂为后人应酬活套作俑。"

法的角度,对杜甫这首诗的"无法之法"作了高度的评价,说它得之于心,应之于手,有化工而无人力,如夫子从心不逾之矩。① 虽然强调杜诗的"得之于心",但叶燮多从其各种作诗技法的角度来表述是无疑的。

他还特别分析了五古与七古中的"转韵"问题。他说:

> 五古汉魏无转韵者;至晋以后渐多。唐时五古长篇,大都转韵矣;惟杜甫五古,终集无转韵者。……如杜《北征》等篇,若一转韵,首尾便觉索然无味。且转韵便似另为一首,而气不属矣。五言乐府,或数句一转韵,或四句一转韵,此又不可泥。乐府被管弦,自有音节,于转韵见宛转相生层次之妙。若写怀、投赠之作,自宜一韵,方见首尾联属。宋人五古,不转韵者多,为得之。

> 七古终篇一韵,唐初绝少;盛唐间有之;杜则十有二三;韩则十居八九。逮于宋,七古不转韵者益多。……此七古之难,难尤在转韵也。若终篇一韵,全在笔力能举之,藏直叙于纵横中,既不患错乱,又不觉其平芜,似较转韵差易。……至如杜之《哀王孙》,终篇一韵,变化波澜,层层掉换,竟似逐段换韵者。七古能事,至斯已极,非学者所易步趋耳。(《原诗·内篇下》)

接着他又用了更多的篇幅具体分析了杜甫赠曹将军《丹青引》通篇的转韵问题,甚为详尽。他又批评近时作诗之人,创作五言排律,动则几十韵,一韵到底。因为有这样的风气,时人作诗者多取公卿大人匾额上四字句,添足一字,前半颂扬,后半自谦,批评"今人守此法,而决不敢变"等时风。②

---

① 廖宏昌:"论夫诗作,横山虽以为'不必言法',然在《原诗》中,横山竟别就杜甫赠曹将军《丹青引》一诗,详细'此篇之法',谓起手奇峰陡起,忽又拖沓迤逦,中峰划然天开,万笏凌霄,转接蜿蜒游衍,终篇感慨系之,章法极奇而整,谋篇构思,变化神妙,然皆无法之法。横山云'不知杜此等篇,得之于心,应之于手,有化工而无人力,如夫子从心不逾之矩'(《原诗·外篇下》)。横山之所以以此篇立例言,即欲作诗者能心领神会杜诗无法似有法之巧夺天工,所谓'得之于心',而'得之于心',方能进乎无法之法、妙手天成、随心新欲而不逾矩之境。故作诗者学古要在学'活',若因《丹青引》之妙手天成,群起效其'人工所能授受'之死法,而'首首印此篇以操觚',心至'窒板拘牵,不成章矣',其所学终仅猎古人皮毛,反失古人之真矣。"(见台湾研究者廖宏昌1992年中国文化大学博士学位论文《叶燮之文学研究》,第137页)

② 《原诗·外篇下》:"五言排律,近时作者动必数十韵,大约用之称功颂德者居多。其称颂处,必极冠冕阔大,多取之当事公卿大人先生高阀匾额上四字句,不拘上下中间,添足一字,便是五言弹丸佳句矣!排律如前半颂扬,后半自谦,杜集中亦有一二。今人守此法,而决不敢变。"

3. 叶燮创作中的技法运用

叶燮一生创作了大量的诗歌,《重刻已畦诗文集跋》中记有"已畦文集二十二卷,原诗四卷,诗集十卷,残余一卷"。《已畦诗集》十卷,虽然创作不可谓之少,但他的诗歌创作并没有得到研究者应有的重视。[①] 他自评:"我诗于酬答往还,或小小赋物,了无异人,若登凭悼,包纳古今,遭谗遇变,哀怨幽噎,一吐其胸中所欲言,与众人所不能言,不敢言,虽前贤在侧,未肯多让。"(见沈德潜《叶先生传》)这样的自评多为谦虚之言。而王渔洋称他诗"镕铸古昔,卓然成家"(沈德潜《补刻山畦先生诗序》),在张玉书为其《已畦诗集》所作的序中,评他的诗"铺陈排比,顿挫激昂类少陵。诘屈离奇,陈言刊落类昌黎。吐纳动荡,浑涵光芒类眉山。缘情绘事,妙入至理,而自娴古法。其才气之纵轶,宁或涉于颓放险怪,为世所诟姗,而必不肯为局缩依傍之态。甚矣,星期之学,能不愧于其言而卓然自在一家之诗者也"[②]。将之与韩昌黎、苏子瞻比肩。其弟子沈德潜又称其诗"集中诸作,意必钩元,语必独造,宁不谐俗,不肯随俗,戛戛于诸名家中,能拔戟自成一队者"[③]。虽然这些序、跋、传中对叶燮之诗歌评价有过高之嫌(也当在情理之中)但也多少看到了叶燮的诗歌创作成就。沈德潜《叶先生传》中记有:"先生既卒,新城王尚书阮亭寓书,谓先生诗古文镕古昔,而自成一家。每怪近人稗贩他人语言以傭赁作活计者,譬之水母以虾为目,蹶不能行得驱驢负之乃行。夫人而无足无目则已矣,而必藉他人之目为目,假他人之足为足,安用此碌碌者为?"[④]叶燮诗歌创作不是"借他人之目为目""假他人之足为足",而是自有其别开生面。他不是一个纯粹的诗学理论家,虽然其诗歌创作不曾在文学史上留有多重要的地位,但也足以支撑其诗学理论的实践性特征。叶燮的诗歌创作体现了他诗学思想中的创新意识。

叶燮与当时江浙地区的诗人有着广泛的交往。遭弹劾后,他隐居苏州横山,闲居在家,交游作诗、赋闲、著书等,记载有"先生风流宏奖,所交皆当时人宗。丙寅九日大会于二弃草堂,冠带之集,几遍江浙,同用昌黎《赠张秘书》与

---

① 研究叶燮诗歌创作成果很少,仅见台湾学者廖宏昌的博士论文《叶燮之文学研究》中涉及对叶燮诗歌、散文的研究。

② 转引自丁履譔:《叶燮人格与风格》,成文出版社有限公司1978年版,第55页。

③ (清)沈德潜编:《清诗别裁集(上)》卷十,上海古籍出版社2013年版,第385页。

④ (清)沈德潜:《叶先生传》,见《沈归愚诗文全集》卷十六。

《人日城南登高》韵赋诗纪事,所刻用九集,见者以不得与会为恨"①。他自己也写了不少诗。廖昌宏的学位论文《叶燮之文学研究》较为详细地研究叶燮的文学创作,在对其诗歌创作进行分析时,将内容归为"讽喻诗篇"(揭露官场黑暗、反映民间疾苦)、"感慨悲歌"(哀痛亲情零落、嗟叹坎坷遭遇)、"览胜怀古"(描绘自然胜景、咏怀古迹)、"闲淡恬雅"、"赠答题咏"(赠答诗作、题咏作诗)等五个方面,并指出前两类大有杜甫关注现实,为时为事而作的特点。②

　　总体看,叶燮的诗歌创作还是颇为守法的。正如廖昌宏所说的,"横山诗歌之章法,在古体诗中,其一首一韵者,多依分段以为起、承、转、合。一首数韵者,则依叙事层次,分段转韵,以为起、承、转、合。在近体诗中,则依四联以为章法"③。其"一首一韵者"以《荷锸夫》为例,以起、承、转、合之技法,描绘穷民百姓之苦痛,抨击豪门权绅之无耻,章法中规中矩;"一首数韵者"当以《放歌行为雷阮徒赋》为例,有五言、七言、九言、十言、以至十五言,可见作者才逸气豪,不能拘于常格,唯全诗章法,井然有序,体现了不变中之为变者,云其章法,则兼顾转韵及叙述层次以为起、承、转、合也,故首段为起,以平声麻(嗟、家)为韵;次段为承以入声屑(泄、鸩、烈、啮)为韵;三段至五段转为诗人之语,大肆阔论,韵脚由入声月通霄(橛、捏、说),至不肯声灰通支(回、夔、杯)、上声轸通迥(闵、胫)、平声阳(庄、穰、浆)、平声真通庚(人、兵、伸)、去声泰(外、害、会、邻),可谓层浪叠波;末段为合,以去声漾(壮、放),平声支通微(驰、归)总结;此其章法之大约也。④ 此外,于起承、转合间,除常见章法外,亦多变化。在起承上,或翻空议论,或先作感叹、疑问,以惊人人耳目,如《虎丘跳眺》等如是。

　　又如声律,廖昌宏称"其诗除严守格律外,于仄声之用,亦极考究,深得声律传情之理"⑤。说他的古体诗,或因特殊情感之表现,而作奇特之拗句,如"弃世世亦弃(五仄),彼我成雨捐"(卷一《山居杂诗之十九》),首句五仄,重出"弃""世"二字,两相遗忘之情,陡落其间;"读书奚事多,展卷贵有得(五仄)"(卷一《山居杂诗之二十二》),五字连仄,叙穷困无购书之资,另述有得于心,急转其夫奈之情;"世出

---

　　① 袁景辂《国朝松陵诗征》,见《清诗纪事·康熙朝卷》,江苏古籍出版社 1987 年版,第2605 页。

　　② 《叶燮文学研究》,第 161—184 页。

　　③ 《叶燮文学研究》,第 189 页。

　　④ 《叶燮之文学研究》,第 190 页。

　　⑤ 《叶燮之文学研究》,第 230 页。

世法总在世(七仄),此堂之外□拚喃喃"(卷二《十叠答华山碓公》),连用七仄,重出三个"世"字,益见其归隐之心。也有连用七平声的,如"康贻吾兄从天来(七平),恍如杲日烁牖户"(卷七《苦雨篇赠钱塘翁永贻进士》),写作者喜翁康贻之冒雨而至,其欣悦之情,从天而降,随声活现。"谁言考华鲸,闻之心神惊(五平)"(卷残余《衙前钟》),连用五个平声,写钏鸣吏至,百姓闻之神惊魂散,随五平之声,飞逝九霄去外,体现了常中有变,变中有常的现象。

此外,如用韵、量词、顶真、色彩、用曲等方面,都体现了他写诗的特色,可称其为"清初诗坛独树一帜之作家矣"①。

孔尚任有《叶星期过访并示〈已畦〉诸集》诗云:"江上诗名知最先,逢君垂老貌颀然。匆忙罢吏蓬双鬓,潦倒逢人袖一编。未解深心扶古雅,若为刻论吓时贤。少陵已化昌黎朽,谁能探奇拨雾烟?"②不仅提出叶燮诗"深心扶古雅""探奇拨云烟",而且还分析其诗不传,乃一是被诬罢官,人微言轻,二是其论痛下针砭,得罪"时贤"。

其实,叶燮反对"死法",并不是说要颠覆诗的法规,而是不必拘泥于作诗技法,在守法的基础上,重视创新,是在强调"不变"之"变",而不是永远不变。《孟子·尽心下》曾提到,写文章"能与人规矩,不能使人巧",那么如何做到既有"规矩",又能"巧"呢?清人刘大櫆也在《论文偶记》中说:"古人文章可告人者惟法耳。然不得神而徒守其法,则死法而已,要在自家于读时微会之。"又说:"凡行文多寡短长,抑扬高下,无一定之律,而有一定之妙,可以意会,而不可以言传。"③孟子的"巧",刘大櫆的"微会之"和"可以意会,而不可以言传"正是叶燮想解决的问题。

总之,各种作诗技法是诗歌创作实践的经验总结,是来自艺术实践,也是作诗者应该遵守的各种规则。符合这些规则的,才能称为诗,但是,这种"作诗技法"不能与"死法"画等号。

唐代是中国诗歌创作的鼎盛时期,这不是说其诗歌创作量的多少,而是指各种诗歌形式在唐朝都得到比较好的发展与成熟。大量的创作实践又促进了人们对诗歌创作的总结,出现了一大批关于诗法思想的论述,对诗歌创作起到

---

① 《叶燮之文学研究》,第 218 页。

② 中国社会科学院文学研究所编:《中国文学资料丛刊》,知识产权出版社 2010 年版,第 436—437 页。

③ 郭绍虞主编:《中国历代文论选》第三册,上海古籍出版社 2001 年版,第 434、436 页。

了积极的推动作用。作诗技法是诗歌创作的基础,对于初学诗者十分重要,因为作诗首先要像诗,不能写成赋、散文等。但在叶燮看来,仅有作诗技法是难于创作出优秀的"可传之诗",作诗之秘诀也并不在这些诗之技法上,而是在那些"变化"与"神明"之上,所以他以"大变"与"小变"作为评诗标准。这并不能说叶燮否定或轻视诗之技法的作用,相反,他认为只有具备了这些诗法的作品,才能视之为"诗",也只有在此基础上的"神而明之",才能使其成为"好诗",即"工而可传之诗"。因此,无诗之技法便无诗可言,这不是降低了作诗技法的作用,而是抬高了它们的作用。如果"眉不在眼中""鼻不在嘴上",那还能视之为人吗?如果诗歌不按其基本法则,五言、七言、律诗,以及平仄等,它还能称其为诗吗?当然,在叶燮看来,要成为"美者",要成为"可传之诗",就要在这些固有之法上增加新的元素,那就是"神而明之",才使之成为"丽人""美诗"。这就要转到他的关于作诗之"活法"的问题上去了。

第三节　叶燮"活法"的原创性

复古主义在明末清初诗坛上再度盛行,"徒倚法之一语,以牢笼一切"(《原诗·内篇下》)的风气由衰而盛。李梦阳的"文必有法式,然后中谐音度,如方圆之于规矩"(《答周子书》)以及"规矩者,法也。仆之尺尺而寸寸者,固法也"(《驳何氏论文书》)等论调再次重现。胡应麟(1551—1602)《诗薮》内编卷五说:"作诗大要不过二端:体格声调、兴象风神而已。体格声调有则可循,兴象风神无方可执。故作者但求体正格高,声雄调鬯。……譬则镜花水月,体格声调,水与镜也;兴象风神,月与花也。必水澄镜朗,然后花月宛然。"①表现了对形式之法的重视。就是与叶燮同时代的汪琬也曾说:"凡物细大莫不有法,而况诗乎?善学诗者,必先以法为主。"(《吴江绅芰江唱和诗序》)但在叶燮看来,他们"称格称律,推求字句,动以法度紧严,扳驳铢两"是不足道的。清初诗坛领袖钱谦益也痛斥过近代(明末清初)诗坛之三大弊病。他在《题怀麓堂诗钞》中说:"近代诗病,其证凡三变:沿宋、元之寞臼,排章俪句,支缀蹈袭,此弱病也;剽唐、《选》之余沈,生吞活剥,叫号黥突,此狂病也;搜郊、岛之旁门,蝇声蚓窍,晦昧结愲,此鬼病也。救弱

---

① 北京大学哲学系美学教研室编:《中国美学史资料选编》下,中华书局 1981 年版,第 140 页。

病者,必之乎狂;救狂病者,必之乎鬼。传染日深,膏肓之病已甚。"①造成此"沿"而"弱病","剽"而"狂病","搜"而"鬼病",正在于依附古人,不敢越古人雷池之半步,自然会导致"膏肓之病"。清初学者顾炎武也曾提到近代文坛之"病",他说:"近代文章之病,全在模仿。即使逼肖古人,已非极诣,况遗其神理而得其皮毛者乎?"(《日知录·文人模仿之病》)并告诫他人:"君诗之病在于有杜,君文之病在于有韩、欧。有此蹊径于胸中,便终身不脱'依傍'二字,断不能登峰造极。"(《亭林文集·与人书十七》)清初文坛这种模仿之风,不脱"依傍"之气,把诗歌创作再次推向复古主义,严重影响了诗歌的自由发展。对此,叶燮勇敢地站出来,以"活法"为题,从理论上对复古主义之风展开了有力的挑战,痛扫"嘉隆七子"(复古)余风与"楚风"(公安反复古)之弊,以及近今诗家之"陈熟余派"②,批评近世之称诗者们对诗歌创作的倡导。他在《三径草序》中说:"吾吴自国初以来,称诗之家如林。……有明之季,凡称诗者,咸尊盛唐;及国初而一变,诎唐而尊宋,旋又酌盛唐与宋之间,而推晚唐,且又有推中州以逮元者,又有诎宋而复尊唐者,纷纭反覆,入主出奴。五十年来,各树一帜。"(《已畦文集》卷九)批评"国初"诗坛之乱象。他在《原诗》中也对历来评诗者提出批评,认为"杂而无章,纷而不一",也当然包括了清初诗坛。那么,叶燮对诗之法的认识有何创新之处呢?

一、从"抽象之法"到"具体之法"

"抽象之法"是一般之规则,超越具体的对象与语境,寻找一般;而"具体之法"是依赖于具体的,重视诗法的对象与语境,寻找特殊。不同事物当有不同之法,就是同一事物也可因处于不同的历史语境当有不同之法。法随时而变,也是随世而变。这就是叶燮与汪琬在诗法问题上的区别。

对于已有的诗法,历来都有两条偏执的路线:一是尊于法,一是弃于法。但这一理论分野在创作实践当中并没有得到很好的体现,多数作诗者或称诗者还

---

①　(清)钱谦益:《牧斋初学集》八十三卷,上海古籍出版社 1985 年版,第 1758 页。

②　林云铭《原诗叙》:"痛扫后世各持所见以论诗流弊。"沈德潜在《清诗别裁集》说:"先生初寓吴时,吴中称诗者多宗范陆,究所猎者范陆之皮毛,几于千手雷同矣。先生著《原诗》内外篇四卷,力破其非。"沈楙德《原诗跋》说:"国初诸老,尚多沿袭。独横山起而力破之,作《原诗》内外篇,尽扫古今盛衰正变之肤说。"他们从不同的方面肯定了叶燮诗学思想的针对性与现实性。

是能够比较好的处理两者之间的关系。清初盛行复古倾向,与当时的思想文化有关,也与统治者的倡导有关。这表现在对诗法的态度上,更多重于对已有诗法的遵守,多谈诗法在诗歌创作中的重要性,而相对忽略诗歌创作中的其他因素。如与叶燮同时在吴地开门授徒的汪琬,他在《吴公绅芙蓉江唱和诗序》中提出"善学诗者,必先以法为主"。他说:"虽有肥毳,无盐醯和剂之法,不可食也;虽有绮罗,无刀尺裁制之法,不可无也;虽有管弦钟鼓,苟无吹弹考击均调之法,不可悦心而娱耳也。"(《汪文摘谬》)强调"和剂之法""裁制之法"与"均调之法"的重要性。他再推而广之,进一步说:"大则萧何之治民,韩信之治兵,张苍之治历,降而至于弹棋、蹴鞠、承蜩、弄丸之伎,盖皆有法存焉。使萧何、韩信、张苍而无法,则天道之辽远,人事之舛互,而欲藉私智以行之,未有不败者也。使弹棋、蹴鞠、承蜩、弄丸而无法,则其伎必不工且巧,虽自炫衒于通都大邑,其不为有识笑者几希。"(《吴公绅芙蓉江唱和诗序》)在汪琬看来,大者如治民、治兵、治历,小者如弹棋、蹴鞠、承蜩、弄丸,都要有法可依。可见,汪琬在《吴公绅芙蓉江唱和诗序》中非常重视法,要求一切事物都要沿法而行。①

　　叶燮从不否定诗之技法的价值,但认为它是"三家村之言",而不是作诗之精要。他与汪琬不同,他并不孤立地去讲法,而是将之放到"文"与"质"关系中去认识。他在《原诗》中讲到"文"与"质"的关系时,将各种诗法归结到"文"当

---

　　①　传统讲诗法时,并不是主张诗法者必言死法,只是他们在提到如何学习作诗时讲到作诗技法为多。我们不能因为他们强调作诗技法,而否定他们对诗法的全面认识。或者说,当他们提到如何作诗,针对初学者、入门者时提到作诗技法,而将他们这一看法视为其诗法思想的全部。这是片面的。如宋代王安石,对初学者重点讲作诗技法,但对要求更高者,除了作诗技法外,还讲如何对待作诗之法的问题。因此,我们在提到何者主张作诗技法时,不能以偏概全。如对于汪琬,他在《吴公绅芙蓉江唱和诗序》中提到诗法,但接着也讲到了创作中情感的作用,而后者则是在比诗之技法更高的层面上讲的,不能因汪琬讲的前半句而丢掉后半部分,认为他是守死法者。其实,汪琬对法的认识有其另一面,他在《续倡和集序》曾说:"始予之为序也,告二子以作者之法,今愿益以一言,曰求诸风神韵气之全而已。不见夫土木偶之为美人者乎? 其刻木抟土而被之以丹青也,其形貌美人也,其服饰美人也,儿童说之,而有识者未尝顾问焉。何则? 为其神韵之异于生者故也。夫作诗也有韵焉,摹拟非也,涂泽也非也。"(《钝翁续稿》卷一五),认为作诗要有神韵,要有生命,所以,"摹拟"与"涂者"都是不对的,另在《笛步诗集序》中他也曾说到,"诗之有法,凡以求工也。吾之告徐子者,其在舍法而超然上之乎? 盖徐子知进乎法者之工,而未知忘乎法者之尤工也。苟忘乎法,则与承蜩弄丸,郢人之运斤,庖丁之解牛无异"(《尧峰文钞》卷二九),认为有"进乎法者之工"与"忘乎法者之工",后者正是在知法后的自由,故汪琬也不是一味地只讲模仿之工的,但他总体倾向还是比较重视法度的。

中,并用大量的篇幅,对体格、声调、苍老、波澜作了具体的分析,指出"欲般输之得展其技,必先具有木兰、文杏之材",声调之美者"必须其人之发于喉、吐于口之音以为之质";对苍老之美者"苟无松柏之劲质,而百卉凡材,彼苍老何所凭借以见乎";对波澜之美者"必水之质,空虚明净,坎止流行,而后波澜生焉"。叶燮的结论是"之数者皆必有质焉以为之先者也"(《原诗·外篇上》)。可见,与汪琬相比较,叶燮更重视"肥毳""绮罗""管弦钟鼓"之质,而不是所谓的那些体现法则的"和剂之法""裁制之法"和"均调之法"。事实上,叶燮比汪琬更全面地看待这个问题,在"文"与"质"的关系中表述了对诗之本的重视,认为如果没有具体之"质",就无从谈"文"①。在"文"与"质"的关系中,叶燮没有否定诗之技法,但他更看重的是"诗之性情、诗之才调、诗之胸怀、诗之见解",认为"文"只有待其"质"才有意义,表现了与汪琬的分野,也体现了叶燮对诗法认识的原创性。

在《汪文摘谬》中,叶燮针对汪琬《吴公绅芙蓉江唱和诗序》中"以法为先"的观点进行了详细地批驳。他说:

> 借三种工人,以喻诗之法,似是已。然以取譬于诗,若者为诗之肥毳?若者为诗之绮罗?若者为诗之管弦钟鼓?是三者在物而为质,而于诗何者为诗之质也? 吾知其不能应也。又法为和剂,法为尺寸裁制,法为吹弹考击。是三者所各有事而为法,而于诗何者为诗所有事而为法也? 吾又知其不能应也。且诗之法,仅如饮食之和剂,衣服之尺刀,声音之考击云尔乎? 是三者,取穷陬僻壤最下之贱工,无不知而能之,舍此则无有所为事者。此则犹作诗者之叶韵平仄也。以叶韵平仄为法,何待发明告诫之谆谆乎? 使法如是之浅,则不必言。若更有深焉者,而以此三者之法疑之,非其伦矣。

就叶燮的这一段表述可以看到:一是批评汪氏在脱离诗之质来讲诗之法是不对的,指出汪琬忽视"肥毳""绮罗""管弦钟鼓"之质,认为诗之"质"正是

---

① 《原诗·外篇上》:"彼诗家之体格、声调、苍老、波澜,为规则、为能事,固然矣;然必其人具有诗之性情、诗之才调、诗之胸怀、诗之见解以为其质。如赋形之有骨焉,而以诸法傅而出之;犹素之受绘,有所受之地,而后可一一增加焉。故体格、声调、苍老、波澜,不可谓为文也,有待于质焉,则不得不谓之文也;不可谓为皮之相也,有待于骨焉,则不得不谓之皮相也。"(《原诗·一瓢诗话·说诗晬语》,第46—47页)

"诗之性情、诗之才调、诗之胸怀、诗之见解",当有其"质",方才有"文"的意义;二是认为诗之法不应该仅限于所谓的"饮食之和剂,衣服之尺刀,声音之考击"等,尤如诗之音韵平仄等"如是之浅",而"更有深焉者",应该扩展到更大的空间。

针对汪琬论述治民、治兵、治历,以及弹横、蹴鞠、承蜩、弄丸之法时,叶燮认为是"舛谬之甚"。他在《汪文摘谬》中说:

> 夫以治民归萧何,治兵归韩信,治历归张苍,固已不尽然,而总归之于法,则益不然也。夫萧何兼将相,为汉宗臣,高祖称为诸将发纵之首,其任文武无所不兼,而仅以治民概之,此龚、黄循吏之事也,而以专称何,可乎?且治民岂有定法哉?尧、舜以恭己无为为治,三代以誓诰文为为治,下至齐管仲,最下如秦商鞅,无不各有其术以为治者。即如汉初入关,萧何去秦苛政,约法三章,法固随时变迁,所云世轻世重者,治民不可汲于法也。今言何专治民,非也;治民必于法,抑又非矣。韩信固故专于治兵矣,夫古固有《六韬》《司马》等法矣,然信能驱市人而战,妙在不用古法。后世名将如岳飞,亦妙于不用古法。为将之道,临机应变,运用在乎一心,必泥于法,吾知其败不旋踵也。至于张苍之治历,则又大异于是。兵与民用法而治,不尽用法而亦治。若夫历,苟有分秒之离于法,则千岁之日至,俱茫无可考。故历有一定之成法,不可有毫发之舛错也。治兵与民,巧与法可互用,历则依成法,而无一毫之巧可用也。而与治民、治兵同语,不亦谬戾乎?

叶燮对汪琬的说法一一给予批驳。就治国,叶燮认为尧舜、三代、管仲、商鞅、萧何等各有其治国之术,治国之法随时变迁,是具体的,是与时代相吻合的,没有一个抽象的普遍之法;韩信、岳飞治兵,其妙不在死守古法,而在于"临机应变";而治历与治民治兵又不同,有一定之成法,批评汪氏将不同类的问题并列,称之为"谬戾"。

由以上叶燮对汪氏的批评可以看出,汪琬是在孤立地去谈论诗法,寻找普遍的东西,而叶燮则将与法所生存的环境联系起来,体现出他的高明之处。事实上,叶燮也并不否认法的存在,无论是治民、治兵,还是钟鼓之乐,都离不开法,但其法并不是孤立的,而是与存在的对象和环境密切相关,是与具体之物相结合来谈法的,所以他重视法之所依附的那些"肥毳""绮罗""管弦钟鼓"。就诗而言,所依附的"木兰、文杏之材"(体格),"发于喉、吐于口之音"(声调),"松柏之劲质"(苍老),以及"空虚明净"(波澜)的水之质,是"质"基础上的"文","文"是相诗之皮,而非相诗之骨。

汪琬深得乾隆朝臣的肯定,不仅在于他与清廷的合作,也在于其文法理论对于道统、文统的维护。《四库全书总目(卷一百七十三)·尧峰文钞提要》在评明清之际古文流变时说:

> 古文一脉,自明代肤滥于七子,纤佻于三袁,至启祯而极敝。国初风气还淳,一时学者,始复讲唐宋以来之矩矱,而琬于宁都魏禧、商丘侯方域称为最工,宋荦尝合刻其文以行世。然禧才杂纵横,未归于纯粹;方域体兼华藻,稍涉于浮夸;惟琬学术既深,轨辙复正,其言大抵原本《六经》,与二家迥别。其气体浩瀚,疏通畅达,颇近南宋诸家。蹊径亦略不同。庐陵、南丰,固未易言。要之接迹唐、归,无愧色也。[1]

显然,汪琬得到清初朝臣的肯定。清初散文三大家之一的魏禧在《答计甫草书》中回答计东(字甫草)问及汪琬文时说:"某公(指汪琬)之不肆,非不能肆,不敢肆也。夫其不敢肆,何也? 盖某公奉古人法度,犹贤有司奉朝廷律令,循循缩缩,守之而不敢过。"[2]指出汪琬之论文重才,更重法度。但在前面的比较中可以看出,汪琬之法比叶燮之法的边界更狭窄,主要指作诗技法。汪琬在《答陈霭公书》中说:"如以文言之,则大家之有法,犹弈师之有谱,曲工之有节,匠氏之有绳度,不可不讲求而自得者也。后之作者,惟其知字而不知句,知句而不知篇;于是有开而无合,有呼而无应,有前后而无操纵顿挫,不散则乱。"认为"前贤之学于古人,非学其词也,学其开阖呼应,操纵顿挫之法,而加变化焉,以成一家者是也"(《尧峰文钞》卷三十二,《四部丛刊》本)。在汪琬看来,"非穷愁不能著书,古人之文,安得有所谓无寄托者哉? 要当论其工与否耳。工者传,不工者不传;又必其尤工者,然后能传数千百年而终不可磨灭也",而反对"后生小子不知其说,乃欲剽窃模拟当之"[3],并在《与梁曰缉论类稿书》中进一步批评说:"彼句剽字窃,

---

① 张舜徽著,胡守仁、姚品文、王能宪校点:《清人文集别录》,华中师范大学出版社2004年版,第44页。

② (清)魏禧:《魏叔子文集》,中华书局2003年版,第248页。

③ 张文治编:《国学治要 集部》,北京理工大学出版社2014年版,第1701页。

步趋尺寸以言工者,皆能入而不能出者。"①汪琬强调看重语法工拙,要求表达技巧上精益求精,认为这才是文章流传与否的决定因素。这是文法为上之论。虽然他也曾提到学习技法"而加变化",提到对于各种技法要能入,还要能出。但其总体而言,是守法的。所以,叶燮在《汪文摘谬》中说:"汪君生平作古文,以'规拟'二字为独得之秘,不觉透露写照也。"这与魏禧对汪琬的评价基本相同。

与他们同时代的另一位诗论家毛先舒②也提及过华与质,变与法的关系,认为变而不离法。他在《诗辨坻》卷四中说:

> 文之难者,以本质之华,尽法之变耳。若华而离质,变而亡法,不足云也。譬如木焉,发华英泽,吐自根株,故称嘉树;若华而离根者,斯如聚落英、饰剪彩耳。尽法之变,如曲有音有拍,必音拍具正,然后出其曼袅顿挫,或扬为新变声耳。未有字不审音,腔不中拍,便事游移高下,妄取娱耳,以为工歌,知音者必不能赏。此亦可以征德,岂徒论文!③

毛先舒认为"华"不能离"质",要在守法基础上以求新声。汪琬就法论文,而叶燮在"文"与"质"的关系中论法,强调"质"中之"文",脱离"质"之"文"是无意义的。在叶燮看来,要创作出"工而可传之诗",必须重视诗人的才胆识力,以才驱法,以胆破法,以力御法。他认为法并不是不重要,而是要摆正它的位置,才能作出"工而可传之诗",流传千古。这也体现了叶燮诗学的创新之处。

---

① 王运熙、顾易生编《清代文论选》人民文学出版社1999年版,第242页。
② 毛先舒(1620—1688),原名骙,字驰黄,后改名先舒,字稚黄,仁和(今杭州)人,与毛奇龄、毛际可三人并称"浙中三毛,文中三豪",有《诗辨坻》四卷。《四库全书总目提要》卷一百九十七有:"是编评历代之诗。首为总论,首为经,次为逸,次为汉至唐,次为杂论,次为学诗经录,次为竟陵诗解驳议,而终以词曲。"(《四库全书总目提要》,河北人民出版社2000年版,第5440页)其自幼聪慧过人,十八岁刊《白榆堂诗》,受陈子龙赏识,以陈子龙为师,后随学者刘宗周讲学。入清,不求仕,从事戏曲音韵学研究。其坚守唐人门户,扬七子,抑竟陵,在《诗辨坻》中抨击"唐六如之俚鄙,袁中郎之佻侻,竟陵钟谭之纤猥"。其诗音调浏亮,韵律规整,有建安七子余风,以古学振兴西泠,排列"西泠十子"首位。其著述丰富,有《东苑文钞》二卷、《东苑诗钞》一卷、《思古堂集》四卷、《南曲入声客问》、《南唐合遗记》、《常礼杂记》、《家人子语》、《丧礼杂说》、《语子》、《稚黄子》、《谚说》、《撰书》、《小匡文钞》、《格物问答》、《诗辨坻》四卷、《南曲正韵》等传于后。
③ 见郭绍虞编,富寿荪校:《清诗话续编》,上海古籍出版社1983年版,第77—78页。

二、从诗法的"确定性"到"不确定性"

叶燮深知创作之精髓。他说：作诗者"必先有所触以兴起其意，而后措诸辞、属为句、敷之而成章。当其有所触而兴起也，其意、其辞、其句，劈空而起，皆自无而有，随在取之于心"《原诗·内篇上》。叶燮生动地表达了创作的过程，先由事物触发，兴起其意，而后有辞、句成章，其过程是自然触发，取之于心，说出世人未尝言说过的景、情、事。这是感物言志的诗学观念。南宋杨万里也曾说："我初无意于作是诗，而是物是事适然触乎我，我之意亦适然感乎是物是事，触先焉，感随焉，而是诗出焉。"《诚斋集》卷六七《答建康府大军库监门徐达书》认为"至其诗皆感物而发，触兴而作，使古今百家、景物万象，皆不能役我而役于我"《诚斋集》卷八三《应斋杂著序》，强调诗歌创作过程中诗人的主导作用。叶燮正是沿着这样的路径论诗的，所以，他认为作诗要"不但不随世人脚跟，并亦不随古人脚跟"《原诗·内篇下》，是"随我之所触而发宣之，必有克肖其自然者，为至文以立极"《原诗·内篇下》，给予诗人充分的创作自由。所谓的"随人脚跟"，是指世人与古人在艺术创作中积累经验之总结，也可理解为遵循已有的作诗之法则等，要求不随"世人"，也不随"古人"，而是要随"自己"。

宋以来，言诗法者甚多。到明代前后"七子"的复古之风起，"文必秦汉，诗必盛唐"，后经公安派、竟陵派的"反动"有所消退，但到明末清初，此风再起，由衰而盛。汪琬为清初沿法派之代表，其言善学诗者"必先以法为主"之说，进一步推动了主法思潮。叶燮列出其弊，批评他们"动则以法度紧严"《原诗·内篇下》，以法"牢笼一切"《原诗·内篇下》。叶燮《原诗》从创作中的"确定性"与"不确定性"的全新角度，分析在创作中有关法的问题，以挣脱古法之牢笼。

这种"确定性"与"不确定性"，表现在"法在先"还是"法在后"的问题。如认为法在先者，即在创作中依法创作，沿法而行，这是可以确定的；认为法在后者，即不受法之拘，在创作中使法得以自然呈现，这就是不确定的。这是对待诗法的两种不同的态度。叶燮选择了后者。他认为"余之后法，非废法也，正所以存法也"《原诗·内篇下》，表现了他对法的不确定性的认同。而这种不确定性，也正表现了叶燮希望在创作中解放作诗者，给诗歌创作以最大的自由。

他说：

　　若夫诗，古人作之，我亦作之。自我作诗，而非述诗也。故凡有诗，谓之新诗。若有法，如教条政令而遵之，必如李攀龙之拟古乐府然后可。诗，末技耳，必言前人所未言，发前人所未发，而后为我之诗。若徒以效颦效步为能事，曰："此法也。"不但诗亡，而法亦且亡矣。余之后法，非废法也，正所以存法也。夫古今时会不同，即政令尚有因时而变通之。若胶固不变，则新莽之行周礼矣。奈何风雅一道，而蹈其谬戾哉！（《原诗·内篇下》）

在叶燮看来，作诗者当自我所作，言前人所未言，发前人所未发，如若政令那样遵守不移，效颦效步，那么法亡，诗也亡。事实上，现实社会中的那些规范政令之法，也是随世变而变，而对于那些表现诗人自我之言，如若沿政令而行，必将是"蹈其谬戾"。叶燮从创作主体与创作客体两个方面，进一步阐述了诗歌创作的不确定性问题。他认为，诗歌是离不开主、客体两个方面的，是"以在我之四，衡在物之三"（《原诗·内篇下》）。所谓的"我之四"，即诗人之才胆识力，它们"能穷尽此心之神明……无不待于此而为之发宣昭著"。这里的"此"，强调创作主体的"心之神明"。而"神明"者，乃变化莫测使之呈显，使万物"发宣昭著"。所谓的"物之三"者，即理事情，它们足以"穷尽万有之变态……凡形形色色，音声状貌，举不能越乎此"。这里的"此"，强调创作对象乃"万有之变态"。可见，在叶燮看来，表现对象"穷尽万有之变态"，而创作主体也"穷尽此心之神明"，主体与客体都变化莫测，但要创作必须按一定的规矩进行，于逻辑不通。所以他说："大之经纬天地，细而一动一植，咏叹讴吟，俱不能离是而为言者矣。"（《原诗·内篇下》）这里的"是"为代词，即不能离开"在我"的"才胆识力"四者与"在物"的"理事性"三者。诗法的问题在这里被淡化了。

稍后于叶燮的纳兰揆叙[①]在《侯大年诗序》中也提到，"学诗之道，舍古人其谁从？惟在得其神理而去其痕迹，斯可谓善学古人矣。世之善诗者，罔不先从古人入手，既成之后，则必自名一家。东坡云：'天下几人学杜甫，谁得其皮与其骨？'也讥世之学古者舍其精微而得其形似者也"（《益戒堂文钞》下卷）。提出善学古人者都是"法在后"的。他们放弃效法古人，不从古人入手，方能"自名一家"，也表达了与叶燮相类的观点。当然，其所言"后法者"也并不是说可以不要诗之规矩，而是说不要拘于诗之规矩。

---

① 纳兰揆叙，字端范，谥文端，卒于康熙五十六年。纳兰性德之弟，官至翰林学院掌院学士，兼礼部侍郎，著有《益戒堂文钞》《益戒堂诗集》《鸡表肋集》《隙光亭杂织》《后织》《历朝闺雅》等。

为了进一步论述诗歌创作中的不确定性,叶燮从才、胆、识、力等四个方面,具体阐述了在创作中诗人主体方面因素的重要性远高于所谓的作诗技法。在他看来,"才""胆""识""力"是针对"法"而言的,要创新,就要突破既有之法。如何突破,对于主体而言,就是要有"才""胆""识""力",因此,考虑主体的四元素,就要与叶燮的"法"联系起来。即在讲法的层面上讲到这一问题的,无"才""胆""识""力"之诗人,乃"真诗运之厄"。叶燮突出主体的四元素,自然也就降低了诗之法在创作中的地位,也表现了他对诗之技法的看法。

第一,叶燮认为,"识"乃"文章之能事"。

"识"被称诗者所重视。[①] 稍早于叶燮的孙奇逢(1584—1675)[②]在其《语录》中云:"处事之道,才、识、胆三者缺一不可,然识为甚。胸中不先具达识,则才必不充,而胆亦不坚。"[③]在孙奇逢看来,作诗者当有"识",方能得以充实,"胆"也方能更加坚实。叶燮无疑将"识"的重要性推进一大步,认为"识"乃作诗之基本。他说:"人惟中藏无识,则理事情错陈于前,而浑然茫然,是非可否,妍媸黑白,悉眩惑而不能辨"(辨别不清)且"今夫诗,彼无识者,既不能知古来作者之意,并不自知其何所兴感、触发而为诗",而"人言是,则是之;人言非,则非之"(《原诗·内篇下》)。在另一处,他又说:"吾以为若无识,则一一步趋汉、魏、盛唐,而无处不是诗魔;苟有识,即不步趋汉、魏、盛唐,而诗魔悉是智慧,仍不害于汉、魏、盛唐也。"(《原诗·外篇上》)人说学习汉、魏、盛唐,他也跟着说学汉、魏、盛唐,但并不知道为什么要学汉、魏与盛唐,是"即能效而言之,而终不能知也"。在叶燮看来,"识"是一种理性的能力,无"识"则不能辨理事情,不能知诗由何而来,人云也云,提出"必具有只眼而后泰然有自居之地"(《原诗·内篇下》)。此处"只眼"指标准,即诗人要有自己的标准,否则"随世人影响而附会之",还"不自以为愚,旋愚成妄,妄以生骄",产生的原因,都是"患于无识,不能取舍之故"。与此相反,

---

①　先于叶燮的有宋人严羽《沧浪诗话·诗辨》有"学诗者先以识为主,入门须正,立志须高";清人吴雷发《说诗菅蒯》一一有"笔墨之事,俱尚有才,而诗为甚。然无识不能有才,才与识实相表里";后于叶燮的有袁枚《随园诗话》卷三有"作史三长,才、学、识缺一不可。余谓诗亦如之,而识最为先。非识,则才与学俱误用矣。"朱庭珍《筱园诗话》卷一有"积理养气,用笔运法,使典取神,皆仗识以领之。识为诗中先天,理法才气为诗之后天。有先天以导其前,有后天以赴于后,以先天为天功,以后天为人力,能合天人功力,并造其极,斯大成矣"等。

②　孙奇逢(1584—1675),字启泰,号钟元,明末清初理学大家。顺治元年(1644)明朝灭亡后,清廷屡召不仕,与李颙、黄宗羲合称明末清初三大儒。他一生著述颇丰,有《理学宗传》《圣学录》《北学编》《洛学编》《四书近指》《读易大旨》《书经近指》等。

③　孙奇逢著,王云五主编:《夏峰先生集》卷十四,商务印书馆1939年版,第471页。

"惟有识,则是非明;是非明,则取舍定。不但不随世人脚跟,并亦不随古人脚跟。非薄古人为不足学也;盖天地有自然之文章,随我之所触而发宣之,必有克肖其自然者,为至文以立极"(《原诗·内篇下》)。叶燮对诗人"有识"与"无识"对创作的影响讲得很清楚,称"识"乃"文章之能事"。

而叶燮更精彩的表述在于,如果有"识",我与古人的关系就不是简单的模仿或反模仿,而是今人与古人的"对话",这一看法是有其原创性的。他说:

> 我能是,古人先我而能是,未知我合古人欤? 古人合我欤? ……我之著作与古人同,所谓其揆之一;即有与古人异,乃补古人之所未足,亦可言古人补我之所未足。而后我与古人交为知己也。(《原诗·内篇下》)

我与古人的关系不是"效之""弃之",而是相互补充,或"古人补我",或我"补古人之未足",相互交流,相互对话,而为"知己"。叶燮提出的,为什么一定是我学古人,而不是古人学我呢? 在常人看来,古人在前,今人在后,后者学习前者是自然之事,前人是无法学后人的。其实这只是从时间轴,即纵向上来看的;如果将古人与今人放在同一时空当中,打乱前与后、古与今的时间界限,古人与今人就是一个相互对话切磋的局面。如我的创新,以古人的角度言,可以说是我补古人之未足;如以今人角度言,正好说明古人补我之未足。这就是叶燮的智慧。今人与古人,谁合谁呢? 可以今人合古人,也可以古人合今人,以此方法来消解古人与今人之间的对立,真不知道是古人合我,还是我合古人。"我合古人"与"古人合我"之说,消解了法的客观性,不是我效法古人,而是古人效法今人。这是一种新型的今人与古人的关系,正如现代阐释学所说的,是两种文化场域在同一时空中的交流与沟通。在《原诗·内篇下》中,他还进一步补充说:

> 夫惟前者启之,而后者承之而益之;前者创之,而后者因之而广大之。使前者未有是言,则后者亦能如前者之初有是言;前者已有是言,则后者乃能因前者之言而另为他言。总之,后人无前人,何以有其端绪;前人无后人,何以竟其引伸乎!(《原诗·内篇下》)

后者依赖前者,叶燮提出了前者也依赖后者的观点,这种"前人"与"后人"的关系,无疑是具有原创性的。

这一思想,在他的《与友人论文书》也有一段类似的表述。他说:

> 仆尝论古今作者,其作一文必为古今不可不作之文,其言有关于天下古今者,虽欲不作而不得不作,或前人未曾言之,而我始言之,后人不知言之,而我能开发言之,故贵乎其有是言也。若前人已言之,而我摹仿言之,今人皆能言之,而我随声附和言之,则不如不言之为愈也。所以古来作者有言谓之立言,以此言自我而立,且非我不能立,傍无依附之谓立,独行其是之谓立,故与功与德,共立而不朽也。(《已畦文集》卷十三)

从这里也可以看出,叶燮对于古今人之间的关系是一贯的,不是模仿与不模仿,而是相互之间的对话与交流。由此,古人与今人的关系就显示出更大的交流空间,今人在创作上得了自由,也在阐释上获得更广阔的空间。

第二,叶燮认为,"胆张,任其发挥而无所怯"。

因无识,故无胆。在叶燮看来,无胆则笔墨畏缩,不敢抒写;无胆,笔墨不能自由抒发心中之情。如果"记诵日多,多益为累",当其作诗时,必是"胸如乱丝,头绪既纷,无从割择",如"三日新妇,动恐失体"。叶燮认为,创者作乃以挥洒自如为乐,如果以"法"约束,处处障碍,如"三日新妇"与"跛者登临",畏缩不前,影响诗歌创作的自由发挥。并分别列出"强者""弱者""黠者""愚者""更或""又有"等六种人①。强者非我则不能得其法也;弱者我也如某人今传之法;黠者则秘而不言;愚者徒夸而张于人;更有怕不合古人而画蛇添足;又有生割活剥,认为此"六者"者"因无识,故无胆,使笔墨不能自由",充分说明了"识"在创作中"自由"的重要性。② 所以叶燮说:"识明则胆张,任其发宣而无所于怯,横说竖

---

① 《原诗·内篇下》有"文章一道,本摅写挥洒乐事,反若有物焉以桎梏之,无处非碍矣。于是强者必曰:'古人某某之作如是,非我则不能得其法也。'弱者亦曰:'古人某某之作如是,今之闻人某某传其法如是,而我亦如是也。'其黠者心则然而秘而不言,愚者心不能知其然,徒夸而张于人,以为我自有所本也。更或谋篇时,有言已尽本无可赘矣,恐方幅不足,而不合于格,于是多方拖沓以扩之,是蛇添足也。又有言尚未尽,正堪抒写,恐逾于格而失矩度,亟阖而已焉:是生割活剥也。之数者,因无识,故无胆,使笔墨不能自由,是为操觚家之苦趣,不可不察也。"(《原诗·一瓢诗话·说诗晬语》,第26页)

② 对"识"者重视的有许学夷《诗源辩体》卷三四第一七则:"学者以识为主,其功夫、才质不可偏废。有功夫而无才质,则拙刻迟钝,而不能窥神圣之域;有才质而无功夫,则少年才俊,往往发其英华,骋其丽藻。晚年才尽,则丑陋尽彰,支离百出矣。"黄承吉《胡丙皋诗序》:"夫识与力相因,而不并及者也。识至于丈寻,而力或仅尺;识至于千里之外,而(注转下页)

说,左宜而右有,直造化在手,无有一之不肖乎物也。"(《原诗·内篇下》)说明了"识"与"胆"的关系,并充分肯写了"胆"在创作中的重要性。

第三,叶燮认为,"无才则心思不出"。

他说:"夫才者,诸法之蕴隆发现处也",因为,"于人之所不能知,而惟我有才能知之;于人之所不能言,而惟我有才能言之,纵其心思之氤氲磅礴,上下纵横,凡六合以内外,皆不得而囿之;以是措而为文辞,而至理存焉,万事准焉,深情托焉,是之谓有才",所以"文章家止有以才御法而驱使之,决无就法而为法之所役"(《原诗·内篇下》)。在叶燮看来,在"才"与"法"的关系中,认为前人所说的"敛以就法"不足信,"若有所敛而为就,则未敛未就之前之才,尚未有法也"。他说:"言心思,则主乎内以言才;言法,则主乎外以言才。主乎内,心思无处不可通,吐而为辞,无物不可通也。……主乎外,则囿于物而反有所不得于我心,心思不灵,而才销铄矣。"(《原诗·内篇下》)叶燮反对"敛以就法"之说,而用"以才御法"来替代,表现了在"才"与"法"的关系中,重"才"而轻"法",这也是他"诗后法"思想的一种表现。

"才"对诗人的影响很大,正如同时代的徐增(1612—?)在其《而庵诗话》中所说的"诗本乎才,而尤贵乎全才"①。这是对叶燮"主乎内以言才""以才御法"的另一种表述。以"以才御法"反对"敛以就法",也表现对复古的反对,正如袁宏道所批评的,"夫复古是已,然至以剽袭为复古,句比字拟,务为牵合,弃目前之景,摭腐滥之辞"②。在叶燮看来,要"以才御法",决不能就法而为法所役。这

(续上页注)力才百里或数百里。然必先定识,乃能致力,识不真,则致力多误。故世或有真识之士,而力未充,亦或有力较充,而无真识。二者相较,无宁识真。何则? 识真而致力,力向真而趋也;识不真而致力,力随识而瞀也。"(见《梦陔堂文集》卷六)

①　徐增《而庵诗话》:"诗本乎才,而尤贵乎全才。全才者能总一切之法,能运千钧笔故也。夫才有情,有气,有思,有调,有力,有略,有量,有律,有致,有格。情者,才之酝酿,中有所属;气者,才之发越,外不能遏;思者,才之径路,入于缥缈;调者,才之鼓吹,出以悠扬;力者,才之充拓,莫能摇撼;略者,才之机权,运用由己;量者,才之容蓄,泄而不穷;律者,才之约束,守而不肆;致者,才之韵度,久而愈新;格者,才之老成,骤而难至。具此十者,才可云全乎? 然又必须时以振之,地以基之,友以泽之,学以足之。"(见王夫之等撰,丁福保辑录:《清诗话》,上海古籍出版社2015年版,第439—440页)

②　袁宏道《雪涛阁集序》:"近代文人,始以复古之说以胜之。夫复古是已,然至以剽袭为复古,句比字拟,务为牵合,弃目前之景,摭腐滥之辞。有才者诎于法,而不敢自伸其才;无才者拾一二浮泛之语,帮凑成诗。智者牵于习,而愚者乐其易,一唱亿和,优人骑子,共谈雅道。呀,诗至此,抑可羞哉! 夫即诗而文之为弊,盖可知矣。"(江盈科《雪涛阁集》卷首,见《江盈科集》,岳麓书社1997年版,第4页)

是叶燮关于"才"与"法"关系的认识,表现在"才"与"法"的关系当中,重"才"轻"法"的思想。在叶燮看来,法显然是处于次要地位的。

第四,叶燮认为,"力大能自成一家"。

诗作是否有独特性,"力"将在其中起到很大的作用。叶燮说,有力者乃"天地万物皆递开辟于其笔端,无有不可举,无有不能胜,前不必有所承,后不必有所继,而各有其愉快"(《原诗·内篇下》)。力大者,坚不可摧,即使是一句一言,也"如植之则不可仆,横之则不可断,行则不可遏,住则不可迁"(《原诗·内篇下》)。他以两人"共适于途,而值羊肠蚕丛峻栈危梁之险"为例,说明"力大者"与"力弱者"在创作中的表现。在他看来,力大者"神旺而气足,径往直前,不待有所攀援假借,奋然投足",进而"有境必能造,能造必能成";而力弱者"精疲于中,形战于外,将裹足而不前",进而"步步有所凭借,以为依傍:或借人之推之挽之,或手有所持而扪、或足有所缘而践"(《原诗·内篇下》)。可见,有力者不需要假借他人,形随神行,表现什么思想与情感,诗歌形式随之而显现;而力弱者无法依靠自己,不敢前行,步步凭借他力,效法前人。力强者靠自力,力弱者借他力。叶燮又细分说,力有大小,盖有"一乡之才""一国之才""天下之才"之分别;力足十世、百世、终古,其不朽之业也垂十世、垂百世、垂终古,并列举"杜甫之诗,其力能与天地相终始,与《三百篇》等"为例。所以,在叶燮看来,要成一家之言,要有所创新,成"工而可传之诗",要"断宜奋其力矣。夫内得之于识而出之而为才;惟胆以张其才;惟力以克荷之"(《原诗·内篇下》)。在其论述中似乎没有提及诗之法在其中的地位。

总之,叶燮对创作主体的"识胆才力"论,正是要求作诗者当有作诗者自己去衡在物者三,即理、事、情。诗人之识、胆、才、力,都是为了充分发挥自己的作用,摆脱已有的各种规矩的约束,"相似而伪,宁毋相异而真",体现出创作中的主体性特征。有识、有胆、有才、有力,自然就不会"法在先"而效法古人,为法所拘,以法而从;相反,如果充分地认识到作诗者"才胆识力"在创作中的重要性,能做到以自我为中心,笔墨自由,行于所当行,止于不得不止,方可能有神而明之,远离"东施效颦""裹足而行"的行为。叶燮强调"才胆识力"在诗歌创作中的重要性,认为有了"自我",才能有诗歌,有了"自我",才能有创新,而"若舍其在我者,而徒日劳于章句诵读,不过剽袭、依傍、摹拟、窥伺之术,以自跻于作者之林,则吾不得而知之矣!"(《原诗·内篇下》)叶燮对"时手"的创作给予了批评。"才胆识力"在叶燮诗学中占重要的地位。它是对诗人主体方面的要求,无此四者即不能为诗,是作诗之首要条件,也是创作"工而可传之诗"的重要条件。"才胆识力"在作诗中的重要性导致了创作的诸多"不确定性",也正因为有这种不确定性,才使诗歌创作有了永恒的魅力。

对于法后者,叶燮再次重申:"原夫创始作者之人,其兴会所至,每无意而出之,即为可法可则。如《三百篇》中,里巷歌谣、思妇劳人之吟咏居其半。彼其人非素所诵读讲肄推求而为此也,又非有所研精极思、腐毫辍翰而始得也;情偶至而感,有所感而鸣,斯以为风人之旨,遂适合于圣人之旨而删之为经以垂教。"(《原诗·内篇下》)他认为《三百篇》中的"国风","里巷歌谣、思妇劳人之吟咏"之诗居其半,他们非"所诵读讲肄推求"或"研精极思、腐毫辍翰"而得,只是情所至而感,有此感而鸣。这些兴会所至,无意而出的吟咏成为"垂教"之作,其作诗之则成为后世诸法。可见,法不是作诗之必备条件,不是法在先,而是法在后者。

元人郝经在《答友人论文法书》中曾说:"法在文成之前,以理从辞,以辞从文,以文从法,一资于人而无我,是以愈工而愈不工";而"法在文成之后,辞由理出,文自辞生,法以文著","不期于工而自工,无意于法而皆自为法。"(《郝文忠公陵川文集》卷二三)赞同古人的"文成法立"思想。"法在后"者主张自立其法,可以逃避雷同他人,不跟人脚跟。可见,"法在先"就是依法而行,作诗要按法的要求进行,法则是公开的,这自然有了更多确定性的东西,没有做就已经知道结果;而"法在后",是创作过程中自然呈现出来的,不受法则的约束,没有写完,不知道结果,自然就有了许多不确定性的东西。而这种对不确定性的认同,正表现在为作者松绑,给作者以创作上的自由。对创作的不确定性的描述最为形象者当属苏轼,他在《文说》中自评其文:"吾文如万斛泉源,不择地皆可出,在平地滔滔汩汩,虽一日千里无难。及其与石山曲折、随物赋形,而不可知也。所可知者,常行于所当行,常止于不可不止,如是而已矣。其他,虽吾亦不能知也。"[1]认为在诗歌创作中要"随物而不可知",只有自由抒写,才能充分呈现"物之态";"常行于所当行,常止于不可不止"正表现了不受规矩约束,自由开放的心态,万斛泉源,滔滔汩汩。清人刘大櫆《论文偶记》也说:"神气者,文之最精处也;音节者,文之稍粗处也;字句者,文之最粗处也。然余谓论文而至于字句,则文之能事尽矣。"[2]认为文之稍粗的"音节"和最粗的"字句"都是可以以法表现的,而唯

---

① 郭预衡:《唐宋八大家文集 苏轼文(下)》,人民日报出版社 1997 年版,第 616 页。

② (清)刘大櫆:《论文偶记》,舒芜校点,人民文学出版社 1959 年版,第 6 页。

有文之最精处的"神气"是难以言说，难以效法，具有不确定性。人的心气很重要，《黄帝内经·灵兰秘典论》有"心者，君主之官也，神明出焉"。《荀子·解蔽》有"心者，形之君也，而神明之主也。"而对神气的尊重，对自己内心的尊重，正表现了对无限性的尊重，对不确定性的尊重。

三、从"定法"到"神而明之"的"虚名"

检索《原诗》全文，用"神明"八次，"神而明之"两次，"神"二十九次。"神"者为变化莫测。[①] "神明"就是"神而明之"，即变化莫测使之明。

叶燮深知诗歌创作的特色。"理事情"乃"文家之切要关键"，但就诗之义而言，犹"未为切要也"。那么，诗之义的"切要"是什么呢？他认为诗有自己独特的表现对象，即他所说的"必有不可言之理，不可述之事"，与"可言之理""可征之事"不同，如果用"默会意象"的艺术形式去表达，那么，此不可言的"理"与"事"将无不"灿然于前"（《原诗·内篇下》）。在叶燮看来，诗之"至处"在"含蓄无垠，思致微渺，其寄托在可言不可言之间，其指归在可解不可解之会，言在此而意在彼"；其"妙处"为"幽渺以为理，想象以为事，惝恍以为情，方为理至事至情至之语。"（《原诗·内篇下》）这一表达的特殊性，正是诗歌得以存在的价值与理由。诗之对象的特殊性自然会影响到诗之表现的特殊性。那么，诗歌当如何表达这些特殊的对象呢？叶燮提出"无法之法"，即"神明"，或"神而明之"。这里的"神"即变化莫测之意。这也是他所说的诗之美者的原因。

叶燮的"虚名"之说是有其原创性的。他说："法者，虚名也，非所论于有也；又法者，定名也，非所论于无也。"（《原诗·内篇下》）认为法是"有"与"无"的有机统一。但就"虚名"与"定法"之论，他关于法是"虚名"的说法更具有启发性。

---

① 在中国古代哲学中，"神明"是一个常用的词，有指人的精神作用，如《荀子·解蔽》："心者形之君也，而神明之主也。"《荀子·劝学》："积善成德，而神明自得，圣心备焉。""神明"指人的思想意识。有指"天地之神"，如《庄子·天道》："天尊地卑，神明之位也"，《庄子·知北游》"今彼神明至精"。有指客观精神，如《庄子·天下》："神何由降？明何由出？圣有所生，王有所成，皆原于一。"又说："古之人其备乎！配神明，醇天地，育万物，和天下，泽及百姓……天下大乱，圣贤不明，道德不一……判天地之美，析万物之理，察古人之全，寡能备于天地之美，称神明之容。"也有以"神明"与"天地"并提，所谓神明不是指个人的精神。又讲"神""明"都是"原于一"，即认为神明不是最根本的，而是天地的一种表现。《易传》亦讲神明，《系辞下传》云："近取诸身，远取诸物，于是始作八卦，以通神明之德，以类万物之情。"所谓的"神明之德"可能指精神，也可能指圣人的智慧。《系辞上传》："明于天之道，而察于民之故，是兴神物以前民用，圣人以此斋戒，以神明其德夫。"所谓"神明其德"即显示高度的智慧。

他说:

> 诗文一道,岂有定法哉! 先揆乎其理;揆之于理而不谬,则理得。次征诸事;征之于事而不悖,则事得。终絜诸情;絜之于情而可通,则情得。三者得而不可易,则自然之法立。故法者,当乎理,确乎事,酌乎情,为三者之平准,而无所自为法也。故谓之曰"虚名"。(《原诗·内篇下》)

"揆之于理而不谬,征之于事而不悖,絜之于情而可通",此乃天下万物所遵循的道理。对于叶燮的"虚名",宇文所安在其《中国文论:英译与评论》一书中对叶燮的"定位"与"虚名"作了阐释。他以驾驶汽车打比方,认为:

> 不存在什么"驾驶之法";虽然有许多驾驶手册(正如在叶燮的时代有不少诗歌手册),但所有驾驶者都知道从驾驶手册里根本找不到"驾车的方法"。因此,"法"在这里就是一个"虚名";所谓"驾车方法"指的是实际操作之前无法充分确定或充分描述的东西。可见,一旦你真的开车,你就得知道在什么时候必须做这个,在什么时候必须做那个,这个"必须"就是所谓的"定位"之"法"或"方法"。虽然法是实际的,它们确实存在,可是,如果不在具体情况中被引发出来,法的具体确定性就不会出现。像在《原诗》其他地方一样,叶燮摆出两种常见对立立场(一方相信"法"具有决定性作用,另一方则反对"法"),并高居它们之上;他以此向世人表明,这样一些概念远比那些传统上的文学派别(无论是正方还是反方)所选择的粗糙立场复杂得多。①

"两种常见立场"就是指"尊法"与"反法"。宇文所安在此表达了两层意思:一是以驾车方法为喻,认为手册是无法充分确定或充分描述驾车方法的,然一旦有车,坐在驾驶室里,就自然知道如何驾车,以此来说明"定位"与"虚名"的关系,比较形象;二是方法是具体的,要在一定的情况下出现,否则法具有不确定性,认为其"定位"与"虚名"的提出,并不是简单的"正"与"反"的关系,而是要"复杂得多"。那么这个"复杂"又是什么呢? 叶燮用否定的方式来表述其"虚

---

① ［美］宇文所安:《中国文论:英译与评论》,上海社会科学出版社 2003 年版,第 550 页。

名",对我们理解其诗学思想就有了更大的阐释空间。这也是他思想中比较有特色的地方。他用否定的表达方式,即用"不谬""不悖"以及"可通",不是说"是什么",而是说"不是什么"。这一表达当然也就没有什么具体可言了,也不可能拟出具体的,可供执行的法则来,而只要是"当乎理,确乎事,酌乎情"即可。它是无法用具体的文字来表达的。这就是叶燮所谓的"虚名"。"虚名"概念的出现,为理解叶燮诗学提供了更大的想象空间。对于判断,用"是什么",还是用"不是什么",区别很大。前者用限定词,如诗之平仄,诗之章法,作诗必须如是而作,否则不能称其为诗,思维方式上在这个圈定的规则之内,则为是。而后者则用开放性的词,只要不背于"理事情"的,都可行;就作诗而言,只要不悖于诗之平仄,诗之章法的,都可以为诗,其思维方式上是在这个圈定范围之外,则为是。前者在规矩之内是有限的,后者在规矩之外是无限的。其结果是前者不敢越雷池半步,生怕不合古人法度;后者是规矩之外都可行,没有所谓的"雷池",这就有更多创新的机会。由此可以体会到两者在思维方式上所表现出质的不同。其学生沈德潜曾在《说诗晬语》(卷上)第八条中说:"诗贵性情,亦须论法。乱杂而无章,非诗也。然所谓法者,行所不得不行,止所不得不止,而起伏照应,承接转换,自神明变化于其中。若泥定此处应如何、彼处应如何,不以意运法,转以意从法,则死法矣。试看天地间水流云在、月到风来,何处著得死法。"[1]所谓的天地之法,也都是"虚名"而已。叶燮对"虚名"的提出,表达了这种超越、解放、自由的境地,为诗人的创新提供了合法性理论依据。

他顺其理,论及"定法"。他说:

> 法者,国家之所谓律也。自古之五刑宅就以至于今,法亦密矣。然岂无所凭而为法哉? 不过揆度于事、理、情三者之轻重大小上下,以为五服五章、刑赏生杀之等威、差别,于是事理情当于法之中。人见法而适惬其事理情之用,故又谓之曰"定位"。(《原诗·内篇下》)

在其对"定位"的理解中也能看出其"虚位"的意义。与"虚名"相比较,"定位"之法是具体的,可用文字表述出具体的条款来,如国家之法令,根据理事情之轻重大小,制定具体的,可操作的,如五服五章、刑赏生杀之等威、差别等作为

---

[1] 《原诗·一瓢诗话·诗说晬语》,第 188 页。

国之律令,规范人的行为。而我们看得见的具体之法令正是看不见的"理事情"在现实社会当中的运用。这种可见的,可操作的法令就是"定位"。"定位"中有"虚名"存其间,即定位不背于"虚名",表达了"虚名"为上,"定位"为次的观念。"定位"是死的,不可为无,所以谓之"定",与"虚"相对。

在叶燮看来,"定位"是对事物的最基本的要求。他说:"夫识辨不精,挥霍无具,徒倚法之一语,以牢笼一切。譬之国家有法,所以儆愚夫愚妇之不肖而使之不犯;未闻与道德仁义之人讲论习肄,而时以五刑五罚之法恐惧之而迫胁之者也。"(《原诗·内篇下》)国家之法,是"儆愚夫愚妇"的,"五刑五罚之法"是让我恐惧而不违法,并不针对"道德仁义之人"的。也就是说,这是做人最基本的,正如叶燮说诗者,诗之平仄章句,并不是不要,而是最基本的,作为作诗者必备之技能,但说有此并不能作出"工而可传之诗"。正如守了国家之法,并不一定成为"德仁义之人"一样,它只是做人应当做到最基本的行为。"定位"是需要的。国家法令是做人的基本要求,与作诗技法是作诗的基本要求一样的。只要不悖理、不悖事、情可通,没有所谓定法的约束,那么,在叶燮看来,那将是"胸中通达无阻,出而敷为辞,则夫子所云'辞达'。'达'者,通也。通乎理、通乎事、通乎情之谓"。如果以法牢笼,"必泥乎法,则反有所不通矣。辞且不通,法更于何有乎?"(《原诗·内篇下》)如之不通,又哪儿来的法呢? 后来的吴文溥(1795 年前后)在《南野堂笔记》卷一中说:"盈天地间皆活机也,无有死法。推之事事物物,总是活相,死则无事无物矣。所以僧家参活禅,兵家布活阵,国手算活著,画工点活睛,曲师填活谱。乃至玉石之理,活则珍;山水之致趣,活则胜。"①可以见出"活"之重要。

虽然这种提法并不是叶燮的原创,但其"死法"与"活法"思想所包含的内容就远远多于前人在"死法"与"活法"问题上所追问的东西。有前文提过叶燮的"美人之喻""朝庙享燕""士庶宴会"等言说死法、活法之说,他以层层递进的方式表达自己的诗学主张。首先提出有死法与活法之分,再以实例的方式,形象地说明诸多"不可渝"的为死法,如"眉在眼上""鼻口居中""揖让升降""叙坐献酬"等,但认为诗之美者不在此;同理,格鬼神通敬爱也不在此,而是在"耳目口鼻"基础上的"神明之",在"揖让献酬"基础上的"通感之"。那么,就是否有"神明之法"和"通感之法"的问题,便涉及对"死法"与"活法"的论述。在叶燮看来,

---

① 赵永纪编:《古代诗话精要》,天津古籍出版社 1989 年版,第 408—409 页。

诗之平仄、章句之法是作诗之基础,是死法。此私塾中的读诗者也不屑言之,虽三家村相传,但不为诗者独得之秘也。那么,舍此两端,即诗之平仄、章句之法,还另有他法? 这个法正是叶燮所重视的"神明之中,巧力之外"的"变化生心"之法,即活法。那么,活法又是什么呢? 死法是定位,不可以为无,初学者能言之,而活法则是虚名,不可以为有,作者之匠心变化,不可言,也无法言。叶燮以层层递进的方式,认为活法是"不可言说"的。这一"不可言说"之说,并不是说没有,而是主于作者之匠心变化,即要根据作者之"才胆识力"的具体情况而定的。这一看法就给作者以更大的创作空间,为作者自由创作提供了合法性。在创作完成中表现出来的诗法,即"法在后"表现了叶燮对诗法的最有意义的认识,对后世影响很大。稍后于叶燮之石涛的"无法之法,乃为至法"(《石涛画语录》),纪昀《唐人试律说序》的"大抵始于有法,而终于以无法为法;始于用巧,而终于以不巧为巧"(《唐人试律说》镜堂十种本),也大概是同样的意思。

　　叶燮针对称诗者所说的"不知统提法者之于何属也"与"凡事凡物皆有法,何独于诗而不然"这两个问题作的回复,提出法有"死法"与"活法",要求辩证地对待两者,并在比较参照中较完整地阐述了他对诗法的看法,认为诗之美者在于"变化生心",不可为有的"虚位",表现了一定的原创性思想。

第四章　叶燮"陈熟生新"的思想内涵

　　叶燮在《原诗·内篇上》(上)中开篇反对"五十年前,诗家群宗'嘉隆七子'之学"①,动则以诗法绳之,以"有数之则"表天地之"无尽"与心思之"无穷";批评楚风(即公安派竟陵派)"起而矫之",但又"入于琐屑、滑稽、隐怪、荆棘之境";指责"近今诗家"扫除"七子"习弊,但又"务趋奥僻,以险怪相尚","新而近于俚,生而入于涩",提出了"陈熟生新"问题,认为"若主于一,而彼此交讥,则二俱有过。"(《原诗·外篇上》)叶燮认为以上三家都没有处理好"陈熟"与"生新"的关系。就问题提出的语境来看,是在讲前后七子、公安竟陵、近今诗家三者在处理"陈熟"与"生新"的关系中都各自走向"一偏",当属于是从历时性视角讨论问题。但他在分析其原因时指出,"陈熟、生新,二者于义为对待"一言,又将"陈熟"与"生新"之关系视为"对待",这又是从共时性视角讨论问题。这一思考方式显示出叶燮以共时性的方法去阐释历时性的问题,体现了其思想的原创性。又因"对待"是中国传统哲学的重要范畴,以"对待"阐释"陈熟生新"思想,的确抓住了核心,但如果仅以此概之,又会在不同的程度上遮蔽其思想的丰富性。这是我们应当注意的问题。

　　何为"陈熟生新"？"陈熟"和"生新"并列,互成对偶,结构相同,意义相反。它产生了两种阐释的可能:其一,结构上的并列关系,"陈"与"熟"或"生"与"新"都是内涵相近的形容词,前者为"陈旧的",后者为"创新的",形成"旧的"和"新的"对立概念;其二,结构上的动宾关系,"陈"作陈述,为动词,"熟"作"旧的",为形容词,形成了"陈述旧的","生出新的"。可见,这种阐释显示了"陈熟生新"包含了"旧""新"对立的共时性问题和"继承""发展"对立的历时性问题。在叶燮那儿,这种"新"与"旧","继承"与"发展"两个问题交织而得以统一。《原诗》全文虽然仅提及"陈熟"三次,"生新"四次,但其中所表达出关于"陈熟"与"生新"

---

　　① 《原诗》写于康熙二十五年(1686),上溯五十年为崇祯九年(1636);"嘉隆七子"即"后七子",他们是李攀龙、王世贞、宗臣、梁有誉、谢榛、徐中行、吴国伦等,因均生活在嘉靖、隆庆年间,故被称为"嘉隆七子"。

的思想却极为丰富。为了更好地把握叶燮"陈熟生新"的思想,我们从梳理这一思想的学术演变开始。

第一节 "陈熟生新"的历史演变

自文学诞生初,"陈熟生新"便是人们要面对的主要问题,其演变的历程呈现了诗学观念的变化。在此,我们首先从它的精神源头说起。

一、"陈熟生新"的精神源头

中国传统思想的萌芽大都可以追溯到"轴心期"时代①,其间思想百花齐放,儒、道、法等诸家流派并存,成为"陈熟生新"的精神源头。孔子主张"克己复礼""天下归仁"(《论语·颜渊》),在"礼"的范围内"述而不作,信而好古"(《论语·述而》),推崇先王圣人,崇古尚古的色彩浓厚,倾向于"陈熟";而老庄提出"绝学""弃智",强调尊重自然,却忽视人的智慧和创造。以上说法显示了儒道两家都在不同的程度上束缚人的个性。但孔子又提出"过犹不及"(《论语·先进》),主张不偏不倚的处事原则,这似乎看到了后来叶燮"陈熟、生新,不可一偏"(《原诗·外篇上》)的影子。荀子又在其《劝学》《乐论》中推崇"中和之美",也可以见出儒家先圣的"中庸之道",两不偏废的倾向。而《易传》的"变动不居","变则通,通则久"(《易传·系辞下》)的思想,肯定了"参伍以变,错综其数,通其变遂成天地之文,极其数遂定天下之象,非天下之至变,其孰能与于此"②。"变易"观点又为创新提供理论支撑,肯定了"生新"的合理性。

先秦诸子虽然没有对后来所提出的"继承"与"发展"问题作具体的阐述,但已表现出三种倾向:一是儒家恪守"仁"与"礼",道家对本源的推崇,表现出以"共性"约束"个性"的倾向,这将会在不同程度上约束人的创新;二是荀子和《易传》虽立足点不同,但均肯定变,其中"变易"是对"生新"的认同,在一定程度上

---

① "轴心期"时代是由德国现代学者卡尔·雅斯贝斯在其著作《历史起源与目标》中提出的一个跨文化研究的概念,用以指公元前500年前后即公元前800年到公元前200年间同时出现的巴比伦文化、埃及文化、印度河流域文化和中国文化这四个互不相同的文明,奠定了四种文化后世思想发展的基础。

② 周振甫:《周易译注》,中华书局1991年版,第245页。

支持了创新;三是儒家"中庸"之道作为处理不同事物之间关系,表现了对"过去"与"未来"两不偏废的态度。虽然以上倾向并非论述文学问题,但也或多或少地影响着对文学创作中的"继承"与"发展"关系的认识。

二、"陈熟生新"的诗学转向

"罢黜百家,独尊儒术"经西汉董仲舒的神学化改造,成为社会的主流正统。他提出的"道之大,原出于天;天不变,道亦不变"(《举贤良对策三》)以及"君权神授"和"三纲五常"的伦理作为社会关系的基本原则,自然影响到文学思想。保守成为汉代文艺思想的总体特点,使得在对待"陈熟"与"生新"关系上偏重于继承性一面,由此在文学批评上形成了恪守传统,模拟先圣的时风。以"温柔敦厚"为代表的复古"诗教"占据了文艺思想的主导地位,对后世产生了极大的影响。汉代《毛诗大序》为其代表。其"发乎情,止乎礼义"就是要求创作不能逾越"礼义"的伦理底线。

儒家正统代表人物西汉扬雄提出以"圣人"为榜样,以"五经"为楷模,即所谓"不合乎先王之法者,君子不法也。……舍舟航而济乎渎者,末矣;舍五经而济乎道者,末矣。"(《法言》卷二《吾子》)并将之作为创作的准则,这就有了《太玄》模仿《易经》,《法言》模仿《论语》,把复古模拟推崇到极致,进一步突出儒家重"陈熟"的复古倾向。

东汉王充反对谶纬迷信之异端,在守旧主潮的社会当中发出了"异样"的声音。他提出"上世治者,圣人也,下世治者,亦圣人也……"①并以发展的眼光,批评俗儒"好长古而短今……信久远之伪,忽近今之实"②。同时,他赞赏创新,将有创新之解的"鸿儒"称为"世之金玉"。这种扬"作"抑"述"的行为挑战了"述而不作"的传统,在以复古模拟为主导的时风中,突破汉儒的桎梏。这一主张在诗

---

① 王充《齐论衡·世五十六》:"夫上世治者,圣人也;下世治者,亦圣人也。圣人之德,前后不殊,则其治世,古今不异。上世之天,下世之天也。天不变易,气不改更。上世之民,下世之民也,俱禀元气。元气纯和,古今不异,则禀以为形体者,何故不同? 夫禀气等则怀性均,怀性均则形体同,形体同则丑好齐,丑好齐则夭寿适。一天一地,并生万物。万物之生,俱得一气。气之薄渥,万世若一。帝王治世,百代同道。"见(汉)王充:《论衡》,张宗祥校注,郑绍昌标点,上海古籍出版社2013年版,第380页。

② 王充《论衡·须颂六十》:"俗儒好长古而短今,言瑞则渥前而薄后。是应实而定之,汉不为少。汉有实事,儒者不称;古有虚美,诚心然之。信久远之伪,忽近今之实。"见(汉)王充:《论衡》,张宗祥校注,郑绍昌标点,上海古籍出版社2013年版,第407页。

歌的"陈熟"与"生新"问题上重独创,将"述而不作"转变为"作而不述",对诗歌
创作产生了深远的影响。

汉末社会动荡,儒家正统思想不断流失。思想解放在文学方面便有了向文
学自身的转向,出现了曹丕《典论·论文》和陆机《文赋》等论文学的专门著作。
诗论家们开始站在文学的立场,重新审视"陈熟"与"生新"问题。如葛洪继王充
之后,鲜明地提出"今胜于古"的主张,推崇"生新",尖锐地批判了"贵古贱今"的
思想,认为"时移世改,理自然也"①。萧子显再次沿袭王充、葛洪之路,提出"若
无新变,不能代雄"②。这一时期,"生新"倾向占据上风。

刘勰《文心雕龙》的问世意义深远。其《通变》篇专门论述"陈熟"与"生新"
问题,提出了"通变"概念。刘勰详细论述"通"与"变",认为文学有一些基本原
则是必须延续的,那就是"通",但还有一些元素须随时代而改变,那就是"变"。③
"通变"贯穿《文心雕龙》始终。五篇总论中的《原道》《征圣》《宗经》涉及"通",即
"继承",《正纬》《辨骚》涉及"变",即"创新"。可见,在刘勰那里既有继承,又有
创新。虽然他偏于崇正倾向,倡导"宗经",④但能在批评实践中以通达的眼光处
理"陈熟"与"生新"的关系,是值得后人学习的。

自隋进入初唐,被韩愈称为"国朝盛文章,子昂始高蹈"的陈子昂认为,"齐
梁间诗,采丽竟繁,而兴寄都绝,每以永叹"(《与东方左史虬修竹篇叙》),针对六朝
时弊,提倡"兴寄论"和"风骨论",继承"汉魏风骨"。李白、杜甫作为诗坛的领军

---

① 葛洪主张"今胜于古"。他在《钧世》中说:"《尚书》者,政事之集也,然未若近代之优
文诏策军书奏议之清富赡丽也。《毛诗》者,华彩之辞也,然不及《上林》《羽猎》《二京》《三都》
之汪秽博富也。……若夫俱论宫室,而奚斯路寝之颂,何如王生之赋灵光乎? 同说游猎,而
《叔畋》《卢铃》之诗,何如相如之言上林乎? 并美祀祭,而《清庙》《云汉》之辞,何如郭氏《南
郊》之艳乎? ……且夫古者事事醇素,今则莫不雕饰,时移世改,理由然也。至于黼锦丽而且
坚,未可谓之减于蒉衣,辎軿妍而又牢,未可谓之不及椎车也。"(见郭绍虞主编:《中国历代文
论选》第一册,上海古籍出版社 2001 年版,第 208—209 页)

② 萧子显《南齐书·文学传论》:"属文之道,事出神思,感召无象,变化不穷。俱五声之
音响,而出言异句;等万物之情状,而下笔殊形。吟咏规范,本之雅什,流分条散,各以言
区。……习玩为理,事久则渎,在乎文章,弥患凡旧,若无新变,不能代雄。"(见郭绍虞主编:
《中国历代文论选》第一册,上海古籍出版社 2001 年版,第 264—265 页)

③ 刘勰《通变》:"夫设文之体有常,变文之数无方。何以明其耶? 凡诗赋书记,名理相
因,此有常之体也;文辞气力,通变则久,此无方之数也。名理有常,体必资于故实;通变无方,
数必酌于新声。"(刘勰著,范文澜注:《文心雕龙注》,人民文学出版社 1958 年版,第 519 页)

④ 杨晖:《"通变"诗学转向中的崇正倾向——试论刘勰的通变观》,见《船山学刊》2011
年第 1 期。

人物,在诗歌创作当中既取前人之精华,又不盲目承袭模拟。李白继承古人,赞扬《诗经》,颂美《楚辞》,倾心六朝绮丽文风,但也批评其弊病;杜甫的"别裁伪体亲风雅,转益多师是汝诗。"(《戏为六绝句》)既"亲风雅",发扬《诗经》传统,又"别裁伪体",去除前人的糟粕,"转益多师"地学习前人的优秀传统。[1]

盛唐中后期的古文理论,看似"陈熟",实乃"生新"。为纠正六朝骈文泛滥,他们以"恢复古文"为旗,行诗歌创作之"生新"。韩愈"师古贤圣人",学习古人,"师其意",阐发孔孟之道,但并不是简单的复古,而是针对时俗而发的;在文章言辞方面"不师其辞"(《答刘正夫书》),"词必已出"(《南阳樊绍述墓志铭》),提倡创造具有时代特色的语言[2]。他认为"能者非他,能自树立,不因循者是也"(《答刘正夫书》),只有独创,方能流传。柳宗元的"文以明道"不同于韩愈的"沉潜于道",而是"羽翼夫道",要求勿以轻心掉之,怠心易之,昏气出之,矜气作之,是重在文。[3] 他虽然提倡古文,但反对"荣古陋今"(《与友人论为文书》),从事物不断变化的观点出发,认为今人文章是可以超越古人的。

唐朝是中国诗歌创作之盛世,一大批杰出诗人,诸如王维、李白、杜甫、白居易、韩愈、柳宗元等接踵而至。虽然其诗学发展不及六朝,也没有为后人留下皇皇巨著,但他们却始终能较好地处理"陈熟"与"生新"关系。唐代诗坛兼顾两端,既继承前人诗歌精华,又凭各自的才华不断创新,把诗歌创作带入了黄金时代。

唐代诗学以皎然《诗式》为代表。他立足于佛家之"中道",提出"复变",既要有"复"(继承),又要有"变"(创新)。他说:"作者须知复变之道。反古曰复,不滞曰变。若惟复不变,则陷于相似之格。……复变二门,复忌太过,变若造

---

① 郭绍虞在《中国文学批评史》中说,"我以为李白的主张是反齐梁的,杜甫的主张,是沿袭齐梁而加以变化的。"(见郭绍虞:《中国文学批评史》(上),商务印书馆 2010 年版,第218—219 页)谈及李白与杜甫的区别,涉及他们对待齐梁,也即对待古人的态度。

② 韩愈《答刘正夫书》:"或问:为文宜何师? 必谨对曰:宜师古圣人贤。曰:古圣贤人所为书具存,辞皆不同,宜何师? 必谨对曰:师其意,不师其辞。又问曰:文宜易宜难? 必谨对曰:无难易,惟其是尔。"另《南阳樊绍述墓志铭》:"惟古于词必已出,降而不能乃剽贼。后皆指前公相袭,从汉迄今用一律。廖廖久哉莫觉属。神祖圣伏宣绝塞。既极乃通发绍述。文从字顺各识职,有欲求之此其躅。"(见(唐)韩愈:《韩昌黎文集校注》,马其昶校注,马茂元整理,上海古籍出版社 1986 年版,第 207、542 页)

③ 柳宗元《答韦中立论师道书》:"故吾每为文章,未尝敢以轻心掉之,惧其剽而不留也;未尝敢以怠心易之,惧其弛而不严也;未尝敢以昏气出之,惧其昧没而杂也;未尝敢以矜气作之,惧其偃蹇而骄也;抑之欲其奥,扬之欲其明,疏之欲其通,廉之欲其节,激而发之欲其清,固而存之欲其重,此吾所以羽翼夫道也。"(见郭绍虞、王文生主编:《中国历代文论选》第 2 册,上海古籍出版社 2001 年版,第 144 页)

微,不忌太过,苟不失正,亦何咎哉?"批评"陈子昂复多而变少,沈宋复少而变多"(《诗式·复古通变体》),要求"复""变"都要"适度"。白居易也并不恪守传统,而是探索"救济人病,裨补时阙"(《与元九书》)的现实主义道路,践行着诗歌"创新"之路。

从北宋初期开始,在"陈熟"与"生新"问题上再次偏向"陈熟",虽然时隐时现,却始终在文坛占有举足轻重的地位。苏轼《诗颂》说:"冲口出常言,法度去前规。人言非妙处,妙处在于是。"指出诗歌创作行其所当行,要去"前规"法度;作诗之妙不在前规的法则,而是顺乎自然,止于不可不止,主张诗歌之"生新"。黄庭坚虽要"熟读楚词,观古人用意曲折处,讲学之后,然后下笔"(《与王立之》),但又反对模仿,强调出新,他的"听它下虎口著,我不为牛后人"(《赠高子勉》)以及"随人作计终人后,自成一家始逼真"(《以右军书数种赠丘十四》)等都表达此意;其"夺胎换骨""点铁成金"之法也都是在学习古人后才营造自己的诗歌境界。苏轼与黄庭坚执着于诗歌"生新",方有其辉煌的创作成就。

三、"陈熟生新"的冲突流变

朱熹(1130—1200)论诗强调学习古人,注重法度,针对当时不良文风,希望通过学习古人以纠正时风,偏重"陈熟"。他在《答巩仲至第四书》中梳理诗之演变,认为诗从虞夏到宋诗有"三变":虞夏至魏晋诗为优,自为一等;晋宋至唐初为次,择其古者,自为一等;对于律诗出后,诗法大变,益巧益密,而无复古人之风者,自为一等,但"悉去之,不使其接于吾之耳目,而入于吾之胸次"①。他以"古人之风"评判诗之等级,表达了复古倾向。同时还要求学习古人之"气韵高古""笔力老健"(《跋病翁先生诗》),也是显出其追随"前人之风""前人之法"的主张。另一位重要的诗论家严羽的"以盛唐为法",也是一位复古主义的奉行者。

明代的诗文创作逐渐衰落,而诗学批评却得到有效释放。明代的诗学批评

---

① 朱熹《答巩仲至第四书》:"尝问考诗之原委,因知古今之诗,凡有三变:盖自书传所记,虞、夏以来,下及魏晋,自为一等。自晋、宋间颜谢以后,下及唐初,自为一等。自沈宋以后,定著律诗,下及今日,又为一等。然自唐初以前,其为诗者,固有高下,而法犹未变。至律诗出,而后诗之与法始皆大变。以至今日,益巧益密,而无复古人之风矣。故尝妄欲抄取经史诸书所载韵语,下及《文选》、汉、魏古词,以尽乎郭景纯、陶渊明之所作,自为一编,而附于《三百篇》、《楚辞》之后,以为诗之根本准则。又于其下二等之中,择其近于古者,各为一编,以为之羽翼舆卫。其不合者,则悉去之,不使其接于吾之耳目,而入于吾之胸次。"(见郭绍虞主编:《中国历代文论选》第二册,上海古籍出版社2001年版,第410—411页)

大约是围绕着"复古"与"反古"两条线索展开的,成为"陈熟"与"生新"的冲突期。明代前、中期的前后七子主张复古,蹈袭模拟,倾向"陈熟";自明中叶起,公安派和竟陵派起而抨击之,强调"生新",形成了反古思潮,但由于对创作理解过于褊狭,其结果是破而不立,没能为诗坛开辟出新的天地。

明初高棅(1350—1423)在《唐诗品汇》中提倡格调,偏重学古,开启明代复古的前奏。"前七子"的李(梦阳)、何(景明)倡言复古,"文必秦汉,诗必盛唐"(《四库全书提要》)影响诗坛,使当时操觚谈艺之士趋之若鹜,以此为宗。前者提倡古人"法式",后者主张"舍筏登岸,不落形迹"(《与李空同论诗书》),分别从"形"和"神"两个方面模仿古人。虽然他们的方式各不相同,但其诗歌创作的最终指向并无多大的差异。徐祯卿虽然被纳入"前七子",但他主张"因情立格","气""声""词""韵"皆因情而生,是"情"生而"格"立,非以"格"约束"情"。诗歌是沿情而生,又怎么能模仿呢?

"后七子"的李攀龙和王世贞沿着"前七子"的诗学路径前行。李攀龙尺寸古人,亦步亦趋。而王世贞文崇秦汉,诗法盛唐,注重古人"格调",但又主张"才生思,思生调,调生格。思即才之用,调即思之境,格即调之界"(《艺苑卮言》卷一),将创作才思与格调联系起来。谢榛的"文随世变"也表现出对机械蹈袭古人的反思。虽然前、后"七子"诗学核心是"复古",但如何复古却表现出不同的路径。

这一复古思潮虽有杨慎、王慎中等人的质疑,但仍主导文坛约百年,直到明代弘治年间王阳明心学的产生,诗坛才开启反古模式。徐渭(1521—1593)《叶子肃诗序》批评"不出于己之所自得,而不窃于人之所尝言"①,强调"出于己"而不"窃于人",显示了"出于己"之重要,反对拟古。李贽以"童心说"为武器,提出"吾故因是而有感于童心者之自文也,更说甚么《六经》,更说甚么《语》《孟》乎!"(《焚书·童心说》)出于"童心"者才是真正的好文章,优劣不分古今,而在于是否出于"真心"。公安派与前后"七子"相左,主张"抒写性灵"。袁宏道以"真""变""趣""奇"来抵抗模拟剽窃。竟陵派针对其"俚俗"之弊,提出了"幽深孤峭",但终因矫枉过正,很快又被后人批评。

---

① 徐渭《叶子肃诗序》:"人有学为鸟言者,其音则鸟也,而性则人也;鸟有学为人言者,其音则人也,而性则鸟也。此可以定人与鸟之衡哉,今之为诗者,何以异于是,不出于己之所自得,而徒窃于人之所尝言,曰某篇是某体,某篇则否;某句似某人,某句则否。此虽极工逼肖,而已不免于鸟之为人言矣。"(见郭绍虞主编:《中国历代文论选》第3册,上海古籍出版社2001年版,第91页)

明末清初诗学繁荣,仍然延续着"复古"与"反古"之争,但调和两者的关系更为突出,主张"陈熟"与"生新"两不偏废,重视古人,但不简单模仿;同时以诗歌真情为重,肯定"生新"。

明末清初诗歌批评理论成就最高的是王夫之。他痛恨死板格局,反对"死法",主张"去古今而传己意"(《述病枕忆得》),强调"传己意",推崇"创新"。他肯定"温柔敦厚",但又提倡"曲写性灵"和"兴观群怨"的结合。沈德潜也提倡"温柔敦厚",但看重诗歌演变之自律。翁方纲之肌理,维护诗教正统,但因其把握之偏差,走向了学问考据。朱彝尊重道、宗经、博学,提倡"诗言志",但又强调抒发感情,"本乎自得"。袁枚有叛逆精神,认为"无自得之性情,于诗之本旨已失矣"(《小仓山房诗文集》卷十七《答施兰垞论诗书》),反对依傍前人而失去自己,但也或多或少透出封建正统。

从以上的梳理可以看出,在中国古代诗论中,"陈熟"与"生新"关系的三种倾向:一是倾向于"陈熟",学习前人,沿袭多于创新;二是倾向于"生新",不拘泥于前人,创新多于沿袭;三是兼顾"陈熟"与"生新",两不偏废。当然,任何事物之演变正是双方的对立统一,各方都具有同等重要的地位。有复古一派,自然有反古一派,诗歌创作正是在"复古"与"反古"的冲突中前行,在清算与反清算的过程中得到丰富与发展。由此,诗歌演变也可以看作是"陈熟""生新"各领风骚的历史进程。

争论与冲突是前行的动力。复古之"陈熟"与反古之"生新",都是寻找改变现实的有效路径。前者表现为从前人处寻求精神资源,后者表现为从创新中寻找灵感,而不能简单地作出何者为优,何者为劣的判断。但有一点可以明确,即他们都表现了对现实不满的态度,具有一定的批判精神。在传统诗学演变的进程当中,诗论家对"陈熟生新"问题的不断探求,一步步地推动和丰富了诗歌理论的发展是毫无疑问的。

第二节　共时性中的"陈熟生新"

叶燮在论明代诗论各派别时,批评他们都没有处理好"陈熟"与"生新"的关系,如"后七子"重"陈熟"的一面;公安派、竟陵派又主"生新"的一面;近今诗家本想独辟蹊径,却走向新的偏颇,"新而近于俚,生而入于涩",在"新"与"生"中不见"陈"与"熟"。以上诸家,虽然他们追求不同,手法不同,但都有一个共同的倾向,即或"陈"中不见"生",或"生"中不见"熟"。为此,叶燮将两者的关系纳入传统哲学"对待"的框架中,提出"陈熟、生新,不可一偏。必二者相济,于陈中见生,生中得熟,方全其美"(《原诗·外篇上》)的思想。

"对待"是明清之交思想家方以智(1611—1671)的哲学概念,用来指事物矛盾相互排斥的双方。他说:"夫对待者,即相反者也","有一必有二,二皆本于一。岂非天地间之至相反者,本同处一原乎哉?"又说"因对待谓之反因,无对待谓之大因。然今所谓无对待之法,与所谓一切对待之法,亦相对反因者也。"(《东西均·反因》)提出"公因反因"说,极为精粹。又《易余·充类》释云:"极则必反,始知反因。反而相因,始知公因。公不独公,始知公因之在反因中。"(庞朴《东西均注释·序言》)"反因"指对待两端,"公因"指对待两端的统一。所以方以智说:"天地间之至理,凡相因者皆极相反……则所谓相反相因者,相救相胜而相成也。昼夜、水火、生死、男女……剥复、震艮、损益、博约之类,无非二端。"[1]在两端中,方以智说,"一不可言,而因二以济"(《东西均·容遁》),侧重于"一在二中"。而同时代的王夫之也重视对待两端,但与方以智不同,他更侧重于"二于一中"。他在《思问录·内篇》说:"两端者,虚实也,动静也,聚散也,清浊也,其究于一。实不窒虚,知虚之皆实。静者静动,非不动也。聚于此者散于彼,散于此者聚于彼,浊入清而体清,清入浊而妙浊,而后知其一也。非合两面以一为之纽也。"这是中国传统哲学"两""一"思想的体现。

中国传统哲学常以"两"与"一"并举。前者指对待,即对立之意;后者指合一,即统一之意。"两""一"关系,就是对立统一关系。叶燮所谓的"陈熟"与"生新"之义为"对待",就是说两者是对立的,既是冲突的,也是依赖的。为此,他从"对待"的不确定性、消解"陈熟生新"的优劣、"陈熟"与"生新"须"相济"等三个方面阐述其在共时性中"陈熟生新"的思想。

一、"对待"的不确定性

何为"对待"呢?叶燮在《二取亭记》中说:

> 凡物之义不孤行,必有其偶为对待。弃者,取之对待也。……夫道本

---

[1]　(清)方以智:《东西均》,中华书局 2001 年版,第 87—88 页。

无有可弃，本无有可取，道之常也。有弃有取，道之变也。有弃斯有取，有取斯有弃，道之变而常也。故物之弃有万，吾以二统之；物之取亦有万，吾以二摄之……（《已畦文集》卷六《二取亭记》）

叶燮认为事物"不孤行"，"必有其偶"，如果事物有"正"，就必然有其"反"，有"弃"必有其"取"，有"取"也必有其"弃"。在《原诗》中，他又强调"对待之义，自太极生两仪以后，无事无物不然"（《原诗·外篇上》）。此语先出自《吕氏春秋·大乐》的"太一生两仪，两仪生阴阳"，后有《易·系辞上》的"是故易有太极，是生两仪，两仪生四象，四象生卦。八卦定吉凶，吉凶成大业。"此"两仪"指天地或阴阳。唐人孔颖达疏："不言天地而言两仪者，指其物体；下与四象（金木水火）相对，故曰两仪，谓两体容仪也。"可见，叶燮之"对待"是来自古人阳阴两端的普遍观物方式，即任何事物都包含着相反相成对立双方。[①] 这被冯友兰称为"一物两体"，即"有一物必有与之相反者以对之"。[②] 中国传统思想中很常见这种对立，诸如阴阳、天地、男女、父子……，[③]双方各以对方为自己存在的前提。"有一必有二，二皆本于一"正是叶燮眼中的"对待"。

叶燮认为，"对待"双方不仅互为存在的前提，而且还处于相向的运动当中。他说："凡万有之事与物，无不各有对待。"（《已畦文集》卷七《洞庭东山灵应宫高真堂碑记》）又说："世间万法不出事理二者。惟事与理各各对待而成。我与物，真与幻，悟与迷，觉与梦，皆对待也。……无我则无物，无真则无幻，无悟则无迷，无觉则无梦，无则俱无，斯对待绝。"（《已畦文集》卷二十二《题雪窗纪梦后》）强调了对待

---

① 张岱年《中国哲学大纲》："古时人见万物万象都有正反两方面，此种两极的现象普遍于一切，于是成立阴阳二观念。所谓阴阳，其实即表示正负。更发现一切变化皆起于正反之对立，对立乃变化之所以起，于是认为阴阳乃生物之本，万物未有之前，阴阳先有。"（见张岱年：《中国哲学史大纲》，江苏教育出版社 2005 年版，第 56 页）

② 冯友兰先生针对《正蒙·动物篇》中的"物无孤立之理"说："有一物必有与之相反者。若仅有一孤立之物，则此物即不成其为物。盖一物之所以为一物，一部分即其对于宇宙间他事物之关系。此诸关系即构成此物之一部分，使之成为此物，所谓'以发明之'也。物无孤立者；此又为宇宙间之一种普遍的现象。"（见冯友兰：《中国哲学史》下，华东师范大学出版社 2000 年版，第 231 页）

③ 在中国古代诗文评中常见这样的对待群，如正与变、义与法、质与文、丑与美、疏与密、益与损、轻与重、实与虚、内与外、有与神、曲与直、深与浅、意与象、聚与散、言与旨、真与伪、驰与严、幽与隽、淡与旨、平与奇、柔与刚、圆与方、细与阔、沉与快、婉与直、隽与雄、是与异、含与露、皱与透、稳与超、徐与活、僻与熟、隐与秀、结实与空灵、沉着与飘逸、复古与从时、出色与本色、俊致与狂逸，等等。

双方的相互依赖的关系。

叶燮以"陈熟生新"呈现了"对待"双方的运动方式。

他说：

> 夫厌陈熟者，必趋生新；而厌生新者，则又返趋陈熟。以愚论之：陈熟、生新，不可一偏。必二者相济，于陈中见新，生中得熟，方全其美。若主于一，而彼此交讦，则二俱有过。(《原诗·外篇上》)

这段文字表达了两层意思：

第一是陈熟与生新的相互运动。有"厌"方有"趋"，"趋"是指一方向另一方运动。"夫厌陈熟者，必趋生新；而厌生新者，则又返趋陈熟"，这正是对待双方运动的方式，即向各自的对立面运动。事物的每一时刻正是在"陈熟"与"生新"之间摇摆，或由"陈熟"趋"生新"，或由"生新"趋"陈熟"。"熟"与"生"都不可走向极端，否则必死，如陈应行(字永康)《吟窗杂录序》所云的"一戒乎生硬，二戒乎烂熟"(魏庆之《诗人玉屑》卷十四所引)，元方回也认为"熟而不新则腐烂"，"新而不熟则生涩"，提出作诗"熟而新，新而熟，可百世不朽"(《恢大山西山小稿序》)的观点。张岱年在《中国哲学大纲》中揭示其运动的机理，认为是"对待"之双方"相摩相荡，相反相求"之故。①

第二是陈熟与生新的"相济"。如何处理"对待"双方的关系？叶燮认为"陈熟、生新，不可一偏。……若主于一，而彼此交讦，则二俱有过"(《原诗·外篇上》)。事物是运动的，对立的双方不能永远那样对立着，也不能"一偏"，更不能"主于一"。"相济"即相互促成，"二者相济"便有了于"陈中见新，生中得熟"的意思。其中任何偏于一端者都是错的。就"相济"，郭象(252—312，西晋玄学家)《庄子·秋水》注："天下莫不相与为彼我，而彼我皆欲自为，斯东西之相反也。然彼我相与为唇齿，唇齿者未尝相为，而唇亡则齿寒。故彼之自为，济我之功弘矣，斯相反而不可以相无者也。"(《庄子注疏》卷六)他认为世上事物就各自而言都是孤立而不相关的，是"自为"的，但事物彼此并存，不能互缺，彼物的存在正是

---

① 张岱年："至《易传》乃以对待合一为变化反复之所以，认为所以有变化而变化所以是反复的，乃在于对待之相推。凡对待皆有其合一，凡一体必包含对待；对待者相摩相荡，相反相求，于是引起变化。"(见张岱年：《中国哲学大纲》，江苏教育出版社 2005 年版，第 121 页)

此物所必须的条件。其实,关于"相济"的说法还有很多①,而叶燮的"二者相济"为"对待"做出进一步的阐释。他不仅认同相互渗透、相互转化的运动过程,而且更关注这一运动过程表现出的特征。

他引用"其成也毁,其毁也成"来理解这一特征。此语出自庄子《齐物论》的"物固有所然,物固有所可。无物不然,无物不可。故为是举莛与楹,厉与西施,恢恑憰怪,道通为一。其分也,成也。其成也,毁也。凡物无成与毁,复通为一。"②在叶燮眼中,"对待"之万物很难有清楚的边界,如蒋寅所说的,"他(叶燮)力图取消这类对立概念的恒定价值,只将它们视为需要在具体语境中灵活看待的对象。"③在"对待"双方的灵活运动中指出其不确定性,消解对立双方无固定的价值属性。以"美恶"为例,他认为"美生而恶死""美香而恶臭""美富贵而恶贫贱"等并不是绝对的,在一定条件下可以发生反转,如人们称道忠臣关龙逢和比干的死,而不羡慕奸臣江总的长寿,④这便是"美生而恶死"的反转;"幽兰得粪而肥,臭以成美。海木生香则萎,香反为恶",这是"美香而恶臭"的反转。⑤ 他认为这就是庄生所说的,"其成也毁,其毁也成"之义,突出"对待"双方不确定性,

---

① 关于"相济"的说法还有很多,如江西诗派王直方(1055—1105)《诗话》中说:"圆熟多失之平易,老硬多失之枯干,能不失二者之间,则可与古之作者并驱耳。"(《笔记小说大观》三十五编《苕溪渔隐丛话前集·卷三十八·东坡一》,1983年发行,第259页)视"圆熟"和"老硬"相济。明人谢榛《四溟诗话》卷三也说:"贵乎同与不同之间。同则太熟,不同则太生。二者似易实难。握之在手,主之在心。使其坚不可脱,则能近而不熟,远而不生。此惟超悟者得之。"(见(明)谢榛:《四溟诗话》,宛平校点,人民文学出版社1961年版,第71页)他以"同"与"不同"比作"陈熟"与"生新","同"者为"陈熟",无新意;"不同"者为"生新",无"陈熟",主张在有"陈熟"与"生新"之间找到最佳的位置,方能为"贵"。清人牟愿相在《小澥草堂杂论诗》中也说:"生字有二义,一训生熟,一训生死。然生硬熟软,生秀熟平,生辣熟甘,生新熟旧,生痛熟木。果生坚熟落,谷生茂熟槁,惟其不熟,所以不死。"(牟愿相《小澥草堂杂论诗》,见郭绍虞编,富寿荪校点:《清诗话续编》,上海古籍出版社1983年版,第923页)

② (清)郭庆藩辑:《庄子集释》,王孝鱼整理,中华书局1961年版,第69—70页。

③ 蒋寅:《原诗笺注》,上海古籍出版社2014年版,第245页。

④ 关龙逢,夏代贤臣,因谏桀被杀;比干,殷纣王叔父,官少师,因缕劝谏纣而被戮。江总(519—594),字总持,济阳考城人,陈后主时官至宰相,不理政务,饮酒作乐,国家衰败,君臣昏庸,陈朝灭亡。

⑤ 《原诗·外篇上》:"大约对待之两端,各有美有恶,非美恶有所偏于一者也。其间惟生死、贵贱、贫贱、香臭,人皆生而恶死,美香而恶臭,美富贵而恶贫贱。然逢之尽忠,死何尝不美!江总之白首,生何尝不恶!幽兰得粪而肥,臭以成美。海木生香则萎,香反为恶。富贵有时而可恶,贫贱有时而见美,尤易以明。即庄生所云:'其成也毁,其毁也成'之义。"(《原诗·一瓢诗话·说诗晬语》,第44页)

消解了对立双方固定的价值属性。稍后的俞兆晟在其《渔洋诗话序》中对王渔洋记述论诗"三变"也说明了这个道理。他认为少年学诗"博综该洽",推崇盛唐;中年"事两宋"诗之"清丽""新灵";晚年习读《唐贤三昧》,又回归唐诗。[1] 这正是叶燮所谓"厌陈熟者,必趋生新;厌生新者,又返趋陈熟"的典型运动方式。

回到叶燮的《原诗》。他说:

> 对待之美恶,果有常主乎! 生熟、新旧二义,以凡事物参之:器用以商周为宝,是旧胜新;美人以新知为佳,是新胜旧;肉食以熟为美者也,果食以生为美者也。反是则两恶。推之诗,独不然乎!(《原诗·外篇上》)

"对待"双方之美恶没有"常主",这正是为了说明"对待"双方之意义因运动而有了不确定性,正如蒋凡所说的,"《原诗》的理论,就是根据事物的发展变化,灵活、巧妙地运用艺术辩证法"[2]。所以,叶燮提倡在运动中去认识对象,破除对立双方的固定属性,就是这种"艺术辩证法"的思维。

二、消解"陈熟""生新"的优劣

叶燮提出"陈熟生新"与当时诗坛相关。徐增(1612—?)《钱圣月法庐全集序》认为,明代中后期,因王(世贞)、李(攀龙)所尚声律,复古模拟,陈陈相因,"陈熟"积弊而求"生新"之风兴起,便有钟谭竟陵之生。钟谭竟陵以"生"救"熟",但也未能纠正王、李复古派"诗病在熟"的毛病,却反而造成了"诗道之日沦"。受竟陵派的影响,清初诗坛一味追求生涩奥怪僻,乃"钟、谭之罪人也"。[3]

---

① 俞兆晟《渔洋诗话序》:"少年初筮仕时,唯务博综该洽,以求兼长。文章江左,烟月扬州,人海花场,比肩接迹。入吾室者,俱操唐音,韵胜于才,推为祭酒。然而空存昔梦,何堪涉想。中岁越三唐而事两宋,良由物情厌故,笔意喜生,耳目为之顿新,心思于焉避熟。明知长庆以后,已有滥觞;而淳熙以前,俱奉为正的。当其燕市逢人,征途揖客,争相提倡,远近翕然宗之。既而清利流为空疏,新灵浸以佶屈,顾瞻世道,怒焉心忧。于是以太音希声,药淫哇锢习,《唐贤三昧》之选,所谓乃造平淡时也,然而境亦从兹老矣。"(王士禛《渔洋诗话》,见《清诗话》上册,上海古籍出版社 2015 年版,第 165 页)

② 蒋凡:《叶燮和〈原诗〉》,上海古籍出版社 1985 年版,第 37 页。

③ 徐增《钱圣月法庐全集序》:"今天下诗,不繇学问之诗也,其弊盖起于钟、谭尚生之说。当夫神庙之末、熹宗之朝,海内承王、李之滥,诗道柔靡,病在不立体。钟、谭从而辟之,其生之之说本于不博,亦以云救也,孰意救之而弊愈甚。王、李之徒,所尚声律,必在迟久而后出,故其诗病在熟。今之人不然,曰:'钟、谭之生,吾师也。吾安能久待为?'(注转下页)

(注转下页)

叶燮《原诗》指出"近时诗人,其过有二",批评复古之"陈熟"和反古之"生新"各偏一方之弊。他说:

> 其一奉老生之常谈,袭古来所云忠厚和平、浑朴典雅、陈陈皮肤之语,以为正始在是,元音复振,动以道性情、托比兴为言。其诗也,非庸则腐,非腐则俚。其人且复鼻孔撩天,摇唇振履,面目与心胸,殆无处可以位置。此真虎豹之鞟耳!(《原诗·内篇下》)

前后七子专事"陈熟",沿袭守旧,抱残守缺,视传统为圭臬,忽视诗歌的演变。学习古人"忠厚和平、浑朴典雅"的诗风却也仅停留于皮毛,误以为得古人之真传,其实不过是庸俗、腐坏,为"真虎豹之鞟耳"罢了。而另一支反古者则相反。他说:

> 其一好为大言,遗弃一切……怪庆则自以为李贺,其浓抹则自以为李商隐,其涩险则自以为皮陆,其拗拙则自以为韩孟。土苴建安,弁髦初盛。后生小子,诧为新奇,竞趋而效之。所云牛鬼蛇神,夔蚿魍魉;揆之风雅之义,风者真不可以风,雅者则已丧其雅,尚可言耶!(《原诗·内篇下》)

反古者则看重"生新",以诧为奇,希望独辟蹊径,但却又趋于"怪庆""浓抹""涩险""拗拙"等,以为"新奇","趋而效之",其实不过是四不像的鬼怪而已。

叶燮认识到以上两者之弊,认为或以"剿袭浮辞为熟",或以"搜寻险怪为生","均为风雅所摈",其实质是人为区别"陈熟""生新"之优劣。这是孤立静止地,而非运动变化地去看待事物,忽视"对立"双方的运动,把诗歌创作引向极端,导致"风雅"影子消失,诗之美感荡然无存。显然,叶燮以传统之"对待"去面对"陈熟"与"生新"的问题。吕智敏评析说:"叶燮关于美丑互相矛盾,互相统

(续上页注)于是以兀兀之胸而运以格格之腕,辄手一刻以赠人,无怪乎诗道之日沦也。呜呼!钟、谭之生,缘学问而生;世之效钟、谭者,不缘学问而遽求其生。不知不学问而生,生其所固然也,何以称为?然者今之学钟、谭者,皆钟、谭之罪人也。"(见《九浩堂集》,转引自(明)叶燮:《原诗笺注》,蒋寅笺注,上海古籍出版社2014年版,第242页)

一,互相转化的美学思想,对于文学批评标准的确立具有十分重要的意义。"①文学批评不能偏于一端来评诗之工拙美恶,而是要面对"生新"时兼顾"陈熟",面对"陈熟"时不忘"生新"。叶燮这一思想得到回应。叶矫然②说:"作诗须生中有熟,熟中有生。生不能熟,如得龙鲊、熊白,而盐豉烹饪,稍有未匀,便觉减味。熟不能生,如乐工度曲,腔口烂熟,虽字真句稳,未免优气,能兼两者之胜,殊难其人"(《龙性堂诗话》初集)。陈仅(1787—1868)在《竹林答问》中也说:"诗不宜太生,亦不宜太熟,生则涩,熟则滑,当在不生不熟之间,'捶钩鸣镝',其候也。……诗不宜陈,亦不宜新,陈则俗,新则巧,当在不陈不新之间,'初日芙蓉',其光景也。"③叶燮的学生沈德潜《说诗晬语》下卷第四十九条中也说,"过熟则滑,唯生熟相济,于生中求熟,熟处带生,方不落寻常蹊径。"等都表明了这层意思。所以,在叶燮看来,应该合理地把握"陈熟"与"生新"作为事物"对待"两端的动态属性,不能偏执于一端。

在叶燮看来,"陈熟"与"生新"无优劣之分,不能固守"陈熟"而推崇古人,也不能日趋"生新"而无视传统;只有同时兼顾"陈熟""生新"两方面,才真正符合诗歌的审美要求。

张岱年先生也曾提到过"两极"与"两分"的问题。他说:

> 凡一类之两极或两分,谓之对立,亦曰对待。一类之两极谓之相反;一类之两分谓之相非,亦谓之矛盾。统括相反与相非,谓之对立。

> 一类之性质或事物之最相异者常为两端,可谓为此类之两极。凡一类之两极,谓之相反。如黑与白二色为相反。黑与白为颜色之两极,故为相反。一类亦可直截分判为二分,一类之二分谓之相非。如动与静,凡存在之物之状态,非动即静,非静即动。动即非静,静即非动,如男与女,或雄或雌。一类动物可分雄雌,人分男女(虽有非男非女亦男亦女之人,但仅系偶然)。相反之性质或事物,其间有居中者,如黑白之间有灰及红黄蓝绿诸

---

① 吕智敏:《诗源·诗美·诗法探幽——〈原诗〉评释》,书目文献出版社 1990 年版,第141 页。

② 叶矫然又号思庵,福州闽南县人,顺治九年进士,官工部主事,乐亭知县,有《易史参录》《龙性堂诗集》《乐溟集》《鹤唳集》等。

③ (清)陈仅:《继雅堂集校注》,郑继猛、李厚之、崔德全、李景林校注,陕西人民出版社2016 年版,第 865 页。

色。凡相非之性质或事物,其间无居中之性质或事物。

> 相反之二性即一类性之两极;相非之二性即一类性之两分。相反之二
> 性,亦即一定范围内之诸物可兼无而不可兼有者。相非之二性亦即一定范
> 围内之诸物或有或无者,即不可兼有亦不可兼无者,物之颜色,可黑可白,
> 亦可非黑非白,而不可既黑且白。人或男或女,不可非男非女,亦男亦女。①

在张岱年先生看来,对立或说"对待"包含两种情况,"两极"即相反,"两分"
即相非,阐述了"相反"与"相非"的区别。"相反"者是彼此间相互参透,此中有
彼,彼中有此,"可兼无而不可兼有",相互之间没有边界;而"相非"者则此是此,
彼是彼,"或有或无者,即不可兼有亦不可兼无",相互之间边界分明。叶燮的
"陈熟"与"生新"就如"两极",谓之相反,其居有中间者,即叶燮所说的"夫厌陈
熟者,必趋生新;而厌生新者,则又返趋陈熟。……于陈中见新,生中得熟,方全
其美。""陈熟"与"生新"相互渗透,彼中有此,此中有彼,而不是所谓独立的,
如张岱年所说的"相非"的关系。这种在"陈熟"中包含"生新",在"生新"中包
含"陈熟",自然消解了"陈熟"与"生新"作为独立的个体存在,既没有一个绝
对的"陈熟",也没有一个绝对的"生新",这就自然消解了两者谁优谁劣的
话题。

叶燮"陈熟"与"生新"的思想是有批判意义的。严羽《沧浪诗话》提出"第一
义"的诗歌最优,认为"学者须从最上乘,具正法眼,悟第一义。若小乘禅,声闻辟
支果,皆非正也"。严羽将论诗比作论禅,认为汉魏晋与盛唐诗最上乘,为第一义,
而大历以后诗,为小乘禅,落第二义,即能称"第一义"的汉魏、盛唐之诗,优于大历
以后诗。这种优劣观在明代得到进一步的推进,如有明初欧阳玄(1289—1374)
《梅南诗序》说:"诗得于性情者为上,得之于学问者次之;不期工者为工,求工而
得工者次之。《离骚》不及《三百篇》,汉魏六朝不及《离骚》,唐人不及汉魏六朝,
宋人不及唐人,皆此之以,而学诗者不察也。"②他以"性情"与"不期工"为上,得
出《三百篇》、《离骚》、汉、魏、六朝、唐人诗、宋人诗的代降判断。稍后的胡应麟
(1551—1602)《诗薮》开篇即是"四言变而《离骚》,《离骚》变而五言,五言变而七
言,七言变而律诗,律诗变而绝句,诗之体以代变也。《三百篇》降而《骚》,《骚》

---

① 张岱年:《张岱年全集》卷三,河北人民出版社 1996 年版,第 185 页。
② (元)欧阳玄著,魏崇武、刘建立校点:《欧阳玄集》,吉林文史出版社 2009 年版,第
81 页。

降而汉,汉降而魏,魏降而六朝,六朝降而三唐,诗之格以代降也。"①"代降"轨迹是"前优于后",这种偏于"陈熟"的倾向被顾炎武总结为"诗体代降"。②

而叶燮的"陈熟"与"生新"思想无疑将两者拉到平等的地位。他认为,世间"对待"的事物是运动着的统一体,难以划清各自的边界,要求在双方的运动中去把握意义。这种运动中心的不确定性自然就消解双方的优劣,使对立双方都获得了平等的地位。在《原诗》中,他说:"大约对待之两端,各有美有恶,非美恶有所偏于一者也。"他以"美恶"为例,认为"美"与"恶"不可偏于一方。初看它不合于情,也不合于理,正如在"生死""贵贱""贫富""香臭"当中,人人都喜生厌死,喜贵厌贱,喜富厌贫,喜香厌臭,但当条件变化了,喜的对象可能成为厌的对象,如龙逢和比干因尽忠纳谏而死却为人称道,江总长寿而为人称恶一样,世间的事物美丑善恶的绝对性消除了,使之获得了平等的地位。再拿"新旧""生熟"概念来说。"新"与"旧","生"与"熟"的意义不是绝对的,此时此地为优,彼时彼地为劣,这就是他所列举的,商周器物以陈旧为珍,美人却以新识为珍,"新"与"旧"发生了反转;肉食以熟为好,果实以生为好,"生"与"熟"也发生了反转。所以,"新"与"旧","生"与"熟"在无条件下是难以区分谁优谁劣的。

稍后的袁枚(1716—1798)在《随园诗话》卷四中论"厚薄"时表现了与之相通的思想。他说:

> 今人论诗,动言贵厚而贱薄,此亦耳食之言。不知宜厚宜薄,惟以妙为主。以两物论:狐貉贵厚,鲛绡贵薄。以一物论:刀背贵厚,刀锋贵薄。安见厚者定贵? 薄者定贱耶? 古人之诗,少陵似厚,太白似薄;义山似厚,飞卿似薄:俱为名家。③

"厚"就是厚,"薄"就是薄,本身并无优劣之分,因为"狐貉贵厚,鲛绡贵薄""刀背贵厚,刀锋贵薄",并无异议。当"厚"为厚,当"薄"为薄,自然为优;但当"厚"却薄,当"薄"却厚,自然为劣。所以,"厚"与"薄"两者本无优劣,而只在一

---

① (明)胡应麟:《诗薮·内篇》卷一,上海古籍出版社1958年版,第1页。

② (清)顾炎武:"《三百篇》之不能不降而《楚辞》,《楚辞》不能不降而汉、魏,汉、魏之不能不降而六朝,六朝之不能不降而唐也,势也。"(见顾炎武:《日知录》第2册,严文儒、戴扬本校点,上海古籍出版社2012年版,第813页。

③ (清)袁枚:《随园诗话》,顾学颉点校,人民文学出版社1982年版,第117页。

定条件下才可能有优劣之分,所以得出杜少陵、李太白、李义山、温飞卿都为名家,难以道出谁优谁劣的结论。可见,是"美恶""新旧",还是"生熟""厚薄",没有什么固定不变的优劣是非,而是随条件变化而变的,体现出不确定性来。

叶燮又以"四季之花"为喻,进一步说明这一问题,他说:

> 天有四时,四时有春秋。春气滋生,秋气肃杀。滋生则敷荣,肃杀则衰飒。气之候不同,非气有优劣也。……盛唐之诗,春花也;桃李之秾华,牡丹芍药之妍艳,其品华美贵重,略无寒瘦俭薄之态,固足美也。晚唐之诗,秋花也;江上之芙蓉,篱边之丛菊,极幽艳晚香之韵,可不为美乎?(《原诗·外篇下》)

盛唐诗乃春季之花,有桃李的浓艳,牡丹芍药之妍艳,华美贵重;晚唐诗乃秋季之花,芙蓉丛菊,极幽艳晚香之韵,各有风韵。各季之花仅仅"气之候不同"而各显特色,并没有"第一义""第二义"这等优劣之分。

孔子有以"美""善"评韶音,叶燮也用此审美尺度评价了历代诗歌。他说:

> 读《三百篇》而知其尽美矣,尽善矣,然非今之人所能为;即今之人能为之,而亦无为之之理,终亦不必为之矣。继之而读汉魏之诗,美矣、善矣,今之人庶能为之,而无不可为之;然不必为之;或偶一为之,而不必似之。又继之而读六朝之诗,亦可谓美矣,亦可谓善矣,我可以择而间为之;亦可以恝而置之。又继之而读唐人之诗,尽善尽美矣,我可以尽其心以为之,又将变化神明而达之。又继之而读宋之诗、元之诗,美之变而仍美,善之变而仍善矣。(《原诗·内篇下》)

叶燮与上面提及的严羽、欧阳玄、顾炎武等提出的"代降"思想不同,也没有走向他们的反面主张"代升",而是持"各见其美"的观点。"美之变而仍美,善之变而仍善",其中用的是"仍",而不是"更"。在叶燮看来,只要有"变",美的还是美的,善的还是善的。他在《汪秋原浪斋二集序》中又说:"平奇、浓淡、巧拙、清浊,无不可为诗,而无不可为雅。诗无一格,雅无一格。"(《已畦文集》卷九)提出不同美学风格各有千秋,不分优劣。

三、"陈熟""生新"须"相济"

针对复古派和反复古派的弊病,叶燮提出"陈熟""生新"须相济的思想。他说:"陈熟、生新,不可一偏。必二者相济,于陈中见新,生中得熟,方全其美。"(《原诗·外篇上》)对此,叶朗指出,叶燮"把古人和今人、继承与创新统一起来了"[①]。张健也说:"叶燮试图超越明代诗学的两极对立而将他们统一起来。"[②]叶燮认为"陈熟"与"生新"二者"相济",既要重视诗歌"陈熟",又要看到诗歌"生新",正如赫拉克利特所说的,"相反的东西结合在一起,不同的音调造成最美的和谐。"[③]那么,又如何能做到"陈熟"与"生新"的"相济"呢?

就如何对待古人,叶燮在《原诗》的最后给出了总结性的表述。他说:

> 学诗者,不可忽略古人,亦不可附会古人。……昔人可创之于前,我独不可创于后乎? 古之人有行之者,文则司马迁,诗则韩愈是也。苟乖于理、事、情,是谓不通。不通则杜撰。杜撰,则断然不可。苟不然者,自我作古,何不可之有! 若腐儒区区之见,句束而字缚之,援引以附会古人,反失古人之真矣。(《原诗·外篇下》)

在叶燮看来,"不可忽略古人"就是要看到"陈熟"的一面,"不可附会古人"又是要看到"生新"的一面。学习作诗,先要学习古人,但不能依附古人,要在古人基础之上有所创新,所以,昔人可创新于前,我当然也可以独创于后了。可见,"相济"将表现在:一是"不可忽略古人",继承优秀传统,以"陈熟"为基;二是"不可附会古人",独创于后,以"生新"为目的。

1. 以"陈熟"为基础,不"忽略",不"附会"

针对清初文坛之弊,叶燮认为"称诗之人"才短力弱识蒙,要承担责任。[④] 他

---

① 叶朗主编:《中国美学通史》,江苏人民出版社 2014 年版,第 95 页。
② 张健:《清代诗学研究》,北京大学出版社 1999 年版,第 331 页。
③ 北京大学哲学系外国哲学史教研室编译:《西方哲学原著选读》上卷,商务印书馆 1981 年版,第 23 页。
④ 叶燮看到清初文坛的乱象。《原诗·内篇上》:"称诗之人,才短力弱,识又蒙焉而不知所衷。既不能知诗之源流本末正变盛衰,互为循环;并不能辨古今作者之心思才力深浅高下长短,孰为沿为革,孰为创为因,孰为流弊而衰,孰为救衰而盛,一一剖析而缕分之,兼综而条贯之。徒自诩矜张,为郛廓隔膜之谈,以欺人而自欺也。于是百喙争鸣,互自(注转下页)

们无论是沿袭的模拟,还是耳食者的跟风;无论是不能知诗之源流正变盛衰,还是识蒙而不知所衷,都导致了"不能辨古今作者之心思才力深浅高下长短,孰为沿为革,孰为创为因,孰为流弊而衰,孰为救衰而盛"(《原诗·内篇上》)。为此,叶燮提出学诗者"必取材于古人",从学"古人"而始的观点,认为学诗者当学习传统诗歌,多读古人书,多见古人,以丰富自己的学识为基础。那么,又如何学古人呢?叶燮提出"学诗者,不可忽略古人,亦不可附会古人"。这里的"不忽略""不附会"就是学习古人的态度。

何为"不忽略"?他说:

> 忽略古人,粗心浮气,仅猎古人皮毛。要知古人之意,有不在言者;古人之言,有藏于不见者;古人之字句,有侧见者,有反见者。此可以忽略涉之者乎?(《原诗·外篇下》)

即深入学习"古人"之诗,不能仅获其皮毛,而要领悟到不在言的"古人之意",要看到藏于不见的"古人之言",还要学习到或侧见,或反见的"古人之字句",所以"吾愿学诗者,必从先型以察其源流,识其升降"(《原诗·内篇下》)。特别要搞清楚诗之"源流",理清诗歌演变的轨迹,给予宏观的认识。这与韦勒克的对文学史的正确认识,可以避免个人的好恶,是有利于批评的开展的思想不谋而合。[1] 可见,叶燮的诗学观念也得到二十世纪西方学者的回应。

关于学习古人,叶燮进一步建议,按照诗歌演变的顺序,先读《三百篇》,后读汉魏六朝诗,继之读唐诗,接着读宋元诗,这是"古今之诗相承之极致"。[2] 此

(续上页注)标榜,胶固一偏,剿猎成说。后生小子,耳食者多,是非淆而性情泪。不能不三叹于风雅之日衰也!"(《原诗·一瓢诗话·说诗晬语》,第3页)

[1] 韦勒克认为,对文学史的正确认识,可以避免个人的好恶,是有利于批评的开展不谋而合。他说:"一个批评家倘若满足于无视所有文学史上的关系,便会常常发生判断的错误;他将会搞不清楚哪些作品是创新的,哪些是师承前人的;而且,由于不了解历史上的情况,他将常常误解许多具体的文学艺术作品。"(见[美]韦勒克,沃伦:《文学理论》,刘象愚译,生活·读书·新知三联书店1984年版,第38页)

[2] 《原诗·内篇下》:"读《三百篇》而知其尽美矣,尽善矣……继之而读汉魏之诗,美矣、善矣……又继之而读六朝之诗,亦可谓美矣,亦可谓善矣……又继之而读唐人之诗,尽善尽美矣……又继之而读宋之诗,元之诗,美之变而仍美,善之变而仍善矣;吾纵其所如,而无不可为之,可以进退出入而为之。此古今之诗相承之极致,而学诗者循序反复之极致也。"(《原诗·一瓢诗话·说诗晬语》,第35页)

读诗方法可以在宏观上把握诗之流变,清楚地认识到"孰为沿为革,孰为创为因,孰为流弊而衰,孰为救衰而盛"（《原诗·内篇上》）,即认识诗歌源流升降的轨迹,辨别精华和糟粕。这是学诗者所必须的知识储备。

同时,不忽略古人,包括还要看到古人独特之处、创新之处。他认为在诗歌史上,要看到陆机之缠绵铺丽,左思之卓荦磅礴,鲍照之逸俊,谢灵运之警秀,陶潜之澹远,颜延之之藻缋,谢朓之高华,江淹之韶妩,庾信之清新,认为他们不袭前人,各不相师,自成一家。① 要求学习集大成如杜甫,杰出如韩愈,专家如柳宗元。他们的创新之处不仅不能忽略,而且还是后人学习前人之处。有更进者,古人的创新精神也是后人学习的重要内容。

何为"不附会"? 他说:

> 如古人用字句,亦有不可学者,亦有不妨自我为之者。不可学者:即《三百篇》中极奥僻字,与尚书、殷盘、周诰中字义,岂必尽可入后人之诗……不妨自我为之者:如汉魏诗之字句,未必尽出于汉魏,而唐及宋元,等而下之,又可知矣。(《原诗·外篇下》)

叶燮认为,学习古人,但决不能盲从古人,要做到"不附会"。古人诗并非句句精华、字字珠玑,而是有"可学者"和"不可学者",当取其精华而习之,即使如《三百篇》,也有其极奥僻字,也就是《尚书》《殷盘》《周诰》的"字义",时变也未必都能入诗,所以要会辨别,知取舍,做到"可自我为之者"。"如汉魏诗之字句,未必尽出于汉魏",一些典范"字句"不一定真是"典范"。因为,"天道十年而一变。此理也,亦势也,无事无物不然"（《原诗·内篇上》）。时变而有诗变。诗之变由他律与自律等因素促成,这就是他所谓的"正变系乎时"与"正变系乎诗"。时不得不变,而诗也随之不得不变。故而时变而强行附会古人之行为,乃失去其合法性。他说:

> 上古之世,饭土簋,啜土铏,当饮食未具时,进以一脔,必为惊喜;逮后

---

① 《原诗·内篇上》:"陆机之缠绵铺丽,左思之卓荦磅礴,各不同也。其间屡变而为鲍照之逸俊,谢灵运之警秀,陶潜之澹远。又如颜延之之藻缋,谢朓之高华,江淹之韶妩,庾信之清新。此数子者,各不相师,咸矫然自成一家,不肯沿袭前人以为依傍。"（《原诗·一瓢诗话·说诗晬语》,第4页）

世朦朣鱼脍之法兴，罗珍搜错，无所不至，而犹以土簋土铏之庖进，可乎？
（《原诗·内篇下》）

在上古饮食还未精致之时，以"簋"与"铏"盛饭与羹汤，而当各种烹饪之法兴起，无所不至，还能用上古时的"簋""铏"吗？同样的道理，上古音乐，击土鼓而歌康衢，但各种乐器，如琴、瑟、箫、笙、竽、鼓等产生，有美妙的曲谱，还会去听"击壤之歌"吗？他的"大凡物之踵事增华，以渐而进，以至于极"《（原诗·内篇上》）的诗学观念是与"附会古人"相对立的。他批评明人的复古之窃取古人时说："窃之而似，则优孟衣冠；窃之而不似，则画虎不成"，批评明末诸称诗者，"专以依傍临摹为事，不能得古人之兴会神理，句剽字窃，依样葫芦。如小儿学语，徒有喔咿，声音虽似，都无成说，令人哕而却走耳"《（原诗·内篇上》）。"附会古人"必摹仿古人，尺寸古人。诗是时代产物，是作诗者特定情境、特定心境被触动而生发的产物，因此，不必契合于古人，而是要真正认识"理事情"，培养起自己的"才胆识力"，要有真感情、真心情、真独创，而"若腐儒区区之见，句束而字缚之，援引以附会古人，反失古人之真矣"《（原诗·外篇下》）。对"附会古人"之举提出批评。

可见，学习古人，"不忽略""不附会"只是学诗第一步。正如有学者所指出的，"诗歌的发展是在对前代诗歌优秀传统继承基础上的创新，没有创新，只谈继承，就必然导致诗歌走上倒退、衰亡的道路"[①]。叶燮的学习古人但不附会古人的思想是合理的，同时他还进一步提出也不要附会"世人"，要有自己独特之处。他认为，不附会古人，以著作自命，将进退古人，但"倘议论是非，聋瞀于中心，而随世人之影响而附会之，终日以其言语笔墨为人使令驱役，不亦愚乎！"《（原诗·外篇下》）而应该"进退出入"于古人之间，最终做到"未尝模拟古人，而古人为我所役"之境地。

2. 以"生新"为目标："以创辟之人为创辟之文"

叶燮在《原诗》中最后提出的"自我作古，何不可之有"是全书的落脚点。"自我作古"是把"古人"融化在"今人"之中，继承是为了创新服务。对此，叶燮弟子沈德潜在《叶先生传》中说："先生论诗，一曰生，一曰新，一曰深，凡一切庸熟、陈旧、肤浅语须扫而空之。今观其集中诸作，意必钩玄，语必独造，宁不谐

---

① 吕智敏：《诗源·诗美·诗法探幽——〈原诗〉评释》，书目文献出版社1990年版，第36页。

俗,不肯随俗,戛戛于诸名家中,能拔戟自成一队者。"(《国朝诗别裁集》卷十)虽然弟子对老师之诗歌创作的评价有拔高之嫌,但他看到叶燮身体力行,作诗之"言"和"意"都从已出,批评随波逐流的"陈熟"之论。

叶燮重视独创,他在《与友人论文书》中重申了这一点。他说:

> 仆尝论古今作者,其作一文,必为古今不可不作之文,其言有关于天下古今者,虽欲不作而不得不作。……所以古来作者有言谓之立言,以此言自我而立,且非我不能立,傍无倚附之谓立,独行其是之谓立,故与功与德,共立而不朽也。(《已畦集·与友人论文书》)
>
> 若夫诗,古人作之,我亦作之,自我作诗,而非述诗也。故凡有诗谓之新诗。……必言前人所未言,发前人所未发,而后为我之诗。(《原诗·外篇下》)

古今之作者,必为"不可不作",或虽不想做,但又"不得不做",这就是"自我作诗"。叶燮指出,"傍无倚附之谓立,独行其是之谓立"、"必言前人所未言,发前人所未发",就是要求作诗要"生新",有自己的独创性。前人因创新而成为大诗人,后人却舍本逐末,忽视诗歌创作的独特性。针对有人说陈子昂"以其古诗为古诗"的话题,叶燮则说:"吾犹谓子昂古诗,尚蹈袭汉魏蹊径,竟有全似阮籍《咏怀》之作者,失自家体段。"(《原诗·内篇上》)"子昂之诗"能名扬后世,是因其"能自为古诗"。然而,他蹈袭汉魏诗,乃至与阮籍《咏怀》诗极为相似,不能尽脱汉魏窠臼,缺乏独创性,失自家体段,所以终不能自成一家。这是叶燮对陈子昂评价不高的原因,不符合他所主张的评诗标准。而相对应的是左思和鲍照则受到叶燮的青睐。他说左思、鲍照离魏并不远,但"观其纵横踔踏、睥睨千古,绝无丝毫曹刘余习。鲍照之才,迥出侪偶,而杜甫称其'俊逸';夫'俊逸'则非建安本色矣"(《原诗·内篇上》)。叶燮称赞他们,就是因为一者不见"曹刘余习",一者不见"建安本色",认为"千载后无不击节此两人之诗者,正以其不袭建安也"(《原诗·内篇上》)。可见,在叶燮看来,左思和鲍照成就非凡,是因有"生新",有独创,正如叶燮所说的"相似而伪,无宁相异而真"。诗歌创作为求"真"而可以"相异",可以"不似","昔人可创之于前,我独不可创于后乎?"所以,要想创作出"可传之诗",就不能如陈子昂之"尚蹈袭汉魏蹊径",而要如左思、鲍照,挑战前人,而让后人"击节",如一味模仿,只会"反失古人之真矣"。

由此可见,古今诗人能否成为"大家",其判断标准就在于有无独创而"自成一家"。如叶燮所说的,"豪杰之士,未尝不随风会而出,而其力则尝能转风会"《原诗·内篇上》),即豪杰虽然出自"风会",但并不随风会而行,而是"能转风会",引导时尚,引导潮流。纵观诗歌流变,能称"豪杰"者,都是"不肯沿袭前人以为依傍",而开一代风气之先。叶燮称杜甫融古汇今,无人能与之媲美,说他"包源流,综正变",既有汉魏诗的浑朴古雅,六朝诗的藻丽秾纤、澹远韶秀,但又无一字与汉魏、六朝诗相同,这就是独创,达到叶燮所说的"无不可为之,可以进退出入而为之"《原诗·内篇上》)的创作境界。除了杜甫,叶燮还认为韩愈和苏轼与他"三足鼎立",韩愈"无一字犹人",而苏轼能"点铁成金",使平常字句能"生新"为精彩辞章,他们都体现三者的独创之势。在诗歌史上,这三人都能以自己的"生新"之作力转"当时之风会",成就了一代诗歌的佳话。

陈运良指出,"叶燮对于那些善于创造的诗人,特垂青眼"①。的确,如杜甫、韩愈、苏轼,如左思、鲍照,他们均能不落前人窠臼,作"创辟之诗"。虽然他们因朝代不同,自己的才力大小不同,所取得的文学成就也不一,但他们都有以"自我作诗"的勇气,创造出让"千载后无不击节"的佳作,真正推动了诗歌的发展进程。

可见,"陈熟"不可去,"生新"可追求,打通古今是作诗的成功之路。叶燮说:"后人无前人,何以有其端绪;前人无后人,何以竟其引伸乎?"《原诗·内篇下》)诗歌传统是古人的智慧结晶,但不能一概肯定和模仿,更不能妄加否定和排斥。我们应当认识到,学诗、作诗的真正目的并不是简单地重复过去,而是在不懈地追求创新,追求独特,才有其价值。这是由诗歌艺术的本性所决定的。所以,真正能名留青史的大诗人一定是既能"进退出入"于"陈熟",又能"生新"出自己独特风貌。

就叶燮的"陈熟重新",郭绍虞说:"演变与不变,是他读昔人诗所悟得的结论;成熟与生新,是他从这结论中所定的理想的诗境。他于明代七子诗风,病其陈熟;而于公安、竟陵诗风,又病其生新。陈熟之因,即因其学五古必汉魏,学七古及诸体必盛唐。其病在不知诗的演变,而悬一成之规以绳诗。生新之因,又因其抹倒一切体裁声调气象格律诸说,独辟蹊径,而入于琐屑滑稽险怪荆棘之境。其病又在不知诗自有不变之质,而故趋新奇。所以他说:'陈熟生新,不可

---

① 陈运良:《中国诗学批评史》,江西人民出版社 1995 年版,第 509 页。

一偏,必二者相济,于陈中见新,生中见熟,方全其美。若主于一,而彼此交讥,则二俱有过。'"①

第三节　历时性中的"陈熟生新"

　　叶燮运用中国传统哲学中的"对待"原理,在共时性的层面上就"陈熟生新"问题,提出"陈熟"与"生新"的不确定性,认为两者须"相济",消解对立,试图化解诗坛上复古派与反复古派的弊病及其相互间的纠缠。同时,叶燮又从历时性的层面,就"陈熟"与"生新"间的继承与发展的问题提出自己的看法,阐释了"前"与"后","旧"与"新"之间的流变关系,进一步丰富了传统诗学思想。

一、非连续性与连续性

　　就历时性而言,要处理好"陈熟"与"生新"之间的关系,其间的非连续性与连续性问题值得思考。所谓"非连续性"是指"新"与"旧"之间的异质性,强调两者间的断裂,关注它们间的差异。所谓"连续性"是指"新"与"旧"之间的相关性,强调连续,关注它们间的同共性。非连续性与连续性何者为先,犹如鸡与蛋何者为先问题一样难以回复。在中国传统思想中,思考世界来源问题时有道家的"道生一,一生二,二生三,三生万物"的说法,即由"一"生出"万物",似乎倾向于连续性;但在面对现实世界时,却又多主张"二一",就是对待合一,这似乎是先有"二"后有"一",即先有"对待",后有"合一",倾向非连续性。

　　张岱年先生谈到中国哲学中"对待合一"原则时曾分出五个方面。他说:

　　　　一、对待之相倚,即对待者相依而有,由此而后有彼,由彼而后有此,无彼也无此,无此也无彼。

　　　　二、对待之交参,即对待相互含储,此含彼,彼也含此。

　　　　三、对待之互转,即对待之转而相生,彼转为此,此转为彼。

　　　　四、对待之相齐,即对待之无别。……对待既交参而互转,则可认为彼即是此,此即是彼,而不必区分。此实即否认对待之为对待,其实是不扫当的,陷于诡辩了。

―――――――――――――

① 郭绍虞:《中国文学批评史》(下),商务印书馆 2010 年版,第 600 页。

五、对待之同属，即对待之统属于一。对待虽为对待，而有其一致，为更广的一体所统属，乃合一中之对待。①

在这五个原则当中，"相倚""交参""互转""相齐""同属"都是以"对待"为前提的，显示出"对待"在先的思想。而"对待"即对立的双方。也就是说，在思考两者关系时，对立的双方在先，即是非连续性在先，只因有了"对待"，方有对立的双方，才有所谓的"相倚""交参""互转""相齐""同属"等。事物的演变就在于它是"新"与"旧"的不断交替，划分了两者的界限，强调的是两者间的差异。因此，就历时性角度看，首先应该肯定非连续性，如果没有这种非连续性的差别，即没有所谓的"新"与"旧"的相异，就无更替可言；如果一切凝固不变，那就不可能有演变，自然没有历史，所以，就"陈熟"与"生新"两者，要先肯定其"不同"，在不同的基础上进一步分析它们之间的"同"。

但同时我们也要看到，非连续性本身却又包含着连续性。非连续性的双方有异的差别，但必定是相通的，否则就不会成为对立的双方。如唯物主义与唯心主义在回答物质与意识关系时，确定谁是第一性的问题时显出差别，但他们都是在回答关于物质与意识的关系问题，体现出相通性来；同理，"陈熟"与"生新"虽然各有一偏，但它们都在回答如何面对"旧"与"新"的关系而显出相通性来。诗的演变绝不是某种原样的简单复制，也绝不是在耄耋者的脸贴上婴儿的嫩皮，而总是在新的时代环境下以某种不同的方式出现，如生命的新生。这就是一种创新，就像父母生命在子女身上得到了延续一样，在子女的血型中总是能见出父母血型。历史上"陈熟"的东西虽已过去，只能作为历史的记忆成为"历史"，但其生命则可以通过"生新"得以延续。所以，历史上"新"与"旧"的交替，这种非连续性，同时又是对"新"与"旧"间界限的冲破以及两者间差异的融合，显示出连续性来。

我们既要看到"对待"这一前提，又要看到"合一"的结果。而"合一"得以实现，却正在于双方的相通性。如果没有这样的相通性，就不可能有"相倚""交参""互转""相齐""同属"。"生新"之中必然有"陈熟"的因素，因为只有这种相通的整体，才可能超越"陈熟"，跨越古今。只有"旧"与"新"的隔阂，才有由"古"而"今"之别；只有"旧"与"新"的相通，才可能从"旧"到"新"的合一。理解"陈

---

① 张岱年：《中国哲学大纲》，中国社会科学出版社 1982 年版，第 109—110 页。

熟"是为了认识"生新"。认识"陈熟"不仅仅只是为了过去,更是为了展望未来,正如"辞旧"并不是只为了放弃旧的,"迎新"也并不是完全追逐新奇,而是通过对"旧"的超越,从而实现连续性与非连续性的统一,即"陈熟"与"生新"的统一。

叶燮的"陈熟生新"是文学发展史的问题。在叶燮的诗学话语中,与其因与创、沿与革相类似的问题。虽然从静止的角度看,"陈熟"就是陈熟,"生新"就是生新(或因就是因,创就是创;沿就是沿,革就是革),但放置到诗歌演变史的整个长河中来看,正如前面所讲的"正"与"变"一样,是一条延绵不断的长河,没有所谓静止的"陈熟"或静止的"生新"。因为,这一时段之所以称为"生新",其参照物为上一时段,但对下一时段而言,它却又成为"陈熟",形成了"陈熟"→"生新"→"陈熟"→"生新"延绵不断的长河。我们要在非连续性中看到连续性,同时,也要在连续性中看到非连续性。

值得注意的是,在叶燮那儿,将"陈熟"与"生新"作历时性考察时,与之相类似的概念还有很多。如王运熙等指出的,"源、流、正、变是指诗歌的历史发展,而沿、革、因、创是指诗歌发展中的继承和创造的关系"①。蒋寅指出的,"这里的沿、因即继承、沿袭,革、创即变化、创新,是文学史观念中两个最基本的概念"②。由此看来,在源与流、本与末、沿与革、因与创等过程中,每一次衰落孕育着新生,每一次新生总致衰落,正是在这种"陈熟"与"生新"的交替构成了诗歌的发展轨迹。

在叶燮的诗论当中,诗歌发展的盛衰、本末、源流等关系,成为诗歌演变的宏观表达,但这种变化的微观表述又是如何的呢? 这就涉及叶燮的"相续相禅"与"踵事增华"问题。那么,"陈熟"和"生新"将在其中扮演了什么样的角色呢? 这是接下来要思考的问题。

二、"相续相禅"中的"陈熟"

朱东润说:"横山之论,重在流变。"③张少康也说:"叶燮《原诗》的中心是阐述诗歌的源流发展和演变状况。"④叶燮的诗歌理论立足于历时性的宏观视角,

---

①　王运熙、顾易生:《中国文学批评史新编》,复旦大学出版社 2007 年版,第 260 页。
②　蒋寅:《原诗笺注》,上海古籍出版社 2014 年版,第 14 页。
③　朱东润:《中国文学批评史大纲》,上海古籍出版社 1957 年版,第 276 页。
④　张少康:《中国文学理论批评史》(下),北京大学出版社 2005 年版,第 251 页。

重视"相续相禅"的延续性，呈现了诗歌的源流演变状况。但我们发现，叶燮强调的"相续相禅"，续的是"陈熟"，禅让者也是"陈熟"。可见，"相续相禅"中的侧重点在"陈熟"问题。

1. 问题的提出

叶燮重视天地古今之变化。他说："盖自有天地以来，古今世运气数，递变迁以相禅。"（《原诗·内篇上》）认为"相续相禅"是古今世运变化的一大特色。这一思想在《原诗》开篇就提了出来。

他说：

> 盖自有天地以来，古今世运气数，递变迁以相禅。古云天道十年而一变。此理也，亦势也，无事无物不然。（《原诗·内篇上》）
>
> 诗之为道，未有一日不相续相禅而或息者也。（《原诗·内篇上》）

在"源与流"当中，"有源必有流"，且"因流而溯源"；在"本与末"当中，"有本必达末"，且"循末以返本"；在"盛与衰"当中，"盛而必至于衰"，且"衰而复盛"。那么，"源与流""本与末""盛与衰"之间是如何转换的呢？对此，叶燮提出了"相续相禅"，认为诗之演变是一个"相续相禅"的过程，即"生新"相续"陈熟"，"陈熟"又禅让"生新"，这就是实现的源流、本末、盛衰各种转换的方式。

其实，对于"陈熟"与"生新"的转换并不是叶燮首次提出。早在元人方回（1227—1305）曾就表达过"陈熟"与"生新"的这种关系。他在《恢大山西山小稿序》中评论时人作品，称"他人之诗，新则不熟，熟则不新。熟而不新则腐烂，新而不熟则生涩。惟公诗熟而新，新而熟，可百世不朽"（《桐江续集》卷三十三）。主张诗歌创作既要有"熟"，又要有"新"，"熟"与"新"兼备，只"熟"不"新"，或只"新"不"熟"，其结果不是"腐烂"，便是"生涩"；只有"熟"中有"新"，"新"中有"熟"，方能"百世不朽"。所以，方回在《跋俞仲畴诗》中又说："于熟之中更加之熟，则不可；熟而又新，则可也。"（《桐江集》卷四）此"熟之中更加之熟"就是上文所说的"熟而不新"，其结果当然是"腐烂"，进一步阐释了"熟"与"生"的关系。明代反复古派领袖袁中道也肯定了诗歌演变的这一特征。他在《阮集之诗序》中认为，"夫昔之功历下者，学其气格高华，而力塞后来浮泛之病；今之功中郎者，学其发抒性灵，而力塞后来俚易之习。有作始自宜有末流，有末流自宜有鼎革。此千古诗人之脉，所以相禅于无穷者也"（《珂雪斋集》卷三），提出"千古诗人之脉"

正在于"末流""鼎革"之间的"禅让"与"相续"。叶燮将这一思想发扬光大,并给予了更加全面而完整的论述。

就"续"的字义,《说文解字》有"续者,联也。"《尔雅》有"续者,继也";就"禅"者,字义很多,此地多为"禅让"之意。所谓"相续相禅",即后者对前者的"相续"与前者对后的"禅让",立足点在前者,即所谓的"陈熟"。有了"陈熟"才有"相续"的对象,有了"陈熟",才有"禅让"的主体。可见,"相续相禅"的重心在"陈熟"。

2."陈熟"的价值

叶燮是一位主变论者,虽然重视变化中的"生新",高度赞扬诗歌创作中的"大变"或"小变",但他也决不忽视诗变中的"陈熟"。叶燮是非常重视"相续相禅"中"陈熟"的因素。他说:

> 不读《明》《良》击壤之歌,不知《三百篇》之工也;不读《三百篇》,不知汉魏诗之工也;不读汉魏诗,不知六朝诗之工也;不读六朝诗,不知唐诗之工也;不读唐诗,不知宋与元诗之工也。夫惟前者启之,而后者承之而益之;前者创之,而后者因之而广大之。(《原诗·内篇下》)

此段文字虽然是叶燮论及"踵事增华"中提到的,读者又多将之理解为叶燮诗变进化论的典型表述,殊不知其中还包括了对"陈熟"的高度认同,正如朱东润先生所有说的,"此言谓不学古人,乃正所以深学古人,其意在此"[①]。就其表述中五个"不读……不知……"的语法结构,正表现了对前者的重视,先有"不读"的对象,方才有"不知"的后果,其结论是唯有"前者"启之,方有后者"承之";唯有前者"创之",方有后者"因"之而"广大"之;没有"前者",就无"后者",即无"陈熟",就无"生新"。特别是叶燮用了"夫惟"两字,更是见出其对"陈熟"的重视。他的"后人无前人,何以有其端绪;前人无后人,何以竟其引伸"(《原诗·内篇下》)又辩证地论述了"前人"与"后人"的关系。他又接着以"地之生木"为喻,进一步论述了"前者"之重要性。

他说:

> 《三百篇》,则其根;苏李诗,则其萌芽由蘖;建安诗,则生长至于拱把;

---

① 朱东润:《中国文学批评史大纲》,上海古籍出版社 1957 年版,第 276 页。

六朝诗,则有枝叶;唐诗,则枝叶垂荫;宋诗,则能开花,而木之能事方毕。自宋以后之诗,不过花开而谢,花谢而复开。其节次虽层层积累,变换而出;而必不能不从根柢而生者也。故无根,则由蘖何由生?无由蘖,则拱把何由长?不由拱把,则何自而有枝叶垂荫、而花开花谢乎?(《原诗·内篇下》)

叶燮将诗之演变的顺序以"根""蘖""拱把""枝叶""垂荫""开花"为喻论述了苏李诗、建安诗、六朝诗、唐诗、宋诗的变化逻辑,并再次肯定在这层层累进的过程中,"必不能不从根柢而生",所以就有了无根,由蘖从何而生?无由蘖,拱把又从何而生?没有拱把,何来枝叶垂荫,花开花谢?这一段长长的叙述,充分表达了叶燮对"前者",即"陈熟"的高度重视。我们不能因叶燮是主变论者而忽视他对"陈熟"的关注。

值得注意的是,叶燮曾提到过"陈言"的问题。他借用韩愈"惟陈言之务去"之说,批评时人只知"斥之陈言,以为秘异而相授受",却不知造成"陈言"的原因乃是作诗者"力"之不足,所以"晚唐诗人,亦以陈言为病;但无愈之才力,故日趋于尖新纤巧"(《原诗·内篇上》)。创新自然需要"去陈言",但在叶燮看来,"去陈言"的方式不是单纯地去批判与指斥"陈言",而是作诗者必须具备"去陈言"的本事,即要有"力"。其实"陈言"也是相对而言的,作为已有的语言表述,其存在自然有其时代特征,具有历史的合理性。如果想超越,并不在于指责"陈言"如何之不好,而是要提高作诗者之"力"。由此也可以看到,叶燮是历史地对待已有的"陈熟"问题。

(1)"陈言"的重要性

"惟陈言之务去"出自韩愈的《答翊李书》。他说:

> 始者非三代两汉之书不敢观,非圣人之志不敢存,处若忘,行若遗,俨乎其若思,茫乎其若迷。当其取于心而注于手也,惟陈言之务去,戛戛乎其难哉……而务去之,乃徐有得也。当取于心而注于手也,汩汩然来矣。[1]

韩愈认为,务去"陈言"方能"取于心而注于手",就是不要为"陈言"所约束。他认为"陈言"约束了自己的创作,却不否定"陈熟",虽然他有诗"必出于己,不

---

[1]　(唐)韩愈:《韩昌黎文集校注》,马其昶校,马茂元整理,上海古籍出版社1987年版,第170页。

蹈袭前人一言一句"(《南阳樊绍述墓志铭》),但在对古贤之圣人书时,却有"师其意,不师其辞"(《答刘正夫书》)的说法。宋人胡仔《苕溪渔隐丛话》前集卷四十九记有宋子京作《笔记》云:"韩愈曰:'惟陈言之务去。'此乃为文之要。苕溪渔隐曰:学诗亦然,若循习陈言,规摹旧作,不能变化,自出新意,亦何以名家。鲁直诗云:'随人作计终人后',又云:'文章最忌随人后。'诚至论也。"①这里的"陈言"不只在语言的层面,还推进到"意"。明人王鏊承愈韩的说法,在其《震泽长语·文章》中也主张去"陈言",认为"为文必师古,使人读之不知所师,善师古者也。韩师孟,今读韩文,不见其为孟。欧学韩,不觉其为韩也。若拘拘规效如邯郸之学步,里人之效颦,则陋矣。所谓'师其意,不师其词',此最为文之妙诀"②。桐城派刘大櫆(1698—1780)也曾对"去陈言"作出阐释。他在《论文偶记》中说:"大约文字是日新之物,若陈陈相因,安得不目为臭腐?原本古人意义,到行文时却须重加铸造。一样言语,不可便直用古人,此谓去陈言。"③陈言因时而论,也因地而论,如清人袁洁《蠡庄诗话》卷七所云:"作诗移步换形,本无一定。故同一题也,今日用之则为佳句,明日用之则为陈言;此处用之则为佳句,彼处用之则为陈言。全在有人有我,因地因时,情景既真,斯立言不泛。"④表达了不要为古言辞所约束的思想。

　　韩愈的"陈言之务去"有其特定的历史语境。叶燮借用韩愈"陈言"之说,并不"仇恨"那些"陈言",而是对因无"力"而缺乏创新的批评。他是主变论者,时变,诗变,言辞也变,主张超越"陈言"乃提升作诗者之"力"。这与他的"相续相禅"中体现了对"陈熟"的重视有关的。他的学生沈德潜与薛雪对之理解更为清晰。沈德潜在《说诗晬语》(卷下)第三十六条中说:"盖诗当求新于理,不当求新于径。譬之日月,终古常见,而光景常新,未尝有两日月。"这是借唐人李德裕《论文章》中的"譬如日月,终古常见而光景常新"的说法,提出诗是"新于理",而不是"新于径",但少有人对这两句加以阐发。今用其老师叶燮的"陈熟生新"可以得到解释:那就是日月"光景常新",但其本质未变,故能"生"中见"熟",所以,今天对着日月,虽觉其异样,有新奇之感,然而却似曾相识。一生尽对日月,但

---

①　(南宋)魏庆之:《诗人玉屑》(上),王仲闻点校,中华书局 2007 年版,第 156 页。

②　(明)王鏊《文章》,见陈良运主编:《中国历代文章学论著选》,百花洲文艺出版社 2003 年版,第 699 页。

③　(清)刘大櫆:《论文偶记》,人民文学出版社 1959 年版,第 11 页。

④　(清)袁洁:《蠡庄诗话》,见赵永纪编:《古代诗话精要》,天津古籍出版社 1989 年版,第 257 页。

绝没有生厌之感,因为,虽然特定时期的语境不同,主体的心情也不同,有了新元素的参与,但还是以前的那个日月。"光景常新"也正好印证了叶燮"陈熟"与"生新"的关系。薛雪在《一瓢诗话》第四十六条也说:"用前人字句,不可并意用之。语陈而意新,语同而意异,则前人之字句,即吾之字句也。若蹈前人之意,虽字句稍异,仍是前人之作;嚼饭喂人,有何趣味?"①这一说法与韩愈的"师其意,不师其辞"相反,是可师其"辞",而不师其"意"。其中的"陈"与"同",如沈德潜之"日月",其意"新""异"如沈德潜之"光景"。两位学生的表述,也从另一方面体现了他们对老师"陈熟生新"的思想理解。

徐中玉先生在二十世纪四十年代发表过《论陈言》一文,其中对韩愈"陈言之务去中"中"陈言"的理解是有启示的。他说:

在文学语言的创造上,在消极方面要除去"陈俗",在积极方面就要追求"清新",所谓:"清新庾开府、俊逸鲍参军。"(《春日忆李白》)清新也正是杜甫所企望达到的境界,然而,如果因此变成了故趋新奇,陷进琐屑、滑稽、险怪、荆棘的地步,那么不但劳而无功,到还是走进了另一种魔道,结局也非成了另一种"陈言"不可。完全的成熟固不足取,完全的生新一样也无作用,必要从成熟中脱化出来的生新才是真正的清新。所以叶燮《原诗》卷三中说:"陈熟、生新,不可一偏。必二者相济,于陈中见新,生中得熟,方全其美……"成熟与生新的关系,正同于摹仿与捏造的关系,摹仿固不足取,胡乱的捏造一样不足取。可贵的是创造,所谓"创"正指着在原来的圈子里所没有而给你新造出来了的东西,你领会出来了事物间的新关系,你重新组织起来了人们的各种联想,使语言能够表述出更新的意思,这是你的功绩。可是,这所以能被大家承认是一种功绩,而心甘情愿的给你赞美,就因为这圈子里原是他们也知道的,这些事物他们也相当清楚的,甚至他们也并不是完全没有这一种意思;不过,他们到底却不曾在你之前就把他新造了出来。惟其他们对你的创造不是全无知识,所以他们才能承认你,赞美你,宝爱你,而这种创造也才能发挥出它的作用。如果是胡乱的捏造,包管不会有人欣赏,更绝不会发生作用,他只是废物,那里谈得到是清新。真正的创造,"比如日月,终古常见而光景常新",创造者的艰难正在于它要用人人用

---

① 《原诗·一瓢诗话·诗说晬语》,第105页。

惯看惯的一套材料,去安排编制出崭新的东西来。

"更得清新否? 遥之对属忙"(杜甫《寄高适岑参三十韵》)"赋诗新句稳,不觉自长吟",尽去陈俗而力争清新,杜甫的成功在此。世界上所有大作家的成功在此,所以想在创作上获成功的人莫不应当努力在此。[1]

徐中玉先生在此也引用叶燮关于"陈熟生新"的观点,也是他对叶燮这一思想的理解。在徐先生看来,"从成熟中脱化出来的生新才是真正的清新","生新"是离不开"成熟"的,如果弃"成熟"而求"新奇"可能会陷入琐屑、滑稽、险怪、荆棘,认为"完全的成熟固不足取,完全的生新一样也无作用",主张"清新"从"陈熟"中来。特别从接受者的角度,他认为"清新"只所以被认同与称赞,正在于"用人人用惯看惯的一套材料,去安排编制出崭新的东西来"。这里的"用人人用惯看惯的一套材料"就是指"陈熟"的作用。因为,人们心甘情愿地给你赞美,"就因为这圈子里原是他们也知道的,这些事物他们也相当清楚的,甚至他们也并不是完全没有这种意思",这也是"陈熟"的作用,"惟其他们对你的创造不是全无知识,所以他们才能承认你,赞美你,喜欢你,而这种创造也才能发挥出它的作用"。也就是说,如果是"全无知识",没有"陈熟"的基础,那只是废物。

徐先生的这一看法对于我们理解叶燮的"陈熟"与"生新"是有启发意义的。所以,叶燮批评明代的复古主义如前后七子以及唐宋派时说:"诸称诗者专以依傍临摹为事,不能得古人之兴会神理,句剽字窃,依样葫芦。"(《原诗·内篇上》)这种对只得其"陈言"而不得"古人之兴会神理"的创作批评,正与韩愈的"师其意,不师其辞"(《答刘正夫书》)的说法相通。对此,叶燮提出的"于陈中见新,生中见熟"的思想,是对"惟陈熟之务去"的辩证深入阐释。

(2)"陈熟"的意义

叶燮提出"察其源流,识其升降",看到源、流、升、降的同等重要,显出了"陈熟"的意义。

他说:

吾愿学诗者,必从先型以察其源流,识其升降。读《三百篇》而知其尽美矣,尽善矣,然非今之人所能为;即今之人能为之,而亦无为之之理,终亦

---

① 徐中玉《论陈言》,见《国文月刊》第 7 册第 63—74 期,1948 年 1 月刊至 12 月刊。

不必为之矣。继之而读汉魏之诗,美矣、善矣,今之人庶能为之,而无不可
为之;然不必为之;或偶一为之,而不必似之。又继之而读六朝之诗,亦可
谓美矣,亦可谓善矣,我可以择而间为之;亦可以恝而置之。又继之而读唐
人之诗,尽美尽善矣,我可尽其心以为之,又将变化神明而达之。又继之而
读宋之诗、元之诗,美之变而仍美,善之变而仍善矣;吾纵其所如,而无不可
为之,可以进退出入而为之。此古今之诗相承之极致,而学诗者循序反复
之极致也。(《原诗·内篇下》)

提出古今之诗时变而有诗变,但其间必有"相承"的延续。虽然不必如《三百
篇》,汉魏之诗、六朝之诗、唐之诗、宋之诗、元之诗,但其间的"善"与"美"则是相承
的。所以他又说:"执其源而遗其流者,固已非矣;得其流而弃其源者,又非之非者
乎! 然则学诗者,使竟从事于宋、元近代,而置汉、魏、唐人之诗而不问,不亦大乖
于诗之旨哉!"(《原诗·内篇下》)他在讲"源"与"流"的关系,也正是表明了对"陈熟"
与"生新"的看法,守其"陈熟"而遗其"生新"不对,而追逐"生新"而弃其"陈熟"更
是"非之非者",是"大乖于诗之旨"的。他批评竟陵派不能"入人之深",就在于
他们"抹倒体裁、声调、气象、格力诸说,独辟蹊径,而栩栩然自是也。……入于
琐屑、滑稽、隐怪、荆棘之境,以矜其新异,其过殆又甚焉"(《原诗·外篇上》)。批
评"近代诗家"的"一切屏弃而不为,务趋于奥僻,以险怪相尚;目为生新,自负得
宋人之髓。"乃是"新而近于俚,生而入于涩,真足大败人意"(《原诗·外篇上》)。
正是在于他们都没有处理好"陈熟"与"生新"的关系,过于无视"陈熟"的意义。

3. 陈熟的相对性

叶燮对"陈熟"的认识是还原到历史的原初状态。他从来不是独立的、静止
的看待"本末""源流""盛衰",而是从整体的、流动的状态中去认识它们,不仅看
到局部之变化,更能从整体上认识演变之过程。

叶燮说:"就一时而论,有盛必有衰;综千古而论,则盛而必至于衰,又必自衰
而复盛。"(《原诗·内篇上》)这里的"一时"就是在短时段中有"盛"与"衰"之别,但"千
古",即在长时段中,则有"盛""衰""复盛",呈现了复杂的运动过程。其实,"陈熟"
与"生新"的关系与他所讲的"盛"与"衰"是一样的,就一时而论,有"生新"与"陈
熟"之别,但就千古而论,"生新"必然到"陈熟",又必自"陈熟"而复"生新"。当
然,前一"生新"已不等同于后一生新,前一"陈熟"已不同于后一陈熟。正如王
运熙对叶燮这一思想的理解,"在源流滚滚的诗歌发展长河中,从一个阶段来

说,有正有变,由盛而渐衰,而总的趋势则表现为每一次衰落孕育的兴盛"①。可见,诗歌的延续性可分为两种时段:短时段中"盛"与"衰"的转化,盛而必至于衰,又必自衰而复盛;长时段中"盛"与"衰"的交替,很难说何者为盛,何者为衰。诗歌的演变正是短时段的局部运动和长时段的整体运动的统一,是一个局部运动和整体运动交互作用的历时性过程。叶燮所谓的"陈熟"与"生新"也是如"盛"与"衰"的转换一样。

从短时段来看,诗歌发展是"陈熟"与"生新"的相互转化:或由"陈熟"转"生新",或由"生新"转向"陈熟",但从千古的长时段来看,就没有所谓固定的"陈熟"与"生新"了。就如叶燮所描述的,"后人无前人,何以有其端绪;前人无后人,何以竟其引伸乎!"(《原诗·内篇下》)诗歌演变是"启"与"承"的统一,"承"离不开"启",诗歌传统需要诗歌的创新赋予生命力;"启"离不开"承",诗歌发展离不开对诗歌传统的继承。但"承"与"启"的属性不是一成不变的,表现出意义的相对性来。

这种"陈熟"与"生新",即"旧"与"新"的转化,尤如艾略特所说的,是"每件艺术作品对于整体的关系、比例和价值就重新调整了;这就是新与旧的适应"②。诗歌的演变总是"旧"与"新"的冲突,或"旧"融入"新"的因素,或"新"的取代"旧"的,是关系、比例和价值的"调整",是"新"与"旧"的"适应"。其"旧"也是调整中的"旧","新"也是"调整"中的"新",它们间的"适应"就在各种条件作用下走向自己的反面。无论是"承"与"启",还是"盛"与"衰",都离不开"对待"这一关系。叶燮不仅看到对待的对立统一,而且还能把握住对立双方运动的特征,即对待双方在正负两极间滑动着,消解了恒定,体现出不确定性来。

其实,诗歌演变中的长时段是短时段的累进,任何短时段都无法摆脱长时段而独立存在。长时段中的短时段才有意义。短时段只是理论分析的需要,让诗变"突然"停下来,静止不动,这是一种理论的假设,而真实的情况是每一短时段都处于长时段的过程当中——这才是诗变的原始面貌。

---

① 王运熙、顾易生:《中国文学批评史新编》(下),复旦大学出版社 2007 年版,第261 页。

② 艾略特在《传统与个人才能》中说:"现存的艺术经典本身就构成一个理想的秩序,这个秩序由于新的作品被介绍进来而发生变化。这个已成的秩序在新作品出现以前本是完整的,加入新花样以后要继续保持完整,整个的秩序就必须改变一下。即使改变得很少;因此每件艺术作品对于整体的关系、比例和价值就重新调整了;这就是新与旧的适应。"(见[英]艾略特:《四个四重奏》,裘小龙译,漓江出版社 1992 年版,第 283—284 页)

叶燮在《原诗》中说："夫自《三百篇》而下,三千余年之作者,其间节节相生,如环之不断;如四时之序,衰旺相循而生物、而成物,息息不停,无可或间也。"(《原诗·内篇上》)可见,他总是在长时段中去认识对象的,重视其"节节相生""息息不停",将短时段还原于长时段的真实面貌当中,消解了理论上的假设,在"节节相生"中去认识每"一节",在四时之序中去认识每"一季"。在他看来,每一节,或每一季中的"生新"必将沦为"陈熟",而"陈熟"又会孕育着"生新"因子,诗歌在"陈熟→生新→陈熟→生新"的不断交替中演变,呈现了对立双方交替的诗歌演进模式。所以,这就有了他的"历考汉魏以来之诗,循其源流升降,不得谓正为源而长盛,变为流而始衰。惟正有渐衰,故变能启盛"(《原诗·内篇上》)观点性的表述。

如建安风骨慷慨悲凉,反映民生疾苦,抒发一统天下,建功立业的豪情壮志,开一代诗风,是继"汉乐府"的"生新"之作,但它又不可能长盛不衰,终将会因时代变化,以及诗体自律的需求而流于"陈熟"。诗至六朝,"卑靡浮艳之习"沿袭到唐初,句栉字比,非古非律,相沿久而流于衰,导致唐初诗坛萎靡不振,熟调陈言。衰之久远,变能启盛,至唐之开元、天宝又达到鼎盛,有了王维、孟浩然的山水田园诗和高适、岑参的边塞诗相得益彰,沿着"盛→衰→盛→衰"的模式交替。在这样延绵不断的流变当中,建安诗、六朝诗、初唐诗、开宝诗等,谁是"陈熟"呢?又谁是"生新"呢?显然,它们既是"陈熟"的,又是"生新"的,这是因参照物的变化而变化的。如果能还原到诗歌演变的长河当中,那么,它们各自既是下一段的陈熟,又是上一段的生新。虽然叶燮是一位主变者,但他以宏观的视野,在"旧"与"新"的关系中不忽略"旧"的重要性,也就是不忽略"陈熟"的重要性。

三、"踵事增华"中的"生新"

时代的变化,文体也在变化。王奕清在《历代词话》所引《词统序略》中说:"周东迁,《三百篇》音节始废,至汉而乐府出,乐府不能代民歌,而歌谣出。六朝至唐,乐府又不胜诘屈,而近体出。五代到宋,近代又不胜方板,而诗余出。唐之诗,宋之词,甫脱颖而已遍传歌工之口,元世犹然,今则尽废矣。观唐之后,诗之腐涩,反不如词之清新,使人怡然适性。是不独天资之高下,学力之浅深各殊,要亦气运人心有日新而不能已者。故诗云至于余而诗亡,诗至于余诗而复存也。"(《词话丛编》引《御选历代诗余》卷一百二十《词话》)叶燮论诗主张"生""新""深"。[1] 虽然他在"相续

---

[1]　沈德潜《叶燮传》有"先生论诗,一曰生,一曰新,一曰深,凡一切庸熟陈旧浮浅语须扫而空之。"(见沈德潜:《清诗别裁集》上,上海古籍出版社 2013 年版,第 385 页)

相禅"中侧重于对"陈熟"的阐释,没有忽视"陈熟"历史功绩;但就他诗变的主体精神则是在"踵事增华"中的"生新"上。

1. 问题的提出

在讲到创作起因时,叶燮提出"先有所触以兴起其意,而后措诸辞、属为句、敷之而成章"(《原诗·内篇上》)。即有现实生活的感触,才能从事诗的创作,方能"忘其为熟,转益见新,无适而不可也。若五内空如,毫无寄托,以剿袭浮辞为熟,搜寻险怪为生,均为风雅所摈"(《原诗·外篇上》)。这里的"熟"与"新"就涉及"陈熟生新"问题。"剿袭浮辞"与"搜寻险怪"都被"风雅所摈",并列举了上古的饮食器具、音乐变化、古者穴居等,提出"大凡物之踵事增华,以渐而进,以至于极",从宏观上描述了诗歌演变中"踵事增华"的特征。由此可以看出,叶燮对诗歌发展的理解既不同于明代人的复古主张,也不同于清初顾炎武的"诗格代降"。

"踵事增华"是两组动宾结构"踵事"与"增华"的并列。踵,名词为足跟,《释名》有"踵,足后曰跟,又谓之踵";动词为步行、继步之义。"踵事"即继步前事,其目的在于"增华"。"华"即繁华,越来越茂盛。"踵事增华"的基本内涵是继承前事而越来越繁华。

在诗学上,"踵事增华"大约首见于南朝梁萧统《文选序》,他说:"若夫椎轮为大辂之始,大辂宁有椎轮之质?增冰为积水所成,积水曾微增冰之凛,何哉?盖踵其事增华,变其本而加厉;物既有之,文亦宜然;随时变改,难以详悉。"①冰块增大是因积水而至,积水越多,冰块就会越来越大,此"踵事增华"就是"变其本而加厉"的意思。此"厉"为形容词,即越来越的意思,并无贬意,只是对以往的超越。

"踵事增华"表示"越来越厉"之意还被其他人多处运用。如宋人王黼在《宣和博古图》一书中谈到"敦"②的演变过程后之得出结论说:"今历观其器,书画虫

---

① (梁)萧统《文选序》,见郭绍虞主编:《中国历代文论选》第一册,上海古籍出版社2001年版,第329页。这里的椎轮指原始无辐的车。大辂是古代较高级的一种车,《论语·卫灵公》:"乘殷之辂。"郑注:"殷车曰大辂。"宁有:岂有。质:质朴。增冰:厚冰。微:无。凛:寒冷。变本加厉:改变原本使之更加厉害。

② 敦:古代用来盛放黍、稷、粱、稻等食物的器皿,常见泥灰陶和原始瓷制品。由鼎、簋发展而成,产生于春秋中期,盛行于春秋晚期到战国晚期,秦代以后逐渐消失。其基本形制是上下内外皆圆,盖与相合成球体或卵圆形体,三足,上下对称,也有上下不对称或完全不对称的。也有无足式、圈足式。多为明器。在战国楚、汉代的河南等关中地区流行,常与鼎、壶等组合成一套陪葬礼器,汉以后被盒取代。(见许绍银、许可:《中国陶瓷辞典》,中国文史出版社2013年版,第248页)就饪食器总体而言,与鼎中盛肉相配套的盛饭食的器物,西周是簋,春秋是敦,战国以后则是盒。

镂,因时而制,踵事增华,变本加厉,求合于古,则不可得而定论。"提出这种制器"与时为损益","时异则迹异耳",认为"敦"这类制器,不同时代有不同的制作,"若乃敦者,以制作求之,则制作不同:上古则用瓦,中古则用金,或以玉饰,或以木为;以形器求之,则形器不同:设盖者以为会,无耳足者以为废,或与珠盘类,或与簠簋同;以名求之,则名不同:或以为土簋,或以为玉簋;以用求之,则用不同:或以盛血,为尸盟者之所执,或以盛黍稷,为内宰之所赞……"①而这种随时代演变的趋势是越来越精致,越来越完美,所以时代变了而再要"求合于古人"是不可能的。他的"因时而制,踵事增华,变本加厉",随时推移,越来越精致,也是一种进化论思想。

讲"车"的演变也讲到"踵事增华"的。如《礼记·明堂位》有:"鸾车,有虞氏之路也;钩车,夏后氏之路也;大路,殷路也;乘路,周路也。"路,通辂,即车。这里的"鸾车""钩车""大路""乘路"等的演变是越来越精致。所以,《明史·舆服志一》中讲到"车"的演变时也有"踵事增华",说:"有虞氏御天下,车服以庸。夏则黻冕致美。商则大辂示俭。成周有巾车、典辂、弁师、司服之职,天子以之表式万邦,而服车五乘,下逮臣民。汉承秦制,御金根为乘舆,服袀玄以承大祀。东部乃有九斿、云罕、旒冕、絇履之仪物,踵事增华,日新代异。"②认为车与服饰之变化也是遵循着"踵事增华"的规律。总之,"踵事增华"是一种进化论思想的典型表述。

2. "踵事增华"中的"生新"

"相续相禅"的重心在"陈熟",而"踵事增华"的重心在"生新"。明人谢榛《四溟诗话》卷四曾鼓励诗人要有创新的勇气。他说:"人不敢道,我则道之;人不肯为,我则为之。厉鬼不能夺其正,利剑不能折其刚。古人制作,各有奇处,

① 《宣和博古图》:"厥惟礼初,污尊杯饮,黄桴土鼓,惟时通诚导和,而鬼神可致。若乃后世,燕享尽九州之味,《韶》《濩》备九成之举,然后视礼初之制者,为不足施于今,是岂古拙而今乃工耶?此制作之君与时为损益,五帝不相沿,三王不相袭,亦非好异而作古也,时异则迹异耳。若乃敦者,以制作求之,则制作不同,上古则用瓦,中古则用金,或以玉饰,或以木为;以形器求之,则形器不同,设盖者以为会,无耳足者以为废,或与珠盘类,或与簠簋同;以名求之,则名不同,或以为土簋,或以为玉簋;以用求之,则用不同:或以盛血为尸盟者之所执,或以盛黍稷为内宰之所赞;以数求之,则数不同,《明堂位》曰'有虞氏之两敦',《小宰》则曰'主妇执一金敦黍'。此敦之制,故不可以类取也。今历观其器,书画虫镂,因时而制,踵事增华,变本加厉,求合于古,则不可得而定论。"([宋]王黼:《宣和博古图》,诸莉君校,上海书店 2017 年版,第 296—297 页)

② (清)张廷玉撰:《明史》第 2 册,岳麓书社 1996 年版,第 931 页。

观者当甄别。"①叶燮也主张创新,坚持时变而有诗变的观点。他说"古云天道十年而一变",那么,这古今十年一变又是如何演进的呢?

叶燮认为,前者应当"相续相禅",后者应当"踵事增华"。

他说:"大凡物之踵事增华,以渐而进,以至于极。"(《原诗·内篇上》)人的心思也是如此,"乾坤一日不息,则人之智慧心思必无尽与穷之日"(《原诗·内篇上》)。诗的演变也然,"彼虞廷《喜》《起》之歌,诗之土簋击壤、穴居俪皮耳。一增华于《三百篇》,再增华于汉,又增华于魏"(《原诗·内篇上》)。并将诗之演变视作人的行路,唐虞(尧舜)时的诗歌创作如第一步,三代(夏商周)时如第二步,汉魏以后诗如第三步、第四步。在叶燮看来,万物的演变模式为踵事增华,以渐而进,以至于极,前人"始用",后人才能"渐出",或"精求之",或"益用"。他分析了踵事增华的动力,一是因为乾坤不息,二是因为人之智慧心思无穷无尽。叶燮再从《喜》《起》之歌起,一增华、再增华,又增华,并形象地将之喻为诗之第一步,第二步,第三步,尽情地描述了诗之演变增华的过程。这也是他所说的,自《诗经》以来,"其间节节相生,如环之不断;如四时之序,衰旺相循而生物、而成物,息息不停,无可或间也"(《原诗·内篇下》)。这是他主张"生新"的理论表述。另外,他在其《原诗》中还连续用了三个形象的比喻,即太虚、工拙、造屋来进一步表述其"增华"的思想。

叶燮的"太虚之喻",以绘画为喻讲诗之演变。他认为汉魏诗是初见形象,其外在格式,如质地为绢素(未曾染色的白绢),长短、阔狭初具规定,但艺术表现中的远近浓淡俱未分明;六朝诗与汉魏诗相比较得到发展,其艺术上已有烘染设色,初有浓淡之分,但在远近与层次上则无明显分野;唐诗更进一步,诗歌创作的诸多手法表现分明,各种艺术手法都已具备,达到诗歌创作之鼎盛;宋诗则更加精益求精,各种艺术手法"无所不极"。②叶燮以绘画技巧的演变为喻,讲诗歌创作的阶段性特征,从汉魏的天然无技巧,到六朝略备,唐诗大备,再到宋诗走向精致,诗之手法精益求精。这便是他所说的"踵事增华"。

---

① (明)谢榛著,宛平校点:《四溟诗话》,人民文学出版社1961年版,第107页。

② 《原诗·外篇下》:"汉魏之诗,如画家之落墨于太虚中,初见形象。一幅绢素,度其长短、阔狭,先定规模;而远近浓淡,层次脱卸,俱未分明。六朝之诗,始知烘染设色,微分浓淡;而远近层次,尚在形似意想间,犹未显然分明也。盛唐之诗,浓淡远近层次,方一一分明,能事大备。宋诗则能事益精,诸法变化,非浓淡、远近、层次所得而该,刻画掉换,无所不极。"(见《原诗·一瓢诗话·说诗晬语》,第61页)

　　叶燮的"工拙之喻"是接"太虚之喻"的第二喻。他认为汉魏诗很难辨出工与拙,工拙融于一体,工中见拙,拙中见工,混沌于一体,是"太虚之喻"中汉魏诗,初见形象,俱未分明的另一种表达;六朝诗有工与拙之分,工者为多,拙者为少,是可分的,且能从工中见出长处,拙中见出短处;而唐诗可以工言之,也多以工为上;而宋诗则工拙都是有意求之,但反对以此作为论诗之优劣。诗之优劣,而就其艺术追求上讲,则渐渐走向精致化之路。① 这也是"踵事增华"的表现。而这一工拙之论,蒋寅认为是叶燮从作者意图的角度概括古代诗歌的写作范式,并给予很高的评价。②

　　叶燮的"造屋之喻"是接"太虚之喻""工拙之喻"后的第三喻。他将以造屋的过程各阶段之特点为喻,列汉魏、六朝、唐诗、宋诗为节点,结合前两喻的由不分而至分明、由拙而工,分明表达了诗之演变如造屋之过程,由宏大而至精细,并认为这是"运会世变使然,非人力之所能为也,天也"。③

　　可见,太虚、工拙、造屋等三个比喻都表现了叶燮对诗之演变的基本看法。诗演变得越来越精细,越来越完善,即他所说的"变本加厉","以渐而进,以至于极"的"踵事增华"模式。也如蒋寅所说的,叶燮所说的"踵事增华"是文变的合

---

　　① 《原诗·外篇下》:"汉魏诗不可论工拙,其工处乃在拙,其拙处乃见工,当以观商周尊彝之法观之。六朝之诗,工居十六七,拙居十三四;工处见长,拙处见短。唐诗诸大家、名家,始可言工;若拙者则竟全拙,不堪寓目。宋诗在工拙之外:其工处固有意求工,拙处亦有意为拙;若以工拙上下之,宋人不受也。此古今诗工拙之分剂也。"(见《原诗·一瓢诗话·说诗晬语》,第 62 页)

　　② 蒋寅说:"(叶燮)尝试从作者意图的角度来概括古代诗歌的写作范式。这不能不说是很独到的见解。我还没有见到前人有这么看问题的。其中论宋诗拙处乃有意为拙,最有见地。实际上不止是诗。……叶燮看问题的视角过于新异,以至于不被后人理解。《四库全书总目》卷一百九十七说《原诗》'亦多英雄欺人之语',便举'宋诗在工拙之外'一段,说:'此论苏、黄数据家犹可,概曰宋人,岂其然乎?'其实,任何一种新观念,都只体现在部分作者的创作中,而衡量一个时代的特色往往就以这部分作者的特色为代表。……在这种地方,叶燮诗论常显示出一种超越时代的穿透力。"(见蒋寅:《原诗笺注》,上海古籍出版社 2014 年版,第 348—349 页)

　　③ 《原诗·外篇下》:"汉魏诗,如初架屋,栋梁柱础,门户已具,而窗棂楹槛等项,犹未能一一全备,但树栋宇之形制而已。六朝诗始有牖棂楹槛屏蔽开阖。唐诗则于屋中设帐帏床榻器用诸物,而加丹垩雕刻之工。宋诗则制度益精,室中陈设,种种玩好,无所不蓄。大抵屋宇初建,虽未备物,而规模弘敞,大则宫殿,小亦厅堂也。递次而降,虽无制不全,无物不具,然规模或如曲房奥室,极足赏心;而冠冕阔大,逊于广厦矣。夫岂前后人之必相远哉! 运会世变使然,非人力之所能为也,天也。"(见《原诗·一瓢诗话·说诗晬语》,第 62 页)

目的性,这为进化论文学发展观提供了一个矢量。①

叶燮不仅描述了"踵事增华"的演变模式,还进一步分析了"生新"的合法性。他说:

> 原夫作诗者之肇端而有事乎此也,必先有所触以兴起其意,而后措诸辞、属为句、敷之而成章。当其有所触而兴起也,其意、其辞、其句,劈空而起,皆自无而有,随在取之于心。出而为情、为景、为事,人未尝言之,而自我始言之,故言者与闻其言者,诚可悦而永也。使即此意、此辞、此句虽有小异,再见焉,讽咏者已不击节;数见,则益不鲜;陈陈踵见,齿牙余唾,有掩鼻而过耳。(《原诗·内篇上》)

从创作因触而发和接受者之接受过程两个方面分析了"生新"的合法性。就创作而言,时变事变而有诗变,诗变系乎时事,触的情、景、事不同,创作也不同;就接受者而言,"初见"尚好,"再见"不击节,"数见"不鲜,"陈陈踵见"则遭人"齿牙余唾,有掩鼻而过",从接受方面提出"生新"的重要性与必然性。

叶燮进而又以其特有的饮食器具、音乐变化、古者穴居之喻,进一步论述时变而事变,阐述"生新"的合理性。他说:

> 譬之上古之世,饭土簋,啜土铏,当饮食未具时,进以一脔,必为惊喜;逮后世膮臑炰脍之法兴,罗珍搜错,无所不至,而犹以土簋土铏之庖进,可乎?上古之音乐,击土鼓而歌康衢;其后乃有丝、竹、匏、革之制,流至于今,极于九宫南谱。声律之妙,日异月新,若必返古而听击壤之歌,斯为乐乎?

---

① "矢量"是带有方向的,如美国学者所说,它"是指社会可根据某种一般的进步或发展的标准沿着一种线性的尺度进行划分。这种尺度常常用'朝文明方向发展'这样明确的词语来表述,并且,还笼统的使用类似以下描述性的修饰词来加以说明,如'原始的'和'发达的'、'简单的'和'复杂的'、'低等的'和'高等的';还有诸如'蒙昧'、'野蛮'和'文明'的说法。"又说这种带有方向性的进步,"是用诸如不断提高的复杂性这样绝对的词语,而不是用适应特定环境的程度来测量的。各个系统被置于不同的阶段,而不考虑他们的种系发生关系。尽管人类和狒狒各自适应了不同的环境,并且都是同时存在的物种和不同遗传系统的成员,人类还是高于狒狒。这就是进化论发展的观点。"(见[美]E. R. 塞维斯:《文化进化论》,黄宝玮等译,华夏出版社1991年版,第3、31页)在这种观念支配下,第一阶段必定是为后一阶段做准备的,每个阶段的发展都指向一个终极性目标。

古者穴居而巢处,乃制为宫室,不过卫风雨耳;后世遂有璇题瑶室,土文绣
而木绨锦。古者俪皮为礼;后世易之以玉帛,遂有千纯百璧之侈。使今日
告人居以巢穴、行礼以俪皮,孰不嗤之者乎?(《原诗·内篇上》)

叶燮以古之饮食器具、古之音乐、古之穴居等三个方面,再次论证了时变而
诗变的合理性,也就是论证了"生新"的合理性,与刘勰《文心雕龙·通变》中诗
体、语体和风格方面的演变轨迹"黄唐淳而质,虞夏质而辨,商周丽而雅,楚汉侈
而艳,魏晋浅而绮,宋初讹而新。从质及讹,弥近弥澹"相通。叶燮并不忽略"陈
熟",但相比而言,他更重视"生新"。这种重视是贯穿他整个诗学思想之始终。

重视"生新"的诗歌批评。叶燮对"生新"的重视,不仅表现在他对此有较强
的理论表达,而且还表现在他的诗歌评价始终以"生新"为评价标准。凡有"生
新"者便给予肯定,形成他诗评的特色。他认为在中国诗歌创作中有几个大的
变化。

他是这样描述诗之演变的。他说:

汉苏李始创为五言……建安、黄初之诗乃有献酬、纪行、颂德诸体,遂
开后世种种应酬等类;则因而实为创。此变之始也。《三百篇》一变而为苏
李,再变而为建安、黄初。……一变而为晋,如陆机之缠绵铺丽,左思之卓
荦磅礴,各不同也。其间屡变而为鲍照之逸俊,谢灵运之警秀,陶潜之澹
远……。历梁、陈、隋以迄唐之垂拱,踵其习而益甚,势不能不变。小变于
沈、宋、云、龙之间,而大变于开元、天宝、高、岑、王、孟、李。此数人者,虽各
有所因,而实一一能为创。而集大成如杜甫,杰出如韩愈,专家如柳宗元、
如刘禹锡……一一皆特立兴起。……宋初,诗袭唐人之旧……苏舜卿、梅
尧臣出,始一大变,欧阳修亟称二人不置。自后诸大家迭兴,所造各有至
极。……自是南宋、金、元,作者不一。大家如陆游、范成大、元好问为最,
各能自见其才。有明之初,高启为冠,兼唐、宋、元人之长,初不于唐、宋、元
人之诗有所为轩轾也。(《原诗·内篇上》)

叶燮描述诗歌创作的轨迹,都是以"变"为中心的,即其诗歌创作是否有创
新,是否在原有基础上加入"生新"的元素,有者当为肯定,否则给予否定。而
"生新"元素多者为"大变",少者为"小变"以及"大变"与"大变"之间的诸多"小

变"。其所列举的各时代的代表人物,都是有所创新的。所以叶燮对诗歌演变史的描述,以是否有"生新",即创新为标准的。这是他诗学观念中最有价值的地方之一。

在中国诗歌史上,叶燮历考汉魏以来之诗,最为推崇的诗人当数杜甫、韩愈、苏轼三人,正是因为他们诗创作中的"生新"。

他特别推崇杜甫,认为"杜甫之诗独冠今古"。他说"杜甫,诗之神。夫惟神,乃能变化"(《原诗·内篇下》),而这一神而能变,别开生面,就是"生新",也即创新。叶燮对杜甫评价最高,说他"包源流,综正变",因为他具备汉魏之浑朴古雅,六朝之藻丽秾纤、澹远韶秀。这是杜诗"陈熟"的元素,但又说他"无一字句为前人之诗也",更有"生新"元素,是"陈熟"与"生新"的统一,对后代诗人,"甫无一不为之开先"①。他分析杜甫之所以能独创生面,是因为他有诗歌创作最基本的"诗之基",即"胸襟"。因其"胸襟"而能"载其性情、智慧、聪明、才辨以出,随遇发生,随生即盛"(《原诗·内篇上》)。所以题材上"其诗随所遇之人之境之事之物,无处不发其思君王、忧祸乱、悲时日、念友朋、吊古人、怀远道,凡欢愉、幽愁、离合、今昔之感"(《原诗·内篇下》),因其所遇而得其题材,因有题材而抒发其情感,因情感而形成诗句,别开"生面","无处不可见其忧国爱君,悯时伤乱,遭颠沛而不苟,处穷约而不滥,崎岖兵戈盗贼之地,而以山川景物友朋杯酒抒愤陶情"(《原诗·外篇上》)。叶燮对之推崇之致,所以就有了"可慕可乐而可敬"的赞扬。②

他也特别推崇韩愈与苏轼,认为千余年来作诗者,韩愈、苏轼与杜甫"鼎立为三"。在叶燮看来,韩愈的诗歌创作为唐诗之一大变,他"用旧事而间以己意易以新字者","无一字犹人,如太华削成,不可攀跻"(《原诗·外篇上》),"其力大,其思雄,崛起特为鼻祖"(《原诗·内篇上》),直接影响到宋代的苏舜钦、梅尧臣、欧阳修、苏轼、王安石、黄庭坚等,形成其"无处不可见其骨相稜嶒,俯视一切:进则不能容于朝,退又不肯独善于野,疾恶甚严,爱才若渴"(《原诗·外篇上》)的生面目。虽然没有被足够的认同,但"二百余年后,欧阳修方大表章之,天

---

① 《原诗·内篇上》:"自甫以后,在唐如韩愈、李贺之奇奡,刘禹锡、杜牧之雄杰,刘长卿之流利,温庭筠、李商隐之轻艳,以至宋、金、元、明之诗家称巨擘者,无虑数十百人,各自炫奇翻异;而甫无一不为之开先。"(见《原诗·一瓢诗话·说诗晬语》,第8页)

② 《原诗·外篇上》:"我一读之,甫之面目跃然于前。读其诗一日,一日与之对;读其诗终身,日日与之对也。故可慕可乐而可敬也。"(见《原诗·一瓢诗话·说诗晬语》,第50页)

下遂翕然宗韩愈之文,以至于今不衰"(《原诗·内篇下》)。开启了"思雄"的生面,连俗儒都能看到"愈诗大变汉魏,大变盛唐"(《原诗·内篇上》)。

他也特别推崇苏轼,乃因苏诗为"韩愈后之一大变也"。其诗"包罗万象,鄙谚小说,无不可用"(《原诗·外篇上》)。"常一句中用两事三事者,非骈博也,力大故无所不举"(《原诗·外篇上》),"苏轼之诗,其境界皆开辟古今之所未有,天地万物,嬉笑怒骂,无不鼓舞于笔端,而适如其意之所欲出。此韩愈后之一大变也,而盛极矣"(《原诗·内篇上》),形成其"(举苏轼之一篇一句)无处不可见其凌空如天马,游戏如飞仙,风流儒雅,无入不得,好善而乐与,嬉笑怒骂,四时之气皆备"(《原诗·外篇上》)的生面目,所以能为叶燮所高度认同。

叶燮赞扬新变。他在其《百家唐诗序》中说:"三代以来,诗运如登高之日,上莫可复逾。迨至贞元、元和之间,有韩愈、柳宗元、刘长卿、钱起、白居易、元稹辈出,群才竞起,而变八代之盛。自是而诗之调、之格、之声、之情,凿险出奇,无不以是为前后之关键矣。起衰者一人之力专,独立砥柱,而文之统有所归,变盛者,群才之力肆,各途深造,而诗之尚极于化。"(《已畦文集》卷八)评价《百家唐诗》中唐诗"今观百家之诗,诸公无不自开生面,独出机杼,皆能前无古人,后开来学。"(《已畦文集》卷八)

叶燮之所以赞扬这三家诗,正是因为他们都开生面,有"生新"的特色,表现了叶燮对于"生新"的重视。正如蒋寅所总结的,"叶燮更具体地阐述了三家'大变'和诗史背景,变革方式以及历史意义,显出独到的批评眼光。杜甫承先启后,不仅集前代之大成,更开后世无数法门;韩愈惩于大历以来的成熟,一变以生新奇矞,遂发宋诗之端;苏东坡则尽破前人藩篱,开辟古今未有的境界,而天地万物之理事情从此发挥无余"[①]。

对于诗之演变,叶燮有一个"河流之喻"。他说:

> 从其源而论,如百川之发源,各异其所出,虽万派而皆朝宗于海,无弗同也。从其流而论,如河流之经行天下,而忽播为九河;河分九而俱朝宗于海,则亦无弗同也。(《原诗·内篇上》)

诗之演变,就其源头而论,不同的是源"各异其所出",相同的是"皆朝宗于

---

① 蒋寅:《原诗笺注》,上海古籍出版社 2014 年版,第 78 页。

海"；从流而言，不同的是"经行天下""忽播为九河"，同的是"俱朝宗于海"，都是同中有异，异中有同。如果从"陈熟"与"生新"的角度看，河流是由无数的波浪聚成的，前浪推后浪，也如"陈熟"和"生新"是互为前提，相互生成的。叶燮诗论中的诗歌发展进程具有历史延续性。诗歌的源流、本末、沿革、因创、正变中将孤立的二元相互链接，融入整个诗歌发展历程中，前者"禅让"并"相续"于后者，后者承接前者，踵事增华，形成了正负二元交替的诗史演进模式，由此文学的发展便呈现出一个动态的、互动的，而非静止的、分裂的，由作家和作品所构成的文学史，便是一个整体的历史。

　　杨鸿烈先生曾经在《中国诗学大纲》中谈到中国诗的演进，对持进化论的叶燮评价颇高。他说："诗的退化说——中国是崇古思想最发达的国家，这种说法在诗里自然很多——但最能持之有故，言之成理的，要推章太炎《国故论衡辨诗》，著者从诗的本质和心理学方面观察都是部分的承认章先生的话——但章先生要用人力来复古便是发可笑之论——并且从历史进化的眼光不能不承认诗是进步的。诗的进步说——这说在中国最是凤毛麟角——著者所引的只有元稹、都穆、方苞、吴雷发、袁枚、叶燮六人——叶燮的说法最详切明尽——叶燮的正确的历史观念在中国思想史上应该占有极重要的位置。"①杨鸿烈先生认为叶燮在《原诗·内篇上》中所表达的"增华"思想，并给予大量的引用后说，"这样正确的历史观念不只有中国诗学思想发达史上提上一笔，就是在文化史或思想史上都应该大书特书呢"②，表达了对叶燮的推崇。这是杨鸿烈将叶燮的进化观放到中国传统诗学史上给予的肯定。其实，叶燮的"陈熟生新"思想不仅于此，而且还有更多的可肯定之处。

　　就"陈熟生新"而言，在中国传统诗学史中被提出虽然较迟，但其面对的却是一个老问题。可以说从诗学诞生之初，人们都在试图回答这样的问题。但相比之下，叶燮对这一问题的认识似乎比其前人更广阔，更深入，丰富了传统诗学中"陈熟生新"思想的内涵。他一方面从"对待"之不确定入手，消解以往"陈"与"生"、"熟"与"新"的优劣之争，将其还原到诗歌真实的、现实的创作演变链条中，肯定了"陈""生""熟""新"的历史合理性，以及他们之间的此中有彼，彼中有此的"相济"状态；另一方面，他还从"相续相禅"与"踵事增华"两个维度归纳出它们历时性的价值，详尽地分析了"相续相禅"中侧重"陈熟"，"踵事增华"中侧

---

① 　杨鸿烈：《中国诗学大纲》，台湾商务印书馆1978年版，第211页。
② 　《中国诗学大纲》，第219页。

重"生新"的意义,肯定了只有在"陈熟"与"生新"的"相济"中才能赋予诗歌创作之生命和意义。总之,叶燮的"陈熟生新"思想已超出了简单的进化论或退化论的层面,突破了狭窄的二元对立的思维方式,呈现了一个完整的、延绵不断的生命体的成长过程。他对诗歌创作演变过程的描述和对其演变逻辑的探索,使诗歌艺术在时间轴上得以敞开,为后人阐释"陈熟生新"思想提供了更为广阔的空间。

第五章　叶燮的诗歌批评理论与实践

　　传统的诗歌批评独具特色，诸如汤惠休评谢灵运"初日芙蓉"，沈约评王筠"弹丸脱手"①，皆充满趣味。但叶燮却看到传统批评的不足，认为这种感悟式批评缺少思辨性与系统性，批评他们"差可引伸"，"俱属一斑之见，终非大家体段，其余皆影响附和，沉沦习气，不足道也"（《原诗·外篇上》）。为此，他另辟蹊径，继承了传统哲学的变易精神，形成其独特的诗歌批评理论，并诉诸具体的批评实践。虽然《四库全书总目提要》批评《原诗》"虽极纵横博辩之致，是作论之体，非评诗之体"，指出其"非评诗之体"的缺点，但这一评价正好突出了叶燮诗歌批评所具有的"纵横博辩"与"作论之体"特征，表现了与传统的以诗话形式评诗的不同特色。

　　清代是中国诗话的集大成时期。② 郭绍虞先生说："诗话之作，至清代而登峰造极，清人诗话有三四百种，不特数量远较前代繁富，而评述之精当亦超越前

---

① 　明人王世贞《艺苑卮言》卷一记载有叶梦得云："古今谈诗者多矣，吾独爱汤惠休'初日芙蓉'、沈约'弹丸脱手'两语，最当人意。初日芙蓉，非人力所能为，精彩华妙之意，自然见于造化之外。弹丸脱手，虽是输写便利，然其精圆之妙，发之于手。"（见丁福保辑：《历代诗话续编》中册，中华书局1983年版，第955页）需要说明的是，"弹丸脱手"之说非首见于沈约。据《南史·王昙首传》附《王筠传》记有："（沈约）又于御筵谓王志曰：'贤弟子文章之美，可谓后来独步。谢朓常见语云，"好诗圆美流转如弹丸"。近见其数首，方知此言为实。'"（见国务院古籍整理出版规划小组编《古籍点校疑误汇录(4)》中的《〈历代诗话续编〉点校拾遗》，中华书局1990年版，第183页）

② 　诗话形式产生于北宋，到清代无论在数量上还是在质量上都达到前所未有的高峰。由王夫之等撰，近人丁福保辑录的《清诗话》中已收入中小型诗话，如王夫之《薑斋诗话》《茗香诗论》《谈龙录》《原诗》《续诗品》等43种。郭绍虞《清诗话续编》辑有毛先舒《诗辨坻》以下至刘熙载《诗概》凡34种，但仍有部分重要的诗话遗漏，如《随园诗话》《昭昧詹言》等。另据蔡镇楚《中国诗话史》："据我编纂的《中国诗话文献考》初步统计，仅收藏于全国各大图书馆中的清代诗话之作，就达七百部。其实，还远不止这个数目，散见于全国各地图书馆的地方性诗话，鉴于各种原因，尚未能全部著录，散落的珍珠还不计其数。"（见蔡镇楚：《中国诗话史（修订本）》，湖南文艺出版社2001年版，第225页）

人。"①肯定了清代诗话的数量、质量与诗学价值。陈良运也认同郭绍虞先生的判断，认为"清代是中国古代学术、文学进行大规模的总结性研究的时代，数量巨大、质量相对较高的诗话与论诗诗，从总体而言，是诗学总结性的丰硕成果，大大丰富了中国诗学批评的宝库。"②而叶燮作为清初诗学的代表，成就斐然，如沈德潜《清诗别裁集》说他"力破其非"，沈楙德《原诗跋》说他在国初沿袭前人时风中，能"起而力破之"，"尽扫古今盛衰正变之肤说"。叶燮《原诗》无疑是一部论诗之作，它虽然没有诗话之名，但讨论的内容为诗学基本问题则无可质疑。③那么，叶燮的诗歌批评又有哪些超越前人之处呢？其表现出与传统诗学批评有哪些不同呢？这便是本章所要思考的问题。

第一节　《原诗》的诗歌批评理论

朱东润指出："《原诗》有《内篇》《外篇》，其说以不蹈袭前人，能自立言为主，深源正变盛衰之所以然，清人之言诗者，未之能先也。"④认为叶燮是清代探究诗之正变盛衰的第一人，给予极高的评价。他又说："流变之说既明，故言复古与不知变古者，为横山所痛斥。学晚唐、学宋、学元者，为所不齿，至其痛论清初之诗人者，亦见于《原诗》。"⑤肯定了《原诗》对清初复古而不知变古者的"痛论"。郭绍虞也说："横山诗论所以能'创辟其识，宗贯成一家言'者，即在于用文学史家的眼光与方法以批评文学，所以能不立门户，不囿于一家之说，而却能穷流溯源独探风雅之本，以成为一家之言。"⑥赞扬他以"文学史家的眼光与方法"批评

---

① 郭绍虞：《清诗话续编·序》，上海古籍出版社 1983 年版，第 1 页。

② 陈良运：《中国诗学批评史》，江西人民出版社 1995 年版，第 558 页。

③ 杨松年的《叶燮诗论的重вар置精神》有："《原诗》虽被丁福保、郭绍虞等人列为诗话，但立论之严谨，议论之肆博，与一般中国诗话之作不同。所以《四库全书提要》评之为'是作论之体，非评诗之体'。然而如果我们不以传统的诗话体制的拘限来看这部作品，它在诗论之表现，是一般诗话所不能及的。所以郭绍虞誉之为'《清诗话》中较好的著作'，蒋凡誉之为'一部光辉的美学理论著作'。"另郭绍虞《清诗话·前言》也说："从广义说，叶燮《原诗》一类的著作是可以列入诗话范围之内的。"（见王夫之等撰，丁福保辑录：《清诗话》，上海古籍出版社 2015 年版，第 6 页）

④ 朱东润：《中国文学批评史大纲》，上海古籍出版社 1983 年新版，第 274 页。

⑤ 《中国文学批评史大纲》，第 279 页。

⑥ 郭绍虞：《中国文学批评史》（下），商务印书馆 2010 年版，第 585 页。

文学的独特性,使其成为"一家之言"。可见,无论是朱先生的"深源正变盛衰",还是郭先生的"穷流溯源独探风雅之本",他们都肯定了叶燮将批评对象置于"流变"中去评论诗歌的独特方式,即在"穷流溯源"的流变中,以"文学史家的眼光和方法"去评价诗歌。显然,叶燮的确"突破北宋以来盛行的一枝一节论诗的'诗话'体裁,用长篇论文的形式,'综贯成一家之言'"①。

一、文学批评观念的基石

朱东润先生在谈到叶燮立说之大纲时指出,"旧说以正为尚,以变为不得已,横山破之,以为正变无系乎盛衰,而谓诗之为道,相续相禅,其学无穷,其理日出,此其立说之大纲也"②。肯定了叶燮突破"以正为尚"的"旧说",建立了"相续相禅""以变为常"的"新说"。叶燮"以变为常"的主变精神正是其整个诗学批评的基石。

1."主变"标准的提出

叶燮《原诗》表达了对各时代诗歌批评的不满,也直指当时的诗风,提出了"主变"的批评标准。他说:"六朝之诗,大约沿袭字句,无特立大家之才",指出"唐宋以来,诸评诗者,或概论风气,或指论一人,一篇一语,单辞复句,不可殚数",批评"李梦阳、何景明之徒,自以为得其正而实偏,得其中而实不及,大约不能远出于前三人之窠臼"等,得出了"诗道之不能长振也,由于古今人之诗评杂而无章、纷而不一"(《原诗·外篇上》)的结论。他进一步批评近代论诗者"互自标榜,胶固一偏,剿猎成说"(《原诗·内篇上》),或"一求合于古人,以为如是则合,不如是则不合。不合则虽有匠心之作,不可为也,不敢为也。一在求于今人,以为如是则合,为时人所尚;不如是则不合,为今人所不尚"(《己畦文集·自序》)。在另一处,他再次批评诗坛时风,认为"今之所谓名者,大约皆能媚于世,而世则从而悦之而称之者也"(《己畦文集》卷十《赠送季伟公序》),同时也批评了那些"好名""好利"之徒。③ 其实,叶燮对历代诗论的判断还是有失公允的,如他说"钟嵘、刘勰,其言不过吞吐抑扬,不能持论"(《原诗·外篇上》)的看法就难以让人信服。

---

① 霍松林主编:《古代文论名篇详注》,上海古籍出版社 2002 年版,第 483 页。

② 朱东润:《中国文学批评史大纲》,上海古籍出版社 1983 年版,第 275 页。

③ 《原诗·外篇上》:"诗之亡也,亡于好名。……窃怪夫好名者,非好垂后之名,而好目前之名。……于是风雅笔墨,不求之古人,专求之今人,以为迎合";又"诗之亡也,又亡于好利。夫诗之盛也,敦实学以崇虚名;其衰也,媒虚名以网厚实"。(见《原诗·一瓢诗话·说诗晬语》,第 53 页)

不可否认,刘勰、钟嵘是中国诗学批评的先驱,特别是刘勰的《文心雕龙》。宋人孙光宪称它"穷诗源流,权衡辞义,曲尽商榷,则成格言"(《白莲集序》),明人胡应麟称"刘勰之评,议论精凿"(《诗薮·内篇》卷二),清人孙梅也称"彦和则探幽索隐,穷神尽状"(《四六丛话》卷三一),而鲁迅则将刘勰《文心雕龙》与古希腊的亚理士多德《诗学》并举,称二者"解析神质,包举洪纤,开源发流,为世楷模"①。对于刘勰、钟嵘的成就,朱东润先生曾说:"吾国文学批评,以齐梁之间为最盛,刘勰之《文心雕龙》,钟嵘之《诗品》,皆成于此期中,并为文学批评之杰作。"②郭绍虞先生也说:"至是(南朝)才有的文学批评的专著,如钟嵘《诗品》、刘勰《文心雕龙》等书——均得流传至今,而《文心雕龙》尤为重要的著作,原始以表末,推粗以及精,敷陈详核,条理密察,即传至现代犹自成为空前的伟著。"③

那么,为什么叶燮与后人对这两部诗学理论著作的评价相差如此之大呢?诗学批评的差异性不仅源于批评对象丰富的内涵所隐含着被多种阐释的可能性,而且还在于阐释主体的不同观念、立场以及与阐释的针对性和目的性。从某种角度看,后者的因素可能超越前者,如对于《诗品》《文心雕龙》的评价差异就是如此。叶燮为什么对历代诗论作出如此低的评判,与近百年来学术界所公认的《文心雕龙》《诗品》的评价相比差异巨大?这并不是他毫无底线地妄加评说,而与他的批评标准相关。叶燮在他各种文学批评中都始终贯穿了一个最基本的核心,那就是"变",即创新,正如台湾学者杨松年先生所指出的那样,"整部《原诗》,整个叶燮的诗论,是无处不具他的重变的精神的"④。如果我们再以叶燮"重变"精神的角度来重读《文心雕龙》《诗品》的话,也许叶燮所说的"吞吐抑扬,不能持论"也并非空穴来风。叶燮诗学思想的基石是"主变",是创新,无论是他的正变论、诗法论还是陈熟生新论,都集中体现了"变"这一思想核心。

2. "主变"的核心内涵

"主变"是叶燮文学批评的核心。朱东润提出叶燮"深源正变盛衰之所以

---

① 鲁迅:《鲁迅全集》第八卷,人民文学出版社1981年版,第332页。

② 朱东润:《中国文学批评史大纲》,上海古籍出版社1983年版,第44页。

③ 郭绍虞:《中国文学批评史》(上),商务印书馆2010年版,第121页。

④ 杨松年《叶燮诗学的重变精神》,见《中国文学批评论集》,台湾文史哲出版社1989年版,第2页。

然",认为清代说诗者没有能超过他的。郭绍虞说他"用文学史家的眼光与方法以批评文学"而成一家之言。他们都强调叶燮文学批评的共同特点,就是将对象置于诗歌演变的历史长河中展开批评。蒋寅也在其《原诗笺注》中提到他"以学术史的方式来呈现,通过对诗学传统的重新解释使之成为有历史依据的、有成功经验支持的理论话语。叶燮《原诗》因此而成为清初诗选的代表性成果"①。纵观叶燮的文学批评,我们就能发现这一特色。他将"变"作为主要的关注点:大凡创作者提供了前人所不具有的新元素,多能得到他的肯定,无论是文艺思潮、创作群体、诗人个体,还是诗歌的内容、情感、风格等,或者是诸多艺术的表达形式;反之则不然。他对于各种模拟之作,都在不同的层面上作了无情的批评与讽刺。

　　叶燮深受中国变易观的影响,是一位"主变"论者。他相信"天道十年而一变,此理也,亦势也,无事无物不然"(《原诗·内篇上》)。认为古今万事万物都处于"相禅相续"的演变之中,此为"理"。而"理一而已,而天地之事与物有万,持一理以行乎其中,宜诸有格而不通者,而实无不可通,则事与物之情状不能外乎理也"(《已畦文集》卷八《赤霞楼诗集序》)。在叶燮看来,万事万物无不贯通"理"于其中。他又说"理者,一定之衡",如草木,"一木一草,其能发生者,理也","草木气断,则立萎,是理也"(《原诗·内篇上》)。这里的"一定之衡",既是"理",又是"势",即理当如此,也势必如此,所以"自有天地,即有古今。古今者,运会之迁流。有世运,有文运,世运有治乱,文运有盛衰,二者各自为迁流"(《已畦文集》卷八《唐百家诗序》)。叶燮的"世"包括"天地"之空间轴与"古今"之时间轴。"世运"与"文运"的运行轨迹是其内因与外因"矢量和"所确定的方向演变,各自为迁流。

　　自然与社会制度有其演变之理。在叶燮看来,自然有其世运之理,如自然界的"风云雨雷,变化不测,不可端倪",被他称为"天地之至神"。他说泰山上云雾瞬息万变,"或诸峰竞出,升顶即灭;或连阴数月,或食时即散,或黑如漆,或白如雪,或大如鹏翼……"(《原诗·内篇下》),说"云之态""云之色相"等无一相同。它来无迹,去无踪,有时归,有时全归,有时不归,有时半归,这些"天地之文,至工也"(《原诗·内篇下》)。从叶燮对泰山云雾的描写,描写的态度,以及描写所选用的各种词汇,都可以见出他对自然之变的欣赏。社会制度也是如此。他说:

---

　　① 蒋寅:《原诗笺注》,上海古籍出版社 2014 年版,第 15 页。

"井田封建,未尝非治天下之大经;今时必欲复古而行之,不亦天下之大愚也哉!"《原诗·内篇上》)

生活方式与艺术诗文也与世推移。他例举人们居室之变化,说"古者穴居而巢处,乃制为宫室,不过卫风雨耳,后世遂有璇题瑶室,土文绣而木绨锦",如果今日还"告人居以巢穴"乃贻笑大方;又如上古人们"饭土簋,啜土铏",是"当饮食未具时",如到后来"臛腾鱼脍之法兴,罗珍搜错,无所不至",还是"土簋土铏之庖"不也让人耻笑? 音乐也然。他说:"上古之音乐,击土鼓而歌康衢,其后乃有丝、竹、匏、革之制,流至于今,极于九宫、南谱。声律之妙,日异月新,若必返古而听击壤之歌,斯为乐乎?"《原诗·内篇上》)上古音乐,因乐器简陋,只能击土鼓而歌康衢,而后有丝、竹、匏、革之器,才有了九宫、南谱之美妙。诗运也当如此。他说:"诗始于三百篇,而规模体具于汉。自是而魏,而六朝、三唐,历宋、元、明,以至昭代,上下三千余年间,诗之质文体裁格律声调辞句,递升降不同。"《原诗·内篇上》)在叶燮看来,虞廷"喜""起"是诗歌的雏形,后有《三百篇》,汉魏、六朝等,有题材之变,如边塞诗、送别诗、怀古诗等;有诗体之变,如四言、五言、七言、绝句等,都生成了与前人不同的内容与形式。唐诗、宋诗、元诗等不是创作朝代的差异,而是他们都提供了与前人不同的新元素,所以为人称道。这种时间的延续,朝代的更替,演变的推进,丰富了诗歌艺术,终将呈现"千状万态"《原诗·内篇上》)的局面。这一演变,叶燮认为是有其"理"的,也是有其"势"的,即不得不然的!

为了进一步表达这一思想,叶燮再次从创作与欣赏的角度探讨诗变的必然性。对创作者而言,"人未尝言之,而自我始言之,故言者与闻其言者,诚可悦而永也"《原诗·内篇上》);对欣赏者而言,"再见焉,讽咏者已不击节;数见,则益不鲜;陈陈踵见,齿牙余唾,有掩鼻而过耳"《原诗·内篇上》)。叶燮认为,凡是表达了前人不曾表现过的各种题材、情感、表现形式等,创作者会感到快意,"悦而永";如果沿袭前人,欣赏者就不那么赞赏了;如果再多次见到而无变化,自然是"齿牙余唾""掩鼻而过"。因此,对于创新,既是作者的需求,也是欣赏者的需求。

所以,叶燮认为诗人应该"以其才智与古人相衡,不肯稍为依傍,寄人篱下,以窃其余唾",批评依傍古人者"窃之而似,则'优孟衣冠';窃之而不似,则'画虎不成'矣。……假他人余焰,妄自僭王称霸,实则一土偶耳。生机既无,面目涂饰,洪潦一至,皮骨不存"《原诗·内篇上》)。这里集中用了"优孟衣冠""画虎不成""土偶"等毫无生机的批评之语。① 进者又批评明末诸称诗者"专以依傍为事,不能得古人兴会神理,句剽字窃,依样画芦"(《原诗·内篇上》)。表达了对"以模仿为工者"的不屑。

当然,叶燮论"变"也并不是毫无约束的,而是要求"变"有其"理",也要有其"势","变而不失其正"的思维方式贯穿其诗论的始终。诗之题材、情感、对象,或其他诸多表现形式是可以变化的,如他所说的"争新竞异",但其仍不失为"诗之本"。如果离开了"诗之本",不能体现诗歌之特色,那也同样会受到他毫不留情的批评。如他针对反复古的竟陵派,批评他们"务趋于奥僻,以险怪相尚;目为生新,自负得宋人之髓。几于句似秦碑,字如汉赋。新而近于俚,生而入于涩,真足大败人意"(《原诗·外篇上》)。正是因为他们游离了诗之本色。

这一思维方式在其对"温柔敦厚"之诗教的论述中再次得到体现。在他看来,"温柔敦厚"如草木遇天地之阳春必以发生,至于如何发生,如何表现,因草木数以万计,无一定之形,这是"异",然都无不盎然,这是"同"。各时代的诗,虽然如汉魏、唐、宋、元等都各有其情状,但终将离不开"温柔敦厚"之诗教。② 因此,叶燮对诗之变的推崇是在不离诗之本色基础上来言说的。这是我们理解叶燮"主变"思想应当注意的问题。

就万物皆动,万物皆变,恩格斯曾评价赫拉克里特说:"这种原始的、朴素的,但实质上正确的世界观是古希腊哲学的世界观,而且是由赫拉克里特最先明白地表述出来的:一切都存在而又不存在,因为一切都在流动,都在不断地变化,不断地生成和消逝。"③也如同一个人不能两次踏进同一条河一样,叶燮继承了传统变易观,从自然、生活、诗学(艺术)等方面思考"变"的必要性,不仅为《原诗》中的诗歌正变提供了理论根据,也为叶燮的诗歌批评标准奠定了理论基础。

---

① 清初将模拟之作常称为"优孟衣冠""土偶涂饰"等,如钱谦益《曾房仲诗序》有"献吉辈之言诗,木偶之衣冠也"(《牧斋初学记》卷三十二);薛所蕴《曹峨雪诗序》有"明李、何、王、李倡为雄丽高华之什,后学转相摹效,如衣冠饰土偶而貌具存,意味索然"(《澹友轩文集》卷三);吴乔《答万季野诗问》第九则有"自分稷、卨自许,爱君忧国之心,未是少陵,无其心而强为其说,纵得遣辞逼肖,亦是优孟冠裳,与土偶蒙金何异?"(《清诗话》),等等。

② 《原诗·内篇上》:"汉魏之辞,有汉魏之'温柔敦厚';唐、宋、元之辞,有唐、宋、元之'温柔敦厚'。譬之一草一木,无不得天地之阳春以发生。草木以亿万计,其发生之情状,亦以亿万计,而未尝有相同一定之形,无不盎然皆具阳春之意。"(见《原诗·一瓢诗话·说诗晬语》,第7页)

③ 〔德〕恩格斯:《反杜林论》,人民出版社 2015 年版,第 19 页。

二、大变与小变的批评标准

叶燮建立起以"多元化"与"开生面"为特征的诗歌批评标准。

首先,他提出批评标准多元化问题,对时人以"其音衰飒"评晚唐诗提出批评,以为这样的评价是不合理的,"晚唐不辞","晚唐不受"。他说:

> 夫天有四时,四时有春秋。春气滋生,秋气肃杀。滋生则敷荣,肃杀则衰飒。气之候不同,非气有优劣也。使气有优劣,春与秋亦有优劣乎? 故衰飒以为气,秋气也;衰飒以为声,商声也。俱天地之出于自然者,不可以为贬也。又盛唐之诗,春花也,桃李之秾华,牡丹芍药之妍艳,其品华美贵重,略无寒瘦俭薄之态,固足美也。晚唐之诗,秋花也,江上之芙蓉,篱边之丛菊,极幽艳晚香之韵,可不为美乎?(《原诗·外篇下》)

这一段论述表达了两层意思。一是春与秋的自然之变出于"理",既无优劣之说,又无褒贬之论,四季循环,方有万物之方生方灭。因为有了春气之滋生,方有秋气之肃杀;或者反过来讲,有了秋气之肃杀,方有春气之滋生,此皆"理"使之然也。二是美的表现形式的多样化,既有春天"桃李之秾华,牡丹芍药之妍艳"之态,又有秋季"江上之芙蓉,篱边之丛菊,极幽艳晚香"之韵。盛唐诗如春花,晚唐诗如秋花,前者滋生,后者肃杀。盛唐晚唐,春花秋花,虽表现不同,但各有其美,无法作出谁优谁劣、谁高谁低的评判。他提出了喜春花者读盛唐诗,爱秋花者读晚唐诗,各得其所。

其次,叶燮提出诗当"开生面",必有所创新。他在评晋代人诗时有一段脍炙人口的评价。他说陆机之缠绵铺丽、左思之卓荦磅礴、鲍照之逸俊、谢灵运之警秀、陶潜之澹远、颜延之之藻缋、谢朓之高华、江淹之韶妩、庾信之清新,他们各不相师,咸矫然自成一家。在这一小段中对晋代诗人一一作了点评,认为他们或缠绵铺丽,或卓荦磅礴,或逸俊,或警秀,或澹远,或藻缋,或高华,或韶妩,或清新,无不作了定性的评价。究其故,乃不肯沿袭前人,各不相师,独开生面,自成一家,叶燮赞扬的态度溢于言表。可见,无论是从春秋两季差异评盛唐晚唐诗,还是以各自"开生面"评诗人诗,都体现了他以"变"或"开生面"为标准的诗歌批评。而至于如何"变",如何"开生面",则又表现出叶燮的极大宽容。

1."大变"与"小变"

以"变"或"开生面"为标准的诗歌批评,必然要将评价对象放置到诗歌延绵不断的变化链上去作出评判,即在诗之"因"与"创"的关系中去完成批评。"因"要沿袭,"创"要开生面。任何事物的变化都是"因"与"创"的统一。如有"创"无"因",就失去基础,"失其正";而有"因"无"创",则势必复制,失去创新。据此,叶燮提出"大变"和"小变"的概念。

何为"大变",何为"小变"?

在叶燮看来,诗都处于变化的艺术链上,不能将评判对象置于诗歌演变链之外去作出评价。"变"本身是中性词。它可以是变盛、变优、变好,也可以是变衰、变劣、变坏。叶燮对之盛衰、优劣、好坏等都有着比较客观的认识。他说:"不能谓正为源而长盛,变为流而始衰。惟正有渐衰,故变能启盛。"(《原诗·内篇上》)第一个"变"为衰变,第二个"变"为盛变。诗的演变链就是衰变→盛变→再衰变→再盛变的延续。"优"是相对于"劣"而言的,"创"也是相对于"因"而言的。是否有"变",是"创"相对于"因"而言的。如果在"因"之上提供了新的东西,那就有"创",否则便是"非创",也就是沿袭。而"创"又有大有小,创之大者,即创新的元素远大于承袭,那就是"大创",能"转风会",如杜甫、韩愈、苏轼等,其结果就是"大变";如创新元素一般,无力"转风会",如晋代陆机、左思、鲍照等晋代诸家,其结果就是"小变"。对此,郭绍虞曾说:"在共同潮流之中而能矫然自成一家者为小变。能矫然自成一家而转变一时潮流者是大变,大变是'正'之'反',小变则是由'正'至'反'中间的过程。所以有因变而得盛者,也有因变而益衰者,变是文学演进自然的趋势,在变的本身无所谓盛衰。"①

可见,就时间而论,"大变"需要有相当长的孕育过程,频率较低,持续时间长;"小变"相对于"大变"而言,没有那么长的酝酿期,变化频率高,持续时间较短。就程度而言,"大变"是突变,是"革命",转变一时潮流;"小变"是渐变,是"改良",是"正"与"反"中间的过程。就结果而言,"大变"是规模宏大的诗歌革命,颠覆既有的创作,独开生面,解救"正之衰",能"转风会",极大地推进诗歌创作的发展;"小变"虽然没有"大变"的影响力,也"不能独开生面"(《原诗·内篇上》),却能在诗歌演变链中掀起无数次波峰,积蓄能量,迎接"大变"的到来,同样

---

① 郭绍虞:《中国文学批评史》(下),商务印书馆 2010 年版,第 590 页。

也在不同程度上推动了诗歌创作的发展。① "大变"是"小变"的必然；"小变"是"大变"的准备。

叶燮梳理中国诗学创作演变历程，认为有三次大的变革，即他所谓的"大变"：

第一次大变发生在唐代开元、天宝时期。

叶燮对唐代开元、天宝的诗歌评价极高。他说："《三百篇》一变而为苏李，再变而为建安、黄初"，不仅有体制上的变化，如献酬、纪行、颂德等开后世种种应酬类诗之先河，而且在诗风上也现出"敦厚而浑朴，中正而达情"之文风。而后有晋代陆机等"各不相师，自成一家"，各献其美，再到"唐初沿其卑靡浮艳之习，句栉字比，非古非律，诗之极衰也"，正之积弊，诗变的力量渐渐酝酿，直至成熟，到了不得不变的地步，进入"变能启盛"的阶段，而后便有了"开宝诸诗人，始一大变"的到来（《原诗·内篇上》）。

唐代是中国诗歌极繁荣的时期，这不仅表现在其创作诗人之多，创作数量之大，而且还表现在各种诗歌风格百花齐放。无论是在"体""格"，还是在"调""人"等方面多元共存，如胡应麟《诗薮》所说的，显示出极大的宽容。② 其发展之极，后人难以逾越，所以有"诗至于唐而格备，至于绝而体穷。故宋人不得不变而之词，元人不得不变而之曲"（《诗薮·内编》卷一）的说法。因为唐诗已经无法逾越，但为了创新，提供新的文学样式，诗人便从民间吸取新的元素，词与曲等新的文学形式便接踵而至。

唐的诗文革新起于陈子昂。《新唐书·陈子昂传》有"唐兴，文章承徐、庾余

---

① 明人王世懋充分认识到"小变"的作用。王世懋在其《艺圃撷余》中曾说："唐律由初而盛，由盛而中，由中而晚，时代声调，故自必不可同。然亦有初而逗盛，盛而逗中，中而逗晚者。何则？逗者，变之渐也，非逗，故无由变。如诗之有变风变雅，便是《离骚》远祖，子美七言律之有拗体，其犹变风、变雅乎？"（何文焕：《历代诗话》中华书局 1981 年版，第 776 页）

② 仅据清代康熙年间所编的《全唐诗》所录，就有诗人两千二百余人，作品四万八千九百余首，共九百卷。据胡震亨统计，有别集者六百九十一家（《唐音癸签》卷三十），出现了诸如李白、杜甫这样伟大的诗人，还有王维、白居易、李贺、李商隐、杜牧等一大批优秀的诗人，在思想性、艺术性上都达到很高的水平，再加上题材、形式和流派的多样性，使唐代成为中国古典诗歌的全盛时期。又胡应麟《诗薮·外编》卷三有："诗之盛于唐也！其体，则三、四、五言，六、七杂言，乐府、歌行、近体、绝句，靡弗备矣；其格则高卑、远近、浓淡、浅深、巨细、精粗、巧拙、强弱，靡弗具矣；其调，则飘逸、浑雄、沉深、博大、绮丽、幽闲、新奇、猥琐，靡弗诣矣。其人则帝王、将相、朝士、布衣、童子、妇人、缁流、羽客，靡弗预矣。"可见，唐代诗歌创作在"体""格""调""人"方面都表现了多元共存的局面。王国维《宋元戏曲考·序》称其"一代之文学"，"后世莫能继焉者"。

风,天下祖尚,子昂始变雅正。……子昂所论著,当世以为法"。肯定了陈子昂的诗学主张及其影响。李阳冰曾说:"至今朝(初唐),诗体尚有梁、陈宫掖之风,至公(陈子昂)大变,扫地并尽。"(《草堂集序》)陈子昂不满于齐梁诗,认为齐梁诗有着"彩丽竞繁,而兴寄都绝"的淫丽文风,"思古人常恐逶迤,风雅不作",而对于东方虬的"骨气端翔,音情顿挫,光英朗练,有金石声"大加赞赏,提倡复古,追求刚健(《与东方左史虬修竹篇序》),得到后人称道。[①] 郭绍虞认为在齐梁文学余韵未尽之初,陈子昂首先树起大旗,"一变徐、庾余风,倡为平淡清雅之音"[②]。王运熙也说:"陈子昂的主张和创作,可以说正式揭开了唐诗革新的序幕……在转变风气的进程中起到了巨大的作用。"[③]但叶燮的要求似乎更高,他肯定陈子昂批评齐梁,不专模仿汉魏,能自为古诗,有其自己的特色,即为"子昂之诗",但仍然觉得陈子昂的古诗"尚蹈袭汉魏蹊径,竟有全似阮籍《咏怀》之作者,失自家体段。"(《原诗·内篇上》)

而叶燮推崇开元、天宝诗,称之为"大变",一是因为产生了如杜甫那样"包源流,综正变"的大家,既继承了前人作诗之长,又有自己独特之创新,出色地处理好"陈熟"与"生新"的关系。元稹评他"上薄风骚,下该沈宋,言夺苏李,气吞曹刘,掩颜谢之孤高,杂徐庾之流丽,尽得古今之体式,而兼人人之所独专矣"(《唐故工部员外郎杜君墓系铭序》)。叶燮评他"汉魏之浑相古雅,六朝之藻丽秾纤、澹远韶秀,甫诗无所不备",而"无一字句为前人之诗也"(《原诗·内篇上》)。杜甫的《戏为六绝句》中的"不薄今人爱古人""转益多师是汝师"对古今的态度在叶燮那儿得到传承。二是因其间诗人众多,创作各开生面,尤如高棅所说的,"开元天宝间,则有李翰林之飘逸,杜工部之沉郁,孟襄阳之清雅,王右丞之精致,储光羲之真率,王昌龄之声俊,高适、岑参之悲壮,李颀、常建之超凡,此盛唐之盛者也"[④]。创新变化、各显"生面"成为诗人的同共追求。这符合叶燮的批评标准,所以得到他的青睐。

第二次大变当属韩愈诗。

叶燮对韩愈评价很高。他说:"唐诗为八代以来一大变,韩愈为唐诗之一大

---

① 元好问《论诗绝句》有"沈宋驰骋翰墨场,风流初不废齐梁。论功若准平吴例,合著黄金铸子昂"评价其历史贡献;杜甫《陈拾遗故宅》称其"有才继骚雅,哲匠不比肩。公生扬马后,名与日月悬";韩愈《荐士》中称其"国朝盛文章,子昂始高蹈",等等。

② 郭绍虞:《中国文学批评史》(上),商务印书馆 2010 年版,第 216 页。

③ 王运熙、顾易生主编:《中国文学批评史新编》,复旦大学出版社 2001 年版,第 182 页。

④ (明)高棅:《唐诗品汇总叙》,上海古籍出版社 1982 年版,第 8 页。

变。"（《原诗·内篇上》）开、宝大变之后，经百年沿袭繁衍，到大历、贞元、元和之间
又趋于平庸，"陈言"主政诗坛。诗人屈指可数，名家寥寥无几，如叶燮所说的，
"其传者已少殊尤出类之作，不传者更可知矣。必待有人焉起而拨正之，则不得
不改弦而更张之"（《原诗·内篇上》）。此时，韩愈独辟蹊径，坚持"陈言之务去"，
"其力大，其思雄，崛起特为鼻祖"（《原诗·内篇上》），为后人"发其端"，产生了极
大的影响。唐人李汉《唐吏部侍郎昌黎先生讳愈文集序》称韩愈在文坛上革新
的功劳，谓"先生于文，摧陷廓清之功，比于武事，可谓雄伟不常者矣"①。韩愈为
鼻祖，开生面，后启宋之苏（舜钦）、梅（尧臣）、欧（阳修）、苏（轼）、王（安石）、黄
（庭坚）等诸多诗人，又在韩愈"大变"的基础上，各自炫奇翻异，多有"小变"，形
成有名的诗人群体。郭绍虞先生也称赞韩愈，"在当时，真有雄伟不常的力量，
真有摧陷廓清的功绩"②。因韩愈诗影响巨大，叶燮称之为又一"大变"。

第三次大变当属苏轼诗。

叶燮称苏轼为"韩愈后之一大变"。他说："其境界皆开辟古今之所未有，天
地万物，嬉笑怒骂，无不鼓舞于笔端，而适如其意之所欲出。"（《原诗·内篇上》）在
叶燮看来，苏轼诗境界开阔，主题丰富，题材广泛，才气横溢，其文"如万斛源泉，
随地而出"③（《原诗·内篇下》）。作为"唐宋八大家"之一的苏轼，其文如是，诗也
然。他打破传统题材的边界，挖掘更深，不择地而出，常行于所当行，止于不可
不止，从心里自然流出。苏轼为宋诗注入一股新风，别开生面，使之进入新的鼎
盛时期。

更难能可贵的是，叶燮能合理地认识"大变"与"小变"的关系，表现在他极
力赞扬"大变"的同时，也从不忽视"小变"。事实上，无"小变"，就无"大变"，正
如"不积跬步，无以至千里；不积小流，无以成江海"一样。各阶段的"小变"，"或
一人独自为变，或数人而共为变"（《原诗·内篇上》），不能独开生面，"转风会"，重
塑诗歌新潮的标识，如初唐陈子昂等，虽有其革新、求变，也有较高的文学史意
义，但仍未达到根本性的颠覆，被叶燮视为"小变"。又如沈佺期、宋之问虽然五

---

① 李汉《唐吏部侍郎昌黎先生讳愈文集序》，见肖占鹏主编：《隋唐五代文艺理论汇编评
注（修订本）》（下），南开大学出版社 2015 年版，第 1010 页。
② 郭绍虞：《中国文学批评史》（上），商务印书馆 2010 年版，第 265 页。
③ 《原诗·内篇下》有"苏轼有言：'我文如万斛源泉，随地而出。'"此句出于苏轼的自评
《文说》，他说："吾文如万斛泉源，不择地而出，在平地滔滔汩汩，虽一日千里无难，及其与山
石曲折，随物赋形，而不可知也，所可知者，常行于所当行，常止于不可不止，如是而已矣，其
他虽吾亦不能知之也。"

律、七律诗歌创作成就突出,但也因未能转风会,而被视作"小变"。其实,无论是"大变",还是"小变",只要有"变"就能得到叶燮的肯定。"诗变"是叶燮诗歌批评的第一要求。

2."可传之诗"的追求

"大变"和"小变"是叶燮在诗歌演变的历时性考察中提出来的,显示了他以"变",即创新为标准的批评实践。同时,他还提出了创作"可传之诗"的目标,这也成为他评诗的标准。

"可传之诗"是叶燮对诗歌创作提出的更高要求。关于如何学习作优秀的诗是当时争议不休的话题。既然作诗可学,但对为什么"多读古人之诗而求工于诗"则不可的说法感到困惑。[①] 对此,钱谦益曾在其《梅村先生诗集序》中提到过几种情况。他说:"以为诗之道,有不学而能者,有学而不能者;有可学而能者,有可学而不能者,有学而愈能者,有愈学而愈不能者,有天工焉,有人事焉,知其所以然,而诗可以几而学也。"[②]认为有"天工",也有"人事"的原因,知道此二种原因便可以知道如何学诗。叶燮对其中的"有学而不能者""有可学而不能者""有愈学而愈不能者"更为关注。他在《黄叶村诗集序》中说:"古人之诗,可似而不可学,何也? 学则为步趋,似则为吻合。"[③]反对学之"趋步",认同似之"吻合"。在《原诗》中,他进一步说:"诗之可学而能者,尽天下之人皆能读古人之诗而能诗,今天下之称诗者是也;而求诗之工而可传者,则不在是。"(《原诗·内篇下》)也就是说,诗歌创作是可以学习作诗技巧,并能够学成的,但学成并不一定能写出优秀诗歌。为此,他又提出有"作诗者"和"作可传之诗者"的差异。前者仅为写诗的人,后者才是优秀诗歌的创作者。而在叶燮看来,"今之称诗者"多为前者,学习古人,掌握技巧,但未必能流传后世。所以,对学诗者而言,不仅要有技巧,会写诗,而且还要写出"可传之诗"。

那么,又如何创作"可传之诗"呢?

---

① 《原诗·内篇下》:"或问于余曰:'诗可学而能学乎?'曰:'可。'曰:'多读古人之诗而求工于诗而传焉,可乎?'曰:'窃惑焉。其义安在?'"(见《原诗·一瓢诗话·说诗晬语》,第16页)

② (清)吴伟业:《梅村词》,李少雍校,广东人民出版社1985年版,第111页。

③ 叶燮《黄叶村诗集序》有:"孟举于古人之诗,无所不窥,而时之论孟举之诗者,必曰学宋。予谓古人之诗可似而不可学,何也? 学则为步趋,似则为吻合。学古人之诗,彼自古人之诗,与我何涉? 似古人之诗,则古人之诗亦似我,我乃自得。故学西子之颦则丑,似西子之颦则美也。"(《已畦文集》卷八)

他说:"大凡天资人力,次序先后,虽有生学困知之不同,而欲其诗之工而可传,则非就诗以求诗者也。"《《原诗·内篇下》)在叶燮看来,诗歌创作自然与钱谦益所说的"天工"有关,但如果想创作出"工而可传"之诗,并不是只求古人诗而能得的。"可传之诗"要有"大变",要有创新。对此,叶燮提出了"诗之基""诗之取材"和"诗之功"的要求。

三者中当以"诗之基"为重,即胸襟。叶燮认为:"我谓作诗者,亦必先有诗之基焉。诗之基,其人之胸襟是也。"《《原诗·内篇下》)在传统文论当中,强调诗人主体作用是能被普遍接受的观点,如苏轼《答张文潜书》中说苏辙"其文如其人";林景熙《顾近仁诗集序》有"盖诗如其文,文如其人也";清代吴乔《围炉诗话》有"诗出于人。有子美之人,而后有子美之诗";徐增《而庵诗话》也有"诗乃人之行略,人高则诗亦高,人俗则诗亦俗。一字不可掩饰,见其诗如见其人";刘载熙《艺概》有"诗品出于人品",等等。曹顺庆在论到叶燮诗学思想时也提到,"胸襟是诗之生意所由产出的源泉,是诗人作为人,并且为诗带来的一种内在的深度"①,回应了"胸襟"在诗歌创作中的重要作用。叶燮的"胸襟说"比传统的"文如其人"更加具体,它包括诗人的性情、智慧、聪明、才辨等。这可以从"诗人之胸襟"和"诗之胸襟"的区别中看出叶燮的本意。

就"诗人之胸襟",叶燮认为"有胸襟,然后能载其性情、智慧、聪明、才辨以出,随遇发生,随生即盛"《《原诗·内篇下》)。叶朗先生认为,这里的"胸襟"是"指一个人的世界观、人生观","是审美感兴的基础,它决定着审美意象的深层意蕴"。② 所以,叶燮认为"舒写胸襟,发挥景物,境皆独得,意自天成,能令人永言三叹,寻味不穷,忘其为熟,转益见新,无适而不可也"《《原诗·外篇上》)。即有胸襟者能随遇发生,随生即盛。作为诗人,如果"胸襟"不够,便难以成为优秀诗人;如果有"胸襟",理想远大,品格高尚,方可作"可传之诗"。叶燮说杜甫所遇之人之境之事之物,能"一一触类而起,因遇得题,因题达情,因情敷句,皆因甫有其胸襟以为基"《《原诗·内篇下》)。"胸襟"是创作成败的关键,是主观的,是诗人的真性情。人各有志,人的"志"又各不相同,"性情"也不同,自然能够显示作者自己的风格。因每个人作品的"面目"各不相同,他说:"达者有达者之志,穷者有穷者之志,所处异则志不能不异。志异,则言不能不异"《《已畦文集》卷九《半

---

① 曹顺庆主编:《中外文论史》(第4卷),巴蜀书社2012年版,第3849页。
② 叶朗:《中国美学史大纲》,上海人民出版社1985年版,第517页。

园倡和诗序》)，印证了《原诗》提出的"功名之士"与"轻浮之子"不同的原因。① 但凡优秀作品，当有其真面目，不抄袭，不模仿，这是创作"可传之诗"最重要的一步。

　　就"诗之胸襟"，叶燮要求将诗人"一家"之情感上升为具有普适性的"大家"之情感，自然"要见古人之自命处、着眼处、作意处、命辞处、出手处，无一可苟，而痛去其自己本来面目"《原诗·内篇下》)。这一过程就要将个体作艺术加工，使之成为能引起广大读者共鸣的艺术情感，即评判一首诗歌之优劣，就看其是否能产生情感共鸣。这是诗歌胸襟的体现。这一点可以从叶燮对杜甫和王羲之诗的解读中得到回应。他说杜甫《乐游园》后转的"悲白发、荷皇天，而终之以'独立苍茫'，此其胸襟之所寄托"；说王羲之以其兰亭之集，展示了"仰观俯察，宇宙万汇，系之感忆，而极于死生之痛"之胸襟。② 他接着说："由是言之，有是胸襟以为基，而后可以为诗文。不然，虽日诵万言、吟千首，浮响肤辞，不从中出，如剪彩之花，根蒂既无，生意自绝，何异乎凭虚而作室也！"《原诗·内篇下》)

　　叶燮认为，在国家动乱之际，杜甫将个人之"小爱"上升为国之"大爱"，"悲白发、荷皇天"表现出非常人之"胸襟"，在作者、读者和作品之间产生强烈的共鸣。面对名流之士，王羲之《兰亭序》拒绝了时手铺写恢宏之笔法，而以简单数笔表达了宇宙间的情怀，也是非常人所为。因为，杜甫的"独立苍茫"，或王羲之的"死生之痛"都将个人上升到集体所表现的生命意识与忧患意识。这种意识的表达是需要有"胸襟"的。所以，叶燮强调胸襟，也是在强调作品的人生感和历史感，自然成为"可传之诗"的基础。

　　接下来是"诗之材"。有了"胸襟"只是作"可传之诗"的条件之一。叶燮以建房屋为例，认为"乃作室者，既有其基矣，必将取材"《原诗·内篇下》)。在叶燮

---

　　① 《原诗·外篇上》："功名之士，决不能为泉石淡泊之音；轻浮之子，必不能为敦庞大雅之响。陶潜多素心之语，李白有遗世之句，杜甫兴'广厦万间'之愿，苏轼师'四海弟昆'之言。"(见《原诗·一瓢诗话·说诗晬语》，第 52 页)

　　② 《原诗·内篇下》："如杜甫集中《乐游园》七古一篇：时甫年才三十余，当开宝盛时；使今人为此，必铺陈扬颂，藻丽雕缋，无所不极；身在少年场中，功名事业，来日未苦短也，何有乎身世之感？乃甫此诗，前半即景事无多排场，忽转'年年人醉'一段，悲白发、荷皇天，而终之以'独立苍茫'，此其胸襟之所寄托何如也！余又尝谓晋王羲之独以法书立极，非文辞作手也。兰亭之集，时贵名流毕会，使时手为序，必极力铺写，谀美万端，决无一语稍涉荒凉者。而羲之此序，寥寥数语，托意于仰观俯察，宇宙万汇，系之感忆，而极于死生之痛。则羲之之胸襟，又何如也！由是言之，有是胸襟以为基，而后可以为诗文。"(见《原诗·一瓢诗话·说诗晬语》，第 17 页)

看来,"胸襟"只是房屋之基,还需要有材,但这些材并不是"培塿之木""拱把之铜梓",而是需要"荆湘之楩楠""江汉之豫章"等优质的材料。① 他认为优秀的诗歌一定有"良材",犹如建屋要找楩楠、豫章,才能保证房屋坚固,不倒塌。他说的"不惮远且劳"是针对"今之称诗者"们"取捷径于近代当世之闻人"《《原诗·内篇下》》而言的,反对窃取当时权高位重之人的作品,而是要汲取传统精华,"会其指归,得其神理",拒绝贪名图利,拒绝攀门援户,"或以高位,或以虚名,或以体裁、字句以为秘本"。这是与其求变求新思想相呼应的。

有良材还要"善用材",即做好诗文立意、构思的过程。叶燮认为要"先尽荡其宿垢,以理其清虚",然后"以古人之学识神理充之",久之"而又能去古人之面目,然后匠心而出","未尝摹拟古人,而古人且为我役"《《原诗·内篇下》》。就是说,先去其内心的各种宿垢,去其自我,使心存明净,冲之古人的学识神理,处理好与古人的关系,才是对古人作品的最好尊重。不是摹仿古人,而是古人为我所用,由此匠心而出,有了"生面目"。这一创作的有效途径,既不似前人,但又似前人,别开生面。

最后是"诗之功"。叶燮说:"宅成,不可无丹艧赭垩之功;一经俗工绚染,徒为有识所嗤。"《《原诗·内篇下》》房屋建成,还须装饰。"胸襟"和"取材"是创作的前提,不是创作的结束。创作的"施工"阶段也很重要,深刻的思想需要辞藻的修饰。文辞也成为"可传之诗"的标准之一。过于纯朴的文辞常会导致诗歌索然无味,"纯淡则无味,纯朴则近俚";而过于华丽的文辞,本无奇意,而饰以奇字,味如嚼蜡。叶燮能首推杜甫,也在于他用字恰到好处,如"自是秦楼压郑谷""愚公谷口村"。② 他认为俗儒对杜甫诗歌提出质疑,坚持认定这些诗句有问题,是因为他们在诗歌文辞的使用上多刻板复古,"不观其高者、大者、远者,动摘字句,刻画评驳,将使从事风雅者,惟谨守老生常谈为不刊之律,但求免于过,斯足矣,使人展卷,有何意味乎?"《《原诗·外篇上》》所以,那些"丽而则,典而古",华与实并茂,没有夸缛斗奇处,方为"可贵"。

可见,读书而后作诗,可以成为"能诗"者,但是想成为"诗之工而可传者"并

---

① 《原诗·内篇下》:"而材非培塿之木、拱把之铜梓,取之近地阛阓村市之间而能胜也。当不惮远且劳,求荆湘之楩楠,江汉之豫章,若者可以为栋为榱,若者可以为楹为柱,方胜任而愉快,乃免支离屈曲之病。"(见《原诗·一瓢诗话·说诗晬语》,第17—18页)

② 《原诗·外篇上》:"'自是秦楼压郑谷。'(俗儒必曰:'秦楼'与'郑谷'不相属,'压郑谷'何出?)'愚公谷口村。'(必曰:愚公,谷也,从无'村'字,押韵杜撰。)"(见《原诗·一瓢诗话·说诗晬语》,第47页)

非读书就能获得。叶燮批评的不是一般的诗歌，而是可传之诗；叶燮所批评的诗人也不是一般的作诗者，即会写诗者，而是能作可传之诗者。为此，胸襟、取材、文辞三者缺一不可，方能创作出优秀作品，或大变或小变，能“转风会”而不“随风会”。他从诗的创作过程分析了创作优秀作品的条件。

批评是进步的动力。正确的诗歌批评将能有效地推进诗歌创作的繁荣，而批评标准又是批评实践的核心，所以，明确诗歌批评标准，有助于诗歌健康发展。在“变”的观念下，叶燮提出了以“大变”或“小变”的历时性标准，和以“可传之诗”为目标的共时性标准，为诗歌批评注入了新的活力。

三、文学批评主体的“识”

叶燮有对“理事情”与“才胆识力”的论述。前者针对创作对象，后者针对创作主体，“以在我之四衡在物之三”(《原诗·内篇下》)，客体与主体的统一，方能完成诗歌创作。纵观《原诗》以及他的各种诗序，我们很难寻找到有关于批评主体方面的专门论述。那么，叶燮是否对批评主体没有作过要求呢？回答是否定的。

在《原诗》中，叶燮用了大量的篇幅详细地分析创作主体的“才胆识力”。如果仔细分析可以看到，他的“才胆识力”，表面看是讲“作诗者”，其实也隐含着对“称诗者”的要求，特别是其中的“识”。① 事实上，与作诗者相比较，称诗者更需要具备较高的文化素养，敏锐的感受能力，理性的思辨能力。称诗者要知取舍，要知道诗歌演变的特点与规律，才能指导学诗者独立创作，开生面，转风会，促进诗歌创作的繁荣。就叶燮的“才胆识力”思想，如果是在“作诗者”层面上可称作为冯友兰所说的“照着讲”，那么，在“称诗者”层面上讲，就可以说是“接着讲”了。

1. “识”的历史回顾

“识”是中国古代文论常用的概念。它有两种基本用法。一是作为名词，即

---

① 《原诗》中出现“识”字达三十九次，其中单字三十二次，组词七次(学识、有识、有识者、识辨、无识者、识见、识者)。单字中有名词三十一次(包括七次引用)，动词一次；组词中名词六次，另外一次在语境中属于名词，可以看作动词的名词化使用(动词仅两处：“吾愿学诗者必从先型以察其源流，识其升降”与“夫识辨不精，挥霍无具，徒倚法之一语，以牢笼一切”两处)。另统计：在三十二次单独使用中，三次“才胆识力”并列，交相为济；三次突出先之以识，识居才先；十一次论无识之弊；三次论有识之利；二次提及培养“识”；三次引文中或其它。

有知识、学识之意。《说文解字》有"识，常也。一曰知也，从言戠声。"段玉裁注："常当为意，字之误也。……意者，志也。志者，心所之也。意与志，志与识，古皆通用。"①就字面讲是"心之所想"。《诗经》有"君子是识"，郑玄笺："识，知也。""识"也有知识、学识之意。《玉篇》有"识"，"识认也"等。二是作为动词，有知道、懂得、识别之意。如老子《道德经·第十五章》有"古之善为士者，微妙玄通，深不可识"；《孙子·谋攻》有"知可以战与不可以战者胜，识众寡之用者胜"；《论语·述而》中"多闻，择其善者而从之，多见而识之，知之次也"；《论语·阳货》有"多识于鸟兽草木之名"，等等。虽然"识"的名词与动词有一定的相通性，但我们这里所讲的"识"主要指名词，即知识与学识的意思。

"识"进入古代文论的时间难以判定，但在刘勰《文心雕龙》中已有名词与动词的并用。前者见《养气篇》的"凡童少鉴浅而志盛，长艾识坚而气衰"，"童少鉴浅"与"长艾识坚"相对应，"识"为名词，即有见识之意；后者见《知音篇》的"凡操千曲而后晓声，观千剑而后识器"，"晓声"与"识器"对应，"识"为动词，即有识别之意。

与叶燮所说的"识"相近的大约是南宋诗论家严羽《沧浪诗话·诗辨》的第一句——"夫学诗者以识为主，入门须正，立志须高"。在严羽看来，学习作诗，当"先须熟读《楚辞》，朝夕讽咏以为之本；及读《古诗十九首》，乐府四篇，李陵、苏武、汉魏五言皆须熟读，即以李、杜二集枕藉观之，如今人之治经。然后博取盛唐名家，酝酿胸中，久之自然悟入。"②学诗者当从这些优秀作品入手，就能提高自己的判断力与写作能力。虽然叶燮对严羽批评甚多，并将之归为"最厌于听闻、锢蔽学者耳目心思者"（《原诗·外篇上》）之一，但就其"学诗者以识为主"观点给与了肯定。《原诗》中就有了"夫羽言学诗须识，是矣"的说法。③

其实，"识"不仅作诗者需要，评诗者更需要。对于每一位评诗者，如果没有一个正确的学识与判断力，既无法评诗，也无法论诗。对此，唐人刘知几（661—721）论史学家之"才学识"时说的"夫识事未精，而轻为著述，此其不自量也"（《史通·杂说》）就是说对事物认识不清，没有做到深入，了然于胸，就不要轻易为文。

---

① （清）段玉裁：《说文解字注》，上海古籍出版社 2001 年版，第 92 页。

② （宋）严羽：《沧浪诗话校释》，郭绍虞校注，人民文学出版社 1983 年版，第 1 页。

③ 《原诗·外篇上》："如聋如瞆不少。而最厌于听闻、锢蔽学者耳目心思者，则严羽、高棅、刘辰翁及李攀龙诸人是也。羽之言曰：'学诗者以识为主，入门须正，立意须高，以汉、魏、晋、盛唐为师，不作开元、天宝以下人物。若自退屈，即有下劣诗魔，入其肺腑。'夫羽言学诗须识，是矣。"（《原诗·一瓢诗话·说诗晬语》，第 54—55 页）

苏轼在《答乔舍人启》中认为："人才以智术为后,而以识度为先;文章以华采为末,而以体用为本。国之将兴也,贵其本而贱其末;道之将废也,取其后而弃其先。"此"识度"指人的认识能力,以此为先,国将兴,道将兴。李贽提出"才胆识"说,认为"才与胆皆因识见而后充者也"①。他们都从不同的方面讲到"识"的重要性。可以说,叶燮是论"识"的集大成者,起到承上启下的作用,影响到后来的袁枚、章学诚等人关于"识"的认识。然纵观中国传统文论,其对"识"的重视程度还是远不及对气、才、力的重视。

2."识"在批评中的重要性

叶燮高度重视"识"在创作与批评中的作用,认为无论是作诗者还是称诗者,如果要完成其创作或批评,没有"识"是难以想象的。如他所说:"若无识,则一一步趋汉、魏、盛唐,而无处不是诗魔。"(《原诗·外篇上》)而"惟有识,则是非明;是非明则取舍定。不但不随世人脚跟,并亦不随古人脚跟"(《原诗·内篇下》)。在叶燮看来,如无"识"则无法取舍,没有是非标准就无法判断,不知何者为优,何者为劣,自然趋步于古人;有"识",则是非明,有标准,能取舍,不趋古人脚跟,也不伤害古人。显然,作为论诗者,无"识"是无法展开诗学批评的。

(1)诗歌批评离不开"才胆识力"

诗歌创作需要"才胆识力",诗歌批评同样需要它们。叶燮在《原诗》的开篇表达自己关于诗歌演变"未有一日不相续相禅而或息者也"的基本观点。针对近代诗论者,他认为明代七子的复古代表李梦阳、李攀龙的"五言必建安、黄初,其余诸体唐之初盛"的复古思潮,以及后来"起而掊之,矫而反之"的公安派、竟陵派之"弱于偏畸",造成诗道"沦而不可救"。究其原因,他说:

　　称诗之人,才短力弱,识又蒙焉而不知所衷。既不能知诗之源流本末正变盛衰,互为循环;并不能辨古今作者之心思才力深浅高下长短,孰为沿为革,孰为创为因,孰为流弊而衰,孰为救衰而盛……。徒自诩矜张,为郭廓隔膜之谈,以欺人而自欺也。于是百喙争鸣,互自标榜,胶固一偏,剿猎成说。后生小子,耳食者多,是非淆而性情泪。不能不三叹于风雅之日衷

① 李贽《二十分识》有:"才与胆皆因识见而后充者也。空有其才而无其胆,则有所怯而不敢;空有其胆而无其才,则不过冥行妄作之人耳。盖才胆实由识而济,故天下唯识为难。有其识,则虽四五分才与胆,皆可建立而成事也。"(见李贽:《焚书·续焚书校释》,陈仁仁校释,岳麓书社 2011 年版,第 257 页)

也！（《原诗·内篇上》）

叶燮认为，诗道"沦而不可救"乃称诗者"才短""力弱""识蒙"，即才气不足，用力不强，愚昧无知使其不能正确认识诗歌"相续相禅"的演变特点；也因为"识"不足，导致其夸张自傲，浮而不切，不着要点之论，固执地追求因袭，模拟古人，导致"古今人之诗评杂而无章、纷而不一"（《原诗·外篇上》），对后世产生不良影响。他认为这是与批评主体的"才短""力弱""识蒙"相关的。他说："大凡人无才，则心思不出；无胆，则笔墨畏缩；无识，则不能取舍；无力，则不能自成一家。"（《原诗·内篇下》）就是说，无论是作诗者，还是称诗者，如果无"才"，心思不出，不能创造或提出前无古人的东西，无创新可言；无"胆"，笔墨畏缩，心怯而不敢言，也不能言；无"识"，不能取舍，无是非，不知何者为优，何者为劣，无法作出正确的判断；无"力"，不能自成一家，无法独开生面，转风会。而对于作诗者而言，"才胆识力""四者交相为济。苟一有所歉，则不可登作者之坛"（《原诗·内篇下》）。当然也无法进行文学批评。虽然这是叶燮对"作诗者"的要求，其实也是对"称诗者"提出的主体要求，即才、胆、识、力需兼备。

（2）以"识"为重的"才胆识力"观

叶燮认为作诗者当以"识"为先，称诗者更要以"识"为先，表现了以"识"为先的"才胆识力"观。这就是他所说的"四者无缓急，而要在先之以识：使无识，则三者俱无所托"（《原诗·内篇下》）。他说：

> 无识而有胆，则为妄、为卤莽、为无知，其言背理、叛道，蔑如也。无识而有才，虽议论纵横，思致挥霍，而是非淆乱，黑白颠倒，才反为累矣。无识而有力，则坚僻、妄诞之辞，足以误人而惑世，为害甚烈。……惟有识，则能知所从、知所奋、知所决，而后才与胆力，皆确然有以自信；举世非之，举世誉之，而不为其所摇。（《原诗·内篇下》）

只有在"识"的管制下，"胆"张而不背理叛道，"才"显而不为所累，"力"强而不为所害。对于学诗者，学习什么至关重要，近朱者赤，近墨者黑，这就需要有理智的选择与判断。总之，一旦无"识"，或失去"识"的管辖，其才、其胆、其力就可能走向它们的反面。稍后于叶燮的袁枚（1716—1798）也曾表达过类似的担忧。他说："作史三长：才、学、识缺一不可。余谓诗亦如之，而识最为先。非识，则才与学俱误用矣。"(《随园诗话》卷三)这一担忧又被朱庭珍(1841—1903)延续说:"作史者以才、学、识为三长,缺一不可。诗家也然。三者并重,而识为尤先,非识则才与学恐或误用,适以成其背驰也。"(《筱园诗话》卷一)袁枚与朱庭珍在处理"才学识"三者关系中也突出"识"。可见,唯有"识",其"才""胆""力"才能尽情发挥其应有的作用,知其所以跟从、所以奋发、所以抉择;也能够勇敢地"举世非之,举世誉之",能够独立判断,远离人云亦云的尴尬,否则将"既不能知古来作者之意,并不自知其何所兴感、触发而为诗。……而眼光从无着处,腕力从无措处。即历代之诗陈于前,何所抉择? 何所适从? 人言是,则是之;人言非,则非之"(《原诗·内篇下》)。而不知所从,不知所奋,不知所决,如前后七子提倡的"诗必盛唐"而从之,但终不知所以然之故;而尊宋者提倡学宋学元也跟而从之,但也终不知所以然之故;听闻跟随刘长卿,便群起而随之,听闻崇尚陆游,便人人读《剑南集》,不敢他及。无"识"便无法辨别,怎么能评出他人诗之是与非呢?

在叶燮看来,唯有识,是非明,取舍定。学习古人,"既有识,则当以汉、魏、六朝、全唐及宋之诗,悉陈于前,彼必自能知所决择、知所依归,所谓信手拈来,无不是道"(《原诗·内篇下》)。因此,有"识",学诗者就能自开生面;称诗者就有评判是与非的标准,自然便能取舍,不再随时人或古人的脚跟。这就如袁枚所说的,"作者有识,则不徇人,不衿己,不受古欺,不为习囿"(袁枚《小仓山房文集》卷十七《答兰垞第二书》)。如果胸中无"识",则"理事情错陈于前,而浑然茫然,是非可否,妍媸黑白,悉眩惑而不能辨"。即使"终日勤于学,而亦无益……","及伸纸落笔时,胸如乱丝,头绪既纷,无从割择,中且馁而胆愈怯,欲言而不能言。或能言而不敢言"(《原诗·内篇下》),既恐怕与古人不合,又担心被今人讥责,不知所措,也不知所云,如刚过门的新媳妇,处处担心行为不当,有失体态。叶燮从正反两个方面,充分论证了"识"对于作诗者与称诗者的重要性。林衡勋将叶燮的"识"之内涵归纳为三个层次:"一是鉴别和选择审美客体理、事、情的能力;二是对审美创造特殊性的理解能力;三是对美和艺术是非的判定和独创性能力。"[①]这一归纳是有一定道理的。

(3) 历代评诗者对"识"的重视

遗憾的是叶燮并没有对"识"作更进一步的分析。一者可能是当时对"识"的内涵有共同的边界;一者可能认为不必进一步探讨。其实,早于叶燮的李沂

---

① 林衡勋:《人文与天文合一——叶燮的审美创作基本原理初探》,见《古代文学理论研究》(第十八辑),上海古籍出版社 1997 年版,第 74 页。

(?—1606)曾提出过通过读书可以成为"识高""力厚""学富"之人。他在《秋星阁诗话》中说:"读书非为诗也,而学诗不可以不读书。诗须识高,而非读书则识不高;诗须力厚,而非读书则力不厚;诗须学富,而非读书则学不富。……识见日益高,力量日益厚,学问日益富,诗之神理乃日益出,诗之精彩乃日益焕,何患不能树帜于词坛而蜚声于后世乎?"①对于作诗者与称诗者而言,有"识"不够,还要求"识高",这是正确的。而稍早于叶燮的许学夷(1563—1633)也提出"识高见广"之说。他说:"学诗者,识贵高,见贵广。不上探《三百篇》、楚骚、汉魏,则识不高;不遍观元和、晚唐、宋人,则见不广。识不高,不能究诗体之渊源;见不广,不能穷诗体之汗漫,上不能追蹑《风骚》,下不能兼收容众也。"②而生活于康乾年间的龚炜也在其《义勇武安王庙碑》卷四中提出"为至人作文,不具绝顶识力,写不出真面目,真精神"(《巢林笔谈》卷四)。此处之"文",既有"诗"也有"文",对于创作主体讲,须有"绝顶识力",方能有"真面目"与"真精神"。章学诚(1738—1801)在讲到史论家之"才学识"时也说:"记诵以为学也,辞采以为才也,击断以为识也。"(《文史通义》内篇三《史德》)"击断"有判断,决断之意,即判断是与非,取与舍是由"识"而定的。他又说:"学问文章,聪明才辩,不足以持世,所以持世者,存乎识也。所贵乎识者,非特能持风尚之偏而已也,知其所偏之中,亦有不得而废焉。非特能用独擅之长而已也,知己所擅之长,亦有不足以该者焉。"(《文史通义》内篇四《说林》)对于史家而言,"识"不仅要见出风尚中之不足,也有不得不废弃者,还要看到其长处;而对于自己,一要看到自己所长,同时也要看到长处中的不足。只有这样,才能判断出其中的优与劣,是与非,成为史家之"持世者"(维持世道者)。

重视创作主体的要求是传统诗学的特色,而对于主体要求作了较为系统的表达大概始于宋代。宋代谈"识"之论渐多。北宋黄庭坚、苏轼、欧阳修,南宋严羽、朱熹、陆游等都对"识"有所论说。除了唐人刘知几的"才识力",宋人苏轼的"志量才识",明人李贽的"识才胆",李梦阳的"才格识",王世贞的"才思调格",袁中道的"识才学胆",魏禧的"识力才"三条件,到叶燮的"才胆识力",再到后来袁枚的"才学识",章学诚的"德学才识",钱大昕的"才学识情"等,形成一条连续

---

　　①　李沂:《秋星阁诗话·勉读书》,见王夫之等撰,丁保福辑录:《清诗话》,上海古籍出版社1999年版,第915页。

　　②　(明)许学夷:《诗源辩体》(卷二十四),杜维沫校点,人民文学出版社1987年版,第249页。

的作诗者与称诗者重"识"的共识。

第二节　《原诗》的诗歌批评实践

《四库全书总目提要》认为,《原诗》是"作论之体,非评诗之体",但其有诸多"评诗"之处,当属无疑。叶燮不仅提出了诸多的批评理论,而且还在批评理论的指导下进行了诗歌批评实践。这表现在《原诗》中经批评或者简单提及过的诗人达五十四人之多,其中以唐代二十五人次最多,六朝十六人次之,宋代九人为再次,涉的诗论家无数。① 叶燮的诗歌批评又集中体现了他的以"变"为核心的文学批评观,及其"文学史家的眼光与方法"的批评特色,具体表现在对诗论家的批评与对诗人诗歌的批评两个方面。

一、历代诗论家的批评

在叶燮看来,无论是诗歌创作,还是诗歌批评,都要有"胆","无胆,则笔墨畏缩","无胆,使笔墨不能自由"《《原诗·内篇下》》。他对历代诗论家之批评正体现了他的确"有胆",表现在他对历代诗论的批评显得过于苛刻。

叶燮对历代诗论家之诗评总体上持批评态度,认为"诗道之不能长振也,由于古今人之诗评杂而无章、纷而不一"《《原诗·外篇上》》。他批评钟嵘、刘勰"吞吐抑扬,不能持论",仅对钟嵘的"迩来作者,竞须新事,牵挛补衲,蠹文已甚"《《诗评序》》和刘勰的"沉吟铺辞,莫先于骨,故辞之待骨,如体之树骸"《《文心雕龙·风骨》》留有好感,认为前者切中了诗坛的"好新"之弊,后者切中诗之本原,而除"此二语外,两人亦无所能为论也"《《原诗·外篇上》》。而对于汤惠休的"初日芙蓉"、沈约的"弹丸脱手"之评,以为"差可引伸","非大家体段"。这就是叶燮心目中的六朝诗论。这一评价严重低估了《诗品》与《文心雕龙》的诗学成就,难以被后

---

① 《原诗》中曾经提及过的诗人有五十四人。其中,汉代两人:苏武、李陵;六朝十六人:曹植、陆机、左思、鲍照、谢灵运、陶潜、颜延之、谢朓、江淹、庾信、沈约、潘安、何逊、阴铿、沈炯、炯道衡;唐代二十五人:沈佺期、宋之问、陈子昂、李白、王昌龄、高适、岑参、王维、孟浩然、杜甫、白居易、元稹、韩愈、柳宗元、韦应物、储光羲、李贺、孟郊、刘禹锡、杜牧、刘长卿、李商隐、温庭筠、皮日休、陆龟蒙;宋代九人:徐铉、王禹偁、梅尧臣、苏舜钦、欧阳修、苏轼、杨万里、范成大、陆游;元、明各一人:元好问、高启。另《原诗》涉的诗论家无数,如有钟嵘、刘勰、皮日休、严羽、高棅、李攀龙、何景明、汪琬等。

世认同，也体现了叶燮诗评的"胆量"。

《诗品》与《文心雕龙》是中国最早的诗学理论著作，对诗学发展的贡献卓越。清代文学史家章学诚在《文史通义》内篇五《诗话》中对两部著作都给予肯定性的评价。他说："《诗品》之于论诗，视《文心雕龙》之于论文，皆专门名家，勒为成书之祖也。《文心》体大而虑周，《诗品》思深而意远。盖《文心》笼罩群言，而《诗品》深从六艺溯流别也。论诗论文，而知溯流别，则可以探源经籍，而进窥天地之纯，古人之大体矣。此意非后世诗话家所能喻也。"①朱东润也在其《中国文学批评史大纲》中说："吾国文学批评，以齐梁之间为最盛"，并称钟嵘为"论文之士，不为时代所左右，不顾时势之利钝，与潮流相违，卓然自信者，求之六代，钟嵘一人而已。"②肯定钟嵘不为时代所约束，表达自己独特的诗学思想；郭绍虞在《中国文学批评史》中也认为，《诗品》与《文心雕龙》"此二书之所以重要，即应足以代表当时批评家之二派"③。在郭先生看来，六朝当事人需要对文学作品与文学批评的指导，前者是文学鉴赏与批评，以钟嵘的《诗品》为代表，后者是文学批评之批评，以刘勰的《文心雕龙》为代表。他从著作产生时的需求方面肯定两部著作的巨大成就，并进一步认为《文心雕龙》"原始以表末，推粗以及精，敷陈详核，条理密察，即传至现代犹自成为空前的伟著"④。充分肯定其学术价值。

而叶燮则对钟嵘、刘勰的诗学成就则一笔带过，只突显出与自己诗学思想相通的部分，遮蔽了其他方面的理论成就。叶燮说钟嵘的"迩来作者，竞须新事，牵挛补衲，蠹文已甚"一句是来自"近任昉、王元长等，词不贵奇，竞须新事，迩来作者，寝以成俗。遂乃句无虚语，语无虚字，拘挛补衲，蠹文已甚"（《诗品序》）句，认为自任昉、王元长以来，用词不以奇为贵，都争相用典，渐渐形成习俗，逸事过度，害了诗文。叶燮的"变而不失其正"的思维方式，对于那些一概求新求

---

①　（清）章学诚著，叶瑛校注：《文史通义校注》，中华书局 1985 年版，第 559 页。

②　朱东润：《中国文学批评史大纲》，上海古籍出版社 1983 年版，第 44、54 页。

③　郭绍虞《中国文学批评史》（上）中也认为，"此二书之所以重要，即因足以代表当时批评家之二派。当事人所需要于批评者，不外两种作用：一，是文学作品的指导者，又一，是文学批评的指导者。文学作品日多，则需要批评以指导，才可使览无遗功。文学批评日淆，则也需要更健全的批评以主持，才可使准的有依。所以前者是为文学的批评，后者是为文学批评的批评。前者较偏于鉴赏的批评，后者常倾向于归纳的和推理的批评。而《诗品》与《文心雕龙》，恰恰可以代表这两个方面。"（见郭绍虞：《中国文学批评史》（上），商务印书馆 2010 年版，第 129 页）

④　郭绍虞：《中国文学批评史》（上），商务印书馆 2010 年版，第 121 页。

变者也保持了足够的警惕,如"楚风"①对前后七子的批评就当如此。所以叶燮批评他们"抹倒体裁、声调、气象、格力诸说,独辟蹊径",但又"入于琐屑、滑稽、隐怪、荆棘之境,以矜其新异,其过殆又甚焉"(《原诗·外篇上》)。因为,在叶燮看来,"陈熟"与"生新"应相济,"于陈中见新,生中得熟,方全其美"(《原诗·外篇上》)。

再看刘勰《文心雕龙·风骨》中"辞"与"骨"关系是"沉吟铺辞,莫先于骨,故辞之待骨,如体之树骸"。肯定了"骨"先于"辞",即表达了文辞对骨的依赖,探究了诗之本原。② 叶燮对"质""文"关系的看法与刘勰基本相似。叶燮认为,体格、声调与苍老、波澜等"皆诗之文也,非诗之质也;所以相诗之皮也,非所以相诗之骨也"(《原诗·外篇下》)。在他看来,如果没有松柏之"劲质","苍老"便无所依;如果没有水"空虚明净,坎止流行"之质,也难有"波澜"之美,所以必先有"诗之性情、诗之才调、诗之胸怀、诗之见解以为其质"(《原诗·外篇上》),才有体格、声调、苍老、波澜之文,文待质也。其实,钟嵘与刘勰在对诗与文的论述上多有创举,遗憾的是被叶燮忽略了。

唐宋以来的诗论者也没有得到叶燮的重视。他认为"诸评诗者,或概论风气,或指论一人,一篇一语,单辞复句,不可殚数"(《原诗·内篇下》),仅提及皎然的"复变",刘禹锡的"才""识"对诗的作用,李德裕的"终古常见,光景常新"之说,以及皮日休对"才"之多元的表达等,认为是"异于诸家悠悠之论";而对于严羽、高棅、刘辰翁、李攀龙等给予了否定性的评价。特别是对于严羽。虽然他赞同其"学诗者以识为主",但对其"以汉魏晋盛唐为师,不作开元天宝以下人物"

---

① "楚风"指公安派与竞陵派。因两派作者都是湖北人,湖北实属楚地,故曰楚风。

② 对于刘勰的"风骨"理解不同:黄侃《文心雕龙札记·风骨》有"风骨,二者皆物以为喻。文之有意,所以宣达思想,纲维全篇,譬之于物,则犹风也。文之有辞,所以摅写中怀,显明条贯,譬之于物,则犹骨也。必知风即文意,骨即文辞,然后不蹈空虚之弊。或者舍辞意而别求风骨,言之愈高,即之愈渺,彦和本意不如此也。"(黄侃:《文心雕龙札记》,中华书局1962年版,第99页)刘永济《文心雕龙校释·风骨》认为,"'风'者,运行流荡之物,以喻文之情思也。情思者,发于作者之心,形而为事义。就其所以运事义以成篇章者言之为'风'。'骨'者,树立结构之物,以喻文之事义也。事义者,情思待发,托之以见者也。就其所以建立篇章而表情思者言之为'骨'。"(刘永济:《文心雕龙校释》,中华书局1962年版,第106—107页)郭绍虞认为:"'风骨'是思想性和艺术性的统一体,它的基本特征,在于明朗健康、遒劲有力。"(郭绍虞主编:《中国历代文论选》第1册,上海古籍出版社2001年版,第256—257页)周振甫《文心雕龙选译·风骨》认为,"风是文学作品的内容美学要求","骨是对作品文辞的美学要求"。(周振甫:《〈文心雕龙〉选译》,江苏教育出版社2006年版,第430页)对"风骨"的理解虽然尚无定论,但如果以内容与形式两分法的方式看,"风"当指诗之内容情感等内容因素,"骨"当指文辞等表达的形式因素是比较一致的。

的观点表示反对。因为,这与他的"踵事增华"思想相冲突。叶燮重视"识",认为无识,即使"一一趋步汉、魏、盛唐,而无处不是诗魔";而有识,即使不趋步于汉、魏、盛唐,诗魔都能变为"智慧",不害汉、魏、盛唐诗也。在他看来,诗人有"识",就可以在汉、魏、六朝、全唐及宋诗的面前作正确选择,并认为诗之不振,如钱谦益一样,归罪于严羽、高棅、刘辰翁[①]。其实,对于各代诗家之批评,其批评的态度与方式,与批评者的立场观念有关;而批评是否合理则需要时间的检验。叶燮对历来诗论家的批评正是如此。

叶燮的《原诗》并不是针对六朝与唐宋诗论的,而是针对明代及清初的诗坛,即他所谓的"近代称诗者",具有明确的现实针对性。他在《原诗》的开篇明确提出观点,并批评"近代称诗者"之不足。

他说:

> 乃近代论诗者,则曰:《三百篇》尚矣;五言必建安、黄初;其余诸体,必唐之初、盛而后可。非是者,必斥焉。……自若辈之论出,天下从而和之,推为诗家正宗,家弦而户习。习之既久,乃有起而掊之、矫而反之者,诚是也;然又往往溺于偏畸之私说。其说胜,则出乎陈腐而入乎颇僻;不胜,则两敝。而诗道遂沦而不可救。(《原诗·内篇上》)

在叶燮看来,以前后"七子"为代表的复古派,他们主张诗三百、建安黄初,以及初盛唐。诗沿袭已久,这种复古主义思潮影响了诗歌创作的正常发展,便有公安派、竟陵派"起而掊之,矫而反之"。如果其说法得到普遍认同,虽然能够出于复古的"陈腐",但又入偏奇之"颇僻";否则"陈腐"与"颇僻"共存,这些都不利于诗歌创作。接着分析产生的原因,乃因称诗者"才短力弱,识又蒙焉而不知所衷",既不知道诗歌创作演变之本在"源流本末正变盛衰,互为循环"之理,也不知"古今作者之心思才力深浅高下长短",分不清"沿"与"革","因"与"创"

[①]　严羽《沧浪诗话》诗论、高棅《唐诗品汇》诗选、刘辰翁《须溪先生集》诗评,明后期对前后七子的复古思想的反驳,受以上三位影响。钱谦益《徐元叹诗序》:"自羽卿之说行,本朝奉以为律令,谈诗者必学杜,必汉、魏、盛唐,而诗道之榛芜弥甚。羽卿之言,二百年来,遂若涂鼓之毒药。"(《牧斋初学集》三十二)其在《爱琴馆评选诗慰序》有"古学日远人自作辟,邪师魔见",又对高棅、刘辰翁等作了批评,"蕴酿于宋季之严羽卿、刘辰翁,而毒发于弘德嘉万之间。学者甫知声病,则汉、魏、齐、梁、初、盛、中、晚之声影,已盘互于胸中,佣耳借目,寻条屈步,终其身为隶人而不能自出。"(《牧斋有学集》卷十五)

的关系,而"徒自诩矜张",既欺骗了"他人",也欺骗了"自己"。叶燮既描述了诗论的变化轨迹,又进一步提出产生之原因,针砭时弊。

而对于明代以李梦阳、何景明为代表的"前七子",他们为反对当时流行的台阁体和"啴缓冗沓,千篇一律"的八股习气,提倡的被后人概括为"文必先秦,诗必盛唐"的复古思想遭到叶燮的反驳。叶燮不客气地称"李梦阳、何景明之徒,自己以为得其正而实偏,得其中而实不及"(《原诗·外篇上》)。而对于沿"前七子"而来的以李攀龙、王世贞为代表的"后七子",认为他们"掇拾"前人之"皮毛",但对于王世贞批评李攀龙的"剽窃摹拟,诗之大病,割缀古语,痕迹宛然,斯丑已极"给予正面的评价,认为"此语切中攀龙之隐,昌言不讳"(《原诗·外篇上》)。

在《原诗·外篇下》中,叶燮再次批评李梦阳、何景明,说他们理论倡导是以盛唐为尚,但在其创作实践当中,又学习了许多宋元习俗,批评他们对盛唐是"阳斥阴窃"或"阳尊阴离",①分析他们之所以这样做,是"欲高自位置,以立门户,压倒唐以后作者",是批评之外的其他因素之影响。

他批评"伸唐而绌宋"的时风,认为诗有其演变的轨迹,踵事增华,以至于极。诗到宋诗之变有其"理",也有其"势"。诗人们应该正视这种演变,并给予其合理的评价,还宋诗以合理的地位。对于历来学者认为"唐人以诗为诗,主性情,于《三百篇》为近;宋人以文为诗,主议论,于《三百篇》为远"②的观点给予批评。他列举唐人杜甫诗有议论,尤其五言甚;《三百篇》之二《雅》也有议论等为例得以佐证。

其实,叶燮的这段批评的力量是不够的,这可以从两个方面考虑:

一是诗学主张与诗歌创作实践的分歧与间隙是存在的,而以"阳斥阴窃"

---

① 《原诗·外篇下》:"何景明与李梦阳书,纵论历代之诗而上下是非之。其规梦阳也,则曰:'近诗以盛唐为尚。宋人似苍老而实疏卤;元人似秀俊而实浅俗。今仆诗不免元习,而空同近作,间入于宋。'夫尊初、盛唐而严斥宋元者,何李之坛坫也,自当无一字一句入宋元界分上;乃景明之言如此,岂阳斥之而阴窃之,阳尊之而阴离之之邪?"(《原诗·一瓢诗话·说诗晬语》,第70页)

② 此出于元人傅与砺《诗法源流》:"宋诗比唐,气象复别。今以唐宋诗杂而观之,虽平生所未读者,也可辩其孰为唐,孰为宋。大概唐人以诗为诗,宋人以文为诗。唐人主于达性情,故于《三百篇》为近;宋诗主于立议论,故于《三百篇》为远。"说宋诗主议论的有《沧浪诗话·诗辩》;"近代诸公乃作奇特解会,遂以文字为诗,以才学为诗,以议论为诗";李梦阳《缶音序》:"宋人主理,作理语,于是薄风云月雾,一切铲去不为,又作诗话教人,人不复知诗矣。诗何尝无理,若专作理语,何不作文而诗为耶?"杨慎《升庵诗话》卷八:"唐人诗主情,去《三百篇》近;宋人诗主理,去《三百篇》却远矣";吴乔《围炉诗话》卷二也引《诗法源流》:"唐人以诗为诗,宋人以文为诗。唐诗主于达性情,故于《三百篇》为近;宋诗主于议论,故于《三百篇》为远"等诸说。

或"阳尊阴离"斥责李梦阳、何景明,有把问题简单化的倾向。叶燮在《原诗》中说沈约已有这种现象。他说:"沈约云:'好诗圆转如弹丸。'斯言虽未尽然,然亦有所得处。约能言之;及观其诗,竟无一首能践斯言者。"(《原诗·外篇下》)指出沈约提出的"好诗圆转如弹丸"之说,并没有在他的创作中得到印证,即诗学思想与创作实践存有间隙。其实,这种现象在文学中是极为常见的。每一种诗学观点的提出常常与当时的思潮有关。以明代为例,虽然前后"七子"所标榜的"复古"口号,以及公安派、竟陵派提出"反复古"口号的影响很大,但也并不一定完全与其代表人物的创作实践相吻合,如清代陈仅在《竹林答问》中所说的,"非特善评诗者不能诗,即善吟诗者多不能评诗"①。如果能阐释出他们的思想与实践的一致性来,似乎是一个很好的结论,但创作实践的复杂性并不是如此的简单。两者的不一致往往能给人以更加真实的感觉,也更加符合诗学理论与诗歌创作的真实关系。从某种角度而言,也许理论与创作的一致性更多的是一种理论假设,而承认其间的差异性才是真实的还原,是可信的。因为,创作实践永远比理论丰富。朱庭珍《筱园诗话》卷一的一段表述也许对我们有所启发。他说:

　　自宋人好以议论为诗,发泄无余,神味索然,遂招后人史论之讥,谓其以文为诗,乃有韵之文,非诗体也。此论诚然。然竟以议论为戒,欲尽捐之,则因噎废食,胶固不通矣。大篇长章,必不可少叙事议论,即短篇小诗,亦有不可无议论者。但长篇须尽而不尽,短章须不尽而尽耳。叙事即伏议论之根,论议必顾叙事之母。或叙事而含议论,议论而兼叙事。或以议论为叙事,叙事为议论。错综变幻,使奇正相生,疏密相间,开阖抑扬,各极其妙,斯能事矣。人但知叙事中之叙事,议论中之议论,与夹叙夹议之妙,而抑知叙事外之叙事,议论外之议论,与夫不叙之叙,不议之议,其笔外有笔,味外有味,尤为玄之又玄,更臻微妙乎!②

　　二是"唐人以诗为诗,宋人以文为诗"是从唐、宋诗比较中见出这一特点的,

---

　　①　陈仅《竹林答问》,见郭绍虞编:《清诗话续编》(四),富寿荪校,上海古籍出版社1983年版,第2250页。

　　②　(清)朱庭珍《筱园诗话》卷一,见郭绍虞编:《清诗话续编》(四),富寿荪校,上海古籍出版社1983年版,第2333—2334页。

并不是说唐诗、宋诗都须具备此特色。我们不能忽视表述时的具体语境。叶燮以唐诗中有议论，杜诗中有议论，三百篇中有议论等为据，以此来否定这种区别。正如在男女性别的比较中，自然会突显男、女性别的差异，但如果将不同民族的男性或女性放到一起比较，那么，他们的性别差异可能会淡化，而他们的民族差别可能会增强。"唐人以诗为诗，宋人以文为诗"是讲其总的倾向，而不是说唐诗"不得不"以诗为诗，宋诗也"不得不"以文为诗。显然，叶燮批驳的正当性与科学性是有待商榷的。

最后叶燮对于诗评的方式也提出评价，认为诗如某某，或人、或事、或物等，都是"泛而不附，缛而不切，未尝会于心、格于物，徒取以为谈资"，这种诗评，到了明代，"递习成风，其流愈盛"（《原诗·外篇上》）。叶燮借此表达了对这种评法的不满。

总之，在叶燮看来，已有的传统批评思想与批评方法都不太尽人意，很难展开诗学批评，认为他们所提到的诗评观点，因不足于合理地阐释各种文学现象，所以得出历来之评诗者"杂而无章，纷而不一"（《原诗·外篇上》）的结论，要求历代诗论者为"诗道之不振"承担责任。他对历代诗学批评既是真诚的，也是勇敢的。对此，宇文所安给与了积极的评价，认为把这句话放到传统中国文学理论的语境之中才能体会到它的意义，指出叶燮提出的观点，有利于避免个别看法所导致的错误和偏见。① 而叶燮正是这方面的尝试者，虽然被主流指责为"非论诗之体"，但也正因此而更加体现其独特的价值。叶燮的诗学批评，不仅有自觉的理论意识，更有对传统文学批评的深刻反思。

二、杜甫诗歌的批评

《原诗》对历来的诗歌批评主要表现在两个方面：一是将诗歌创作作为自己诗学思想的证据，以论证其诗学思想的合理性；二是以自己的诗学思想去评点历代诗歌创作，表现出对诗歌创作的批评。两者相互相承，从不同方面显示了

---

① 宇文所安说："只有把这句话放到传统中国文学理论的语境之中，你才能体会到它有多么大胆惊人。批评家经常希望借助一些清规戒律和不同凡响的观点来引导艺术的发展，以恢复它往日的荣光；确实有不少人谴责其对手的观点走错了方向，以致把诗歌引入歧途，但没有人把这个罪责算在前人概念混乱的账上。而在叶燮看来，问题的症结确实在于诗评'杂而无章'；唯一的出路就是要提出一整套全面统一的基本的艺术原则，有了这些原则性观点，就可以一劳永逸地避免种种个别看法所导致的错误和偏见。"（见［美］宇文所安：《中国文论：英译和评论》，上海社会科学出版社 2003 年版，第 547 页）

叶燮诗歌批评的特色。如前所提出的,叶燮诗歌批评始终体现其"诗变"的核心,即是否有创新,是否在前人的基础上提供了新的东西而为"可传之诗"。如是者就能得到他的肯定,反之则不然。

叶燮认为历代诗人独杜甫、韩愈、苏轼三足鼎立。他说:"杜甫之诗,独冠今古。此外上下千余年,作者代有,惟韩愈、苏轼,其才力能与甫抗衡,鼎立为三。"(《原诗·外篇上》)他尤其推崇杜甫,这不仅表现在对杜甫诗评价之高,称其"独冠今古",甚至将杜甫诗与《诗经》相提并论,①而且还表现在他诗论的每一个地方,都显示了对杜甫诗的特别偏爱。这一偏爱在《原诗》中处处得到体现:一是他提出的主要观点都能得到杜甫诗的印证,将杜甫诗歌创作作为其诗学思想的重要范例;二是在分析杜甫诗时的文本细读之详细,无人能及,如他在提出"诗之至处,妙在含蓄无垠,思致微妙"时,便采用杜甫的"碧瓦初寒外""月傍九霄多""晨钟云外湿""高城秋自落"等四句诗,竟然用了 1000 余字,逐一分析,详而又详;在讲他的"不知读古人书,欲著作以垂后世,贵得古人大意;片语只字,稍不合,无害也"(《原诗·外篇上》)的思想时,列举杜甫不同作品中的 45 句诗为例,又不谦其烦地用字达 1600 余,在惜墨如金的文字中,无人企及;三是在提及"鼎立三足"之"二足"的韩愈和苏轼,都特别突出与杜甫的相关性。可以看出,叶燮对杜甫诗的确有过详细的研究,并表现了对杜甫的推崇。这种推崇还表现在现实生活当中。他的《独立苍茫室记》记有"予既筑草堂于草堂后累累(绳索)然筑石,石渐高出屋顶。又于石后筑室三楹,颜之曰'独立苍茫处',取杜诗'独立苍茫自咏诗语意'"(《已畦文集》卷六)。另叶燮自号"已畦",有《已畦文集》,诗集《已畦诗集》,也多少与杜甫的《废畦》②的情感相通。

杜甫是中国历代诗歌创作的集大成者。他的诗歌创作最符合叶燮的诗学思想,使叶燮的诗学思想有了更为坚实的创作基础。叶燮论杜甫诗主要表现在以下几个方面:

1. 继承与开创

在叶燮看来,继承与开创是杜甫诗的最大特点。郭绍虞先生在其《清诗话·前言》中表达了他在《中国文学批评史》中的同样观点。他说:"叶燮论诗之

---

① 《原诗·内篇下》:"统百代而论诗,自三百篇而后,惟杜甫之诗,其力能与天地相终始,与三百篇等。"(《原诗·一瓢诗话·说诗晬语》,第 28 页)

② 杜甫《废畦》:"秋蔬拥霜露,岂敢惜凋残。暮景数枝叶,天风吹汝寒。绿沾泥滓尽,香与岁时阑。生意春如昨,悲君白玉盘。"

长,在用文学史流变的眼光与方法以批评文学,故对诗之正变与盛衰,能有极透澈的见解。"①在郭先生看来,叶燮对杜甫诗能"极透澈的见解",正在于他的"文学史流变的眼光与方法以批评文学"的批评方法。叶燮对杜甫诗的评价也正体现了这一特色。

叶燮分析汉魏以来诗之演变,认为"循其源流升降,不得谓正为源而长盛,变为流而始衰。惟正有渐衰,故变能启盛"(《原诗·内篇下》),其间源流的升降,正变的转换,盛衰的更叠,提出"开宝诸诗人,始一大变",而"杜甫之诗独冠今古"(《原诗·外篇上》),给杜甫诗以极高的评价。在叶燮看来,诗歌演变是一个不断创新的过程,苏武李陵承袭诗《三百篇》,创而为五言;建安黄初承袭于苏武李陵和古诗十九首,而开创献酬、纪行、颂德诸体,开后世种种应酬类诗之先河;而晋之陆机、左思、鲍照、谢灵运、陶潜诸诗人,各不相师,自成一家。但在叶燮看来,诗之最大变者莫过于开元天宝。其中杜甫为集大成者。叶燮将唐代诗人分为四类,即集大成者、杰出者、专家、其他弱者,而杜甫处于最高位。② 也就是说,杜甫是中国历代诗家中最出色的诗人。

其实,杜甫诗的"集大成"说并不源于叶燮。稍后于杜甫的元稹(779—831)在《唐故工部员外郎杜君墓系铭并序》中已有"至于子美,盖所谓上薄风骚,下该沈(佺期)宋(之问),古傍苏(武)李(陵),气夺曹(操)刘(桢)、掩颜(延之)谢(灵运)之孤高,杂徐(陵)庾(信)之流丽,尽得古今之体势,而兼人人之所独专矣",得出有"诗人以来,未有如子美者"的评价。元稹喜欢杜甫诗,在他的《叙诗寄乐天书》中记有"得杜甫诗数百首,爱其浩荡津涯,处处臻到,始病沈、宋之不存寄兴,而讶子昂之未暇旁备矣"③。再看杜甫诗,想来这样的评价也是十分中肯的。宋人秦观在《韩愈论》中比较杜、韩诗时提到杜甫对前人的继承时说:"杜子美者,穷高妙之格,极豪逸之气,包冲澹之趣,兼峻洁之姿,备藻丽之态,而诸家之作所不及焉。然不集诸家之长,杜氏亦不能独至于斯也。……杜氏韩氏亦集诗文之大成者欤"(《淮海集》卷二十二)。比较杜、韩诗后,秦观提出了杜甫诗"集诸家之长"。

---

① 王夫之等撰,丁福保辑录:《清诗话》,上海古籍出版社 2015 年版,第 24 页。

② 《原诗·内篇上》有:"高、岑、王、孟、李,此数人者,虽各有所因,而实一一能为创。而集大成如杜甫,杰出如韩愈,专家如柳宗元、如刘禹锡、如李贺、如李商隐、如杜牧、如陆龟蒙诸子,一一皆特立兴起。其它弱者,则因循世运,随乎波流,不能振拔,所谓唐人本色也。"(《原诗·一瓢诗话·说诗晬语》,第 4—5 页)

③ (唐)元稹:《元稹集》,冀勤校点,中华书局 1982 年版,第 352 页。

　　叶燮不仅提出杜甫诗之"集大成"，即继承性的一面，而且更突出其创新发展的一面，是处理"因"与"创"关系的楷模。明人胡应麟《诗薮》内编卷四有："盛唐一味秀丽雄浑。杜则精粗、巨细、巧拙、新陈、险易、浅深、浓淡、肥瘦、靡不毕具。参其格调，实与盛唐大别，其能会萃前人在此，滥觞后人也在此。"指出杜甫放弃盛唐一味追求秀丽雄浑，非常出色地处理好事物对立双方，如精粗、巨细、巧拙、新陈等的关系，认为此是杜甫承上之处，也是启下之处。叶燮将之概括为"包源流，综正变"，说他上承汉魏、六朝，下启唐、宋、金、元、明。① 可见，杜甫诗既体现了汉魏诗的浑朴古雅，六朝诗藻丽秾纤、澹远韶秀等前辈诗歌创作的诸多特色，但在文辞等方面又"无一字与前人相同"。杜甫"承上"，但是不模仿，不照搬，更不剽窃，是在"因"的基础上独有其"创"，融入了新的内涵，为后世如韩愈、李贺、刘禹锡、杜牧等，以及宋、元、明之大诗人的"各自炫奇翻异"开了先河。又如叶燮认为韩愈与苏轼诗中之"用事"也来于杜甫诗。他说："韩诗用旧事而间以己意易以新字者，苏诗常一句中用两事三事者；非骈博也，力大故无所不举。然此皆本于杜。细览杜诗，知非韩苏创为之也。"（《原诗·外篇上》）学者胡小石在谈杜甫《北征》时，认为其诗中的议论也影响到后世的古文运动及诗歌的创作，提出韩愈、欧阳修、王安石以及江西诗派、同光体等以散文入诗的特色，都来源于杜甫，《北征》一篇开端，肯定了杜甫诗对后世的影响。② 叶燮批评苏辙的"事文不相属，而脉络自一"，讥笑"白居易长篇，拙于叙事，寸步不遗，不得诗人法"，而认为"惟杜则无所不可。亦有事文相属，而变化纵横，略无痕迹，竟似不相属者"（《原诗·外篇下》）。

　　这里的开"先声"不仅指杜甫的诗歌创作，更体现在其"创新"的精神，正如叶燮所说的，"杜甫，诗之神者也。夫惟神，乃能变化"（《原诗·内篇下》）。屈大均

---

　　①　《原诗·内篇上》："自甫以前，如汉魏之浑朴古雅，六朝之藻丽秾纤、澹远韶秀，甫诗无一不备……自甫以后，在唐如韩愈、李贺之奇巉，刘禹锡、杜牧之雄杰，刘长卿之流利，温庭筠、李商隐之轻艳，以至宋、金、元、明之诗家称巨擘者，无虑数十百人，各自炫奇翻异；而甫无一不为之先。"（《原诗·一瓢诗话·说诗晬语》，第 8 页）

　　②　胡小石《杜甫〈北征〉小笺》："盛唐诗人力破齐梁以来宫体之桎梏，扩大诗之领域，或写山水，或状田园，或咏边塞，较前此之幽闭宫闱低回恩怨者，有如出永巷而聘康庄。至杜甫兹篇，则结合时事，加入议论，撤去旧来藩篱，通诗与散文而一之，波澜壮阔，前所未见，亦当时诸家所不及，为后来古文运动家以'笔'代'文'者开其先声。后来诗人如元和中韩退之，如宋代庆历以来'宋诗'作者之欧、王诸家以至'江西诗派'，至近世如所谓'同光体'，其特征大要皆以散文入诗，其风气几无不导源于杜，亦可云自《北征》一篇开端。"（见南京大学编：《胡小石文录》（第 1 辑），南京大学出版社 1979 年版，第 96 页）

(1630—1696)《书淮海诗后》也认为"诗至杜少陵而变化极矣"（《翁山文外》卷九）。这里的"变化"正是杜甫创新精神的具体表现，这就涉及接下来的"独开生面"问题。

2. 独开生面

叶燮之所以称杜甫诗"独冠古今"，此"冠"不仅在于他能够出色地处理好"因"与"创"的关系，体现出其创新的精神，而且在创新之中还能独树一帜，别开生面，成为千古第一诗人，即有"千古诗人推杜甫"（《原诗·内篇上》）的说法。

杜甫之"集大成"不是目的，而是为了"开生面"。他在"因"与"创"的关系中，"创"的因素大于"因"，所以被叶燮称为"大变"。在中国诗歌史上能得此殊荣者并不多，而杜甫诗却能"独冠"，即为其首，并形成自己的创作风格，所以，叶燮称赞他"开生面"。

他在讲到诗家之"面目"时分出"全见""半见""不见""可见不可见"四种。他说："虽所就各有差别，而面目无不于诗见之。其中有全见者，有半见者。如陶潜、李白之诗，皆全见面目。王维，五言则面目见；七言，则面目不见。此外面目可见不可见，分数多寡，各各不同；然未有全不可见者。"（《原诗·外篇上》）并以六朝诗为例说，"陶潜澹远，灵运警秀，朓高华。各辟境界、开生面，其名句无人能道。左思、鲍照次之。思与照亦各自开生面，余子不能望其肩项。最下者潘安、沈约，几无一首一语可取"（《原诗·外篇下》），指出在六朝诗家中，陶潜、谢灵运、谢朓三位最为杰出，可以鼎立，各自开辟境界，特色鲜明，无与伦比；而左思、鲍照勉强能开生面，其余诗人就差了许多，甚至潘安、沈约无可取之处。叶燮表达了诗之"面目"与诗之优劣有关，也就是说是否"开生面"是他诗评的重要标准之一。

虽然叶燮没有直接说明杜甫诗之面目是否为"全见"，但在其论述中的确认为杜甫诗当属面目"全见者"。他说："杜甫之诗，随举其一篇，篇举其一句，无处不可见其忧国爱君，悯时伤乱，遭颠沛而不苟，处穷约而不滥，崎岖兵戈盗贼之地，而以山川景物友朋杯酒抒愤陶情：此杜甫之面目也。"（《原诗·外篇上》）他在《南游诗序》中又比较李白、杜甫，提到他们关心时事说，"观杜少陵之诗，而其人之忠爱悲悯，一饭不忘，不爽如是也"（《已畦文集》卷八）。就他的这种关心时事的诗歌作品，被晚唐阵棨《本事诗》首称为"诗史"，后来宋人胡宗愈在《成都草堂诗碑序》中也说："先生（杜甫）以诗鸣于唐，凡出处，动息劳佚，悲欢忧乐，忠愤感激，好贤恶恶，一见于诗，读之可以知世，学士大夫，谓之诗史。"[①]北宋李纲《重校

---

① 宋人胡宗愈《成都草堂诗碑序》，见《古典文学研究资料汇编·杜甫卷》，中华书局1964 年版，第 92 页。

正杜子美集序》也说:"子美之诗凡千四百三十余篇,其忠义气节,羁旅艰难,悲愤无聊,一见于诗。"①说到杜甫诗对时事的关注。可见,忧天下之忧,乐天下之乐成为杜甫诗在内容上最突出的"面目"之一。

叶燮认为,杜甫诗有"面目"是因诗中有"我",表达了我之"心声",我之"胸襟"。他说:"诗是心声,不可违心而出,亦不能违心而出。"(《原诗·外篇上》)追求功名之人,绝不可能有山林隐士的淡泊之音,而轻浮之人,必不能作敦厚博大的大雅之响。诗如其人。杜甫有其独特的"心声",有其独特的"胸襟"。他说:"古今数千百年来所传诗与文,与其人未有不同出于一者",所以李青莲之诗表达他胸怀旷达,杜少陵之诗表达他忠爱悲悯,其他如韩愈、欧阳修、苏轼等都诗文如其人。② 正如明人江盈科(1555—1605)在其《雪涛诗评》中说的"诗本性情。若系真诗,则一读其诗则其人性情入眼便见"③一样,所以叶燮说:"千古诗人推杜甫,其诗随所遇之人之境之事之物,无处不发其思君王、忧祸乱、悲时日、念友朋、吊古人、怀远道,凡欢愉、幽愁、离合、今昔之感,一一触类而起,因遇得题,因题达情,因情敷句,皆因甫有其胸襟以为基。"(《原诗·内篇上》)在论杜甫之七古《乐游园》时也说到其"开生面"。他在天宝盛世,如按常人必然是铺陈扬颂,藻丽雕缋,极其能歌功颂德,赞扬时正;而对于年少之人,不经过苦短之日,很难有身世之感。但杜甫诗则不是,它"前半即景事无多排场,忽转'年年人醉'一段,

---

① 李纲:"子美之诗凡千四百三十余篇,其忠义气节,羁旅艰难,悲愤无聊,一见于诗。句法理致,老而益精,平时读之,未见其工。追亲更兵火丧乱之后,诵其诗如出乎其时,犁然有当于人心,然后知其语之妙也。"(见李纲:《李纲全集》(下),岳麓书社 2004 年版,第 1320 页)

② 叶燮认为,诗文如其人。他说:"观李青莲之诗,而其人之胸怀旷达出尘之概,不爽如是也。观杜少陵之诗,而其人之忠爱悲悯,一饭不忘,不爽如是也。其它巨者如韩退之、欧阳永叔、苏子瞻诸人,无不文如其诗,诗如其文,诗文如其人。盖是其人,斯能为其言;为其言,斯能有其品,人品之差等不同,而诗文之差等即在握券取也。"(见《已畦文集》卷八《南游诗序》)

③ 江盈科《雪涛诗评·诗品》:"诗本性情。若系真诗,则一读其诗,而其人性情,入眼便见。大都其诗潇洒者,其人必爽快;其诗庄重者,其人必敦厚;其诗飘逸者,其人必风流;其诗流丽者,其人必疏爽;其诗枯瘠者,其人必寒涩;其诗丰腴者,其人必华赡;其诗凄怨者,其人必拂郁;其诗悲壮者,其人必磊落;其诗不羁者,其人必豪宕;其诗峻洁者,其人必清修;其诗森整者,其人必谨严。譬之桃梅李杏,望其华,便知其树。"(明人江盈科:《江盈科集》增订本,岳麓书社 2008 年版,第 704 页)薛雪《一瓢诗话》中的"爽快人诗必潇洒,敦厚人诗必庄重,倜傥人诗必飘逸,疏爽人诗必流丽,寒涩人诗必枯瘠,丰腴人诗必华赡,拂郁人诗必凄怨,磊落人诗必悲壮,豪迈人诗必不羁,清修人诗必峻洁,谨敕人诗必严整,猥鄙人诗必委靡。此天之所赋,气之所禀,非学之所至也。"重复了江盈科的说法。(《原诗·一瓢诗话·诗说晬语》,第 143 页)

悲白发、荷皇天,而终之以'独立苍茫',此其胸襟之所寄托何如也!"①面对这样的社会现实,"其意、其辞、其句,劈空而起,皆自无而有,随在取之于心。出而为情、为景、为事,人未尝言之,而自我始言之"(《原诗·内篇上》)独言其"声心",独抒其"胸襟"。明末王嗣奭《杜臆》卷一分析《自京赴奉先县咏怀》时也说:"自'杜陵布衣'起,至'放歌颇愁绝',自叙其忧君忧民之切。自'晨过骊山',至'路有冻死骨',叙当时君臣晏安独乐而不恤其民之状。婉转恳至,抑扬吞吐,反覆顿挫,曲尽其妙。后来诗人见杜以忧国忧民,往往效之,不过取办于笔舌耳。如杜之自叙,则云'穷年忧黎元,叹息肠内热'……此皆发自隐衷,他人岂能效只字?"②杜甫能创作出诗史般的"三吏""三别"③,没有少时的"穷年忧黎元,叹息肠内热"是难以想象的。

在形式上,杜甫诗也能独开生面,表现了形式的创新。叶燮说:"我一读之,甫之面目跃然于前。读其诗一日,一日与之对;读其诗终身,日日与之对也。故可慕可乐而可敬也。"(《原诗·外篇上》)这种"可慕可乐而可敬"还表现在杜甫诗的形式上的"开生面"。

叶燮肯定杜甫绝句的"另是一格"。关于杜甫七绝,他认为"杜七绝轮囷奇矫,不可名状。在杜集中,另是一格。"(《原诗·外篇下》)说杜甫绝句曲折奇异,难以言说。历来对杜甫的七律诗有多种说法,但多以批评为主,如李东阳《麓堂诗话》有"杜子美《漫兴》诸绝句,有《古竹》意,跌宕奇古,超出诗人蹊径。……盖廉夫深于乐府,当所得意,若有神助,但恃才纵笔,多率易而作,不能一一合度。"王世贞《艺苑卮言》卷四也说:"太白之七言律,子美之七言绝,皆变体,间为之可耳,不足多法也。"就是明末清初的申涵光在《说杜》中引仇兆鳌《杜诗详注》卷九评《绝句漫兴九首》时也说:"惟杜诗别是一种,能重而不能轻,有鄙俚者,有板涩者,有散漫潦倒者,虽老放不可一世,终是别派,不可效也。"另清初陶元藻《凫亭诗话》卷上也说:"盖绝句不宜用对偶,所贵摇曳有神。少陵惯为律诗,故动笔便用对偶。"明代七子代表李东阳与王世贞等复古者批评杜甫,认为其创作不合

---

① 《原诗·内篇下》:"时甫年才三十余,当开宝盛时;使今人为此,必铺陈扬颂,藻丽雕缋,无所不极;身在少年场中,功名事业,来日未苦短也,何有乎身世之感? 乃甫此诗,前半即景事无多排场,忽转'年年人醉'一段,悲白发、荷皇天,而终之以'独立苍茫',此其胸襟之所寄托何如也!"(《原诗·一瓢诗话·说诗晬语》,第17页)

② (明)王嗣奭:《杜臆》(卷之一),上海古籍出版社1983年版,第34—35页。

③ "三吏""三别":是指杜甫描写民间疾苦以及战乱中身世飘荡的苦难的两组诗,包括《新安吏》《潼关吏》《石壕吏》和《新婚别》《垂老别》《无家别》。

"规矩"当为合理,而清初之申涵光与陶元藻,前者批评杜甫绝句"终是别派",后者批评"绝句对偶",至少表现了他们对新生事物的抗拒。但叶燮则不然,他认同杜甫绝句,认为是七绝的"大变",放弃了盛唐诗人对七绝讲究构思和转折的特点,甚至讲对偶,独开生面,突破了七绝原来回旋曲折的审美特色,表现了对形式变革的支持与鼓励。叶燮虽然说绝句首推李白、王昌龄、李商隐为"空百代无其匹",①但又说"宋人大概学之。宋人七绝,大约学杜者什六七,学李商隐者什三四。"(《原诗·外篇下》)认为杜甫绝句之"面目"对宋人影响甚大。清人李重华(1682—1755)在《贞一斋诗说·谈诗杂录》云:"七绝乃唐人乐章,工者最多。……李白、王昌龄后,当以刘梦得为最,缘落笔朦胧缥缈,其来无端,其去无际故也。杜老七绝欲与诸家分道扬镳,故尔别开异径,独其情怀,最得诗人雅趣。"②回应了叶燮的说法,肯定了杜甫绝句"别开异径"之路。如果我们读杜甫绝句就会发现,原来绝句的那种朦胧缥缈以韵见长的唱叹之音,被一种亲近感所取代,给人以亲切、真率、恳挚的感觉,如见其人,如闻其声,给绝句诗送来一股清风。

杜甫在议论方面也有所作为。对于元人傅与砺(1303—1342)《诗法源流》的"唐人以诗为诗,宋人以文为诗"的说法,叶燮认为"唐人诗有议论者,杜甫是也。杜五言古,议论尤多。长篇如《赴奉先县咏怀》《北征》及《八哀》等作,何首无议论?"(《原诗·外篇下》)说宋诗以议论为主,其实唐之杜甫诗中已有大量的议论。清人杨伦(1747—1803)《杜诗镜铨》卷三有"五古,前人多以质厚清远胜,少陵出而沉郁顿挫,每多大篇,遂为诗道中另辟一门。无一语蹈袭汉魏,正深得其神理。此及《北征》,尤为集内大文章,见老杜平生大本领"。对杜甫诗"另辟一门"作了高度评价。

杜甫还能突破前人的用韵规矩。叶燮称"杜甫七言长篇,变化神妙,极惨淡经营之奇"(《原诗·外篇下》),并以文本细读的方式,详细地分析了杜甫《赠曹将军丹青引》。按七言长篇之则,此诗多处当应"转韵",但叶燮认为杜甫"章法如此,极森严,极整暇",是因为作者不拘于作诗之法,是"得之于心,应之于手,有化工而无人力"。叶燮说:"五古汉魏无转韵者;至晋以后渐多。唐时五古长篇,

---

① 《原诗·外篇下》:"七言绝句,古今推李白、王昌龄。李俊爽,王含蓄。两人辞、调、意俱不同,各有至处。李商隐七绝,寄托深而措辞婉,实可空百代无其匹也。"(《原诗·一瓢诗话·说诗晬语》,第 24 页)

② (清)王夫之等撰,丁福保辑录:《清诗话》,上海古籍出版社 1999 年版,第 925 页。

大都转韵矣；惟杜甫五古，终集无转韵者。"(《原诗·外篇下》)如韩愈也以"不转韵"为得，但叶燮分析杜甫诗《北征》，以为一转韵，便索然无味。杜甫能够根据实际用韵，表现了他敢于打破规矩的勇气。他又说："七古终篇一韵，唐初绝少；盛唐间有之；杜则十有二三；韩则十居八九。"(《原诗·外篇下》)在时风五古转韵，七古一韵之时，杜甫能根据创作的需要，反其道而行之，表现了他在用韵方面不为时风所拘束的创新态度。

对于杜甫诗的独开生面，在此借用明末王嗣奭《杜诗笺选旧序》的话来小结。他说："少陵起于诗体屡变之后，于书无所不读，于律无所不究，于古来名家无所不综，于得丧荣辱、流离险阻无所不历，而材力之雄大，又能无所不掣。故一有感会，于境无所不入，于情无所不出；而情境相傅，于才无所不伸，而于法又无所不合。发其搦管，境到、情到、兴至、力到；而由后读之，境美、情真、神骨真而皮毛亦真。至于境逢险绝，情触缤纷，纬繡相纠，榛楚结塞，他人搁指告却，少陵盘礴解衣。凡人所不能道、不敢道、不经道、甚而不屑道者，矢口而出之，而必不道人所常道。……诗之有少陵，犹圣之有夫子，可谓金声玉振，集其大成者矣。"[①]钱基博曾对杜甫也有极高的评价。他在《中国文学史》中说："独杜甫抒所欲言，意到笔随，以尽天下之情事，逢源而泛应。"又说"杜诗天挺雄豪，境界独开；叙事则气势排荡，而出以沉郁顿错，如太史公书；议论则跌宕昭彰，而抒情流涕太息，似贾太傅疏。大力控抟，奇趣洋溢。"[②]所以叶燮归纳说，杜甫"此其巧无不到、力无不举，长盛于千古不能衰、不可衰者也"(《原诗·内篇上》)。

3. 转益多师是汝师

叶燮赞扬杜甫，不仅是因其诗歌创作符合他的诗歌批评标准，而且其诗学思想也有许多相通之处。但由于杜甫多以绝句的方式论诗，主要在其被称为"开论诗绝句之端，亦后世诗话所宗"(郭绍虞《杜甫戏为六绝句集句序》)的《戏为六绝句》[③]《偶题》以及他的诸诗歌当中。杜甫论诗的表达方式很容易导致阐释的多义现象，对此，郭绍虞先生曾说到过这个问题。他说："论诗绝句，毕竟是文学批评中一种特殊体裁，它的本身有很大的局限性。……杜诗六首，意思一贯，宗

---

① 王嗣奭《杜诗笺选旧序》，见王嗣奭：《杜臆》，上海古籍出版社 1983 年版，第 1—2 页。
② 钱基博：《中国文学史》，中华书局 1993 年版，第 309、313 页。
③ 杜甫"六绝句"称"戏为"，实为"论诗六绝句"，其论诗方式对后世有影响。后世有金人元好问的《论诗三十首》就曾效仿戏为六绝；南宋戴石屏的《论诗十绝》、清代钱牧斋的《戏作绝句十六首》、王士禛的《戏仿元遗山论诗绝句三十二首》、袁枚的《仿遗山论诗三十八首》均以杜甫的"六绝句"为宗。

旨易见,但论文辞毕竟简约一些,再加上后人的穿凿,更使明者转晦,所以问题不在后者而在前者。"①郭绍虞非常清楚地说出杜甫诗论形式的局限性。虽然如此,但我们还是能够归纳出杜甫诗学思想的主要脉络,在一定程度上显示了与叶燮诗学思想相通的一面,主要表现在以下几个方面:

朱东润先生谈到杜甫诗时说道:"杜甫之诗,与当时诸家,体调皆不相合,盛唐中唐诗选,不及杜公,良以此也。然少陵语极自负,故曰:'诗是吾家事。'"②朱先生的这段表述传达了三层意思:一是杜甫诗与时尚不合;二是杜甫诗也不合盛唐中唐的选诗标准;三是杜甫对自己诗歌创作的自信,也表达他对创作的态度。而这三方面正好表现了杜甫诗歌创新的特点。

在隋唐之前的南朝诗歌创作大约经历了几个过程:先有刘宋初期的谢灵运、鲍照等反对当时盛行的玄言诗风,景物描写,色彩鲜明,用词造句,日趋精细;永明时期的谢朓、沈约等提倡"四声八病",规范了诗之音律;梁陈时期的何逊、阴铿等,诗律严谨,写物更精等三个阶段。陈子昂作为初唐古文运动的代表,为达到其古文运动的目标,对六朝文学给予否定。他在《与东方左史虬修竹书》中直言:"文章道弊,五百年矣。汉魏风骨,晋宋莫传,然而文献有可征者。仆尝暇时观齐梁间诗,彩丽竞繁,而兴寄都绝,每以咏叹。思古人常恐逶迤颓靡,风雅不作,以耿耿也。"(《陈伯玉文集》卷一)欲推倒齐梁,力追汉魏为宗旨。李白紧随其后,在其《古风》五十九首之首章曰:"大雅久不作,吾衰竟谁陈?王风委蔓草,战国多荆榛。龙虎相啖食,兵戈逮狂秦。正声何微茫,哀怨起骚人。扬马激颓波,开流荡无垠。废兴虽万变,宪章亦已沦。自从建安来,绮丽不足珍……"李白以其诗歌主张与实践,清扫六朝绮靡诗风,推进了陈子昂的诗歌革命。对此,李阳冰(约生于唐玄宗开元年间)在《草堂集序》中也指出:"卢黄门(藏用)云:'陈拾遗横制颓波,天下质文翕然一变。'至今朝诗体,尚有梁陈宫掖之风。至公大变,扫地并尽。"说到了李白"扫地并尽",这里说的正是陈子昂与李白以复古为革新的情况。陈子昂与李白以"复古"为旗号,都表现了对齐梁绮靡

---

① 郭绍虞:"论诗绝句,毕竟是文学批评中一种特殊体裁,它的本身有很大的局限性。由于是韵语,不可能像散文这般的曲折达意,于是常因比较晦涩而引起误解,此其一。又由于篇幅太短,不可能环绕一个中心问题而畅发议论,于是又不免因琐屑零星而不易掌握全篇核心,此其二。杜诗六首,意思一贯,宗旨易见,但论文辞毕竟简约一些,再加上后人的穿凿,更使明者转晦,所以问题不在后人而在前人。"(见郭绍虞:《论〈戏为六绝句〉与〈论诗三十首〉》,见郭绍虞:《宋诗话考》,复旦大学出版社 2015 年版,第 331 页)

② 朱东润:《中国文学批评史大纲》,上海古籍出版社 1983 年新版,第 83 页。

诗风的不满。但叶燮从变革的角度,似乎对六朝诗歌创作更感兴趣。

　　当六朝绮靡诗风走向极致时,诗歌创作由盛而衰。变能启盛。陈子昂与李白高举革新大旗,体现了反对绮靡诗风的时代特色。这是诗歌革新的需要。相比较而言,杜甫对待六朝诗的评价,革命性减弱了,但合理性增加了。他并不全然否定齐梁的创作,而是持吸取精华,去其糟粕的态度。在《戏诗六绝句》中表达了他的这一思想。他说:"不薄今人爱古人,清词丽句必为邻,窃攀屈宋宜方驾,恐与齐梁作后尘。"和"未及前贤更勿疑,递相祖述复先谁? 别裁伪体亲风雅,转益多师是汝师"。杜甫直接提出了"不薄今人爱古人"和"转益多师是汝师"的观点。前者指不要菲薄今人对古人的爱,这是对陈子昂与李白过分否定六朝的纠正。[①] 因为六朝诗歌也有值得我们继承的,如"清词丽句"等,因此是可以为"邻"的。后者鉴别裁定"伪体"(采用郭绍虞说法,指模拟因袭,没有生命的东西),亲近风雅。那么,"无定师"则为无所不师,即凡有价值的都可以为后人所继承。他多次提及庾信,认为庾信诗有许多值得学习的地方,如"庾信文章老更成,凌云健笔意纵横"(《戏为六绝句》其一),"庾信生平最萧瑟,暮年诗赋动江关"(《咏怀古迹》其一),"清新庾开府(庾信),"(《春日忆李白》);他也多次提及鲍照,如"赋诗何必多,往往凌鲍谢"(《遣兴五首》其五,忆孟浩然),"流传江(江淹) 鲍体"(《赠毕曜》),"俊逸鲍参军(鲍照)"(《春日忆李白》)。叶燮也对六朝诗是有许多肯定之处的,认为"六朝诸名家,各有一长,俱非全璧。"(《原诗·内篇上》)并沿用杜甫之论再提"庾信之清新""鲍照之逸俊"。[②] 虽然他有不能变通之处,但的确也影响到唐诗的发展;又说"鲍照之才,迥出侪偶,而杜甫称其'俊逸';夫'俊逸'则非建安本色矣。"(《原诗·内篇上》)认为后人无不为此"击节",正以其不袭建安。

　　以上说法都是在杜甫赠送朋友诗中出现的,并不一定都是在论六朝诗,但从中我们也可以体会到杜甫对六朝诗作中优秀元素的尊重,甚至直接表达了"李陵苏武是吾师"(杜甫《遣兴》),同时也没有一概否定如陈子昂、李白以"复古"

---

　　① 仇兆鳌解释说:"言今天人爱慕古人,取其清词丽句,而必与为邻,我亦岂敢薄之。但恐志大才庸,揣其意,窃思他仰攀屈、宋,论其文,终作齐梁后尘耳。知古人未易模仿,则知当年公未可蔑视矣。《杜臆》:'不薄'二字,另读,'今人爱古人'连续,'清词丽句'紧承爱古人。今人,指后生轻薄者。古人,指屈原、宋玉辈。"见(清)仇兆鳌:《杜诗全集》(4),时代文艺出版社 2001 年版,第 948 页。

　　② 《原诗·外篇下》:"鲍照、庾信之诗,杜甫以'清新、俊逸'归之,似能出乎类者;究之拘方以内,画于习气,而不能变通。然渐辟庸人之户牖,而启其手眼,不可谓庾不为之先也。"(《原诗·一瓢诗话·说诗晬语》,第 63 页)

为由批评六朝诗。杜甫对古人传统的态度与叶燮的思想是相通的,表达出来的精神实质也是基本一致的。①

杜甫的《偶题》诗再次表达了他的这一思想。他说:"文章千古事,得失寸心知。作者皆殊列,名声岂浪垂。骚人嗟不见,汉道盛于斯。前辈飞腾入,余波绮丽为。后贤兼旧制,历代各清规……"叶燮也说:"《三百篇》,则其根;苏李诗,则其萌芽由蘖;建安诗,则生长至于拱把;六朝诗,则有枝叶;唐诗,则枝叶垂荫;宋诗则能开花,而木之能事方毕。自宋以后之诗,不过花开而谢、花谢而复开。其节次虽层层积累,变换而出;而必不能不从根柢而生者也。"(《原诗·内篇下》)这里提出的"作者皆殊列""历代各清规"所表达的各代有各代诗人,各代有各代的"清规"的思想,正与叶燮的《三百篇》为根,苏李为由蘖,建安为拱把,六朝为枝叶,唐诗为垂荫,宋诗为开花的思想是相通的。这就可以很充分地解释,为什么杜甫诗为天下一大变,却仍然吸收传统的内容。宋人秦少游《论韩愈》时说:"昔苏武、李陵之诗长于高妙;曹植、刘公干之诗长于豪逸;陶潜、阮籍之诗长于冲淡;谢灵运、鲍照之诗长于峻洁;徐陵、庾信之诗长于藻丽。于是杜子美者,穷高妙之格,极豪逸之气,包冲淡之趣,兼峻洁之姿,备藻丽之态,而诸家之作所不及焉。然不集诸家之长,杜氏亦不能独至于斯也。岂非适当其时故耶。"(《淮海集》卷二十二)详细地分析了杜甫对六朝诗继承性的一面,这也如叶燮所说的,"汉魏之浑朴古雅,六朝之藻丽秾纤、澹远韶秀,甫诗无一不备"(《原诗·内篇上》),也就是叶燮所说的"包源流,宗正变",集古今之精华的意思。就这一点而言,杜甫的诗学思想与其创作是相一致的。

在《中国文学批评史》中,郭绍虞先生就李白与杜甫的比较中分析说:"我以为李白主张是反齐梁的,杜甫的主张,是沿袭齐梁而加以变化的。李白仗其天才,绝足奔放,所以能易古典的作风为浪漫的作风。杜甫加以学力,包罗万象,所以能善用齐梁的藻丽而无其浮靡。前者是对于齐梁作风的反抗,几欲并其艺术美的优点而亦废弃之者。后者是对于齐梁作风的演进,发挥其艺术美的优点,而补救其过度使用之缺者。前者废弃其修辞的技巧,而能自成一家的作风,

---

① 叶燮对传统是尊重的,在创新中并不忽视继承的一面。他在《原诗·内篇下》说:"不读《明》《良》击壤之歌,不知《三百篇》之工也;不读《三百篇》,不知汉魏诗之工也;不读汉魏诗,不知六朝诗之工也;不读六朝诗,不知唐诗之工也;不读唐诗,不知宋与元诗之工也。惟前者启之,而后者承之而益之;前者创之,而后者因之而广大之。"(《原诗·一瓢诗话·说诗晬语》,第33—34页)

所以显其才;后者不妨师法齐梁,而能不落于齐梁,所以显其学;显其才者,其诗犹有古法;显其学者,其诗转成创格。"①郭绍虞先生就杜甫对传统态度的把握是很准确的。

三、韩愈与苏轼的批评

叶燮首推杜甫,称他"独冠今古",千余年来能与杜甫相提并论者唯韩愈和苏轼。这就是叶燮所说的"鼎立为三"。而稍晚于叶燮的日本学者菊池桐孙(1769—1849)也有类似的表述。他认为"杜、韩、苏,诗之如来也;范、杨、陆,诗之菩萨也。"②将杜甫、韩愈、苏轼等三人诗喻为"如来",奉为创作之最高境界;而将范仲淹、杨万里、陆游等三位诗喻为"菩萨",其创作成果仅次于杜甫、韩愈、苏轼。可见,叶燮与菊池桐孙在诗评方面有异曲同工之妙。缘其故是杜、韩、苏三人的创作实践最符合他们的诗学要求。而在叶燮的批评实践中首推杜甫诗,表现在无论就叶燮表达的诗学思想,还是列举的佐证例子,以及关注程度等方面,韩诗与苏诗都远不及杜甫。但就他的以"变"为核心的批评标准,仍然在他对韩愈与苏轼批评中得以彰显。

韩愈被誉为"唐宋八大家"之首,其文气势雄伟,说理透彻,逻辑性强;其诗铺张罗列,浓彩涂抹,穷形尽相。虽然历来对韩诗评价不一,有贬之"虽健美富赡,然终不是诗"(《冷斋夜话》引沈括语),有赞扬"曲尽其妙"(欧阳修《六一诗话》),但总体而言,其诗歌多以气势雄大与天真直率著称,犹如钱锺书《谈艺录》中所说韩愈"豪侠之气未除,真率之相不掩,欲正仍奇,求厉自温,与拘谨苛细之儒曲,异品殊料"。又说"韩昌黎在北宋,可谓千秋万岁,名不寂寞者矣。欧阳永叔尊之为文宗,石徂徕列之于道统……子瞻作碑,有'百世师'之称;少游进论,发'集大成'之说"③叶燮对韩愈的评价很高,视之为诗中之"杰出者"。

苏轼是"唐宋八大家"之一。其文纵横恣肆,清新豪放,独具风格;其诗题材广阔,各体兼备,富于变化。宋人蔡絛(生卒年不详)说"东坡诗天才宏放,宜与日月争光"(《百衲诗评》);明人袁宏道在说到"宋初承晚唐习,诸公多尚昆体,靡弱不足观"时,赞扬"子瞻集其大成,前掩陶、谢,中凌李、杜,晚跨白、柳,诗之道至此

① 郭绍虞:《中国文学批评史》(上),商务印书馆2010年版,第218—219页。

② [日]菊池桐孙《五山堂诗话》,见马歌东:《日本诗话二十种》(上卷),暨南大学出版社2014年版,第226页。

③ 钱锺书:《谈艺录》,中华书局1984年版,第64、62页。

极盛。此后遂无复诗矣"(《东坡诗选·识语》)。而稍晚于叶燮的李调元(1734—1803)也曾说:"余雅不好宋诗,而独爱东坡,以其诗声如钟吕,气若江河,不失于腐,亦不流于郛。由其天分高,学力厚,故纵笔所之,无不精警动人,不特在宋无此一家手笔,即置之唐人中,亦无此一家手笔也。"①因苏轼在文与词方面贡献更为杰出,多少遮蔽了他诗歌创作的贡献。但叶燮对之评价很高,虽然没有被直接称为如韩愈的"杰出",但在柳宗元、刘禹锡、李贺、李商隐等诸"专家"之上,并无非议。叶燮对韩愈和苏轼诗之评价主要表现在以下三个方面:

1. 变能启盛

韩愈与苏轼的诗歌最为叶燮称道的是他们能"变能启盛",具有文学史的意义。就韩愈诗,叶燮在《原诗》中认为,诗歌创作从开宝到大历、贞元、元和期间,诗风沿行了一百十余年,出类拔萃者甚少,诗之极衰,此时极需有力大者"起而拨正之",或"弦而更张之"。② 当此时,有韩愈出,"使天下人之心思智慧,日腐烂埋没于陈言中,排之者比于救焚拯溺"(《原诗·内篇上》)。诗之演变,长盛而衰,需要有人站出来,为诗呼吁,希求"变而启盛"。而在叶燮眼里,韩愈就是这位"力大者"。他转风会,改变了诗之盛衰的局面。为此,叶燮又在《百家唐诗序》中说韩愈,"一人独力而起八代之衰,自是而文之格之法之体之用,分条共贯,无不以是为前后之关键也";在他的带领下,"群才竞起而变八代之盛,自是而诗之调之格之声之情,凿险出奇,无不以是为前后之关键矣";并进一步说韩愈为"起衰者,一人之力专,独立砥柱,而文之统有所归;变盛者,群才之力肆,各途深造,而诗之尚极于化"。③ 而韩愈正是唐贞元、元和间的"起衰者"。所以叶燮得出

---

① (清)李调元:《雨村诗话校正》,詹杭伦、沈时蓉校正,巴蜀书社 2006 年版,第 20 页。

② 《原诗》:"开宝之诗,一时非不盛,递至大历、贞元、元和之间,沿其影响字句者且百年,此百余年之诗,其传者已少殊尤出类之作,不传者更可知矣。必待有人焉起而拨正之,则不得不改弦而更张之,愈尝自谓'陈言之务去',想其时陈言之为祸,必有出于目不忍见、耳不堪闻者。"(《原诗·一瓢诗话·说诗晬语》,第 9 页)

③ 叶燮《百家唐诗序》云:"三代以来文运,如百谷之川流,异趣争鸣,莫可纪极;迨贞元、元和之间,有韩愈氏出,一人独力,而起八代之衰,自是而文之格、之法、之体、之用分条共贯,无不以是为前后之关键矣。三代以来诗运,如登高之日上,莫可复逾;迨至贞元、元和之间,有韩愈、柳宗元、刘长卿、钱起、白居易、元稹辈出,群才竞起,而变八代之盛。自是而诗之调、之格、之声、之情凿险出奇,无不以是为前后之关键矣。起衰者,一人之力专,独立砥柱,而文之统有所归,变盛者,群才之力肆,各途深造,而诗之尚极于化。今天下于文之起衰,人人能知而言之,于诗之变盛,则未有能知而言之者。此其故,皆因后之称诗者胸无成识,不能有所发明,遂各因其时以差别,号之曰中唐,又曰晚唐。不知此中也者,乃古今百代之中,而非有唐之所独得而称中者也。中既不知,更何知诗乎?"(《已畦文集》卷八)

"唐诗为八代以来一大变,韩愈为唐诗之一大变,其力大,其思雄,崛起特为鼻祖"(《原诗·内篇上》)的结论。他极力推崇韩诗之"大变",乃开启了诗的盛大时代,在宋代诗中起到了"变能启盛"的作用。为此,陈寅恪《论韩愈》中有"退之者,唐代文化学术史上承先启后转旧为新关捩点之人物也。其地位价值若是重要,而千年以来论退之者似尚未能窥其蕴奥"①。陈寅恪是将叶燮在文与诗层面上的"变而启盛"提升到更广阔的文化学术史上的意义,给韩愈评价更高。

就苏轼诗,清人赵翼《瓯北诗话》认为,从韩愈开始的"以文为诗",到苏轼得以发扬光大,开启新的诗风,成一代之大观。他赞扬苏轼"才思横溢,触处生春,胸书书卷繁富,又足以供其左旋左抽,无不如志。其尤不可及者,天生健笔一枝,爽如哀梨,快为并剪,有必达之隐,无难显之情"②。既指出了苏轼诗与韩愈诗之相关性,又提到苏轼诗的鲜明特征,成"一代之大观"。而就"诗变"而言,叶燮在《原诗》中说:"苏轼之诗,其境界皆开辟古今之所未有,天地万物,嬉笑怒骂,无不鼓舞于笔端,而适如其意之所欲出。此韩愈后之一大变也,而盛极矣。"(《原诗·内篇上》)他指出了苏轼诗题材广阔,嬉笑怒骂皆可入诗,随其触景生情,随意而出,肯定其为韩愈后诗之一"大变"之"盛极",而"自后或数十年而一变;或百余年而一变;或一人独自为变,或数人而共为变:皆变之小者也"(《原诗·内篇上》)。可见,苏轼诗影响到后世的百年,体现了其"变能启盛"的诗歌创作地位。叶燮在讲泰山云雾变化莫测后,特别提到苏轼的"我文如万斛源泉,随地而出。"(《原诗·内篇下》)并以之作为自己论述天地变化莫测的证据。③

2. 别开生面

韩愈、苏轼都能别开生面,体现各自独特的艺术风格。叶燮针对俗儒称韩愈诗"大变汉魏,大变盛唐,格格而不许"的说法,批评俗儒"何异居蚯蚓之穴,习闻其长鸣,听洪钟之响而怪之",认为韩愈诗能独开生面,"进则不能容于朝,退

---

① 陈寅恪《论韩愈》,原载《历史研究》1954年第2期。见陈寅恪著,陈美延编:《金明馆丛稿初编》,生活·读书·新知三联书店2001年版,第332页。

② (清)赵翼《瓯北诗话》,见郭绍虞编:《清诗话续编》,富寿荪校,上海古籍出版社1983年版,第1195页。

③ "我文如万斛源泉,随地而出"出自苏轼《自评文》中的"吾文如万斛泉源,不择地皆可出。在平地,滔滔汩汩,虽一日千里无难。及其与山石曲折,随物赋形,而不可知也。所可知者,常行于所当行,止于不可不止,如是而已矣!其他,虽吾亦不能知也"句。(见郭预衡:《唐宋八大家文集 苏轼文(下)》,人民日报出版社1997年版,第616页)

又不肯独善于野,疾恶甚严,爱才若渴",①形成了如司空图所说的"驱驾气势,若掀雷挟电,撑抉于天地之间"(司空图《题柳柳州集后序》)宏大气势。韩愈惟陈言之务去,力求奇特、新颖,甚至不避生涩、怪诞,以及语言形式的突破与变形等,在沿袭已久的诗风中扮演着"起衰者"的角色,以一人之力,独立砥柱,成为不袭古人而"转风会"的豪杰之士。如果我们读到他的五言长诗《南山》,全诗一百零二韵,长达一千余字,以其独特的连用七联叠字句和五十一个带"或"字的诗句,以赋入诗,铺写终南山的高峻,四时景象的变幻,气势长宏。读《陆浑山火一首和皇湜用其韵》诗,显现出了山火之猛烈,宏大的气魄、丰富的想象,有其诸多生新的元素。② 另如《永贞行》《送无本师归范阳》等诗中的那些求奇特,求新颖,甚至突兀怪诞也时有可见。在形式革新方面,如陆侃如、冯沅君在《中国诗史》中所说的,韩愈在诗而言,句法如"五言的诗句,大都是上二下三的,而他常有上一下四的:'三十骨骼成,一乃龙一猪'(《符读书城南》);又如七言句,他也不作上四下三,而作上三下四:'我念前人譬葑菲,落以斧,引以纆徽……人生此难余可祈,子去矣,时若发机'(《送区弘南归》)",章法如说其《南山》"这种连有或字五十个字以上,是很少见的",用韵如《病中赠张十八》《忽忽》《嗟哉董生行》等"这些完全散文化的格式"也是不多的,被沈括概括为"韩退之诗乃押韵之文耳"(胡仔《苕溪渔隐丛话》引),即在以上句法、章法、用韵等三个方面都有"不平常"的表现,也反映了在艺术形式方面独开生面。③

苏轼诗也如韩愈诗一样,也能别开生面。叶燮在《原诗》中说他"凌空如天马,游戏如飞仙","好善而乐与,嬉笑怒骂"的生面目,④肯定苏轼诗歌的独特风

---

① 《原诗·外篇上》说"韩诗无一字犹人,如太华削成,不可攀跻。若俗儒论之,摘其杜撰,十且五六,辄摇唇鼓舌矣。"(《原诗·一瓢诗话·说诗晬语》,第51页)称赞"一篇一句,无处不可见其骨相棱嶒,俯视一切:进则不能容于朝,退又不肯独善于野,疾恶甚严,爱才若渴:此韩愈之面目也。"(《原诗·一瓢诗话·说诗晬语》,第50页)

② 韩愈《陆浑山火一首和皇湜用其韵》有:"山狂谷很相吐吞,风怒不休何轩轩。摆磨出火以自燔,有声夜中惊莫原。天跳地踔颠乾坤,赫赫上照穷崖垠。截然高周烧四垣,神焦鬼烂无逃门。三光弛隳不复暾,虎熊麋猪逮猴猿。水龙鼍龟鱼与鼋,鸦鸱雕鹰雉鹄鹍,燖炰煨爊孰飞奔……"(卞孝萱、张清华编选:《韩愈集》,凤凰出版社2016年版,第54页)

③ 陆侃如、冯沅君:《中国诗史》,人民文学出版社1983年版,第482—483页。

④ 《原诗·外篇上》:"苏诗包罗万象,鄙谚小说,无不可用。譬之铜铁铅锡,一经其陶铸,皆成精金"(《原诗·一瓢诗话·说诗晬语》,第51页)"举苏轼之一篇一句,无处不可见其凌空如天马,游戏如飞仙,风流儒雅,无入不得,好善而乐与,嬉笑怒骂,四时之气皆备:此苏轼之面目也。"(《原诗·一瓢诗话·说诗晬语》,第50页)

格。苏轼在其《答张文潜书》一文中曾说:"文字之衰,未有如今日者也。其源实出于王氏。王氏之文,未必不善也,而患在于好使人同己。自孔子不能使人同,颜渊之仁,子路之勇,不能够相移。而王氏欲以其学同天下!地之美者,同于生物,不同于所生。惟荒瘠斥卤之地,弥望皆黄茅白苇,此则王氏之同也。"①这里的"王氏"当指王安石。至于王安石是否真有"使人同己"倾向还须另当别论,但他抹杀诗人创作的独特性这一点是不被苏轼看好的。苏轼又说:"吾书虽不甚佳,然自出新意,不践古人,是一快也。"②此"不甚佳"当属谦词,而"自出新意,不践古人"倒是他的一贯主张与追求。苏轼的诗歌创作也表现出这样的特色,是一位既能广泛汲取前人之长,又能在多方面开拓新路的诗人。他的诗题材广阔,几乎无所不包,各体兼备,尤擅七言古体和律绝,风格也富于变化。正如钱谦益《读苏长公文》中评他的文一般,"吾读子瞻《司马温公行状》《富郑公神道碑》之类,平铺直叙,如万斛水银,随地涌出,以为古今未有此体,茫然不得其涯涘也。晚读《华严经》,称性而谈,浩如烟海,无所不为,无所不尽,乃喟然而叹曰:'子瞻之文,其有得于此乎!'"(《牧斋初学记》卷八十三)可见,苏轼的确有其自开生面的贡献。

韩愈与苏轼能够"变能启正""独开生面",成绩斐然。他们都主张创新,反对蹈袭。韩愈在《答刘正夫书》中说:"夫百物朝夕所见者,人皆不注视也;及睹其异者,则共观而言之。夫文岂异于是乎?汉朝人莫不能文,独司马相如、太史公、刘向、扬雄为之最。然则用功深得,其收名也远。若皆与世沉浮,不自树立,虽不为当时所怪,亦必无后世之传也。"③可见,韩愈追求的不为当时认同,有着不与世沉浮的"求变""求新"的自觉。叶燮曾说:"诗之亡也,亡于好名","诗之亡也,又亡于好利"(《原诗·外篇上》)。显然,韩愈既不为名,也不为利。赵翼《瓯北诗话》卷三也提到韩愈诗歌奇崛风格时说:"韩昌黎生平所心摹力追者,唯李

---

① 张文治编:《国学沼要·集部·子部》,北京理工大学出版社 2014 年版,第 1461 页。另朱东润说:"'好使人同'此为王安石之深病,无间论政论文,莫不皆然。"认同苏轼对王安石这一批评。(见朱东润:《中国文学批评史大纲》,上海古籍出版社 1983 年新版,第 113 页)

② 《东坡题跋》卷上《评草书》:"书初无意于佳乃佳尔。草书虽是积学乃成,然要是出于欲速。古人云'匆匆不及草书',此语非是,若匆匆不及,乃是平时亦有意于学。此弊之极,遂至于周越仲翼无足怪也。吾书虽不甚佳,然自出新意,不践古人,是一快也。"(见北京大学哲学系美学教研室编:《中国美学史资料选编》下,中华书局 1981 年版,第 41 页)

③ (唐)韩愈:《昌黎先生集》(卷 18),四部备要本。见北京大学哲学系美学教研室编:《中国美学史资料选编》(上),中华书局 1980 年版,第 290 页。

杜二公。顾李杜之前,未有李杜,故二公才气横恣,各开生面,遂独有千古。至昌黎时,李杜已在前,纵极力变化,终不能再辟一径,唯少陵奇险处尚有可推扩,故一眼觑定,欲从此辟山开道,自成一家。"①在赵翼看来,韩愈学习李白与杜甫,特别是从杜甫诗中见出"奇险处",尚有进一步拓展的空间,并由此入手,从此处开道,自成一家。他从诗的发展与创新的角度赞扬了韩愈诗。

苏轼也是一个全才文人,其诗、文、词的创作都有着文学史的价值。对此,晚清词人陈廷焯在《白雨斋词话》卷七中说:"人知东坡古诗古文,卓绝百代,不知东坡之词,尤出诗文之右";黄庭坚称其"文章妙天下"(《山谷论书》),且得到统治者的认同,有"神宗尤爱其文,宫中读之,膳进忘食,称为天下奇才。"(《宋史·东坡先生传》)的记载。苏轼诗成果卓著,创新引路,为世人称道。宋人蔡絛(生卒年不详)《百衲诗评》也说:"苏坡诗,天才宏放,宜与日月争光。凡古人所不到处,发明殆尽,万斛泉源,未为过也。"②现代学者胡云翼也说:"没有欧阳修,决不能廓清西昆体的残余势力;没有苏轼,决不能造成宋诗的新生命",说他"开辟宋诗的新园地,不让它永远依附唐人篱下,这便是苏轼唯一值得讴歌的伟大处所。"③这里的"唯一"并不是说苏轼除此之外无其他建树,而只是突出强调苏轼对宋诗发展的贡献。所以苏轼研究专家王水照说苏东坡"作为我国文化史上一位罕见的全才,人类知识和才华发展到某方面极限的化身"④,评价甚高。

在叶燮看来,韩愈、苏轼之所以能独开生面,一是他们有才有力。他说到韩愈、苏轼,认为他们"天地万物皆递开辟于其笔端,无有不可举,无有不能胜,前不必有所承,后不必有所继,而各有其愉快。如是之才,必有其力以载之。惟力大而才能坚,故至坚而不可摧也"(《原诗·内篇下》),又说"其才力能与甫抗衡,鼎立为三。"(《原诗·外篇上》)。指出他们有其"才",也有其"力"。当然,我们读韩愈、苏轼文与诗时,更能见出他们的"识"与"胆"。叶燮认为:"欲成一家言,断宜奋其力矣。夫内得之于识而出之而为才;惟胆以张其才;惟力以克荷之。"(《原诗·内篇下》)而韩愈、苏轼皆具备"识""力""才""胆",一旦被现实生活触动,其思想、情感、词汇、句子等"劈空而起"。他们不是力弱者,"精疲于中,形战于外,将

---

① (清)赵翼著,江守义、李成玉校注:《瓯北诗话》,人民文学出版社 2013 年版,第80 页。
② (宋)胡仔:《苕溪渔隐丛话》后集(卷三十三),人民文学出版社 1962 年版,第 257 页。
③ 胡云翼:《宋诗研究》,巴蜀书社 1993 年版,第 46、47 页。
④ 王水照、崔铭:《苏轼传》,天津人民出版社 2013 年版,第 436 页。

裹足而不前",在创作中步寻求依傍;而是力强者,"神旺而气足,径往直前,不待有所攀援假借,奋然投足,反趋弱者扶掖之前"①。所以他们境必能造,有造必能成。

3. 志士之诗人

韩愈与苏轼皆为志士之诗人,其诗当为"志士之诗"。② 诗是言其志的。在叶燮看来,人"志高则其言洁,志大则其辞弘,志远则其旨永。如是者,其诗必传,正不必斤斤争工拙于一字一句之间"(《原诗·外篇上》)。又云:"苟无志,则无适而不自安于卑下,何郁勃不平之有? 惟有志者,其胸中之所寄托于身世阅历,凡得失、愉戚之境必,不与庸众人同。"(《蓼斋诗草序》)可见,"志士之诗"即是"处

---

① 《原诗·内篇下》认为,力弱者,"精疲于中,形战于外,将裹足而不前,又必不可已而进焉。于是步步有所凭借,以为依傍:或藉人之推之挽之,或手有所持而扪、或足有所缘而践",而是力强者,"神旺而气足,径往直前,不待有所攀援假借,奋然投足,反趋弱者扶掖之前。此直以神行而形随之,岂待外求而能者! 故有境必能造,有造必能成。吾故曰:立言者,无力则不能自成一家"。(《原诗·一瓢诗话·说诗晬语》,第 27 页)

② 叶燮把诗人分为"才人之诗"与"志士之诗"。他在《密游集序》中说:"古今有才人之诗,有志士之诗。事雕绘,工镂刻,以驰骋乎风花月露之场,不必择人择境而能为之,随乎其人与境而无不可以为之,而极乎谐声状物之能事,此才人之诗也。处乎其常而备天地四时之气,历乎其变而深古今身世之怀,必其人而后能为之,必遭其境而后能出之,即其片语只字,能令人永怀三叹而不能置者,此志士之诗也。才人之诗,可以作,亦可以无作;志士之诗,即欲不作,而必不能不作。才人之诗,虽履丰席厚,而时或不传;志士之诗,愈贫贱忧戚,而决无不传。才人之诗古今不可指数;志士之诗,虽代不乏人,然推其至如晋之陶潜、唐之杜甫、韩愈、宋之苏轼,为能造极乎其诗,实其能造极乎其志。盖其本乎性之高明以为其质,历乎事之常变以坚其学,遭乎境之坎壈郁怫以老其识,而后以无所不可之才出之。此固非号称才人之所可得而几,如是乃为传诗,即为传人矣。"(《已畦文集》卷八)稍后的张际亮(1799—1843,字亨甫,福建建宁人)又将诗分为"志士之诗""学人之诗""才人之诗"。他在《答潘彦辅书》中说:"汉以下诗,可得而区别之者,约有三焉:曰志士之诗也,学人之诗也,才人之诗也。模范山水、觞咏花月,刻画虫鸟,陶写丝竹,其辞文,而其旨未必深也;其意豪,而其心未必广也;其性往复,而其性未必厚也,此谓才人之诗也。其辞未必尽文,而其旨远于鄙倍;其意未必尽豪,而其心和平;其情未必尽往复,而其性笃于忠爱;其境不越乎山水花月虫鸟丝竹,而读其诗,使人若遇之于物外者,此所谓学人之诗也。若夫志士,思乾坤之变,知古今之宜,观万物之理,备四时之气,其心未尝一日忘天下,而其身不能信于用也;其情未尝一日忤天下,而其遇不能安而处也。其幽忧隐忍,慷慨俯仰,发为咏歌,若自嘲自悼,又若自慰,而千百世后读之者,亦若在其身,同其遇,而凄然太息,怅然流涕也。盖惟其不欲为诗人,故其诗独工,而其传亦独盛。如曹子建、阮嗣宗、陶渊明、李太白、杜子美、韩退之、苏子瞻,其生平亦尝仕宦,而其不得志于世,固皆然也。此其诗皆志士之类也。令即不能为志士所为,固当为学人,次亦为才人。"(见黄霖、蒋凡主编:《新编中国历代文论选(晚清卷)》,上海教育出版社 2008年版,第 10—11 页)提出"志士"为上,"学人"为中,"才人"为下的观点。

乎其常而备天地四时之气,历乎其变而深古今身世之怀,必其人而后能为之,必遭其境而后能出之,即其片言只字,能令人永怀三叹而不能置者"（《密游集序》）；对于诗人,都是先有其"志",后"能造极乎诗"。有其"志",便"本乎性之高明以为其质,历乎事之常变以坚其学,遭乎境之坎壈郁怫以老其识,而后以无所不可之才出之"（《密游集序》）。叶燮主张文与诗如其人。他说："韩退之、欧阳永叔、苏子瞻诸人,无不文如其诗,诗如其文,诗与文如其人。盖是其人斯能为其言；为其言斯能有其品；人品之差等不同,而诗文之差等即在,可握券取也。"（《南游集序》）王国维《文学小言》第六则也说："三代以下之诗人,无过于屈子、渊明、子美、子瞻者。此四子者,若无文学之天才,其人格亦自足千古。故无高尚伟大之人格,而有高尚伟大之文章者,殆未之有也。"虽然没有提到韩愈,但他当属此类也是不奇怪的。

其实,在中国诗歌史上为叶燮称道的诗人还是很多的,只是他特别推崇杜甫、韩愈和苏轼。如果以创新的标准看,他提及的晋、唐两代诗人还是很多的,在不同层面给予了肯定。叶燮一口气把他所赞扬的诗人全列了出来。但从中我们也可以看出,最能让他心动的还是杜甫、韩愈和苏轼三人。叶燮对诗人评价要求颇高,他说："吾尝观古之才人,合诗与文而论之,如左邱明、司马迁、贾谊、李白、杜甫、韩愈、苏轼之徒,天地万物皆递开辟于其笔端,无有不可举,无有不能胜,前不必有所承,后不必有所继,而各有其愉快。如是之才,必有其力以载之。惟力大而才能坚,故至坚而不可摧也。历千百代而不朽者以此。"（《原诗·内篇下》）在叶燮看来,"作诗者在抒写性情",而"作诗有性情必有面目",由此他特别对杜甫、韩愈、苏轼等三人的特色作了概述,且肯定其"生面目"。"生"者突出其创新,"面目"突出其风格。而此三人的诗歌创作又是有一定相关性的。李东阳《怀麓堂诗话》卷一曾说："汉魏以前,诗格简古,世间一切细事长语,皆著不得。其势必久而渐穷,赖杜诗一出,乃稍为开扩,庶几可尽天下之情事。韩一衍之,苏再衍之,于是情与事,无不可尽。而其为格,亦渐粗矣。"[1]提出对杜甫诗,"韩一衍之,苏再衍之",指出了他们之间的继承性。叶燮说："韩诗用旧事而间以己意易以新字者、苏诗常一句中用两事三事者；非骋博也,力大故无所不举。然此皆本于杜。细览杜诗,知非韩苏创为之也。"（《原诗·外篇上》）他们三人之所以得到叶燮的青睐,因为既符合叶燮对诗之本的看法,又能够引导诗歌由"衰"而"盛",

---

[1]　丁福保辑：《历代诗话续编》（下卷）,中华书局 1983 年版,第 1386 页。

呈现出诗歌创作上难以企及的三个高峰。日本学者长野丰山(1783—1837)在其《松阴快谈》卷三也提出:"子美五七言古诗,惟韩文公善学之,至于五七律,未知属谁也。后人之诗不及子美,犹后人之文不及退之也。前无古人,后无来者,惟二公足以当之矣。"①周振甫在为钱基博《中国文学史》1993 年版所写后记中讲到此著作之价值时,说到先生在讲到杜甫诗风格时认为"韩愈、黄庭坚得其拗怒,白居易、苏轼得其疏宕",即韩愈继承了杜甫的"拗怒",苏轼继承了杜甫的"疏宕",也提及了他们间的继承关系。也就是说,叶燮喜欢这一路数。

杜甫、韩愈、苏轼,此三位诗人的确在中国诗歌史上留下重彩。正如蒋寅所说:"杜甫承先启后,不仅集前代之大成,更开后世无数法门;韩愈惩于大历以来的成熟,一变以生新奇畀,遂发宋诗之端;苏东坡则尽破前人藩篱,开辟古今未有的境界,而天地万物之理事情从此发挥无余。"②的确如此!

① 马歌东:《日本诗话二十种》(下卷),暨南大学出版社 2014 年版,第 24 页。
② 蒋寅:《原诗笺注》,上海古籍出版社 2014 年版,第 78 页。

结　语

对待过去,恩斯特·卡西尔曾有一段非常精彩的表述。他说:"历史学不可能预告未来的事件,它只能解释过去。但是人类生活乃是一个有机体,在它之中所有的成分都是互相包含互相解释的。因此对过去新的理解同时也就给予我们对未来的新的展望。而这种展望反过来成了推动理智的生活和社会生活的一种动力。……历史知识是对确定的问题的回答,这个回答必须是由过去给予的;但是这些问题本身则是由现在——由我们现在的理智兴趣和现在的道德和社会需要——所提出和支配的。"①这里,卡西尔表达了三层意思:第一,人类的生活是一个有机的整体,它的过去、现在和未来是相通的;第二,对于过去的提问与回答,是因为"现在的理智""现在的道德"和"社会需要",它的立足点是"现在";第三,对过去"新的理解"是对未来新的展望,是推动"理智的生活"和"社会生活"的动力,充分肯定了对过去"新理解"的当代意义。从这样的理解出发,对于前人留下的文化遗产的研究,他们的具体思想固然非常重要,但是,终极目的并不仅仅在于追求古人说什么或怎么说,而是为了满足现在的需要。

清代是中国文化的集大成时期,也是传统诗学的集大成时期。清初诗论家叶燮的理论著作《原诗》无疑也具有了这样的特征。它不仅以其理论性与系统性可与中国诗学史上最杰出的《文心雕龙》相媲美,而且以它的集大成性在中国诗学中占有非常重要的地位。② 他创造性地在传统的诗学概念中注入了新的内容,赋予了它以新的意义。叶燮的这种勇于挑战,勇于跨越与创新的精神,不仅

---

① 　[德]恩斯特·卡西尔:《人论》,甘阳译,上海译文出版社1985年版,第226页。

② 　在朱东润先生的《中国文学批评史大纲》中,无论是对叶燮介绍的篇幅,还是对他诗学思想的评价,都不在袁宏道、黄宗羲、王夫之、王士禛之下。在后来的各种版本的文学批评史中,叶燮同样占据着非常重要的地位。二十一世纪初,由蒋述卓等编撰的《二十世纪中国古代文论学术研究史》(北京大学出版社2005年版)中,其中,下编的"二十世纪中国古代文论专题研究回顾"中,特别把叶燮的诗学思想研究作专章介绍,并与孔子、庄子、苏轼、王夫之、金圣叹、李渔和王国维等并列。这里也可以看出二十世纪理论界对叶燮诗学思想的关注。

是我们面对传统文论所需要的,也是我们面对西方文学理论的冲击所需要的。因此,本课题分析他在诗学的基本问题上如何挑战传统、跨越传统固然重要,但更为重要的是他在挑战与跨越中呈现出来的创造性精神,无疑也是中国传统诗学精神的主要内容,是我们面对过去,正视现实与展望未来迫切需要的,是我们当下理智地认识诗学的动力。由此也使叶燮的思想具有了当代意义,具体表现在以下三个方面:

第一,在西方强势话语和重建当代文艺学的背景下,如何面对传统的理论资源,是当今理论界面临的一个重大课题。在全球经济一体化过程中,我们已经无法回避中外文学理论思想之间的交流、融通和对话的事实。但是,每一个民族的诗学思想自然孕育于自身的文化土壤之中,有其内在的演变理路,离开本土,便无法成活。移植只能跟在别人后面,不仅无法对话,甚至有失去对话主体的危险。走向世界并不意味着要抛弃民族的本土资源,移植或追逐西方话语,而是要立足自身,扎根于自生的土壤,发出自己的声音。在与世界对话的同时,我们也进行着传统内部的古今对话。我们不能躺在祖先那里盲目自大,而要站在当今的立场,去挖掘或激活传统诗学中的生命力元素,将之作为阐释当代各种文艺现象的有效资源。今天,我们站在"古今""中外"的交叉点上,既要与古人对话,也要与世界对话,那么,我们应该怎样面对? 叶燮《原诗》对传统诗学思想的创造性阐释,为今天的对话做出了榜样。他不拘泥既有,敢于挑战与超越,正是我们当下既要面对传统,又要面对世界所应该持有的态度,也是当今面对各种新的文学现象,建设文艺学应当持有的立场。只有这样,我们才能使民族传统与外来精神在当今语境下真正复活。

第二,我们生活于传统之中,自己也成为传统的一部分,那么,我们又应该如何面对传统? 叶燮的诗学思想为我们作出了榜样:那就是既要在传统之中,也要在传统之外。所谓在传统之中,是说我们的思想本身就萌芽与生长在传统当中,无法摆脱它的影响。传统不仅附于我们的躯体之上,而且已融入我们的灵魂之中。所谓在传统之外,是说我们不能拘泥于传统的约束,而是要突破,要发展,让新的元素融入其中,使它能够自我增值,自我调节,永远处于鲜活的、开放的状态。传统是活的,是流动的能指。叶燮对诗学的诸多问题的创造性阐释,正是将传统与"非传统"交织起来,使"非传统"渐渐地融入既有的传统之中,成为新传统的有机组成部分,使它从凝固走向鲜活。这是我们对既有传统应该持有的态度。叶燮对传统诗学超越的那部分思想,如今已成为传统诗学的一部分。这一事实告诉我们,要使传统永远保持活力,具有当代的意义,比继承更重要的是超越!

第三,阐释叶燮诗学思想,分析与解读他具体的观点固然重要,但这并不是唯一目的,而是要通过阐释,进一步引申与发挥,挖掘诗学中潜在的可能性内涵,拓展古代文论研究的空间,激活其中的生命力元素。本课题以叶燮在传统诗学思想中解读出来的思想,或者更准确地说,是本书在多个"文化场域",即在与中国各不同历史时期的对话中,激活在传统中已经"凝固"的东西,使之在新的历史语境中重新释放能量,为当今阐释各种文学现象,建设新时代文艺学提供精神资源。除此之外,叶燮在阐释传统正变思想、诗法思想、陈熟生新思想中鼓励创作的自由精神,剖析传统与现代的"相济"所表现的原创性,也是中国古典文论留给后人宝贵的精神财富。无论是阐释当今的各种文学现象,还是建设具有中国特色的文艺学,原创性精神都将是文艺学发展的核心动力之一。我们需要这种原创性精神——特别在今天!

参考文献

【兹分为专著、期刊、学位论文三大类】

一、著作

（一）叶燮著作

叶　燮：《原诗》、《叶燮传》（清史列传卷七十）、《原诗叙》（林云铭）、《原诗叙》（沈珩）、《原诗跋》（沈枺德）均见《原诗·一瓢诗话·说诗晬语》，人民文学出版社 1979 年版

叶　燮：《已畦文集》《汪文摘谬》，见《丛书集成续编》第 124 卷

（二）研究叶燮思想著作

丁履譔：《叶燮的人格与风格》，台湾成文出版社，1978 年

蒋　凡：《叶燮和〈原诗〉》，上海古籍出版社 1985 年版

吕智敏：《诗源·诗美·诗法探幽——〈原诗〉评释》，书目文献出版社 1990 年版

杨　晖：《古代诗路之辩——〈原诗〉和正变研究》，广西师范大学出版社 2008 年版

葛惠玮：《〈原诗〉与〈一瓢诗话〉之比较研究》，花木兰文化出版社 2008 年出版

孙之梅、周芳批注：《原诗·说诗晬语》，凤凰出版社 2010 年版

李兴宁：《叶燮诗论〈正变〉观念之研究》，花木兰文化出版社 2013 年版

蒋　寅：《原诗笺注》，上海古籍出版社 2014 年版

（三）思想史、美学史、文学批评史著作

冯　契：《中国哲学范畴集》，人民出版社 1985 年版

方　克：《中国辩证法思想史》，人民出版社 1985 年版

张岱年：《中国古典哲学概念范畴要论》，中国社会科学出版社 1989 年版

王　茂:《清代哲学》,安徽人民出版社 1992 年版

张立文:《中国哲学范畴发展史·天道篇》,中国人民大学出版社 1995 年版

梁启超:《清代学术概论》,东方出版社 1996 年版

冯友兰:《中国哲学史》,华东师范大学出版社 2000 年版

葛兆光:《中国思想史》,复旦大学出版社 2001 年版

梁启超:《中国近三百年学术史》,天津古籍出版社 2003 年版

钱　穆:《中国学术思想史论丛》,安徽教育出版社 2004 年版

张岱年:《中国哲学大纲》,江苏教育出版社 2005 年版

叶　朗:《中国美学史大纲》,上海人民出版社 1985 年版

敏　泽:《中国美学思想史》,中国社会科学出版社 2007 年版

朱志荣主编:《中国审美意识通史》,人民出版社 2017 年版

郭绍虞:《中国文学批评史》(上册),商务印书馆 1950 年版

罗根泽:《中国文学批评史》,中华书局 1962 年版

杨鸿烈:《中国诗学大纲》,台湾商务印书馆 1976 年版

敏　泽:《中国文学理论批评史》,人民文学出版社 1981 年版

朱东润:《中国文学批评史大纲》,上海古籍出版社 1983 年版

陆侃如、冯沅君:《中国诗史》,人民文学出版社 1983 年版

王运熙等:《中国文学批评史》,上海古籍出版社 1985 年版

吴宏一:《清代诗学初探(修订本)》,台湾学生书局 1987 年再版

杨松年:《中国文学批评论集》,文史哲出版社 1989 年版

邬国平等:《清代文学批评史》,上海古籍出版社 1995 年版

陈运良:《中国诗学批评史》,江西人民出版社 1995 年版

萧华荣:《中国诗学思想》,华东师范大学出版社 1996 年版

刘师培:《中国中古文学史》,上海古籍出版社 2006 年版

李建中:《中国文学批评史》,北京大学出版社 2009 年版

郭绍虞:《中国文学批评史》,商务印书馆 2010 年版

严迪昌:《清诗史》,浙江古籍出版社 2002 年版

蒋　寅:《清代诗学史》(第一卷),中国社会科学出版社 2012 年版

（四）哲学、文学理论类著作

郭庆藩:《庄子集释》,中华书局 1961 年版

李　贽:《焚书》,中华书局 1974 年版

朱谦之:《老子校释》,中华书局 1984 年版

朱　熹:《孟子集注》,上海古籍出版社 1987 年版

朱　熹:《周易本义》,上海古籍出版社 1987 年版

王夫之:《船山全书》,岳麓书社 1996 年出版

钟　嵘:《诗品》,人民文学出版社 1958 年版

钱谦益:《列朝诗集小传》,上海古籍出版社 1959 年版

徐师曾:《文体明辨序说》,人民文学出版社 1962 年版

吴　讷:《文章辩体序说》,人民文学出版社 1962 年版

胡应麟:《诗薮》,上海古籍出版社 1979 年版

郭绍虞:《中国历代文论选》,上海古籍出版社 1980 年版

吴宏一:《清代文学文学批评资料汇编》(上下),成文出版社有限公司 1980
年版

郑天挺主编:《明清史资料》,天津人民出版社 1980 年版

何文焕:《历代诗话》,中华书局 1981 年版

高　棅:《唐诗品汇》,上海古籍出版社 1982 年版

袁　枚:《随园诗话》,人民文学出版社 1982 年版

丁福保:《历代诗话续编》,中华书局 1983 年版

严羽著、郭绍虞校释:《沧浪诗话校释》,人民文学出版社 1983 年版

郭绍虞:《清诗话续编》,上海古籍出版社 1983 年版

刘　勰:《文心雕龙》,中华书局 1986 年版

王夫之:《清诗话》,上海古籍出版社 1987 年版

许学夷:《诗源辩体》,人民文学出版社 1987 年版

吴宏一:《清代文学批评论集》,联经出版公司 1998 年版

何景明:《何大复集》,中州古籍出版社 1989 年版

吴伟业:《吴梅村全集》,上海古籍出版社 1990 年版

李　渔:《李渔全集》,浙江古籍出版社 1991 年版

王世贞:《艺苑卮言校注》,齐鲁书书社 1992 年版

叶绍袁等:《午梦堂集》,中华书局 1998 年版

蔡景康:《明代文论选》,人民文学出版社 1999 年版

王镇远:《清代文论选》,人民文学出版社 1999 年版

黄　霖:《新编中国历代文论选(晚清卷)》,上海教育出版社 2008 年版

刘大櫆:《刘大櫆集》,上海古籍出版社 2008 年版

沈德潜:《清诗别裁集》,上海古籍出版社 2013 年版

(五)文学批评类著作

朱东润:《中国文学论集》,中华书局 1983 年版

钱锺书:《谈艺录》,中华书局 1984 年版

王运熙:《中国古代文论管窥》,齐鲁书社 1987 年版

张国光:《竟陵派与晚明文学革新思潮》,武汉大学出版社 1987 年版

余英时:《士与中国文化》,上海人民出版社 1987 年版

陈祖武:《清初学术思辨录》,中国社会科学出版社 1992 年版

徐中玉主编:《通变编》,中国社会科学出版社 1992 年版

陈良运:《中国诗学体系论》,中国社会科学出版社 1992 年版

王仪俊:《清代学术与文化》,辽宁教育出版社 1993 年版

冯天瑜:《中华元典精神》,上海人民出版社 1994 年版

赵　园:《明清之际士大夫研究》,北京大学出版社 1999 年版

张　健:《清代诗学研究》,北京大学出版社 1999 年版

左东岭:《王学与中晚明士人心态》,人民文学出版社 2000 年版

陈文新:《明代诗学》,湖南人民出版社 2000 年版

张伯伟:《中国古代文学批评方法论》,中华书局 2002 年版

陈平原:《晚明文学思潮研究》,湖北教育出版社 2002 年版

蒋　寅:《古典诗学的现代诠释》,中华书局 2003 年版

何宗美:《明末清初文人结社研究》,南开大学出版社 2003 年版

王元化:《文心雕龙讲疏》,广西师范大学出版社 2004 年版

黄　侃:《文心雕龙札记》,中国人民大学出版社 2004 年版

王运熙:《中古文论要义十讲》,复旦大学出版社 2004 年版

邓新华:《中国传统文论的现代观照》,巴蜀书社 2004 年版

张文立:《中国学术通史》,人民出版社 2004 年版

王汎森:《晚明清初思想十论》,复旦大学出版社 2004 年版

蒋述卓:《二十世纪中国古代文论学术研究史》,北京大学出版社 2005 年版

黄卓越:《明中后期文学思想研究》,北京大学出版社 2005 年版

郭英德：《明清文学史演讲录》，广西师范大学出版社 2005 年版

李春青：《诗与意识形态》，北京大学出版社 2005 年版

詹福瑞：《中古文学理论范畴》，中华书局 2005 年版

谢国桢：《明末清初的学风》，上海书店出版社 2006 年版

蒋　寅：《清代文学论稿》，凤凰出版社 2009 年版

（六）其它

阮葵生：《茶余客话》，中华书局 1959 年版

方以智：《东西均》，中华书局 1962 年版

沈德符：《万历野获编》，中华书局 1980 年版

张　瀚：《松窗梦语》，中华书局 1985 年版

顾起元：《客座赘语》，中华书局 1987 年版

谢正光编著：《明遗民传记索引》，上海古籍出版社 1992 年版

谢肇淛：《五杂俎》，中华书局 1996 年版

张　岱：《陶庵梦忆》，上海古籍出版社 2001 年版

（七）国外理论著作（以国别首字笔划为序）

［日］铃木虎雄：《李卓吾年谱》，朱维之译，《福建文化》3 卷第 18 期，1935 年

［日］遍照金刚：《文境秘府论》，王利器校注，中国社会科学出版社 1983 年版

［日］岛田虔次：《朱子学与阳明学》，蒋国保译，陕西师范大学出版社 1986 年版

［日］青木正儿：《清代文学评论史》，杨铁婴译，中国社会科学出版社 1988 年版。

［日］铃木虎雄：《中国诗论史》，许总译，广西人民出版社 1989 年版

［日］沟口雄三：《中国前近代思想的演变》，索介然、龚颖译，中华书局 1997 年出版

［日］吉川幸次郎：《中国诗史》，章培恒等译，复旦大学出版社 2001 年出版

［英］德华·霍利特·卡尔：《历史是什么》，吴存柱译，商务印书馆 1981 年版

［英］特里·伊格尔顿：《二十世纪西方文学理论》，伍晓明译，陕西师范大学出版社 1987 年版

［英］斯特凡·柯里尼编：《诠释与过度诠释》，王宇根译，生活·读书·新知

三联书店 2005 年版

[英]乔安妮·恩特维斯特尔:《时髦的身体》,郜元宝等译,广西师范大学出版社 2005 年版

[法]伊波利特·阿道尔夫·丹纳:《艺术哲学》,傅雷译,安徽文艺出版社 1998 年版

[美]韦勒克、沃伦:《文学理论》,刘象愚等译,生活·读书·新知三联书店 1984 年版

[美]霍埃:《批评的循环》,兰金仁译,辽宁人民出版社 1987 年版

[美]柯文:《在中国发现历史—中国中心观在美国的兴起》,林全奇译,商务印书馆 1989 年版

[美]爱德华·希尔斯:《论传统》,傅铿、吕乐译,上海人民出版社 1991 年版

[美]埃尔曼·塞维斯:《文化进化论》,黄宝玮等译,华夏出版社 1991 年版

[美]赫施:《解释的有效性》,王才勇译,生活·读书·新知三联书店 1991 年版

[美]克力福德·格尔兹:《文化的解释》,韩莉译,译林出版社 1999 年版

[美]费正清:《中国:传统与变迁》,张沛译,世界知识出版社 2002 年版

[美]宇文所安:《中国文论:英译与评论》,王柏华、陶庆梅译,上海科学出版社 2003 年版

[美]魏斐德:《洪业:清朝开国史》,陈苏镇译,江苏人民出版社 2003 年版

[美]列奥·斯特劳斯:《自然权利与历史》,彭刚译,生活·读书·新知三联书店 2003 年版

[美]梯利著,伍德增补:《西方哲学史》,葛力译,商务印书馆 2004 年版

[荷]高罗佩:《秘戏图考》,杨权译,广东人民出版社 2005 年版

[意]马可·波罗:《马可·波罗游记》,陈开俊等译,福建科学技术出版社 1981 年版

[德]马克思、恩格斯:《马克思恩格斯选集》,中共中央编译局编译,人民出版社 1972 年版

[德]黑格尔:《精神现象学》,贺麟、王久兴译,商务印书馆 1979 年版

[德]黑格尔:《美学》(第一卷),朱光潜译,商务印书馆 1979 年版

[德]海德格尔:《存在与时间》,陈嘉映、王庆节译,生活·读书·新知三联书店 1987 年版

［德］卡尔·雅斯贝斯：《历史的起源与目标》，魏楚雄、俞新天译，华夏出版社 1989 年版

［德］伽达默尔：《真理与方法》，洪汉鼎译，上海译文出版社 2004 年版

二、部分期刊论文

敏　泽：《叶燮及其〈原诗〉》，《文学评论》，1978－08

叶　朗：《叶燮的美学体系》，《文艺理论研究》，1980－06

张少康：《叶燮文艺思想的评价问题》，《苏州大学学报（哲学社会科学版）》，1983－06

江裕斌：《叶燮的文艺思想》，《西南师范大学学报（人文社会科学版）》，1983－10

蒋　凡：《论叶燮及〈原诗〉》，《复旦学报（社会科学版）》，1984－03

蒋　凡：《叶燮〈原诗〉的理论特色及贡献》，《文学遗产》，1984－06

曹利华：《叶燮的美学思想》，《北京师院学报（社会科学版）》，1984－06

张炳煊：《叶燮创作理论初探——〈原诗〉理、事、情、才、胆、识、力的关系》，《武汉大学学报（哲学社会科学版）》，1985－09

成复旺：《对叶燮诗歌创作论的思考》，《文学遗产》，1986－10

王新民：《叶燮艺术本源论新探》，《求索》，1988－12

止水叶：《叶燮论艺术本源》，《文学遗产》，1989－08

陈长义：《试论叶燮的理性美学观》，《学术月刊》，1991－11

李念存：《论叶燮的主体性诗歌美学思想》，《山东师大学报（社会科学版）》，1992－10

施荣华：《论叶燮的诗歌美学思想体系》，《云南师范大学学报（哲学社会科学版）》，1995－02

卜松山：《论叶燮的〈原诗〉及其诗歌理论》，《河北师院学报（社会科学版）》，1997－10

庄锡华：《叶燮〈原诗〉与艺术辨证法》，《人文杂志》，1998－01

蒋寅：《叶燮的文学史观》，《文学遗产》，2001－11

李泽淳：《诗是感目会心的意象生发——叶燮的"理、事、情"一解》，《社会科学辑刊》，2005－03

邓昭祺：《叶燮论杜甫——〈原诗〉缺失初探》，《文艺理论研究》，2007－07

方汉文:《清叶燮〈原诗〉之"理"与柏拉图的"理念"》,《苏州大学学报(哲学社会科学版)》,2008-01

杨　晖:《"正变系乎时"——论叶燮对汉儒"风雅正变"的原创性阐释》,《上海师范大学学报(哲学社会科学版)》,2008-05

李晓峰:《叶燮诗变理论的关键词》,《齐鲁学刊》,2009-03

田义勇:《叶燮〈原诗〉的理论失败及教训》,《云南大学学报(社会科学版)》,2009-05

侯　敏:《清初吴中学人序跋中的诗学观——以叶燮、尤侗、汪琬为中心》,《苏州大学学报(哲学社会科学版)》,2010-03

杨　晖:《"正变"与"通变"——叶燮与刘勰文艺观比较研究之三》,《河南师范大学学报(哲学社会科学版)》,2011-03

杨　晖:《叶燮的诗学变易观念及其理论诉求》,《中南民族大学学报(人文社会科学版)》,2011-09

方锡球:《叶燮"诗变"论的理性特质及意义》,《安徽师范大学学报(人文社会科学版)》,2013-01

崔花艳:《叶燮诗歌师古论——以〈原诗〉为中心》,《广州大学学报(社会科学版)》,2014-11

曾贤兆:《论叶燮对清代中期性灵诗说的启迪》,《兰州大学学报(社会科学版)》,2015-09

李铁青:《叶燮诗性智慧的立论依据与精神旨归》,《河南社会科学》,2015-10

崔花艳:《论叶燮〈原诗〉中的"神明"》,《北京社会科学》,2015-02

张　晶:《叶燮感兴论的审美主体建构》,《河北学刊》,2015-03

李　立:《叶燮的比喻性诗学》,《苏州大学学报(哲学社会科学版)》,2017-07

李铁青:《叶燮诗学的两个理论支点》,《中州学刊》,2017-10

李铁青:《论叶燮对韩愈诗歌的独特定位》,《郑州大学学报(哲学社会科学版)》,2018-05

蒋　寅:《王士禛、叶燮与乾隆诗学的逻辑起点》,《中南大学学报(社会科学版)》,2019-05

三、学位论文

郝丽霞:《吴江沈氏文学世家研究》,华东师范大学博士学位论文,2004年

李晓峰:《叶燮〈原诗〉研究》,苏州大学博士论文,2006 年

石昭清:《初苏州诗论家群体研究——以叶燮、沈德潜、薛雪、李重华为集群》,苏州大学博士论文,2016 年

陈　雪:《叶燮诗文研究》,陕西师范大学硕士学位论文,2006 年

刘晓春:《叶燮〈原诗〉美学思想研究》,山东师范大学硕士学位论文,2003 年

张秀仑:《崇正主变——叶燮的文学变化发展观》,河北师范大学硕士学位论文,2005 年

陈　峥:《叶燮与艾略特比较研究》,山东大学硕士学位论文,2006 年

王　霞:《叶燮〈原诗〉研究》,南京师范大学硕士学位论文,2008 年

申　钊:《叶燮美学思想研究》,山东师范大学硕士学位论文,2008 年

刘　丽:《叶燮诗论研究》,东北师范大学硕士学位论文,2010 年

管　磊:《浅析叶燮〈原诗〉中的“情”》,上海师范大学硕士学位论文,2012 年

张玉红:《论叶燮〈原诗〉中的“法”》,辽宁大学硕士学位论文,2012 年

韩　茹:《叶燮诗学创作论研究》,黑龙江大学硕士学位论文,2014 年

田　丽:《许学夷与叶燮“正变”说比较研究》,湖北民族学院硕士学位论文,2017 年

董　偲:《叶燮诗文理论中的“识”范畴研究》,曲阜师范大学硕士学位论文,2018 年

陈惠丰:《叶燮诗论研究》,台湾师范大学国文研究所硕士学位论文,1976 年

冯曼伦:《叶燮原诗研究》,台湾私立东吴大学硕士学位论文,1982 年

潘汉光:《叶燮诗论钩沉》,香港大学硕士学位论文,1987 年

王策宇:《〈原诗〉研究》,台湾高雄师范学院硕士学位论文,1988 年

廖宏昌:《叶燮文学研究》,台湾私立中国文化大学博士学位论文,1992 年

陈明群:《叶燮原诗的创作论系》,台湾彰化师范大学国文研究所硕士学位论文,2009 年

王爱仙:《叶燮原诗研究》,新加坡国立大学中文系荣誉学位论文,1981 年

附　　录

说　　明

　　清初诗论家叶燮的诗学思想越来越受到学术界的关注,研究成果相继发表,对他的诗学研究将进一步走向深入,但现有的研究资料主要来自他的《原诗》四卷、《汪文摘谬》,以及沈德潜《叶先生传》、《清史列传·叶燮传》及相关序跋等。其实,《已畦文集》的内容十分丰富,其中有《论》二卷、《说》一卷、《辨》一卷、《记》二卷、《碑记》一卷、《序》五卷、《书》一卷、《墓表》一卷、《墓志铭》一卷、《传》二卷、《祭文》一卷、《杂著》一卷、《题辞》一卷,还有《已畦琐语》等,都包含了叶燮丰富的诗学思想。为完成本课题,我认真阅读《已畦文集》,以下收录了《原诗》的相关序跋、叶燮的部分诗序,以及他的《书》三篇,作为研究本课题成果附录,以供将来研究者参考。

一、传、序、跋

叶先生传

　　先生姓叶,讳燮,字星期,号已畦。寓居横山,学者称横山先生。叶氏代居分湖,七叶成进士。考虞部公讳绍袁,革命后隐于浮屠。先生四岁,虞部公授以《楚辞》,即成诵。稍长,通《楞严》《楞伽》,老尊宿儒莫能难。贯浙之嘉善籍,补弟子员。乱后不与试,去籍,复补嘉兴府学弟子员。康熙丙午,举于乡。庚戌,成进士。乙卯,谒选得扬州之宝应。宝应当南北往来之冲,又时值天灾流行,军行纷沓,左右枝梧,难于补苴。而先生性伉直,不能诎屈事大官,大官又吹毛求瘢,务去其守。已守官者不二岁,落职。先生欣然曰:"吾与廉吏同列白简,荣于迁除矣。"时嘉定令陆先生陇其同被参核,故云。既罢归,游历四方。久之,筑室吴县之横山下,颜其居曰"二弃",取鲍明远"君平独寂寞,身世两相弃"意。远近从学者众,先生谈讨不倦。论文谓议论不袭蹈前人,卓然自我立,方为立言。论诗以少陵、昌黎、眉山为宗,成《原诗》内外篇,扫除陈见俗谛。尝为弟子言:"我诗于酬答往还,或小小赋物,了无异人;若登临凭吊,包纳古今,遭谗遇变,哀怨幽噫,一吐其胸中所欲言,与众人所不能言、不敢言,虽前贤在侧,未肯多让。"其矜重如此。然于他人片言单辞,每津津赏之。时汪编修钝翁琬居尧峰,教授学者,门徒数百人,比于郑众、挚恂。汪说经硁硁,素不下人,与先生持论凿枘,互相诋諆。两家门下士,亦各持师说不相下。后钝翁没,先生谓:"吾向不满汪氏文,亦为其名太高,意气太盛,故麻列其失。俾平心静气以归于中正之道,非为汪氏学竞谬觳圣人也。且汪没,谁讥弹吾文者? 吾失一诤友矣!"因取向时所摘汪文短处,悉焚之。晚岁时寓萧寺中,黎羹不糁,不识者几目为老僧。有治具蔬食招往论文者,辄往,而富家豪族欲邀一至不可得,曰:"吾忍饥诵经,岂不知屠沽儿有酒食耶?"暇日,常持一筇,行荒墟废冢间,顾冢中人语曰:"此吾老友,所谓'无四时之事,从然以天地为春秋'者也。子乐矣,少待,吾将同子乐。"岁壬午,七十有六,慕会稽五泄之胜,欲往游焉。先是游泰山、嵩山、黄山、匡庐、罗浮、天台、雁荡诸山,而五泄近在六百里内,游屐未到。裹三月粮,穷山之胜乃归。归已得疾矣,越一年,卒。未卒前数日,命以所居"独立苍茫处"奉虞部公主,而以己配食,曰:"吾魂魄应恋此也。"所著《已畦文集》二十卷,《诗集》十卷,《原诗》四卷,《残余》一卷。修吴江、宝应、陈留、仪封等县志。先生既卒,新城王尚书阮亭寓书,谓:"先生诗古文镕铸古昔,而自成一家之言。每怪近人稗贩他人语言,以傭赁作活计者,譬之水母,以虾为目,蹶不能行,得驱驴负之乃行。夫人而无足、无目则已矣,用必藉他人之目为目,假他人之足为足,安用此碌碌者为? 先生卓尔孤立,不随时世为转移,然后可语斯言之立。"云云。斯能定先生诗文者。方先生之宰宝应也,适三逆倡乱,军兴旁午,驿马、驿夫增加过倍,而部议于原额应站银两,裁四留六,计岁所入,不足当所出之半。邑境运河东西百二十里,黄淮交涨,堤岸冲决,千金扫料,时付浊流。先生毁家纾难,一身捍御,卒之,军需无缺,民不为鱼,勘厥职矣! 他如免税之无名者,出诬服杀人者,直仇陷附逆而欲没其田庐者,皆重民命,守国法,不顾嫌怨而毅然行之。以是知功名不终,繇直道而行,不见容于大官,而非有体无用之咎也。柄国是者,疑经术不足润饰吏治,而欲寄民社于刀笔筐箧之徒,岂通论哉？先生卒,兄子舒崇先卒,叶氏至今无成进士者。孙启祥,吴县学生,以能古文名。

——《沈归愚诗文全集·归愚文钞》卷十六

叶燮,字星期,江南吴江人。康熙庚戌进士,知宝应县。著有《已畦集》。先生论诗,一曰生,一曰新,一曰深,凡一切庸熟陈旧浮浅语须扫而空之。今观其集中诸作,意必钩元,语必独造,宁不谐俗,不肯随俗,戛戛于诸名家中,能拔戟自成一队者。先生初寓吴时,吴中称诗者多宗范、陆,究所猎者,范、陆之皮毛,几于千手雷同矣。先生著《原诗》内外篇四卷,力破其非,吴人士始多訾謷之,先生没后,人转多从其言者。王新城司寇致书,谓其"独立起衰",应非漫许。

——沈德潜《清诗别裁集》卷十

叶燮传

叶燮,字星期,浙江嘉兴人。父绍袁,明天启中进士。燮幼颖悟,年四岁,绍袁授以《楚辞》,即能成诵。及长,工文,喜吟咏。康熙九年成进士,十四年选江苏宝应县知县。旋罢归,遍游四方。晚年乃定居吴县之横山,人因以横山目之。

始燮之官宝应也,适三逆煽乱,军事旁午,地当南北往来之冲,接应靡暇日。县境滨临运河,东西延袤二百里,时虞溃决。又值岁谷不登,民乏食。燮极意经画,境赖以安。以亢直不附上官意,用细故落职。而嘉定知县陆陇其亦同时登白简。燮闻之,不以去官为忧,以与陇其同劾为幸也。于是纵游泰岱、嵩高、黄岳、匡庐、罗浮、天台、雁荡诸山,海内名胜略遍。年七十有六,犹以会稽五泄近在数百里内未游为憾。复裹三月粮,穷其奥而归。归遂疾,越一年,卒。

燮言诗以杜甫、韩愈为宗,陈见俗障,扫而空之。其论文与长洲汪琬不合,往复诋諆。及琬殁,慨然曰："吾失一净友,今谁复弹吾文者？"取向所短汪者悉焚之。寓吴时,以吴中称诗多猎范、陆之皮毛而遗其实,遂著《原诗》内外篇,力破其非。吴人士始而訾謷,久乃更从其说。新城王士禛称燮诗古文镕铸古昔,能自成一家言。所著有《已畦文集》十卷,《诗集》十卷,《原诗》四卷,《残余》一卷。

——《清史列传》卷七十

原诗叙

古书多用韵语，不独诗为然，其工拙总在理胜。后世以用韵者为诗，不必用韵者为文，且于词句中较工拙，于是遂有限之以体式声调，将历代所作断以己意，大约尊古而卑今，其所从来旧矣。凡此皆未睹乎诗之原也。嘉善叶子星期，诗文宗匠，著有《原诗》内外篇四卷，直抉古今来作诗本领，而痛扫后世各持所见以论诗流弊。娓娓雄辩，靡不高踞绝顶，颠扑不破。岁丙寅九月，招余至其草堂，出而见示，促膝讽诵竟日。余作而叹曰："今人论诗，断断聚讼，犹齐人井饮相捽，得此方有定论矣！"记余少时，未读《南华》《楞严》，每私拟宇宙间必有此一种大义理，惟以不见于经传为疑。及得二书读之，恍若不出鄙意所揣。今星期所著，悉余二十年来胸臆中揆度欲吐而不能即吐之语，一玩味间，不觉鼓掌称快，如获故物，虽欲加赞一词而不可得。乃知古人之诗，皆宇宙所必有之数，不必相师。即星期《原诗》内外诸篇，亦未始非宇宙所必有之数，不必相谋也。化声之相待若其不相待，此作诗之原，亦即论诗者之原。千百年中，知其解者，旦暮遇之矣。是为序。晋安同学弟林云铭西仲撰。

——《已畦文集》

原诗叙

诗自唐以后迄于有明，六七百年中间，非雄才自喜、力能上薄《风》《骚》者，不敢扬跡以进；然且偏畸间出，余子或附离以起，亦不数数称也。非若元嘉迄唐，四百余年间，人握铅椠者比。且以有唐之盛，间按其时作家所论次，大率谓宗工崛起，学者得其门而历堂奥、探骊珠，当代不过数人。其严若此，是必专门师匠，口传心授，有诗之所以为说者存；非其说，虽工弗尚也。惟其不敢不慎，而诗存。今则不然，手翻四声，笔涉五字、七字皆诗人。稍稍致语属缀，其徒辄自相国色，则以家骥人壁而诗亡。不特此也，诗亡而益曼衍乎诗，沿讹扬波，以逢世而欺人，浸淫不止，非世道人心之忧乎哉！忧不独在诗。然自古宗工宿将所以称诗之说，仅散见评骘间，一支一节之常者耳；未尝有创辟其识，综贯成一家言，出以砭其迷、开其悟。何怪乎群焉不知蜀道之巉曲，而思宿春粮以驱毂者之贸贸哉！星期先生，其才挥斥八极，而又驰骋百家。读已畦诗，风格真大家宗传。其铦锋绝识，洞空达幽，足方驾少陵、昌黎、眉山三君子。乃复悯学者障锢于淫波，怒焉忧之，发为《原诗》内、外篇。内篇，标宗旨也；外篇，肆博辨也。非以诗言诗也，凡天地间日月云物、山川类族之所以动荡，虬龙沓幻、魑魅悲啸之所以神奇，皇帝王霸、忠贤节侠之所以明其尚，神鬼感通、爱恶好毁之所以彰其机，莫不条引夫端倪，摹画夫毫芒，而以之权衡乎诗之正变与诸家持论之得失，语语如震霆之破睡，可谓精矣神矣！其文之牢笼万象，出没变化，盖自昔《南华》《鸿烈》以逮经世观物诸子所成一家之言是也。而不惟是也。若所标示胸襟品量之说，不特古人心地之隐，由诗而较然千古，抑朝廷可以得国士，交游气类中可以得豪杰硕贤，尘俗世故之外可以得浩落超绝之异人。功在学术流品，岂小哉！读先生是编，使知古人严为论诗之旨与作者慎为属诗之义，则诗之亡者以存。诗存而距塞其逢世欺人之浸淫，则世道人心之系，亦以诗存。嗟乎！彼宗工宿将所不肯举其心得之储，俾学者捆载以去；先生乃不靳开左藏以贷贫，而抑以援其溺，斯其胸襟品量何等耶！康熙丙寅冬十月年通家世侍海宁沈珩拜手撰。

——《已畦文集》

原诗跋

　　自有诗以来，求其尽一代之人，取古人之诗之气体声辞篇章字句，节节摩仿而不容纤毫自致其性情，盖未有如前明者。国初诸老，尚多沿袭，独横山起而力破之，作《原诗》内外篇，尽扫古今盛衰正变之肤说，而极论不可明言之理与不可明言之情与事，必欲自具胸襟，不徒求诸诗之中而止。然其所谓不可明言者，亦卒归于不可言；其言者，皆可言者也。后之学诗者，返求诸性情学术，毋执其可言者，以为不可言者即在于是，庶上可与古人冥合，而下无负作者之盛心欤！癸卯冬日吴江沈枏德识。

——《昭代丛书》已集广编补

已畦文集·自序

　　予年始冠，遭世多故，家室播迁，累岁无宁所，遂致失学。已复事制举业，于古人之书，茫然未有知也。及幸一第，一行作吏，即放废归，年将半百，遁迹荒山中。既身之闲而时之暇，每回首自叹，为一幡然不读书之老翁，而直谓为不识字之人可矣。然自惟年虽老而耳目心思尚或可用，即从此稍稍读书，当无不开卷有益者。追惟祖父累世略有传书，虽远不及藏书之家，仅仅数千卷。既更世故，尽为灰烬无遗。家贫，不能买书。及居荒山，又无处可借书。即欲读书无由，益甘心为不读书不识字之人已矣。已伏而思曰：古今之书无穷，善读者究亦未能卒读。就目前之书，苟能随在而读之，探其趣而究其归，则天地之道未尝不备，圣贤之理未尝不出，古今治乱兴亡之迹未尝不胪然具列，而可知其故，似亦可不必旁搜极讨，广揽博稽，骛于多者而始为读也。盖尝妄谓读书有博与约之不同，书之理无博与约之异。于是以一管之窥，知见所及，发于心，形于言，漫从事于笔墨论说。噫，亦异矣！久之，又自诧曰：以若所为，必为识者所笑，然又以谓彼笑者，以予为未尝读书之人则然，若以予为不识字之人，窃或未尽然。何也？读书者，读其辞；识字者，识其意。辞则必待读而始知，意则不待读书而本自具，此所谓识字也。故有读书而未可谓识字者，识字而有不从读书得者，其道较然也。窃见今之博学识古之家，擅著作之手，为世所宗者，群推为读书识字之人矣。然诵其篇章，窥其旨趣，大约不出数端，而自己之心不与。一在求合于古人，以为如是则合，不如是则不合。不合则虽有匠心之作，不可为也，不敢为也。一在求合于今人，以为如是则合，为今人所尚，不如是则不合，为今人所不尚。苟合焉，则虽有昧心之作，亦敢为也，亦忍为也。一在援客而失主，凡立一说，必穷此说之纵横反正，以伸其理而后止，固无藉于援证之多也。乃所立之说未伸，在己无足据，而多请客以助之，比类援引，一以为证据，一以为设色，而主人以辞遁而去久矣，谓如是则绚烂，不如是则寂莫也。且其比类援引，一端才竟，又引一端，重叠层累，彼以为异乎六朝四六之骈塞，而实则散体大家之骈塞也，卒之以事掩言，以言掩意，而面目全藉乎客矣。一在拾异字以逞奥古。明嘉、隆间，前辈有采掇《左》《国》《史》《汉》剩语，以为句法、字法者，既群然嗤斥其唾余而訾之，近忽别尚先秦诸子及稗官二氏中之异字、难字，骈累叠出，以为衬带，集坚深之辞，文浅异之说。近时，一二巨手开之，黠者遂习而秘之以为异宝，不可解也。一在谈不由中也。其不由中，又有二：一则侈美其辞为观听，而不知天下古今本无此理，本无此事，为浮响不根也；一则巧借其说为逢迎，而取天下古今极不类、极相悬之人之事，以引譬较量而强合之，此诙辞无稽也。二者总为不由中之谈也，一在务纤巧以资谐笑。夫谈理论事，自有大中至正之规、荡平之路，若趋僻径，骋畸辞，其言类于俳，其调近于谑，此为谐笑之资，不可以为文也。如是数端，差足尽文章家之能事矣。诩诩然无不自矜读书，而实未尝辨乎识字之义者也，使返而一一揆之于心，不亦哑然自笑其无谓乎？又返而一一度之于理，不又怃然自失其所据乎？今乃晓然于凡文章之道，当内求之察识之心，而专征之自然之理，于是而为言，庶几无负读书以识字乎！且文之为道，当争是非，不当争工拙。工拙无定也,是非一定也。工拙出乎人,是非本乎天。故工拙可勉强,是非不可勉强也,且未有是而不工者,未有非而不拙者,是非明则工拙定。予不学无术,诚所谓不读书,不识字,不知古,不宜今,而此中之是非,则不敢自诬,当世非而嗤之,亦在所不顾者矣。古人有以一事不知为深耻,予则以为出一言而于是非之介不明,于此心有未安者,则诚可耻也。予山野之人,所言皆山野之言,固不可以为是,又何论乎工拙,终等于夏虫之鸣而无足道者欤。横山叶燮自题,时康熙甲子春王上元前一日。

——《已畦文集》

已畦集序

善诗者可以教天下,不善诗者不可以治一身。夫同是诗而称善,何也?温厚韫于内而奇邪无所容,荐朝庙则礼乐兴,达宴享则宾客洽,训胄子、畅风谣则人材成、民俗茂,故其教广大。及于既衰,以僻戾之气,扬剽浮之声,不自审量,而咎运会之不我与,怨诽交作,显干世患。施诸赠答,则侧媚其辞以为贽,犹惕惕然虑迎合之不工。人己之间,无一不致其薄。诗之日底敝陋,又何尤乎?上之功令不及诗,下又无圣人以删之,其亦重不幸也已。叶子星期刻《已畦诗》数卷,受而读之,乃大异乎世之作者。非异也,其屏挡俗习,涵蓄者素,自小学以至莅官,复自被谗以至归隐,终始一志。不戚戚以伤和,亦不翘翘以希福。中吴一壑,土室萧然。道古之风,去营饰以为至足,故发之于诗者,刚而不可掩也。苏子以亢直屡摧挫熙宁时,其持论谓人患不能刚,不患刚不合道,太刚则折,真小人语耳。使苏子在今日,未必遂免摧挫,而其论决不改于初。然则刚之为道,于诗尤无害,星期知之矣。暇日尝与余论器,慨天下囿于器中,虽有至人,举莫能外,恒有遗弃群物,葆真静治之思。余曰不然,器无心而适用,不用则窾,历世千百而不穷者,人运之也,复何病于器乎?才如星期,见于世者惟诗,用之已隘,又不以鸣国家之盛,而使含光铲彩,摇曳山泽之间。诗教之兴也,何时欤?夫星期则未得辞其责尔。樵李曹溶撰,时康熙甲子小春日。

——《已畦诗集》

序

星期与余别十二年矣,性不耐为吏,经岁而拂衣,俯仰佗傺,无以申写其孤愤郁邑之气,而一寓之于诗。顷归自岭南,顾余于垩庐,留连信宿,出示《西南行草》。屐齿所历,既极登临览观之胜,其所与酬倡往还,又多海内倜傥磊落不羁之士,而诗之奇皆足以发之。余读既竟,顾谓星期曰:"近人称诗者多矣,而倾吐怀抱,大放厥辞,排突轰兀,不名一家,未有与子颉颃者也。请子述所以工诗之旨,起余懵瞀,可乎?"于是星期抵掌语余曰:"放废十载,屏除俗虑,尽发箧衍所藏唐宋元明人诗,探索其源流,考镜其正变。盖诗为心声,不胶一辙,揆其旨趣,约以三语蔽之,曰情曰事曰理,自雅颂诗人以来,莫之或易也。三者具备而纵其气之所如,上摩青旻,下穷物象,或笑,或啼,或歌,或罢,如泉流风激,如霆迅电掣,触类赋形,骋态极变,以才御气,而法行乎其间,诗之能事毕矣。世之缚律为法者,才莛而气茶,徒为古人僮隶而已,乌足以语此。"余闻之,抚几而叹:"旨哉斯言!足以砭俗学之膏肓,破拘挛之痼疾矣。"遂与促席,品次古人之诗。星期持论卓荦,多否而少可,谓千余年间,惟少陵、昌黎、眉山三家,高山乔岳,拔地耸峙,所谓豪杰特立之士,余子不足拟也。余因三复星期诸作,而求其囊括众有者,则铺陈排比,顿挫激昂,类少陵;诘屈离奇,陈言刊落,类昌黎;吐纳动荡,浑涵光芒,类眉山。缘情绘事,妙入至理,而自娴古法。其才气之纵轶,宁或涉于颓放险怪,为世所诟姗,而必不肯为局缩依傍之态。甚矣,星期之学,能不愧于其言而卓然自成为一家之诗者也。兹将游语溪,偕孟举吴子,为唐宋元诗选,且谓选诗告竣,即专肆力于古文辞,以蕲合于先正作者。夫诗与文,道一而已。以星期之才,日进而不止,更数年后,东南称文章巨手,为后起领袖者,舍星期其谁与归?余虽学殖荒落,愿俟星期集成,援笔而序之。京口棘人张玉书撰,时康熙丙寅上巳后十日。

——《已畦诗集》

二、《已畦文集·序》

家礼纂要序

侍御梓园程先生,本紫阳《家礼》,斟酌损益,间以己意发明,辟习俗之非,名《家礼纂要》,梓以行世。

予惟先王之制礼,合家与国,其礼有五;紫阳以世俗通行,始于有家,尤为严切。于五礼之中,采吉、凶二礼而为家礼,后人祖述而行之久矣。兹者侍御删烦就简,又就家而言,谓吉礼固当严矣,而生人大事,莫大于送死,于是独酌凶礼而著之,以致其兢兢。

凶礼之目曰丧,曰葬,曰祭。昔先王顺乎人之情以制礼,而本乎性以坊之,故于丧则致其哀,于葬则极其慎,于祭则尽其诚。本乎内者有其质,而后通乎外者有其度数、精粗、巨细、烦简、先后,一一揆其所宜,以为如是则生人之心安。惟其体乎死者之心安,而后生人之心乃得其安也。使不知死者之心之安与否,又遑问己心之诚与妄乎?其失也盖有二:一曰弇陋,一曰夸大。弇陋之失,原于鄙吝。君子不以天下俭其亲,彼陋者无所不用其俭,丧则含、殓、服制不备不诚,苟焉从事;葬则久淹亲柩,非曰力不能,则曰无吉壤;祭则不时不物,傺数傺疏。如是,夷其亲于路人矣。夸大之失,大约是僭。庶人之丧,往往用卿大夫之礼,葬则僭土石之制,祭则侈列方丈,什之百之,无不援下以陵上,徒令观者侈其盛而叹其美。是陷其亲于非礼矣。由是言之,俗礼之失也,盖百无一得也。

原制礼之初心,于一事一物,一时一会,孰先孰后、拳曲跪拜、升降度数,莫不以至情而行其至性,为事理之所不能逾,以为非如是,则死者之心不安,而吾心庸讵得安乎?侍御于此不胜世道人心之忧,故于习俗之所溺者,务拯而出之,习俗之所忘者,务提而明之。不过求尽乎此心之安,返之心而无不安,措诸世而益无不安矣。于以发明三代礼意之原,岂特为紫阳之一大功臣已哉!

百家唐诗序

自有天地,即有古今。古今者,运会之迁流也。有世运,有文运,世运有治乱,文运有盛衰,二者各自为迁流。然世之治乱,杂出递见,久速无一定之统。孟子谓:天下之生,一治一乱,其远近不必同,前后不必异也。若夫文之为运,与世运异轨而自为途;统而言之曰文,分而言之曰古文辞,曰诗赋,二者又异轨而自为途。自羲皇造一画之文,而文于是乎始。三代以前无论,由先秦诸子百家,历汉、魏、六朝、唐、宋、元、明诸作者,文之为运可得而论也。自赓歌喜起而为诗,而诗于是乎始。三代以前无论,由《风》《雅》、骚、赋,历汉、魏、六朝、唐、宋、元、明诸作者,诗之为运可得而论也。二者相为表里,各不相谋,而总各历乎其时以为运。

吾尝上下百代,至唐贞元、元和之间,窃以为古今文运、诗运至此时为一大关键也。是何也?三代以来文运,如百谷之川流,异趣争鸣,莫可纪极;迨贞元、元和之间，有韩愈氏出，一人独力，而起八代之衰，自是而文之格、之法、之体、之用分条共贯，无不以是为前后之关键矣。三代以来诗运，如登高之日上，莫可复逾；迫至贞元、元和之间，有韩愈、柳宗元、刘长卿、钱起、白居易、元稹辈出，群才竞起，而变八代之盛。自是而诗之调、之格、之声、之情凿险出奇，无不以是为前后之关键矣。起衰者，一人之力专，独立砥柱，而文之统有所归，变盛者，群才之力肆，各途深造，而诗之尚极于化。今天下于文之起衰，人人能知而言之，于诗之变盛，则未有能知而言者。此其故，皆因后之称诗者胸无成识，不能有所发明，遂各因其时以差别，号之曰中唐，又曰晚唐。不知此中也者，乃古今百代之中，而非有唐之所独得而称中者也。中既不知，更何知诗乎？

虞山席治斋虞部，壮岁官于朝，即陈情乞归养，高卧家园，以著述为己任。暇日出其箧衍所藏唐人诗，自贞元、元和以后时俗所称为中、晚唐人，得百余家，皆系宋人原本一一校雠，而付之梓。意以为是诗也，时值古今诗运之中，与文运实相表里，为古今一大关键，灼然不易。奈何耳食之徒，如高棅、严羽辈，创为初、盛、中、晚之目，自夸其鉴别，此乡里学究所为，徒见其陋已矣。今观百家之诗，诸公无不自开生面，独出机杼，皆能前无古人，后开来学。诸公何尝不自以为初，不自以为盛，而肯居有唐之中之地乎？虞部于此，不列开、宝以前，独表元和以后，不加以中、晚之称，统命之曰《唐人百家诗》，以发明诗运之中天，后此千百年无不从是以为断，岂俗儒纷纷之说所得而规模测量者哉？

密游集序

古今有才人之诗，有志士之诗。事雕绘，工镂刻，以驰骋乎风花月露之场，不必择人择境而能为之，随乎其人与境而无不可以为之，而极乎谐声状物之能事，此才人之诗也。处乎其常而备天地四时之气，历乎其变而深古今身世之怀，必其人而后能为之，必遭其境而后能出之，即其片语只字，能令人永怀三叹而不能置者，此志士之诗也。才人之诗，可以作，亦可以无作；志士之诗，即欲不作，而必不能不作。才人之诗，虽履丰席厚，而时或不传；志士之诗，愈贫贱忧戚，而决无不传。才人之诗古今不可指数；志士之诗，虽代不乏人，然推其至如晋之陶潜、唐之杜甫、韩愈，宋之苏轼，为能造极乎其诗，实其能造极乎其志。盖其本乎性之高明以为其质，历乎事之常变以坚其学，遭乎境之坎壈郁怫以老其识，而后以无所不可之才出之。此固非号称才人之所可得而几，如是乃为传诗，即为传人矣。

我友沈子云步，自少即善为诗，藻思揵发，绮丽要眇，称于世久矣。予尝读其诗，谓其能擅才人之席者也已。予老废山中，云步谒选，得一官之秦，去，别余十年。一旦弃官归来，访余草堂，出近诗一卷示余。余读之而惊曰："君之诗，已不为才人之诗，而为志士之诗矣。"云步负隽才，掇科名，期有所树立，以摅其志，乃仅寄百里于数千里外，沙碛荒凉之区，即卑之以展其簿书期会之能，亦有不可得者，虽欲不拂衣以归，安能耶？今观其诗，见其所历之地，皆周、秦、汉、唐成败兴废之墟，昔贤英哲之所迥翔，骚人羁客之所凭吊而咏叹者。其所遭如彼，而所触之境又如此，欲无所动于中，胡可得耶？其诗也，皆其抚心感魄之见于言者也。予盖太息于其志，知其有所不得不作，而决其为可传矣。

予与云步早岁通门之交，故知之最深。云步以诗序属予，予不敢辞，为详言其作诗之先后所就如此以贻之。

黄叶村庄诗序

黄叶村庄，吾友孟举学古著书之所也。苏子瞻诗"家在江南黄叶村"，孟举好之，而名其所居之庄者也。

天下何地无村？何村无木叶？木叶至秋，则摇落变衰。黄叶者，村之所有，而序之必信者也。夫境会何常？就其地而言之，逸者以为可挂瓢植杖，骚人以为可登临望远，豪者以为是秋冬射猎之场，农人以为是祭韭献羔之处，上之则省敛观稼，陈诗采风，下之则渔师牧竖、取材集网，无不可者；更王维以为可图画，屈平以为可行吟，境一而触境之人之心不一。孟举于此不能不慨焉而兴感也。觉天地之浩邈，古今之寥廓，无一非其百感交集之所得于心，形于腕，于以为诗而系之。黄叶村庄，意有在也。

孟举于古人之诗无所不窥，而时之论孟举之诗者必曰学宋。予谓：古人之诗，可似而不可学，何也？学则为步趋，似则为吻合。学古人之诗，彼自古人之诗，与我何涉？似古人之诗，则古人之诗亦似我，我乃自得。故学西子之颦则丑，似西子之颦则美也。孟举诗之似宋也，非似其意与辞，盖能得其因而似其善变也。今夫天地之有风雨、阴晴、寒暑，皆气候之自然，无一不为功于世，然各因时为用而不相仍。使仍于一，则恒风、恒雨、恒阴、恒晴、恒寒、恒暑，其为病大矣。诗自《三百篇》至汉、魏、六朝、唐、宋、元、明，惟不相仍，能因时而善变，如风雨、阴晴、寒暑，故日新而不病。今人见诗之能变而新者，则举之而归之学宋，皆锢于相仍之恒而不知因者也。

孟举之诗,新而不伤,奇而不颇,叙述类史迁之文,言情类宋玉之赋,五古似梅圣俞,出入于黄山谷,七律似苏子瞻,七绝似元遗山,语必刻削,调必凿空,此其概也。不知者谓为似宋,孟举不辞;知者谓为不独似宋,孟举亦甚惬。盖孟举之能因而善变,岂世之蹈袭肤浮者比哉。

世之尊汉魏及唐者,必以予言为抑孟举;世之尚宋者,必以予言为扬孟举。悠悠之论,非但不知孟举,实不知诗。然则读孟举诗,得其系之黄叶村庄诗之义,则思过半矣。

赤霞楼诗集序

理一而已,而天地之事与物有万,持一理以行乎其中,宜若有格而不通者,而实无不可通,则事与物之情状不能外乎理也。昔者圣人既教人志乎道矣,而又推之以游艺,夫射、御、书、数,似乎技术之末,然其理无不为道所该,故即一可见其全。如庖丁之解牛,郢匠之斫轮,以至承蜩、弄丸之末技,皆有此理之极致以运乎其中,道无二也。

吾尝谓:凡艺之类多端,而能尽天地万事万物之情状者,莫如画。彼其山水、云霞、林木、鸟兽、城郭、宫室,以及人士、男女、老少、妍媸、器具、服玩,甚至状貌之忧离欢乐,凡遇于目、感于心、传之于手而为象,惟画则然。大可笼万有,小可析毫末,而为有形者所不能遁。吾又以谓,尽天地万事万物之情状者,又莫如诗。彼其山水、云霞、人士、男女、忧离欢乐等类而外,更有雷鸣、风动、鸟啼、虫吟、歌哭、言笑,凡触于目、入于耳、会于心,宜于口而为言,惟诗则然。其笼万有,析毫末,而为有情者所不能遁。昔人评王维之画曰"画中有诗",又评王维之诗曰"诗中有画"。由是言之,则画与诗初无二道也。然吾以为,何不云摩诘之诗即画,摩诘之画即诗?又何必论其中之有无哉!故画者,天地无声之诗;诗者,天地无色之画。

滁阳朱君朴庵,今之有道明理之士也。吾尝见其画矣。天地无心,而赋万事万物之形,朱君以有心赴之,而天地万事万物之情状皆随其手腕以出,无有不得者。余于是深叹其艺之绝,知其于事物之理洞照于中,而运以己之神明,此能为摩诘之画,必能为摩诘之诗无疑也。朱君果出其《赤霞楼诗集》相示。见其因物赋意,因情傅事,诸体严而众善备,吾不能更赘一辞,即以称其画者称其诗已矣。乃知画者,形也,形依情则深;诗者,情也,情附形则显。是理也,宁独画与诗哉?推而极之,天地间无一物一事之不然者矣。

南疑诗集序

语有之：绚烂之极，乃归平淡。予则以为，绚烂、平淡，初非二事也。真绚烂则必平淡，至平淡则必绚烂。是何也？譬之天，无一毫云气，尽青之一色，至平至淡矣，而绚烂孰有过于苍苍者乎？譬之雪，极望无际，山川陵谷，尽白之一色，至平至淡矣，而绚烂孰有过于太素者乎？天下事物皆然，而于诗之一道，尤有可得而言者。

凡人无不称诗为风雅，不知诗也者，风雅之总名；风雅者，诗之实德也。世之言诗者固不一家，多有少年高才之士，不知风雅之义为诗之实德，将永言、一唱三叹之旨略而不道，好为新奇瑰谲，索隐秘，趋僻径，取世人闻见所不至者，以骇世人之耳目，使见之者无弗眩，闻之者无弗惊。如登贾胡之肆，众宝溢目；如游华林之园，千花竞发。令人应接不暇，徒有啧啧。然而观之者，初则叹，既则疑，又久之而不觉稍稍厌去矣。是何也？众宝溢目，宝去则空；千花竞发，花谢则萎。既萎与空，则诗亡；诗亡则辞、句、意无不亡，求其言外一唱三叹、有余不尽之旨，邈不可得。彼既与平淡相违，至此则并绚烂而失之，则亦付之索然无味而已矣。

吾于沈子客子《南疑》之诗，叹其才高而善变，为不可及也。十年前，吾见客子之诗，学博而辞赡，近于绚烂一途，然非猎取之于外，是其胸中之淹富，物自来而就之，非有矫强之迹也。客子历观古今诗家之变态，穷此中自得之性情，久之而为得心应手之作，见者颇骇其忽事于平淡。不知其平于辞、不平于意，淡于句、不淡于才，平淡在貌而绚烂在骨。人谓客子善变，而实非变也。夫人阅历名山大川之奇，无险不涉，无厌不登，久之而后，乃知柳塘、春水、花坞、夕阳之妙，为山川化境，有非可以言语形容者，与天之青、雪之白一义而已矣。吾故于《南疑》之诗，叹其才之高，而能神明于才者也。

蓼斋诗草序

汝子鸿书，世以儒术起家，其先人遭乱，乃脱缝掖，以武事著绩，故其群从俱习之，鸿书耳目所习见闻，其切劘而相长者，大约与痦歌吟咏之事非其类也。鸿书则奋起而独好为诗，其所为诗，辄可诵而称工。何也？方鸿书之将从事于诗也，请于余曰："汪不知诗，窃见当世之诗人诵所为诗，而心窃好之。不识诗可学而能耶？将学于古，以何为归耶？"余曰："子亦知古之人有诗之圣者杜少陵乎？"

曰："汪不敏，窃尝闻之矣。"余即取杜集授之曰："子归而读焉。若知其美而好之，则思过半矣。"鸿书别余半岁，来出诗一卷，曰："此汪读杜诗以来所作也。"余览之而惊，已而喜曰："子初学诗而即能诗，且能学杜而得其气体。夫人之穷年卒岁，求一言之几而不可得者，而子骤能之，可不为异耶！"鸿书美才质，又年方少，奋前独往以赴其愿欲，顾无所不可致于当世者，宜其胸怀畅遂，其言冲以夷也。今观其诗，悲凉郁勃，牢落不偶，多不平之鸣，则又何也？夫士贵有志，苟无志，则无适而不自安于卑下，何郁勃不平之有？惟有志者，其胸中之所寄托，于身世阅历，凡得失愉戚之境，必不与庸众人同，其视听步趋，苟有所触于境，动于心，何一非吾躬忧患之所丛，感慨之所系乎？鸿书童年失怙，负郭萧然，时多疾病，欲不为郁勃不平之鸣，难矣。题其草曰"蓼斋"，斯志也夫。

小丹丘词序

　　余十五年前，亦颇作词，尝积数百首。已而思曰：词者，诗之余也。吾之心思志虑，寄托感兴，亦何有所不得于诗？又何必复事于其余？且词之意、之调、之语、之音，揆其所宜，当是闺中十五六岁柔妩婉娈好女，得之于绣幕雕阑，低鬟扶髻，促黛微吟，调粉泽而书之，方称其意、其调、其语、其音；若须眉男子而作此生活，试一设身处地，不亦赧然汗下耶？无已，则仍以须眉本色如苏如辛而为之，须眉之本色存，而词之本色亡矣。余故十五年来，绝不作此；其已作者，亦弃置不复存矣。

　　魏道士州来闻之，而谓余曰："君何知其一，不知其二也？昔有楚屈平者，仁义道德忠信人也，被谗而不得于其君，作为《离骚》，援美人以喻君王，指香草以拟君子，其言抑何柔妩婉娈。此岂有不宜于憔悴枯槁须眉之屈平耶？至《九歌》中丽句，实已为词家作祖矣。又晋之陶潜，振古高洁人也，乃有《闲情》一赋。唐人艳体诗，首推李商隐，然其寄托深远，多藉美人幽离之思、靡曼之音以写之，盖得楚骚之遗者。古之才人，凡其胸中抑郁不平而不得申者，正言之不可，泛言之不可，乃意有所触，以发其端，而摅其莫能言之隐也。作词者，亦是志而已矣。夫何病乎？"

　　余闻其言，曰："善，是余所未逮也。"适柯子南陔《小丹丘词集》成，命序于余。余卒读之而叹曰：其风雅，其寄托，真能上追三闾，而伯仲元亮、义山者也，区区南、北宋词家，不足言矣。遂录州来之语以序之。

南游集序

诗文一道,在儒者为末务。诗以适性情,文以辞达意,如是已矣,初未尝争工拙于尺寸铢两间。故论者未可以诗文之工拙,而定其人之品;亦未可以其人之品,而定其诗文之工拙也。然余历观古今数千百年来所传之诗与文,与其人未有不同出于一者,得其一,即可以知其二矣。即以诗论:观李青莲之诗,而其人之胸怀旷达,出尘之概,不爽如是也。观杜少陵之诗,而其人之忠爱悲悯,一饭不忘,不爽如是也。其他巨者,如韩退之、欧阳永叔、苏子瞻诸人,无不文如其诗,诗如其文,诗与文如其人。盖是其人,斯能为其言;为其言,斯能有其品。人品之差等不同,而诗文之差等即在可握券取也。近代间有巨子,诗文与人判然为二者,然亦仅见,非恒理耳。余尝操此以求友,得其友,及观其诗与文,无不合也;又尝操此以称诗与文,诵其诗与文,及验其人其品,无不合也。信乎?诗文一道,根乎性而发为言,本诸内者表乎外,不可以矫饰,而工与拙亦因之见矣。

康熙乙丑,余于岭南遇夏子宁枚。夏子与余同乡,尝闻其名矣。相遇万里外,既又方舟于浈江道中者浃旬。夏子盖端人也。夏子行年五十,为衣食驰逐炎瘴中,时见其牢落不平之概,然温然盎然之容故在。夏子尽发其诗文与余观之。诗言情,而不诡于正,可以怨者也;文折衷理道,而议论有根柢,仁人之言也。人与诗文,如出乎一。余益快然于其合也矣。

黄山倡和诗序

名山者,造物之文章也。造物之文章必藉乎人以为遇合,而人之与为遇合也,亦藉乎其人之文章而已矣。人之文章与名山为介者,在乎游览题咏。然游览题咏其以辱名山者不少,此名山之所大忧也。必其为才人之文章乃可,以为名山之知己,而造物之文章方为先得我心之所同,然则才人与造物,各以文章相遇合,而其事乃为可传。黄山,海内第一名山也,奇而不必法,苍而不必老,幽奥深怪,夭矫支离,盖造物者之能事,吾知殚于此矣。昔人游是山者,题"岂有此理"四字于峰顶,可谓得之。然而海内人游此者百无一二,新安人游此者更千无一二,即游者或未必能题咏,即有题咏,吾恐黄山有愈悲其不遇者矣,则名山之不遇才人,才人之不遇名山,二美之不必合,天地亦无如之何也。石门胡子圆表,偕其友两程生,忽策杖裹粮以游黄山,每至胜处必有诗,有诗必倡和,得若干首成峡。于是造物之能事无所不发泄,盖山与人交相遇合,称知己焉。吾读其诗,乐其事,知俱可以传矣。

湖上吟序

士不得志于时,穷居杜门,卒岁可无求于人,甚适也;乃有不获已,杜门不可得,于是去其所甚适,怏然为出门之游,则其事有孔亟而情有可哀者矣。然出门之游,东西南北,百里千里数千里,惘然而行,率然而止,其间阻于时会,阻于物情,俱不可知。久之,游不得志,萧然逆旅风雨之中,而后乃思穷居杜门之乐,为不可得也。游之穷,殆不如居之穷。然游又有胜于居者也,何也?游即不遇于人,而无不遇于山川云物泉谷烟霞,即不遇于今之人,而无不得遇于古人。盖尝于荒榛、蔓草、故宫、旧苑、名贤凭寄之墟,摩断碣,访野老,百千年之陈迹,恍然如或见之,几不知身之客于斯,而不与同时也,非游何以得此?毗陵刘君天木,世有家学,闻于时,余遇之禾城萧寺,读其《湖上吟》诸作。盖刘君之为游久矣,观其襆被一肩,不胜萧瑟,然取其所历之山川云物、古人往迹,咏之歌之,而贮之囊中,则刘君之游,其亦可谓盛也夫。

庐山大林寺心壁上人诗序

世出世法,本无二法,法法皆然。即诗文一道亦尔。然诗不能无大同而小异。世谛之诗不可有俗气、书生气;出世谛之诗不可有禅和气、山人气。论诗者于世出世法,似乎相反,然畅达胸臆,不袭陈言,要归于不染气习,无二谛也。余生平梦想匡庐之胜,乙丑冬,以便道始得一游。意谓庐山犹昔也,今日必无远公其人矣;于大林寺遇心壁上人,道气洒然,如秋空之鹤。寺在庐山绝顶,为远公昔日结茅著弥陀疏处。今见心壁,如见远公焉。心壁出诗示余,余和其韵数首,心壁再叠韵以答,余又叠作以酬之。两人之诗皆能脱去本色,不染习气。余乃知世出世法,即诗见异中之同,岂非法尔如然乎?心壁为人如所住山,心壁之诗如其为人,余游山而得其人,并得其诗,不亦幸欤!心壁全稿甚富,余即以斯语书其卷端。

泛雪诗序

《泛雪诗》者,常熟蒋子文从偕其友生,泛舟西郊虞山之下,游赏夫雪,为诗而唱和者也。予尝谓夫造物者之为是雪也,盖与风云雨雷各异其施,而未尝不同其体,皆气化之自然,而人之遭之也,亦适然而值,岂独于雪有异哉?然人之视夫雪,与风云雨雷则有异,往往藉之以各寄其所尚。逸者藉以寓其高,骚人藉以摅其韵,而夸丽之夫亦藉以张其豪靡。数者似皆有所得乎雪,而寄其乐焉。则诸君今者泛舟以游,而系之以诗以为乐,可知也。然吾观世人之乐夫雪者,仅十之二三,即境遇而怨且苦夫雪者,则十之七八。彼京都之区,遇雪则冲衢泥淖,车马蹂躏。贵者晨起而之朝之所司,或奉急宣,驺隶颠蹶污沟中,虽公卿不免,而苦雪者在于朝。贱者晨起而之市,负担逐逐,积泞自膝至腰领,而苦雪者在于市。他如行旅商贾之苦雪于道,祁寒怨咨之苦雪于野,更有被褐不完,半菽不饱,不能出门户,而苦雪于居者,又十室不啻二三焉。嗟乎!所称高士骚人与夫斗夸丽者,何以独得于雪哉?诸君其亦有得于是者耶?吾徒知诸君之藉此以为乐,而不知其所得而有寄焉,则于何也?以诸君之才,登临触物,形为咏歌,传之好事,当如唐人之贺雪早朝,阁中应制,更唱迭和,不则作赋兔园,授简赐金,与邹、枚角上下,以畅平生知己,卓荦之概。今乃托之寒江断崖、古木荒郊之畔,仅与渔蓑樵笠争其胜,昔人所云冷淡生活,诸君岂真有得于是哉!

友人诗集序

　　昔韩子之称孟东野也,谓东野以其诗鸣,然则凡作诗者,皆可谓以诗鸣者也。今天下之以诗鸣者,无虑家李、杜而户曹、刘,抑何鸣诗者之多?以余观之,其以诗鸣者同,而其所以鸣者不同也。世无人而不诗,无诗而不以鸣见,然其中有自鸣之诗,有鸣于人者之诗之异。鸣于人者,依世以为趋,求人而丧我,其性情志虑之所出,以诗徇人,而以人援诗,于是六义之旨,皆为浮响不根之言,或以投赠为羔雁,或以翰墨邀货财,即不尽是,而其亟亟于鸣者,无一非求诸人者之所为,而天下群然称之曰:“是人也,今之诗家也。”是之谓鸣于人之诗。若以诗自鸣者则不然,环堵以为宫,蔬食以为饱,以诗书为晤对,与昔贤为交游,兴之所发,以为咏歌,可不谓能鸣乎?然而当世之闻人,固无从知其为诗人,即问之其人,亦不知谁为当世之诗人也。故不求合乎天下之鸣,亦不顾天下之非我之鸣,其是非善否工拙,一听之于心,与古人而已。其鸣也,即古君子为己之学也。是之谓自鸣之诗。嗟夫!今之鸣诗者,何鸣于人者之多,而自鸣者之少也!友人文子少弃经生言,而从事于诗,久之诗富且工,然其志未尝以诗号于人;故里之人,或知其善诗,未必尽人而知之,即知之,亦未能知其富且工如是也。当其斐然有所得于中,浩乎有所发而不能遏,于是吐辞而诗成焉,止自善其鸣已矣,而何待于人哉? 兹以其诗付梓,属余为之序。余穷老空山、废无用之人也,于当世所趋尚,愚拙自退久矣,顾以此相属,岂以余之生平,亦庶几自鸣而未尝鸣于人者耶? 友人为衡山三桥诸先生,后人读其诗,可以知其先泽矣。

桐初诗集序

昔余叔氏云林君,绩学砥行,隐于太仓之沙溪,距余所居分湖百里,岁时数数过从。叔氏富于吟咏,善法书,尤工欧阳率更体,后生咸以为模楷。顺治丙戌七月晦日,叔氏家罹兵祸,及仲兄中密俱死祸最酷。时余家亦播迁无定所,自尔沙溪与分湖不通闻问,且二十余年。康熙乙卯,余始值桐初于邗上,问之,则云林叔氏之孙,中密兄之子也。方知其幼遭家难,避迹田间,黄冈杜茶村过娄东,见之,爱其幼慧即工为诗文,以爱女许之,遂就婚白下,因侨寓焉。桐初备述二十年来情事,余既悲死者,且喜桐初之少年卓尔成立也。桐初徐出其所为诗示余,骨秀气轶,才溢思深,而寄托甚远。盖茶村为诗家老将,力排卑靡时习,桐初得之于其切劘者深也。时余犹子元礼,亦以工诗称。余因叹吾家风流不坠,其在此二子乎。岁癸亥,余游白下,与桐初相聚数月。乙丑,游岭南,桐初又来晤于尉陀台下。每相见,桐初必出其新诗以示余,其技益进而工,能合唐宋大家之长,词能入南宋诸家之奥。因念桐初出艰难灰烬中,流离转徙,而能好古力学,进于大成,得交当世之贤者,风雅相师,此所谓豪杰之士不待人而能自兴者也。余因追悼元礼,化为异物且近十年,衰宗今惟桐初为独秀,盖余喜桐初而益悲夫元礼也。余老矣,更数年见桐初,其所就益不可名矣,为拭目以待之。

重刻落花倡和诗集序

吾尝论造物者之造是物也,大者无论,即如一草一木一花一叶,造物者无不以其全力注之,大约不出盛衰荣瘁两端。其向荣而盛也,各以其所得于天之赋畀者,尽其一岁之力经营之,盖自其始芽而长而含苞而孕蕊以至于放,毕其能事而后已;及其向瘁而衰也,其正荣之时多不过数日,或三四日,甚至一日,或终朝,顿然尽弃其一岁积累之功,委而尽付之无何有之乡,此亦物理之有大不堪者。夫当其荣与盛也,人无不喜而幸之,及其衰而瘁以至于无也,人无不叹而深惜之。此有心之士,不于其喜而幸之时,致其流连,于其叹以惜之之时,不禁流连三致意,所谓长言之不足也。吾吴沈石田先生有咏落花诗三十首,同时诸名公巨手从而和之者数十家,曲状落花,可谓尽态极妍,其诗之极得意处,皆花之极不得意处。诸先生若曰:吾不能有挽回造物之能事,冀造物者之或有悔心焉,而为挽回之。然不知造物者亦听之彼物自为之,而无如之何,即诸先生之手腕有化工,亦无如之何矣。向《落花诗集》行世已二百年,其板失,收藏家废已久矣。顾子来章于市得一本,喜而欲狂,与其同心之友金子天三,辑而梓之。二子高才笃学,著作甚富,以风雅自任与古人共刻砺,不屑屑逐时趋者。石田先生为吾郡有明三百年来才学文章,其品行为独步,二子独好而宗尚之,虽吟咏小道,亦可观其志之寄托高远矣。

百愁集序

民之业有四,曰士农工商。农工商各守其业,虽有逢年之丰啬,与夫奇赢操作之不同,然守其业皆可泽其家,糊其口,大约不甚相远也。若夫士则不然,有遇与不遇、得志与不得志之殊。其遇而得志,则万钟之富,公卿之贵,韩子所谓丈夫得志于时者之所为;否则有藜藿不饱、鹑衣不完,甚有一饱之无时,坎壈困苦,无所不至。即不得志之中,亦有甚与不甚之殊。甚者,既饥寒并切,又一家之中,死亡相继,人谋鬼谋,若故与之相猗者。此盖人与天□迫,使之无可投足者。即使天之玉汝于成,而身当其际,以言乎愁,我亦欲愁矣。顾子来章家儒者,以诵读为业,其贫盖已素矣,顾子年二十余,丧其两亲,今一年之中连丧弟妹。夫顾子以教授为业,仅仅不能糊口,又凶丧叠至,其存与殁俱有难言者,今则童子之席亦已告谢。顾子屡呼天而问之,无益也。惟有时时行吟,以稍摅其无可控告之愤,无往非愁,累其愁且至乎百愁之成数也,命其诗曰《百愁集》,可谓汇众愁以为愁者矣。然顾子之诗,忧而不伤,怨而不怒,粹然温厚昌明之气,非若郊之寒、岛之瘦。吾卜其必不终于不得志者,时时与古人相晤对,可以易其愁而发大笑矣。横山已畦居士叶燮题。

纂修吴江县志定本序

吴江县向有莫旦、徐师曾二志,前此有窦德远本及陈、卢、王三家。诸志或辑而未就,或就而弗传,其传者,惟莫、徐二书,为邑之文献久矣。莫志成于明弘治年间,徐志成于嘉靖年间,迄于皇清,其间一百四十余年,缺而未纂。康熙二十二年,各直省奉上命,纂修地志,而下于郡县。于是我邑侯郭公与邑绅士,因旧志纂而续之,上自三代,以及康熙二十三年,凡于例得书者悉志之,为书四十六卷,二十余万言。其间删莫志者十之四,删徐志者十之三,补二志之遗,并踵二志而续之者俱十之二。有即其文而节之者,有即其事而详之者,俱十不及二。盖三阅月而书成,为吴江县志定本。考莫志,历三十年而始就,徐志亦历十一年而就,今三月成书,何易也?则以前人劳于创,后人因而损益之,则较逸。且续人者,以世近而得之闻见,采访又较易,故岁月省而工易成。邑人叶燮,实与于是役,谨序之曰:原邑之初,于上古无闻,自泰伯开吴,始有句吴之号。从来开国建号,或得之分茅胙土,树屏建侯,舍此则未有不藉战伐力争而得,卒未闻以礼让开国建号如泰伯者也。迨千百年后,五代吴越钱氏始建吴江县。当唐末天下大乱,凡称帝称王之所,无不荼毒糜烂其民,以逞所欲;独钱氏以兵诛暴乱,保境息民,不与中原抗衡,终五季之世,吴越之境不被一矢,卒之奉版籍以归于宋,始终于生养安全之仁。二君者于此土,一开疆,一立县,一先之以让,一守之以仁。盖至于今,犹乐道其遗风也。历稽前代,吾邑最鲜被兵革,亦无犯上作乱之人之事。惟宋建炎时,大衊于金兵,然亦千年仅见,非如他处之日寻干戈也。则岂非开先之风之泽远哉。然窃有鳃鳃然念者:古称民富而礼义附,有国者不患贫,而未始不患其民之贫。吴江之民,谓其有三江五湖之利,而不知亦被三江五湖之害,在官有履亩一定之常征,而在民无十年岁登之恒产,何也?江河之水利,稍失治,则害旋至。吴江水利,近百年来,虽间小有开治,而不能复其初,计十年之中,未有三四年不伤于潦者,恒以六七年之收,供十年之输,则民力可知矣。且吴江在古扬州为下下之田,在今日则科上上之赋,乃因其上上之赋,遂等为上上之田。故无一事不以十分为科率,乃究其一岁所收,耕者恒竭力作,称贷不足以输于有家,有家者有终岁拮据而不足以输之国。夫以水涯泽畔百里之地,岁赋五十余万,输惟正之供,其民力又可念矣,则"民富而礼义附"之言所当深惟其本,而为之一筹者哉。燮生长此土,上下千百年而反覆之,得其大概如此。至于邑之疆域,无名山大川之限,形胜非岩疆四塞之国,物产不足以供朝庙戎祀,勋庸无可以勒钟鼎施常,惟是财赋甲天下,而忠孝节义文学之彦,亦彬彬乎间世不乏,以庶几前代之遗。此志之大较也。

州泉积善录序

《积善录》者,石门今拙朱氏,记其友人孟举吴子所行于乡诸善事,汇而成帙者也。余览之而叹曰:此盛古之事,乃得见于今乎?昔三代之治,能使天下无一夫之不被其泽,然以天下之大,而欲以一人之德,家至而户遍,其势有所甚难。

然先王之德有所必遍者,国有其法也。三代之法,莫盛于成周,其惠民之道,尽在《周礼》。凡救荒恤艰,孤独死丧,相保相助,纤悉周备。君相总成于上,命太宰以九两系邦政,其八曰友,以任得民。郑注:两,犹耦也。谓同井耦耕者相任,即孟子言同井相友扶助也。大司徒令五家为比,递积五而闾、族、党、州以至于乡,使相保、相受、相葬、相救、相赒。太宰、司徒以其职分授于遗人、乡师、族师。遗人掌邦之委积以施惠,恤民艰厄,门关之委积以待孤老,县都之委积以待凶荒。乡师以岁时巡国及野,赒之艰厄。族师掌比伍族闾,使之相保相受,以相葬埋。而大司寇又分授其属小行人,有札丧凶荒厄贫,为一书上之,王以周知天下之故。其为法详备如是。一乡如是,合天下之乡,无不如是,其孰有一夫不被其泽者乎?自井田废,而比伍族党之官俱废,以天下之大,而欲使井闾族党保任救恤之政一一出于上,人人而惠之,恐惠未加而政已不可问矣,无怪俗日趋于薄,而民之无告者终于莫可告已矣。而吾孟举则曰:事在天下古今者,非吾所得与其谋,肩其事也,其视吾力之所可能,而近在吾居之乡者,闻于耳,寓于目,无敢委而不为焉。如赈饥救灾,偿邑逋,代军需,浚河,育婴恤孤,代赎锾,皆善之积于为国者也。助聘,施药,完人骨肉,助葬,施棺椟,不念旧恶,济贫士,焚券,代赎身,解纷,皆善之积于为人与家者也。人咸曰:美哉,何善之积而盛欤。孟举曰:不然。昔周公之为法于乡闾族党者,以行其不忍人之政也。吾在吾乡,亦行吾不忍人之心于一乡而已,岂更有所庸其心哉!予谓古之为善者,有自一乡而化及一国,自一国而化及天下者。今圣天子在上,使有采风者,以积善一乡之善,闻之于朝,将必尽复成周之政,使天下之乡尽得如积善之乡,未必非孟举之志也。此朱氏所以汇录而公之世,其亦此志也夫。

半园倡和诗序

诗言志,人各有志,则各自为言。故达者有达者之志,穷者有穷者之志,所处异则志不能不异,志异则言不能不异。于异者而求其合,其合也必有道矣。侍御梓园程先生达而在朝,为侍从耳目之官,一旦归而谋泉石之乐,其志在泉石也。亦陶金处士穷而在野,泉石之乐,其志所固然也。二人之志忽不谋而合,志合则其言自合,于是为半园诸咏倡。予和汝倡者,先得和者心之所同,然和者能言倡者言之所未尽,即谓之所处同而志同,志同而言无不同者,两君子真莫逆于心而偕乎道矣。于是播之同志,凡志同者无不群起而和之,两君子之志,其亦不孤矣夫。

西行杂诗序

行役之有作也,自《三百篇》已然。大约行役有行役之悲,行役有行役之乐。何也?舍父母妻子昆弟室家之乐,而为千里数千里之行,则其思悲,悲发乎有所离,则不能不作诗。历千里数千里之行,而时或逢故人,或遇新知,随在而有投分倾盖之雅,则其志乐,乐出于有所合,则又不能不作诗。吾于迁客西行之诗,三复而如获吾心也。迁客一代才人,游历古今胜地,其为诗也,皆寄其违离承欢友于之怀,而快其得友朋会合之志,因山川以写其天性,可以怨而群矣,岂徒绝唱骚坛见其能事者欤。

集唐诗序

张太史弘蘧以疾假归里,杜门习静。予尝往见之卧榻前。弘蘧病寻已,出其集唐诗三十首示予,皆伏枕所为,机杼结撰,天然奇妙,远于作者。或曰:以如此神明才慧,何不自为之之美,而乃集前人语为美耶?予曰:不然。凡物之美者,盈天地间皆是也,然必待人之神明才慧而见,而神明才慧本天地间之所共有,非一人别有所独受而能自异也,故分之则美散,集之则美合,事物无不然者。有唐三百年诗人之诗,其神明才慧,或各得一体,或一篇,或一句,散之各为一人之诗,合之为全唐人之诗。弘蘧之神明才慧,能体备全唐人之诗,始能分见全唐各一人之诗,分而合之,合而离之,动中肯綮,一一皆唐人之诗,实一一皆弘蘧之诗。集之时义,不已大哉!夫诗小道耳,古之豪杰为名将相大臣,能集天下之智勇才艺,驱策而奔走之,才不必自己出,能不必自己见,而用才使能,无不各当,功成而天下颂之,后世称之,虽欲逊其美不可得。知乎此,则谓是诗为弘蘧之集唐也可,谓弘蘧之自集己之诗,亦无不可。弘蘧命予题其端,于是乎书。

汇刻慈幼堂诗文序

吾苏陈氏,以业医世其家。陈之先,所从来远,讳良炳,仕元为翰林学士,知太医院,六传至公尚与子宠,明时相继入御药房,判院事,历宪宗、孝宗朝,得上眷,卒得恤,谕祭其最著者也。先是,学士公之孙本道,始专为幼医,子文益习之。故判院公两世皆以医幼显。文尝筑堂成,得宋文信公旧书"慈幼堂"三大字,逐以颜之。海内名公卿暨乡先达诸先生,先后为文及诗,称述咏叹其事。今学士公十二世孙名玑,字启文,克绍先业,益修其德,乡党称其孝而贤。予通家生顾子天山，为文述其堂之由来以记之。启文于是集累世交游之赠言，授之梓，以扬其先德，而属予为之序。予惟医之为道，似居乎技术，先贤卜氏谓其致远恐泥，盖指其事理言也。然窃以为泥者，特以事言耳，若以理言，则医之为理，推之亦何远弗届，本乎阴阳刚柔，乘乎五运六气，天之道也；辨乎物性，而察乎金石草木，五味别乎土宜而调剂之，地之道也。天地之道备矣，本其道以施其仁民爱物之心，用其己溺己饥之念。孟子谓爱牛可推之四海，医独不可以爱人而推之四海乎？观陈氏学士及判院诸公，皆著其术以膺纶绰异数之宠，则获乎上矣；名公卿先生之交乎，则信乎友矣。获上信友，诚者反身之终事，陈氏既致其效矣，尚得谓为道之小乎？启文儒者，恂恂庄庄，古之有道君子也，缵祖父之学业，于获上作其忠，于交友征其信，其慈幼也，更上同夫子少怀之志，而总本之于孝，则其道之所包不亦大哉！宜乎作者如林，咸叹美不置，立言以著其不朽也。余何能更赘一辞？特为著其医道之有本者如是以贻之。康熙癸酉横山叶燮撰。

苌楚集序

六经之言皆备五伦，而《诗》独首言夫妇。《雅》《颂》而首之以《风》，《风》首之以二《南》，二《南》首之以《关雎》，皆言夫妇也。故曰"国风好色而不淫"。然则夫妇者，性情发见之始事也。《诗》言妻子好合，而兄弟翕而父母顺，明乎一家之中，夫妇得而兄弟父母无不得，因事而推，诗人所以鸣其盛也。然有不得乎夫妇者，处乎时与数之穷，欲求得乎妻子，则反有不能得乎兄弟父母；惟不求得乎妻子之合，以庶几乎兄弟翕而父母顺。君子则伤其处人伦境遇之艰，而能审轻重，权取舍，以求乎此心之安。此仁人孝子之隐衷，非流俗所能知，惟有付之一唱三叹，寤寐咏歌，一以写其得之之欢愉，一以写其不得之永叹。此吾友亦陶先生诗之所以作也。夫亦陶，今之不得于夫妇者也，然非如楚大夫之不得于君而忧离憔悴也。楚大夫之不得于君，不得乎志也。指美人以喻君王，要謇修以希感悟，而志卒不可得，作《离骚》以寄意。亦陶之不得乎夫妇，非不得乎志也，乃不得乎时与数。亦陶少尝娶矣，为高士归元恭之女，习家教，娴礼法，无愧乎古之淑慎其仪者。亦陶盖未尝不得志乎妇者也。伉俪三年，遽失其偶，非时与数乎？当是时，亦陶之亲年老，家酷贫，长兄薄宦远方，禄不能逮，季弟又殁，以三岁之孤托之。友人无不劝其继室者。亦陶喟然曰："我岂无情者。顾我所处，自有其难者耳。古之娶妻，所以为养；今之娶妻，类皆累为养。顾亡者庶几乎古之能养,既不可复生,我一身止笔耕耳,所获无几,而室是谋,不能不分高堂之半菽,而谁为尸?且遗孤未成立,而我一娶再娶,必无余力为遗孤谋,遗孤又不能自为谋,将遂委诸己乎。是我求妻子之好合,将使兄弟且不翕,父母且不顺。今日者,宁我不得乎妻子,庶几得乎父母兄弟,而为其难者耳。"久之,亦陶两尊人捐馆,亦陶竭力葬毕,遗孤亦既娶。友人复以前说请,亦陶曰:"昔余室之不继,所处有不可也。今二人既背,兄弟有子,不患无后。今而后复求乎妻子好合,回念昔之日所得于亡者,不无此心之恫,而予发亦既种种矣,又忍言乎!予今日固已安之没世矣。"于是四十年为鳏夫。人咸曰:"亦陶盖无情者也。"予则曰:亦陶正深乎情者也。亦陶尝谓予曰:"人恒有为予忧者,予则未始不乐;又有羡予乐者,予又未始不忧。"夫屈伸循环,天之道,即人之事,则屈乎此,未尝不伸乎彼,犹四时云尔,犹昼夜云尔,于此得往复之道焉。爰集生平之诗,名之曰"苌楚",盖自写其无室无家,且自托于无知。今读其诗,哀而不伤,怨而不怒,令人孝悌之心油然以生。果有知乎哉?果且无知乎哉?吾将就而问之。

涧庵诗草序

今天下无人不言诗矣。言诗者恒不求传于后世,但求取知于当世,其求知之道不一。有目未尝见古人,未尝见诗之所以为诗,便欲轩唐轾宋,出元入明,窃他人之口吻,妄肆丹黄铅椠,及至握管,竟有终日不能成章,即能艰苦出一句半句,庸腐陈烂,不堪寓目,彼且俨然自居为诗人,此窃诗之形貌,求知于世,而世遂因而称之为诗人者。又有名不出里党,足不逾户庭,妄操诗之坛坫品题,凡有笔墨,必援当世之名公卿先生,遍及海内山人名士,无论生平未尝谋面,并未尝闻声相思者,悉将其姓氏列之简端,联之几席,如朝夕同事者,彼其人冒交游以附声气,此窃诗之党援,求知于世,而世遂因而收之为诗人者。嗟乎!如是而为诗人,诗人其易乎哉?其难乎哉?人有恒言:"诗穷而后工",而余以为诗人之工,固不在乎遇之穷,而在乎品之澹。世有趋炎逐羶之徒,以诗求知于世,世即知之,而诗决不传,并其人亦决不传。若夫澹泊素心之人,发于言而为诗,必不窃诗之形貌,冒诗之党援,以求知于世,当世即不尽知,而其诗乃可传,其人亦可传矣。如吾兄涧庵之人之诗,庶不愧乎澹矣。涧庵家本新安,迁于吴。余,吴人也,自少至今耳吴中诗人之名,以千百计,而千百人中,未见有亟称涧庵之诗,而推之为诗人者。今涧庵之诗具在,由其人性之澹,故能安于境之澹,以是为诗,将远追五柳先生之流风矣,又安求知乎他人哉?夫学五柳先生之为人,学五柳先生之为诗,不求知于当世,未尝不受知于千古;彼趋炎逐羶之徒,窃诗之形貌、冒诗之党援者,亦独何哉!

汪秋原浪斋二集诗序

诗道之不能不变于古今而日趋于异也,日趋于异,而变之中有不变者存,请得一言以蔽之,曰:雅。雅也者,作诗之源,而可以尽乎诗之流者也。

自《三百篇》以温厚和平之旨肇其端,其流递变而递降。温厚流而为激亢,和平流而为刻削,过刚则有桀骜诘聱之音,过柔则有靡曼浮艳之响,乃至为寒、为瘦、为袭、为貌。其流之变,厥有百千,然皆各得诗人之一体。一体者,不失其命意措辞之雅而已。所以平奇、浓淡、巧拙、清浊,无不可为诗,而无不可以为雅。诗无一格,而雅亦无一格。惟不可涉于俗,俗则与雅为对,其病沦于髓而不可救。去此病,乃可以言诗。

汪君秋原,产于新安,侨居吴门历四十年。其为诗屡变,而体裁格调,总能神明变化于雅之中。观其《浪斋诗草》,抑何皆醇,能综乎变,以得乎雅之正也。

汪君年且七十,萧然陋巷中,略无长物,孑然一身,终鲜后嗣。其于世故更变既多,宜其为诗,有郁勃无聊激昂之概;乃能尽泯其不平之鸣,而养之以和雅冲淡之度。名其居曰浪斋,盖其视天地如蘧庐,若无所缀恋者。以是称诗,其人其志,抑可思矣。予故述古今诗之变,而于汪君之诗,不禁三叹其雅音,而且为世之称诗而不免于俗者砭也。

汪君《浪斋初集》行世已久,兹复梓其《二集》。余故论其概,以弁诸《二集》云。

三径草序

吾吴自国初以来,称诗之家如林,若犹见前明末诸前辈称诗之盛,身与其敦槃者,五十余年间,惟蒋君曙来尚在,指不能二三屈也。蒋君之称诗,犹及见虞山、云间、娄东诸先生,故凡诗之风气升降、体裁纯驳之论,皆其素所习闻,不能傲以其所不知,亦不能有以矫其所知。

盖尝溯有明之季,凡称诗者咸尊盛唐;及国初,而一变诎唐而尊宋,旋又酌盛唐与宋之间,而推晚唐,且又有推中州以逮元者,又有诎宋而复尊唐者。纷纭反覆,入主出奴,五十年来,各树一帜,其是非升降之故,蒋君盖闻之熟而历之深矣。故其为诗,能无所眩于古,能无所惑于今,举百喙争鸣之是非,蒋君视之如太仓之腐粟，人以为新奇，皆蒋君所视为陈陈相因者也。

其为诗，有时似陶，有时似杜，有时似韦似柳，率其性之所得，苍秀恬淡，庶几似之云尔。视世之少年，足不出户庭，目不识前辈，自负能诗者，其亦睹蒋君之称诗，而可思返矣。

桐圃生圹诗文序

世俗之见，往往讳其身事之所必有，而日骛乎世事之所不能必有，群然相习而不知止者，何众也。夫人有生而有身，有所以始之，必有所以终之，此事之必然者也。乃人日事乎有生，而罔计及于生之所要归，往往讳其事而置之，而骛乎不可必得之名、不可必得之利、不可必得之岁月，而为百千年以后身外之计。彼且不知此身之为何物，而营营逐逐之为可叹也。是其人，非但其见不达，实天下之至愚而且至贪者，为形役而不顾其形者也。凤羽胡翁之言曰："吾生而有身。吾身之得于天者，为聪明智虑日用云为，此吾日日所有事焉，无一日可离者也。吾身之得乎地者，藏息贞固，与世无极，此我一旦所有事焉，无一日可忘者也。不可离，则顺之委之，不可忘，则豫之永之。顺而委之，不亟亟焉，以求其所不可必；豫以永之，徐徐焉，以俟其所必。至天地以予我，我以还之天地，斯可矣。"于是营生圹于虎丘之东，命之曰"桐圃"，为园池亭馆之胜，日与友生饮酒赋诗，为乐其中。不但见翁之达且远，凡天下营营逐逐于愚而贪者，亦可幡然而化为智为廉矣乎！诸同人皆为诗文，以美其事。翁之家世之盛，子孙之贤，俱详诸公记序铭中，兹不述，述其高世旷怀，且乐同人诗文之盛，而为之序。

蕲水程氏世谱序

康熙丙午之役，燮出庆元令蕲水雪坛程先生之门。是秋，谒先生于江上，见先生之德容，聆先生之德言，窃自幸出于当世儒者之门，而得所归也。又五年，谒先生于庆元，见先生之治民以礼，持己以廉，接物以和，律人以恕，而知先生之为政又如此。已，先生以其族谱示燮，实为周程伯休父之后，而河南正叔先生之嫡系也。燮既幸出于先生之门，益深幸先生之出于正叔之后而得大儒之传也。谱仿眉山苏氏派联系属，为纪原之图，又仿庐陵欧阳氏世经人纬，为世次之图，系以出处、履历、生卒，隐然寓善善恶恶之义。建祠堂以妥先灵，设祭田以供时祭，岁时敦子姓叙昭穆，显然行先王之制焉。夫士大夫诵读诗书，置身名教，将有家国之责，然本不立，遑问其他，及身膺仕版，其于国于民当何如也？《书》曰：

"敦叙九族,庶民励翼。"又曰:"九族既睦,平章百姓。"然则未有族不敦、家法不立,而能施于有政,宜于人民者也。今先生之宗遍天下,而在黄蕲水者,则以正叔先生为断。故先生自诸生以至今居官,皆祖述二程夫子之学,其于宗法也,因所生而推其先,因其先而推及其子姓。观先生之为宗法如是,而益知先生之持己居官,无一不本于学,所以绍正叔先生之传者至矣。燮不敏,幸在先生之门,觊窃得附正叔先生私淑之末,抑又有厚幸焉,而非所敢望也已。

巢松乐府序

士束发读书,其性情志虑必有所期,上之期立三不朽业,比迹皋、夔,次则显荣名,享厚禄,以耀妻子乡党,为人所羡慕,又次之则才效一官,智效一得,以稍自愉快。若此数者不能酬其所期,则遇穷,遇穷则志穷,而不能自得。于是无聊感慨之概,任志之所往,假言语为发泄,以曲尽其致。于是天地万物无不可供其陶铸,极其性情念虑之所之。太史公历叙古圣贤之述作,尽出于忧患之所为,而终之曰:"诗三百篇,大抵皆发愤之所作也。"吾尝谓人之生,惟忧乐两端,子舆氏谓"生于忧患,死于安乐",亦泛论其恒理耳。若夫人之生始乎忧卒乎忧者,尝什之九,始乎乐卒乎乐者,仅什之一,其他则皆始乎忧而卒夫乐,与始乎乐而卒乎忧者,忧乐循环,比比是也。夫先忧后乐,则人必喜;先乐后忧,则人必愤,愤则思发,不能发于作为,则必发于言语。吾读王子怿民《巢松乐府》,尝不禁流连三叹也。怿民家世公卿,业勒旂常,言在编简。怿民与其同产昆弟八九人,皆以少年才名,照烁海内,其志虑性情欲率乃祖之攸行,且将跨而上之者。怿民之志与所处,可谓甚乐矣,乃时不我与,自少而壮、壮而老,而今且已暮矣。怿民历思其少壮之所志,以较其目前之所遇,不得不发而为言,正言之不得,而旁引曲喻之,甚且托之于嬉笑怒骂诙谐杂遝之言。其为言也,至于乐府,庄生之所谓"小言詹詹"也。今之乐府,即俗之剧本传奇,其事甚末,然有风人之遗意,大概托始于夫妇,此《关雎》之所以作也。今观其所述之人与事,必始历尽艰危,濒九死而一生,而卒之以富贵荣显。怿民盖借先忧后乐之境,以较量其先乐后忧之情,其志亦可悲矣。昔三闾大夫不得于君,其忧愁之思托之美人香草,思謇修而不可得,无不藉夫妇以明志。怿民其亦此物志也夫。

三、《已畦文集·书》

与友人论文书

昨面奉谆教,仆退而三复。大约以仆论文过严,少可而多否,谓文章一道,不可以一律论,要各成一家之言而止,无以彼此之见而相轧,若彼绳于一律,则似乎偏,恐非大中至正之则。足下之言,可谓平而恕,虚而明,仆未始不敢谓非然也。然仆窃尝于此反覆思之,少有所窥,敢因明论而具献之,可乎?

夫文之为用,实以载道。要先辨其源流本末,而徐以察其异轨殊途,固不可执一而论,然又不可以二三其旨也。是在正其源,而反求其本已矣。

今有文于此,必先征其美与不美。其美者,则人共誉之曰"美"。彼文而美,固可誉也。夫固有其文之美者矣,然而未可即谓之曰通也;固有其文之通者矣,然而未可即谓之曰是也;固有其文之是者矣,然而未可即谓之曰适于道也。今试举其大者言之,以例其余。

彼美而未尝通者,六朝诗文之类是也;通而未尝是者,庄周、列御寇之文类是也;是而未尝适于道者,司马迁等之文类是也。夫由文之美而层累进之,以至适于道而止。道者,何也?六经之道也。为文必本于六经,人人能言之矣。人能言之,而实未有能知之,能知之,而实未能变而通之者也。夫能知之,更能进而变通之,要能识夫道之所由来,与推夫道之所由极,非能明天下之理,达古今之事,穷万物之情者,未易语乎此也。

仆尝有《原诗》一编,以为盈天地间,万物有不齐之物、之数,总不出乎理、事、性三者。故圣人之道自格物始,盖格夫凡物之无不有理、事、情也。为文者,亦格之文之为物而已矣。夫备物者莫大于天地,而天地备于六经。六经者,理、事、性之权与也。合而言之,则凡经之一句一义,皆各备此三者,而互相发明;分而言之,则《易》似专言乎理,《书》《春秋》《礼》似专言乎事,《诗》似专言乎情。此经之原本也。而推其流之所至,因《易》之流而为言,则议论、辨说等作是也;因《书》《春秋》《礼》之流而为言,则史传、记述、典制等作是也;因《诗》之流而为言,则辞赋、诗歌等作是也。数者条理各不同,分见于经,虽各有专属,其适乎道则一也。而理者与道为体,事与道总贯乎其中。惟明其理,乃能出之而成文。六经之后,其得此意者,则庶乎唐宋以来诸大家之文,为不悖乎道矣。

夫文之本乎经者,袭其道,非袭其辞。如此其辞,则周、秦以来三千余年间,其辞递变,日异而月不同,然能递变其辞,而必不能递变其道。盖天下古今止有此一道,千差万别,总不可越。非可于此外别事旁求,用其私智而以成一家之言,以自鸣于古今者也;即其人之言,幸而当时称之,后世述之,而总不可谓之为文。即天下有自成一家之文,断无有自成一家之道。若有自成一家之道,天下古今岂有二道乎?而本乎道者,原非执一法以泥之,一律以格之者也。当其神明在心,变化于法,左宜右,所无不可,而用意所根抵处必一定而有在。譬之古帝王相传,惟一执中,至于所尚,则有忠与质文之各不同。然岂以所尚不同,而执中之传亦各有不同者哉!又岂以执中之传同,而所尚亦遂必出于同者哉?故文之为道,一本而万殊,亦万殊而一本者也。

夫所谓成一家之言者,其独辟此一家者乎?抑祖述彼一家者乎?若其独辟,则古今以来数千百年必无,至今日而忽有独辟之道,且何所据而谓之成?若其祖述,则所述之彼一家,是又一家矣,彼是道非道不可知,漫然而袭之,安得谓成家乎?既以袭之矣,安得称为一家之言乎?譬之天地间,其籁有万,总谓为声,如鸾凤之和鸣,萧韶之雅奏,声也;寒蛩之啾嘈,蚯蚓之鸣窍,亦声也。彼蛩与蚓,何尝不自成其一家之声,然与鸾凤、萧韶同而称其声之成也可乎?故一家之言,乃其人之言,非天下古今之言也,不可谓为成也。

然仆所引六朝、庄、列、司马迁之徒,则更自有说。六朝不足论,庄、列岂非自成一家之言者?司马迁尝自谓"成一家之言"矣,安得尽非之乎?然庄、列之人与文,其力能自为一道,而与六经之道为角,才与辨皆足以济之,如庄之《外篇》,叛道尤极,而其书卒不废,盖与道相反而能中分以自成者,不可徒以一家称也,但不可谓为是而已。司马迁之文,固知尊向六经,然徒能貌其郛廓耳,于道虽未能适,其志则道也,故其自谓成家可也。窃怪后之人,尚不能知道与非道之辨,其所为文,又在扬雄所诮"雕虫小技"之下,不识所成者何家乎?且庄、列、司马迁诸人之文,为之于周、秦、汉以前,以创辟之人为创辟之文,称作者可也。若后人踵而为之,于今日则何异于刍狗?何况等而下之者乎?

仆尝论:古今作者,其作一文必为古今不可不作之文。其言有关于天下古今者,虽欲不作,而不得不作;或前人未曾言之,而我始言之;后人不知言之,而我能开发言之,故贵乎其有是言也。若前人已言之,而我摹仿言之;今人皆能言之,而我随声附和言之,则不如不言之为愈也。所以古来作者,有言谓之立言,以此言自我而立。且非我不能立,旁无依附之谓立,独行其是之谓立,故与功、与德共立而不朽也。

然其为言,有端焉,有绪焉,或以质胜,或以文胜,或借援引以明,或摅才辨以见,其措诸辞有不同,总不能外乎夫子"辞达"之一言。要以辞达意,不以辞饰意,以辞饰意,必至剽字窃句,求异标新,不则陈陈相因,附会希合。究其初,彼原无意,即以辞为意,问其所旨,彼且茫然不自知。世人见其斐然庞然,亦或群然称之。仆所谓文虽美而无如其不通何矣,可胜道哉!且夫辞达与不达,亦有浅深之不同。本无意而辞不达,无可达也;有其意而辞不达,不能达也;能造意而辞不达,不达乎道也;自以为达乎道,而辞仍不达,非道之辞难达也;进乎此而辞能达者,其辞皆道也。如是以抒其志虑,发为议论,征诸见闻,考诸往古,平奇正则,多寡繁简,不袭不臆,屏隐怪,黜庸腐,归于辞达其意,意达其道而已。斯为天地古今之言,而岂一家之言哉!于此而或有未尽善,则徐以辨其工拙,察其巧力,所争在毫末之间,但根本既定,则无适而不可矣。此论文之极则,则作文之本。原因足下之诏我,故敢竭其区区,而不自知其言之罔且诞也。幸足下更有以教之。

与吴汉槎书

弟子黜废山野,于今七年矣。生平知交故人从无有闻问齿及者,而弟益自远弃,不复与世酬酢,一切情文都绝,故人亦未尝有辞相责备,盖相忘有斯人也久矣。仁兄忽枉扁舟过我草堂,脱粟欢然,襆被信宿,不以弟贫贱废弃而勤勤恳恳,此古人之事,非可求之薄俗者也。仁兄从容询及弟废弃之由,盖弟获戾以来,绝不欲白于人久矣,且用世之念已绝,使置辩,人必曰其殆希复进乎?非我志也。仁兄能知我者也,何不可言耶?倘不厌听,敢详述之。

弟于乙卯谒选得宝应,六月受事,明十一月被黜,在事仅一岁有半,而罪过丛生,怨尤交作,自上官以及亲交咸思酿祸而趣其败,皆以为县令者官私之外府也,有令若此,不如无有。邑为南北九省之冲,舟车便道枉过者日数十辈,其意皆有所为,弟宁不知此,然不幸值万难极穷之时势。宝邑地丁条额三万有奇,支应驿站一万有奇,即于本邑现征支应。前此驿站止应往来之使,以十之二充之足矣。为令者事上官出其中,交游出其中,不必攫暮夜之金,亦足倚办,故咸以官此为善地。此前令孙树百得行取如反掌也。自康熙九年邑被水患,渐蠲额征。至十三年,灾益甚,历邀恩蠲。至十四年乙卯,统计一邑,十分钱粮,蠲去九分五厘有奇，现征存额四厘有奇，仅一千七百两有奇耳。驿站在本邑扣销者仅四百两有奇，外俱申请藩司拨补，而藩司迁延推托，云须请于部，部又有岁终奏销文。藩司当年给发仅十分之三，夫驿站急需，又值吴、耿倡逆之时，币金御马车军器之使，十四、十五两年军兴百端，夫马之需无论不可迟旬月，此日辰刻之需万不能迟至于午，而请拨补，动以岁计，以月计。且曰该县且自行设处。夫以一千七百两之地丁，按月立时提解，无可挪移，书生初任为县令，安得家有余资以应在官之急？势必百计称代以应，又安能餍大吏之欲，结交游之欢乎？且邑驿站原额一万一千两有奇，十四年奉文裁减一千五百九十两有奇。十五年又奉裁四留六之文，裁三千二百九十两有奇。合计两年，共裁四千八百两有奇。其时征剿闽逆，州县添设报马，邑添六站，站设马二十四匹，计共添马一百二十匹。原额驿马九十四匹，添之数倍，于原额又加半，刍牧皆如之。军兴法尤急，而钱粮则裁向日十之四，况所存之六又仰请藩库拨补。司主□君艰难勒掯，其意盖欲该县掣取空批，而不遂也，衔怨实始于此。计一岁司库之发不过五分，每分又七折，又抑配低钱一岁万两之额，至是仅可二千两矣。又四十年裁减，直至十五年四月十九日始奉司檄饬知，十五年裁减，至本年十一月十六日饬知。两年未奉饬知以前之日月，其夫马工料悉照未裁之额给发，岁正月朔为始，不得迟一日，不得丝毫拖挂。及奉裁减之文悉，系已放之目，而藩司则照裁数，于现拨内扣徐已放夫马工料，檄令追补，不识问之马乎？问之夫乎？故两年间揭重债数千两拨补，裁去无可抵偿。弟谢事至今，每岁债主来山中追呼征索，彼徒见四壁萧然，久之亦遂罢去。由是言之，当时情事可知矣。

而或者曰做官者宁仅在此，取之地方必有道矣。亦思作吏之取诸地方者，非钱粮即词讼。邑之钱粮如彼，取之词讼，非灭天理丧良心倒黑白，是非敲骨吸髓则不能得所欲，世固有行之而辄效者矣。弟思上有苍天，胸有心肺，每见有司公堂之榜，皆为"视民如伤，天鉴在兹"等语，非不知善可慕，恶之当戒。及措诸行事则不然，何也？弟每清夜扪心，使自一金以至十百千，明不可告君父，幽不可质鬼神，外不可告人，内不可问衾影，有丝毫昧心，则弟阖门十余口，天殛其躯，俾无遗种矣。

当是时，邑有二三极大狱，他人值此，必踞为奇货，皆可攫万金。如万乡绅之盗案，王逆督之簿录，周群之勘湖田，弟皆矢之以公，行之以恕。邑绅有詈弟为愚且戆者。仁兄北上时，道出宝邑，可历数以问其民而征之者也。入都时，可问邑绅之在朝者而征之者也，弟固知以若所为必无济。或劝弟通声气以求齿牙之援,弟固力不能,且不欲,宁事败而终不悔。故弟之被黜,非独众人以为宜,至亲切友亦以为宜。非独不肖者以为宜,即世所称贤者亦以为宜。谤讟诟厉,欲杀欲割,从未闻知交中有一言剖白者,此子长所以唏嘘而亟著《货殖传》也。

大抵铄金销骨之论,倡于都下者,前邑令孙树百、敝同年江右□□□也。倡于淮扬间者,江都孝廉张问达也。树百为令时,信其腹心蠹隶董祥,杀射阳湖无辜四十六人,弟出都时,树百谆谆以此隶为托。弟至邑,立责逐此凶,树百憾入骨,□□家吉安,吴逆之乱,挈家东走,就邑中李姓者。至之日,向弟索夫一百名,弟以额例辞。是日总河都御史以巡河至,需夫亟,无一应,询之云额夫俱往□翰林家供役矣。弟责夫头,□□怒,令狼仆二三十人,带刀持弓矢,震噪于堂,锁衙役五人至其家,鞭之几死。词林气焰,弟曾与口角,□□亦憾入骨。张问达者,丙午孝廉,出舍弟苍岩门,昂然有所挟而来,谓必立馈千金。弟不应。三怨交作,口无择言。凡来而不遂欲者,□□相传,青蝇薏苡,空中楼阁,弟俱付之一笑,毫不置辨。然其中二事传闻异词,因事失实,有须剖明者。

一谤者曰浚民及卖菜傭。宝邑额有土税,岁五百七十两有奇,其款目部颁之藩司,藩颁之府,县刊木榜,树之务所。内一条菜茹瓜茄蔬韭之类,每百斤纳银四厘。若论宜蠲也,须详上官达部。当军饷急,他项悉量裁充饷,使申上台达部,必不济。若竟免诸民,须以已橐代输,计蔬菜之税一日四五百文不等,已橐亦何自来哉?孙树百固尝蠲茹菜之税以邀誉矣,树百于两河要害及赈荒二项,共乾没数万金,蠲蔬菜之征,特万分之一耳。近来郡县有司百凡作为,动曰捐俸。宝邑官吏俸照蠲征分数扣减,知县俸仅二两七钱有奇,而动曰捐俸,吾谁欺乎?舍捐俸不识以何项代输乎?夫利不在官即在民,官之利未有不取之民者,若曰以已橐代输,是即取之民以代民输耳。此犹强取东邻之粟以赒西邻,而曰吾以厚邻里也,可乎?

谤者又曰贩盐鱼以市利。此则舍亲冯姓者久贾江淮间,岂为官而禁其亲戚之为商贾乎?彼持本以营利,何与于官?若冯姓假官势以渔利,邑民最刁,即走告上官矣。且一丝一粟,弟从不以官价取之民,而亲戚敢尔乎?若云令之亲属不宜商贾于地方,则今日之居积接廛贸易连樯在通都属下者,比比而是。更有置良田万顷所属者矣。昔人所云但见其上,何至县令则并其亲戚而禁其为商乎?此亦事理之较著者也。

抑弟之获罪,又不止此,宝邑北侧山阳,南侧高邮,漕河关系,利害相等。十五年大水,黄淮交溢,汇内地诸湖,山阳钓鱼台、高家堰及高邮清水潭俱决,宝邑东西两岸河堤一百六十里,弟督夫救护,寝食于堤,三阅月幸获全。凡河夫,例随工之紧缓大小多寡派民以应,大约乡绅免十五,督抚掾史免十三,其应役者皆水灾饥民,鹄面鸠形,死于役者十二三,弟恻然伤之。凡绅掾概不免,淮安诸绅恨弟子入骨,盖淮绅之产大半在宝邑故也,交口媒孽,职此之由。厥后山阳、高邮塞决之费皆以巨万计,而宝应止一枪修,不及五百两,上官犹以浮费驳减,抚公露章且曰本官庸懦性成,河漕驿站百事废弛,此又可付之一笑者矣。

大抵弟之不才,性刚介而质粗疏,汲长孺之戆,益以国武子之尽言,既不合时宜,而又张空拳以求免乎今之世,盖其难哉! 盖其难哉! 弟向不置辨,仁兄为三十年道义之交,故因问及,备胪始末,不觉其言之长,幸赐详览。不宣。

答沈昭子翰林书

伏读来教,辞命谆复,谬蒙奖借。燮窃自幸其所得之有所正,终不觉惶然愧汗之无从也。燮幼遭世故,未尝知学。及乎壮年,随俗习为词章,好六朝骈丽,使事属辞,饾饤藻缋,未尝从事于六经而根原于古昔圣贤之旨,于举子业习经之外,略未有所知也。即习经,不过猎其皮毛,历其郛廓,于一经之堂奥骨髓,终茫然也。近数年以来,既以无用于世,木石鹿豕之余,稍稍复亲书卷,始益厌雕虫饾饤之技,而尽抉去之,思从事于古昔圣贤之经学。才有其志,而自顾年已老矣。尝观古之人,毕一生之力,止能终始一经,称专家。即一经之中,古人又有分而专之者,如《春秋》之有左、公、谷传,《诗》之有毛、郑等氏,又各分肄而不相属,凡经皆然。盖古之学者,于诵习之下,思窥见乎圣人之旨,盖若是之难也。今之人动曰经学,岂燮垂老之年而敢妄冀此乎。无已,则于诗文一道,稍为究论而上下之。然又不敢以诗文为小技,既已厌弃雕虫饾饤之学,则此亦必折衷于理道而后可。然于古昔圣贤之旨,眇乎其一无所闻,而窃妄为论说,既不能起古人而折衷之,废弃之余,又不获望见当世之有道大贤操作者之柄者,亲炙而就正焉。其谬日甚,其僻日痼,如瞽者处于暗冥之乡,聋者处于无声之地,且不自知其为瞽,不自知其为聋,终于无所知而已矣。乃幸于当世之有道大贤而操作者之柄者,得吾先生,又托素交之末日者,面奉话言,兹复惠以明教。燮窃自思,维先生之文章经济为当世所宗主,而学则根柢六经,无所不窥,上以吻合于古昔圣贤之道,而下以待后之学者,此其学甚巨而为道至远也。若视燮之所为文,至陋矣,此犹鹍鹏之于鸠鷃,岂在其耳目界分中者哉。乃故为诱掖之,奖借之,进之于不屑教之列,实窃自幸。今而后,燮之文果可无戾乎当世之作者乎,即可无戾于古昔圣贤之理道乎。燮初不过姑妄言之,期于世,亦妄听之而已矣。乃今得就正于先生,得先生之一言,以决其从违是非焉,而后始知免于妄言之诞,而幸其稍有所得也。然燮既以不学而未闻乎道,质复钝鲁,习于迂僻既久,与世每多龃龉。昔东坡先生满腹不合时宜,燮何敢上几往哲,而不合时宜,窃尝妄谓有是。近且屏居穷壑之中,与世不相闻问,时宜之合与否,总不自知。或偶见之笔墨,触处不免。庄周有言,毛嫱、骊姬,人之所美也,鱼见之深入,鸟见之高飞,麋鹿见之决骤。燮非不自知其为鱼鸟麋鹿也,私心惴惴焉,庶几当世操作者之柄者,见而正之,尚有改而进之,鱼鸟麋鹿之群者乎。乃今先生从而诱掖之,奖借之,将使鱼益坚其为鱼,鸟益坚其为鸟,麋鹿益坚其为麋鹿也,且不复知天下之有正色正味,其戾于是,亦何适而可哉?窃恐其非之益遂而无所底止矣。夫先生之鸿文硕学,既已久悬大廷,为当世之矜式模楷。其浅者,人拾其片辞只字,以取荣名,登显爵;其深者,垂于百世之后,皆足以感发而兴起。乃过自谦抑,以如江如海之大集,而俯酌于沟渎之涓滴若燮者,而命之为言。夫沟渎亦乌能知江海之分量哉,有不愧汗而无所措者乎?使命遄旋,不及缕布。春王拟叩新祉,赍拙文请正。不宣。

后　　记

《叶燮诗学思想研究》是根据我的国家社科基金项目成果修改而成的。成果在展示清初江南特定语境的基础上，较为全面地分析了清初诗论家叶燮诗学中的正变、诗法，以及陈熟与生新等思想。

我的一位从事文艺学研究的朋友曾告诉我，要做好文艺学，先做中国传统的，再做西方的，最后实现中西合璧。听朋友的建议，我就从中国传统诗学做起，到今天已整整二十年。遗憾的是，我至今对西方文艺思想还没能做到真正的研究，但从这本书中，读者或许还是能够看到某些西方元素的影子。

二十年前，在自己为如何拓展研究领域异常焦虑的那段时间里，我曾打电话向朱志荣教授请教。他研究中西美学，特别就中国诗学，既有对传统诗学的宏观研究，也有对诗论家或诗论著作的个案研究，对国内的研究情况了然于心。他建议我做清初江南地区的诗学，一是清初江南的诗论家众多，成就斐然，但研究还远远不够；二是我在江苏无锡的江南大学工作，在地域与感情上有特别的优势，并建议我可以从叶燮做起。我听了朋友的建议。当时难以想象，这么一个电话，就直接影响到我后来的研究领域，一做就是二十年。在这段时间里，我的研究成果，除了诸多其他因素影响所作的研究之外，真正潜心思考的就是"清初江南诗学"，指导的研究生也多选择明清江南的诗论家或诗论著作作为研究方向。其间我所主持的江苏省社科基金项目、教育部人文社会科学规划项目、江苏省社科基金重点项目，江苏省高校重大项目，国家社科基金项目，以及江南大学的江南文化研究院的招标项目等，都是以这个命题为中心的。当然，其中最主要的成果还是围绕叶燮诗学思想为中心的研究。这本书是2014年国家社科基金项目立项后我与罗兴萍教授合作完成的，我负责整体架构与前三章的写作，罗兴萍教授完成第四、五章的写作。虽然它并没有包括我们研究叶燮诗学思想的全部内容，但可以说是我们近年来思考叶燮诗学思想的主要成果。研究遵循着以"了解之同情"心态，对叶燮诗学思想既有"照着讲"的内容，也有"接着讲"的思考。

　　我的诸多项目的申报、研究与结题,都离不开我的老师、朋友们的支持。首先,我要感谢我的博士生导师杨文虎教授的悉心培养,感谢姚文放教授对我国家社科基金项目申报书的建议,感谢朱志荣教授、刘锋杰教授的指导,李建中教授、方锡球教授、李涛教授、何旺生教授的鼓励,以及我的同事蒋文安副教授、华枫副教授的帮助。其次,还要感谢江南大学社科处领导人文学院的领导与同事的支持,感谢江南大学江南文化研究院将我申报的"明清江南诗学典籍研究"批准为江南大学无锡史、江南文化与大运河文化研究项目,并给予经费支持。最后,我还要特别感谢朱志荣教授在百忙之中为本书作序。

　　著作的部分成果已通过学术论文的形式公开发表,就论文的引用与下载的情况可以看到,我的思考也得到一些学者的支持与回应,感谢期刊编辑的采用。同时,本书的出版还得到凤凰出版社的常宁文主任、尤丹丹编辑的关心与支持,他们的努力也为本书的出版增加了亮色。在此一并感谢!

江南大学　杨晖

二〇二二年九月二十日于无锡太湖之滨